KNAUR

Von Oliver Plaschka ist bereits folgender Titel erschienen:
Marco Polo. Bis ans Ende der Welt

Über den Autor:
Oliver Plaschka (* 1975 in Speyer) promovierte an der Universität Heidelberg und arbeitet als freier Autor und Übersetzer. *Fairwater* gewann 2008 den Deutschen Phantastik Preis für das beste Romandebüt. Es folgten *Die Magier von Montparnasse* und *Das Licht hinter den Wolken* bei Klett-Cotta sowie die historische Romanbiografie *Marco Polo* bei Droemer Knaur.
Der Autor lebt und arbeitet in Heidelberg.

Oliver Plaschka

FAIRWATER

Die Originalausgabe erschien 2007 unter dem Titel
»Fairwater oder die Spiegel des Herrn Bartholomew« bei Feder & Schwert.

Besuchen Sie uns im Internet:
www.knaur.de
Facebook: https://www.facebook.com/KnaurFantasy/
Instagram: @KnaurFantasy

Dieses Werk wurde vermittelt durch die Literarische Agentur
Thomas Schlück GmbH, 30827 Garbsen

Vollständige Taschenbuchausgabe April 2018
© 2007 Oliver Plaschka
Ein Imprint der Verlagsgruppe
Droemer Knaur GmbH & Co. KG, München
Alle Rechte vorbehalten. Das Werk darf – auch teilweise – nur mit
Genehmigung des Verlags wiedergegeben werden.
Covergestaltung: Guter Punkt, München
Coverabbildung: © Guter Punkt, Sarah Borchart
unter Verwendung von Motiven von Thinkstock
Innenteilabbildungen: Oliver Graute
Hintergrundbilder: jannoon028 und
rzarek / Shutterstock.com
Satz: Adobe InDesign im Verlag
Druck und Bindung: CPI books GmbH, Leck
ISBN 978-3-426-52169-4

2 4 5 3 1

Vorwort zur
überarbeiteten Neuausgabe

Manche Orte lassen einen nicht los.

Fairwater ist ein solcher Ort.

Die erste Fassung dieses Buches entstand kurz nach der Jahrtausendwende, als ich für ein halbes Jahr nach England ging und dort ein altes Hobby wieder aufnahm: das Schreiben. Die Geschichte, mit der alles begann, war *Die Prinzessin von Shedir*, und die seltsamen Mitglieder ihres Hofstaates gingen mir nicht aus dem Kopf: Mandelblum. Lucia. Marvin. Ich beschloss, dass sie ihre eigenen Geschichten und eine Heimat benötigten. So entstand die Stadt Fairwater, in der jeder ein Geheimnis barg und niemand nur das war, was er oder sie vorgab zu sein.

Ich skizzierte sieben Kapitel, anfangs nicht mehr als Notizen zu Figuren und Stimmung. Stil und Genre waren bunt gemischt: von Märchen über Mystery bis zu Theater- und postmoderner Tagebuchform. Mittlerweile war ich wieder in Deutschland, aber im Geiste lebte ich in jener anderen Welt.

Im Frühjahr 2002 wanderte das Manuskript zunächst in meine Schublade. Es dauerte weitere fünf Jahre, bis ich das Schreiben schließlich professionalisierte und *Fairwater* dank der Mühen meiner jungen Agentur erstmals in kleiner Auflage erschien – beim Mannheimer Verlag Feder & Schwert, der sich gerade hin zu neuer Belletristik öffnete. In diesen fünf Jahren hatte ich den Text bereits mehrfach überarbeitet, mit Rechtschreibreformen gehadert, Kapitel gestrichen und wiederhergestellt, das Buch als Gegenwartsliteratur wie als Fantasy deklariert. Es ist das große Verdienst meiner Agentur und meines Verlages, dass sie nie den Glauben an einen Erfolg verloren.

Das Wunder vollzog sich im Folgejahr: 2008 gewann *Fairwater* den Deutschen Phantastik Preis. Ich sammelte Erfahrungen auf Lesungen und Buchmessen und fand wahrhaft fantastische

Unterstützer unter Kollegen wie Lesern, denen ich zu großem Dank verpflichtet bin – denn sie alle hielten diesen Kosmos, den ich acht Jahre zuvor geschaffen hatte, lebendig. Es war eine verrückte und aufregende Zeit, die beständig zu neuen Kontakten und schließlich auch zu neuen Büchern führte.

Parallel dazu trat *Fairwater* in den Hintergrund. Die aktuellen Projekte wurden wichtiger; zudem setzte der normale Prozess ein, dem alle Texte irgendwann anheimfallen: Wann immer ich das Buch aufschlug, entdeckte ich etwas, das ich lieber anders gesagt hätte.

Man sollte vorsichtig sein, was man sich wünscht.

2014 bot sich die Gelegenheit, den Text für eine späte E-Book-Ausgabe zu überarbeiten. Als ich mit dem Abstand von vierzehn Jahren wieder in ihn eintauchte, sah ich nur noch einen Schimmer der Magie, die ich einst hineinprojiziert hatte. Stattdessen sah ich: fragwürdige Formulierungen, eine Flut von Füllwörtern und verschlüsselte autobiografische Bezüge. Und ich sah mich selbst zu dieser Zeit: einen jungen, unerfahrenen Autor, der mit viel Rauch und Spiegeln seine Unsicherheit zu kaschieren versuchte, der noch weitgehend ohne Internet gearbeitet und seine Wissenslücken mit Versatzstücken aus Fernsehen und Kino gestopft hatte.

Nun stand ich vor der Wahl: ganz oder gar nicht. Entweder ich verdrängte, dieses Buch je verfasst zu haben, oder ich schrieb den kompletten Text um, Seite für Seite.

Die Arbeit zog sich über fast ein Jahr. Sie führte mich noch einmal an Orte zurück, die ich nie erwartet hätte, wiederzusehen, und ließ mich die eine oder andere lange nicht mehr gehörte CD aus dem Schrank nehmen. Am Ende aber blieb dieser Text, mit dem ich heute noch glücklich bin. Zwar erzählt er noch immer dieselbe Geschichte – doch auf kohärentere Art. Trotz einiger inhaltlicher Ergänzungen verlor er über viertausend Wörter (das ist gut fünfmal so viel wie dieses Vorwort). Redundante Satzteile wurden gestrichen, allzu mäandernde Passagen begradigt. Im selben Zug gab ich mir Mühe, den Wiedererkennungswert der Figuren in den verschiedenen Geschichten zu erhöhen: sei es Cosmos Rabenmiene oder Sams Kauderwelsch. Mary wird im fünften Kapitel endlich beim Namen genannt, dafür ist Nicki nicht länger Andersens Tochter, was nie mehr als ein Fehler war. Jerry redet nicht mehr wie ein Abziehbild, und Mr. Bartholomew ist für den geneigten Leser klarer als dieselbe Figur zu erkennen, die unter anderem Namen auch im *Kristallpalast* und in den *Magiern von Montparnasse* auftritt.

Ich glaube, dass meine Sicht auf die Geschehnisse in Fairwater nun deutlicher hervortritt. Aus den losen Episoden wurden echte Kapitel, aus einer Kurzgeschichtensammlung ein Roman.

Unter den vielen Vergleichen, die wohlwollende Stimmen in den ersten Monaten nach Erscheinen des Buches zogen, waren die zu *Fool on the Hill* und *Twin Peaks* stets die schmeichelhaftesten. Ich möchte betonen, dass mir im Jahr 2000 beide Werke ein Begriff waren, ich sie aber weder gelesen noch gesehen hatte. (Wenn sich doch Parallelen zu David Lynchs Kosmos finden, so gebe ich dem Soundtrack Angelo Badalamentis die Schuld, welchen ich beim Schreiben oft hörte.)

Inzwischen ist *Twin Peaks* auf die Bildschirme zurückgekehrt. Und es erfüllt mich mit großer Freude, dass ich die überarbeitete Fassung meines Buches erstmals in gedruckter Form und mit der Unterstützung eines neuen Verlages präsentieren darf. Man verzeihe mir, dass das Figurenverzeichnis nun tatsächlich eine Hommage an Matt Ruffs Debüt – heute eins meiner Lieblingsbücher – darstellt. Es bietet einen leichtherzigeren Blick auf die Bewohner der Stadt; und vielleicht ist es genau diese Leichtigkeit, die zu finden ich fast zwei Jahrzehnte gebraucht habe.

Oliver Plaschka, Juli 2017

Inhalt

Dramatis Personae 11

I. Die Fairwater-Affäre 15
    Ihre erste Beerdigung......................... 15
    Bilder aus Venedig 37
    Glorias Stern............................... 82

II. Lucias Spiegel 137
    Die tausendfältige Einsamkeit 137
    Mandelblum 146
    Was im Keller war 159

III. Marvins Wahn........................... 171
    Die Menagerie 171
    Zum letzten Tanz 186
    Marvin alleine 206

IV. Das Silberschiff 225
    Jasemys Festung............................ 225
    Das Licht an der Lethe 240
    Das Dunkel im Regen 257

Zwischenspiel: Ein Leben 267

V. Herr Andersens wundersame Gabe 281
    Eines Menschen Zeit, 1969 281
    Das Schweigen der Geige, 1957–69.............. 302
    Wohin Wege nicht führen, 1937–69 319

VI. Die Prinzessin von Shedir 335
    Das Einhorn 335
    Stella 344
    Der Alte Zoo 351

VII. Lysander 357
    Aynas Geburtstag, 1978 357
    Die Lifelight-Werke, 1957–78 366
    Gedichte und Spiegel, 1987 384
    Das Sanatorium, 1957–81 402
    Gedichte und Spiegel, 1994 420
    Die Prinzessin jenseits des Glases, 1986–93 436
    »Shedar … Shedar …«, 1978–96 445

Epilog: Der Mann auf dem Hügel 465

Fairwater: Versuch einer Chronik 471

Dramatis Personae

Menschen:

Gloria (*1966) – eine Reporterin auf der Suche nach Wahrheit und alten Freunden.

Jeremiah »Jerry« Carter – ein aufrechter Taxifahrer.

Solomon Carter – Jerrys Vater. Lebt im Dachgeschoss der Bibliothek und sammelt Mysterien.

Lieutenant McCarthy – ein glückloser Polizist.

Mort – Barkeeper des *Einhorn* und Menschenfreund.

Der Hofstaat:

Stella van Bergen (*1961) – eine Prinzessin.

Marvin (*1960) – ein Barde und Kenner von Poesie.

Lucia (*1954) – Freundin Stellas, die in die Fußstapfen ihrer Großmutter tritt.

Lars Mandelblum – Jugendfreund Lucias, ein triebhafter Prophet.

Alice Chatelaine – eine weitere Prinzessin und Katze.

Sam Steed (*1929) – ein musikalisch begabter Stadtstreicher und Fuchs.

Mary (*1927) – eine ehemalige Schwester, die ihren Glauben verlor.

Johann Peregrin Andersen II. (*1913) – ein melancholischer Zaubergeiger.

JP alias Jean-Paul, Jase usw. – sieht aus wie ein französischer Schauspieler und gehört vielleicht nicht hierher.

Magier und Fantasien:

Cosmo van Bergen (*1940) – ein dunkler König und Rabe. Stellas Vater.

Mr. Bartholomew – ein undurchsichtiger Spiegelhändler.

Lysander Rilkist (*1963) – ein Waisenjunge mit vielen Gesichtern, aber keiner Figur.

Leland le Fay – ein Vampir aus dem alten Venedig.
Ayna (*1962) – eine Regenfee.

In Nebenrollen:

Howard (ein großer Tom-Waits-Fan), Madame Clara (eine rumänische Wahrsagerin), Lucias Großmutter (eine Autorin von Kinderbüchern), Pete (ein Konformist), Pauline (eine nette alte Dame), Marvins Mutter (eine Eule), Dr. Jones (ein Insekt), außerdem Zirkusleute, Bettler, Katzen, Engel, Therapeuten, Staatsdiener und Regendunkle.

... ich werde zu einsam in der Schöpfung,
ich werde noch einsamer in ihren Wüsten;
die volle Welt ist groß, aber die leere ist noch größer,
und mit dem All wächst die Wüste.
– Jean Paul, *Der Komet*

Die Fairwater-Affäre

ERSTES KAPITEL (1994)

In welchem wir die Chronistin Gloria zurück in die Stadt ihrer Kindheit begleiten und verfolgen, wie sie Licht ins Dunkel zu tragen versucht

The mountain cuts off the town from view
Like a cancer growth is removed by skill
Let it be revealed
– Genesis, Firth of Fifth

1. Ihre erste Beerdigung

Die Reporterin kam frisch aus D.C., und doch wirkte sie, als wäre sie an diesem Morgen lieber nicht aufgestanden und bereite sich geistig schon wieder auf ihre Abreise vor. Sie hatte nicht viel Gepäck dabei, und so staunte Jerry nicht schlecht, als er, noch mitten im Nirgendwo, mit seinem Taxi an ihr vorbeibrauste, die alte Gondel schlingernd zum Stehen brachte und wartete, ob sie wohl einsteigen mochte.

Sie wirkte nicht wie eine Geschäftsreisende und schon gar nicht wie ein Tramp. Ihre Kleidung war teuer und elegant, entsprach dabei jedoch dem gängigen Maß an Unvollkommenheit, das selbst die bedächtigsten und schönheitsbewusstesten Frauen stets von ihren Zwillingsschwestern aus der Werbung unterscheiden würde. Ihr Gesicht war von einer Blässe, wie sie nur sehr reiche oder notorisch ungesund lebende Frauen kultivierten. Deplatziert und in völligem Konflikt zu ihrer Umgebung stand sie am Rande des staubigen Highways.

Der Name der Reporterin war Gloria. Sie hasste ihn. Sie hasste den ganzen verfluchten Tag und diese Reise. Grund mochte sein, dass ihr treuer Chevy gerade den Geist aufgegeben hatte, kaum dass sie die erste Ausfahrt auf sich hatte zukommen sehen. Vermutlich war ihm Tom Waits auf höchster Lautstärke nicht bekommen; Gloria selbst ertrug ihn nur selten und unter Widerwillen, aber es gab Zeiten, da es sich kaum vermeiden ließ, sich seiner Reibeisenstimme und deren raubeinigen Gossenmärchen hinzugeben. Seit Anthony sich von ihr getrennt hatte, war zweifellos eine solche Zeit angebrochen, und es schien mehr als angebracht, geschützt von einer schwarzen Sonnenbrille und einem Tuch über dem widerspenstigen roten Haar am Steuer eines vorsintflutlichen Cabriolets in die aufkommende Tageshitze zu rasen und dazu Tom Waits zu hören. Das Vorbild, dem sie hierbei folgte, war Andy Garcia; ihr Wagen aber, cineastisch ein glatter Reinfall, hatte ihr einen Strich durch die Rechnung gemacht.

Der Sommer in Maryland konnte eine unbarmherzige Angelegenheit sein – und schon für gewöhnlich hasste Gloria ihn ebenso sehr wie alles andere, was sie momentan hasste. Nachdem der Chevy also liegen geblieben war und sie sich abermals und nachdrücklich davon überzeugt hatte, dass sie von Autos nicht das Geringste verstand, hatte sie sich ihre Handtasche über die Schulter geworfen, eine Kopfschmerztablette geschluckt und war losgestiefelt; immer den trockenen, sengenden Streifen am Rande der Straße entlang, die ihr mit jeder Meilenmarke einen weiteren Grund lieferte, sich von Fairwater wegzuwünschen. Sechs oder sieben Meilen, weiter konnte es eigentlich kaum sein – eine teuer erkaufte Meile als Strafe für jedes Jahr, das sie in der Stadt verbracht hatte. Sie war so lange nicht mehr hier gewesen, dass sie sich nicht mehr an die Landschaft oder die Entfernungen erinnern konnte. Was für ein Morgen.

Sie reiste in die Stadt ihrer Kindheit, und sie war auf dem Weg zu ihrer ersten Beerdigung.

Das Taxi kam neben ihr zum Stehen, als sie sich gerade eine

L&M ansteckte und der Rauch eine weitere Welle Migräne durch ihre Schläfe sandte. Ein junger schwarzer Kerl in einem schwarzen ärmellosen Shirt saß am Steuer. Ein Strichmännchen an einem Strang baumelte auf dem Shirt von einer Brücke herab; *Visit our Venice* stand in einladenden Lettern über der Zeichnung. *One-way ticket will do,* stand in schmutzigem Graffitistil darunter.

»Finden Sie den Spruch etwa lustig?«, fragte Gloria spröde und stieg auf der Rückbank ein, ehe der Fahrer etwas zum Besten geben konnte.

»Möchten Sie mit in die Stadt?«, fragte Jerry.

»Gibt es denn noch einen anderen Ort in der Nähe, den Sie empfehlen könnten?«, fragte Gloria.

»Schon gut«, meinte Jerry, wartete, bis sie die Tür zugeschlagen hatte, und trat auf das Gaspedal. Das Radio spielte etwas, das wie Cypress Hill oder vielleicht auch die Beastie Boys klang.

»Was haben Sie gegen mein Shirt?«

»Ein Freund«, entgegnete Gloria. »Er ist tot. Zufällig bin ich auf dem Weg zu seiner Beerdigung, und dann komme ich auch noch zu spät.«

»Oh«, grunzte Jerry betreten, aber ohne den Versuch, falsche Betroffenheit zu signalisieren. »Einer von diesen Selbstmördern, wie? Werden ja immer mehr. Können bald die ganze verdammte Stadt dichtmachen.«

»Keine Ahnung, woran er gestorben ist. Man hat seine Leiche nicht gefunden.«

»Woher wissen Sie dann, dass er tot ist?«

»Man geht davon aus.«

»Was beerdigen Sie denn dann, wenn ich fragen darf? Seine Klamotten? Ein Foto? Geatmete Luft?«

»Sie sagen es. Wollen Sie sich nicht vorstellen, wenn Sie mich schon vollquatschen?«

»Jerry«, grinste Jerry, wandte sich beim Fahren zu ihr um und drückte ihr kurz die Hand. »Eigentlich Jeremiah. Was für ein saublöder Name.«

»Da stimme ich Ihnen zu.«

Jerry warf ihr im Rückspiegel einen fragenden Blick zu.

»Meiner ist auch nicht viel besser. Hören Sie, wie viel macht es eigentlich in die Stadt runter? Nehmen Sie auch Kreditkarte?«

»Nun machen Sie sich mal nicht ins Hemd, Lady. Jerry wird das Kind schon schaukeln.«

»Wenn Jerry das sagt …«

»Sie haben mir immer noch nicht gesagt, wie Sie heißen.«

Sie schwiegen eine ganze Weile. Gloria sah den Bäumen nach, die am Wagenfenster vorüberglitten. Das ganze Land schien unter der Hitze erstarrt wie ein Fakir, der sich nicht die Füße an den glühenden Kohlen verbrennen will, vor denen er von Publikum umzingelt steht. Sie hatte beinahe vergessen, wie hell und heiß Fairwater sein konnte. Die Stadt war in ihrer Erinnerung eine Aneinanderreihung dunkler Sternennächte und verlassen leuchtender Verkehrsampeln, Schatten von Pappeln hinter Straßenlaternen und schwarz plätschernde Flüsse. Ein modriger Geruch stieg ihr in die Nase, und sie fragte sich, ob er nur ihrer Einbildung entsprang.

»Riechen Sie das auch, Jerry?«

»Das ist nur der Creek«, sagte Jerry halb sprechend, halb singend und trommelte auf sein Lenkrad ein.

»Welcher?«

»Was weiß ich. Dahinten, sehen Sie? Zwischen den Bäumen. Muddy oder Ironbridge, würde ich sagen. Ist schwierig, wissen Sie? Sind Sie von hier? Hab Sie noch nie hier gesehen.«

»Müsste das nicht der Laughing Creek sein? Da habe ich häufig gespielt. Als Kind, meine ich.«

»Sie waren schon lange nicht mehr hier. Den Laughing Creek haben sie abgeschafft, vor beinahe zehn Jahren schon. Entwässert, Schluss, aus und vorbei, sie haben das Land gebraucht. Jetzt haben wir nur noch einen Mourning Creek.« Jerry grinste breit und sang wieder etwas Radio mit.

»Wer hat das Land denn gebraucht?«

»Keine Ahnung. Fabriken. Die Industrie wächst seit Jahren –

beachtlich, wenn man bedenkt, dass die Bevölkerungszahlen rückläufig sind und so und eigentlich alles immer beschissener wird, Demokraten hin oder her.«

»Sie kennen sich aus, was, Jerry?«

»Ich lebe hier. Es gibt nicht viel, womit man sich auskennen könnte. Man kriegt halt so einiges mit.«

»Ist es das da vorn?«

»Ja«, sagte Jerry, als sie eine weitere unscheinbare Ausfahrt von ihrer bereits unscheinbaren Straße nahmen und sich vor ihnen ein kleines flaches Tal auftat, im Westen von den Flanken mächtiger Berge geschützt und im Zentrum zersprungen wie altes Porzellan, zigmal geklebt von den silbernen Narben der Flüsse; unzählige Flüsse, von Brückenklammern gehalten, sodass sie nicht aufbrechen und bluten konnten. Ein paar alte Kirchtürme im Zentrum, Parks und Hotelanlagen, Wohnviertel, die Hügel mit ihren Holzhäusern und die mächtigen schlummernden Leiber von Industriekomplexen, durcheinandergewürfelt wie Bauklötze in einem Kinderzimmer. Ihre Anordnung hatte etwas Krankhaftes, und zugleich wirkte sie seltsam beruhigend auf Gloria. Sie nahmen eine Biegung, und der berauschende Ausblick verschwand und kehrte nicht wieder.

»Das war Fairwater«, führte Jerry seinen Satz zu Ende und fuhr die sanften Serpentinen hinunter ins Tal. »Sie sind also aus der Stadt? Wann waren Sie das letzte Mal hier?«

»Mit vierzehn. Für einen Sommer und einen Winter.«

»Und davor?«

»Mit sechs. Dann sind wir fortgezogen.«

»Ganze Weile, wenn Sie mich fragen.«

»Sind Sie immer so zuvorkommend zu Ihren Fahrgästen?«, fragte Gloria, und es sollte ein Scherz sein, aber wie üblich hörte man es aus ihrer missmutigen Stimme nicht heraus.

»So hab ich das nicht gemeint. Wie alt sind Sie, wenn ich fragen darf?«

»Achtundzwanzig.«

»Haben Sie Familie in der Stadt?«

»Nein.«

»Freunde?«

»Ich hatte einen – einen.«

»Der, der jetzt tot ist?«

»Ja.«

»Hatten Sie was mit ihm?«

»So ungefähr. Ich war vierzehn.«

»Böse Geschichte, wenn Sie mich fragen. Sie fahren zurück in Ihre Vergangenheit, um der … symbolischen Beerdigung eines Typen beizuwohnen, in den Sie mit vierzehn verknallt waren?«

»Ganz genau.«

»Und haben eine Panne kurz vor dem Ziel.« Jerry grinste.

»Sie sind ein schlaues Kerlchen, Jerry. Mögen Sie Tom Waits?«

»Nicht mein Fall. Aber ich kenne eine gute Werkstatt. Sollen wir Ihren Wagen gleich abschleppen lassen?«

»Ich weiß nicht. Kennen Sie auch ein Hotel?«

»Klar. Alle. Xanadu, Russell, Days Inn – was Sie wollen und zahlen können.«

»Ich habe nicht mehr viel Zeit, Jerry.«

»Wann ist denn die Beerdigung?«

»Um zehn.«

»Dann sollten wir uns besser beeilen«, meinte Jerry und schepperte über die Stadtgrenze. Neugierig presste Gloria die blasse Nase an die Scheibe und versuchte sich vorzustellen, sie wäre wieder ein kleines Mädchen und sähe all diese Geschäfte, Ecken und Häuser zum ersten Mal. Es gelang ihr nicht. Die Leute wirkten fremd und rätselhaft auf sie. Wie konnten sie nur leben an diesem Ort, der sich selbst erstickte in seiner Sonderlichkeit und Weltferne?

»Was denken Sie?«

»Sie haben immer noch diese blumigen Namen überall«, bemerkte Gloria und schüttelte den Kopf.

»Ja, die Leute spinnen alle. Sie wissen schon. Die Ufologen, die Geistheiler und die ganzen anderen Eso-Freaks. Sie machen Kneipen auf und nennen sie *Wayfarers' Guildhouse* oder Schuhgeschäfte, die dann *Stonehenge* heißen, und dann machen sie Pleite und hopsen von einer der Brücken.«

»Klappt das denn?«

»Was, das mit den Brücken? Nun, Sie können natürlich drauf spekulieren, dass Sie sich den Kopf aufschlagen. Oder Sie sedieren sich vorher ordentlich mit Sungold und Crack oder sonst was. Oder Sie nehmen ein Seil zu Hilfe. Oder Sie trinken das Wasser. Irgendwas findet sich schon. Aber die meisten überleben, kommen in der Klinik wieder zu sich und gründen dann Selbsthilfegruppen und Seminarzentren. Viele heiraten.« Lenkradkurbelnd bog Jerry in eine andere Straße ab.

»Was sollte das mit dem Wasser?«

»Nicht gewusst? Der Giftwasserskandal 69 und dann 86 die Störung im Kernkraftwerk.«

»Das wusste ich wirklich nicht.«

»Das weiß jeder hier. Das war der Winter, als alle Vögel gestorben sind.«

»Sie machen Witze.«

»Keinen halben. Die Piepmätze lagen überall rum. Sah ganz schön bescheuert aus und war 'ne Riesensauerei.«

»Was war denn schuld daran?«

»Keine Ahnung. Es heißt nur, dass beim ersten Mal – 69 – 'ne ganze Menge Chemikalien ins Grundwasser gelangt sind. Es gab echt bizarre Symptome in der Bevölkerung. Eine Menge Leute sind durchgedreht und viele der Älteren einfach gestorben. Die Hippies haben dann das Gerücht in die Welt gesetzt, dass es so was Ähnliches wie LSD gewesen sein soll und die ganze Sache ein geheimes Regierungsprojekt.«

»Sie verarschen mich, Jerry.«

»Wenn ich's doch sage. Die Sache 86 war noch undurchsichtiger. 'ne Art Fallout, zumindest für die Vögel. Krieg ich 'ne Zigarette?«

Sie schüttelte ihm eine L&M aus der Schachtel, und Jerry zündete sie umständlich an. Er merkte, dass sie mehr hören wollte, und rutschte wichtigtuerisch auf seinem Sitz herum.

»War schon 'ne üble Sache. Es gab auch 'ne Untersuchung,

aber es kam nichts dabei raus, außer dass die Böden hier noch belasteter sind als in der restlichen Gegend. Die Fabrik, die die Sauerei 69 verursachte, gehörte übrigens dem gleichen Typen wie das Atomkraftwerk.«

»Doch nicht etwa van Bergen?«

»Doch«, lächelte Jerry. »Den kennen Sie also noch, was?«

»Wer kennt ihn nicht? Der reichste und mächtigste Mann der Gegend und für ein paar Jahre auch noch Schuldirektor. Ehrlich gelebter Kapitalismus, würde ich sagen.«

»Machen Sie sich da mal keine Gedanken mehr. Van Bergen ist tot. Ermordet. Genau wie die anderen. Ist noch gar nicht so lange her – und seine Tochter sitzt in der Klapse.«

Jerry hielt vor einem Hotel. *El Dorado* stand über dem Eingang, vor der stilisierten Silhouette einer funkelnden Stadt. Gloria sah Jerry lange und ernst an.

»Haben Sie heute Abend schon was vor, Jerry?«

Jerry spielte nachdenklich mit dem Taxameter. »Wie komme ich denn zu der Ehre?«

»Ich glaube, wir sollten uns unterhalten. Ich entschädige Sie auch gerne dafür.«

»Oh, jetzt sind *Sie* aber ein wenig zu zuvorkommend für meinen Geschmack«, wehrte Jerry ab. »Bis heute hat sich Jerry Carter noch von keiner Lady für ein Date bezahlen lassen.«

»Kein Date. Ich bin Journalistin. Ich glaube, Sie haben mir einiges zu erzählen.«

Ein Anflug des Verstehens huschte über Jerrys Gesicht.

»Eben ist der Groschen gefallen. Immer bei der Arbeit, was, Lady?«

»Gloria. Ich heiße Gloria. Ich schreibe für die *Washington Post*.«

Jerry pfiff durch die Zähne.

»Nette Zeitung. Wissen Sie was? Checken Sie ein, schmieren Sie sich ein wenig … was auch immer ins Gesicht und machen Sie, dass Sie wieder runterkommen. Es ist fast zehn. Ich fahre Sie weiter zum Friedhof.«

»Danke. Bis gleich.«

»Gloria«, grinste Jerry und sah ihr nach. Dann schlug er eine Zeitung auf und blätterte sich durch den Sportteil. »Reporter«, nuschelte er und drückte die Zigarette aus.

* * *

Jemand klopfte an die Scheibe. Abwesend sah Jerry auf. Es war ein Kerl in einer Art Trenchcoat, der für diese Jahreszeit definitiv zu warm war, als rechnete sein Träger mit einem überraschenden Wolkenbruch. Er hatte einen altmodischen Hut in die Stirn gezogen und trug eine verspiegelte Sonnenbrille.

»Sind Sie frei?«, fragte er Jerry.

»Bedaure. Mein Fahrgast ist sich nur eben frisch machen.«

Der Fremde schien zu überlegen, so als ob es ein schlagkräftiges Argument gäbe, dass er dem Taxifahrer entgegensetzen könnte, dann zuckte er die Schultern.

»Rufen Sie mir einen Wagen. Können Sie das tun?«

»Klar doch.«

»Dann werde ich warten.«

»Glauben Sie, dass es regnen wird?«, feixte Jerry. »Wohl kaum vor dem Wochenende.«

Der Fremde verzog keine Miene. »Wer weiß. Vielleicht glaube ich das tatsächlich.« Dann wandte er sich ab und schlenderte auf die andere Straßenseite, während Jerry die Zentrale anfunkte und einen Wagen bestellte. Unter der Markise eines Fischgeschäfts blieb der Mann stehen und sah teilnahmslos herüber. Jerry fluchte. Er wurde das Gefühl nicht los, dass der Kerl ihn anzustarren gedachte, bis entweder er oder Jerry von hier wegfuhren, und wie Jerry die Frauen kannte … er schaute auf seine Uhr und fluchte erneut. Es war sieben nach zehn.

* * *

Gloria kam aus der Tür getrippelt und stieg ein. Augenscheinlich hatte sie mit hochhackigen Absätzen keine Erfahrung. Das schwarze Kleid, das sie trug, schien Jerry ebenso unangebracht wie der Trenchcoat des Fremden. Es war weder sexy noch konservativ, es war einfach nur formlos und schwarz.

»Können wir?«

»Fahren Sie, Jerry.«

»Gut sehen Sie aus.«

»Lügen Sie mich nicht an, Jerry. Sie wissen, dass niemand gut aussieht, die sich nach einer Gewaltfahrt mit anschließender Wagenpanne in zehn Minuten für eine Beerdigung zurechtgemacht hat. Oder verraten Sie mir, was für ein Parfum man für einen solchen Anlass auflegt?«

»Keinen Schimmer. Das mit Ihrem Wagen hab ich übrigens geregelt, Howard wird ihn sich vorknöpfen. Ihre Sachen bringt er Ihnen ins Hotel.« Jerry lenkte den Wagen aus der Parklücke und fädelte sich wieder in den fließenden Verkehr ein. »Wir sind spät dran.«

»Ich weiß. Wir müssen zum städtischen Friedhof, nicht zum St. Gaiman.«

»Klar. Keine Selbstmörder in geweihter Erde.«

»Wieso sind Sie so sicher, dass mein Freund Selbstmord begangen hat?«

»Ist nur so ein Gefühl.«

* * *

Ausgerechnet der Friedhof war der erste Ort, an dem sie sich zu Hause fühlte. Der schmiedeeiserne Zaun hielt die gleichen Verzierungen und Figuren in sich gefangen wie vor vierzehn Jahren schon. Sie hätte damals wirklich nicht gedacht, dass sie, noch einmal so viele Jahre ihres Lebens später, wieder vor diesem Zaun stehen würde … die Brombeerranken wucherten wild über die alten Steine, Lorbeersträucher und Zwergzypressen säumten die Grabmäler und Grüfte.

Stockend lenkte Gloria ihre Schritte über die Schwelle des kleinen Seiteneingangs. Sie betrat den Friedhof nicht zum ersten Mal. Sie war nur zum ersten Mal dabei, wie ein Mensch – oder vielmehr die Erinnerung an einen Menschen, korrigierte sie sich – der Erde überantwortet wurde. Ihre Großeltern waren schon gestorben, als sie noch ganz klein gewesen war, und man hatte das Kind nicht mit auf die Beerdigung genommen – nicht einen Säugling und nicht ein vierjähriges Mädchen, das gerade mit Fieber im Bett lag. Ihre Eltern lebten noch. Onkeln und Tanten hatte sie keine, und noch nie in ihrem jungen Leben war ein Freund von ihr gegangen. Gloria war in der Illusion einer Welt ohne Zeit aufgewachsen.

Es fiel nicht schwer, die Trauergesellschaft zu finden. Es war eine merkwürdige Ansammlung betretener Verwandter, die zu Glorias Erleichterung fast noch deplazierter wirkten als sie selbst; und dazwischen, hingestreut wie Konfetti nach einer Party, bunt gekleidete Hippies, Freaks, ein oder zwei Gruftis, verwahrloste, alterslose, zeitlose Wesen. Ein Mädchen mit einer Blume im Haar spielte *Greensleeves* auf einer Gitarre. Ein dicker Mann mit ungewaschenen Locken stand in der Reihe derer an, die Blumen ins Grab warfen, und niemand außer Gloria schien zu bemerken, dass es ein Hanfblatt war, das er hielt. Zwei Ärzte ganz in Weiß stützten eine verschleierte Frau gleichfalls in Weiß, die schwach am Rande des Grabes stand, und brachten sie dann weg. Eine andere Frau, schwarzhaarig und blass wie eine Statue, stand abseits und schien zu trauern; zumindest schniefte sie unaufhörlich. Einige Stadtstreicher hielten sich in den hinteren Reihen und trugen zerrissene Fracks und Zylinder wie Clowns aus dem Zirkus. Dazwischen erblickte sie flüchtig einen grazil gebauten jungen Mann in gestreiften Beinkleidern und einer Brokatweste, wie man sie im echten Venedig vor vielen hundert Jahren getragen haben mochte. Gloria staunte, war außer sich. Einzig ein großer, schlaksiger Kerl mit einer Dauerwelle, wie sie seit Mitte der Achtziger mit Ächtung gestraft wurde, kam ihr vage vertraut vor.

»Mein Gott, Marvin«, flüsterte sie. »Wie viele Leben hast du gelebt, während ich meine zweite Halbzeit genommen habe?«

Sie wagte es nicht, in diesen Reigen einzugreifen, da sie ihn nicht verstand; ebenso wenig, wie sie jemals Marvin verstanden hatte oder er sie. Einen befremdlichen Moment lang dachte sie, dass den Menschen all die Dinge, die sie taten, erflehten und vermissten, wahrscheinlich nur deshalb so geheimnisvoll und bedeutsam erschienen, weil sie nicht in der Lage waren, einen Augenblick lang zurückzutreten und den weiten Ozean der Konzepte und Gedanken zu erfassen, in dem sie schwammen wie Treibgut; geschweige denn, die Strömungen, die ihn beherrschten.

Marvin war von ihr davongeschwommen, von ihr und ihrer kleinen Insel.

Ihr Blick ruhte auf dem Sarg, und sie war sich nicht sicher, ob es sie beruhigte oder nur noch mehr verängstigte, dass er leer war. *Sie töten Marvin, einfach indem sie ein Stück Holz in die Erde versenken, eine Palisade, ein Zaun, der ihn aussperrt; wie man einem Vampir den Pflock durchs Herz treibt, den Triumphgesang von Sonne und Leben auf den Lippen.*

»Verrückt, nicht wahr?«, flüsterte ein Mann neben ihr.

Sie drehte sich um und hob prüfend die Sonnenbrille. Der Mann war untersetzt, eigentlich ziemlich dick und atmete in der Hitze schwer. Schweiß stand auf seiner feisten, kleinen Stirn.

»Wer sind Sie?«

»Ein Freund der Familie. Aber dasselbe wollte ich Sie gerade fragen. Sind Sie neu in der Stadt?«

»Ich bin gerade erst angekommen. Sieht man mir das derart an?«

»Es geht so. War der Junge ein Freund von Ihnen?«

»Kann man so sagen. Warum fragen Sie mich aus?«

»Weil das mein Beruf ist«, sagte der kleine Mann und reichte ihr die Hand, nicht ohne zuvor seine Stirn abzutupfen. »McCarthy, Kriminalpolizei. Sie schalten ja sehr schnell.«

»Das ist *mein* Beruf.«

»Sie sind doch keine Detektivin, oder? Ich habe von Privatdetektiven allmählich die Schnauze voll.«

»Beinahe. Ich bin Reporterin.«

»Grundgütiger!«, hauchte McCarthy. »Doch nicht etwa von außerhalb?«

»Sie verstellen sich ziemlich schlecht«, bemerkte Gloria, ein Rat von Fremder zu Fremdem, und zeigte ihm ihren Presseausweis.

»Muss an der Hitze liegen. Würden Sie mir verraten, was Sie hier treiben?«

»Ich wollte an der Beerdigung teilnehmen.«

»Dann werden Sie noch den einen oder anderen Höflichkeitsbesuch absolvieren und uns dann wieder verlassen?«

»Ich kenne hier niemanden sonst. All diese Leute« – sie ließ die Hand unbestimmt über die Kavalkade grotesker Zeitgenossen schweifen – »sind mir unbekannt. Die Grabrede habe ich wohl versäumt?«

»Ja, Sie waren spät dran. Also schön. Wenn Sie was brauchen, wenden Sie sich an mich – und tun Sie mir einen Gefallen, ja?«

»Was?«

»Nicht noch eine von diesen Tod-in-Venedig-Storys. Ich kann sie einfach nicht mehr sehen.«

»Mein Wort darauf.«

* * *

»Was ich brauche, Jerry, ist jemand, der sich *wirklich* in diesem Irrenhaus auskennt.«

»Dann wird nichts aus unserem Date?«

»Seien Sie froh. Ich bin eine furchtbare Gesellschafterin. Ich telefoniere beim Essen, und wenn nicht, dann rede ich nur über mich.«

»Wenn Sie mir die Bemerkung gestatten, war das eine ziemlich kurze Aufwartung, die Sie Ihrem Freund da gemacht haben.«

»Wieso? Er war schließlich nicht da. Fahren Sie, Jerry.«

»Haben Sie alte Freunde wiedergetroffen?«

»Ich habe keine Freunde in dieser Stadt. Ich habe ein paar Fremde getroffen, einige Obdachlose und einen Drogenhändler.«

»Haben Sie Polizei gesehen?«

»Einen Beamten in Zivil. Was war mit den Ärzten, was machen die hier?«

»Ein Wagen von der Nervenheilanstalt. Ist gerade vorbeigefahren.«

»Da hatte offenbar jemand Ausgang für den Anlass.«

»Gloria?«

»Ja, Jerry?«

»Sind Ihnen irgendwelche Kerle in Regenmänteln aufgefallen?«

»Nein, wieso?«

»Ach, nur so. Wohin jetzt?«

»Ich habe Sie gefragt, ob es so was wie einen Experten für diese Stadt gibt, der mir helfen kann, einige Dinge geradezurücken.«

»Den gibt es allerdings«, seufzte Jerry. »Ich bringe Sie zu ihm.«

»Danke. Ach, Jerry …«

»Ja, Gloria?«

»Sie haben recht.«

»Womit?«

»Ich bin selbst für die Toten eine lausige Freundin.«

* * *

Fairwater Mirror, 7.1.1987

LIFELIGHT BESTREITET MITSCHULD AN VOGELSTERBEN

(scar) Direktor van Bergen bestritt in einem gestrigen Interview abermals die Mitschuld seiner Raffinerien an dem weihnachtlichen Massensterben von Singvögeln in der Umgebung des Mourning Creek. »Der Fluss ist sauber, mich trifft keine Schuld«, beteuerte van Bergen. »Fragen Sie die Experten. Außerdem ist ein Störfall aufgrund der neuen Sicherheitssysteme völlig ausgeschlossen.«
Der rätselhafte Umweltskandal war aufgefallen, nachdem mehrere Bewohner der Vororte die selbst für den Winter ungewöhnliche Stille beim Umweltamt zur Anzeige gebracht hatten. Die meisten Tiere hatten sich zum Sterben an die Ufer des Creeks zurückgezogen. In den Tagen zwischen Weihnachten und Neujahr waren die Kadaver überall in der Stadt aufzufinden gewesen.
Direktor van Bergen, der erst vor wenigen Monaten Opfer eines schweren Attentats wurde, mit dessen Folgen er noch immer zu kämpfen hat, geriet abermals in den Mittelpunkt des öffentlichen Interesses, nachdem bekannt geworden war, dass die Abwässer des Westkomplexes seiner Werke in den Mourning Creek geleitet werden.

* * *

»Sie brauchen also einen Experten, wie?«
Gloria saß im schwülen Schatten des obersten Stockwerks der Stadtbibliothek, eines viktorianischen Baus aus karmesinrotem Ziegelstein, dessen Dachgeschoss die Hitze des Nachmittags sich trotz der sperrangelweit geöffneten Fenster nicht zu verlassen ent-

scheiden mochte. Es roch nach Leim, altem Papier und Vogelkot aus dem Papageienkäfig, in dem ein selbstverliebtes Pärchen blauer Aras schnäbelte, bewacht von den aufmerksamen Augen eines schwarzen Katers. Der Kater litt unter der Hitze; dem Menschen, auf dessen Schoß er lag, schien sie dagegen nichts auszumachen.

Besagter Mensch war die ihr von Jeremiah angeratene Kompetenz auf dem Gebiet der Lokalhistorie, ein stumpfschwarzer Greis von Farbe und Duft einer alten Kaffeebohne, der mit einem Bartwuchs gesegnet war, den sich manche Männer auf der Brust, aber kaum im Gesicht gewünscht hätten. Er trug zerschlissene Kleidung und saß in einem noch zerschlisseneren Sessel.

»Ganz recht. Ich bin froh, dass Sie etwas Zeit für mich opfern, Mr. Carter.«

»Keine Ursache. Es freut mich, dass mein Sohn an seinen alten Herrn gedacht hat, und ich danke dem Schicksal, dass es Sie vorbeigeschickt hat. Was ist ein Chronist ohne Zuhörer? Ist es nicht das, was Sie suchen? Einen Mike Hanlon, der hier sitzt, schreibt und die Stellung hält?«

»Ich kann Ihnen nicht ganz folgen, Mr. Carter.«

»Ach, sagen Sie ruhig Solomon zu mir. Hanlon ist eine Figur Mr. Kings … ja, ich lese eine ganze Menge von diesem Zeug.« Sehnsuchtsvoll ließ er den Blick über die Rücken seiner Bücher streifen wie ein Sultan über die Gesäße seiner Lieblingsfrauen, die er nie alle würde beglücken können. »Wussten Sie, dass wir eine komplette Ausgabe von Cabells Storisende-Edition hier oben haben?«

»Ich muss gestehen, ich bin besser mit Filmen. Es klingt vermutlich seltsam aus dem Mund einer Frau, die ihre Brötchen mit Schreiben verdient, aber ich lese nicht viel. Schon gar nicht … solche Literatur.«

Solomon schmunzelte. »Das sollten Sie aber. Es hilft, einige Dinge in dieser Stadt gelassener wahrzunehmen. Verglichen mit den Fantasien eines Lovecraft oder wen immer Sie bevorzugen, ist es doch recht gesittet, was sich dort draußen zuträgt … Sepulchrave, lass Cora und Clarice in Frieden«, tadelte er den

Kater, der mürrisch mit dem Schwanz seine Schenkel schlug und sich dann auf die Seite drehte.

»Dann verraten Sie mir, was erbärmlicher ist als der Doppelmord an einer jungen Mutter und ihrem Kind. Oder ein Amoklauf in einer Bank. Ich bin Reporterin in D.C., Solomon. Vergessen Sie das nicht.«

»Oh, wie könnte ich«, entgegnete der Alte, und sein wacher Blick schweifte aus dem Fenster, vor dem die Äste einer Birke in einer kaum wahrnehmbaren Brise schwangen wie die Angelrute eines dösenden Riesen. Seine Hand streichelte Sepulchraves Fell.

»Was wollen Sie wissen?«

»Wir könnten bei den Zeitungen beginnen«, schlug Gloria vor. »1969 oder früher, wenn diese seltsamen Vorfälle noch weiter zurückreichen. Ich wittere etwas Großes, Solomon. Ich wittere etwas ganz Großes.«

Solomon grinste. »Die Lesemaschine und die Mikrofiches stehen gleich hier drüben.«

* * *

Mitschnitt des Telefonats aus Zimmer 17 des El Dorado, Mittwoch, 7.9.1994, 23:32 Uhr; Anschluss 500-65156, Washington, D.C.; Schlüsselworte: »Atomkraft«; »Bergen, van«; »Bombe«; »Carter, Solomon«; »Komet«; »Lifelight«; »Sanatorium«

»Es ist unglaublich, Anthony.«

»Was genau meinst du mit ›unglaublich‹?«

»Diese ganze Stadt, Anthony. All die Dinge, die ich als Kind nicht verstanden habe. Ich fange langsam an, das Gesamtbild zu sehen – und es ist groß, Anthony – *sehr* groß.«

»Na gut, Gloria. Überrasch mich.«

»Okay, die Daten … die Stadt ist alt, sie wurde schon im 17. Jahrhundert gegründet. Eine Menge Briten und Holländer, die sich nach und nach in die Büsche schlugen, um ihre Ruhe vor der Alten Welt zu haben. Dann taucht Fairwater sporadisch in verschiedenen Texten auf, meist in Zusammenhang mit irgendwelchen Absonderlichkeiten: Marienerscheinungen, verschwundene Menschen, eine angebliche Hexe, die im 18. Jahrhundert ihre Kinder umbringt; solcher Kram eben. Leider gibt das Material nicht viel her. Die Quellen sind unglaubwürdig und nur schwer zu entziffern.«

»Das kriegen wir schon hin.«

»Interessant wird es erst in diesem Jahrhundert. Die Stadt legt sich ziemlich spät Telefonleitungen zu. Es spricht sich rum, dass es sich hier fein leben lässt, wenn man sich nicht an der mehr als dürftigen Infrastruktur und dem feuchten Klima stört. Aber die Flüsse machen vieles wett: Fischfang, Wasserkraft und Dampf für die Fabriken, und eine Zeit lang will sogar jemand Gold in ihnen entdeckt haben.«

»Da kamen dann alle.«

»Richtig. Haufenweise Zuwanderer und mit ihnen das ganze Geld. Der Stadt geht es gut, und sie fangen an, all die Brücken und Denkmäler zu bauen. Jemand muss einen Fetisch dafür gehabt haben. Fairwater überspringt hundert Jahre und mausert sich von einer Art Sleepy Hollow direkt zu einem kulturellen Kleinod, ohne Umweg über die Weltwirtschaftskrise. Als eine der letzten Familien kommen dann die van Bergens. Großväterchen Guido hat mächtig Asche und kauft sich überall ein. Das ganze Land westlich der Stadt und auch die billigen Gebiete im Zentrum, wo wegen des vielen Schlamms und der Mücken sowieso niemand wohnen will. Dort zieht er seinen Familienbetrieb hoch.«

»Was stellt der her?«

»Zuerst verschiedene Haushaltswaren. Dann Grubenlampen für die Bergarbeiter. Vielleicht daher der Name – Lifelight. Ist nicht mehr feststellbar.«

»Ich denke, es gibt keine Bergwerke in dieser Gegend?«

»Kaum noch. Ist auch besser so wegen der Radioaktivität in den Böden. Das Verrückte aber ist, dass mir bis jetzt noch niemand sagen konnte, was das Lifelight der zweiten und dritten Generation eigentlich herstellt. Geschweige denn, wer die Fabriken heute führt.«

»Veräppelst du mich?«

»Du weißt doch, wie die Leute hier sind, ich hab's dir oft genug erzählt. Klar, sie haben wohl eine Art Aufsichtsrat, der sich ums Geschäftliche kümmert, solange van Bergens Tochter das nicht kann. Sie stellen weiter irgendwelche Maschinen her, und chemische Industrie haben sie auch, Kram, den außer anderen chemischen Betrieben kein Mensch braucht, und dann stellen sie natürlich noch Strom her. Atomkraft. Dutzende von Flüssen in der Stadt, und sie entscheiden sich für *Atomkraft,* weil die Flüsse angeblich zu träge sind und ein Stausee von den Behörden nicht bewilligt wurde, einiger bedrohter Arten in den Wäldern wegen.«

»Das ist doch schon was.«

»Ja, aber das ist auch schon *alles*. Mehr konnte oder wollte mir keiner hier sagen.«

»Immer entspannt bleiben. Du bist erst einen Tag in der Stadt, du bist fremd mittlerweile, und du schreibst. Klar, dass dir niemand was erzählen will.«

»Jedenfalls gab es immer wieder Störfälle in den Raffinerien oder im AKW. Jeder weiß es, aber niemanden kümmert es. Es werden Gutachten erstellt, weggeschlossen und vergessen, und jeder trinkt wieder das Wasser, so als wäre nichts geschehen.«

»Spricht denn etwas dagegen?«

»Sie haben eine erschreckend hohe Kindersterblichkeit und die höchste Rate neuronaler Krankheiten im ganzen Staat. Was meinst du, weshalb sie die psychiatrische Klinik hier eröffnet haben?«

»Haben sie?«

»Das Fairwater Sanatorium. Eine undurchsichtige Anstalt vor der Stadtgrenze. Sehr malerisch, ich habe Fotos gesehen. Aber innen scheint sich seit *Einer flog über das Kuckucksnest* nicht viel geändert zu haben. Das Personal muss völlig inkompetent sein, hat scheinbar aber viele mächtige Freunde. Es gab immer wieder Verfahren wegen irgendwelcher Verletzungen: des Dienstgeheimnisses, des hippokratischen Eides oder der körperlichen Unversehrtheit der Patienten. Ich versuche, Beweise dafür zu finden, dass eine Menge Misshandlungen vertuscht wurden. Anthony, diese Leute scheinen nur *zerstören* zu können. Trotzdem wurden sie nie entlassen.«

»Kaum der richtige Ort, um verrückt zu werden. Falls es dafür einen richtigen Ort gibt.«

»Aber gerade hier haben sie diese enorme Ausfallquote. Fantasten aus dem ganzen Land kommen her, nur um hier endgültig auszuticken. Der Tourismus an Spinnern ist fast noch größer als der an Selbstmördern.«

»Erklär mir das.«

»Hubbardianer der ersten Stunde, New-Age-Freaks, Geistheiler, die ganze Palette. Die meisten von ihnen warten darauf, ein UFO zu sehen.«

»Stehen die Chance denn gut dafür?«

»Nicht schlecht, wenn du mich fragst, und hier kommen wir auch wieder zu unserer kleinen Geschichtsstunde zurück. 1910, während des Durchgangs des Halleyschen Kometen, trat eine Gruppe in Erscheinung, die in dem Kometen das Fragment einer untergegangen Welt sah. Sie machten einen Kult daraus und hielten Rituale in den Sümpfen ab, um die Ankunft der Aliens vorzubereiten, und auf einem der Berge haben sie eine Art Empfangsstation gebaut. Sie wurde dann während eines Gewitters zerstört, ein Blitz schlug direkt in das Ding ein, was immer es war.«

»Was wurde aus den Burschen?«

»Sie wurden alle verhaftet, nachdem sich herausgestellt hatte, dass sie ihre Jünger zu rituellen Selbstverstümmelungen zwangen. Sie schlugen sich Hände und Füße ab, um die Aufmerksamkeit ihrer außerirdischen Götter zu erregen. Ein paar rissen sich ein Auge aus. Höchstwahrscheinlich waren sie alle komplett geisteskrank, aber das kümmerte niemanden zu einer Zeit, als Freuds eigene kleine Gemeinde noch an sich selbst herumspielte. Den Sektenführer hat man aufgeknüpft – und nun rate mal, wer das designierte Landegebiet dann gekauft hat.«

»Van Bergen.«

»Genau. Kurz darauf gab es eine totale Mondfinsternis, und Anthony, *die Leute sind aus Protest gegen den Kauf auf die Straße gegangen, weil sie es für ein himmlisches Zeichen hielten.* Sie glaubten, die UFOs trieben sich noch irgendwo dort draußen herum und seien sauer, weil man ihre Pläne durchkreuzt hatte.«

»Korrigiere mich, wenn ich mich irre, aber vor den Dreißigerjahren hat doch eigentlich kaum ein Mensch an so etwas wie Raumschiffe gedacht – die größte Sorge der Halleyfürchtigen waren schädliche Kometengase.«

»Ich kann dir auch nicht sagen, wer ihnen den Floh ins Ohr gesetzt hat. Aber genau solche Leute fühlen sich seit über hundert Jahren magisch von der Stadt angezogen. Darüber sagen die Prospekte natürlich nichts, und es ist den normalen Bürgern auch unangenehm.«

»Wie geht es dann weiter?«

»Wart's ab. 1917 erhängt sich ein bekannter Violinist in der Stadt. In seinem Nachlass findet sich zwar der Geigenkoffer, doch darin ist nur ein seltsamer Stein.«

»Ja und?«

»Ein halbes Jahrhundert später, als die Bilder von Armstrong und Aldrin um die Welt gehen, fällt der netten alten Dame, die in ihn und seine Musik verliebt war und den ganzen Plunder aufhob, etwas auf, und sie kramt diesen Stein hervor und schickt ihn nach Florida, und die Leute von der NASA fragen, woher sie den habe. *Denn es war ein Mondstein wie die, die Apollo zurückbrachte.*«

»Ein Meteorit?«

»Keine Spuren, wie sie ein Eintritt in die Atmosphäre verursacht hätte. Außerdem fallen nicht sehr häufig Brocken vom Mond auf die Erde, Anthony.«

»Hm. In Ordnung – und dann?«

»Einige kleinere Dinge; eine Spiritistin 1925, die mithilfe ihres *Ouija*-Brettes ein kleines Mädchen wiederfindet, das sich in den Wäldern verlaufen hatte. Ein uralter Indianer kommt am 6. August 1933 mit verbranntem Gesicht von den Bergen herab und fantasiert von einem überirdischen Feuer, das vom Himmel auf das Königreich des Ostens fällt, die Sonne vom Thron stößt und in Dunkelheit bindet. Kein Mensch kümmert sich darum, alle halten ihn für verrückt. Auf den Tag genau zwölf Jahre später werfen wir die Bombe über Hiroshima ab.«

»Zufall.«

»Wer trifft schon solche Weissagungen?«

»Vielleicht hat ihm ja jemand das Silmadingsda übersetzt.«

»Sehr witzig, Anthony, aber das gab's da noch nicht. Ich habe mittlerweile einen Spezialisten für solche Dinge.«

»Dann halt die Bibel.«

»Ich glaube nicht, dass er lesen konnte, weil er nämlich von Geburt an blind war.«

»Das ist ziemlich starker Tobak. Mit so was setzt du dich schon den ganzen Tag auseinander?«

»Ich habe ein ziemlich schlechtes Gewissen wegen Marvin. Eigentlich bin ich wegen seiner Beerdigung hier, aber er liegt ja nicht einmal in seinem Sarg. Eigentlich weiß ich nicht einmal mit Sicherheit, dass er tot ist. Seine Mutter hat ihn bloß für tot erklären lassen, weil er seit vier Jahren spurlos verschwunden ist und gegen Ende ziemlich depressiv war – und weißt du, was das Schlimmste ist? Es ist Mittwoch, und wir haben Neumond. Marvin hat Mittwoche und Neumondnächte immer gehasst, und seine Mutter hat nichts Besseres zu tun, als ihn an einem solchen Tag zu beerdigen. Armer Marvin.«

»Echt verrückt.«

»Schon, und ich sitze hier und wühle mich durch alte Zeitungsschnipsel und Disketten. Du kannst auch mal schauen, ob du was findest.«

»Mach mal Pause. Wenn diese Dinge seit hundert Jahren geschehen, laufen sie nicht weg.«

»Stimmt. Aber dieser Solomon Carter ist eine wahre Goldgrube. Er versorgt mich mit all dem Zeug, und er hat mir noch mehr versprochen. Es kommt mir fast so vor, als hätte er nur darauf gewartet, dass endlich einmal jemand aufkreuzt, der diese Dinge ebenso seltsam findet wie er selbst.«

»Glück für dich.«

»Glück? Ich weiß nicht. Ach, Anthony ...«

»Mach Schluss für heute und ruf mich an, wenn du mehr hast.«

»Okay – und Anthony ... ich vermisse dich.«

»Mach's gut, Gloria.«

2. Bilder aus Venedig

»Sie sehen schlecht aus heute Morgen«, bemerkte Jerry, als sie einstieg. »Wenig geschlafen?«

»Danke, Jeremiah«, entgegnete Gloria, fiel auf den Rücksitz und kramte nach den Kopfschmerztabletten in ihrer Tasche. »Können Sie damit was anfangen?« Sie gab ihm einen Zettel. *Den Spiegel zerbrechen* stand in schwungvoller, etwas wackliger Handschrift darauf. Jerry besah ihn sich nachdenklich und drückte ihr seinen Kaffeebecher in die Hand. Gloria nahm die Tablette mit einem tiefen Schluck.

»Ist das Ihre To-do-Liste für heute?«

»Es ist ein Zettel, den man heute Nacht unter meiner Tür durchschob«, erwiderte sie kritisch, reichte ihm den Becher zurück und erhielt dafür wieder den Zettel.

»Sie erregen schnell Aufsehen.«

»Es kommt mir ganz so vor. Haben Sie das mit Ihrem Chef und der Bezahlung geregelt?«

»Er meint, kein Thema.« Jerry sah sehr vergnügt aus.

»Sie stehen mir also zur Verfügung?«

»Wann immer Sie wollen. Solange die *Post* alles zahlt.«

»Das wird sie, wenn wir hier fertig sind.«

»Sie müssen denen ganz schön was wert sein.«

»Ich bin nicht die Schlechteste in meinem Job. Behaupten sie jedenfalls.«

»Also wohin?« Jerry schaltete das Radio ein und brachte sie zurück auf die Straße. Allmählich gewöhnte sie sich an den schwitzigen Öl- und Zigarettengeruch seines Autos. Sie kurbelte das Fenster runter und steckte ihm und sich eine L&M an.

»Wir fangen in der Altstadt an. Haben die Kneipen dort schon geöffnet?«

»Ja, bloß zu trinken kriegen Sie wahrscheinlich noch nichts Richtiges. Das ist so eine Art Eigenverantwortlichkeitsinitiative, die ihnen die neue Bürgermeisterin aufs Auge gedrückt hat.«

»Ich will mich nicht betrinken. Ich will mit jemandem reden.«

»Wir werden an ein paar hübschen Brücken vorbeikommen. Wenn man mit dem Auto in die Innenstadt will, muss man mittlerweile Wege nehmen wie in diesem antiken Palast … von dem mein Vater immer … ach, vergessen Sie's. Einbahnstraßen, Sie wissen schon. Man verliert leicht die Orientierung.«

Gloria sah hilfesuchend aus dem Fenster. »Sie meinen Knossos?«

»Wenn Sie es sagen.«

»Mein Vater ist Grieche.«

»Im Ernst? Sie sehen gar nicht danach aus.«

»Weil ich eine Sonnenlichtallergie habe und mir die Haare färbe.«

»Das Rot ist nicht echt?«

»Bedaure. Und seien Sie froh, dass Sie meinen Nachnamen nicht kennen.«

* * *

Donnerstag, 8. 9.1994, 10:52 Uhr, Polizeistation

»Miss … äh … Miss …« Die Polizistin kniff die Augen zusammen und starrte auf den Presseausweis, unfähig zu begreifen, was dieser ihr sagte. Geschweige denn, es wiederzugeben.

»Ist schon in Ordnung.« Gloria lächelte gefährlich und glitt an ihr vorüber. »Er kennt mich.«

»Ach«, meinte McCarthy, der ihr müde aus seinem Büro entgegenkam. »Ich hätte nicht gedacht, dass wir uns so schnell wiedersehen.«

»Warum lassen Sie mich nicht in die Innenstadt, McCarthy?«

»Nehmen Sie doch Platz.« Er wies ihr einen Stuhl und räumte die Zeitungen und Kaffeetassen darauf beiseite. *Schlug Killer wieder zu?*, fragte eine Schlagzeile. Von unterschwelliger Wut erfüllt wie ein Kürbis von Kerzenschein ließ sich Gloria nieder. Sie wusste, sie konnte gut funkeln, wenn sie sich so fühlte, und sie funkelte McCarthy mit allem Zorn an, den sie gerade aufbieten konnte.

»Also?«

Er nahm ihr gegenüber Platz. Er trug ein Hemd, Hosenträger und Holster und schwitzte immer noch.

»Die ganze Sache ist mir etwas unangenehm. Ach, was rede ich, eigentlich gar nicht. Sie hatten nur das Pech, zur falschen Zeit über die Dantebrücke zu kommen.«

»Das Gefühl hatte ich auch. Was war das? Eine Razzia? Am frühen Morgen? Gehofft, dass die Dealer noch schlafen?«

»So was Ähnliches. Suchen Sie eine Story?«

»Ich *habe* eine Story, und in diesem verschlafenen Nest scheint sich ja sonst niemand drum zu kümmern. Besitzen Sie überhaupt noch eine funktionierende Lokalredaktion?«

McCarthy lächelte. »Wir haben da so eine Abmachung. Wir warten ab, was nach draußen dringt, und bezahlen unsere Reporter dann dafür, bei ihren Kollegen abzuschreiben. Das war natürlich ein Scherz.«

Gloria schaute ihn zweifelnd an.

»Wie wär's, Sie kooperieren ein bisschen? Sie überstürzen nichts, und ich gebe Ihnen das eine oder andere Exklusivinterview, wenn wir so weit sind.«

»Wie wär's, Sie behindern mich nicht, und ich lasse das ein oder andere gute Haar an Ihnen, wenn *ich* so weit bin?«

»Sind Sie immer so kratzbürstig?«

»Immer«, nuschelte Gloria, während sie sich eine Aspirin in den Mund schob. »Aber die Dreibuchstabenmänner in D.C. fragen mich das auch immer, wenn es Sie beruhigt.«

»Sie sollten vorsichtig damit sein am Morgen«, gab McCarthy zu bedenken und deutete mit dem Finger auf ihren Hals. »Haben Sie heute schon was gegessen?«

»Ich hatte Kaffee und Zigaretten.«

»Ich habe die Dinger eine Zeit lang genommen wegen des Herzens. Aspirin. Dann habe ich angefangen, Blut zu scheißen, und es gelassen.«

»Ich habe einen festen Magen.«

»Also fein, wenn Sie es sagen. Was wollen Sie wissen?«

»Was war das vorhin?«

»Sie wissen von den Morden, nicht wahr?«, fragte McCarthy.

»Die erste Serie in den Achtzigerjahren, dann eine Zeit lang nichts. Letzten Winter begann es plötzlich von Neuem. Als es Direktor van Bergen erwischte, waren auf einen Schlag alle interessiert.«

McCarthy biss bekümmert in ein unansehnliches Schinkenbrötchen. »Natürlich wissen Sie von den Morden. Warum frage ich überhaupt?«

»Ist es etwa wieder passiert?«

»Sie haben sicher Verständnis dafür, dass ich darüber nicht reden werde. Ich wollte nur, dass Sie kapieren, dass Sie nicht die Einzige hier sind, die ihren Job ernst nimmt. Tanzen Sie mir nicht auf der Nase herum. Das wollte ich nur klarstellen. Ich mag Sie. Aber wenn Sie mich in meiner Arbeit behindern …« Er deutete auf die Packung Schmerztabletten.

»Beobachten Sie mich?«, fragte Gloria.

40

»Sie werden es mir nicht abnehmen, aber nein, wir beobachten Sie nicht.«

»Keine Kerle in Regenmänteln? Keine Botschaften unter meiner Zimmertür?«

»Für wen halten Sie mich?«

Sie reichte ihm den Zettel.

McCarthys Gesicht war keines, das bereitwillig erblasste, aber es machte den Anschein, als fiele seine Durchblutung kurzzeitig auf normales Niveau ab.

»Wo sind Sie abgestiegen?«, fragte er.

»El Dorado.«

»Verschwinden Sie von dort.«

»Wenn Sie es für eine gute Idee halten.«

»Verzeihen Sie die naive Frage, aber Sie werden mir wahrscheinlich so lange hier zur Last fallen, bis Ihnen etwas zustößt oder das Spesenkonto der *Post* verbraucht ist, nicht wahr?«

»Oder Sie mich wegsperren, falls Sie darauf hinauswollen.«

»Vielleicht könnte ich mir eine Zusammenarbeit zwischen uns beiden vorstellen«, sann McCarthy und faltete das Papier seines Schinkenbrötchens zusammen. Der Zettel lag unbeachtet vor ihm. Lächelnd steckte Gloria ihn wieder ein.

»Darf ich jetzt in die Innenstadt?«

»Sie haben meine Frage noch nicht beantwortet«, wiederholte McCarthy.

»War es denn eine?«

»War es für Sie keine?«

»Sie haben immer noch keine Ahnung, nicht wahr?«, freute sich Gloria. »Sie wissen immer noch nicht, wie er zu seinen Opfern kommt.«

* * *

Es war sonnig im Alten Zoo, und die Dunstglocke aus Löwenpisse und Elefantendung hing über den Gräben und künstlichen Wasserfällen wie die Ausdünstungen einer Alchemistenküche, ein magischer Brodem. Eine Brücke spannte sich über einen See; Monet hätte seine Freude an ihr gehabt. Lilien trieben friedlich wie Leichen auf seiner Oberfläche, und das Wasser lag so unbeteiligt wie die Hitze über der Stadt. *Vielleicht werde ich mich ein wenig bewegen,* riet sie seine Gedanken. *Wahrscheinlich bleibe ich aber noch ein bisschen hier liegen … und stinke …* Sie kicherte. Sie war übermüdet, und wahrscheinlich tat sie all das, was sie gerade tat, wieder nur, um sich von Anthony abzulenken.

Jerry kam mit einem Eis von der Bude zurück und drückte ihr die tropfende Waffel in die Hand. Ratlos zwinkerte er in den strahlenden Himmel und zu den Pinguinen, die geduldig im Wasser saßen und ihre Zehen putzten. Eine famose Vorstellung, nur den Mund zur Verfügung zu haben, um sich den Schmutz aus den Füßen zu picken.

»Was tun wir hier?«, fragte er sie.

»Ich weiß nicht. Ihr Vater hielt es für eine gute Idee, mich hier einmal umzusehen.«

»Immer muss er allen seine Lieblingsplätze aufzwingen. Wollten Sie nicht zum Kirchplatz?«

»McCarthy rechnet doch damit, dass ich mich da jetzt herumtreibe. Soll er ruhig schmoren.«

»Glauben Sie, er beobachtet uns?«

»Für was halten Sie den Kerl dahinten, Jerry? Auf acht Uhr, bei den Marabus?«

»Soll ich mich umdrehen?«

»Dürfte ziemlich egal sein, er hat uns beide auf dem Kieker. Regenfester Trenchcoat, Spiegelbrille. Der ist *mindestens* ein Bulle.«

»Ich weiß nicht recht. Wie kommt es, dass die uns seit gestern beschatten? Haben Sie was angestellt, dort, wo Sie herkommen?«

»Er ist Ihnen gestern schon aufgefallen?«

»Ich bin nicht ganz so unbedarft, wie Sie glauben«, sagte Jerry und legte einen Finger ans Auge. »Immerhin bin ich Taxifahrer. Er oder sein Bruder. Ich bin mir noch nicht sicher, wie viele es sind.«

»Mindestens zwei. Ich kenne solche Typen aus D.C., aber irgendwas stimmt mit ihm nicht. Außer dass er so bescheuert ist, in diesem Aufzug rumzulaufen, meine ich.«

»Howard von der Werkstatt meinte, dass er Ihren Chevy bis morgen wieder flottkriegt. Wenn Sie wollen, können Sie ja auf eigene Faust weitermachen.«

»Sie sind ein schlechter Geschäftsmann, Jerry.«

»Ich bin *Taxifahrer*. Ihre Probleme gehen mich nichts an.«

»Guter Witz, aber wieso nicht. Trennen wir uns, mal schauen, wen er verfolgt. Ich rufe Sie heute Abend an.«

»Sind Sie sicher?«, vergewisserte er sich.

»Ich komme schon zurecht. Gehen Sie.«

»Bis dann«, meinte Jerry und schlenderte davon. »Und danke fürs Eis.«

Unschlüssig tänzelte Gloria eine Weile am Pinguingeländer entlang, dann schlenderte sie zu den Eisbären und langweilte sich eine weitere Viertelstunde bei den auf Kunstschnee leidenden Robbenbabys, bis der Dreibuchstabenmann, für den sie ihren Verfolger mittlerweile mit ziemlicher Sicherheit hielt, seine Zeitung zusammenfaltete, sie in den Abfall warf und entschlossen an ihre Seite trat. Womit sie nicht rechnete, war, dass zur selben Zeit der Zweite, der tatsächlich wie sein Zwillingsbruder aussah, von der anderen Seite auf sie zukam. Sie saß zwischen Robbenbabys und Trenchcoats in der Falle.

»Guten Tag«, sagte Trenchcoat Eins und lehnte sich zur Linken neben sie, den spiegelverglasten Blick in den Himmel gerichtet. Der Zweite lümmelte sich zu ihrer Rechten herum und steckte sich eine Zigarette an.

»Hallo«, sagte Gloria und versuchte, etwas aus seinem Gesicht herauszulesen. Es war schwer, eine Gemütsbewegung darin zu erkennen. Ein kaum wahrnehmbarer Schatten lag auf seinen

Zügen, aber es mochte auch einfach sein, dass er sich noch nicht rasiert hatte. Das taten solche Männer manchmal, um zu signalisieren, dass sie zu allem bereit waren.

»FBI?«, fragte sie vorsichtig.

»CIA«, entgegnete er kühl.

»Ach.«

»Sie laufen herum und stellen eine Menge Fragen.«

»Tun Reporter das nicht immer?«

»Und was macht die CIA in der Regel, wenn Reporter anfangen, sich in ihre Angelegenheiten einzumischen?« Er drehte sich um, blickte ruhig auf das Geländer gestützt zu den Robbenbabys und schob sich den Hut hoch.

»Es schickt jedenfalls keine Kerle, die aussehen wie Statisten aus einem David-Lynch-Streifen.«

»Lynch?«, fragte der Dreibuchstabenmann.

»Vergessen Sie's. Er hätte diesen Ort geliebt. Sie ihn wahrscheinlich nicht.«

»Wer hat gesagt, dass wir ihn nicht kennen? Er steht auf unserer Gehaltsliste.« Der Trenchcoat verzog keine Miene, obwohl sie annahm, dass es ein Scherz hatte sein sollen. »Keiner verbreitet so geschickt Fehlinformationen wie er.«

»Um welche Informationen fürchten Sie denn?«

»Wie kommen Sie darauf, dass wir etwas zu fürchten hätten?«

»Warum führen wir dann dieses Gespräch?«

»Wenn wir Ihnen nahelegen würden, die Stadt zu verlassen, würden Sie das natürlich ausschlagen. Wenn wir Ihnen versicherten, dass es hier für Sie nichts zu holen gibt, würden Sie natürlich weitermachen.«

»Ich schätze mich so ein.«

»Also *wollen* wir vielleicht, dass Sie weitermachen, aber gleichzeitig wissen, dass McCarthy und Sie nicht die Einzigen sind, die an der Sache dran sind. Vielleicht wollen wir Sie *ermutigen*, in dieser Schmutzgrube zu wühlen, um Sie den Dreck und uns die Früchte ernten zu lassen.«

»Ich würde es Ihnen zutrauen.«

»Natürlich wissen Sie, dass Sie, wohin Sie auch gehen, gegen Gummiwände laufen werden. Sie wollen sich nicht mit der CIA anlegen, weil Sie eine kluge junge Frau sind, die noch eine Menge vorhat. Sie sind gerne klug, und Sie sind gerne jung, Gloria. Sie wünschen sich nichts mehr, als nach D.C. zurückzukehren, wo Sie Ihren Lohn für Ihre Klugheit erhalten, und Sie hoffen nichts mehr, als dass Anthony Ihre Vorzüge erkennt, solange Sie noch jung sind.«

Gloria fand sich an dem Punkt der Unterhaltung wieder, an dem ihr die Worte fehlten, und schluckte.

»Sie wissen, dass wir alles, was Sie sagen und tun, ungeschehen machen können wie eine Bleistiftzeichnung. Wir können alles und jeden ausradieren, der uns nicht passt. Alles, was Sie sagen und schreiben. *Alles, was Sie sind.* Also denken Sie daran, dass Sie nach unseren Regeln spielen – falls Sie mitgehen möchten, bis einer von uns beiden sehen will. Oder Sie passen. Haben Sie verstanden?«

Gloria nickte. Der Trenchcoat sah zum Himmel, an dem einige Wolken trieben, dann zu seinem Kollegen, der ebenfalls nickte, und wieder zu ihr.

»Jetzt geben Sie mir den Zettel, den Sie McCarthy gezeigt haben.«

Gloria trat ihm ans Bein und rannte davon.

Trenchcoat Eins und Trenchcoat Zwei sahen einander nur für einen Sekundenbruchteil an, die Gesichter leer und von Schatten umhüllt, die Sonnenbrillen glasige Seen unter den Hüten, und rannten dann ebenfalls los, ihr hinterher. Sie legten einen beeindruckenden Sprint hin und stießen Gloria auf einem kleinen Rasenstück nahe der Haifischtanks zu Boden, auf dem umringt von ein paar Findlingen ein toter Baum stand. Es donnerte am Horizont. Irgendwo lachte ein Mädchen mit heller Stimme, und Gloria fragte sich, ob es wohl lohnte, um Hilfe zu schreien. Stattdessen kratzte sie und schlug um sich, während die angeblichen CIA-Männer sich auf sie stürzten. Sie blickte in die beiden ausdruckslosen Gesichter und war zumindest dahingehend beruhigt, dass sie im Moment wohl die Einzige war, der Bilder ihrer eigenen Vergewaltigung durch den Kopf schossen.

Dann spürte sie den Stich einer Spritze, und eine furchtbare Faust drängte sie in die Bewusstlosigkeit.

* * *

»Geht es ihr gut?«, fragte eine Stimme, und über ihr im Licht, das in den Regentropfen und Pfützen überall glitzerte, glaubte sie einen Herzschlag lang einen dicklichen, älteren Mann mit einem weißen Schnauzbart und einer Brille mit einem durchsichtigen und einem geschwärzten Glas auszumachen, der sich wie ein ausgemusterter Ersatzheiland über sie beugte. Sie rang nach Luft, strampelte und schlug um sich wie eine Ertrinkende, dann war er verschwunden, nicht ohne einen letzten protestierenden Ruf auszustoßen; und an seiner statt war da nun ein junger Kerl, ein Bürschchen von so unscheinbarer Statur, dass er hinter einer Maisstaude hätte verschwinden können. Seine Haut war bleich, und wäre sie eine Mutter gewesen, hätten seine bebenden Lippen Beschützerinstinkte in ihr geweckt. Dann erkannte sie ihn als den Jungen von der Beerdigung wieder – den Jungen in den altvenezianischen Kleidern, der sich in der letzten Reihe versteckt hatte. An diesem Tag trug er Zivil.

Fluchend rappelte Gloria sich auf. Ihre Kleider waren nass. Ihre linke Hand schmerzte und krampfte sich über etwas Kaltem, Rundem zusammen. Der rechten Schulter ging es nicht besser – sie fühlte sich an, als hätte der Regenmantelmann ihr die Spritze bis zum Anschlag hineingestoßen – und ihr Kopf schmerzte auch. Glücklicherweise war ihr Sturz von weichem Gras aufgefangen worden. Es hätte schlimmer kommen können; sie hätte sich an einem der großen dunklen Findlinge stoßen können, die den toten Stamm umzingelten. Vögel zwitscherten, ein Hai schaute sie gleichgültig aus der Tiefe seines trüben Tanks heraus an, und es kam ihr so vor, als starrte er mit seinen Teddy-bär-Augen auf ihre Brüste unter der nassen Bluse.

»Sie sind weg, es ist alles in Ordnung«, beruhigte sie der Junge und half ihr auf die Beine. Dabei versucht er, die Feuchtigkeit von ihr abzustreifen, ohne zu aufdringlich zu werden.

»Wer bist du?«

»Lysander. Ich bin der, dessentwegen sie hier sind. Die Regen-dunklen, meine ich.«

»Wovon redest du?«

»Sie haben Ihnen den Zettel abgenommen, den ich Ihnen ge-schrieben habe.«

»Du warst das?«

»Ja. Tut mir leid, dass ich Sie in Schwierigkeiten gebracht habe.« Er sah betreten auf seine Turnschuhe, aber irgendwie wirkte er nicht peinlich berührt. Ein kleines bisschen erinnerte er sie an Marvin – dieselbe merkwürdige Mischung aus Scheu und Selbstverliebtheit.

Flüchtig untersuchte sie ihre Glieder. Nichts war ernsthaft verletzt. Passanten liefen kopfschüttelnd vorüber. Sicher hatte mindestens die Hälfte von ihnen dem Überfall tatenlos zugese-hen. Sie war stolz auf ihre Heimatstadt. Von dem Mädchen, das sie lachen gehört hatte, war nichts zu sehen.

Benommen öffnete sie die blutige Hand, die immer noch et-was umklammerte. Es war eine antike Taschenuhr mit Silberket-te – sie musste sie im Kampf jemandem abgerissen haben.

»Feine Uhr«, meinte Lysander mit einem Blick auf den Chro-nometer und zückte ein besticktes Stofftaschentuch. »Wo haben Sie die her? Warten Sie.« Er wischte ihr das Blut ab und band ihr das Tuch um die schmerzende Hand.

»Ich habe keine Ahnung«, sagte sie und steckte die Uhr mit der anderen Hand ein. »Ist das ein Fetisch von dir? Der alte Kram, meine ich.«

»Ich weiß nicht, was Sie meinen. Das ist nur ein Taschentuch.« Er zog es fest und lächelte sie unschuldig an. »Geht es so?«

Kurz wurde ihr schwindlig und sie wollte sich stützen.

»Oh, nicht da, bitte«, befleißigte sich Lysander und zog sie von den Findlingen weg, die etwa die Größe von Altären hatten. Sie trugen auch Verzierungen oder Zeichen, stellte sie fest.

»Warum nicht?«

»Das ist Teil einer alten Indianerkultstätte. Dort hinter den Bäumen ist noch mehr davon.«

»Keine Scherze, bitte. *Den* Film hab ich gesehen.«

»Dann wissen Sie auch, dass man damit nicht spaßen sollte. Ist Ihnen schlecht?«

»Nein«, sagte sie. »Alles gut. Gehen wir weiter.«

Gloria atmete tief durch. Die Luft war jetzt frischer.

»Wie hast du diese Kerle genannt, die mich angegriffen haben?«

»Die Regendunklen, aber das ist nur so ein Spitzname. Regenmäntel, dunkle Gesichter, deshalb.«

»Wer sind die?«

»Als was haben sie sich denn ausgegeben?«

»CIA.«

»Könnte schon sein. Van Bergen wäre wichtig genug für die CIA«, erwog er.

»Sind sie deshalb hier? Wegen des Mordes? Du hast gesagt, sie seien *deinetwegen* hier.«

»Sie wollen nicht, dass irgendjemand etwas über van Bergen und seine Geschäfte herausfindet. Oder darüber, wer ihn getötet hat und weshalb. Sie denken, ich wüsste etwas darüber.«

»Weißt du denn etwas?«

»Vielleicht tue ich das. Immerhin rede ich gerade mit einer Reporterin.«

Gloria seufzte. »Ich frage lieber nicht, woher du das jetzt schon wieder weißt.«

»Alle schnüffeln im Moment.« Lysander zuckte die Achseln. Sie schlenderten nun einen kleinen Weg unter dunklen Bäumen entlang, in denen die Eichhörnchen Zuflucht vorm Regen gefunden hatten. Der Boden war aufgeweicht, es roch nach Erde und nassem Moos. »Ich werde auch ein wenig schnüffeln«, drohte

Gloria und trat umständlich um eine Pfütze herum. »Eines muss man den Kerlen ja lassen, mit ihrer Wetterprognose hatten sie recht. Wirklich unglaublich.«

Lysander pfiff spöttisch. »Sie rechnen immer mit Regen. Aber das Schnüffeln können Sie sich sparen – Sie werden nichts über mich finden. Streng genommen existiere ich gar nicht.«

»Wie kann das sein? Du tauchst bestimmt irgendwo auf. Niemand hat keine Identität, außer einem Obdachlosen vielleicht, und du siehst mir nicht aus wie einer. Verdammt. Meine Zigaretten sind nass.«

»Es ist aber so. Ich habe keine Vergangenheit, keine Existenz, und das wenige, das ich hatte, hat van Bergen vernichtet.«

»Warum sollte er das tun?«

»Genau«, sagte Lysander herausfordernd. »Warum sollte er das wohl?« Schmerz und Anklage sprachen aus seinem Gesicht, und in dieser Hinsicht unterschied er sich von Marvin – Marvin hatte man sein Leid niemals angesehen. Marvin war auch unfähig gewesen zu hassen. Lysander konnte es. Sie wusste nicht, wieso, aber sie hatte Angst vor ihm. Mehr als vor McCarthy und diesen … Regendunklen jedenfalls.

»Willst du etwa, dass ich es herausfinde?«

»Ich habe hier etwas für Sie«, sagte Lysander und hielt an. Er schien sehr misstrauisch zu sein. Eine Hand in der Tasche wartete er darauf, dass eine Familie mit Kindern vorüberging, dann zog er die Hand wieder hervor und hielt ihr ein kleines Kuvert hin.

»Ich weiß, dass Sie sich mit Solomon Carter aus der Bibliothek treffen. Er wird Ihnen vielleicht mehr zu einigen dieser Ausschnitte sagen können – er weiß viel, und die Polizei hat ihn ganz oben auf ihrer Liste.« Er reichte ihr den Umschlag, und sie sah hinein. »Zeitungsausschnitte. Sie können Ihnen eine grobe Richtung zeigen. Vielleicht haben sie auch nichts zu sagen. Finden Sie's raus.«

»Was willst du?«

Er fasste sie bei der verletzten Hand, um die sein Taschentuch gebunden war, und sah sie ernst an. Sie nahm die Schmerzen kaum wahr. Seine Augen hatten die Farbe von Wintermeer in einer Vollmondnacht. Vielleicht war er älter, als sie die ganze Zeit geglaubt hatte, und doch war er ein Niemand, ein Tausendgesicht.

»Ich will, dass es aufhört«, sagte Lysander und ließ sie nicht los, nicht mit den Augen, nicht mit der Hand. »Machen Sie, dass es aufhört. Zerbrechen Sie den Spiegel.«

»Was soll das heißen?«

Er blickte unsicher zur Seite, zitterte plötzlich. Dann ließ er sie los, und sie zog ihre Hand an sich. Er schwieg, und sie erkannte, dass er es selbst nicht genau wusste.

»Die Morde«, sagte er.

»Was weißt du darüber?«

»Fast nichts. Aber sie müssen aufhören. Mit den Regendunklen komme ich klar. Aber Sie müssen mir helfen, die Morde zu beenden. Bitte. Helfen Sie mir, die Wahrheit ans Licht zu bringen. Erst dann kann es enden.«

»Was ist die Wahrheit, Lysander?«

Er wies stumm auf den Umschlag. »Lesen Sie das. Ich komme wieder.« Er wandte sich ab.

»Eines noch!«, rief sie, und er blickte zurück. »Marvin«, fragte sie. »Hast du ihn gekannt?«

Er lachte auf. Statt einer Antwort begann er ein Lied zu summen; er war auf einmal wie verwandelt. Sie glaubte, den Refrain von *Death of a clown* zu erkennen. Dann ging er den Weg zurück, den sie gekommen waren, und Gloria steckte fluchend den Umschlag mit den Zeitungsausschnitten zu der Uhr in ihrer Tasche und lief weiter zum Hinterausgang.

* * *

Fairwater Mirror, 28.12.1993

EINBRECHER AM ALTEN ZOO

(scar) Einen denkwürdigen Einbruch gab es Heiligabend im Alten Zoo, der über die Feiertage geschlossen blieb. Ein Tierpfleger bemerkte einen großen Mann mit langem Haar am alten Indianerdenkmal und kontaktierte die Polizei. Durch das schnelle Eintreffen der Streife wurde er bei seinen Aktivitäten gestört und floh, wobei er seinen Mantel verlor. Nach Aussage eines Polizisten sei der Mann darunter völlig nackt gewesen. Auch habe man ein antikes Messer auf den Steinen der Gedenkstätte gefunden. »Was er vorhatte, will ich mir gar nicht ausmalen«, gab der Tierpfleger zu Protokoll. »Jedenfalls habe ich bemerkt, dass einer unserer Ziegenböcke verschwunden ist. Können Sie sich das vorstellen?«
Die Polizei verweigert jede weitere Auskunft.

* * *

»Bedaure, mittwochs hat die Bibliothek geschlossen, Miss … ich weiß, dass wir Donnerstag haben, aber das liegt nur daran, dass wir gestern aufgrund des Umbaus von letzter Woche geöffnet hatten. Nein, das Problem liegt in den Umbauarbeiten begründet … die wir von Dienstag bis Donnerstag hatten … nicht diese Woche. *Letzte* Woche, und ich bin auch nicht befugt, Ihnen persönliche Daten über unsere Mitarbeiter auszuhändigen. Kann ich Ihnen sonst irgendwie weiterhelfen?«

* * *

Mitschnitt des Telefonats von Mobiltelefon 49934843, Donnerstag, 8.9.1994, 15:51 Uhr; Anschluss: Howards Werkstatt am Sinfield Drive

»Hallo?«

»Hallo?«

»Ja?«

»Ist dort Howards Werkstatt?«

»Wer ist dort?«

(Rauschen)

»Sie haben einen Wagen von mir. Einen alten Chevy. Wurde gestern gebracht. Quatsch, Sie haben ihn selbst geholt.«

»Ja, Howard hier.«

»Hervorragend. Wie geht es ihm?«

(Rauschen)

»Hallo?«

»Ja?«

»Ich fragte, wie geht es ihm?«

»Gut, danke, am Apparat.«

»Wie geht es meinem Wagen, Howard?«

»Geht so.«

»Was heißt geht so?«

(Rauschen)

»… Sie von einem Mobiltelefon aus an?«

»Was?«

»Ich fragte, rufen Sie von einem Mobiltelefon aus an? Das Netz ist sehr schlecht, Missus.«

»Wie lange brauchen Sie noch?«

»Wir müssen ihn noch ein wenig aufpäppeln. Er ist sehr krank, wissen Sie?«

(Rauschen)

»Sind Sie noch dran?«

(Rauschen)

»Howard?«

»Ja, Missus?«

»Was heißt noch ein wenig? Jerry sagt, Sie haben ihn bis morgen durch.«

»Er wird schon durchkommen, ja.«

»Hören Sie mir überhaupt zu, Mann?«

(Rauschen)

»Howard?«

»Am Apparat.«

»Hören Sie mir noch zu?«

»Klar.«

»Fein. Also wie lange noch?«

»Könnte sich noch etwas hinziehen, Missus.«

»Wie lange?«

(Rauschen)

(Knistern)

»Howard?«

»Ja, Missus?«

»Wie lange?«

»So bis übermorgen vielleicht?«

»Gut. Ich rufe wieder an, Howard.«

»Sagen Sie, gehören Ihnen die Tom-Waits-Bänder im Handschuhfach? Sehen Sie, Missus, ich bin ein unheimlich großer …«

* * *

»Falls, ich sage ja auch nur, *falls* Sie Anthony heute noch sehen sollten, bestellen Sie ihm doch bitte, seine ehemalige Verlobte sei heute nur knapp einer Polizeirazzia, der Willkür eines notorisch depressiven Polizeibeamten, einem Attentat durch Regierungsbehörden, einem Haifischbecken und mehreren Nervenzusammenbrüchen entgangen. Würden Sie das für mich tun? Denken Sie bitte daran? Sagen Sie ihm, ich bin sehr enttäuscht, zu weit von meinem Leben entfernt und gehe mich jetzt an einem Ort betrinken, den ich nicht mehr betreten habe, seit Reagan 1980 Präsident wurde. Tun Sie mir den Gefallen?«

* * *

Fairwater Mirror, 21.8.1978

KEINE »ANGELS« IN FAIRWATER

(scar) Bürgermeister Cane bestritt in einer gestrigen Pressekonferenz zum Thema »Schutz unserer Jugend« erneut, dass es in der näheren Umgebung der Stadt je zu Aktivitäten der Rockerbande »Hells Angels« gekommen sei. »Die Augenzeugen haben sich geirrt. Es gibt keine Beweise für so etwas.« Die voriges Wochenende auf einer Landstraße angefahrene Millionärstochter Stella van Bergen betreffend, erklärte Cane: »Wir tun unser Möglichstes, aber Direktor van Bergen sucht die Schuld bei den Falschen. Dies ist kein Problem der Ermittlungsbehörden. Fairwater ist sicher.«
Nach wie vor stehen $30.000 Belohnung aus privater Quelle für sachdienliche Hinweise bereit, die zur Klärung des Unfalls beitragen.

* * *

»Sagen Sie«, meinte Gloria, als sie die Aufmerksamkeit des schlaksigen Barkeepers endlich erregt hatte. »Kenne ich Sie nicht?«
Der Barkeeper grinste und schlenderte zu ihr herüber. Dann

sah er ihr tief in die Augen, so als könnte er darin den Promille-spiegel ablesen.

»Wie darf ich das denn verstehen?«, fragte er neckend. Seine Stimme war tief und beruhigend, obgleich sie eine seltsame, kratzige Note hatte. Er trug ein Black-Sabbath-Shirt und sah alles in allem ziemlich mitgenommen aus. Ein Fels in der Brandung.

»Nein, nicht was Sie denken«, versuchte Gloria richtigzustellen und merkte dabei, dass sie lallte.

»Noch einen Gin Tonic, habe ich da gehört?«, vergewisserte er sich, doch Gloria winkte ab. »Ich meinte nur, ist es möglich, dass Sie diesen Job schon seit vierzehn Jahren machen und keinen Tag älter geworden sind?«

»Danke. Aber wenn ich mir Sie so ansehe, hätte ich mich wohl strafbar gemacht, hätten Sie vor vierzehn Jahren schon auf diesem Platz gesessen.«

»Also schön, Dank zurück. Allerdings saß ich wirklich mit vierzehn schon einmal hier, und zwar mit jemandem, den Sie gekannt haben müssten. Sie waren gestern auf seiner Beerdigung.«

Der Barkeeper kniff die Augen zusammen und musterte sie angestrengt.

»Gloria?«, fragte er ungläubig.

»Mort«, lachte sie. »Du bist der erste Mensch, der mich wiedererkennt.«

»Das ist mein Job«, sagte er und nickte. »Ich habe dich gestern gar nicht bemerkt.«

»Ich kam zu spät und wollte dort niemanden anquatschen.«

»Bist du wegen Marvin hier?«

Gloria nickte. Mort stellte den anderen Gästen an der Theke ein paar Flaschen Bier hin, zog sich einen Hocker heran und setzte sich Gloria mit einer Dose Mountain Dew gegenüber.

»Was kann ich für dich tun, Gloria? Wie geht es dir?«

»Gut so weit. Etwas voll, seit ich hier bin.«

Mort grinste. »Auch das ist mein Job.«

»Du kannst stolz auf dich sein«, erklärte Gloria. »War Marvin oft hier? Er schrieb häufig von dir, bevor er seinen einzigen Bleistift verlegte und vergaß, sich einen neuen zu kaufen.«

Mort lachte. »Das ehrt mich – und ja, er war ziemlich oft hier. Er saß immer dahinten, unter dem Einhorn.« Er deutete auf ein Bild an der Rückwand. Gloria kreiselte auf ihrem Stuhl herum und versuchte, den Blick zu fixieren. »Ich kann es nicht sehen«, quengelte sie.

»Es braucht etwas Übung«, schmunzelte Mort.

»Ich sehe nie die tollen Dinge, die andere Leute in Wolken sehen oder wenn sie Gras geraucht haben oder was weiß ich. Ich sehe nie etwas. Diese 3-D-Bilder? Kannst du glatt vergessen bei mir. Ich bin einfach fantasielos oder trage Scheuklappen oder so.« Sie schmollte und nippte an ihrem leeren Glas.

Clear Blue Sky, stand auf der Unterseite.

»Hat man dir je gesagt, dass du sehr süß sein kannst, wenn du betrunken bist?«

»Hüte dich. Ich bin unglücklich verliebt«, warnte sie. »Wenn ich gekränkt bin, bin ich zu allem fähig.«

Mort zog eine Augenbraue hoch.

»Was war das da früher mit dir und Marvin?«, fragte er sie.

»Ach«, winkte Gloria gönnerhaft ab und räumte dabei fast ihr leeres Glas vom Tisch. Mort zog es vorsichtig von ihr weg und füllte es nach.

»In den war ich auch verliebt.«

»Was ist geschehen?«

»Das fragst du noch? Er hat es nicht begriffen.« Mort nickte. »Er hat nie etwas begriffen«, fuhr Gloria fort, »und ich habe nie einen abgekriegt. So ist das.«

»Was tust du dagegen?«

»Ich schreibe über Leute, denen es noch beschissener geht als mir«, erläuterte sie. »Das Problem ist, die meisten wissen das nicht.«

»Was, dass es ihnen schlecht geht oder dir?«

»Mort«, sagte Gloria, »ich glaube, wenn wir manchmal wüssten, wie schlecht es den anderen *wirklich* geht, ginge es uns allen viel besser.«

»Wahr, wahr«, stimmte der Barkeeper nickend zu, und sie schwiegen einen andachtsvollen Moment.

»Schön hast du's hier«, meinte Gloria dann. »Zum ersten Mal, seit ich hier bin, geht es mir gut. Die Atmosphäre. Der Alkohol. Hast du Feuer? Ich kann meins nicht finden.«

»Warte, wie du morgen früh darüber denkst«, mahnte Mort und schob ihr ein Heftchen Streichhölzer zu. »Hast du schon einen Platz für die Nacht?«

Doch Gloria steckte sich nur eine Zigarette an und sah sich selig um. Die Leuchtreklame, die Nachtluft, die durch die offene Tür vom Kopfsteinpflaster des Alten Kirchplatzes hereinwehte, der Geruch des – *Churchgate? Belltower?* – Creek, die Schläge der Kathedrale … alles stimmte für den Moment. »Was ist das für Musik?«, fragte sie.

»Oh, das ist Genesis«, meinte er. »Wenn die Leute danach fragen, dann ist es meist Genesis.«

They've got no horns and they've got no tail
They don't even know of our existence
And I'm wrong to believe in a city of gold
That lies in the deep distance, he cried

»Sie fragen nach Santana und Zappa, seltener bei King Crimson und schon gar nicht bei Van der Graaf und den eher … seltsamen Sachen.«

»Ich kenne mich zwar nicht gut aus, aber mir scheint, du hast einen etwas morbiden Musikgeschmack.«

»Das glaube ich nicht.«

»Magst du Tom Waits?«

»Mögen ist vielleicht nicht der richtige Ausdruck«, überlegte Mort.

»Glaubst du, dass Marvin tot ist?«, fragte Gloria.

Morts Miene verfinsterte sich. »Glaubst du, ich wüsste das?«

»Ich frage nicht, ob du es weißt«, wiederholte Gloria geduldig. »Ich frage, ob du es *glaubst*. Das ist ein Unterschied.«

»Frag Alice«, riet ihr Mort. »Sie ist die Letzte, die ihn lebend gesehen hat. Sie sollte es wissen.«

»*Glaubst* du es?«, fragte Gloria zum dritten Mal, und Mort blickte säuerlich drein und zog ihr das Glas weg.

»Ich glaube, du hast allmählich genug, Gloria. Nein, ich glaube nicht, dass Marvin tot ist.«

»Meinst du nicht, es könnte etwas mit den Morden zu tun haben?«

»Nein.«

»Weshalb nicht?«

»Weil alle Opfer bei sich zu Hause aufgefunden wurden, häufig in ihren Betten. Ein paar sogar in verschlossenen Räumen.«

»Du weißt davon?«

»So was spricht sich herum. Ich finde es allerdings beachtlich, dass *du* es schon weißt.«

»Marvin fand man nicht bei sich zu Hause.«

»Marvin fand man *überhaupt nicht.*«

»Was war mit Direktor van Bergen?«

»Was soll mit ihm gewesen sein?«

»Marvin und er waren doch befreundet, nicht wahr?«

»So unwahrscheinlich das auch sein mag. Hat er davon etwa auch geschrieben?«

»Siehst du da keine Verbindung?«

»Wenn du mich fragst, Gloria, wurde Direktor van Bergen von einer Meute aufständischer Schüler oder Arbeiter gelyncht. Kennst du *The Wall* von Roger Waters? Van Bergen verkörperte alles Böse aus diesem Stück.«

»Du mochtest ihn nicht, was, Mort?«

»Diesen Übervater? Nein.«

»Gibt es Hells Angels in Fairwater, Mort?«

Allmählich wandelte sich der Ausdruck auf Morts Gesicht zu Anerkennung, so als genösse er das Kreuzverhör der betrunkenen Reporterin.

»Wie die Tochter, so der Vater, meinst du? Bei mir schauen jedenfalls keine rein. Sie verstehen nichts, was aus mehr als drei Akkorden besteht.«

»Wo finde ich diese Alice?«

Mort kritzelte ihr eine Adresse auf einen Untersetzer.

»Zufrieden, Gloria?«

»Ja«, sagte sie, kaute auf ihrer Unterlippe und erhob sich schwankend. »Bald sehe ich klarer.« Ihr Fuß knickte um.

»Auf Wiedersehen, Gloria«, schmunzelte Mort. Er tunkte ihr Glas in die Spüle, einmal, zweimal, und stellte es dann zum Trocknen ab, nachdem die Tür hinter ihr ins Schloss gefallen war.

* * *

Mitschnitt des Telefonats von Anschluss Nummer 500-65156 Washington, D.C., Freitag, 9.9.1994, 01:10 Uhr; Mobiltelefon 49934843

»Hier ist Anthony. Nachricht erhalten. Ich versuche jetzt schon den ganzen Tag über, dich zu erreichen, aber dein verdammtes Handy kriegt wohl kein Netz. Also falls du diese Nachricht irgendwann abhörst, ich hab mich tatsächlich ein wenig umgehört, aber deine merkwürdige kleine Stadt mit ihren merkwürdigen kleinen Leuten taucht so ziemlich nirgendwo auf, wo sie auftauchen sollte. Damit meine ich Regierungsbehörden, Katasterämter, Statistiken ... Lifelight ist ein Name, der hier draußen ebenso wenig existiert. Beachtlich. Ich stimme dir zu, da gibt es eine Story. Ruf mich zurück, wenn du Zeit hast.«

* * *

»Ich habe Ihnen gestern schon gesagt, wie schlecht Sie aussehen, nicht wahr?«, fragte Jerry am Freitagmorgen besorgt, als sie einstieg. »Vergessen Sie's. Gestern sahen Sie *blendend* aus.«

»Sparen Sie sich Ihre Worte«, murmelte Gloria. »Haben Sie eine Aspirin? Meine sind alle.«

»Fahren wir zu einem Drugstore«, entschied Jerry. »Ich traue mich ja kaum zu fragen, aber wie war der Tag?«

»Sagen wir einfach, ich habe wenig erreicht. Montag muss ich wieder in Washington sein, also ist Eile geboten. Fahren Sie mich als Erstes zu Solomon.«

»Ohne Kopfschmerztablette?«

»Nach einer Kopfschmerztablette. Mein Gott, bin ich todmüde. Sicher, dass das Kopfschmerztabletten sind, die sie hier verkaufen?«

»Keine Ahnung«, meinte Jerry. »Mir tut nie was weh.«

»Glückspilz«, nuschelte Gloria.

* * *

Fairwater Mirror, 18.1.1994

TIER AUS DEM ZOO ENTLAUFEN?

(scar) Mehrere Anwohner des Alten Zoos beklagten sich in den letzten Wochen über ein angeblich aus dem Zoo entlaufenes Tier, welches ihre Vorgärten und Mülltonnen verwüstet habe. Augenzeugen beschrieben ein großes, massiges Wesen, das in der Lage sei, sich auf die Hinterbeine zu stellen und aufrecht zu gehen. Sorgen, es könne sich um einen Bären handeln, dementiert die Direktion des Zoos. Man verweist in diesem Zusammenhang auf den seit Weihnachten fehlenden Ziegenbock (wir berichteten). »Das ist albern«, so einer der Geschädigten. »Eine Ziege läuft nicht über meinen Van und frisst die Nester von letztem Jahr aus dem Ahorn.« Allerdings fanden sich einige Spuren eines Paarhufers in den Gärten der Umgebung, deren Größe laut Experten jedoch eher auf einen Stier schließen lasse.

* * *

»Warum wollten Sie, dass ich zum Zoo gehe?«, fragte Gloria Solomon Carter, der auf demselben Stuhl saß wie am Mittwoch. Im Dachgeschoss der Bibliothek war es immer noch heiß. Die Aras dösten, und Sepulchrave war nirgends zu sehen. Es roch nach frischem Kaffee, und mehrere Bücher lagen aufgeschlagen herum. Sonst schien sich fast nichts geändert zu haben in Solomons kleiner Welt; hätte sie raten müssen, sie hätte getippt, dass der Alte hier oben wohnte.

»Er ist eines meiner liebsten Studienobjekte. Fast jedes Jahr und besonders zu Weihnachten geschehen dort eine Menge seltsamer Dinge. Hat es sich denn gelohnt?«

»Wie man's nimmt. Wussten Sie, dass sich Dreibuchstabenmänner in der Stadt herumtreiben?«

»Dreibuchstabenmänner?«

»CIA. Behauptet er zumindest.«

»Ah so«, lächelte Solomon. »CIA, FBI, NSA …«

»Was weiß ich.«

»Seien Sie vorsichtig mit denen. Sie glauben, sie müssten hier so einiges vertuschen. Hin und wieder vertuschen sie einen lebenden Menschen.«

»Kennen Sie einen Jungen namens Lysander?«

»Ich hatte gehofft, dass Sie ihn treffen. Ich hatte so eine Ahnung, dass er mit Ihnen würde reden wollen.«

»Was können Sie mir über ihn sagen?«

»Was hat *er* denn gesagt?«

Sie seufzte. »Er hat mir Zeitungsausschnitte gegeben. Er sagte, *Sie* könnten mir weiterhelfen.«

»Er hat einmal für mich gearbeitet«, sann Solomon. »Sein Geschmack ist meinem sehr ähnlich, und er schreibt viel, wissen Sie? Überwiegend Gedichte. Ich habe ihn mit ein paar Verlegern zusammengebracht, aber die Gedichte waren zu eigen; naive Malerei, so nennt man es in der bildenden Kunst. Zeigen Sie mir die Ausschnitte.«

Gloria kramte das Kuvert aus ihrer Handtasche und reichte es ihm. Dabei fiel der Chronometer des Mannes aus dem Zoo auf den Boden. Das hieß, falls er wirklich da gewesen war und nicht nur eine Einbildung.

»Was ist das?«, fragte Solomon neugierig.

»Nur eine Uhr«, meinte Gloria und hob sie auf. Solomon schenkte ihr einen nachdenklichen Blick und widmete sich dann den Zeitungsausschnitten.

»Ist *Clear Blue Sky* ein Unternehmen hier aus der Gegend?«, fragte Gloria beiläufig und drehte das verschnörkelte Stück in der Hand.

»CBS Glasses, ja. Das ist eine alte Glaserei unten in den Hügeln.« »Ich wusste nicht, dass sie noch produzieren.«

»Zeitmesser und Gläser«, dachte Gloria laut.

»Überwiegend Spiegel.«

»Wie in den Gedichten?«, schlug die Reporterin unschuldig vor und steckte die Uhr in die Tasche zurück.

»Genau«, sagte Solomon und begann, laut zu lesen.

Fairwater Mirror, 14.4.1987

WIEDER RÄTSELHAFTER MORD – POLIZEI WEITER RATLOS

(scar) Wie erst gestern bekannt wurde, hat sich zum zweiten Mal in nur wenigen Wochen ein Verbrechen in Fairwater ereignet, das die Polizei vor ein Rätsel stellt. Opfer ist Prof. Wesley Faraway, ein hochrangiger Mitarbeiter von Lifelight, Inc. Faraway wurde tot in seinem Schlafzimmer gefunden, das er nach Angaben seiner Haushälterin Mrs. Primrose stets sorgsam geschlossen hielt. In der Nacht vom 7. zum 8.4. verließ Mrs. Primrose wie üblich gegen 20.00 Uhr das Anwesen in den Villages, um nach Hause zu gehen. Ihr Arbeitgeber erwartete am fraglichen Abend keinen Besuch mehr, und auch von einer neuen Bekanntschaft wisse sie »nicht das Geringste«.

»Woran dachte die Frau nur?« Gloria schüttelte tadelnd den Kopf.

»Ich weiß nicht«, sagte Solomon verschmitzt. »Ich habe sie seinerzeit nicht danach gefragt.«

»Sie?«, fragte Gloria, leicht aus der Fassung gebracht.

»Natürlich.« Solomon ließ die Blätter sinken. »Von irgendwas muss man ja leben.«

»Sie haben für dieses Schundblatt geschrieben? Sie sind gar nicht Bibliothekar?«

Solomon lächelte. »Ich lese hier bloß und halte im Gegenzug

etwas Ordnung. Berate die Menschen, wenn sie sich zu mir verirren.«

»Ich Traumtänzerin! ›scar‹, das sind Sie.«

»Sie lesen wohl nicht sehr oft, was Sie für Ihre Zeitung schreiben. Wie lautet Ihr Kürzel?«

»Ich habe ein Pseudonym. Wovon leben Sie heute? Noch immer vom Schreiben?«

»Nein.« Solomon schüttelte den Kopf. »Heute bekomme ich Geld dafür, dass ich es *nicht* mehr tue.«

»Das ist verrückt.«

»Das ist Fairwater«, widersprach ihr Solomon und fuhr ungerührt fort: »›Am nächsten Tag, als sie mit ihrem Schlüssel das Haus betrat und den Professor nicht vorfand, alarmierte sie die Polizei, da der Wecker ihres Arbeitgebers hinter verschlossener Schlafzimmertür Signal gab.‹ Sie fürchtete wohl einen Herzanfall.«

»Ich habe den Artikel gelesen. Warum schildern Sie mir nicht *Ihre* Sicht der Dinge?«

»Sie meinen die Dinge, die sie nicht gedruckt haben?«

»Nämlich?«

»Dass es nicht nur keine Zeichen für einen Einbruch oder Diebstahl gab, sondern dass *beides nicht stattfand*. Es gab eine vollständige Inventarliste von allem, was der Professor besaß, denn er wurde etwas schusselig auf seine alten Tage und nahm Medikamente. *Nichts* fehlte. Dazu war das Haus derart mit Alarmanlagen gesichert, dass alles größer als ein Maikäfer ein dreifaches Visum und eine Landerlaubnis gebraucht hätte, um sich dem Fenster, dem Balkon oder auch nur dem Gartenzaun zu nähern. Die Anlage war scharf wie eine Bulldogge, aber sie ging in dieser Nacht nicht los. *Niemand* ist in das Haus eingedrungen.«

»Was war mit dem Professor?«

»Der lag in seinem eigenen Blut, aufgeschnitten von oben bis unten.«

»Selbstmord?«

Solomon lächelte grausam.

»Hätten Sie die Polizeifotos von seinen Eingeweiden gesehen, würden Sie das nicht fragen. Das kriegt nicht mal ein Samurai beim Seppuku hin.«

»Sie haben als Reporter die Polizeibilder gesehen?«, staunte Gloria.

»Ich war gut zu der Zeit.«

»Und wahrscheinlich unterbezahlt.« Sie wurde den Verdacht nicht los, dass der Alte seine Schauergeschichten genoss.

»Ach, es war leichte Arbeit bis zu den Morden. Ich habe eine Schwäche für die Skurrilitäten dieser Stadt, die kleinen und die großen Rätsel. Meist kann man solche Geschichten mit links schreiben, sie müssen nicht einmal stimmen. Oder man wärmt die von vor zehn Jahren noch mal auf. Erst damals, in den Achtzigern, begann sich auf einmal etwas *Neues* aufzutun.«

»Erzählen Sie weiter.«

»Die Polizei war gelinde gesagt überfordert mit der Angelegenheit. Die Untersuchungen führte im Übrigen Ihr guter Freund McCarthy.«

»Habe ich Ihnen von ihm erzählt?«

»Jerry hat das, und dem erzählen Sie ja so gut wie alles, wenn Sie die Bemerkung gestatten. Ihr Auto wird übrigens nicht vor dem Wochenende fertig. Sie werden sich für Ihren Chef wohl eine Entschuldigung ausdenken müssen.«

»Großartig«, fluchte Gloria, wütend auf sich selbst, Jerry und Howard-die-Werkstatt.

»McCarthy hatte immer die schwierigen Fälle. Man konnte davon ausgehen, dass er sie lange genug verschleppte, bis die CIA oder eine andere Behörde alle Spuren beseitigt hatte. Er meint es gut, er hat nur kein glückliches Händchen. Sein Pech ist bei seinen Vorgesetzten schon legendär. Na ja, es ist auch nicht leicht, seinem Namen gerecht zu werden ... aber er glaubt an sich. Er hatte auch den Umweltskandal und die UFO-Sichtungen im Winter 86/87.«

»Warum hat niemand ein Interesse daran, diese Vorkommnisse aufzuklären?«

»*Weil es oft unmöglich ist.* Meine persönliche Hypothese lautet, dass wir ein sehr ernstes Problem in dieser Stadt haben, seit ihrer Gründung schon. Die Sektenmorde zu Beginn des Jahrhunderts zum Beispiel und die ganze Sache mit der Mondfinsternis. All die Leute, die verschwunden sind und die, die gar nicht hier sein sollten. Vielleicht ist das Grundwasser wirklich seit den Sechzigerjahren verseucht, und wir sind alle geisteskrank? Vielleicht testet die Regierung geheime Kampfstoffe. Vielleicht Stealth-Bomber, die UFOs, Sie wissen schon. Vielleicht sind wir nur ein Computerprogramm zu Marktforschungszwecken wie bei Galouye oder Pohl. Vielleicht kriechen, während wir schlafen, kleine graue Männchen aus ihren Tunneln unter der Welt hervor und manipulieren unsere Wirklichkeit, nur um zu schauen, wie wir darauf reagieren.«

»Das meinen Sie nicht ernst.«

»Natürlich nicht. Aber sagen *Sie* mir, wie Sie das alles erklären.«

»Ich weiß gar nicht, wo ich anfangen soll«, gab Gloria zu. »Die *Masse* ist das Erdrückende.«

»Sehen Sie? Das denkt sich die Polizei auch, deshalb ist sie froh, wenn sich die Dinge mit der Zeit von selbst lösen.«

»Es muss aber eine rationale Erklärung geben. Es gibt immer eine rationale Erklärung.«

»Das sagen Sie nur, weil Sie von außerhalb kommen. Hier ist das anders.«

»Fangen wir bei diesem Mord an. Was ist mit Mrs. Primrose?«

»Tot seit drei Jahren. Die können Sie nicht mehr fragen.«

»Ersatzschlüssel zu Faraways Haus?«

»Sie hat es hoch und heilig bestritten.«

»Hätte sie es denn zugegeben, wenn sie ihn für eine Nacht verlegt gehabt hätte? Vielleicht hatte sie einen partysüchtigen Sohn, der seinen Freunden die Villa des senilen, sedierten Professors zeigen wollte. Vielleicht hat der Professor irgendeinem Flittchen selbst mal einen Schlüssel machen lassen, und die hat ihn dann ihrem Zuhälter oder sonst jemandem gegeben.«

»Ich habe Zahnschmerzen«, klagte Solomon und erhob sich,

um die Papageien zu füttern, die erwacht waren und meckerten.

»Aber ausschließen können Sie es nicht.«

»Natürlich nicht. Aber *warum* wurde er ermordet?«

»Es gibt eine Menge Perverse auch außerhalb Ihrer Bücher, Solomon.«

»Die Figuren meiner Bücher sind nicht pervers«, verteidigte sich der Alte und neckte Cora und Clarice, die munter in ihrem Käfig herumkletterten. »Und wer immer es war, hat sein Blut getrunken.«

»Was?«

»Ganz recht. Man fand Spuren von Speichel auf Handgelenken und Hals des Opfers, und gut ein Liter seines Blutes hat gefehlt. Leider aber auch jegliche Fingerabdrücke, und Speichelproben werden nicht archiviert.«

»Du meine Güte. War das bei den anderen denn auch so?«

Solomon drehte sich um und nickte ernst. »Der Vampir von Fairwater. So hieß er dann in Polizeikreisen. Uns hat man natürlich strikt verboten, ihn so zu nennen. Möchten Sie einen Kaffee? Ich habe noch etwas.«

»Ja bitte.«

Kurz darauf saßen sie wieder – beide an eine große Tasse geklammert – auf ihren Stühlen, und auch Sepulchrave kehrte aus seinen geheimen Verstecken zurück und gesellte sich zu ihnen. Gloria hatte einen Klappstuhl, der ständig den Zipfel ihres Minirocks zu verschlingen drohte, den sie am Morgen unüberlegt angezogen hatte, und Solomon wirkte in seinem Sessel und mit dem Kater auf dem Schoß wie ein Negativabzug Ernst Stavro Blofelds aus den James-Bond-Filmen. Pose und Wirkung stimmten bis ins Detail, bloß die Farben waren verkehrt.

»Kinderman war der Erste – dachte man. Das war Anfang 1987. Auch er war ein Mitarbeiter von Lifelight und ein enger Freund der Familie. Er lag tot in seinem Arbeitszimmer, die Tür zum Speicher war aufgebrochen, aber scheinbar fehlte nichts Wertvolles. Er starb schnell, fast lieblos, wenn Sie so wollen. Ein wenig hat der Täter in seinem Blut herumgemalt, aber das war alles. Dann kam Faraway, die Stadt hielt den Atem an – doch der Spuk schien vorbei. *Dann* stellte sich heraus, dass es im Jahr zuvor schon einen Mordversuch gegeben hatte – einen erfolglosen, freilich.«

»Direktor van Bergen.«

»Van Bergen ist der Schlüssel zu der ganze Misere. Er ist das Alpha und das Omega der Kette, und der Mord an Kinderman und Faraway deutet darauf hin, dass es dabei um Lifelight ging. Aber van Bergen hat den Angriff nie zur Anzeige gebracht.«

»Wie kam es dann heraus?«

»*Ich* habe es herausgefunden, und Sie und ich sind jetzt die einzigen Personen, die davon wissen, außer denen, die sich entschieden haben, nichts wissen zu wollen – das heißt natürlich, *falls* Sie mir das alles glauben.«

»Was genau glauben?«

»Van Bergen hatte eine Narbe an seinem Hals, etwa hier«, Solomon deutete die Stelle an. »Von einer Schnittwunde. Ganz ähnlich denen der Opfer. Ich habe ihn 87 in einem Interview danach gefragt. Nun hat er nicht gerade Ja gesagt, aber auch nicht Nein – wissen Sie, was damals mit seiner Tochter passiert ist?«

»In den Zeitungsausschnitten steht, man habe sie verschleppt.«

»Das war eine verrückte, tragische Geschichte und ein schwerer Schlag für van Bergen, nachdem er ja 69 schon seine Frau verloren hatte. Seit einem Unfall auf dem Heimweg von der Party einer Freundin – 1978 – lag die kleine Stella im Koma. Sie wissen schon, die Geschichte mit den angeblichen Hells Angels. Sie war siebzehn damals. Acht Jahre lang schläft das Mädchen, ihr verbitterter Vater erhält sie am Leben. Dann ist sie auf einmal verschwunden. Van Bergen meldet einen Einbruch mit Kidnapping, und es ist dieser verrückte Winter, in dem alle Vögel sterben und die UFOs am Himmel zu sehen sind. Es verschwinden oder sterben eine Menge Leute in diesem Winter, zumeist Personen ohne Freunde. McCarthy tut, was er am besten kann, und der Schleier des Vergessens legt sich über alles. Schließlich finden sie Stella.«

»Wo war sie?«

»Das weiß keiner so recht. Eine Zeit lang hatten sie jemanden im Visier, der eine gute Geschichte abgegeben hätte – einen sonderlichen Krüppel in seiner Einsiedelei vor der Stadt, der zum selben Zeitpunkt verschwand, zu dem sie wieder auftauchte. Später hielt man dann alles für Unsinn. Glöcknergeschichten. Passen Sie auf.«

Solomon schob sich unter Sepulchrave hervor, der sich im dicken Leib des aufgequollenen Sessels festkrallte, und vergewisserte sich kurz, dass niemand außer ihnen im oberen Stockwerk der Bücherei war. Dann schloss er die Tür zur Treppe nach unten und zog die Vorhänge zu.

»Was haben Sie vor?«, fragte Gloria. Cora und Clarice protestierten über die künstliche Verkürzung ihres Tages so kurz nach Ende des Mittagsschläfchens.

»Das, was Sie gleich sehen werden, hat seit vielen Jahren niemand mehr gesehen, und keiner außer mir, Ihnen und einer Handvoll Leute, die es abstreiten würden, wird je davon erfahren.« Er rollte einen Wagen mit einem Fernsehapparat und einem Videorekorder heran. Dann machte er sich auf den Weg in sein kleines Archiv und schloss mehrere Schubladen und feuerfeste Kassetten auf, bis er das Band in Händen hielt, das er suchte.

»Machen Sie sich auf etwas gefasst«, sagte er und startete seine Vorführung.

(Schwärze)
(Bildstörung)
(Schwärze)
(Testbild, blau)
(Verwackelt: die Bibliothek von Fairwater an einem Herbsttag. Rote Ziegelsteine vor blauem Himmel. Solomon, der sich mit ausgestrecktem Arm selbst filmt und grinst.)
(Bildstörung)

(Verwackelt: eine Gegend in den Fairwater Hills. Es ist Frühling, noch liegt etwas Schnee in den Schatten. Die Behausungen sind ärmlich, viele nur Schuppen aus Wellblech und Backstein. Die Kamera wird mehrfach hektisch herumgeworfen, ihr Träger rennt. Blick auf den Boden, eine aufgerissene Straße. Geräusche von Rufen und Rennen. Die Tonqualität ist sehr schlecht.)

(Schnitt: Ein Menschenauflauf. Ein Polizist kommt mit ausgestreckter Hand auf die Kamera zu.)

(Schwärze)

(Schnitt: eine Bretterbude von innen, es ist sehr dunkel. Undeutlich sieht man Abfall und Bauschutt. Eine Tür, ein verwildertes Grundstück. Noch immer erregte menschliche Stimmen in der Ferne. Das Bild gerät durcheinander, als der Träger der Kamera sich durch Brombeerhecken und Unkraut kämpft.)

(Schnitt: durch einen alten, mannshohen Lattenzaun gefilmt. Das Bild beruhigt sich und fokussiert auf die Menschenmenge. Der Ton wird lauter. Verschiedene Personen laufen durchs Bild. Die meisten sind Schwarze, ein paar Weiße sind auch darunter; es scheinen Anwohner zu sein. Alle sind ärmlich gekleidet, manche tragen nur Morgenmäntel. Sie reden durcheinander. Mehrere Polizisten versuchen, Ordnung ins Chaos zu bringen. Zwei weitere Polizisten mit einem Fotoapparat und einem Notizblock nehmen Aussagen auf. McCarthy, jünger als heute, läuft durchs Bild und ringt die Hände. Er schreit, es sei ihm völlig egal, ob die Leute von ABC, CBS oder CNN seien, er wolle sie nicht hier haben. Im Hintergrund legt ein Polizist einem schwarzen Jugendlichen Handschellen an. Ein Kamerateam schiebt sich dazwischen. Man drängt sie brutal auseinander und führt sie ebenfalls ab. Ein anderer Polizist eilt hinter dem gestikulierenden McCarthy her. Nicht die CBS, erklärt er. CBS Glasses. McCarthy sagt, sie könnten ihn mal. Der Polizist sagt, der Eigentümer wolle eine Aussage machen. Es könne wichtig sein. Ein Krankenwagen hält hinter den Leuten, gefolgt von einer schwarzen Corvette Stingray. Eine alte Frau drängelt sich

durch die Menge und redet auf McCarthy ein. Sie spricht italienisch. McCarthy verlangt nach einem Dolmetscher und mehreren Bechern Kaffee. Er wirkt gestresst. Ein Mann mit Hut und Trenchcoat läuft kurz durchs Bild und flüstert ihm beiläufig einige Worte ins Ohr. McCarthy nickt. Der Mann verschwindet. Die Polizisten machen eine Gasse durch die Menschentraube frei. Direktor van Bergen, hager und ernst, entsteigt der Corvette und tritt auf die Polizisten zu. Er trägt einen dunklen Anzug und einen Seidenschal um den Hals. Ein dicker Mann mit einem Hund auf dem Arm beschimpft ihn lauthals. Man führt ihn ab. Die Menge schließt sich hinter van Bergen, er wendet sich kurz um und wechselt einige Worte mit einer Frau mit schwarzen Locken. McCarthy ruft seinen Kollegen etwas zu, weist auf die alte Italienerin und die schwarzlockige Frau und läuft aus dem Bild. Die Kamera bewegt sich mit, doch eine Latte verdeckt die Sicht. Der Träger der Kamera stolpert und flucht.)

(Schnitt: Eine andere Aussparung im Lattenzaun. Das Bild ist wacklig, der Kameramann scheint um sein Gleichgewicht bemüht. Die Sonne blendet, und er justiert mehrmals die Helligkeit, um das Gegenlicht zu kompensieren. Abgeriegelt von Polizeikräften scharen sich McCarthy, van Bergen und einige Notärzte um eine auf der Straße liegende Gestalt. Eine weitere Person, halb verdeckt inmitten einfach gekleideter Arbeiter, gibt eine Aussage auf. Die Notärzte hantieren mit einer großen Zahl von Tupfern und Verbänden und legen eine Infusion an. Neben ihnen häufen sich die roten, blutbesudelten Wattetupfer. Das Bild verwackelt zusehends.)

(Schnitt: wieder aus einer anderen Perspektive gefilmt, diesmal aus Bodennähe. Dreck und Gestein sind unscharf am unteren Bildrand erkennbar. Die Kamera fokussiert unter dem Zaun hindurch. Immer noch Gegenlicht. Wenige Meter vor der Kamera ist die Gestalt eines Mädchens zu sehen, das auf Decken auf der asphaltierten Straße liegt, von Ärzten, van Bergen und McCarthy umringt. Sie ist fast nackt, trägt nur Fetzen dünnen weißen Stoffs und weiße Socken. Sie ist über und über blutverschmiert. Splitter stecken überall in ihrer Haut. Fieberhaft ziehen die Mediziner mit Pinzetten einen nach dem anderen heraus. Sie ist bei Bewusstsein. Sie zittert und wehrt sich. Die Mediziner wollen ihr eine Sauerstoffmaske aufzwingen, aber sie stößt sie weg. McCarthy steht betroffen da und scheint nicht zu wissen, was er tun soll. Van Bergen kniet neben dem Mädchen und redet in einem fort auf es ein. Sie erkennt ihn, schlägt nach ihm, umklammert ihn, schlägt ihn wieder. Die Kamera schwenkt kurz nach links, auf den Mann und die Arbeiter, die ebenfalls kurz aufhören, mit den Polizisten zu reden und zu Boden auf das dort liegende Mädchen blicken. Der Mann, der die Aussage machte, trägt einen weißen Anzug, einen Schnauzbart und eine Brille, von deren Gläsern eines geschwärzt ist. Die Kamera ruckt zurück auf das Mädchen am Boden. Sie richtet sich mit übermenschlicher Kraft auf, obwohl zwei Ärzte und van Bergen an ihren Schultern hängen und sie auf die Decken zu drücken versuchen. Sie reißt den Mund auf und versucht, etwas zu sagen, kann aber keine Worte formen. Ihre Augen sind weit aufgerissen und blicken angsterfüllt umher. Sie weist auf van Bergen, sieht zu dem Mann im weißen Anzug und dann in den Himmel, als suchte sie etwas. Wolken schieben sich vor die Sonne, es wird dunkler. Der Kameramann justiert die Helligkeit. Man hört Wimmern und Schreie. Er dreht den Ton lauter. Es ist das Mädchen, das schreit. Trotz starken Rauschens und des Geplappers der Menschen hört man ihre schöne Stimme, immer lauter und höher. Nanny, schreit sie. Ich habe geträumt. Die Männer wollen sie beruhigen, doch sie weint, schreit nun gellend. Es donnert über den Hügeln. Er wollte töten, ruft sie; sie klagt an, und noch einmal schreit sie: Er kam, dich zu töten! Ich ging mit ihm – durch das Glas, durch das Glas. Sie schreit: Bitte nach Hause, ich will nicht mehr, nicht mehr fort, nicht zu ihm, nicht mehr träumen, ich habe doch keine Kraft. Dann bricht sie zusammen. Es beginnt heftig zu regnen. Die Mediziner schaffen es endlich, ihr die Sauerstoffmaske auf-

zusetzen und sie auf einer Trage festzuschnallen. Sie schaffen sie in den Krankenwagen. McCarthy hebt die Hände und wendet sich an die Menge, will sie wegjagen. Niemand beachtet ihn. Die Leute schreien auf van Bergen ein. Buhrufe, Beleidigungen, ein Stein fliegt. McCarthy lässt sich ein Megafon reichen und ruft, die Leute sollten verschwinden. Polizisten treiben sie gewaltsam auseinander. Der Kameramann versucht, einen besseren Blick auf die weiteren Geschehnisse zu erhalten, und klettert wieder über Schutt und Abfall. Das Bild verwackelt, die Lautstärke schwankt. Er reißt die Kamera empor und filmt über den Zaun auf die Straße. Es regnet nun in Strömen. Wasser rinnt über das Objektiv. Der Krankenwagen rast davon, die Straße hinab zur Stadt. Seine Lichter zeichnen rotblaue Blüten aufs Glas des Objektivs. Van Bergen hetzt zu der schwarzen Corvette. Die meisten Schaulustigen fliehen in ihre Häuser. McCarthy flucht und rennt unter eine Zeitung geduckt zu dem Mann im weißen Anzug, der ungerührt mitten im Regen steht, die Hände hinter dem Rücken verschränkt. Er ist klatschnass. Ein Polizist wird auf den Kameramann aufmerksam und zeigt auf ihn, ruft etwas, das man im Regen nicht versteht. Das Bild verwackelt. Eine hektische Flucht.)

(Bildstörung)

(Schwärze)

(Der Garten um die Bibliothek von Fairwater. Es ist wieder Herbst. Eine vollbusige schwarze Frau in reiferen Jahren sitzt mit gespreizten Beinen auf einer Parkbank und lächelt selig.)

»Das war's«, sagte Solomon und erhob sich. »Kurz darauf wird sie für weitere sieben Jahre in Schlaf verfallen.« Er beendete die Vorführung.

»Mein Gott«, sagte Gloria. »Die weiße Frau vom Friedhof. Das war *sie*.«

»Nun klingen *Sie* wie ein Schauerroman.« Lächelnd räumte Solomon die Technik an ihren Platz zurück. »Sie war auf der Beerdigung? Das wundert mich.«

»Das war doch Stella van Bergen, nicht wahr? Auf dem Video? Wie geht es ihr heute?«

»Was Sie da gerade sahen, war das einzige Mal in fünfzehn Jahren, dass sie erwachte. Den ganzen Winter über war sie spurlos verschwunden gewesen. Der Bursche in dem weißen Anzug?«

»Ein bizarrer Kerl. Aufgesetzt irgendwie.«

»Nicht wahr? Ihm gehört die Glaserei und ein kleines Antiquitätengeschäft in den Hügeln. Sein Name ist Bartholomew. Seine Arbeiter fanden Stella in einem Bett von Splittern. Angeblich ist sie in einen großen Wandspiegel für das Rathaus gefallen. Soll ziemlich teuer gewesen sein.«

Gloria schüttelte konsterniert den Kopf. So viele Fragen! »Wo war sie in der Zwischenzeit?«

»Wie gesagt, niemand weiß das. Die Geschichte mit der Entführung habe ich Ihnen ja erzählt. Machen Sie daraus, was Sie wollen. Immerhin, sie war ausgehungert und unterkühlt, aber nicht wie jemand, der die ganze Zeit in der Gosse oder einem Gefängnis verbracht hat.«

»Wann ist sie wieder zu sich gekommen?«

»Letzten Winter. Als ihr Vater starb. Ermordet wurde wie all die anderen zuvor und danach. Unnötig zu sagen, dass auch seine Villa einer Festung glich. Niemand außer ihm und seiner schlafenden Tochter kann sich zum fraglichen Zeitpunkt in ihr aufgehalten haben. Man fand van Bergen niedergemetzelt in seinem Kaminzimmer und sie in ihrem Bett, völlig abgemagert und fast tot. Kurz darauf erwachte sie, verstört und in Panik, und wurde erst ins Krankenhaus und dann ins Sanatorium gebracht. Sie wusste, wer sie war und dass sie eine Menge Zeit verloren hatte, aber sie hatte immer wieder Aussetzer, in denen sie davon sprach, dass sie nicht nur geschlafen habe, sondern *fort* gewesen sei und *geträumt* habe. *Durch das Glas*, das waren ihre Worte. Das kann man so oder so verstehen, nicht wahr?«

Gloria nickte stumm.

»Sie wiederholte auch ihre Behauptung, derjenige, der sie entführt habe, sei damals gekommen, ihren Vater zu töten, und nun zurückgekehrt. Fast sieben Jahre waren vergangen, aber mit das Erste, was sie nach dem Aufwachen sagte, war: *Er hat es also endlich getan.* Sie wusste, was geschehen und dass es die ganze Zeit nur darum gegangen war.«

»Stella van Bergen kennt den Mörder.«

»Stella van Bergen kennt den Mörder ihres Vaters«, bestätigte Solomon. »Nur ist es fraglich, ob sie seinen Namen jemals aussprechen wird. Oder aussprechen *kann* und sie jemand *versteht*. Leider fiel es mir im Falle der van Bergens auch ungleich schwerer, meine Nachforschungen anzustellen als bei den beiden Morden Ende der Achtzigerjahre. Eine Menge merkwürdiger Geschichten ranken sich darum, was man in diesem Haus alles fand, besonders im Keller, aber man bekam nie etwas Verbrieftes. Selbst die Beamten und Polizeifotografen … die Dreibuchstabenmänner nahmen uns alles ab. Wir alle tappten im Dunkeln, und wieder dachten wir, dass es jetzt endgültig vorbei sein müsse.«

»Aber die Morde hörten nicht auf.«

»Nein. Wer immer es tat, *er hörte nicht mehr auf damit,* und die Taten wurden von Mal zu Mal grausamer. Drei weitere seit van Bergen, sechs insgesamt seit den Achtzigern. Der letzte erst vor wenigen Wochen.

Die Opfer wurden jetzt wahllos gewählt, Männer aus allen Berufsschichten, und der Tathergang war auch nicht immer so mysteriös wie bei den früheren Morden – insbesondere denen an Faraway und van Bergen. Ab und an gab es die eine oder andere plausible Möglichkeit für den Mörder, wie er ins Haus hätte kommen können, hin und wieder bot sich sogar ein Täter mit Motiv an – aber nie wurde einer verurteilt. Die Polizei sagt, die Kette sei seit 1987 unterbrochen und wir hätten es mit einem Nachahmungstäter zu tun. Ich glaube das nicht. Es waren immer Männer, immer waren sie allein, als sie starben, und nie war eine Tür oder ein Fenster nach draußen aufgebrochen. Der Täter muss einen Schlüssel gehabt haben *oder bereits im Haus gewesen sein.* Immer, mit Ausnahme des Mordes an Kinderman, trank er das Blut der Opfer, in allen Fällen war es finstere Nacht. Und dann waren da noch die Gedichte. Die wurden von Mal zu Mal besser und länger.«

»Worum geht es in diesen Gedichten?«, fragte Gloria, obwohl sie die Antwort schon kannte.

»Um Spiegel«, antwortete Solomon. »Zumeist verbunden mit der Aufforderung, sie zu zerstören.«

»*Den Spiegel zerbrechen*«, sagte Gloria. »Das schrieb mir Lysander auf einen Zettel.«

»Er war als Dichter natürlich fasziniert von der Sache. Aber ich habe ihn gebeten, Ihnen den Zettel zu schreiben. Eine Art Testballon. Tut mir leid, wenn er Sie in Schwierigkeiten gebracht hat.«

»Wie man's nimmt. McCarthy und die Trenchcoatbrigade glauben jetzt jedenfalls, ich wüsste etwas. Interessanter wird mein Aufenthalt dadurch allemal. Wie viel wissen *Sie* über die Gedichte, Solomon?«

»Ich habe eines davon hier. Möchten Sie's sehen?«

Gloria zögerte. Mit einem Mal war ihr sehr kalt.

»Ich weiß nicht«, sagte sie.

Solomon ging abermals in den kleinen Nebenraum, in dem er seine Sachen verwahrte, schloss sorgfältig eine weitere Schublade auf und förderte eine Mappe zutage, aus der er ihr ein Blatt Papier reichte.

»Dies ist natürlich nicht das Original«, sagte er. »Aber jemand hatte ein gutes Gedächtnis. Keine Angst. Es beißt nicht.«

Vorsichtig nahm Gloria das Blatt Papier zur Hand.

Zerschlage den Spiegel in Tausende Scherben
So kannst du nicht leben, so kannst du nicht sterben
Kein anderer Alb mag mehr zu erdrücken
Als in dieser Welt des Staubs zu ersticken
Kein Unglück zerbrochenen Glases mehr plagen
Als dies alternde Antlitz forthin zu ertragen
Nach Klärung der kryptischen Frage zu schmachten
Das eigene Zögern im Glas zu betrachten –

Ein Kloß hatte sich in Glorias Kehle gebildet. Es war, als hätte sich eine Tür in ihrem Verstand geöffnet, durch die ein kühler Wind hereinwehte, der nach Winter und Einsamkeit roch. Als diese Worte geschrieben wurden, war mehr als Tinte und Papier im Spiel gewesen.

»Es ging noch weiter, aber so gut war das Gedächtnis des Betreffenden dann doch nicht«, bedauerte Solomon. »Was halten Sie davon?«

»Es klingt nicht, als hätte es etwas mit den Morden zu tun«, sagte Gloria nach einer Weile, nachdem sie die Worte hatte auf sich wirken lassen.

»Es wurde sicher nicht für diesen Anlass geschrieben. Die meisten Gedichte sind in dieser Art. Sie handeln davon, einen Schritt zu tun. Mut zu fassen, sich nach vorne zu wagen, koste es, was es wolle. Warten Sie, ich werde Ihnen eine Kopie davon machen.«

Er nahm das Blatt und ging damit zum Kopiergerät.

»Aber wer verteilt sie an den Tatorten? Der Mörder wird wohl kaum all das tun, nur um auf sich und sein Talent aufmerksam zu machen?«

»Wer sagt denn, dass es der Mörder ist, der sie schreibt?«, fragte Solomon.

»Wer könnte es sonst sein?«

»Dieses hier«, lächelte Solomon, während er Gloria ihre Kopie gab und seine wieder wegschloss, »stammt von *Faraway*. Schwer zu glauben, nicht wahr? Aber Mrs. Primrose schwor Stein und Bein – quasi auf dem Totenbett. Sie hat das Gedicht übrigens gehasst.«

Gloria blickte ihn fassungslos an und wischte sich eine Strähne aus der Stirn.

»Dann muss auch Faraway den Mörder gekannt haben.«

»Das ist die wahrscheinlichste Erklärung«, gab Solomon zu. »Aber eben nur *falls* Mörder und Dichter dieselbe Person sind.«

»Und wenn nicht? Wer ist der Autor dann?«

»Wer weiß? Es gab allerlei Spekulationen – des Mörders

Freundin, ein Polizist, der sie am Tatort hinterlegt, McCarthy, der sich zu guter Letzt als Poetenseele entpuppt – vielleicht geht es auch um das Andenken eines Künstlers, der seit hundert Jahren tot ist.«

»All das wäre möglich«, gab Gloria zu. »Nur an die McCarthy-Variante glaube ich nicht.«

»Wir haben eine Menge Dichter in unserer Stadt.«

»Sie denken auch an Lysander?«

»Natürlich denke ich auch an Lysander. Nur passt es für mich nicht zusammen. Ich kann ihn mir nicht als Mörder vorstellen, und ich kenne ihn besser als Sie. Sonst hätte ich Sie auch nicht mit ihm zusammengebracht.«

»Der Mörder hat noch nie eine Frau getötet«, murmelte Gloria.

»Das obendrein. Aber wollen Sie sich darauf verlassen?«

»Nein. Ich denke, ich kann nichts und niemandem vertrauen und Lysander schon gar nicht.«

»Er weiß so einiges, da stimme ich Ihnen zu, und er scheint darunter zu leiden. Aber was wäre sein Motiv?«

»Was wissen Sie über seine Vergangenheit?«

»Er ist ein Waisenjunge, im Heim und bei einer Ziehfamilie aufgewachsen. Er besuchte das Internat, Sie wissen schon, Pucstale, und es gibt natürlich eine faszinierende Parallele zwischen ihm und Stella.«

»Nämlich?«

»Auch er hatte einen Unfall, im selben Sommer wie sie, auch mit dem Fahrrad, wenn ich mich recht entsinne. Er lag einige Zeit im Krankenhaus und war danach auch im Sanatorium in stationärer Behandlung. Das war in den Jahren von 1978 bis 1980. Er war praktisch noch ein Kind, jünger als Stella.«

»Wer hat Stella zu dieser Zeit versorgt?«

»Die Dolmetscherin, die Sie auf dem Band hinter van Bergen gesehen haben, pflegte sie die ersten Jahre zu Hause. Schon ihre Großmutter soll für die van Bergens gearbeitet haben, bis sie dann wegen Demenz selbst ins Sanatorium kam.«

»Der Haushalt scheint von Unglück verfolgt.«

»Seltsam, nicht wahr? Und unter diesen Vorzeichen in die Fußstapfen der Großmutter zu treten … eine Weile später dann verließ sie die Stadt, und van Bergen zog sich aus dem Berufsleben zurück und übernahm Stellas Pflege selbst.«

»Die Dolmetscherin … die rassige Schwarzhaarige mit den Locken?«

»Wenn Sie es sagen – ich fand sie nicht so bemerkenswert. Sie haben einen scharfen Blick, Gloria.«

»Blödsinn, ich sehe nie etwas. Was ist los mit Ihnen? *Sie* sind der Mann.«

»Sie kennen ja meine Präferenzen vom Schluss des Videos.« Solomon lächelte.

»Selektive Wahrnehmung«, grübelte Gloria und hatte umso mehr das Gefühl, etwas Wichtiges zu übersehen. *Jemand, den man nicht sehen kann.*

»Stella lebt heute im Sanatorium?«

Solomon nickte. »Seit etwas mehr als einem halben Jahr. Die Ärzte versuchen, sie in diese Welt zurückzuholen, und sie versucht, sich zu erinnern oder zu vergessen; ich weiß es nicht.« Er breitete die Hände aus. »Und das«, sagte Solomon Carter, »ist alles, was ich weiß.«

Sie saßen eine ganze Weile schweigend da. Die Birkenzweige schlugen sacht gegen den Fensterrahmen und ließen Samen wie goldenen Feenstaub auf den Boden rieseln. Gloria dachte an Stella.

»Ich glaube, ich möchte sie gerne sehen.«

»Das wird schwierig werden.«

»Ich will wissen, was hier vor sich geht, Solomon. Nicht für die Zeitung. Nicht für die Wahrheit oder so etwas. Ich will es für *mich* wissen.«

»Wer will das nicht?« Solomon blickte ruhig aus dem Fenster. Vögel zwitscherten in der Birke.

»Das dort draußen ist nicht mehr mein Spiel«, fuhr er nachdenklich fort. »Ich sammle nur noch die Dinge, die zu mir hereingeweht kommen. Wie diese verflixten Birkensamen.«

»Ich schicke Ihnen meinen Artikel, wenn ich ihn fertig habe«, versprach Gloria und erhob sich.

»Ich danke Ihnen. Ich werde ihn sicher in Ehren halten, wenn ihn sonst niemand liest.«

»Ich danke *Ihnen*, Solomon.«

»Seien Sie vorsichtig. Ich meine das ernst. Keine Telefonate außer von öffentlichen Fernsprechern. Meiden Sie die Männer in den Trenchcoats – Sie wären nicht die Erste, die man mit einem Gewicht um den Hals aus dem Mourning Creek fischt, und keine Zeitung, auch nicht die *Post*, wird je davon berichten. Schauen Sie sich dreimal um, bevor Sie sich in Sicherheit wiegen, und schließen Sie fünfmal ab, bevor Sie zu Bett gehen. Verlassen Sie Ihr Hotel, und schreiben Sie sich unter falschem Namen in ein neues ein. Hören Sie auf, sich von meinem Sohn durch die Gegend fahren zu lassen – ihn überwacht man mit Sicherheit. Und vergessen Sie Howards Werkstatt. Sie sind in das Netz einer großen alten Spinne getappt, die Sie bereits erwartet hat. Man behält Sie im Auge. Noch mal, ich meine es ernst.«

Sie lächelte dankbar. »Ich weiß.«

»Ich mag Sie, Gloria. Geben Sie auf sich acht – und lassen Sie mal was hereinwehen.«

Gloria nickte. Dann klappte sie die Luke zum Untergeschoss auf, ging, und er hörte nie wieder von ihr.

* * *

GEHEIMAKTE 8-I9.22/23.26-9

»Natürlich habe ich ihr geholfen. Was hätte ich denn Ihrer Meinung nach tun sollen?«

»Sie hätten sich beispielsweise daran erinnern können, dass die betreffenden Subjekte einer Sicherheitseinstufung unterliegen.«

»Ich hatte es völlig vergessen. Mann! Ich meine, da schneit sie herein — ich konnte mir nicht mal ihren Namen merken, und sie quasselt mich voll und macht sich über meinen Computer her ...«

»Ich kann nicht glauben, dass Sie so dämlich waren.«

»Es tut mir leid, ehrlich ...«

»Ich kann einfach nicht glauben ...«

(Schläge, Schreie)

»... dass Sie so verdammt dämlich waren!«

»Er ist nur ein Angestellter, vergiss ihn. Beruhige dich!«

»Vielleicht will ich mich nicht beruhigen ...«

(Wieder Schläge)

»Lass es gut sein. Was hat sie schon in der Hand? Die Leute sind tot, und wie es scheint, existiert ohnehin nichts über den Jungen.«

»Das ist es ja gerade.«

»Sie weiß nicht mehr als eine Menge anderer Menschen.«

»Das ist schon zu viel. Ich werde rausfahren und sie abfangen, wenn ich sie finde. Es reicht jetzt. Schick ein paar Leute an die kritischen Punkte und schalt dieses Band ab!«

»Wie du willst. Und was Sie anbelangt ... Hallo, hören Sie mich? Hallo?«

3. Glorias Stern

Das Fairwater Sanatorium lag ruhig und schlafend wie ein großes Tier im beginnenden Bergland südöstlich der Stadt. Es war
ein altes, dreistöckiges Gebäude von beachtlicher Länge, wuch-
tig und massiv, mit tief eingelassenen Fenstern und hohen Gie-
beln unter einem einstmals roten Dach. Wären da nicht die Ei-
sengitter vor den Fenstern gewesen, die Mülltonnen für medi-
zinischen Abfall vor dem Hoftor, die alten, nie ausgebesserten
Risse und das Moos auf dem Mörtel, man hätte es für ein Stu-
dentenwohnheim oder eine bessere Kaserne halten können.

Es war Nachmittag und sengend heiß – das Radio versprach
eine aufregende Temperaturkurve bis in den späten Samstag
oder Sonntag hinein –, und Grillen zirpten im Nadelwald, der die
Straße zum Sanatorium säumte. Es war Gloria nicht ganz klar,
ob dieser Wald die Gedanken der Kranken auf dem Hinweg oder
die der Gesunden auf der Heimkehr läutern sollte; offensichtlich
aber war es seine Aufgabe, durch seine Wildnis Distanz zu schaffen zwischen der Kultur der vermeintlich Gesunden und der
kranken Gegenwelt der Inhaftierten.

Gloria saß am Steuer eines enormen Leihwagens, eines alten
platinblauen Ford Mustang, den nicht sie, sondern einer von
Jerrys Kumpeln für sie gemietet hatte. Die einzige Kassette, die
sie nun besaß – sie hatte im Handschuhfach gelegen –, war eine
sehr risikolose Zusammenstellung der Jazzgrößen der frühen
Fünfziger- und Sechzigerjahre. Tom Waits fand sich jedenfalls
nicht darauf wieder.

Sie passierte eine Schranke mit einem kleinen Wachhäuschen
und hielt vor dem zweiflügligen Tor der Anstalt, über dem in das
Mauerwerk gemeißelt ein einladender Leitspruch prangte. *Nur
herein mit euch,* dachte Gloria, die Bilder anderer sinnspruchge-
krönter Tore im Kopf. *Freiheit macht Arbeit.* Ratlos und etwas
unwohl schaute sie sich um. Ihr Kopf schmerzte wieder in der

Hitze, die sich unter dem Blechdach des Wagens staute, kaum dass sie ihn geparkt hatte. Ächzend schwang sie sich ins Freie, drückte sich die Sonnenbrille so nah an die Augen wie möglich und versuchte sich auf das Dach des sonnendurchglühten Mustang zu stützen, was sich als schlechte Idee erwies.

»Autsch!«

Da sah sie eine weibliche Gestalt in Anstaltskleidung, die begleitet von einigen Pflegern und einer weiteren Person langsam wie eine Greisin in den Hof schlich, den Blick auf den Boden gerichtet, als fürchtete sie, hinzufallen. Gloria hielt den Atem an. Diese Frau war *anders*. Sie wirkte wie ein verirrter Pinselstrich, eine Silbe außerhalb des Metrums; eine Synkope im Takt der Realität. Bei aller Verletzlichkeit und Hilflosigkeit gelang es dieser Frau, eine Erinnerung an Würde zu bewahren; etwas umgab sie, das sie außerhalb aller Welten diesseits und jenseits des Waldes vor den Toren ihres Gefängnisses stellte. Ihre Pfleger eskortierten sie wie ein Hofstaat.

»Na bitte, wer sagt's denn«, flüsterte Gloria. »Muss wohl mein Glückstag sein.« Sie schlug die Tür des Mustang zu und näherte sich der Frau. Sie mochte sich kaum eingestehen, wie froh sie war, nicht durch das zweiflüglige Tor treten zu müssen.

Die Gruppe steuerte mit ihrer Schutzbefohlenen auf eine Gartenanlage neben der Anstalt zu, in der Gloria jetzt erst Wasserspiele, sauber gezogene Kieswege und einen Irrgarten aus blühendem Oleander wahrnahm. Sie stolperte fast über ihre eigenen Füße. *Wer bitte pflanzt das halbe Versailles neben eine Irrenanstalt im letzten Winkel Marylands? Wach auf, Gloria!* Sie hielt es für angebracht, sich selbst eine Ohrfeige zu verpassen, was unweigerlich die Aufmerksamkeit einiger Mitarbeiter der Anstalt auf sich zog. Aber an dem Anblick, der sich ihr bot, änderte sich nichts.

»Na schön«, murmelte Gloria, erinnerte sich ihrer Profession und folgte Stella van Bergen in das Labyrinth, das sie soeben betrat.

* * *

Das Oleanderlabyrinth, klärte sie ein wohlmeinender Hinweis am Eingang auf, war aus Dankbarkeit gegenüber der großzügigen Spende der örtlichen Sternwarte den Konstellationen des Himmelszelts nachempfunden, und sofern sie sich verliefe, solle sie einfach dem geraden Weg durch die Drehkreuze nach draußen folgen, den der fantasievolle Lageplan als »Notekliptik« kannte. Ob es sich bei besagter Spende um eine Entschädigung dafür handelte, dass das Sanatorium der Sternwarte den besseren der beiden großen Hügel vor der Stadt überlassen hatte, oder um eine romantische Zuwendung von Sternen- zu Mondsüchtigen, darüber schwieg sich das Schild aus.

Gloria betrat das Labyrinth in den letzten Ausläufern des Schwans über einen kleinen Teich weißer Seelilien, den eine dezente Plakette als Deneb kennzeichnete, unweit dessen ein unbekannter Witzbold den unaussprechlichen Namen Azelfafage auf den Rücken einer steinernen Schildkröte gekritzelt hatte; sie fand eine Abkürzung zum Drachen, arbeitete sich über Rastaban an der Außenmauer des Irrgartens über die nicht minder wunderlichen Orte Grumium und Aldhibah bis nach Gianfar vor und suchte lange vergeblich nach einem Weg über Kochab zu Polaris. Schließlich sah sie sich gezwungen, nach Dubhe auszuweichen, was natürlich im falschen der beiden Wagen lag. Einige Zeit trieb sie mühsam durch die interstellaren Einöden des Luchses, bis sie die Zwillinge Castor und Pollux in der Form zweier adretter nackter Jünglinge nahe des Zentrums des Irrgartens ausmachte.

Doch erst als sie schon die ersten Wegweiser nach Beteigeuze sah und zu fürchten begann, auf die durch eine Sonnenuhr markierte Notekliptik ausweichen zu müssen oder andernfalls den langen Marsch über Rigel und Sirius bis zur anderen Seite anzutreten, hörte sie eine Frauenstimme aus Richtung Capella. Erleichtert folgte sie ihr durch die Alleen des Fuhrmanns und des Perseus, bis sie ihr ganz nahe war. Scheinbar war die Andromeda ihr Ziel, und sie hoffte, sie spätestens in der Nähe des Pegasus einholen zu können. Dann stand sie auf einmal vor einer hohen, duftenden Hecke und musste erkennen, dass sie sich getäuscht hatte.

»Ist da jemand?«, fragte eine herbe, weibliche Stimme von der anderen Seite durch die Blüten.

»Ja. Ich würde gerne zu Ihnen kommen, aber ich finde den Weg nicht.«

»Wo sind Sie?«

»Andromeda, und Sie?«

»Kassiopeia. Sie haben die Abzweigung bei Algol versäumt und dann wahrscheinlich den Weg über Almach genommen. Sie müssen aber sehen, dass Sie es über Mirfak und Gamma Persei bis nach Ruchbah schaffen. Wir waren gerade auf dem Weg nach Caph und machen jetzt eine Pause.«

»Ich gebe mein Bestes. Warten Sie bitte.«

Kurze Zeit später gelang es ihr, anhand der recht präzisen Wegbeschreibung der Frau zu ihr zu stoßen. Sie saß auf einer Parkbank neben einem kleinen Vogelbassin, und Gloria erkannte, dass sie mit der schwarzhaarigen Dolmetscherin von Solomons Video gesprochen hatte; die Frau, die ihm nicht weiter aufgefallen war. Sie war älter heute, älter, als eine Frau in sieben Jahren hätte werden dürfen. Ihre Wangen waren eingefallen, ihr Haar hatte seinen Glanz verloren. Dennoch ahnte man noch immer das alte Feuer, das in ihr brannte.

Stella van Bergen saß neben ihr, und sie war schön, wunderschön, aber auch an ihr war die Zeit nicht spurlos vorübergegangen. Ihr Haar war blond und zu einem Pagenschnitt gestutzt, der ihr nicht stand, doch die Anmut ihres Gesichts nicht mindern konnte. Sie trug Hose und Hemd aus dünnem Leinen und blickte mit ihren blauen, an trüb gewordene Edelsteine gemahnenden Augen ausdruckslos in den Staub zu ihren Füßen in den weißen Anstaltsturnschuhen.

»Wo sind wir hier?«, fragte Gloria.

»Shedar«, raunte die fremde Frau. Sie hatte einen italienischen Akzent und eine ausgebildete Stimme, die wusste, wie man betörte. »Stella kommt häufig hierher. Auch wenn ich bis heute nicht weiß, was sie herzieht. Was meinen Sie?«

Gloria studierte das Gesicht der blonden Schönen und den

sonnenbeschienenen Fleck, auf dem sie saß. Sie musste dreiunddreißig sein, doch sie wirkte wie eine alte Bettlerin im Park. Ein paar Spatzen zu ihren Füßen pickten Brotkrumen, welche die Schwarzhaarige ihnen hinwarf.

»Ich kann es nicht sagen. Redet sie nicht?«

»Nein«, sagte die Schwarzhaarige. »Das heißt, nur sehr selten. Heute hat sie noch nicht gesprochen, und wir sollten sie nicht dazu zwingen. Aber sie hört, was wir sagen.«

»Darf ich mich zu Ihnen setzen?«

»Bitte.« Die Schwarzhaarige deutete auf die Bank. Gloria nahm neben Stella Platz, doch ihre Nähe war ihr unheimlich.

»Sie sind die Frau aus D.C., nicht wahr? Normalerweise reden wir nicht mit Reportern. Aber Sie waren auf der Beerdigung. Lars hat Sie gesehen. Ich bin Lucia.«

Sie strich sich eine Haarsträhne aus der Stirn. Früher hatten ihr die Männer bestimmt zu Füßen gelegen.

»Gloria«, sagte Gloria, um guten Willen zu zeigen. Selten hatte jemand sie so schnell in die Defensive gedrängt. »Ich habe Sie nicht gesehen.«

»Weil ich nicht dort war. Ich habe Ihren Freund nicht gekannt. Falls er das denn war – Ihr Freund, meine ich. Es waren eine Menge Leute da, die Marvin nicht kannten. Lars kannte ihn auch kaum. Aber er schert sich nicht um solche Dinge. Ich schon.«

Wenn Gloria in Lucias von vorzeitigem Alter gezeichnete Züge sah, glaubte sie ihr das mehr als alles andere.

»Ich kannte ihn«, sagte sie.

»So?«

»Vor langer Zeit einmal zumindest. Wir waren noch Kinder. Kannte Stella ihn denn? Sie war dort. Aber er hat sie niemals erwähnt.«

Lucia lächelte. Ein weises und sehr sinnliches Lächeln.

»Er schrieb ihr Gedichte. Wahrscheinlich war er in sie verliebt.«

Das war eine Information, die sich in Glorias Magen nicht ganz mit den anderen Speisen vertragen mochte, die sie die letzten beiden Tage zu sich genommen hatte. Lucia fuhr fort: »Was wollen Sie hier in Fairwater, Gloria? Ich weiß, wie schwer es fällt, an diesen Ort zurückzukehren. Seien Sie vorsichtig. Wenn Sie nicht achtgeben, werden Sie nie wieder fortgehen.«

»Wie meinen Sie das?«

»Man kehrt dieser Stadt nur einmal den Rücken. So wie ich. Dann bleibt man entweder weg, oder man kommt wieder. Aber man geht kein zweites Mal.«

»Eigentlich hatte ich vor, Montag früh wieder zu fahren.«

Lucia lächelte. »Wir werden sehen. Was wollen Sie, Gloria?«

Gloria sammelte sich und suchte nach einer Antwort, die sie selbst zufriedenstellen würde. »Herausfinden, wer Direktor van Bergen getötet hat«, sagte sie dann, weil sie fand, dass die beiden Frauen diese einfachste aller Antworten verdient hatten.

»Warum?«, fragte Lucia, und die Frage brachte Gloria völlig aus der Fassung.

»Was soll das heißen, warum?«, gab sie zurück.

»Alle Angehörigen der anderen Opfer sind tot oder fortgezogen. Die Einzige, die ein Anrecht darauf hätte, die Wahrheit zu erfahren, sitzt hier zwischen uns.« Sie ergriff zärtlich Stellas Hand. »*Aber sie weiß es schon.* Also, warum wollen *Sie* es noch wissen?«

Gloria rieb sich die Schläfen und dachte nach. Ja, weshalb eigentlich?

»Ich bin Reporterin«, beschloss sie letztlich, weil ihr nichts Besseres einfiel.

»Wem wollen Sie es denn erzählen?«, fragte Lucia weiter, nicht angriffslustig, nur neugierig. Ihre Fragen waren fast so durchdringend wie Stellas Schweigen. Gloria erkannte, dass jemand wie sie selbst nie zu einer Bedrohung für Stellas Beschützerin werden konnte, welche über einen unerschöpflichen Vorrat an ertragenen Schmerzen und durchlittener Angst zu verfügen schien. Zu jeder anderen Gelegenheit hätte sie einen weiten Bogen um Lucia geschlagen – sie bevorzugte die Gesellschaft von Leuten, denen sie sich wenigstens ein bisschen überlegen fühlte.

»Es gibt da einen Jungen«, begann sie schließlich vorsichtig, ohne zu wissen, ob es sehr klug war, dieser Frau von Lysander zu erzählen. Doch Lucia lächelte wieder ihr warmes, südländisches Lächeln, das sie etwas jünger und unschuldiger aussehen ließ.

»Ist schon gut. Ich verstehe.«

Gloria öffnete den Mund, um ihr zu widersprechen, und schloss ihn dann wieder, um die Dinge nicht noch komplizierter zu machen.

»Also schön, Gloria. Unterhalten wir uns. Vielleicht hört Stella ja zu. Die Ärzte glauben, dass Stella will, dass man spricht, statt immer nur Rücksicht zu nehmen. Auch über die Dinge, die ihr widerfahren sind. Sie glauben, dass sie sich dadurch ... *realer* vorkommt. Sie weiß häufig nicht mehr, wer sie eigentlich ist; und um ehrlich zu sein, wird es eher schlimmer als besser. Wir haben es nicht leicht zurzeit«, flüsterte sie.

Gloria rutschte ungehaglich hin und her. Es war ihr zuwider, die ganze Zeit in der dritten Person über Stella zu reden, so als säße sie nicht direkt zwischen ihnen. Aber in gewisser Weise verhielt es sich tatsächlich so. Sie war wie eine strahlende Fata Morgana, eine Skulptur aus Licht und aus Ferne.

»Wo haben Sie eigentlich die ganzen Pfleger gelassen?«

Lucia blickte geheimnisvoll und strich mit einer Hand über den Rand des Vogelbassins neben ihr. »Cygnus X-1, gleich neben dem Eingang. Nicht gesehen?«

»Nein«, sagte Gloria. »Ich sehe nie etwas.« Für einen bangen Moment hatte sie den Eindruck, Lucias Spiegelbild im Wasser des Beckens griffe nach der Hand, die über ihm schwebte. Ein tollkühner Spatz plumpste fröhlich ins Becken und beendete die Schrecksekunde. Lucia zog ihre Hand zurück und lächelte wieder – diesmal bedauernd, wie es Gloria schien.

»Nun ja, es ist ein Loch in der Welt, man sieht es nun einmal nicht.«

Allmählich begann sich Gloria ernsthaft zu fragen, ob diese dunkelhaarige Frau möglicherweise ebenfalls verrückt war. Was von dem, was geschah, war eigentlich sichtbar, und was wollte ihr die Oberfläche dieser See voll geborstener Träume namens Fairwater sagen?

»Wer könnte van Bergen getötet haben?« Gloria ging in die Vollen und verdrängte alle Zweifel, um sich nicht noch weiter ablenken zu lassen.

»Alle haben van Bergen gehasst«, sagte Lucia und strich Stella durchs Haar. »Selbst seine Tochter.« Sie liebte sie, stellte Gloria fest. Auf welche Art, war ihr nicht klar, aber Lucia liebte die jüngere Frau.

»Sie denn nicht?«, fragte die Reporterin.

»Ich weiß nicht«, antwortete Lucia. »Ich habe ihn kaum gekannt.«

»Sie haben für ihn gearbeitet.«

»Ich habe mich nur um Stella gesorgt. Und ich würde sagen, ihr Vater hat mehr Strafe erhalten, als irgendein Mann unter der Sonne verdient hat. Fünfzehn Jahre lang – ein halbes Leben für Stella.«

»Ich weiß«, sagte Gloria.

»Man hat nie herausgefunden, wer sie anfuhr. Damals, als sie noch ein Kind war«, sagte Lucia und fuhr fort, Stellas Haar zu streicheln.

»Wissen Sie, was sie gemeint hat, als sie sagte, sie sei … Sie wissen schon …«

»*Durch das Glas* gegangen?«, fragte Lucia.

»Ganz genau.«

»Man fand sie in den Scherben eines zerborstenen Spiegels. Ein Meer von Splittern, die sie schwer verletzt haben. Der Mörder hat ihr das angetan. Wie in den Gedichten, die er schreibt.«

»Sie wissen von den Gedichten?«

»Natürlich. Jeder weiß davon. Nur sprechen will niemand darüber.«

»*Wir* sprechen darüber. Sie sagten ›schreibt‹. Schreibt er sie denn noch?«

»Hat er denn je damit aufgehört?«, gab Lucia zurück.

»Jemand muss diese Familie hassen, aus tiefster Seele.«

»Nein«, sagte Lucia.

»Nein?«

»Jemand hat Direktor van Bergen gehasst. Sehr sogar. Aber der Mörder hat nie einer Frau etwas zuleide getan, nicht wahr?«

»Außer Stella.«

»Ich glaube nicht, dass er ihr wehtun wollte. Wissen Sie, was Stella immerzu wiederholte, vor sieben Jahren, als man sie fand, und in der ersten Zeit, nachdem sie endlich wieder erwachte, vorigen Winter?«

»Nein«, log Gloria, um ihre Version zu hören.

»Sie sagte: *Er bringt mich fort.* Sie sagte: *Lasst ihn nicht zu mir. Er tut mir weh.* Ist Ihnen eigentlich klar, wen sie damit meinte?«

»Der Mörder wollte sie *schützen*? Ist es das, was Sie mir sagen wollen?«

Sie blickten Stella van Bergen in die blauen, kummervollen Augen. Sie schienen wie ein Gemälde. Darin schwammen Blumen und Lichter und Farben wie in einem bodenlosen See. Einem Spiegel.

Lucia sagte kein Wort, aber die Reporterin spürte, dass es genau das war, was sie glaubte.

»Wer könnte es sein?«, fragte sie abermals.

»Es gab da eine Person«, flüsterte Lucia verschwörerisch. »Jemand ohne Namen und Vergangenheit, der Stella liebte und Grund hätte, ihren Vater zu hassen. Jemand, der vielleicht Gedichte über einen Spiegel schriebe.«

»Doch nicht etwa Marvin?«, fragte Gloria entsetzt.

Lucia schüttelte nachdrücklich den Kopf.

»Wer dann?«

»Scherben über Scherben … *morti e incubi*«, wisperte sie. »Das Spiegelvolk. Haben Sie je von denen gehört?«

»Nein – wollen Sie etwa …«

»Bestimmt nicht. Ich treibe Scherze mit Ihnen. Es sind nur Geschichten. Meine Großmutter – sie war eine verrückte alte Frau.« Sie entledigte sich des Themas ebenso schnell wieder, wie sie es aufgebracht hatte, spuckte es von sich wie ein klebriges Kaugummi, als hätte sie bereits zu viel gesagt und bereute es nun. Dennoch schien sie Gloria noch etwas an die Hand geben zu wollen. »*Finden Sie den Mann aus Stellas Vergangenheit.* Finden Sie Stella van Bergens Verehrer und Beschützer. Den Mann, der die Gedichte schreibt.«

Mehr würde sie ihr nicht verraten, erkannte Gloria. Es sei denn …

»Darf ich?«, fragte sie einer plötzlichen Eingebung folgend und griff nach Stellas Hand. Beinahe hätte sie sie wieder fallen gelassen, denn sie war so kalt wie frisch gefallener Schnee und hatte auch beinahe dessen Farbe. Aber sie hielt sie ganz fest und blickte Stella in die fragenden Abgründe ihrer Augen.

»Ich möchte, dass es endet, Stella. *Er hört nicht mehr auf.* Darf ich, Stella? Darf ich ihm Einhalt gebieten?«

Da öffneten sich Stellas Lippen, zaghaft, blutleer wie die Blüten einer welken Rose, und mühten sich, Worte zu formen. Lucia fixierte sie mit dunklem, sengendem Blick.

»*Sagen Sie …*«, flüsterte Stella van Bergen mit einer Stimme, die durch Schlösser und über Bergspitzen geweht war und denen, die sie vernahmen, alle Hoffnung geraubt hatte, »*sagen Sie ihm, dass ich ihn geliebt habe – schon immer. Ich hätte ihm helfen sollen … als er mich brauchte. Sagen Sie ihm, es tut mir so leid … es ist alles meine Schuld. Alles ist meine Schuld.*«

Dann sackte sie in sich zusammen, als hätte jemand die Fäden einer Marionette durchschnitten, und saß nur wieder starr auf ihrer Bank.

Lucia hüllte sich in Schweigen, und Gloria wusste nicht mehr, was sie noch sagen sollte.

So saßen sie noch eine Weile wortlos im Sonnenschein und nahmen dann den Weg über die Notekliptik nach draußen.

* * *

Es war dunkel geworden, als sie nach draußen traten, aber Gloria fiel es erst auf, als sie die Schranke der Ausfahrt schon zwei Meilen hinter sich gelassen hatte und im dichten Wald auf das Licht ihres Wagens angewiesen war.

Sie bremste rasch und fuhr rechts ran, ließ das Fenster herunter und schnappte wie eine Ertrinkende nach Luft. Ihr Herz raste. Mit zitternden Händen steckte sie sich eine Zigarette an.

Wie viele Stunden bin ich in dem Irrgarten gewesen? Es war erst später Mittag gewesen, als sie gekommen war! Was um alles in der Welt war geschehen?

Es grollte am Horizont, und ruß- und purpurfarbene Wolken schoben sich über dem Tal von Fairwater zusammen. Die Silhouette der Appalachen hob sich wie der Umriss eines vorzeitlichen Untiers hinter den Wäldern ab; zu groß, als dass man hätte sagen können, ob man die Zähne, den Rücken oder die Klauen sah. Doch noch brach das Gewitter nicht los.

Ihre Kopfschmerzen waren wieder da, und sie steigerten sich innerhalb weniger Minuten bis zur Raserei. Die Schwüle erstickte alle Geräusche und Gedanken. Einzig die Grillen im Unterholz zirpten aufgeregt, und der Motor des Mustang knackte unter der ofenheißen Haube. Der Geruch nach Pinien- und Kiefernharz drang durch das offene Fenster herein.

Sie verspürte Übelkeit und Schmerzen in ihrem Arm, wo der Regendunkle sie gestochen hatte. Sie hatte die Wunde völlig vergessen gehabt.

Hastig drückte Gloria die Zigarette aus und suchte im Dunkeln nach dem Röhrchen Aspirin, als sie hinter sich Lichter aufleuchten sah. Sie erstarrte. Ein Wagen kam aus Richtung des Sanatoriums auf sie zu. Bilder aus Spielbergs *Duell* schossen ihr durch den Kopf.

Einer jähen Panik gehorchend vergaß sie ihre Suche nach den Tabletten und ließ den stöhnenden Motor wieder an. Sie trat aufs Gas, während der andere Wagen, noch eine halbe Meile entfernt, heranraste.

Die Straße führte bergab zur Stadt, und es gab keine Möglichkeit, auszuweichen oder abzubiegen. Mit stark überhöhter Geschwindigkeit fuhr Gloria talwärts, und in jeder Serpentine hatte sie das Gefühl, als spielte jemand mit ihrem Gehirn in einer Hartgummihalle Squash. Doch die eisige, unumstößliche Gewissheit, dass der Fahrer des anderen Wagens sie töten würde, wenn sie ihm auch nur die geringste Chance dazu gab, trieb sie an. Einige wertvolle Sekunden verschwendete sie mit der blinden Suche nach ihrem Mobiltelefon und dem Versuch, einen Empfang zu bekommen – aber nur Prasseln und Rauschen antworteten ihr. Fluchend warf sie das Telefon auf den Beifahrersitz. Der Wagen hinter ihr blendete einige Male höhnisch auf wie zu einem letzten Gruß. Den Fahrer konnte sie nicht erkennen – sie erkannte noch nicht einmal, um was für ein Modell es sich handelte. Ein Chrysler vielleicht, vielleicht auch ein Ford.

Sie war sich nur sicher, dass es einer der Regendunklen war.

Sie haben sich also entschlossen, mich zu holen, dachte sie mit einer seltsamen Mischung aus Verzweiflung und Grimm. Bis jetzt hatte noch niemand je versucht, sie zu töten, und sie hätte nicht gedacht, dass es sich so anfühlen würde. Dass genau dies aber die Absicht des anderen Fahrers war, stand angesichts seiner wahnwitzigen Geschwindigkeit und seiner Versuche, Stoßstangenkontakt zu etablieren, außer Frage.

Sie jagten die Straße hinab. Mit einem Mal war sie sich ihrer selbst sehr bewusst. Sie roch ihren Schweiß und spürte ihr Haar, das ihr an der Stirn klebte; sie spürte jede Zelle ihres Körpers und gab ihr das Versprechen, sie zu beschützen. Ein-, zweimal kam ihr die Schnauze des anderen Wagens gefährlich nahe, und sie musste an das Gesicht des Haifischs im Alten Zoo denken. Im Rückspiegel sah sie Funken, als sie das Letzte aus dem alten Mustang herausholte. Hustend und schlingernd vergrößerte ihr Wagen den Abstand zu ihrem Verfolger wieder um einige Meter, doch dem Geruch nach verbranntem Gummi nach zu urteilen würde sie bald auf den Felgen entkommen müssen.

Sie passierten die Reste der aufgegebenen Carson-Farm vor

der Stadtgrenze und schossen über die Mayflower Bridge. Wenn sie noch ein oder zwei Meilen durchhielt, war sie wahrscheinlich gerettet – das hieß, *wenn* sich jemand in ihrem geliebten Heimatort den Ruck gab und *sah*, was sich zutrug. Zum zweiten Mal innerhalb von sechsunddreißig Stunden fragte sie sich, ob es der Stadt ihrer Geburt egal war, zur Stadt ihrer Beerdigung zu werden. Die ersten Häuser kamen in Sicht und blickten sie so dunkel und ausdruckslos an wie die Gesichter der Menschen im Zoo, deren Gedanken sie in ihrer Erinnerung zu hören glaubte: *Was macht diese Frau da bloß? Sie stirbt doch nicht etwa?*

Der Regendunkle rammte ihr Heck, und sie schrie gellend auf und kam fast von der Straße ab. Der Drehzahlmesser raste in die Höhe, als sie das Lenkrad mit quietschenden Reifen wieder gerade riss und das Gaspedal abermals durchtrat. Der andere Wagen pirschte sich im Rückspiegel heran. Er knurrte. Er *fauchte*. Er wollte sie fressen.

Cherry und Merryway Creek polterten unter den scheppernden Stoßdämpfern hinweg, und wieder rammte der Regendunkle ihren Wagen. Es riss ihr das Heck weg, und die Manöver, die ihr das Leben retteten, entsprangen weder Instinkt noch Erfahrung, sondern reinem Glück, dessen war sich Gloria staunend bewusst. Dennoch fand sie, sie schlug sich nicht schlecht; sie erlebte sich selbst wie im Kino und dachte *Wow, endlich* sehe *ich einmal etwas.*

Vor ihr tauchte das Licht der ersten Verkehrsampel aus dem Dunkel auf. Der Himmel war immer noch verhangen und wirkte nicht viel höher als die Türme der Kathedrale, die sie als Schatten in der Ferne ausmachen konnte. Keine Menschenseele war auf der Straße. Die Ampel stand auf Rot; Gloria raste dennoch weiter, sah Scheinwerfer und hörte Motorengeheul, das sich von der Seite her näherte, und dann einen Knall von berstendem Glas und sich verformendem Blech, der ihr die Eingeweide umdrehte, als ein aus der Seitenstraße herausschießendes Fahrzeug den Wagen hinter ihr rammte und in einem Feuerball stiebender Funken von der Straße fegte. Beide Autos, das eine gekrümmt wie die gebundenen Füße einer Chinesin, das andere aufgefaltet wie ein Boxergesicht, kamen in einem großen Berg schwarzer Mülltonnen an der Wand eines Fleischerfachgeschäfts zum Stehen.

Gloria trat hart auf die Bremse, riss das Steuer herum, fragte sich eine Millisekunde, ob das, was sie gerade tat, wohl eine Hundertachtziggradkehre werden würde, verlor die Kontrolle über den Mustang und setzte ihn hart gegen einen Laternenmast, der die Beifahrerseite bis zum Wählhebel der Automatik einbeulte. Der Mast knickte wie ein verletzter Schilfhalm und neigte sich graziös über das Dach auf die andere Seite, sodass die flackernde Natriumdampflampe auf Kopfhöhe von der Fahrerseite hereinschien und Gloria in kitschig aprikosenfarbenes Licht tauchte.

Sich vergewissernd, dass niemand sich ihrem Wagen näherte, warf sie geistesgegenwärtig alle persönlichen Gegenstände in ihre Tasche. Dabei fand sie das Röhrchen mit dem Aspirin und schluckte rasch ein oder zwei Tabletten. Dann sprang sie aus dem Wagen, wobei sie stolperte, schlüpfte aus ihren Schuhen und warf sie fort, durchlebte einen kurzen Schwindelanfall, bis sich das schwappende Adrenalin in ihrem Kreislauf wieder gleichmäßig verteilt hatte, und schritt dann zielstrebig auf die anderen beiden Wracks zu, wobei sie sich trotz des eklatanten Fehlens einer wie auch immer gearteten Waffe in ihren Händen in etwa so entschlossen vorkam wie Sigourney Weaver in ihrer Rolle als Ripley am Ende von *Aliens*.

Doch ihre Tapferkeit wurde auf keine weitere Probe mehr gestellt. Rauch stieg von den Trümmern auf. Sie hielt es für unmöglich, dass in dem gerammten Fahrzeug jemand überlebt hatte. Ihm wäre kaum der Raum einer Hutschachtel geblieben.

Das zweite Fahrzeug aber erkannte sie nun als ein Taxi. Ihr stockte der Atem, als sich die Tür des gequetschten Autos öffnete, erst quietschend aufschwang und dann einfach abbrach und scheppernd zu Boden fiel. Dann schob sich eine schwarze Hand forschend nach draußen und bekam schließlich die Dachkante zu

greifen. In einem bewundernswerten Akt von Körperbeherr-
schung zog sich Jerry aus dem Wagen, während Gloria, von aller
Ripleyhaftigkeit verlassen, mit offenem Mund dastand und
gaffte.

Wie durch ein Wunder schien er unverletzt. Nachdenklich
und um sein Gleichgewicht bemüht begutachtete er erst sie,
dann seinen Wagen, unter dem ein munteres Feuerchen zu lo-
dern begann, dann das Auto von Glorias Verfolger. Offenbar
stellte er eine ähnliche Überschlagsrechnung zum Restvolumen
seiner Fahrgastzelle an wie kurz zuvor Gloria. Er drehte sich
wieder um und versuchte etwas zu sagen. Gloria kicherte. Sein
Gesichtsausdruck erinnerte an die konzentrierten Versuche eines betrunkenen Trauzeugen, einen Toast auszubringen.

»Verschwinden wir von hier«, rief er dann mit einer Stimme,
die umschlug wie bei einem Minderjährigen im Stimmbruch.

* * *

»Du bist jetzt seit drei Tagen in Fairwater und hast schon vier
Fahrzeuge auf dem Gewissen, ist dir das eigentlich klar?«, fuhr
Jerry sie an.

Sie waren irgendwo auf dem Weg zwischen dem *Nightwalker*,
einem einladenden Stundenhotel, in dem Gloria für diese Nacht
wohnte (sie hätte weder die Existenz eines Stundenhotels in
Fairwater erwartet, noch, ein solches jemals zu betreten, und
rechnete jede Sekunde damit, dass ein wahnsinniger Robert de
Niro wild um sich schießend die Treppe heraufkam), und einem
24-Stunden-Drugstore, in dem sie Jod und ein paar Pflaster bekommen konnten. Welcher Schutzheilige auch immer diesem
lebensmüden Taxifahrer und seiner migränegeplagten Heimsu-
chung heute die Treue gehalten hatte, er dürfte bei seinem Boss
nun tief in der Kreide stehen. Keiner von beiden hatte sich etwas
gebrochen, nur ein paar blaue Flecken und schmerzende Hals-

wirbel würden sie die nächsten Tage noch an das gemeinsam Erlebte erinnern.

»Dad hat früher immer gesagt, ich soll die Finger von weißen
Mädchen lassen. Jetzt weiß ich, was er damit gemeint hat.«

»Nämlich?«, fragte Gloria, die immer noch schwankte wie am
Ende einer durchzechten Nacht. Wenigstens die Aspirin wirkten
gerade für eine weitere Stunde.

»Ist eine alte Indianerweisheit.«

»Lass hören.«

»Sie können einfach keinen Mustang reiten«, scherzte Jerry
und flüchtete sich in eine schlecht durchdachte Abwehrhaltung,
um Glorias Knuffen und Schlägen zu entgehen. »Autsch – nein,
halt, warte – *au, verdammt!*«

»Tut mir leid«, rief Gloria erschrocken, eine Hand über den
Mund gelegt. »Waren das die Nieren?«

»Mann«, fluchte Jerry und krümmte sich zusammen. »Falls
du nicht wusstest, wo sie waren, du hast sie gefunden. Merk dir
die Stelle!«

»Hier?«

»Weg da!«

Sie lachten, noch immer auf ihrem Adrenalinhoch.

»Ist es sehr schlimm, dass dein Wagen kaputt ist?«

Jerry überlegte kurz. »Lass mich mal nachdenken. Jetzt, wo du
fragst, würde ich sagen – ja, es ist sehr schlimm.«

»Lass den Mist. Es tut mir leid.«

»Die *Post* wird sicher nichts dagegen haben, noch den einen
oder anderen Tausender draufzulegen. Von dem Mustang ganz
zu schweigen. Verdammt, Howard wird kotzen.«

»Howard hat dir den Mustang geliehen?«

»So in etwa. Frag nicht. Ich regle das mit ihm.«

Sie hakte sich bei ihm ein. Es war noch nicht spät, behauptete
sie. Sie erreichten den Drugstore, kauften noch eine Flasche bil-
ligen Schnaps und setzten sich damit ans Ufer des Elder Creek,
der hier von den Hügeln herabgeflossen kam und sich mit den
vereinigten Streitkräften des Belltower und Churchgate Creek

verbündete, um die östlichen Sümpfe das Fürchten zu lehren. Auf der anderen Seite sahen sie die Schatten des Rathauses und die Masten der Boote, die im Yachthafen vertäut lagen. Beide nahmen einen tiefen Schluck aus der Flasche.

Gloria lehnte sich an ihn, schon weil sie zu schwach war zu sitzen, und er nahm sie in den Arm, schon weil er nicht wollte, dass sie in den Fluss fiel.

»Sie ist wunderschön, nicht wahr?«, sagte sie schläfrig mit Blick auf die Stadt.

»Ja«, sagte er. »Zigarette?«

Sie schüttelte den Kopf.

»Auch gut«, meinte er und steckte sich eine an.

»Wie hast du mich gefunden?«, fragte sie.

»Peilsender. Howard. Frag nicht«, murmelte er.

»Ein Glück«, sagte Gloria und küsste ihn, was später beide als Zeichen ihrer kollektiven Unzurechnungsfähigkeit auslegen sollten.

* * *

Samstag, 10.9.1994, 10:01 Uhr, verdeckte Ermittlung

»Sie haben ganz schön Nerven, hier aufzukreuzen«, bemerkte McCarthy, als Gloria neben ihm einstieg. Sie trug Bluejeans, Cowboystiefel, ein über dem Nabel geknotetes Herrenhemd und eine billige Sonnenbrille, und nur seinem eigenen Körpergeruch war es zuzuschreiben, dass er nicht mitbekam, wie erbärmlich sie roch. Das Thermometer zeigte um zehn Uhr morgens bereits zweiunddreißig Grad im Schatten an, die Wolken hatten sich verzogen und die Himmelsbühne Mütterchen Sonne überlassen, die angedroht hatte, heute eine wirklich böse alte Frau zu werden. Vorsichtshalber hatte die Stadt schon alles heruntergeklappt, was Schatten spendete. McCarthy versuchte es mit einem Schlapphut.

Sie befanden sich in der Nähe der geschlossenen Schule, Ecke Southern Main und Concordant Bridge, und beobachteten eine dunkelhaarige Frau, die das Sonnenlicht sorgsam meidend von Schatten zu Schatten sprang. Sie war teuer, aber nicht sehr ansprechend gekleidet und bestand anscheinend selbst im Sommer auf Schwarz, auch wenn sie es als Vorwand gebrauchte, ihre nicht zu leugnenden Vorzüge nach außen zu kehren. Ihr folgte ein langsam fahrender Chrysler, der Gloria unangenehm an die Ereignisse der vergangenen Nacht erinnerte. Er fuhr gemächliches Schritttempo und hatte offenbar kein Problem damit, dass die Frau ihn bemerkte.

»Was tun Sie hier?«, fragte McCarthy, und es schien Gloria die meistgehörte Frage der letzten Tage zu sein.

»Ich dachte, wenn Sie *die* beobachten und ich Sie, können wir uns ebenso gut zusammentun.«

»Ich bin baff. Wie konnte ich das übersehen? Verdammt! *Was tun Sie noch hier*, und weshalb beobachten Sie mich?«

»Eigentlich beobachte ich die da«, präzisierte Gloria und wies auf den Chrysler. »Die Trenchcoats. Sie fielen mir nur auf.«

»Na toll«, fluchte McCarthy. »Dies ist eine verdeckte Ermittlung. Sie haben sie versaut.«

»Ach kommen Sie. Das ist Ihr Film, Sie haben die Hauptrolle, und ich glaube, er hat uns noch nicht bemerkt. Alice auch nicht.«

»Sie kennen sie?«

»Nein, eigentlich kaum. Man sagte mir nur, dass sie vor vier Jahren diejenige war, die Marvin als Letzte sah.«

»Es freut mich, dass Sie den ursprünglichen Grund Ihres Besuchs in unserer schönen Stadt noch nicht vergessen haben.«

»Keinesfalls. Er trat nur vorübergehend in den Hintergrund. Dann begann mich zu plagen, dass ich mich die ganze Zeit mit toten Fremden belaste, während irgendwo dort draußen ein Freund noch am Leben sein könnte.«

»Das ist ziemlich unwahrscheinlich«, sagte McCarthy. »Es sei denn, er ist, ohne zu packen, abgehauen und erzählt jetzt Witze in Vegas.«

»Seien Sie nicht so. Marvin könnte eine Menge über die Morde wissen.«

»Ach ja?«

»Er kannte die beiden Menschen, die der Mörder am meisten liebte und hasste, recht gut, und der Mörder kannte *ihn*. Fragen Sie nicht, wie, aber er brachte Marvin dazu, Gedichte zu schreiben.«

»Ich kann diese Sülzsoße nicht mehr hören«, ächzte McCarthy und fuhr vorsichtig einen Block weiter, wo er hinter einem großen Van wieder parkte und zu dem unbeeindruckt neben der nervösen Alice herfahrenden Chrysler schielte.

»Kennen Sie die schon?«, fragte sie und hielt ihm ein einen Stapel loser, bekritzelter Küchenzettel unter die Nase. McCarthy rümpfte ebendiese und sah die Blätter kurz durch.

»Ich will nicht Ihre Gefühle verletzen, aber den Pulitzerpreis wird er mit denen nicht mehr gewinnen.«

»Bemerken Sie nicht die Parallelen?«

»Schon gut, ja. Ist auch so ein Vampirzeugs.«

»Ist das alles, was Ihnen dazu einfällt?«

»Solange Sie nicht die Klimaanlage in diesem Wagen reparieren, fällt es schwer, sich für Gedichte zu begeistern, die von Winternächten und Liebesschwüren über gefrierenden Blutstropfen handeln.« Er fuhr ein paar Schritte und hielt wieder. »Was mich mehr interessieren würde: Woher haben Sie die?«

»Von Marvins Mutter. Fragen Sie nicht. Sie hob sie auf, obwohl sie ihren Sohn nach wie vor für einen Verlierer hält und tödlich eifersüchtig auf den Empfänger ist – für wen auch immer diese Gedichte bestimmt waren. Sie glaubt, sie waren für Alice. Ich glaube, sie waren für Stella.«

»Was Sie nicht sagen. Nach allem, was ich weiß, muss ich seiner Mutter aber recht geben: Dieses Gefasel dürfte nach Alices Geschmack gewesen sein. Leider zog es wohl nicht. Na ja. Schnee von gestern.«

»So wie die Morde?«

Er seufzte. »Treiben Sie's nicht zu weit. Sie könnten was erleben, wenn's nicht so verdammt heiß hier drinnen wäre.«

»Ich habe Stella gesehen. Danach wollte ich mit Alice sprechen. Das war heute Morgen. Aber da waren diese Trenchcoats überall vor ihrem Haus. Und auch drinnen. Es schien, als hätten sie einen Deal mit ihr vor.«

»Er scheint ihr nicht sehr zu gefallen«, meinte McCarthy mit Blick auf die Flüchtige, die gerade den Trick mit der Menschenmenge probierte.

»Warum beschatten Sie Alice?«

»Oh, nur so«, entgegnete McCarthy. »Hauptsächlich Koks. Es ist jedes Jahr dasselbe mit ihr.«

»Die Trenchcoats sind Ihnen egal?«

»Die Trenchcoats, wie Sie sie liebevoll nennen, unterstehen zufällig einer gewissen Regierungsbehörde.«

»Also ist es reiner Zufall, dass Sie sich zur selben Zeit an dieselbe Zielperson ranmachen?«

»Sehen Sie das, wie Sie wollen – Sie sind ja offenbar Expertin für Beschattungen. Ist Ihnen eigentlich klar, was alles hätte schiefgehen können heute Morgen? Wie kommen Sie überhaupt darauf, dass ich Sie nicht einfach festnehme?«

»Heute kann alles passieren«, meinte Gloria. »Fahren Sie auf die andere Seite – sie will den Hinterausgang des Chinarestaurants benutzen.«

McCarthy fluchte und fuhr um zwei Ecken in eine Parallelstraße, wo er sein Auto gerade rechtzeitig hinter Müllcontainern verbarg, um einer Entdeckung durch den Regendunklen zu entgehen. Kurz darauf kam Alice aus dem Hinterausgang, durchlebte einen kurzen Tobsuchtsanfall und eilte Richtung der Hauptverkehrsader weiter.

»Sagen Sie, Sie hatten nicht zufällig etwas mit dem Unfall letzte Nacht bei Georges Fleischgeschäft zu schaffen, oder? Ich frage auch nur wegen des ausgebrannten Chrysler und des Taxis. Ach, und wegen eines gestohlenen Ford Mustang. Alle Schrott, aber keine Leichen.«

»Keine Leichen?«

»Keine Leichen.«

»So ein Pech.«

McCarthy warf ihr einen missbilligenden Seitenblick zu und verfolgte den Chrysler.

»Wenn Sie so weitermachen, muss er Sie bemerken, McCarthy.«

»Mein Gewissen ist rein«, pfiff der Polizist, hielt aber kurz in den Schatten, um den Regendunklen um eine Ecke biegen zu lassen.

»Verraten Sie mir, was Sie wirklich vorhaben?«, fragte Gloria den Polizisten.

»Wenn Sie mir verraten, was Sie von Alice Chatelaine wollen«, sagte McCarthy.

»Eine Hand wäscht die andere.«

»Also schön. Ich will wissen, warum mein Schwager aus der Verwaltung mit gebrochenen Rippen im Krankenhaus liegt«, sagte McCarthy.

»Jemand benutzte seinen Computer«, sagte Gloria.

»Waren Sie das?«

»Ja.«

»Wonach haben Sie gesucht?«

»Nach einem toten Ehepaar, das vor zwanzig Jahren einen kleinen Jungen aus dem Waisenhaus adoptierte.«

McCarthy nickte. »Sie sind nicht gerade zimperlich.«

»Ich habe Ihren Schwager nicht zusammengeschlagen.«

»Ich weiß.«

»Es tut mir sehr leid.«

»Sparen Sie sich das für den lieben Gott. Was wollen Sie von Alice?«

»Ihr Gesicht sehen, wenn ich ihr dir Gedichte zeige.«

»Sie glauben also nicht, dass sie irgendwas damit anfangen kann?«

»Nein.«

»Weil Marvin nie welche für sie geschrieben hat.«

»Zumindest nicht solche.«

»Aber für die schlafende Stella van Bergen.«

»Schon möglich.«

»In deren Besitz man vergleichbare Gedichte fand.«

»Allerdings.«

»Die aber nicht zwangsläufig von Marvin stammen«, fuhr McCarthy fort.

»Nein«, sagte Gloria.

»Sondern von einem Mann, der in keinem Computer der Stadt oder des Landes mehr auftaucht – wenn es ihn überhaupt je gegeben hat.«

»Ganz genau.«

»Weil Direktor van Bergen ihn vor über zwanzig Jahren um seine Existenz gebracht hat«, sagte McCarthy mit tonloser Stimme. »Seitdem ist da gar nichts mehr.«

»Wissen Sie auch, weshalb?«

»Weil er ihn bei den Eiern hatte«, sagte McCarthy mit verkniffenem Gesicht.

»Was wäre wohl geschehen«, fragte Gloria, »wäre bekannt geworden, dass van Bergen – der reichste Mann der Stadt, verwitwet, eine Tochter, Direktor unserer angesehensten Schule und Chef des vielleicht einflussreichsten Unternehmens des Landes –, dass dieser Mann einen kleinen Jungen adoptierte und wieder fallen ließ wie eine heiße Kartoffel, einzig und allein aus dem Grund …«

»Weil er ihn bei den Eiern hatte«, wiederholte McCarthy finster und umklammerte das Lenkrad. Er fuhr weiter und schaute sich ratlos um. Dann hielt er an.

»Ich glaube, wir haben Alice verloren.«

»Wir brauchen Alice nicht mehr«, sagte Gloria.

»Nein«, sagte McCarthy und parkte den Wagen am Straßenrand.

»Sagen Sie mir nur«, fragte er Gloria, und als sie in sein Gesicht sah, kam sie fast nicht umhin, Mitleid mit ihm zu empfinden, »wie funktionierte das mit den Gedichten? Wie brachte er Marvin dazu, sie zu schreiben?«

Gloria lachte, aber es war kein fröhliches Lachen. »Die meisten der Gedichte schrieb ja gar nicht Marvin.« Sie zeigte ihm ein paar Kopien. »Das hier ist ein anonymer Beitrag zu einem Lyrikwettbewerb von 1989. Das hier stammt von der Schwester des Bekannten eines Freundes, den ich nicht weiter in Schwierigkeiten bringen will – sie schrieb es angeblich im Schlaf. Das hier fand die Haushälterin Professor Faraways 1987. Es war in der Handschrift des Toten verfasst. Das Original verbrannte sie, weil es ihr peinlich war, die Worte ließen ihr aber keine Ruhe mehr. Das letzte fand ich, als ich die Computer der Verwaltung missbrauchte. Jeder weiß von diesen Gedichten, McCarthy, und fast jeder mit einer gewissen Ader in dieser Stadt schrieb zu dem einen oder anderen Zeitpunkt selbst mal eins.«

McCarthy hielt das Steuer so fest umklammert, dass seine Knöchel hervortraten.

»Wir müssen die Quelle finden«, knirschte er. »Wir brauchen die Quelle.«

»Nicht nötig«, sagte die Reporterin. »Die Quelle wird *mich* finden. Aber haben Sie sich je gefragt, weshalb wir all das eigentlich tun? Wer wird uns glauben, McCarthy?«

»Jede Nacht«, sagte McCarthy und sah sie an. »Das frage ich mich jede verdammte Nacht. Schlafen Sie eigentlich nie?«

»Wenig zurzeit.«

»Sind Sie sicher, dass Sie nicht unter Drogen stehen?«

»Nein«, sagte Gloria.

»Dann verschwinden Sie besser aus meinem Wagen, ehe ich Sie festnehmen muss.«

* * *

Du siehst mich den ganzen Tag über an, und die Frage, die du dir immer wieder stellst, doch die du nicht aussprechen willst, lautet: *Wie kann es sein? Wie kann es sein?*

Wir gehen über die Brücken der Stadt. Es ist der heißeste Tag des Jahres, und die Stadt stinkt nach fauligem Wasser und Kot, nach vergorenen Früchten und saurem Erbrochenen. All das treibt durch die Kanäle der Altstadt, bildet schlackige Lachen im Yachthafen, staut sich in den dunklen Winkeln unter den Brücken, wo die Touristen es nicht sehen, wohl aber riechen können. Die Stadt ist der Tod. Eine verwesende Hundeleiche, ein Schwarm schwarzer Fliegen an einem Rohr, in dem eine Ratte verendet ist, deren Gerippe Kinder im Jahr darauf staunend entdecken. Fairwater ist nicht für den Sommer gebaut. Es ist eine Schneeflocke, die sich in den Süden verirrt hat, ein eisiges altes Schloss, das vielleicht nach Neuengland gepasst hätte. Ein Grenzstein.

Du hast deine letzten Zweifel zurückgelassen, als du dem Treffen mit mir zustimmtest. Der Mörder tötet keine Frauen, hat man dir erzählt, und du versteckst dich hinter deiner Weiblichkeit, hast sogar einen Rock angezogen. Nun gehst du an meiner Seite, und ich spüre, wie die Härchen auf deiner Haut sich aufrichten wie hellhöriges Seegras, wenn die kalte Strömung meiner Präsenz dir zu nahe kommt; ich rieche die Angst, die deinen Poren entströmt, wenn mein Blick auf dir ruht, und ich höre die unausgesprochenen Fragen in den Kammern deines Verstands widerhallen. Dabei sage ich gar nichts! Weiß selbst nichts! Bin gar nicht hier!

Du fürchtest dich vor einem Gespenst.

Wir wandern durch die Gassen der Altstadt auf der Insel zwischen Belltower und Churchgate Creek. Diese trägt vielleicht am meisten Schuld daran, dass unsere Großeltern und Urgroßeltern damals der Vision erlagen, hier das Abbild einer italienischen Stadt zu errichten, die sie selbst nie gesehen hatten, Süßwasser statt Salzwasser, Rathaus statt Dogenpalast. Sie sahen nur die zahllosen Flüsschen, die regelmäßig ihren Weg änderten und jedes Frühjahr das Tal unter Wasser setzten, und beschlossen, ihnen Betten aus Stein zu schaffen und poetische Namen zu verleihen, weil sie das Wasser für einen billigen Transportweg und ein Geschenk für die Industrie hielten; außerdem für das halbe Entgelt eines lange überfälligen Abwassersystems, eine Touristenfalle und eine romantische Dreingabe für die Sommernächte der jungen Menschen. Dass sie nicht alles zugleich haben konnten, verkannten sie allerdings, und wir ernten heute die Früchte.

Unsere Väter und Mütter hatten ebenfalls eine Menge gute Ideen; so zum Beispiel, das Atomkraftwerk und einen Großteil der chemischen Industrie *vor* der Stadt zu platzieren, sodass wir nur das zu trinken bekommen, was dort bereits vorbeikam; wir tun das nun schon so lange, dass es niemanden mehr kümmert. Oder eine Nervenheilanstalt und eine Sternwarte zu finanzieren, hundertachtundsechzig Brücken, eine Bibliothek und ein großes Theater sowie einen Privatflugplatz und einen Yachthafen, aber keinen Bahnhof, keine Hochschule, kein eigenes Postamt und keinen lokalen Radio-, geschweige denn Fernsehsender. Ihre brillanteste Idee überhaupt aber war es wahrscheinlich, uns zu zeugen, um mit vollbrachter Tat die lange Jagd nach Anerkennung zu beginnen: beim Ehepartner, den liebenden Freunden oder der Wohlfahrt. Warum erwachsene Menschen auf die Saat ihrer Lenden so stolz sein müssen wie ein Kind auf sein erstes vollbrachtes Geschäft, wird mir ewig ein Rätsel sein.

Doch trotz des lobenswerten Engagements unserer Mitbürger ist all dies vergebens. Wir sind eine aussterbende Welt. Die Alten fallen regelmäßig um wie die Fliegen, wenn eine neue Chemikalie aus den Tanks von Lifelight ihren Weg in die Wildnis der ungefilterten Humanbiologie erstreitet; außerdem ist das feuchtschwüle Klima recht ungesund, und unsere Krankenhäuser sind so rückständig, dass sie außer zum Sterben nicht viel taugen. Die Generation der Vierzig- und Fünfzigjährigen, die die letzten Reste des alten Wohlstands in sich aufsaugte, wird reich und frigide und flutet ihre kalten Adern mit Whiskey und Gin, bis die letzten Flotten von Hämoglobin auf ihrem Weg in die polare Ferne der Fingerspitzen Schiffbruch erleiden. Die Jungen rauchen alles, was sie kriegen können, solange es nur ihren Verstand abtötet, den sie sich weder gewünscht noch jemals verdient haben, und rasen dann mit dem Auto ihres alten Herrn gegen einen Pfeiler oder versuchen mit einer gestohlenen Fünfundvierziger eine mehr oder minder spezifische Region ihres oder eines befreundeten Gehirns zu lokalisieren.

All dies sprach sich herum, und die ersten Verrückten kamen hierher, weil sie es für einen malerischen Ort für die Inszenierung ihres eigenen Todes hielten. Sie legten die Beine hoch, hörten ein paar Takte Gustav Mahler, und *zack!* Dann kamen die Schaulustigen, die von den Irren hörten, und wollten sie sehen. Dann kamen die Akademiker, die sich für die Schaulustigen interessierten, und zu guter Letzt die Regierung, der eine so große Ansammlung von Spinnern, Gaffern und Wissenschaftlern einfach unheimlich sein musste. All das nur, weil Menschen, wenn es ihnen zu gut geht, nichts als Unfug im Kopf haben, und alles, was zur Gewohnheit wird, sehr schnell zu langweilen beginnt … die Wahrheit ist, es will einfach niemand mehr leben in dieser Stadt. Sie starb schon vor sehr langer Zeit.

Wenn wir unseren Stadtrat als liberal bezeichnen, dann heißt das nur, dass ihm egal ist, was aus uns wird, und er ist erfolgreich, weil er nie irgendwelche Gesuche an die Regierung richtet, die diese ablehnen könnte. Niemand dort kennt uns. *Wir* kennen uns. Wahrscheinlich ist das der Grund, weshalb wir unseren Lebenswillen verloren haben. Die Katze beißt sich in den Schwanz.

Du fragst mich nach all diesen Dingen, und ich erzähle es dir. Du fragst, weshalb ich diese Stadt und die Menschen in ihr hasse, und ich sage, ich hasse sie nicht.

Ich liebe diese Stadt und alles in ihr.

Ich liebe das Licht der Nachmittagssonne, wenn es auf die karminroten Ziegel der Bibliothek fällt. Ich liebe das Vogelgezwitscher am Elder Creek, und ich hätte fast geweint, als das verwilderte Grundstück hinter St. Gaiman mit seinen Weiden und Haselnusshainen an die Porzellanmanufaktur verkauft wurde. Ich liebe die ehrwürdigen Geisterschlösser, die die Reichen »Villages« nennen, und die Armut und die Verzweiflung der Hills. Ich liebe die einsamen Straßen bei Nacht und das Schaukeln der Boote im Hafen. Ich liebe die elegant gekleideten Mengen vor der kolonialen Fassade des Stadttheaters und das unschuldige

Gefummel in unserem ältlichen Autokino. Ich liebe es, über die Brücken der Innenstadt zu schlendern wie jetzt mit dir und jeden Stein, jede überraschende Wendung einer Gasse zu kennen, jedes Fenster und jede Katze, die in ihm sitzt, und jedes Gericht auf den Speisekarten der italienischen Restaurants.

Die Italiener sind vielleicht sogar die, die ich am meisten liebe. Sie machen all diesen kulturhistorischen Unsinn mit und haben sogar noch Spaß daran. Wenn man den Statistiken glaubt, setzen sie auch nach wie vor Kinder in die Welt. Vielleicht kommt irgendwann das große Ufo, auf das seit 1910 alle hoffen, reißt diese ganze verdammte Stadt aus dem Boden und wirft sie vor der Küste des echten Venedig ins Meer. Die Italiener werden die Einzigen sein, die sich retten können, denn denen wäre es ganz egal.

Endlich habe ich erreicht, dass du schmunzelst, und ich kaufe dir ein Eis, und wir tun eine Zeit lang so, als wären wir nichts als ein gewöhnliches altmodisches Liebespaar, nur zwei der ganz normalen Verrückten, Schaulustigen oder Wünschelrutengänger. Ich zeige dir die Orte, an denen ich mich herumgetrieben habe, als ich jung war, und du erzählst mir von deiner Vergangenheit, deinen Träumen und deinen Enttäuschungen. Wir sind uns sehr ähnlich, du und ich, und für eine Weile macht es dir keine Angst mehr.

Es gibt noch eine vierte Gruppe von Leuten, sagst du dann, und ich sage, du hast völlig recht. Es gibt noch die, die das Bild *hinter* den Kulissen und Fassaden geschaut haben und die lange schon nicht mehr fürchten, was sie dort finden. Es gibt sie, die geheimen Orte und Treffpunkte, auch wenn sie sich ändern mit den Jahren, und es gibt die Leute mit den Backstage-Ausweisen, aber auch die ändern sich.

Es gibt eine Tür in den basserfüllten Katakomben des *Sona-Nyl*, die niemand mehr zu öffnen wagt, seit ein Junge und ein Mädchen vor zehn Jahren durch sie schritten und nicht mehr zurückkehrten. Du erkennst sie an den warnenden Runen in Quenya, die ihre Freunde darauf schrieben und die nur im

Schwarzlicht der Diskothek zu lesen sind, das an Samstagen brennt.

Es gibt einen alten Fischer am Hafen, der seinen Pier seit Jahrzehnten nicht mehr verlassen hat, denn das einzige Mal, als er es wagte, so sagt er, segelte er geradewegs über das Ende der Welt hinaus … Es gibt Gehege im Alten Zoo, die nur die ältesten Pfleger kennen und deren Geheimnis sie erst kurz vor ihrem Tod ihren Nachfolgern enthüllen.

Es gibt einen Geiger, der nicht mehr spricht, außer durch die Kraft seiner Melodien, denn Worte können nicht mehr beschreiben, was er denkt oder fühlt – sein Vater erhängte sich einst vor lauter Qual. Es gibt Gassen ohne Namen, die man nur zu bestimmten Zeiten findet und nur, wenn man weiß, wie man sie zu betreten hat.

Wir haben eine Mambo, deren Leihkarte für die Stadtbibliothek die Nummer 013 trägt – damals, Anfang des Jahrhunderts, waren die Nummern noch dreistellig. Mittlerweile spricht sie mit so vielen Geistern, dass sie unaufhörlich vor sich hinquasseln muss, damit sich keiner von ihnen vernachlässigt fühlt.

Siehst du den Maler dort vorne am Eldritch Way? Seine Stifte sind aus dem Graphit eines Meteoriten geschnitzt, seine Farben sammelt er bei Dämmerung aus den Träumen der Nachtfalter, die er auf den Wiesen am Ufer des Mourning Creek mit dem Licht von Sonne und Mond übertölpelt. Schau mich nicht so an, man kann es in den Quarzen speichern, welche sich in den Minen westlich der Stadt finden – sofern man die nötigen Formeln kennt. Er kennt sie anscheinend.

Und dieser Typ, von dem du sagtest, er sähe aus wie Alain Delon, wenn Nico es geschafft hätte, ihn anzufixen – der uns schon den ganzen Tag über verfolgt? Der gehört ebenfalls zu ihnen. Ich weiß auch nicht genau, was er eigentlich will – geh rüber und frag ihn, wenn es dich interessiert. Ach was, lass ihn stehen.

Lass uns eine Fahrt mit einer der Gondeln machen. Es gibt ein knappes Dutzend von ihnen – genug für ein paar hundert Meter täuschend echtes Venedig. Das sagen jedenfalls die Prospekte, die es freilich nie weiter als in einige dubiose Reisebüros der nächstgelegenen Countys geschafft haben. Nein, ich weiß auch nicht, was das für Leute sind, die von uns hören dort draußen und uns besuchen kommen. Vielleicht sind sie gar nicht hier. Vielleicht sind wir Gefangene unseres eigenen Wahns, unserer eigenen Vergangenheit, und was da zu uns kommt, sind nur die Geister unserer toten Träume und Ängste, die uns studieren, während wir glauben, dass es doch umgekehrt ist … ganz wie Nietzsche und sein Abgrund. In unserer Eitelkeit wollen wir sogar Herr der Dämonen sein, die eines Tages die einzigen Gäste in der einzigen Aufführung unseres Todes sein werden; schon weil es *unser* Tod sein wird und sie dann da sein werden und ganz besonders, weil wir selbst diese Dämonen sind.

Was zögerst du? Na los! Keine Angst, ich werde schon nicht unter einer der dunklen Brücken über dich herfallen … meine Hände um deinen schlanken Hals legen und … ach, vergiss es. Kommst du jetzt mit oder nicht?

Du hast also entdeckt, dass van Bergen einen Sohn hatte. Na ja, sagen wir, für ein, zwei Jahre. So genau weiß ich das nicht mehr. Ich werde dir seine Geschichte erzählen. Gewiss, wir können darüber sprechen. Ich zeige dir meins, du zeigst mir deins, so geht das doch. Keinem wird wehgetan. Wie geht es Anthony?

Der Junge verließ sein Gefängnis auf seiner kleinen Insel am Ende der Welt, nicht fern des Ortes, wo Arthur Gordon Pym sein ungewisses Ende fand, und der ersten Ahnung der Berge des Wahnsinns. Es war ein bleierner, kalter Ort. Die Sonne schien dort nicht hin, und er hatte niemanden außer seinen Büchern. Niemanden, mit dem er hätte *reden* können. Keine Seele. Ein Schiff legte an, und er bestieg es, so wie wir gerade. Er war frohen Mutes und glaubte, die Strömung würde ihn über kurz oder lang in ein sicheres Nantucket führen. Aber sie führte direkt ins Herz der Finsternis – den Mahlstrom hinab, um bei den Worten des Meisters zu bleiben.

Das Haus war so leer, dass man im Winter das Eis durch die

Steine und über das Glas wachsen hören konnte. Der Dunkle Mann – so nannte der Junge seinen neuen Herrn – herrschte darüber in Kälte und Schmerz über den Verlust seiner Frau. Noch Jahre später fühlte sich der Junge beim Anblick von Vincent Price in Roger Cormans *The Raven* an ihn erinnert. Nur spazierte damals kein sprechender Rabe durchs Fenster, um seine Botschaft der Verdammnis zu überbringen.

Siehst du die schmale Gasse, durch die wir gleich fahren? Die fahlen Wände, die so hoch sind, dass sie sich dort oben zu verneigen scheinen? So schmal und bedrückend, dass die Wäscheleinen dazwischen wie Spinnennetze wirken? Das war meine Welt damals.

Stella kümmerte sich um ihren neuen Bruder. Sie war die gute Fee, die in keinem Märchen fehlen darf. Leider war ihre Macht begrenzt; vermutlich hatte sie Angst. Sie sah und hörte nur, was kleine Mädchen sehen und hören wollen. Hättest du gedacht, dass eines dieser Dinge damals schon Marvin war? Natürlich war Marvin stets der, der am allerwenigsten von den Dingen um ihn herum verstand. Mach dir also wegen ihm keine Sorgen – Blinde wie er haben einen Schutzengel, und wahre Unglücksraben sind selbst zum Sterben nicht fähig.

Verzeih, dass ich abschweife. Der nächste Teil wird unangenehm. Er handelt wieder von dem kleinen Jungen, von geheimnisvollen Zimmern, Nächten voller Angst, sich zu rühren, Stunden, ohne ein Geräusch lauter als einen Atemzug zu wagen; Schrecken, die alle professionellen Furcht einflößenden Wesen der Niederwelten für immer aus dem Rennen werfen würden; Qualen, die die Autoren des Hexenhammers als inspirierend empfunden hätten. Der Junge erlebte, was es bedeutet, hilflos zu sein, ohne Würde und völlig allein. Er wünschte sich auf sein bleiernes Eiland im Schutz der Antarktis zurück, nur weg aus dieser Hölle, die ein tannenumstandenes Haus in den Villages war.

Schau dir die Menschen an, Gloria. Siehst du die Kinder, die am Kanal spielen? Ihre neureichen Mütter mit den Fotoapparaten? Die Hippies mit ihren Ständen voll Batik-Klamotten? Die Hare-Krishnas und Gruftis und Esoteriker, die ihre Talismane, Kreuze und neohermetischen Falsifikate verscheuern? Die Fischer, die sich abmühen, ihre Auslagen zu kühlen? Die Lumpensammler und ihre Gemahlinnen? Unseren fast, aber nur fast tauben Gondoliere, wie er sich anstrengt, diskret wegzuhören, während er uns mit der Übung seiner Jahre durch die kleinen Seitengässchen bugsiert, um uns einen besseren Blick auf die Cale und die Crossway Bridge zu verschaffen und der sich fragt, wann zum Kuckuck wir zwei seltsame Wesen uns endlich küssen werden? Ich habe mir gewünscht, sie alle zu sein.

Nur nicht ich selbst.

Als der Albtraum schließlich endete, geschah es, ohne dass der Junge es auch nur mitbekam. Er kam wieder zu sich. Er hatte wieder sein Eiland und seine Einsamkeit. Nur wenn er in den Spiegel sah und die Narben und die Schatten unter den Augen studierte, ahnte er, dass etwas geschehen sein musste. Er sah eine ganze Weile in seinen Spiegel zu dieser Zeit, und mit den Jahren sah er nur noch sich selbst und manchmal das Leuchten eines Mädchens. Den Dunklen Mann hatte er vergessen. Bald hatte er alles vergessen.

Man schickte ihn noch ein weiteres Mal auf die Reise. Ja, nehmen Sie noch diese letzte Strecke, das passt gut zu meiner Geschichte. Können Sie uns an den Daisycreek Meadows rauslassen? Sie sind nicht sehr groß und wahrscheinlich voll halbnackter Menschen, die nach saurem Fleisch und nach Sonnenmilch duften, aber sie gäben mir etwas wie ein Happy End und Ihnen einen Zehner, wenn Sie keine Fragen mehr stellen.

Diese zweite Reise war länger als die erste und auch glücklicher. Der Junge kam in ein Land, in dem nicht Milch noch Honig, aber auch kein Blut auf weißen Kacheln floss. Die Herrscher dieses Landes waren alt, ziemlich eigen und trugen Stolen, Füchse und karierte Tweedwesten zu wirbelnden Partys, in deren Zentrum, wenn man es genau besah, meist eine Olive in klarer Flüssigkeit ruhte. Alles in allem war es nicht schlecht, auch wenn der Junge nie ganz verstand, worin der Unterschied zu seinem Eiland bestand, von dem man ihn hatte retten wollen. Dann starb Mommy, und es gab keine Tweedwesten, keine Partys und keine Oliven mehr für Daddy, nur noch Unterhemden, Baseball und ehrlichen Wodka für $2,99 aus dem Drugstore.

Der kleine Junge war inzwischen etwas größer und verbrachte die meiste Zeit im Internat, wo er durch das Tragen schwarzer Rollkragenpullover und die Lektüre von Werken de Sades und Franz Kafkas seinen Wunsch nach Privatsphäre signalisieren konnte. Bei einem Vierzehnjährigen wirkt das noch ziemlich abschreckend.

Es wird dir schwerfallen, das zu glauben, aber es war eine glückliche Zeit für ihn. Er hatte sich selbst davon überzeugt, keine Vergangenheit zu besitzen. Nach einer Weile, als ihm die Hülle seiner Haut zu eng zu werden begann, begann er sogar, sich wieder anderen zu öffnen. Er trieb sich herum. Entwickelte ein Auge für Mädchen und Partys. Natürlich war er immer noch allein, wohin er auch ging. Aber es war ein Maß an Alleinsein, mit dem er und seine Gesellschaft zurechtkamen.

Eines Abends traf er dann Stella wieder, aber keiner von beiden erkannte den anderen auf Anhieb. Er hatte sich gerade in ein anderes Mädchen verliebt, und sie war auf dem Weg zu ihrer Audienz bei Morpheus persönlich und hatte keine Augen für ihn. Nur der ferne Hauch eines eigenartigen Déjà-vu streifte ihre Gedanken.

Doch dann ereignete sich ein abscheuliches Verhängnis. Wir folgten einem falschen Propheten, einem verrückten Hebräer, der sich als unser Retter aufspielte. Doch führte er uns nicht wie versprochen ins Gelobte Land. Na ja, wir waren alle ziemlich betrunken – alle außer mir. Es gab einen Unfall, und ich wurde verletzt. Alles halb so wild, ich gewann sogar mein Mädchen dadurch. Leider erregte ich auch die Aufmerksamkeit des Dunklen Mannes aufs Neue.

Er war, als führe ein böser Dschinn nach tausend Jahren wieder aus der Flasche empor … als zerbräche der Spiegel … immer wieder und wieder … Zwei Jahre verbrachte ich in der Psychiatrie, Daddy entschlief in der Zwischenzeit, irgendwann ließ man mich in Frieden. Aber das weißt du ja.

Wir sind da.

Lass uns aussteigen.

Du bist verwirrt – aber du hörst mir nicht zu. Es gibt nicht mehr zu erzählen! Das Wichtigste hast du bereits begriffen – der Rest sind andere Geschichten. Du würdest sie noch nicht verstehen. Wenn du den Rest hören willst, wird es nicht reichen, bis Sonntag noch ein paar Interviews mit einem Mörder zu führen. Du müsstest schon bleiben und wieder eine von uns werden. Komm, wir gehen zurück.

Du warst es einst, erinnerst du dich? *Eine von uns.* Das Mädchen, das Holzschiffchen im Laughing Creek schwimmen ließ. Die enttäuschte Vierzehnjährige, die verzaubert von den Erinnerungen dieses Mädchens abermals durch die Straßen ihrer Vergangenheit tanzte und sich in einen Jungen verliebte, der trotz seines Alters in einer winzigen Streichholzschachtel unter dem Daumen seiner Mutter lebte und damals schon nichts anderes kannte als seine unsichtbaren Freunde, seine Fantasiewelten und die Schallplatten eines obskuren Kneipiers. Mit all dem warst du bereit, ihn zu teilen, doch das war nicht genug.

Apropos alte Musik. Billy, Ella, Frank und ihre Freunde haben den Unfall nicht überlebt, wie? Schade. Ich liebe ihre Melodien. Aber falls du mehr auf Morts schräges Siebzigerzeugs stehst, so habe ich dir eine andere Kassette aufgenommen. Bitte, nimm sie.

Wo war ich?

Ach ja, die Vergangenheit.

Einen Sommer und einen Winter lang hast du um seine Aufmerksamkeit gebuhlt, bis dein Vater sich abermals entschloss, die Stelle zu wechseln. Vielleicht rührt es dich zu erfahren, dass Marvin deinen Verlust damals spürte. Zu spät natürlich. Du warst sein einziger Freund außer Mort wahrscheinlich. Stella lag im Koma, und er hatte sie, so gut es ging, verdrängt. Im Verdrängen war er immer schon erstklassig – er konnte sich für seine Herzdame zum Narren machen, sein Hirn mit Banditen in der Gosse versaufen und zugleich im Schachclub der Schule die Aufmerksamkeit des Direktors erregen – unmittelbar bevor dieser dann seinen Hut nehmen musste – und brachte es fertig, nicht einen Moment daran zu glauben, all dies könne aus einem bestimmten Grund geschehen. Auch er war nur eine Figur im Spiel des Dunklen Mannes – die Geschichte wiederholt sich. Nein, er tat Marvin nichts an; so klug war er mittlerweile. Ich denke, der Dunkle Mann fand in ihm etwas, das er schon lange gesucht hatte: jemanden, der ihm zuhörte, ihn niemals kannte und keine Gefahr für ihn darstellte. Und vielleicht noch etwas anderes – er war ein richtiges kleines Genie, unser Marvin.

Kaum warst du weggezogen, hatte er jedenfalls seine neue Prinzessin gefunden. So schnell kann es gehen.

Was war mit dir zu dieser Zeit, Gloria? Das Leben in der großen Stadt? Hattest du viele Freunde? Viele Partys? Rauschgift? Sex? Hast du gefunden, was du gesucht hast? Oder warst du schon damals die rastlose, freudlose Reporterin, die du heute bist? Höchstwahrscheinlich, denn es gehört schon etwas dazu, bei der *Post* zu landen. Was verlangen sie heute? Das Erstgeborene?

Wir sind wieder am Ausgangspunkt unserer kleinen Tour. Da vorn ist der Belltower Creek. Ich werde mich jetzt zum Kirchplatz begeben. Du kannst mich begleiten, wenn du möchtest. Wir könnten die Kathedrale besichtigen – sie ist sehr kühl, wahrscheinlich der kühlste Ort der Stadt im Moment, und sie haben ein paar tolle Buntglasfenster dort oben.

Ah, du hast andere Pläne. Nun gut. Drei Fragen scheinen dir jetzt noch offen, das spüre ich, und beantworten will ich sie auch: *Erstens* – Wer sind die Männer in den Regenmänteln und was wollen sie von dir, mir, uns allen? Antwort: *Störe nicht ihre Kreise.* Diese Männer wollen nur zerstören. Sie unterstehen niemandem, nicht mir, nicht der Obrigkeit, nicht dem Dunklen Mann, wenn er noch lebte. Sie sind unser Feind. Auch ich scheue sie.

Das muss dir genügen. Die Schmerzen in deinem Arm werden vergehen – mach dir keine Sorgen.

Zweitens – Worin liegt die Macht der Familie van Bergen begründet? Antwort: *Versuche, es herauszufinden, wenn du es wagst.* Manch einer hat es versucht – und manch einer verlor darüber den Verstand. Die Polizei staunte nicht schlecht, als sie die Villa durchsuchte, nachdem van Bergen ermordet worden und Stella erwacht war – aber selbst Solomon Carter fand nie die Wahrheit heraus. Das Wissen wird seinen Preis nie aufwiegen. Vertrau mir, ich habe es einst versucht. Ich weiß, dass es dich in den Fingern juckt seit deinem ersten Tag in der Stadt, vielleicht seit deiner Kindheit. Jeder in Fairwater fragt es sich irgendwann einmal – was in diesen alten Fabriken wirklich geschieht. *Was die Raffinerien in Wahrheit bewirken.* Aber du wirst sie nicht einfach betreten und dich darin umsehen können. *Ich habe es versucht, und ich weiß, es gibt keinen Weg hinein oder hinaus aus Lifelight.*

Drittens – Welcher Kniffe oder Kräfte bedient sich der Mörder, um seine Opfer in seine Gewalt zu bekommen? Die Antwort ist einfach: *Gedichte und Spiegel.* Gedichte und Spiegel, Gloria. Ich verlasse dich nun. Werden wir uns wiedersehen? Die Wahl liegt ganz bei dir.

Wenn ich dir noch ein paar aufmunternde Worte mit auf den Weg geben darf – rede dir nicht immerzu ein, du seiest eine rational denkende Frau. Denn das bist du nicht. Du bist einer der hellsichtigsten Menschen, die ich kenne, eine echte Fairwaterin. Du siehst Dinge, die gar nicht da sind. Dinge, die noch nicht geschehen konnten, oder solche, die schon lange vergessen sind. Du hast sogar den Alten im Zoo gesehen, obwohl er dort absolut nichts verloren hatte. Manchmal kann ich Gedanken lesen; er kann das auch. Er weiß, dass du ihn gesehen hast. Andere Leute sehen gar nichts, wenn er nicht will, oder nur einen weißen Anzug. Ein Echo, eine Idee. Dabei ist er mittlerweile viel mehr als das. *Viel* mehr. Ich verstehe selbst nicht, wie er es gemacht hat.

Auf Wiedersehen, Gloria! Gib auf dich acht. Zwar hast du

recht – der Mörder tut Frauen nichts an, er könnte das gar nicht –, aber es gibt eine Menge Psychopathen dort draußen. Menschen, tausendmal verrückter als wir beide, glaub mir das bitte.

Ich weiß, wovon ich rede.

* * *

Sie hatte lange vor dem hohen Zaun gestanden, durch den der Strom aus atomarer Spaltung floss, rein und unverfälscht. Fast konnte sie sie spüren, die Kraft dieses verborgenen Mikrokosmos, der die Macht hatte, die sichtbare Welt zu vernichten, wenn man ihn nur weckte aus seiner oszillierenden Existenz, seinen Zorn auf sich lenkte wie die Aufmerksamkeit eines Hornissenschwarms; die Hand in den Baum streckte, der die Welten zusammenhielt.

Sie schüttelte sich. Gerne hätte sie sich ihres Aberglaubens entledigt wie ein Hund des Wassers in seinem Fell, doch immer noch hatte sie Angst, dass ihre Gedanken die Aufmerksamkeit von *irgendetwas* auf der anderen Seite des Zauns erregen könnten; etwas in den schnaubenden, stampfenden Lagern und Tanks. Morlockmaschinen. Mit ihrem albernen Rock kam sie sich vor wie Weena, die auf die Entwarnung wartete.

Sie erkannte, dass sie nicht mehr die Kraft hatte, die Warnung des Mörders in den Wind zu schlagen. Lifelight lag vor ihr wie der Atlantik am Ende einer Weltumseglung, und ihr Schiff war leck, das Segel hing schlaff. Dieser letzte Ozean würde ihr verwehrt bleiben und weiter verbergen, was immer er unter seiner Oberfläche geheim hielt.

Es gab noch eine andere Spur, die sie verfolgen wollte, eine, die der Mörder vielleicht absichtlich nicht erwähnt hatte und die sie viel zu lange vernachlässigt hatte.

Sie studierte die Uhr des Mannes im weißen Anzug, die sie

noch immer besaß. Es war kurz vor 18:00 Uhr. Der Tag zog sich endlos lange hin, die Hitze spürte sie schon kaum noch. Ihre Bluse war schweißnass, und obschon sie literweise Evian gegen die Kopfschmerzen trank, schien das Wasser direkt durch ihre Poren wieder auszutreten. Hin und wieder raste eine kleine, kompakte Wolke über den Himmel, in dunkle, fliegende Roben gehüllt, als gälte es, im Westen hinter den Bergen eine geheime Zusammenkunft abzuhalten; doch am Boden regte sich kein Lüftchen. Gleichwohl hatte sich ein merkwürdiger Schleier über die Welt gebreitet. Alle Farben wirkten stumpf wie bei einem alten Fernseher, und das Gewicht dieses trüben Lichts lastete auf den Dingen wie Wasser auf den Ruinen einer versunkenen Stadt.

Sie fragte sich, was die anderen Menschen in den maritimen Feengärten der Stadt gerade taten. Ob Solomon immer noch in der Bibliothek saß? Versuchte Jerry noch, Howard davon zu überzeugen, er oder sie könnten seinen Schaden begleichen? Saß McCarthy in seinem schweißfleckigen Auto und observierte die Trenchcoats, die er nie für den Übergriff auf seinen Schwager würde verantwortlich machen können? Stand der Mörder lächelnd am Alten Kirchplatz und bewunderte die Architektur der Kathedrale?

Nichts war wirklich, nichts war mehr absolut. Gloria fühlte sich, als liefe sie auf LSD durch Disneyland. Leute, die nicht echt waren, betraten Häuser ohne Räume; Dinge, die nicht wirklich existierten, boten Gesprächsstoff für die Geister; Illusionen, glatt und gefälscht, ohne Inhalt. Die Stadt saß auf Stühlen vor ihren Häusern im Schatten, starrte aus ausdruckslosen, leichenstarren Gesichtern, makaber, zombifiziert, und wartete darauf, dass *etwas* geschehen würde. Gloria hatte Angst, war sich aber nicht sicher, ob man ihr überhaupt etwas antun könnte in dieser Phantasmagorie, die sie gefangen hielt wie eine Spinne, sie gemächlich aussaugte und ihr im Gegenzug ihre Träume einflößte.

Sie erreichte die Niederlassung von CBS Glasses und erkannte sehr schnell, dass es ein Fehler gewesen war, herzukommen. Die Luft hing stickig in den Hügeln wie unter einem Hühnerflügel, roch nach altem Aquarium und Holzkohle. Die Straßen waren verlassen, die Menschen hatten sich in ihren Kellern verkrochen, sofern sie welche besaßen, warteten auf den Erstschlag; andere hielten sich in ihren Gärten versteckt und tuschelten leise; vielleicht, weil sie zu schwach waren, lauter zu reden, vielleicht, weil sie nicht anders wollten. Ihre Gedanken streunten um die Baracken wie Katzen.

Die Mauern von CBS waren baufällig und schmutzig, die meisten Fenster vernagelt, die restlichen Scheiben blind und geborsten, was Gloria für kein gutes Aushängeschild einer Glaserei hielt. *Clear Blue Sky* stand in schwungvollen, abbröckelnden Lettern himmelblau und unschuldig wie Softeiswerbung über dem Eingang. *Sie sehen, Sie sehen nichts,* hieß es darunter. Ein Schild hing in der Tür. *Vorübergehend geschlossen* verkündete es und hatte sich eingedenk seiner Lüge schamvoll in Spinnweben gekleidet. Die Tür war nur angelehnt und hätte selbst in geschlossenem Zustand nicht viel Widerstand geboten. Sorgsam um sich blickend trat Gloria ein.

Der Raum, in dem sie sich wiederfand, war verheert wie nach einer Bombenexplosion. Überall lagen Bauschutt, verkohltes Holz und Schrottteile herum. Nur ein halber Sekretär in der hinteren Ecke deutete darauf hin, dass dies einmal ein Empfangsraum gewesen sein musste. Ein halbverbrannter Kalender an der Wand zeigte den Mai 1987.

Gloria stapfte über einen von der Decke gebrochenen Balken und betrat durch einen Hinterausgang den Innenhof, um den herum die alten Fertigungshallen lagen.

Auf den ersten Blick wirkte der Hof verlassen.

Auf den zweiten sah sie den Rocker herumlungern.

Er war aufgedunsen und pockennarbig und trug ungeachtet der Gluthitze des betonierten Hofs eine schwarze, nietenbeschlagene Lederjacke. Seine Hand zerdrückte eine Bierdose, als er Gloria sah. Seine Gürtelschnalle zierte ein Schädel, wie ihn die Nazis der Totenkopf-SS getragen hatten.

Langsam stand er auf und kam einen Schritt auf sie zu. Gloria blieb stehen, den offenen Fluchtweg im Rücken. Ein Stein fiel von einem langen Balkon herab, der sich in drei Meter Höhe über dem Hof entlangzog. Dort oben stand ein weiterer Mann, bärtig, Arbeitermütze, eine Eisenstange in der Bärenpranke. Das geflügelte Emblem der Hells Angels zeichnete sich verblichen auf seinem ärmellosen schwarzen Shirt ab.

Gloria machte langsam einen Schritt zurück. Zwei weitere Männer traten aus den toten Augen und Schlünden der Werkhallen. Sie machten nicht den Eindruck, als gäbe es etwas zu sagen. Langsam wie die Wölfe kamen sie näher.

Als sie hinter sich ein Geräusch hörte, fuhr sie herum. Aus den Trümmern des Empfangsraums trat nun eine Gestalt in einem Trenchcoat hervor, so beiläufig, als käme sie eben von der Herrentoilette zurück. Ihr Gesicht war unter dem Hut nur undeutlich zu erkennen, obwohl es im Raum nicht dunkler war als alles sonst zu jener Stunde. Es war das fremde Unlicht einer Sonnenfinsternis, das auf dem Erdrund lag und das seit Anbeginn der Zeit jedes sehende Wesen in Panik versetzt hatte – als könnte man vor dem Mond und seinem Schatten davonlaufen.

Gloria schrie auf und rannte.

Der Mann im Trenchcoat und sein Trupp finsterer Handlanger machten keine Anstalten, sie zu verfolgen. Sie schienen damit zufrieden, die Stellung zu halten. Gloria aber rannte, Straße auf Straße, einfach nur fort, ohne auf das Pochen ihres Herzens, in ihrem Arm oder der Schläfe zu achten. Sie rannte, bis sie eine Böschung hinabstolperte und schließlich erschöpft an einem schmutzigen Seitenarm des Elder oder Hazel Creek zusammenbrach, wo ein verkrüppelter, dreibeiniger Biber sie später fand und erstaunt ob des neuen menschlichen Damms in seinem Bach über sie wachte. Das Buschwerk richtete sich wieder auf und verbarg sie. Mücken senkten sich auf ihre Haut herab.

Es wurde Abend und bald darauf Nacht.

* * *

Gloria erwachte nicht vor den letzten Stunden einer jeder Hoffnung auf Kühle spottenden Nacht, und sie wusste nicht, wo sie war, bis sie, schon seit Ewigkeiten, wie ihr schien, ziellos durch die Randbezirke der betäubt liegenden Stadt irrte. Sie schwankte wie eine Blinde. Sie war zerkratzt und zerstochen, und die Schmerzen in ihrem Kopf raubten ihr fast den Verstand und hinderten sie daran, einen klaren Gedanken zu fassen.

Sie erreichte das *Nightwalker*, dessen Rechnung sie lange überzogen hatte, aber niemand war da, sie zur Verantwortung zu ziehen; niemand, der sie auch nur bemerkte. Das Stöhnen eines empfindungslosen Liebesspiels klang aus einem der anderen Zimmer. Ansonsten hätte die Welt sich ebenso gut in der Kaffeepause befinden können. Die Lichter waren aus. Das Set war verlassen.

Ihre Sachen waren noch auf ihrem Zimmer. Sie fand das letzte Röhrchen Aspirin und schluckte eine Handvoll Tabletten mit einer lauwarmen Flasche Evian. Dann blieb sie eine Weile auf dem verschmierten, weichen Bett liegen und starrte zur Decke, an der ein bewegungsloser Ventilator hing. Die Stockflecken und die Feuchtigkeit widerten sie an, aber sie konnte ebenso wenig etwas gegen sie unternehmen wie gegen den Verfall der Welt rings um sie herum.

Gloria zog sich aus und lief nackt in das winzige Badezimmer. Es war nach vier Uhr morgens. Am Horizont schien eine tiefblaue, schattenvolle Dämmerung aufzuziehen, aber das mochte auch Einbildung sein. Die Raumtemperatur lag bei sechsunddreißig Grad Celsius. Sie stellte sich unter die Dusche und drehte sie auf. Das Wasser war bräunlich, zuerst brühheiß, dann in etwa so warm wie ein stehendes Gewässer im Sommer; aber es reichte ihr. Langsam kam sie wieder zu sich. Langsam gelang es ihr, den Geruch nach Exkrementen von sich abzuwaschen. Langsam klärte sich ihr Hirn. Die Schmerzen ließen nach. Dennoch fühlte sie sich fremd wie ein Passagier in ihrem eigenen blassen, zitternden Körper, der krank im gelblichen Licht der nackten Glühbirne wirkte. Ihr Haar verlor Farbe.

Schmutz und braunes Abwasser sammelten sich wie dunkles Blut zu ihren Füßen.

Ohne sich abzutrocknen, setzte sie sich auf das Bett, nahm das antike schwarze Telefon zur Hand und wählte eine Nummer. Zu ihrer eigenen Überraschung kam sie nach draußen durch. Sie ließ es einige Minuten klingeln. Dann meldete sich eine verschlafene Stimme am anderen Ende, auf der entlegenen Seite der Welt, drüben in Baltimore. Sie bekannte, für einen Vierundzwanzigstundenservice zu arbeiten. Gloria bestellte einen Mietwagen. Die Stimme auf der anderen Seite der Welt kannte Fairwater nur von einer Karte an der Wand ihres Büros. Deshalb orderte Gloria den Wagen zum Observatorium vor der Stadt. Dann legte sie auf und saß eine Weile nur da. Sie versuchte, Anthony zu erreichen, wusste aber, er würde nicht abnehmen.

* * *

Halb hatte Gloria damit gerechnet, in der Umgebung der Sternwarte eine Revanche des Sanatoriums für seinen Irrgarten anzutreffen. Gemütskranke Kunst, einen neuronalen Skulpturenpark vielleicht. Doch da waren nur die Felsen, die sie mit ihren Osterinselgesichtern ansahen, anthrazitgrau im Halblicht der noch verborgenen Sonne. Sie schnitten Grimassen und änderten ihre Erscheinung mit jedem Schritt, den Gloria den Berg hinauf tat.

Sie wanderte mit den wichtigsten Resten ihres Gepäcks: einer völlig nutzlosen, aber lieb gewonnenen Lederjacke, die sie eigentlich für den Fall eingepackt hatte, dass sie abends mal in eine Disko ginge, und bis zu diesem Morgen kein einziges Mal hatte anziehen können; ein paar Blöcke und Bänder ihres Diktiergeräts mit privaten Notizen und Nachrichten für Anthony, die er wahrscheinlich niemals erhalten würde; ihre Handtasche mit ihrem Geldbeutel, dem toten Handy, ihrem restlichen Vorrat an Aspirin und einer Flasche Evian sowie die Kassette des Mörders.

Alles Weitere würde wohl im *Nightwalker* sein Ende als Pfand einer nie eingelösten Rechnung finden. Es war ihr gleich. Sie ließ es zurück.

Die Sonne war jetzt beinahe an den Bergspitzen angelangt und ließ sie erglühen. Gloria strich sich den Schweiß aus der Stirn und kniff die Augen zusammen. Ihr Haar hatte sie nass zusammengebunden, ihre letzte saubere Bluse war tief aufgeknöpft, Jeans und Stiefel voller Staub. Einen Moment dachte sie an die kostümierte Närrin voll falscher Zufriedenheit und neurotischer Pläne, die vor vier Tagen am Highway in Jerrys Taxi gestiegen war.

Der Himmel über Gloria begann sich weiter zu verdichten. Er färbte sich dunkel wie ein Bassin blauer Wasserfarbe, in das man einen Kleckser Schwarz gab. Vor ihr lag die Sternwarte, schneefarben und schlicht, künstlich, ein Artefakt der Vergangenheit einer anderen Welt. Das Kuppeldach stand offen, sodass ihr Zyklopenblick verschlafen auf den letzten Sternen der Nacht ruhte, die durch den basaltenen Vorhang des heraufziehenden Morgens funkelten. Schwefelgelbes Wetterleuchten flackerte an den Flanken der Appalachen im Norden.

Gloria warf gerade erschöpft Lederjacke und Handtasche auf das staubige Pflaster des vorgelagerten Parkplatzes, der an diesem Sonntagmorgen völlig leer war, als sie eines Mannes gewahr wurde, der auf die Gittertreppe vor der Tür des Observatoriums heraustrat und sich ungeachtet der Schwüle der Morgenluft genussvoll reckte und streckte. Dann sah er zu ihr hinab. Er war dicklich, trug einen blütenweißen Anzug, einen alten italienischen Hut und eine Brille mit einem schwarzen Glas über einem prachtvollen Schnauzbart. Es war der Mann von dem Video, der Mann, den sie im Zoo gesehen zu haben glaubte. Der Mann, dem die Glaserei gehörte, die sie gerade erfolgreich verdrängt hatte – *Mr. Bartholomew*, erinnerte sie sich und stellte fest, dass es schwer war, sich seiner zu erinnern. Interessiert erwiderte er ihren Blick. Dann winkte er sie zu sich.

Vorsichtig trat Gloria näher. Sie hatte keine Angst, nicht mehr, nicht vor diesem Mann. Trotzdem war ihr nicht wohl in seiner Gegenwart. Sie hatte das starke Gefühl, dass er nicht hierherge- hörte; so als wäre er nur eine Filmfigur, aber kein wirklicher, le- bender Mensch.

»Kommen Sie!«, rief er. »Sie verpassen sonst noch das Beste.«

Gloria schritt die klappernde Treppe empor und spürte, wie sich die Vibrationen gleich einem Seufzen durch die Wand des Observatoriums fortpflanzten und dann verebbten. Sie bewun- derte die Schlichtheit und die sakrale Stille des schneeweißen Baus. Auf dem obersten Treppenabsatz stand Bartholomew mit ausgebreiteten Armen und hieß sie willkommen.

»Ich habe Sie gesucht«, sagte sie zu ihm.

»Wie schön! Ich habe Sie erwartet. Gerade rechtzeitig! Kom- men Sie.« Dann drehte er sich um und trat geduckt durch die schmale Tür ins Innere.

»Rechtzeitig wozu?«, fragte Gloria und folgte ihm; so muss- ten sich die Apollo-Astronauten gefühlt haben, wenn sie ihre Saturnraketen betraten.

Innen war es überraschend kühl. Das Surren von Elektrizität und der Duft nach Kupfer und Ozon erfüllten die Kuppel. Um- geben von Rechnern und abstrusen Instrumenten thronte ein gewaltiges Spiegelteleskop in der Mitte der Halle. Sternzeichen waren als kunstvolle Fliesenmuster ringsum in den Boden ein- gelassen. Fast wirkte es wie eine Zeremonienkammer.

»Sie richtet sich gerade aus«, erklärte Bartholomew und spa- zierte die Treppe an der Innenseite nach unten. Sie dachte an Bösewichte in ihren geheimen Basen in Kraterseen und unter der Erde. Gönnerhaft breitete Bartholomew die Arme aus. Eben noch war er ein Monarch, dann ein Schausteller, ein Zauberer auf dem Jahrmarkt. »Mein Reich – zumindest für heute.«

Gloria folgte ihm bang und blickte sich um.

»Wo ist das ganze Personal?«

»Wir haben Sonntag, Teuerste.«

»Gehört Ihnen etwa das Observatorium?«

»Ich bin nur ein gern gesehener Gast in ihnen.« Bartholomew

strahlte. »Sie ist jetzt so weit«, sagte er und deutete auf das Teleskop. »Bitte sehr. Ihnen und Ihrem meisterlichem Blick gebührt die Ehre.«

»Ist es nicht schon ein wenig zu hell?«

»Die Königin steht hoch im Nordwesten, es wird gerade noch gehen«, sagte er. »Nicht so skeptisch!«

»Was sehen wir?«

»Eine Region im Herzen der Kassiopeia. Verlieren Sie keine Zeit!«

»Wenn Sie mir verrieten, woher die Affinität der Menschen in dieser Stadt zu jenem Sternbild herrührt, wäre mir schon geholfen«, gab Gloria zurück und strich mit dem Finger über das matte Chrom des Okulars. Kalt wie eine Waffe.

»Sie ist sehr traditionsreich«, erklärte Bartholomew lächelnd. »Der Legende nach ist Fairwater der Ort, über dem einst die Supernova stand, die Tycho Brahes Leben verändern sollte. Gegen Weihnachten letzten Jahres hatten wir eine kleinere Nova und in den vierhundert Jahren dazwischen eine Menge hochinteressanter Vorfälle. Aber kaum einer war so faszinierend wie dieser. Nun machen Sie schon!«

»Na gut.« Sie blickte durch das Glas.

»Nun?«, drängelte er wie ein Pennäler. »Was sehen Sie?«

»Einen hellen Stern«, riet Gloria, ungeschickt über das Okular gebeugt.

»Sein Name ist Shedir oder Shedar.« Bartholomew schmunzelte. »*Die Brust.* Die Königin wäre sicher gerührt gewesen, dass man ihrer noch heute gedenkt. Alpha Cassiopeiae, vierzehnhundert Billionen Meilen von Fairwater entfernt. Was sehen Sie sonst noch?«

»Sie meinen den kleinen, kaum sichtbaren Fleck danebem?«

»Ist es wahr?«, rief Bartholomew aufgeregt. »Sie sehen ihn wirklich? Treiben Sie keine Scherze mit einem alten Mann!«

»Ich sehe einen Fleck«, wiederholte die Reporterin ungerührt wie bei einer Kriegsberichterstattung.

»Lassen Sie mich sehen!«

Er quetschte sich vor sie und starrte in das Okular. Dann ließ er einen ehrfurchtsvollen Seufzer hören, wie ihn die Menschen am Ende der Prohibition über ihrem ersten Glas Dom Pérignon ausgestoßen haben mochten.

»Er ist es. Grundgütiger!« Er richtete sich auf und blickte ins Leere.

»Er ist – *was?*«

Er blickte sie mit seinem einzigen Auge an. »Er trägt noch keinen Namen, Gloria. Wie lautet Ihr Nachname? Schnell! Traditionsgemäß müssten wir ihn Bartholomew Soundso nennen.«

»Ein Komet?«, staunte Gloria. »Sie haben einen Kometen entdeckt?«

»*Wir* haben ihn entdeckt, Gloria. Gemeinsam.«

»Ich glaube nicht, dass ich ihm meinen Namen aufbürden möchte«, zweifelte sie und wunderte sich schon gar nicht mehr darüber, dass der bizarre Mann ihren Vornamen schon kannte. »Ihr Angebot ehrt mich. Aber ich bestehe nicht darauf. Ich habe nur in ein Stück Glas geschaut.«

»Ich habe auch nichts anderes getan«, tadelte Bartholomew und zwirbelte seinen Bart. »Falsche Bescheidenheit, wenn Sie mich fragen. Was für eine einmalige Gelegenheit! Aber schön. Tragen wir ihn unter dem üblichen Buchstabensalat in den Katalog ein, und inoffiziell gedenken wir seiner als *Glorias Stern.* Gloria Cassiopeiae! Sie haben ihn gefunden. Da haben Sie Ihre Story.«

Er öffnete eine Flasche Sekt, die er plötzlich zur Hand hatte, goss ihr und sich je ein Glas ein und widmete sich einem der Rechner. Draußen vor der Tür grollte ferner Donner. Bartholomew sandte seine Entdeckung stolz um die Welt, und Gloria hörte den Wind um das Observatorium heulen. Wie die elektrischen Impulse von Bartholomews Nachricht raste er um das Gebäude und davon in die Ferne.

Gloria nippte an dem Sekt – es war ziemlich teurer Sekt – und hielt sich an den blinkenden Konsolen fest, als ihr kurz schwindelte. Vor der Pforte der Sternwarte wurde es immer dunkler statt heller. Dann glitt das Kuppeldach zu und das starre Auge schloss sich, als die ersten sehnsüchtig erwarteten Tropfen zu fallen begannen. Sie bereute es, Bartholomew hierher gefolgt zu sein. Nun saß sie in der Falle.

»Was ist los? Alles in Ordnung?«, fragte er.

Geht es ihr gut? hallte das Echo seiner Stimme durch ihren Verstand.

»Nein, es geht mir nicht gut!«, rief sie, und das Tosen des Regens war nah und bedrohlich, immer lauter, immer gewaltiger. »Ich habe die letzten Nächte kaum geschlafen. Man setzte mich unter Drogen. Man hat versucht, mich zu ermorden! Ich zweifle an meiner Auffassungskraft. Ich will das alles nicht! Ich gehe nach Hause.«

»Noch jemand«, orakelte Bartholomew und schüttelte über seinen Geräten bekümmert den Kopf. »Zeig ihnen die andere Seite, und sie gehen ins Wasser. Biete ihnen Schutz, und sie träumen sich nutzlose Retter herbei. Beantworte ihnen die Frage nach dem Wesen der Welt, und sie dilettieren in magischen Formeln und Brettspielchen. Schenk ihnen einen Kometen, und sie wollen nach Hause. Ich werde euch nie verstehen.«

»Wer sind Sie?«, fragte Gloria mit der letzten ihr verbliebenen Kraft.

»Nur ein weiteres altes Ich«, entgegnete Bartholomew. »Ein Trödler und Spiegelfabrikant, ein simpler Geschäftsmann. Ich nehme und gebe. Ich wollte nie mehr als meine Freiheit.«

»*Sie* sind der Mörder!«, rief Gloria laut, um den Lärm des Regens zu übertönen. Er lachte.

»Nein. Glauben Sie, ich habe mir all das hier ausgesucht? Wissen Sie, wie viel Pflege ein vierzehn Fuß messender Spiegel allein in der Herstellung benötigt? Sie ahnen es wohl nicht, doch Sie haben gerade mein Meisterwerk geschaut. Meinen Sie, es fällt leicht, mit den Regendunklen Scharade zu spielen? Sie würden uns das Innerste nach außen kehren, wären sie sich ihrer Sache nur einen Deut sicherer und wüssten sie, wen sie eigentlich suchten unter all diesen Masken. Meinen Sie vielleicht, es ist einfach, in diesem Tollhaus den Überblick zu behalten? Sie sind wie Kinder. Schau einen Moment lang weg, und sie stürzen von Brücken, reisen ins All oder schlitzen alten Despoten den Bauch auf. Sie treiben eine Menge solchen Unsinn. So sind Kinder nun mal – und nun geben Sie mir doch bitte meine Uhr zurück.«

Er streckte lächelnd die Hand aus, und Gloria, mit Tränen in den Augen, konnte nicht anders, als ihm zu gehorchen.

Er klappte sie auf, sah auf das Zifferblatt und steckte sie dann seufzend in seine Weste. »Sieben Uhr«, brummte er und erhob sich. »Die Sonne geht auf.« Nachdenklich wandte Bartholomew sich ab und blickte zum Ausgang und in den Regen hinaus.

»Vielleicht hätte ich doch das Auto nehmen sollen«, grübelte er bei sich. »Es gibt noch so viel zu tun. Sie machen sich ja keine Vorstellung. Diese Fabrik, Lifelight, sie ist geradezu ein Leuchtfeuer für Ärgernisse. Zieht sie an wie die Kornkreise, wie die Pyramiden von Gizeh. Sie strahlt durch die Nacht. Ich muss mich jetzt vorbereiten. Ach, Gloria! Es wird noch zwei Jahre dauern, bis Sie Ihren Stern mit bloßem Auge werden sehen können.«

Dann ging er davon und verschwand draußen im Regen.

* * *

Noch eine halbe Stunde tobte das gespenstische Gewitter, und Gloria wagte es nicht, das Observatorium eher zu verlassen; nicht des Regens wegen etwa, den sie begrüßt hätte, sondern der unfassbaren Wucht der elektrischen Entladungen halber, die sich über dem Vorgebirge entfalteten. Mehrere Male war sie sich sicher, dass der Blitz in das Observatorium einschlug und die Blitzableiter auf dem Dach ihn der Erde überantworteten. Verängstigt wie ein kleines Kind saß sie auf der Treppe und schaukelte vor und zurück, die Knie mit den Armen umschlungen, während von draußen die nassen Böen hereinwehten. Dann war das Unwetter vorbei, und zum ersten Mal, seit sie nach Fairwater zurückgekehrt war, war ihr kalt.

Sie ließ die Sternwarte geöffnet und mit eingeschalteten Instrumenten hinter sich zurück – *eine weitere Zeitungsmeldung in Solomon Carters Archiv*, dachte sie: *Einbruch in die Sternwarte.*

Sie trat ins Freie und ließ ihren Blick über das Tal schweifen.

Sie dachte:

Dies ist also das Ende meines Besuchs. Die Sonne geht auf, und die Qualen meiner Stadt werden von ihr genommen.

Es ist sicher fünfzehn Grad kühler geworden, wenn nicht zwanzig. Es ist ein fast gewöhnlicher Morgen im September, und er verspricht, wunderschön zu werden. Die Sonnenstrahlen färben die Felsen honiggelb und blau, wo die Schatten noch liegen, Vögel kommen hervor, und die letzten Sterne verblassen, darunter der, der nun meinen Namen trägt, zumindest für mich und einen Mann, den ich in wenigen Tagen abstreiten werde, jemals getroffen zu haben.

Ich ziehe zuletzt meine Lederjacke an und laufe den Hang hinab, warte auf das Auto aus Baltimore, das längst hier sein sollte. Da sehe ich auf einer Wiese neben dem Pfad eine Gestalt im nassen Gras. Es ist Lysander, und er trägt wieder sein Wams und seine Beinlinge. Er winkt mir zu, und ich gehe zu ihm hinüber. Es gibt etwas, das ich ihm noch sagen muss.

Er wirkt verändert, als ich ihm entgegentrete, und er hält sich in den Schatten, als täte ihm die Sonne in den Augen weh. Trotzdem ist da wieder dieses anzügliche, überhebliche Lächeln, das ich schon einige Male auf seinen Zügen irrlichtern sah. Ein bemerkenswerter Junge. Ein bemerkenswerter Gegner.

»Du musst aufhören«, sage ich, und er verzieht den Mund, als litte er Schmerzen, aber es gelingt ihm, den Blick auf mich zu fixieren. »Es ist vollbracht. Du hast es erreicht, und nun muss es aufhören.«

»Wer sagt das?«, fragt er so arrogant, wie nur ein venezianischer Adliger gewesen sein kann. »Nimm dir nicht zu viel heraus!«

»Du selbst«, sage ich ruhig und geduldig wie eine Mutter zu ihrem Kind. »Du hast mich gebeten, dir zu helfen, und du selbst hast mir die Antworten geliefert, die du gesucht hast.«

»Nein.« Er schüttelt entschieden den Kopf, will es nicht hören. »Niemals!«

»Das Licht ist dir unangenehm, nicht wahr?«, rate ich. »Keine Angst. Es kann dir nichts tun. Denn du bist nicht wirklich.«

Er schreit und schlägt die Hände über dem Kopf zusammen, und ein wenig tut er mir leid.

»Stella ist in Sicherheit«, sage ich. »Ich habe sie gesehen. Es geht ihr gut, man kümmert sich um sie. Lucia kümmert sich um sie. Niemand will ihr mehr Böses.«

»Die Männer«, flucht er, »die Männer in den Mänteln.«

»Werden sie nicht kriegen«, beruhige ich ihn. »Sie hat Freunde. Mächtige Freunde. Man schützt sie. Es ist nicht mehr nötig, zu töten. Niemand will das. Auch sie nicht. Der Krieg, den du führst, trifft die Falschen.«

»Wir wissen das«, sagt er und lächelt angespannt. Ich kenne dieses Lächeln von Fotos – viele Serientäter haben es. Sie leben schon so lange mit ihrer Abscheu, ihrer Lüge und der Gewissheit um die Grausamkeit ihrer Taten, dass es ihnen die Luft zum Atmen raubt.

»Aber du atmest ja nicht, oder? Lysander?«

»Nicht Lysander«, sagt er und schüttelt den Kopf. »Lysander weiß gar nichts.«

»Bist du dir da so sicher?«

Statt einer Erwiderung stößt er ein Wimmern aus.

»Sie bittet dich um Vergebung«, setze ich nach. »Sie liebt dich. Sie hat zu mir gesprochen: ›Sagen Sie ihm, dass ich ihn immer geliebt habe. Ich hätte für ihn da sein sollen, als er mich brauchte. Sagen Sie ihm, dass alles nur meine Schuld war – alles meine Schuld.‹«

»Das hat sie gesagt?« Er jault wie ein verwundetes Tier und krümmt sich am Boden.

»Lass ab«, sage ich ihm. »Du tust ihr weh.«

Stille fährt in ihn ein.

»Lass gut sein«, sage ich. »Lass los. Es ist aus.«

Er richtet sich langsam auf und tritt aus den Schatten. Sein Gesicht ist jugendlicher und unscheinbar, und er bewegt sich in seiner Kleidung wie jemand, der es nicht gewohnt ist, etwas anderes als Jeans und T-Shirts zu tragen.

»Ist er weg?«, fragt er mich mit seinen schönen Augen und sieht mich an.

»Das fragst du mich?«, wundere ich mich.

»Sie haben ihm ja ganz schön die Meinung gegeigt«, lacht er. »›Du bist nicht wirklich.‹ Das gefiel mir.«

»Hat er es denn begriffen?«, frage ich. »Wird er aufhören?«

Lysander zuckt die Achseln und wringt sein nasses Wams aus. »Ich denke schon. Sie haben getan, was Sie konnten. Alles, worum ich Sie bat, und mehr. Es ist gut, dass Sie mit Stella gesprochen haben. Das wird mehr als alles andere dazu beitragen, dass er begreift. Die Meinung der Frauen ist ihm sehr wichtig. Ganz besonders die Stellas.«

»Ich weiß«, sage ich.

Gemeinsam sehen wir der Sonne zu, wie sie Fairwater in goldenes Licht taucht. Die Stadt glänzt wie im Märchen, und er vergleicht sie wieder mit Orten aus Büchern, Städten, die ich nicht kenne. Es ist seine private Liebeserklärung an diese Stadt und an mich.

Ein Auto hupt vom Fuß des Hügels. Da unten steht ein dunkler Honda mit dem Kennzeichen von Baltimore. Der Fahrer wirkt ungeduldig. Offenbar hat er den Weg zur Sternwarte nicht auf Anhieb gefunden.

»Ich muss gehen«, sage ich.

Er steht da wie David Bowie in *Labyrinth*, der wartet, ob ich mein Zaubersprüchlein richtig aufsagen werde, und lässt eine Münze über seine Hand wandern. *Durch unsägliche Gefahren* und unzählige Hindernisse habe ich mir meinen Weg zu dir erkämpft …

»Ich habe noch etwas für dich«, sagt er, lässt die Münze verschwinden und drückt mir einen gefalteten Zettel in die Hand.

»Was ist das?«

»Erst aufmachen, wenn du die Stadt verlassen hast«, sagt er. Lächelnd legt er mir die Fingerspitze an die Lippen.

Ich wende mich ab. Dann drehe ich mich noch einmal um. Sehe ihn da stehen, allein auf dem Hügel.

»Mach dir um mich keine Sorgen«, sagt er und fängt an zu singen:

I've got the world on a string
Sitting on a rainbow
Got the string around my finger
What a world, what a life
I'm in love
I've got a song that I sing
I can make the rain go
Anytime I move my finger
Lucky me, can't you see
I'm in love

Verstört steige ich in den Wagen, der Fahrer schaut ungnädig. »Sind Sie die Reporterin von der *Washington Post*?«, blafft er mich an. »Wissen Sie eigentlich, wie lange ich bei dem Wetter schon durch die Gegend fahre und nach Ihnen suche?«

Ich sage nichts, werfe meine Sachen auf den Rücksitz. Er fährt los, hat das Radio laufen, in dem zwei unbegabte Mädchen um die Wette singen. »Legen Sie die ein«, befehle ich ihm und werfe ihm die Kassette des Mörders zu.

Er wirft einen zweifelnden Blick auf die Hülle und sieht mich an. »›Justin and Nova‹«, liest er vor. »Von Jericho. ›Us and Them‹. ›Any colour you like‹. Was soll das sein?«

132

»Legen Sie die Kassette ein und hören Sie auf, sich zu beschweren.«

Er aber macht keine Anstalten, meinem Wunsch zu entsprechen. »Wo soll's denn überhaupt hingehen? Das wird ein teurer Tag, das ist Ihnen hoffentlich klar.«

»Wissen Sie was?«, schlage ich vor. »Sie sind sicher auf dem Weg an einer alten ausgebrannten Scheune vorbeigekommen. Fahren Sie zunächst dorthin.«

Er wundert sich, aber kurze Zeit später sind wir an der Carson-Farm.

»Halten Sie hier«, weise ich ihn an. Wir steigen aus. Er sieht mich mit langem Gesicht an. »Was jetzt?«

»Jetzt«, erläutere ich ihm und gebe ihm meine Kreditkarte, den Presseausweis und mein letztes Bargeld, »gehen Sie immer diese Straße dort entlang, bis Sie an ein Hotel kommen. Nehmen Sie sich ein Zimmer, legen Sie die Beine hoch und ruhen Sie sich aus. Morgen früh gehen Sie zu dieser Adresse.« Ich kritzle sie ihm auf ein Blatt Papier, ehe er protestieren kann. »Dort gibt es einen Mann namens Howard. Sagen Sie ihm, Gloria schickt Sie oder Jerry, falls das nicht reicht. Sagen Sie ihm, Sie kämen von Jerry und Gloria und seien hier, um den Chevy mitzunehmen. Ein altes, rotes Cabriolet. Das fahren Sie dann nach D.C. zu der Adresse, die auf meinem Ausweis steht. Dort treffen wir uns, und wenn die Tom-Waits-Bänder nicht mehr im Handschuhfach sind, ziehe ich Sie persönlich zur Rechenschaft.«

»Was haben Sie vor?«, stammelt er.

»Ich muss diese Stadt jetzt verlassen, und ich glaube – ich werde mir einige Bücher besorgen.«

* * *

Und mit diesen Worten lasse ich ihn vor den Toren Fairwaters zurück.

Sobald ich den Highway erreiche und wieder ein Netz habe, rufe ich Anthony an und erzähle ihm, dass aus der Story leider nichts wird und aus uns ebenso wenig, was ihn, glaube ich, erleichtert. Dann erwähne ich noch, dass ich mit dem Rauchen aufgehört habe und ihm nur das Gleiche empfehlen kann. Wahrscheinlich, so sage ich, werde ich mit der Zeit auch seltener Kopfschmerzen haben.

Eine Weile denke ich noch an Lysander und an das, was wir erlebt haben und was van Bergen ihm angetan hat. Ich frage mich, ob van Bergens Tod gerechtfertigt war, und weiß die Antwort nicht. Ich weiß nur, dass weder ich noch sonst ein Mensch auf der Welt jemals werden beweisen können, wer van Bergen ermordet hat und vor allem *wie* er es getan hat, und dass es unter diesem Aspekt schon beinahe bedeutungslos scheint, aus welchem Grund es geschehen ist oder dass es sich überhaupt zutrug. Nur um Stella tut es mir leid und vielleicht auch um Marvin, wenn er denn noch lebt und einst mit grenzenloser Überraschung von den Machenschaften seines toten Mentors und einstigen Freundes erfahren wird.

Ich lege die Kassette ins Radio ein, lehne mich zurück und trete aufs Gas. Ein letztes Mal noch lasse ich mich auf die bizarre Traumwelt des Mannes ein, der mir die Kassette aufgenommen hat. Sobald ich sie gehört habe, kurz vor D.C., werde ich sie aus dem Fenster werfen – sie und den Zettel, sobald ich ihn gelesen habe.

Jetzt aber lasse ich es ein letztes Mal zu. Es ist ein wahrhaft lieblicher Sonntagmorgen, und es fällt nicht schwer, die Melodie des ersten Liedes mitzusingen.

Truth is like a crystal
Turn it any way, the light shines through
And my light is you.

Evil is the thistle
As it pricks, the wall will separate
Between love and hate.

And when two hundred years have passed
Maybe they'll realise at last
We've had it right from the start
We've had it right from the start.

Lucias Spiegel
ZWEITES KAPITEL (1994)

In welchem die Rede sein soll von Lucias Einsamkeit und den seltsamen Dingen, die der Zofe bei dem Versuch widerfuhren, die Grenze zu brechen

> *By the close of her third year*
> *She talked to her mirror*
> *The questions were clever*
> *The answers much clearer*
> – The Collectors, *Lydia Purple*

1. Die tausendfältige Einsamkeit

Weniger als drei Wochen nachdem die Reporterin Fairwater verlassen hatte, beschloss Lucia, sich einen Spiegel zu kaufen.

Es war eine schlechte Zeit für Spiegel, und Bartholomew schien der richtige Mann zu sein, um einen bei ihm zu erwerben. Die Zeitungen berichteten immer noch über den Mord an Direktor van Bergen und das tragische Schicksal seiner Tochter, und für bestimmte Leute war es mittlerweile beschlossene Sache, was Stella mit »durch das Glas« gemeint hatte und wie der Mörder in van Bergens Haus und Stella in den Stadthausspiegel gelangt war. Die Antwort auf alle drei Fragen war freilich dieselbe.

Dann die Gedichte, die überall auftauchten wie die Bäuche von Fischen in toten Gewässern – Lucias Gedanken schienen sich um wenig anderes als um reflektierende Tore in andere, ferne Welten drehen zu können, was gefährlich war, denn sie entstammte einer Familie, deren weibliche Linie traditionell für die van Bergens gearbeitet hatte, und die Polizei hielt ein Auge auf sie, schon wegen der Funde im Keller der Villa van Bergen, als man sie ausräumte und schließlich verkaufte. Dennoch hatte sie keine Wahl – und wenn jemand ein Interesse daran hatte, unter der Hand den einen oder anderen schönen Spiegel abzusetzen, dann sicher Bartholomew.

Lucia kannte Bartholomew nur flüchtig. Er war ein dicklicher alter Mann, der zumeist helle Anzüge trug und einen ansehnlichen Schnauzer kultivierte; außerdem hatte er eine Brille mit einem schwarzen Glas und wirkte damit wie die zweitklassige Darstellung eines konspirativen Regierungsvertreters oder Kunstmäzens. Sein Haus stand auf einem der Hügel im schwarzen Süden der Stadt, zwischen Hazel und Elder Creek. Alle Kanäle in diesem Viertel waren nach Sträuchern benannt – es musste früher eine hübsche Gegend gewesen sein. Mandelblum hatte Lucia von Bartholomews Laden erzählt, und der hatte es wieder von einer alten Bekannten, zu der Lucia schon länger keinen Kontakt mehr pflegte; spätestens, seit das Mädchen so wortkarg geworden war, dass man meinen könnte, sein Mund sei zusammengewachsen. Außerdem hatte sie eine Tendenz zu schlechtem Wetter.

Was genau Mandelblum bei Bartholomew gekauft hatte, war Lucia nicht klar. Sie hatte seine Wohnung ein paarmal gesehen und fand – auch wenn sie die Gesetzmäßigkeiten ihrer Ausstattung nicht ganz nachzuvollziehen imstande war –, sie sei kein Ort, an dem sich europäische Antiquitäten wohlfühlen könnten. Genau die verkaufte Bartholomew aber mit Leidenschaft – ob auch mit Gewinn, das war schwer zu sagen.

* * *

Einst (so die gängige Eröffnung in Erzählungen über ihr Leben) war Lucia eine berühmte Sängerin gewesen; im Gegensatz zu Mandelblums Freundin hatte sie nie Probleme damit gehabt, den

Mund aufzumachen. Zeitweise hatte sie drunten in Baltimore sogar in Musicals getanzt. Aber diese Zeiten waren vorbei. Eines Abends, sie saßen im *Gardens*, hatte sie beschlossen aufzuhören, bevor man ihr dereinst die Rolle der Grizabella antrug. Eine Abtreibung, zwei Entziehungskuren und die eine oder andere Chemotherapie später konnte sie sich damit anfreunden, dass sie nicht mehr die Jüngste war und nie wieder ein Glas, eine Zigarette, einen Mann oder ein Mikrofon anrühren würde.

Sie verkaufte ihre Villa im Westviertel, wo die dunklen, bedeutungsschwangeren Burgen der reichen, weißen Oberschicht lagen, nicht weit vom Stadtpark und dem einzig ihr zum Spott existierenden Russell Hotel an dessen Ausläufern entfernt. Lionel Russell, selbst ein belesener Mann, hatte als letzten Geniestreich die Impertinenz besessen, eine dem Hotel vorgelagerte Doughnut-Bar in *Heaviside Layer* umzubenennen; ein postmoderner Albtraum aus Leichtmetall und Plastik, den gelangweilte Yuppies und Anwälte frequentierten.

Lucia hatte die Gesellschaft und die Gespräche in diesem Viertel gründlich satt; darüber hinaus war sie der Meinung, die Innenstadt sei langfristig gesehen vielleicht geeigneter dafür, sich auf ihren Tod vorzubereiten. Die meisten ihrer Sachen warf sie weg. Den Rest ließ sie versteigern, um Schulden zu bezahlen. Dann gewann sie den Prozess gegen ihre Versicherung und war auf einen Schlag steinreich. Die Villa vermisste sie dennoch nicht.

Sie fand eine Dachstube in der Nähe des Alten Kirchplatzes, deren Wände sie erst mit Fotos, dann mit Briefen und schließlich mit willkürlich gewählten Zeitungsausschnitten tapezierte. Doch egal, wie sehr sie den persönlichen Gehalt ihrer Umgebung auch reduzierte, ihre Erinnerungen hielten sie fest und unbarmherzig im Griff wie ein wahnsinniges Mädchen ihren Teddy. Schließlich strich sie die Wände weiß und glaubte dennoch zu den unmöglichsten Tageszeiten, Schriftzeichen an ihnen zu entdecken, die sie verhöhnten.

Dann starb ihre Vermieterin, und die Stadt wollte das Haus

abreißen. Also erwarb Lucia das Haus und wurde ihre eigene Vermieterin. Allerdings kamen die anderen Mieter mit ihren Gewohnheiten nicht annähernd so gut zurecht wie mit der fürsorglichen Ader der seligen Pauline, die einem greisen, gütigen Eichhörnchen gleich ihre Mieter mit Tabletten von Keksen und Tee umgarnt hatte, zumindest diejenigen, die pünktlich zahlten. Lucia versäumte es, die Heizungen reparieren zu lassen, häufte Müll im Treppenhaus an und ließ Paulines Katzen verwahrlosen, die bald den kompletten Keller sicher unter ihrer Herrschaft wussten. Einer nach dem anderen zogen die Bewohner aus. Schon wieder war Lucia allein, nur residierte sie diesmal in einer vierstöckigen Altbauwohnung im Schatten der Kathedrale, belagert von einem Heer streunender Katzen. Die Schläge der Kirchturmuhr wurden bald zu einem zweiten Herzschlag für sie. Beinahe hätte sie zu Gott zurückgefunden.

Von ihrem Fenster im vierten Stock aus beobachtete sie an Sonntagen die Marktfrauen, den greisen Juwelier, der sinnigerweise eine Elster sein Eigen nannte, die jungen, versnobten Intellektuellen, die sich im *Einhorn* trafen, und all die Betrunkenen und Neureichen, die nachts durch die Innenstadt streiften.

Eines Tages entdeckte sie hinter einem alten Kleiderschrank in ihrem Schlafzimmer, den sie nicht angerührt hatte, seit ihr die Wohnung gehörte, eine ihr unbekannte Tür. Einige Tage und Nächte saß sie still auf ihrem Bett, ernährte sich von Schokolade und alten Äpfeln und fragte sich, was dahinter wohl läge. Als sie schließlich all ihren Mut zusammennahm und nachsah, war es eine enge Garderobe, in der der Staub und das stickige Dunkel sogar die Motten überlebt hatten. Sie wusste selbst nicht, was sie erhofft hatte, aber nur Finsternis vorzufinden schien ihr das Traurigste, was ihr seit Jahren widerfahren war, und sie brach in Tränen aus. Von da an betrat sie das Obergeschoss nicht mehr.

Ein weiteres Jahr später sah das Parterre ihrem alten Zuhause recht ähnlich. Sie hatte es renovieren lassen, leer geräumt und wieder vollgestopft: mit Marmor, Tapeten und Stuckdecken gefesselt lag es ihr zu Füßen, und sie übte zufrieden Macht über es aus. Es hatte sich auch erwiesen, dass Pauline einen Lucia bis dato noch unbekannten Spleen gepflegt hatte: Die Alte hatte Uhren gesammelt, große und kleine, leise und laute, und ihr Ticken und Klingeln war für Lucia ebenso zu einer Obsession geworden wie für die einstige Hausherrin.

Auch die Katzen gingen immer noch ein und aus; Lucia hatte sich wohl oder übel an sie gewöhnt, bürstete sie jetzt auch und gab ihnen zu essen. Schon bald waren sie die einzigen Wesen, die sie ertrug – Wächter und Gefangene wie sie selbst.

Die oberen Stockwerke aber verkamen, und der Keller sah noch viel schlimmer aus. Ab und an ertappte sich Lucia dabei, wie sie tagelang mit dem grausamen Lächeln eines Roderick Usher in ihrem Schaukelstuhl saß und in ihre Einsamkeit hinauslauschte; während sie das Morphin, das nun ihr einziger Geliebter war, geduldig seine Vorschläge einen neuerlichen und letzten Bund fürs Leben betreffend vortragen ließ.

Natürlich war sie ein Thema. Der Satz über die gefeierte Sängerin, einst die geläufige Überleitung, wenn eine Unterhaltung auf sie kam, wich dem neuesten Gerücht über die verrückte Alte vom Kirchplatz, und man entsann sich ihrer geisteskranken Großmutter, Gott hab sie selig, die man toll wie ein Lemming – vier Jahre musste es her sein – im sagenumwobenen Irrenhaus der Stadt über die Klippe hatte gehen sehen. Zeit ihres Lebens hatte sie – wenn sie nicht gerade klar genug gewesen war, als Kindermädchen oder Haushaltshilfe in der Villa van Bergen zu dienen – dort in ihrer Zelle gesessen, die man schon für sie freihielt, und groteske Geschichten für garstige Kinder geschrieben, die sich sogar verkauften. Ihre Krankheit, so hieß es, war erblich und übersprang gemeinhin eine Generation in der weiblichen Linie. So wollte es die Legende. Das Schicksal ihrer Enkelin war daher beschlossene Sache.

Dabei war Lucia erst vierzig.

* * *

Als in besagtem September die verrückte Alte vom Kirchplatz beschloss, ihrem Leben einen letzten neuen Ruck zu geben, war es, wie eingangs erwähnt, eine schlechte Zeit für Spiegel. Doch hatte die Welt selten Rücksicht auf Lucia genommen, und so sah sie nicht ein, auch nur im Geringsten taktvoller mit der Welt umzugehen. Sie wollte *jetzt* einen Spiegel. Man konnte sie kaum für gefährlicher oder wahnsinniger halten, als man es bereits tat.

Lucia versprach sich eine Menge vom Kauf dieses Spiegels. Es war natürlich eine in höchstem Maße symbolische Tat; nicht zuletzt war sie interessiert daran, sich wieder in die Augen schauen zu können. Auch hatte sie lange ohne einen Spiegel gelebt, und man sah es ihr an. Nichtsdestoweniger war sie sonniger Laune, und ein verblüffend sonniger Tag war es fürwahr für Fairwater im Herbst, als sie ihre Schritte den Hügel zu Bartholomews Laden hinauflenkte. Oben atmete sie tief durch und ließ den Blick schweifen: Vögel zwitscherten am Elder Creek, und Insekten surrten durch die zu späten Düften erwachte Luft. Sie hätte sich häufiger die Zeit für Spaziergänge nehmen sollen.

Dann betrat sie das Geschäft, das sie kühl und mit schelmischer Ruhe empfing. Einige Dinge schrien geradezu nach einem Dieb, wie sie so verlassen und lockend in ihren Auslagen funkelten, und niemand war zu sehen.

»Was kann ich für Sie tun, Madame?«

Leidlich entsetzt fuhr Lucia zusammen, denn sie hatte den Mann nicht kommen hören – was umso unglaubwürdiger erschien, besah man sich seine Statur und den vollgestopften Gang zwischen den Kommoden und Nähmaschinen, dem er gerade entschlüpfte, die Decke über ihm voller Windspiele und französischer Lampenschirme. Selbst in seinem Laden trug er einen Anzug, champagnerfarben wie sein Borsalino, und einen Stock von der Farbe guten Bordeaux' hatte er lässig unter den Arm geklemmt. Er wirkte kontinental, aufgeblasen und zwielichtig, und seinem Grinsen nach zu urteilen war er recht zufrieden damit. Sein eines Auge warf das goldene Licht zurück, das seinen Laden wie Nebel und Rauchschwaden durchzog.

»Ich suche einen Spiegel«, sagte Lucia.

»Aha«, machte Bartholomew und musterte sie verschmitzt. Eine Fingerspitze zwirbelte ein widerspenstiges Haar seines schneeweißen Bartes. Eine Hand voller prächtiger Ringe lehnte Hut und Stock in eine Ecke. »Kein leichtes Anliegen.«

»Ich weiß.«

»Keine Angst, dass etwas hindurchkommen könnte?«, lauerte er.

»Kaum. Es wird sich fürchten vor dem, was es sieht.«

Bartholomew eilte so umständlich, wie es nur ältere dickliche Männer können, um seinen Tresen herum und zog einen staubigen schwarzen Vorhang auf, der den Durchgang zu einem Hinterzimmer verbarg. Drinnen schimmerten dunkles reifes Messing und Silber und Kristall und alte polierte Scheiben, die glänzten wie Seen bei Nacht. Ein seltsamer Karneval aus Licht und aus Schatten erwachte.

»Besondere Wünsche, die Dame?«

»Ich möchte, dass er mich reflektiert.«

»Das sollte zu bewerkstelligen sein.«

»Sind das alles Spiegel?« Sie spähte neugierig in den Raum.

Er breitete die Hände aus wie ein Jahrmarktszauberer, der eine bärtige Meerjungfrau feilbietet. »Zu Ihrem Gefallen.«

»Es gefällt mit tatsächlich. Darf ich eintreten?«

»Nach Ihnen, Signora.«

In einem Raum, der der Vision eines Jules Verne oder H.G. Wells entsprungen sein könnte, drehte sie sich fassungslos inmitten der jahrhundertealten Hinterlassenschaften der Alten Welt: Kandelaber, Kristalllüster und Spiegel – tausendfach Spiegel. Einen kurzen Moment nur bewunderte sie die anderen Ausstellungsstücke – Uhren, Weltkugeln und Fischbestecke, einige Vogelkäfige, eine Harfe mit acht Saiten und ein fünfrädriges Perpetuum mobile. Sie verwuchsen in der Spiegelwelt der Wunderkammer und verwandelten sie in ein Versuchslabor, ein Planetarium, ein Labyrinth. Dann hatte sie nur noch Augen für die Spiegel selbst. Große und noch größere, winzig kleine und noch ein wenig winzigere strahlten Lucia mit staunenden, gebrochenen, millionenfach facettierten Augen an. Die meisten waren trübe, erblindet; andere weit aufgerissen und verzerrt, parabolisch, paranoisch; hyperbolisch. Verzaubert.

»Sind Sie sicher, dass die alle von unserer Welt stammen?«

Hyperboräisch.

»Die meisten.«

Sie hatte einst eine Schwäche für solche Fantasien.

»Wohin führen sie?«

Und Wortklaubereien.

»Nimmermehr«, krächzte Bartholomew und räusperte sich entschuldigend. »Ich meine, Nimmerland – sofern Sie sie in Ihrem Schlafzimmer aufstellen.« Er schmunzelte. »Es sind Spiegel, Madam, nichts weiter. Sie spiegeln das Leben.«

Sie funkelte verächtlich. »Sie haben doch eine Lizenz dafür?«

»Selbstverständlich, und alle Spiegel haben ihr Zertifikat und ihre ureigenste Geschichte. Dieser dort hinten zum Beispiel inspirierte MacDonald, als er *Lilith* schrieb. Der andere da, der etwas unscheinbare, gehörte Charles Dodgson.«

Verliebt strich Lucia über den verschnörkelten Rahmen eines besonders ansprechenden und ehrwürdigen Exemplars. »Ich will den, den Schneewittchens böse Stiefmutter vor Augen hatte, als ihr die Idee mit dem Apfel kam«, hauchte sie sinnlich. »Kennen Sie das Märchen von der Prinzessin, die hinter dem Spiegel schläft?«

»Bedaure, meine Dame.«

»Meine Großmutter hat es geschrieben«, flüsterte Lucia. Sie dachte an Kindheitsträume, aufgeschrieben in den Büchern L. Frank Baums und zerfledderten Ausgaben des *Weird Tales*-Magazins, kunterbunt über den Fußboden ihres Zimmers verteilt. Wenn sie vom Singen oder Babysitten heimkam, hatte ihre Mutter die entfesselten Fantasien geschlossen, geordnet und einem Triumph der Besonnenheit gleich in ihre Schränke zurückbeordert. Schließlich war ihre Mutter gesund gewesen und hatte sich um ihre Tochter gesorgt.

Sie hatte Angst gehabt, es könnte ihr ergehen wie *ihrer* Mutter.

Sie dachte an das Gedicht über den Spiegel.

»Woher stammt dieser hier?«, fragte sie endlich.

Bartholomew pfiff erregt durch die Zähne. Verschwörerisch sah er sich um, als könnte ihn jemand anders beobachten als tausend Bartholomews und tausend Lucias in diesem einsamen Domizil auf dem Hügel.

»Seltsam, dass Sie gerade nach dem hier fragen. Er stammt aus dem Nachlass der van Bergens. Aufgelöst, verramscht und zwangsversteigert, Sie kennen das ja.«

Diesmal war sie bereit, den Spott zu verzeihen. »Seltsam, führwahr.«

»Er soll Stella gehört haben.«

»Es ist *der* Spiegel, nicht wahr? Durch den der Mörder kam.«

»Es gab viele Spiegel in van Bergens Haus.«

»Aber keinen wie diesen. Er ist es, ich bin mir fast sicher.«

»Wer weiß.« Ein schelmisches Lachen. »Des Lebens Spiegel ist der Tod.«

»Was wollen Sie für ihn?«

»Dreitausend.« Er lächelte wissend und schraubte wieder an einem seiner Bartenden.

»Sie rechnen doch wohl kaum damit, ihn noch anderweitig loszuwerden, oder doch?«

»Sie wollten einen Spiegel, Ma'am. Dies ist der beste Spiegel im ganzen Geschäft. Der absolut beste, den ich Ihnen in absehbarer Zeit beschaffen kann. Er reflektiert Sie. Er tut seine Arbeit sehr gut, und er führt, wohin immer Sie wollen. Zu Ihrem Leben, nicht wahr? Dorthin soll er Sie führen. Oder haben Sie etwa doch Angst, etwas könnte durch ihn hindurchkommen?«

»Nein.« Sie zückte ihre Geldbörse. Bartholomew erschauderte. »Sie haben es dabei? In bar?«

Nun war es an Lucia zu lächeln. »Ich wollte einen Spiegel kaufen.«

»Sie sind eine entschlossene Frau.«

Er lächelte.

Sie lächelte.

Zehntausend Bartholomews und Lucias lächelten einander an.

2. Mandelblum

Einige Tage später rief sie Mandelblum an. Lars Mandelblum war einer der wenigen Freunde, zu denen sie noch Kontakt hielt, ein zotteliger Bär aus früheren Tagen, der sich mit aufdringlichem Pfeifentabak und obskuren Hobbys umgab. Das letzte Mal, als sie ihn besucht hatte, hatte er Schmetterlinge gesammelt und Hebräisch studiert. Es gab scheinbar einige interessante Parallelen zwischen der Zeichnung mancher venezolanischer Arten und den Lehren der Kabbala. Mandelblum deutete es als Indiz dafür, dass die Israeliten nicht aus Ägypten, sondern aus Mittelamerika geflohen waren, und untermauerte es mit Däniken und Joseph Smith und dem Untergang von Atlantis, den selbst Moses nicht hatte abwenden können.

»Wie geht es dir?«, fragte er frohgemut. »Hat die dicke Perserkatze schon ... wie nennt man das bei Katzen eigentlich? Kühe kalben. Was tun Katzen?«

»Keine Ahnung«, beantwortete sie alle Fragen. »Ich war neulich bei Bartholomew.«

»Oh? Und was meinst du?«

»Er hat einen sehr schönen Laden.«

»Nicht wahr? Ich habe einen Spiegel bei ihm gekauft.«

»Ach, wirklich? Ich war mir nicht sicher, was du eigentlich bei ihm wolltest.«

»Was hast du denn gekauft?«

»Na, einen Spiegel.«

»Er hat die besten Spiegel der Stadt.« Lars wirkte zufrieden. »Oder etwa nicht?«

»Nun, er reflektiert mich.«

»Das ist das Mindeste, was man von einem ordentlichen Spiegel erwarten kann.«

»Er stammt aus dem Nachlass der van Bergens.«

Jetzt schnaubte Lars. »Na, so was! Das hat er von meinem auch gesagt! Was für ein Prahlhans.«

»Ich dachte, du hältst ihn für ehrlich.«

»Welcher ehrliche Mensch würde nach der Sache mit Stellas Vater noch einen Spiegel in Fairwater verkaufen?«

»Auch wieder wahr. Weshalb hast du dir deinen gekauft?«

»Bartholomew sagte, er reflektiere das Leben. Ich hatte das Gefühl, zu mir selbst finden zu müssen. Und du?«

»So etwas Ähnliches. Es ist ein schöner, großer Spiegel. Größer als ich. Man kann ihn kopfüber drehen. Die Rückseite ist aus altem Silber, und in seinen Rahmen sind Figuren eingelassen. Überall sind Figuren.«

»Was für Figuren?«

»Wie in dem Gedicht – das Gedicht, das Alice mir gab, nachdem der Junge von der Miltonbrücke sprang? Sie sehen aus wie Engel und Teufel. Sie kämpfen miteinander.«

»Meiner hat Greifen, Drachen und solches Viehzeug«, nuschelte Mandelblum, während er sich offensichtlich am Telefon eine Pfeife stopfte. Fast konnte sie den Duft nach Kastanien und Viehstall riechen, der seinem Tabak entströmte. »Heidnische Fantasien.«

»Passt zu dir«, höhnte Lucia.

»Sagte die Frau, die am Kirchplatz lebt. Du verdienst diesen Spiegel. Hörst du die Kirchenglocken? Mein Gott, ich kann sie sogar durchs Telefon hören, zusammen mit dem Geticke und Geklicke deines mechanischen *Zoos*. Wie hältst du das nur aus?«

»Man gewöhnt sich an alles.«

»Auch ans Leben auf heiligem Boden?«

»Unkereien, nichts weiter. Das behaupten alle, die am Alten Kirchplatz wohnen.«

»Na denn.«

»Ist dir schon etwas Ungewöhnliches aufgefallen?«

Mandelblum zögerte. »Wie meinst du das?«

»Na, mit dem Spiegel. Hat sich in letzter Zeit etwas Ungewöhnliches getan?«

»Nein.« Er wirkte mit einem Mal kurz angebunden. »Lucia, ich habe nicht viel Zeit. Auf dem Herd kocht etwas.«

»Was kochst du denn?«

»Huhn«, sagte er schroff. »Ich melde mich bei dir, in Ordnung?«

»In Ordnung. Ich muss dann die Katzen füttern und Paulines Uhren aufziehen.«

»*Ti amo, bellissima.*«

»Ciao, Lars.«

* * *

Die Geräusche begannen etwa zwei Nächte danach. Zuvor war da nur eine leise Ahnung gewesen; ein Geflüster in den Fluren, einige übel zugerichtete Mäusekadaver, und die Katzen wirkten gelinde verstört. Am Tod der Mäuse waren sie jedenfalls unschuldig; sie wussten, dass die Mäuse Zyankali und sie selbst teures Futter von Trader Joe's bekamen. Den Spiegel schienen sie zu meiden.

Dann war da jedoch dieses Trippeln und Trappeln auf den tieferen Treppenabsätzen; durch einen Trick der Akustik konnte sie es bis in ihr Schlafzimmer hören. Es begann immer, wenn sie sich gerade entschlossen hatte, einige Stunden zu schlafen, und eine Position gefunden zu haben glaubte, in der sie keine Schmerzen verspürte.

Das Geräusch kratzte und huschte, hüpfte und rollte, und beinahe schien es mit sich selbst zu reden. Sie ignorierte es so lange wie möglich. In der dritten Nacht stand sie auf und beschloss, dem Treiben ein Ende zu setzen.

Weil die Glühbirnen im Keller schon lange schwarz und ausgebrannt waren, nahm sie eine Kerze, schlüpfte in Nachthemd und Pantoffel (beide in hämischem Altfrauenrosa) und schlich in den Keller. Einige Katzen sprangen ihr furchtsam miauend aus dem Weg; sie taten sich offenbar mit der Störung ihrer nächtlichen Stunden noch schwerer als Lucia. Jedenfalls kamen sie nicht aus dem Keller – die Tür war geschlossen und unversehrt. Die Kirchturmuhr schlug lautstark eins. Der Uhrenwald in ihrem Zimmer hustete stotternd seine Antwort.

Lucia stand auf dem untersten Treppenabsatz vor dem Zugang zum Kellerflur und zögerte, die Hand am Knauf. Ihr Atem ging ebenso unruhig wie die Flamme der Kerze, was sie erstaunte. Wovor hatte sie Angst? Sie horchte. Es war nichts zu hören. Einige Minuten stand sie einfach nur da.

Dann ging sie zurück auf ihr Zimmer. Sie hörte die Geräusche in dieser Nacht nicht wieder.

* * *

Am nächsten Tag stellte sie vermehrt Mausefallen auf, was zur Folge hatte, dass sie sich erst einmal wieder mit dem Keller des Hauses vertraut machen musste. Es war ein altes Gewölbe und bestand aus einem L-förmigen Flur, von dem aus die Kellerparzellen der ehemaligen Mietparteien abgingen. Die größte, von einer schweren Tür abgetrennt, gehörte ihr – das hieß, sie hatte einst Pauline gehört. Darin fand sie alten Hausrat unter Laken und Lagen von Staub, etwas Zeitungspapier, ein oder zwei verlassene Mausenester, ein paar Konservendosen und Einmachgläser und Überreste von Fahrrädern, außerdem einige Haare und Spuren von Kot; allerdings keinen Katzenkot, so viel war sicher. Nur hatte sie keine Ahnung, wie Mäusedung aussah. Geschweige denn Mäusehaare.

Nachdem sie die Fallen platziert, den Keller sorgfältig verschlossen und sich selbst ein spärliches Mahl bereitet hatte, beschäftigte sie sich wieder mit dem Spiegel, wie es mittlerweile ihre Gewohnheit war. Lange stand sie davor und betrachtete sich in dem silbrig reinen See seiner Oberfläche, in dem Lichtkleckse dahinschwammen wie Lotusblüten in einem Feenteich.

Sie hatte das Zimmer verdunkelt. Schwarzer Samt verhüllte die hohen Fenster und kontrastierte mit ihrer geduckten Erscheinung, die unmerklich zu wachsen begann, je länger sie sich im Spiegel betrachtete. Ihre Haut schien sich zu glätten. Ihr Haar war wieder voll und schwarz. Locken umspielten ihr kreideweißes Antlitz. Sie war schön wie eine Vampirin.

Der Spiegel versperrt ein geheimes Gelass
Gleißende Grenze das milchgraue Glas
Verwunschen und wartend des Rahmens Portal
Und in ihm verloren, in lautloser Qual
Streitende Seraph, der Hölle Prätoren
Gleichsam in Strudeln aus Silber erfroren

Die Engel und Teufel des Rahmens umklammerten einander in lautloser Agonie; sie rangen, als gälte es, das Himmelsreich zu bezwingen oder die lockende Fläche, die strahlende Scheibe lunarer Reinheit in ihrer Mitte zu bändigen.

Würden die Sklaven der Pforte mir neiden
Mich kraft meines Fleischs durch die Glätte zu schneiden …?

Wer immer durch diesen Spiegel schritt, um van Bergen zu töten, dachte Lucia – *er muss gewiss ein glücklicher Mensch gewesen sein, dort, wo er herkam …*

Da klingelte das Telefon.

Missmutig ging sie zum Apparat.

»Ja, hallo?«

Schweres Atmen am anderen Ende.

»Lucia, ich bin es, Lars.«

»Lars! Was ist los?«

»Es geschehen eigenartige Dinge, Lucia. Es geschehen sehr eigenartige Dinge mit mir.«

»Was meinst du damit?« Sie begann, sich Sorgen zu machen.

»Es ist der Spiegel. Etwas kommt durch ihn auf unsere Seite. *Meine* Seite.«

»Ich habe sonderbare Geräusche in meinem Keller …«

»So? Nun, ich will dir sagen, was sonderbar ist: Mir wachsen überall Haare, Lucia, und ich kann die Zehen nicht mehr spreizen. *Das* ist sonderbar, möchte ich meinen!«

»In der Tat.«

»Hat Bartholomew irgendwas verlauten lassen, *was* diese Spiegel genau spiegeln oder wohin?«

»Er sagte, wohin immer ich wünsche. Sie spiegelten das Leben, sagte er.«

»Na toll. Tatsächlich beginne ich mich wie das Zerrbild eines Menschen zu fühlen.«

»Hast du schon etwas unternommen?«

»Ich habe ein Ritual einer alten Mambo, das gegen Besessenheit, Rheuma und andere altersbedingte Beschwerden hilft. Ich denke, ich werde mich heute Nacht in die Sümpfe schlagen und es mal versuchen.«

»Na dann viel Erfolg.«

»Mit deinem Spiegel denn so weit alles in Ordnung?«

»Wie gesagt, einige Kleinigkeiten. Trippeln in der Nacht. Luftzüge in meinem Zimmer, wenn alle Türen und Fenster zu sind. Der Spiegel lässt sich auch nicht zudecken. Zumindest nicht lange.«

»Na dann Mahlzeit. *Ciao, bella.*«

»Ciao, Lars. Alles Gute heute Nacht.«

* * *

Sie hatte einen Traum in dieser Nacht, in dem sie durch labyrinthartige Gänge irrte, die dem verwirrten Geist eines pathologischen Kubisten entsprungen zu sein schienen. Sie waren grau in grau, schimmerten wie Porzellan und vermieden rechte Winkel, dass es an Narretei grenzte. Wie in einem orbitalen Rohbau kämpfte sie sich schwerelos kopfüber, kopfunter durch Räume über Räume, über Stufen und Kanten und fand doch nur immer ihr leichengleich blasses Gesicht in den trägen Tümpeln emaillehaften Ebenmaßes treiben.

Dann war ihr manchmal, als könnte sie in der Reflexion einer Reflexion über ihrer Schulter einen Weg nach draußen erhaschen – wo immer *draußen* auch sein mochte. Es scharrte und trippelte in diesem Draußen, und es war sehr dunkel dort.

Dann wachte sie auf.

Sie frühstückte schweigend und blätterte, noch verfolgt von dem angstvollen Grau ihres Traums, in der Zeitung – *Wohnungsentrümpler, Suchttherapeuten …* Sie überlegte, ob es wohl lohnte, sich wieder von dem Spiegel zu trennen, und entschied sich dagegen. Sie war noch lange nicht fertig mit ihm.

Nur um ganz sicherzugehen, vernagelte sie die Kellertür noch mit ein paar Brettern.

Sie rief Mandelblum an.

»Lucia. *Dolcissima.*«

»Wie geht es dir?«

Irgendwie klang seine Stimme rauer als sonst, und sie hatte einen sardonischen Unterton, selbst als er nur ihren Namen aussprach.

»*Va bene,* würde ich sagen. Nicht gut, aber auch nicht gerade schlecht, und selbst?«

»Albträume. Eigentlich immer derselbe Albtraum. Lars, vielleicht wäre es besser, wenn wir uns träfen, um über die Sache zu reden.«

»Das wäre im Moment keine so gute Idee«, meinte er ruhig.

»Was ist, wenn die Polizei uns abhört?«

»Na wennschon. Soll sie doch.«

»Also schön. Wie lief die Sache in den Sümpfen?«

»Mittelprächtig. Ich hatte nicht alle Zutaten. Huhn war ja leicht zu kriegen. Schlange war schon schwieriger, und Plazenten! Hast du eine Ahnung, wie schwierig es ist, in dieser Stadt an Plazenten zu kommen?«

»Vage.«

»Ich hätte auch einige gute Trommler gebrauchen können. Dann waren da noch diese verdammten Sumpflichter, die mich ablenkten. Der Wald war voll davon.«

»Sumpflichter?«

»In der Tat. Ich hatte den Eindruck, da war noch etwas anderes – und die Lichter verhinderten, dass es näher kam. Ich sah es nur ein paarmal durch die Bäume – es war hoch, *sehr* hoch, und hatte recht viele Beine. Schwarz, würde ich sagen.«

»Vielleicht solltest du dich bei deinen Lichtern bedanken.«

»Leider verhinderten sie auch mein Ritual, und sie rochen furchtbar nach Veilchen und Flieder.«

»Also kein durchschlagender Erfolg.«

»Ich würde sagen, der Voodoo hat getan, was er konnte. Ich bin leider kein ausgebildeter Priester.«

»Was ist mit den Haaren?«

»Hmmm.«

»Was soll das heißen?«

Keine Antwort.

»Ich komme vorbei, Lars.«

»Halt, warte …«

Doch sie hatte schon aufgelegt.

* * *

Mandelblum bewohnte einen selbst gezimmerten Bungalow am Ostrand der Fairwater Hills. Er hätte kolonial gewirkt, hätte Lars nicht einige essentielle architektonische Grundprinzipien in den Wind geschlagen, welche die häuserbauende Zunft in jahrhundertelangem, mühsamem Wiederaufbau errungen hatte; außerdem hatte er nur die billigsten Materialien verarbeitet.

Wenn denn die Mambo, von der er gesprochen hatte, so etwas wie eine Gemeinde in Fairwater besaß, dann wohl hier. Die Leute lebten in ärmlichen Verhältnissen, und die einzige Kirche im näheren Umkreis war verrottet und dunkel von Regen und Moos. Man hatte dem letzten Bürgermeister und der Riege reicher Geschäftsmänner um Direktor van Bergen und Lionel Russell häufig Rassismus unterstellt, und auch Bürgermeisterin Shelby hatte es nicht sehr eilig gehabt, etwas an der desolaten Lebenssituation in den Hügeln zu ändern. Das Hauptargument für die Existenz der neuen Schulen, so Bürgerrechtler, war, dass die weiße Oberschicht nicht wollte, dass ihre Söhne und Töchter mit schwarzen Kindern die Klasse teilten.

Mandelblum hatte eine Schwäche für dieses Viertel, weil es dort wenig Polizei gab. Er baute Gras in seinem Hinterhof an, kaufte und verkaufte gestohlene Stereoanlagen und hörte zudem gerne nachts um drei laute Musik auf ihnen. Da er zudem seit seiner Jugend zu bequem geworden war, sich ernsthaft um Frauen zu bemühen, empfing er häufig Besuch von Prostituierten. Das Letzte, was Mandelblum von daher gebrauchen konnte, waren neugierige Nachbarn. Er bezahlte Straßenjungen für Frühwarndienste, verirrte sich doch einmal eine Streife in die Hügel.

Früher waren Lucia und Lars auf dieselbe Schule gegangen, zusammen mit der kleinen Stella van Bergen und einer ganzen Reihe anderer Kinder aus besserem Hause, die Mandelblum lüstern und lasterhaft, wie es seine Art war, zu verderben gesucht hatte, sobald sie das werbenswerte Alter erreichten. Damals hatte er noch einen gewissen Charme besessen, und ihre Altersgenossinnen hatten stets hinter vorgehaltener Hand darüber gekichert, welche von ihnen diesem Stier, diesem Satyr wohl als Erste erliegen würde – nun, er hatte sie alle gehabt.

Alle bis auf eine, und manchmal bedauerte Lucia, nicht diese eine gewesen zu sein.

Ein eindringliches Bild schob sich ihr vor Augen: Jungen und Mädchen verschiedenen Alters, die einer nach dem anderen vor Stellas Bett defilierten und eine Blüte, ein Buch, ein Porzellantier neben ihr ablegten (Lars etwas Haschisch, er hatte es gewettet); und Direktor van Bergens steinernes Gargylengesicht in den Schatten, der die pflichtschuldige Prozession überwachte, unfähig, zu verstehen, was sie alle füreinander empfanden.

Zwei Jahre lang hatte Lucia jeden Nachmittag neben Stellas Bett gestanden und mit ihr geredet, in ihr reglos schönes Gesicht geblickt, bis sie es nicht mehr ertrug und endlich mit ihrer Familientradition brach und sich ganz ihrer Kunst widmete. Die Ausbildung zur Tänzerin hatte sie immer mehr in Anspruch genommen; mit Mitte zwanzig hatte sie keine Freunde mehr gehabt, nur noch Kollegen, und fortan für sich selbst gelebt. Nur Stella konnte wohl eine bessere Vorstellung von Einsamkeit haben.

Was war nur aus ihnen geworden! Sie eine gebrochene Diva, Lars ein abgehalfterter Dealer – und Stella eine des Schlafes tiefsten Gemächern entstiegene Waise. Sie lebte heute im Sanatorium, wo man ihr beibrachte, die verlorene Zeit zu begreifen. Lucia besuchte sie manchmal, um ihre Furcht vor diesem Ort zu bezwingen. Möglicherweise würde sie ihn noch brauchen.

Doch eines hatten die gestrandeten Kinder gemein: Sie alle waren Fairwater verfallen, sie alle waren schiffbrüchig. In manchen Fällen hatten die niedrigen Grundstückspreise ihre Familien angelockt; viele hatten geerbt, andere hatten es einfach nie geschafft, in einer anderen Stadt Fuß zu fassen. Fairwater war ein Magnet, ein magisches Abflussrohr, davon war Lucia überzeugt. Wer einmal hier lebte, kam nicht mehr weg. Viele ihrer alten Freunde nahmen Drogen. Die meisten hatten ein Borderline-Syndrom, und sie alle liebten die Stadt ihrer Kindheit.

Es war Abend, und die Sonne stand tief und sandte schräge, honiggelbe Strahlen durch die düster dräuenden Regenwolken, als Lucia Mandelblums rostiges Gartentor aufstieß und durch knietiefes Unkraut zum Eingang watete. Sie wusste, dass die scheinbar verfaulte Tür innen mit Metall beschlagen und von mehreren Schlössern gesichert war. Sie wusste daher auch um die Sinnlosigkeit ihres Rüttelns, als niemand auf ihr Klingeln reagierte. Eine Lerche sang, ein Hund bellte in den Hügeln, doch niemand kam.

Fluchend wie ein Kutscher kämpfte sich Lucia durch Mandelblums Garten zur Veranda auf der Rückseite. Sie raffte ihren Rock (sie bemerkte jetzt erst, dass sie seit einer Woche denselben trug) und wünschte sich zurück in ihr Schlafzimmer mit der süßen, weichen Luft, dem Duft kühler Bettwäsche und verputzter Wände; zurück zu dem Spiegel, der träumend im Halbdunkel auf sie wartete, von Katzen, Uhren und guten Gedanken bewacht.

Sie erreichte den hinteren Garten, in dem verkrüppelte Obstbäume inmitten mannshohen Marihuanas gediehen. Das Obst lag verfault auf dem Boden, und selbst das Marihuana machte keinen gepflegten Eindruck. Tote Singvögel lagen im Unkraut zwischen Mirabellen und Pflaumen. Es stank sinnbetörend. Sie dachte an Schlafmohn.

Die Fenster auf der Rückseite hatten Sprünge und waren mit Brettern vernagelt. Die Veranda war alt, entblätterte sich von Winter zu Winter weiterer Anteile ihres Anstrichs und knarrte bedenklich unter Lucias sorgsam gesetzten Schritten. Während sie ihre nackten Füße in den halbhohen Schuhen betrachtete, wie sie unsicher auf den von Löchern und Dunkelheit zerfressenen Dielen Halt suchten, rechnete Lucia damit, dass jede Sekunde eine Hand von unten durch die Bretter brach, um sie zu packen, eine Hand, die ebenso verwest war wie die Vögel im Garten und zu etwas gehörte, das sich unter der Veranda dem Lichte des Tages entzogen hatte.

Doch nichts dergleichen geschah. Sie erreichte die Hintertür, die aussah wie ein recycelter Bootsrumpf. Bei allem Einfallsreichtum war Lars ein bescheidener Handwerker, und unverständlicherweise war diese Leiche einer Tür lediglich angelehnt. Lars musste kürzlich im Garten gewesen sein – und sicher war er zu Hause, sonst hätte diese Tür niemals offen gestanden. Vielleicht hatte er Gras gebraucht. Vielleicht war es unter seinem tiefen Holzdach im Herbst einfach noch einmal zu warm geworden.

Sie öffnete die knarrende Tür und betrat Mandelblums Wohnzimmer – sein Atelier, wie er es nannte. Hier bewahrte er seine

Sammlung toter Schmetterlinge auf, seine Paletten mit selbstge-
mischten Farben, die kein menschliches Auge als schön bezeichnen würde (er hatte eine eigene Farblehre entwickelt) und seine
Skulpturen aus Wärmedämmung und Kork.

Es war dunkel und wirklich recht warm. Die Luft roch nach
Pflaumen und nasser Erde. Die Tür schlug hinter ihr zu.

Überall wucherten Pflanzen: Yucca, Fuchsien, Gummibäume,
Farne und andere florale Sklaven der Wohlstandsgesellschaft,
doch alle verwildert, achtlos im Zimmer verteilt und verkommen. Sie schaukelten sanft im Wind eines großen Casablanca-
ventilators, und im Dunkeln sah es so aus, als bewegten sie sich
und hielten raschelnde Zwiesprache. Blüten und Blätter drehten
ihr die neugierigen Gesichter zu. Lange stand sie einfach nur still
da, bis sich ihre Augen an die Finsternis gewöhnt hatten. Es lag
ein beständiges Raunen und Scharren im Raum, und der krei-
sende Schlag des Ventilators erinnerte sie an den Zeitlupenklang
eines Helikopters.

»Lars?«, rief sie, doch erhielt keine Antwort.

Vorsichtig näherte sie sich der Tür zum Flur, wo es zu Schlaf-
und Badezimmer ging. Mandelblum hatte lange und sorgsam
überlegt, ob es wohl lohnenswert wäre, beide Räume überhaupt
voneinander zu trennen, denn er liebte es, in der Wanne ein
Nickerchen zu halten oder auf der Toilette zu lesen und Bild-
bände zu studieren. Je länger Lucia in Mandelblums verwahr-
lostem Haus stand, seine Gerüche atmete und über ihn und
seine Gewohnheiten reflektierte, desto sicherer wurde sie, dass
er wahnsinnig war und sie sich vor ihm ekelte. Sie fragte sich,
weshalb sie ihn nicht mindestens so sehr hasste, wie sie sich
selbst hasste.

»Lars? Ich bin's, Lucia.«

Ein seltsames grünes Leuchten drang vom Ende des Flurs zu
ihr. Es fiel aus der angelehnten Badezimmertür; dahinter plätscherte Wasser wie ein träger Waldbach. Der faulige Humus-
und Obstgeruch des Wohnzimmers wich den fettigen Ausdünstungen von abgestandenem Seifenschaum. Vorsichtig schlich

Lucia näher und warf einen Blick durch den Spalt. Schon im Spiegel des Arzneischrankes sah sie, dass die Wanne eingelassen war und das Wasser lief. Auch hier war alles voller Pflanzen. Sie sonnten sich im Licht mehrerer Leuchtstofflampen, die dem Bad eine Dschungelatmosphäre verliehen. Dazwischen verteilt standen einige rituell wirkende Metallschalen, in denen ranziges Öl in orangeroten Flammen flackerte. Der Raum war verlassen. Etwas jedoch bewegte sich in der Wanne – Lucia sah es aus den Augenwinkeln.

Langsam stieß sie die Tür mit dem Fuß weiter auf und trat ein, machte einen zaghaften Schritt auf die Wanne zu, in der alte Blumen in brackigen Badezusätzen trieben. Dann sah sie, was in der Wanne schwamm.

Es war eine Schildkröte.

Die Schildkröte war groß und sah aus wie ein alter Wok mit moosbedeckten Dachziegeln auf dem Rücken. Benommen paddelte sie durch das trübe Wasser und blickte Lucia mit ältlich-fragenden Augen an.

Von einem plötzlichen Gefühl von Übelkeit gepackt stürzte Lucia davon, hielt sich die Hand vor den Mund und blieb schwer atmend vor der Schlafzimmertür stehen. Ihr Herz klopfte, und sie spürte ihre Angst wie einen greifbaren Geliebten, der seine kalten Hände über ihre Brust wandern ließ. Keuchend lehnte sie sich gegen die Tür.

Die Tür schwang auf.

Sie torkelte hinein, zwei hölzerne Stufen hinab. Im Inneren war es dunkel bis auf einen silbernen Schimmer, der von dem großen aufrechten Spiegel ausging, der sich in der Mitte des Schlafzimmers wie ein vorsintflutliches Monument erhob. Gegen das Licht, das er warf, hoben sich deutlich die Schlingpflanzen und Flechten ab, die mit betäubendem Gestank von der Decke baumelten. Das breite Bett und die antiken Schränke und Kommoden aus Tropenholz waren völlig überwuchert. Es war heiß wie in einem Reptilienhaus.

Der Spiegel sah Lucias Spiegel sehr ähnlich; sein helles Silber stand in scharfem Kontrast zu den dunklen Basreliefs, die den Rahmen verzierten. Seine Wächter aber waren nicht Engel und Sukkubi, sondern Greifen und Drachen. Er wirkte wild und ungebändigt in seiner Macht, wie er in diesem Zimmer stand und strahlte, ein böses Artefakt in diesem Zerrbild einer Hobbithöhle; und zu seinen Füßen bemerkte Lucia nun eine große Gestalt, die zusammengekauert am Boden lag, als verspürte sie Schmerzen, die Bocksbeine mit den gespaltenen Hufen eng an den haarigen Körper gepresst, den gehörnten Kopf auf die massige Brust gebettet. Ein Ziegenschwänzlein zuckte an ihrem After. Sie kratzte Ungeziefer aus ihrem Fell.

»Lars«, sagte Lucia und stand wie versteinert auf der Schwelle des Raums.

»Ich habe die Wahrheit erkannt, *dolce Lucia!*«, schnaufte Mandelblum triumphierend.

3. Was im Keller war

Unter den wenigen Bildern, die ein Junge, dessen Lucia nicht mehr gedachte, einst von ihr aufgenommen hatte und die sie aus Sentimentalität oder Unwillen nicht fortwarf, befand sich eines, das sie auf einer Ausstellung zeigte, deren Fokus wiederum auf jenen reizenden, achtbeinigen Wesen gelegen hatte, welche nach Überzeugung Lucias übelwollende Außerdirdische vor Jahrmillionen auf der Erde ausgesät hatten, um den Menschen ein Anathema zu sein: Spinnen.

Das Bild traf eine seltene Mischung aus Faszination, Entsetzen und Fassungslosigkeit auf Lucias Gesicht, die sie später, in ihrer Zeit in Baltimore, häufig zu reproduzieren gesucht hatte. Sie überzog das zeitlos hübsche Gesicht, das sie in den Siebzigern noch besessen hatte, wie eilige Wolken eine Wiese an einem Frühlingstag, und die Sonne, die zwischen den Schatten hindurchschien, war das Gestirn ihrer eigenen Eitelkeit – die untrügliche, beruhigte Gewissheit eines Mädchens, *schön* zu sein.

Direkt vor ihrem Gesicht, in Großaufnahme, saß eine rabenschwarze Vogelspinne. Sie war nicht groß, eine Jungspinne nur, unwissend und in einem Glashaus geboren, doch fast größer als Lucias Kopf und so bedrohlich wie ein Heuschreckenschwarm, der den Himmel über dem alten Ägypten verfinsterte. Und selbst in ihren bescheidensten Momenten war Lucia stolz darauf, Teil einer Komposition gewesen zu sein, die so treffend wie schmeichelhaft das Yin und das Yang aller menschlicher Sehnsucht und allen menschlichen Ekels symbolisierte. Der Junge, dessen sie heute nicht mehr gedachte, hatte seinerzeit lange vor dem Foto gesessen, es das beste genannt, das er jemals geschossen hatte, und es dann ehrfurchtsvoll »Frühling« getauft. Dann hatte er es ihr geschenkt und war aus ihrem Leben verschwunden.

Erst an diesem Tag verstand sie, was er damit gemeint hatte.

Was für ein Teufel.

Tage vergingen.

Lucia stand vor dem Spiegel und betrachtete ihr Gesicht, suchte die Falten, dachte sie weg und wieder hinzu. Sie suchte den Gegensatz zu ihrem Gesicht, suchte nach dem, was sie damals besessen, was sie von der Spinne unterschieden hatte.

Die Spinne, wenn sie noch lebte, hatte es heute wahrscheinlich besser als sie – sie war inzwischen bestimmt nicht hässlicher als damals. Lucia aber fragte sich, was aus der jungen Frau geworden war, die mit kindlicher Freude festgestellt hatte, hübscher als eine Spinne zu sein, und in ihrer Naivität davon ausgegangen war, dass es ewig so bleiben würde, geblendet vom Glanz ihrer Blüte; das Mädchen, das ihr einst die teure Ehre erwiesen hatte, sie selbst zu sein.

Wie war nur die Zeit seither verstrichen? Hatte sie sie etwa gebeten, verstreichen zu dürfen? Lucia schluckte eine Träne, die nach schwärzester Galle schmeckte.

»Shedar, Shedar«, raunte der Spiegel.

»Was meinst du damit?«, fragte Lucia und trocknete sich die Augen.

»Dort wirst du ewiglich schön sein«, lockte der Spiegel.

»Ist ›dort‹, wo du herkommst?«, fragte Lucia.

»Die andere Seite«, orakelte der Spiegel. Seine Stimme war wie das Flüstern eines Baches. Ein leiser Windhauch, eine gestrichene Saite.

»Darf ich es sehen?«, fragte Lucia.

»Du *wirst* sehen«, versprach ihr der Spiegel, und sie begann, leise zu summen wie ein Mädchen, das den Geliebten erwartet. Die Worte kamen ihr wie von selbst in den Sinn.

Befreie aus ihrem dämmrigen Schweigen
Die träumenden Tänzer des Feenreigens
Koste die Frucht des verbotenen Gartens
Lohn der Dekaden enthaltsamen Wartens

Das Wunder vollzog sich aufs Neue: Ihre Augen brannten wie Kohle, ihre Lippen waren zart und von der Farbe frisch vergossenen Blutes. Ihre Figur straffte sich und nahm die Perfektion und die Schärfe einer Eisskulptur an. Sie strahlte wie ein Brillantcollier in der drückenden Dunkelheit des Zimmers; ein Geist, der dem Sarge entstiegen war. Aus den Augenwinkeln wurde sie gewahr, dass selbst die Katzen ungläubig wie der leibhaftige Thomas die Wandlung bemerkten und sorgsam zurückwichen.

Sie lächelte. Sie wusste, dass der Spiegel ein Lügner und ein Schmeichler war. Sie hatte gesehen, was er und seinesgleichen Mandelblum angetan hatten, und er hatte einen Mord zu verantworten; sie fragte sich, weshalb Bartholomew diese diabolischen Tore verkaufte und wem sie tatsächlich gehörten. Es musste in diesem farblosen Albtraum, der sie verfolgte, der seine böse Saat in die Nacht hinaussandte wie ein heimtückisches Leuchtfeuer, das Schiffe auf seine Klippe lenkt, einen ganzen Palast voller Spiegel geben.

Doch wenn sie die Kunstfertigkeit bewunderte, mit der der

Spiegel aus ihrem welken, unfruchtbaren Leib eine Furie aus Opalen und glühendem Schnee goss, war sie gewillt, ihm zu verzeihen.

* * *

Lucia lag in ihrem riesigen Bett, jedes Bein, jeden Arm in die Laken gewickelt, und wälzte sich in der neuerlichen Umarmung eines Nachtmahrs. Es war jetzt immer dunkel in ihrem Zimmer, alle Uhren waren stehen geblieben und zeigten verschiedene Zeiten. Sie hätte nicht sagen können, ob es Nacht oder Tag war oder wann sie das letzte Mal eine Mahlzeit zubereitet oder ihr Zimmer verlassen hatte. Das Letzte, woran sie sich erinnerte, war eine Flasche Morphin, als die Schmerzen wieder zu stark geworden waren. Die Schmerzen kehrten nicht wieder – nur das Verlangen nach *mehr*.

Gedanken und Bilder jagten einander in ihrem Kopf wie Farben auf einem Kreisel: Mandelblum, der anscheinend jetzt ein krummbeiniger, stinkender Faun im schwitzigen Unterholz seines Bungalows war; ein Mann mit tausend Gesichtern, der lächelnd, eine Scherbe in jeder Hand, durch den Spiegel geschritten kam, sein Lächeln das Lächeln des Legionärs mit der Lanze, der nach getaner Arbeit von Golgatha herabschritt; der Spiegel, tief in der Villa van Bergen wie das hölzerne Pferd in den Höfen von Troja; das beständige, furchtbare Hüpfen und Plumpsen kleiner pelziger Körper, das nun das ganze Haus erfüllte, als tollten übergroße Milben stets am Rande ihrer Sinne im Staub. Sie bemerkte es meist erst, wenn es gerade verstummte.

Hobblethrobs, dachte sie, einer selbstgesponnenen Legende ihrer Großmutter gewahr, die kleine, missgestaltete Wesen zum Inhalt hatte, die sich besonders in Mauern und Heizungsrohren versteckten und die Bewohner eines Hauses in den Wahnsinn trieben. Sie hatte in ihren letzten Tagen im Sanatorium gemeine

Geschichten darüber geschrieben, Kinderbücher, von denen keines ein gutes Ende genommen hatte.

Lucia schlug die Augen auf und merkte, dass sie es sich nicht nur einbildete. Das Geräusch war wieder da – und etwas anderes. Schwach hob sie den wirren Kopf und wurde einer eigenartigen Szene gewahr.

Die Katzen in ihrem Zimmer hatten sich um den Spiegel versammelt. Sie huschten und tummelten sich zu seinen Füßen und schauten aufgeregt zu ihm empor. Ein Klagen und Maunzen durchzog die wogende Masse kleiner warmer Leiber; sie waren hin- und hergerissen, wie es schien, und benahmen sich für Katzen durchweg ungewöhnlich. Sie robbten auf den Bäuchen, als verspürten sie Tantalusqualen, ihre Schwänze zitterten vor Erregung, und ihre Augen waren schreckgeweitet. Sie fauchten und heulten den Spiegel an wie Welpen den Mond.

»Was ist?«, fragte Lucia und richtete sich langsam auf; wie vom Blitz getroffen rasten alle Katzen aus dem Zimmer. Es war nun totenstill. Lucia war mit dem Spiegel alleine. Müde und erschlagen wie eine Hure nach einer Woche harter Arbeit saß sie auf der Bettkante und sah den Spiegel vorwurfsvoll an, als wäre er ihr Zuhälter.

»Was ist nur los«, sagte sie abermals, mehr zu sich selbst. Ihre Zunge klebte am Gaumen, und sie glaubte nicht, dass sie aufstehen konnte. Tiefer im Haus setzte wieder das Trippeln und Hopsen ein, doch diesmal hatte sie die Katzen im Verdacht, auch wenn sie sich fragte, wie sie solche Geräusche produzierten und wie sie überhaupt einen Weg in den verrammelten Keller gefunden hatten. Matt sank sie in die Kissen zurück.

* * *

»Shedar«, raunte der Spiegel. Er sprach nun immer häufiger, auch wenn sie ihm nicht mehr zuhörte, und meist wiederholte er nur dieses eine Wort; es schwoll an und verebbte wie der Widerhall von Wasser in einer Schlucht, war mal ein Rinnsal, mal tosender Katarakt. Er wiederholte die beiden Silben wie ein Priester den Segen.

Lucia war es gelungen, etwas Tee und zwei Äpfel zu sich zu nehmen, und tapste schwach in einem alten, schwarzen Kimono durch ihr zeitloses, von toten Uhren bewachtes Reich. Sie war bis auf die Knochen abgemagert. Missmutig schnippte sie eine Morphinampulle in den Abfall. »Ich wünschte, du würdest schweigen«, flüsterte sie. Das Kichern des Spiegels war wie Glöckchen im Wind.

»Du wirst mich nicht los«, prophezeite er.

»Ich wünschte, ich könnte.«

»Doch du kannst nicht. Du kannst mir nicht entkommen.«

Sie seufzte. »Wirst du es mir zeigen?«

»Das werde ich.«

Sie baute sich vor ihm auf, ließ den Kimono zu Boden gleiten und schrak angewidert vor ihrer eigenen Nacktheit zurück. Dann setzte die Wandlung ein, und sie warf den Kopf in den Nacken und stöhnte so lustvoll und schamlos, wie sie sich keinem Mann je gezeigt hätte, und hätte Rodin persönlich sie angefleht, ihren Körper in Marmor meißeln zu dürfen. Der Spiegel kicherte immer noch, als es vorbei war.

»Bin ich so erbärmlich?«, fragte Lucia und ließ den Kopf hängen.

»Oh nein«, säuselte der Spiegel. »Doch je mehr ich dir gebe, desto mehr muss ich auch nehmen; deine Lust ist die meine.«

»Wie meinst du das?«

»Ich bin nur ein Spiegel! Ich kann weder erschaffen noch zerstören. Alles, was ich sehe, alles, was ich gebe, hat seinen Ursprung in seinem Bild: auf der anderen Seite.«

»Auch ich?«

»Du kennst die Antwort«, hauchte der Spiegel.

* * *

In dem Bewusstsein, schon mehr gegeben zu haben, als selbst ein raffgieriger Seelenhändler verlangt hätte, hoffte er auf weitere Geschäfte mit seinen Kunden, kämpfte sich Lucia Stufe für Stufe die Kellertreppe hinab. Durch den Strudel der Erschöpfung, den Sumpf ihrer Angst zwang sie sich zu sehen, was zu sehen sie bereits erwartete; wichtig allein, dass es weder Lars noch die Familie van Bergen gewesen waren, die den Preis für ihre Ausschweifung hatten bezahlen müssen.

Sie musste es wissen. Denn etwas *kam* durch die Spiegel und ergriff von ihnen allen Besitz; es gab ihnen eine neue Gestalt, ein neues Sein, und in gleichem Maße nahm es auch – nahm ihnen die Gestalt, nahm das Sein.

»Was hast du vor?«, hatte sie den Spiegel gefragt.

»Ich bin der Weg und das Licht«, hatte der Spiegel strahlend, stolz und ohne falsche Bescheidenheit erklärt. »Wer mir nachfolgt, dem wird nicht mangeln.«

»Für wen hältst du dich eigentlich?« Lucia spürte einen leichten Stich in ihrer alten römisch-katholischen Seele.

»Ich bin der gute Hirte. Ich führe die Suchenden zu frischen Wassern, geleite sie durch das finstere Tal.«

Lucia erreichte den unteren Treppenabsatz, den Kerzenstumpf in der Hand. Der schwarze Kimono lag auf ihren Knochen wie eine Grabbeigabe. Das Geräusch kleiner, umhertollender Wesen war jetzt ganz nahe.

Mein Keller ist voller Hobblethrobs. Der Gedanke schien ihr mit einem Mal sehr schlüssig. Sie hatte ihre Großmutter nie leiden können.

Mit zitternden Händen riss sie die Bretter, die sie Tage – Wochen? – zuvor angebracht hatte, von der Wand. Sie waren morsch und voll mit Ungeziefer. Lucia brach sich einen Fingernagel ab, und dickes Blut quoll hervor.

Dann legte sie furchtsam die Hand auf den Knauf. Die Hand zitterte, und der Knauf war so kalt wie ein Schneeball. Er drehte sich nur zögernd, als würde er von einem Magneten gehalten.

Ein eisiger Hauch seufzte durch das ganze Haus, als sie die Tür einen Spalt weit öffnete. Die Kirchuhr schlug Mitternacht, und eine weitere Strophe des Gedichts über den Spiegel dämmerte in ihr empor.

Verwehr den Dämonen von drüben das Tor
Schiebe den letzten der Riegel nun vor
Erwach aus der Lähmung erlogner Gefahr
Die das endlose Starren hinüber gebar

Wessen Gedanken da auch immer die ihren verdrängten; sie hingen über der Welt wie Schatten von Bäumen im Sturm.

* * *

»Hast du diese Geräusche in meinen Keller gebracht?«, hatte Lucia gefragt, den tauben Geschmack von Morphin auf der Zunge, als sie eine weitere Nacht nicht ruhig hatte schlafen können vor lauter Geraschel und Gehopse im Keller. Der Spiegel hatte gekichert, und dann hatte ihr Spiegelbild geschmunzelt und mit ihr zu reden begonnen.

»Oh nein«, hatte die falsche Lucia gesagt. »Ich bin nur das Tor, die Verbindung, das Licht. Moses teilte das Meer von Atlantis. Ich teile das Meer zwischen den Sternen.« Lucia hatte verstört den Kopf geschüttelt. Die Spiegel – wenn es überhaupt mehrere waren – mussten Mandelblums krankes Hirn eingesaugt haben, ehe sie ihm seinen neuen Körper verpassten.

»Also gestehst du«, hatte sie ihn und ihre verabscheuungswürdige Zwillingsschwester im Glas getriezt. »Du öffnest einen Weg an jenen Ort, von dem du ständig wisperst, und vielleicht auch zu anderen Orten und anderen Spiegeln, und alles erdenkliche Gesindel irrt durch dieses dein Labyrinth und kommt irgendwo in Fairwater wieder ans Licht; und dann nistet es sich in meinem Keller ein, um mir den Schlaf und den Verstand zu rauben.«

»Du übertreibst«, hatte die andere Lucia geschmollt und die aufreizend schöne Stirn in Falten gelegt.

»Ist es nicht so? Falscher Prophet!«

»Man erwartet so vieles von uns«, hatte sich der Spiegel mit seiner eigenen, furchtbaren, liebevollen Stimme, aber den Lippen der falschen Lucia beschwert. »Wir sehen dies alles. Wir kennen den Weg in jedes Zimmer. Wir schauen den Menschen beim Schlafen zu, sehen sie Dinge tun, für die sie jeder Mann, jede Frau sofort verlassen würde, und dauernd sollen wir schmeicheln! Wir sollen aufrichtig sein und freundlich zugleich. Immer nur sollen wir geben! Sinnbild und Bestätigung aller Wahrheit sollen wir sein. Kannst du dir vorstellen, was geschähe, wenn uns auch nur ein winziger Fehler unterliefe? Ein einziges Fältchen zu viel, ein Ohrring auf der falschen Seite? Eine Wahrheit mehr als gefragt?«

Lucia hatte benommen den Kopf geschüttelt.

»Nonsens«, hatte sie schwach ausgestoßen.

»Wir haben die Regeln geändert«, hatte die Lucia im Spiegel triumphiert. »Ihr hattet eure Chance! Von nun an werdet *ihr* für uns die Narren spielen – und um deine Frage zu beantworten, *sorella* – wir tun nichts anderes als ihr! Wir treiben nur Handel. Geben und nehmen, Lucia! Du kannst dich schwerlich darüber beklagen, was du von uns erhalten hast. Niemand macht dir einen so guten Preis wie wir. Und jetzt wird es Zeit – Zeit, dass du bezahlst.«

Die falsche Lucia hatte eine Morphinampulle in der Hand gewogen wie ein Pitcher einen Baseball; dann hatte sie die Ampulle achtlos über die Schulter geworfen und sich abgewandt, war lächelnd aus dem Bild geschritten.

»Ich habe gar nichts erhalten«, hatte Lucia geklagt, einsam, allein in ihrem Zimmer, ohne Zeit, ohne Farben, die müden Augen auf den Boden gerichtet, in dem es lief und hopste und raschelte. »Ich habe alles verloren.«

Von da an war der Spiegel dunkel geblieben, hatte seine Machenschaften im Geheimen getrieben und nicht wieder mit ihr geredet.

Sein Schweigen donnerte durch alle Räume.

* * *

Lucia betrat den L-förmigen Flur, von dem die Parzellen ihrer vertriebenen Mitmieter abgingen, und das ungestüme, tolle Getrappel war allgegenwärtig. Ihre Kerze zauberte flackernde Schatten an die rissigen Wände, zwischen denen nur für Sekundenbruchteile kleine, fellige Bälle zu erahnen waren, die auf und unter den Schränken entlangkullerten, täuschend possierliche Tierchen von der Geschäftigkeit eines Ameisenstaates.

Sie sind eine wahre Plage, ganz wie Großmutter gesagt hat ... und sie sind überall. Sie wohnen in Altbauten und Irrenhäusern, nagen an den Winkeln und Balken der Welt und in meinem Keller wie die Würmer an den Toten in der Erde, wie Morphin an meinem Verstand; und niemals, niemals geben sie auf. Überall verschaffen sie sich Einlass. Kein Schloss, kein Gebet kann sie fernhalten. Früher gab es sie nur in Gefängnissen; heute ist die ganze Welt unser Gefängnis.

Lucia erkannte, dass der Spiegel recht damit gehabt hatte, dass sie niemals entkommen könne. Der Albtraum würde nie enden, bis zu dem Tag, an dem sie starb. Das Bild, das ihr der namenlose Jüngling einst geschenkt hatte, entglitt ihr seit dem Moment, als er es hoffnungsvoll aus seiner warmen Dunkelkammer ans bleiche Licht des Tages getragen hatte. Aus der vollen Blüte des Frühjahrs wurde ein sengender Sommer, und aus dem Sommer wurde ein Herbst, der trunken von den Farbe des eigenen Todes einem zähen, langsamen Leiden erlag.

Was für armselige Wesen wir doch sind, die wir nur nach vorne zu gehen imstande sind, aber nur schauen können, was hin-

ter uns liegt. Klug genug nur, die Grenzen der eigenen Sterblichkeit zu erkennen – nicht aber das, was dahinter liegt. Geboren, um zu vergehen. Empfindsam genug, um zu leiden. Wie eilig und nichtig ist all unser Streben.

Sie näherte sich der Tür zu ihrer Parzelle. Die warme Aura des Kerzenscheins illuminierte Gravuren an den Wänden, Ibisköpfe und Schakale, die sich in ihren Kartuschen wie Tapetenbahnen von Decke zu Boden zogen; einmal stolperte sie über etwas Weiches. Uralter Verwesungsgeruch lag in der lehmigen Luft, und ein silbernes Licht, wie sie es schon einmal gesehen hatte, schlug blitzend unter dem Türspalt auf den Steinboden, so hart, dass sie ein Echo zu vernehmen glaubte. Die Wesen waren jetzt hinter der Tür und mit ihr Geräusche und Licht und alles, was ihr und den ihren zu wissen bestimmt war.

Lucia öffnete die letzte der Türen, und als der Wind durch sie fuhr und ihr schwarzes Totengewand bauschte und die Kerze in ihrer Hand sich flehend aufbäumte und flüsternd verging, hätte man nicht mehr zu sagen vermocht, ob es sie oder doch nur das Spiegelbild einer Lucia war, das wie ein flüchtiger Schatten auf den gewölbten Flanken des alten vollgestopften Kellers lag, der sich regte und wogte wie ein Drache im Schlaf, von einem pelzigen Aussatz wie von Pusteln überzogen, die rollten wie Seeigel, flogen wie Löwenzahn; miauend, klagend aus spitzzähnigen Mäulchen, kleine verkümmerte Körper voller Schmerzen und Arglist, von einer furchtbaren Erinnerung an alte Anmut und verlorene Grazie beseelt, hassvoll und hämisch aus ihren geschlitzten Augen dreinblickend, verkrümmte Pfötchen, die die aufgequollenen Leiber mit ihren nutzlosen Schwänzen voranschubsten und den fahlen Schatten von Lucias verängstigter junger Seele mit sich hinabrissen in das Verlies ihres phantasmagorischen Hades, in die fernen Tiefen jenseits des Spiegels.

Marvins Wahn
DRITTES KAPITEL (1990)

In welchem wir Marvin und einigen seiner Freunde begegnen und Zeugnis von seinem Tod erhalten

> *My make-up is dry and it clags on my chin*
> *I'm drowning my sorrows in whiskey and gin*
> *The lion tamer's whip doesn't crack anymore*
> *The lions they won't fight and the tigers won't roar*
> – Dave Davies, *Death Of A Clown*

1. Die Menagerie

An dem bewussten Mittwochnachmittag im Jahre 1990, den Marvin in wenigen Stunden zum letzten seines freudlosen Lebens erklären würde (es war darüber hinaus Neumond, wie er betont hätte), waren er und die Menagerie auf dem Weg in die geheimnisvolle Welt der Villages, wo der intellektuelle Held seiner frühen Jugend in seiner ansehnlichen Behausung residierte: der einzige Mann, der ihm möglicherweise bestätigen könnte, dass er nicht völlig verrückt war. Marvin konnte Mittwoche nicht leiden, weil er sich einbildete, alle Tragödien seines jungen Lebens hätten sich an Mittwochen ereignet, besonders solchen mit Neumond. Das hatte schon in der Schule begonnen, und in den Jahren danach war es nicht viel besser geworden. Ein Großteil seiner Lieblingsschauspieler war an einem Mittwoch gestorben, und niemand außer ihm wollte das wahrhaben. Dazu war auch noch Halloween, Marvin hatte gerade seinen Job, seine Mutter und seinen Therapeuten verloren, und unter der Woche gemeinsam mit marodierenden Gerippen und Monstren durch die nebligen Straßen seiner Heimatstadt zu irren, statt in seinem warmen Büro oder Zuhause zu sitzen, schien ihm mehr als widernatürlich.

Wobei das Büro natürlich wieder Pete gehörte und sein Zuhause ein Eulennest war.

Zweifelnd blieb er unter einer Straßenlaterne stehen. Fragte sich, ob das Ende tatsächlich so absehbar gewesen war, wie es ihm rückblickend erschien, und ob er vielleicht die ganze Zeit etwas zu bemerken versäumt hatte – diese besondere Sorte Zeichen, die andere Menschen immer zu sehen vorgaben.

»Bist du sicher, dass das eine gute Idee ist?«, fragte er den Raben.

* * *

Vier Stunden zuvor saß Marvin in dem vom Oktoberlicht staubigen Büro mit seinen moosbraunen Kunstfaserteppichen, den schwächlich lavendelfarbenen Wänden voller Kalender und massengefertigter Bürowitze und der bescheidenen, aber auch nicht beschämenden Galerie von Topfpflanzen.

Die Kunst, einem Büro über die Jahre hinweg eine vorsichtige persönliche Note zu verleihen, ohne es dem einer Arbeitsumgebung angemessenen Maß von Schlichtheit zu berauben, war ein eifersüchtig gehütetes Geheimnis der älteren Angestellten in der Verwaltung von Fairwater, und Marvin hatte erst kürzlich begonnen, die grundlegendsten Konzepte zu erfassen. Wahrscheinlich hatte er aus dem Büro längst alles herausgeholt, was aus ihm zu machen war, ohne unliebsam aufzufallen.

Früher, einst, wäre ihm das ziemlich egal gewesen.

Heute jedoch tendierte er zeitweilig dazu, sein Büro zu mögen oder gar darum zu fürchten. Er war sich nicht sicher, welche der beiden Tatsachen ihm mehr Angst einjagte.

Sinnbild dieser ambivalenten Melange schwer löslicher Gefühle war die obskure Uhr seiner Mutter, die prekär über der Tür baumelte und eingedenk ihrer unikalen Batterie und ihrer nicht minder exzentrischen Befestigung hauptsächlich die ihr verbleibende Zeit bis zu ihrem eigenen Ende maß.

Genauer betrachtet gehörte das Büro natürlich Pete.

Marvin verdrängte den Gedanken; und als er feststellte, dass dies nicht möglich war, schnappte er ihn sich, lochte ihn mit aller ihm möglichen Grausamkeit und archivierte ihn zusammen mit den anderen unliebsamen Gedanken dieses seines letzten Neumondmittwochnachmittags in einem der vielen entlegenen Aktenschränke seines Bewusstseins. Er hatte sich oft gefragt, ob es wohl lohnenswert wäre, eine Karte all jener merkwürdigen Sektoren seiner selbst zu erstellen, in denen er sich häufig schon kaum mehr zurechtfand. Er neigte dazu, für jeden seiner kortikalen Aktenschränke – gerade die mit den unliebsamen Gedanken darin – gleich eine ganze Burg inklusive Fallgitter und Wassergräben in einem eiligst dafür designierten Landstrich aus dem Boden zu stampfen (die nördlichen Öden boten sich hier naturgemäß an), die ihren teuflischen Bestand dann behütete, bis er mit der Schneeschmelze des nächsten Frühjahrs wieder angeschwemmt wurde.

»Hmmm, was haben wir denn da«, pflegten die Wachen des Nachbarlands dann zu sagen, wenn sie neugierig eine tückische, klitschnasse Akte vom Boden aufhoben, skeptische Blicke in die verbotene Zone mit ihrer verrottenden Burg werfend.

Marvin beendete den flüchtigen Gleitflug durch seine innere Topographie und versank in eine hingebungsvolle Starre, den Blick auf die über dem Ausgang gehenkte Uhr geheftet; ihre im langen Wechsel der Jahre vergessen geglaubte Abscheulichkeit dämmerte ihm jedes Mal in der letzten Viertelstunde eines Arbeitstages wieder ins Bewusstsein und rechtfertigte ihren Tod.

»Es ist gleich so weit«, spottete der Fuchs. »Gleich hast du einen weiteren unwiederbringlichen Tag deines Lebens vergeudet.«

Der Fuchs hatte es sich wie meistens in der Nähe des Fensters bequem gemacht und erging sich von dort in seiner rebellischen Ratgeberrolle. Er schätzte das Büro nicht sonderlich – Pete war in seinen Augen ein Arschloch.

Marvin war den Zynismus des Rotrocks schon lange gewohnt.

»Sag mir was Neues«, meinte Marvin und warf ihm einen Happen Lyoner zu.

»Na gut«, meinte der Fuchs. »Du bekommst Besuch, will mir scheinen!«

Tatsächlich konnte Marvin Schritte auf dem Korridor hören. Und der tapsende Gang sprach eine deutliche Sprache. Seufzend packte er seine Brote wieder zusammen und sortierte eine Akte von der linken auf die rechte Hälfte des Schreibtischs.

Die Tür öffnete sich und Pete trat herein; ein großer, windhundartiger Mann mit einer feucht glänzenden Nase und einer enormen Zunge, dessen Haar stets wirkte, als hätte er den Kopf während einer Fahrt über den Highway aus dem Fenster gehalten. Zwar war der Highway weit entfernt, aber das war nur ein weiterer Grund, sich Pete dorthin zu wünschen – mitsamt seiner hündischen Erscheinung, seinen rüden Manieren, seinem sabbernden Intellekt.

»Morgen, mein Junge.«

Marvin warf einen prüfenden Blick auf die Akte, die er mit der Rechten zur Hand genommen hatte, und legte sie nach eingehender Sichtung auf den Stapel zu seiner Linken zurück.

»Was gibt's, Pete?«

»Wir müssen reden«, sagte Pete und setzte sich so selbstgerecht auf Marvins Schreibtisch, dass es jede Verbindlichkeit in seiner Stimme mit einer Anmut kontrapunktierte, für die Jazzbassisten gemordet hätten.

Misstrauisch ließ Marvin das Spiel mit den Akten.

»Es gibt Veränderungen.« Pete zupfte das Stückchen Lyoner, das Marvin dem Fuchs hingeworfen hatte, von einem Ordner und beförderte es angewidert in den Papierkorb. Der Fuchs protestierte gegen den Verlust, doch Pete hörte ihn nicht.

»Veränderungen sind doch gut – nicht wahr, Marvin?«

Marvin blickte gelähmt auf die Uhr in all ihrer lieb gewonnenen Hässlichkeit. Der Augenblick dehnte und wand sich um sein kleines Universum und drückte ihn fest wie eine Boa Constrictor. Er wünschte sich weg, nach Hause oder zu Alice, dachte an alles, was er bis heute Abend noch erledigen musste, und konnte es nicht mit dem in Einklang bringen, was Pete ihm da gerade antat. Tatsächlich hatte er Veränderungen noch nie gutgeheißen.

Pete zuckte die Schultern. »Die Entscheidung ist gefallen. Irgendwie hast du's gewusst, nicht wahr?«

Marvin nickte dumpf. »Ich bin raus.«

»Du bist raus«, sagte Pete. »Sieh zu, dass du bis Montag deinen Kram geholt hast, und meine Schlüssel brauche ich auch wieder.«

»Ist gut«, flüsterte Marvin mechanisch.

»Alles in Ordnung, Junge?«

»Ich schaffe das schon.«

»Na also. Nur Kopf hoch.« Pete reckte den Daumen und verließ das Büro.

Langsam kam Marvin wieder zu sich und löste den Blick von der Uhr. Es war gerade eine Minute vergangen, seit sich die Welt in etwas verwandelt hatte, was ihm bitter wie ein gebrochenes Versprechen erschien. Er war allein in Petes altem und neuem Büro – *rex quondam et futurus*, grübelte Marvin.

Er begann gerade, seine Sachen zu packen, als die Katze die Bühne betrat.

»Dieser widerliche Idiot!«, fauchte sie und vollzog ihr Vernichtungswerk am Interieur, wobei sie eine Menge Vokabeln gebrauchte, die sich einer Katze nicht ziemten. Sie hasste Pete auf ihre Weise mehr als der Fuchs, denn sie fühlte sich in ihrem Stolz von ihm bedroht; und Pete hatte ihren Stolz soeben gerupft, erdrosselt und auf den Kompost geworfen.

»Beruhig dich, *chérie*«, schaltete der Fuchs sich ein. »Diese Stellung lag uns noch nie – jemand mit dem Format von Sam hätte sie längst gekündigt. Sie unterfordert unsere Fähigkeiten, selbst deine …«

»Du fühlst dich vielleicht wohl auf der Straße!«, schoss die Katze zurück. »Heimatloses Großmaul, selbst halb ein Hund! Was willst du dir noch alles gefallen lassen?«

»Papperlapapp.« Der Fuchs leckte sich gelassen die Pfote. »Es wird sich etwas Besseres finden. Zerbrich dir nicht den hübschen Kopf!« Man konnte sagen, was man wollte – der Fuchs war Optimist.

»All die ruhigen Stunden, vorbei!«, klagte die Katze und gab ein bezauberndes Häufchen Elend ab. »Ich brauche meinen Schlaf. Meine Sicherheit, vor allem bei Tag. Hätten wir einen Palast, so wie Alice …«

»Ich lasse mir schon etwas für uns einfallen«, versprach der Fuchs. »Tatsächlich fühle ich bereits einen neuen, großartigen Plan in mir heranreifen.« Seine Aufbruchsstimmung schimmerte rauschgoldfarben durch der Katze Monsunwolken.

»Wollen wir's hoffen«, beendete Marvin vorsichtig den Schlagabtausch seiner Freunde, die sein Leben für ihn regelten, und versuchte den Tag in einer Art und Weise zu drehen, die es ihm erlaubte, das Positive daran zu erkennen.

»*Vamos!*«, rief der Fuchs. »Wird Zeit, dass wir hier rauskommen!«

Der Zeiger der Uhr erreichte die sich nach ihm verzehrende Zwölf. Es kam einem Liebesakt gleich.

»Und gehe erhobenen Hauptes«, krächzte der Rabe. Er hatte sich bis jetzt still verhalten – all das kindische Gezanke war unter seinem Niveau.

* * *

Lautlos packte Marvin seine Sachen und die Menagerie zusammen und eilte hinaus.

Sobald es ihm gelang, seinen geistigen Horizont auf eine Bandbreite von nicht mehr als fünfzehn Minuten zu begrenzen, konnte er den Heimweg sogar genießen. Er erfreute sich am Anblick der rauchgrauen Sträucher, sah die Enten und Kinder unten am Fluss (er würde sich nie merken können, welcher der mannigfaltigen Flüsse Fairwaters es an dieser Stelle war; Birch oder Willow Creek, hätte er getippt, denn Birken wie Weiden wuchsen in vergessener Schönheit auf den Wiesen unter der Northern Main, die das Tälchen überspannte). Er wanderte durch die sich unmerklich ändernden und doch immergleichen Straßen, die er schon seit seiner Kindheit benutzte; dann erreichte er schließlich den großen, uralten Bau in den Wipfeln einer knorrigen Eichenkrone, in dem er gemeinsam mit seiner Mutter lebte.

Das Universum kollabierte und erschuf sich neu, wie immer, wenn er diesen Ort betrat; jeder Zweig war eine Beleidigung, denn er hatte mehr von Marvins Leben gesehen, als sich Marvin selbst je ins Gedächtnis rufen könnte. Es fiel nicht leicht, sich in all dem Gestrüpp zurechtzufinden.

Seine Mutter, ein eulengleiches Wesen von absurden Proportionen, empfing ihn und plusterte gespannt ihr Gefieder. Er fragte sich immer, wo sie das Gewölle versteckt hielt, wenn sie ihn so ansah.

Zumindest war er froh, dass sie satt war.

»Dr. Jones hat angerufen«, sagte sie zur Begrüßung. »Du siehst schlecht aus.«

»Was wollte er?«, fragte Marvin, der sich sofort müde zu fühlen begann, so als hätte sie auf einen Knopf gedrückt.

»Wir hatten nur etwas zu bereden.«

»Du redest mit seinem Arzt?«, röchelte der Rabe wie ein gefällter Caesar. Die Übermacht der großen Eule ließ seine schellackschwarze Distinguiertheit zu schalem Taubeneiergrau verblassen, und ihre Sinne waren dank der ungeheuren Brille, die sie trug, so scharf, dass sie alle Taschen seines alten Fracks kennen mochte.

177

»Denkst du auch an den Termin, den du nachher hast? Du hast schon so viele versäumt …«

»Ich denke daran«, versprach er im Tonfall einer Warteschleife, während seine Füße die Schuhe am gleichen Ort abstreiften wie immer schon, seit sie den kalten Boden dieser Welt gekostet hatten, und seine Mutter sie nahm und sie in die gleiche Schublade legte wie immer schon, seit sie diese Füße zum ersten Mal aus ihrem Leib hatte ragen sehen.

»Denkst du auch daran, dass du noch Würde besitzt?«, konterte der Rabe, und er musste ihm recht geben. Nannte er nicht einen der klügsten Männer der Stadt seinen Freund? Der Rabe wusste, was Marvin zu leisten imstande war, ebenso wie der Fuchs und die Katze – sie waren ein gutes Team, in Hassliebe verbunden. Sie allein kannten den wahren Marvin und seine Qualitäten.

»Hat Alice vielleicht angerufen?«

»Nein.« Seine Mutter putzte sich gleichgültig unter dem Flügel. »Was willst du nur mit ihr? Was wurde aus diesem netten Mädchen, das du früher einmal …«

»Da war ich noch ein Kind.« Er nahm lieber Reißaus, ehe der Fuchs seinen Frauengeschmack oder die Katze Alices Ehre verteidigen konnte.

»Gut, dass du nicht nach ihr geschlagen bist!«, seufzte der Fuchs.

»Gut, dass du weißt, was du an uns hast«, schnurrte die Katze.

Marvin floh auf sein Zimmer im Obergeschoss. Das Zimmer war hell und etwas größer bei Nacht; es war ordentlich, weil seine Mutter es putzte, und barg nicht viele Mysterien aus demselben Grund. Es bot lediglich einen hübschen Ausblick auf die Häuser der anderen Menschen. Marvin wusste, dass er eigentlich etwas zu alt war, um hier noch zu wohnen, aber das war er schon lange.

Dort angekommen, lauschte er eine Weile einer ihm kürzlich von seinem Barkeeper angeratenen Band, die bemüht war, sich als barocke Interpretation Thelonious Monks zu verkaufen, dachte daran, dass er entlassen worden war, es seiner Mutter heute unmöglich beibringen konnte, und dichtete selbstvergessen vor sich hin.

Einst hatte er eine bescheidene Reputation als Poet seines über die Jahre geschrumpften Freundeskreises besessen; auch eine Gitarre hatte er gehabt (seine Mutter wurde nicht müde zu betonen, dass er diesen Hang zur Musik sicher nicht von ihr geerbt hatte, und er hatte sich oft gefragt, worauf genau ihre Kritik eigentlich abzielte). Ob sich noch irgendwer daran erinnerte? Sam vielleicht.

Vielleicht sogar Alice.

Zerbrich den Spiegel, dichtete Marvin. Nicht, dass er gewusst hätte, welchen Spiegel oder weshalb man ihn vielleicht besser zerbrechen sollte. Für gewöhnlich war Poesie die einzige Tätigkeit auf der Welt, bei der er sich nicht wie das Werkzeug, sondern wie der Handwerker fühlte. An diesem Tag aber hatte er es mit ein paar besonders hartnäckigen Versen zu tun – sie waren einfach da, ohne dass er sie darum gebeten hätte. Sie *wollten* gefunden werden.

Zerbrich den Spiegel aus glänzendem Glas
Zerbrich ihn in Tausende Scherben, sodass
Auf ewig gebannt sind die alten Gesichte
Der einzig erhaltene Zeuge zunichte

Der Rabe schielte nach etwas qualitativ einer Pallasbüste Vergleichbarem und arrangierte sich dann mit dem Bücherregal, dessen Inhalt Marvin vor allem ihm zuliebe gelesen hatte.

»Das ist sehr schön«, sagte die Katze. »Du solltest es Alice schenken, sobald du weißt, was es bedeutet.«

Alice, dachte Marvin, und der Name verhallte mit den Versen in den unordentlichen Werkstätten seines Verstands. Er fragte sich, ob sie noch immer so strahlte wie damals – heute Abend könnte er es vielleicht herausfinden. Er wünschte, er besäße eine richtige Einladung zu ihrer Party, doch je länger er darüber nachsann, desto sicherer wurde er, dass es keinen Unterschied machte.

Alices Party war das Leuchtfeuer, das ihn mit etwas Glück über den restlichen Tag lotsen würde.

»Nur ran an den Speck«, sagte der Fuchs mit lüsternem Grinsen und versuchte, ihm einen Knuff in die Schulter zu geben, was ihm misslang. Die Katze ringelte sich schnurrend auf Marvins Schoß zusammen.

»Was interessieren uns schon Leute wie Pete«, gähnte sie.

»Oder deine Alte«, ergänzte der Fuchs. »Wir haben schon Schlimmeres durchgemacht – ich erinnere nur an Korea.«

»Du warst nie in Korea«, stellte der Rabe fest.

»Eben«, strahlte der Fuchs. »Na, wie habe ich das gelöst?«

»Warst du damals überhaupt schon *geboren*?«, fragte der Rabe kopfschüttelnd. Ihn allein konnte die Sorglosigkeit seiner Gefährten nicht trösten – als Wissenschaftler wusste er, dass die Lösung zu ihrem Problem eine komplizierte sein musste.

»Genug Wunden geleckt«, erklärte der Fuchs. »Heute ist der erste Tag vom Ende unseres Lebens.« Er schaute aus dem Fenster auf den Sonnenuntergang und über die Dächer hinaus, als wünschte er, über beide tollen zu können. Es kehrten einige Sekunden friedvolles Schweigen ein.

Da gellte der Ruf seiner Mutter durchs Treppenhaus, ein dunkler, drohender Uhu-Ruf, der die Vertreibung aus dem Paradiese heraufbeschwor.

Marvin schaute auf die Uhr.

Es war wieder so weit.

»Ich kann Jones nicht leiden«, knurrte der Fuchs. »Er ist ein neugieriges …«

»Widerwärtiges …«, ergänzte die Katze.

»Insekt«, schloss der Rabe.

»Ich weiß, dass er ein Insekt ist.« Marvin seufzte. »Ich habe ihn mir nicht ausgesucht.«

»Wir dürfen seine Gefährlichkeit nicht unterschätzen«, mahnte der Rabe.

»Ich schaffe das schon.« Mit einem letzten Blick zurück knipste Marvin das Licht aus.

Zerschlage den Spiegel, dachte er.

* * *

Marvins poetische Stimmung wich der ödipalen Ausweglosigkeit der darauffolgenden Fahrt mit seiner Mutter in ihrem Familienkombi (ein beständiges Leugnen ihrer Ehelosigkeit). Im Radio verbarg sich die lästige Reinkarnation eines in die Jahre gekommenen Kinderlieds, das ihn verhöhnte wie eine Stubenfliege und eigene Strophen für ihn textete:

Mania, phobia, MPD
Guess what's Marvin's malady.

Er fühlte sich gezwungen, mitzusummen, während seine Mutter den Kombi auf den Parkplatz vor Dr. Jones' Praxis bugsierte, und stieg aus, bevor er die Melodie gar nicht mehr aus dem Sinn bekam. Seine Mutter kauzte ihm noch einen letzten Gruß hinterher, und da erst fiel ihm auf, dass er immer noch nicht wusste, was genau sie und Dr. Jones am Telefon eigentlich besprochen hatten.

Auf der Schwelle entspann sich ein kurzer Streit über das beste Prozedere; Katze und Fuchs nominierten den Raben als Marvins Fürsprecher, worauf der Rabe die Katze als sorgloses Flittchen und den Fuchs als einen Feigling titulierte. Der Fuchs wiederum nannte den Raben ein Kameradenschwein.

Marvin schlichtete den Streit, indem er eintrat.

Mit dem Linoleumgeruch des sterilen Bodens aber stiegen dieselben unangenehmen Gefühle wie jedes Mal aus den gelblichen Winkeln auf und ergriffen von Marvin Besitz.

Dr. Jones saß hinter seinem Schreibtisch, telefonierte und

wälzte gedankenvoll einige Akten. Marvin, der diesen Trick selbst erfunden hatte, nahm ungerührt Platz und wartete. Sorgenvoll betrachtete er die riesigen Facettenaugen des Arztes und wich dann auf das Fenster hinter der grotesken Gestalt aus, wo in einem letzten pfirsichfarbenen Aufblühen das satte Sonnenlicht hinter wässrigen blaugrauen Wolken verschwand.

Er war sich nie ganz sicher, was für eine Art von Insekt Dr. Jones eigentlich war. Häufig schien er ein Mittelding zwischen einer Fliege und einer Termite zu sein: gefräßig, meistenteils harmlos und ohne Stachel geboren, höchstens zur Paarung einmal seiner Flügel gewahr. In seinen gefährlicheren Momenten aber wurde er zu einer großen Gottesanbeterin, die ihm mit ihren säbelscharfen Klauen die Schädeldecke abtrug, um in seinem Hirn nach den leichter verdaulichen Teilen zu fischen.

Der Rabe seinerseits hatte seinen Zwicker gezückt, einen dicken Stapel Akten vor sich ausgebreitet und plante – soweit sich das Marvin erschloss –, eine Kronzeugenregelung für seinen Mandanten auszuhandeln.

»Und wie geht es unserem Helden heute?«, erkundigte sich Dr. Jones.

»Er nagelt uns auf der Sitzung vom letzten Mal fest«, raunte der Rabe. »Du hast gestanden, dich wie ein einsamer Streiter zu fühlen … das war ein Fehler, wenn du's recht bedenkst.«

»Könnten Sie bitte das Radio ausmachen, Dr. Jones?«
Es lief das gleiche Lied wie schon auf dem Hinweg.

Marvin's mad, that's plain to see
Now estimate his misery.

»Danke, Doktor.«

»Das magst du nicht, hm?«

»Nein«, antwortete er wahrheitsgemäß. »Ich mag dieses Lied kein bisschen.«

»Interessant.« Dr. Jones blitzte ihn inquisitorisch an. Er könnte ein Käfer sein, entschied Marvin. Oder doch eine Schabe? Er gäbe eine hervorragende Schabe ab, wie er da saß und sich die Fühler putzte. »Ich frage mich nur: wieso?«

Marvin wusste es nicht.

»Lass uns zurückgehen«, sagte Dr. Jones.

Die Sitzung dauerte eine ganze Weile, und mehr und mehr überließ Marvin dem Raben das Feld und freute sich gemeinsam mit der Katze und dem Fuchs auf einen räuberisch-romantischen Abend, an dem sie das Kartenhaus der Logik, das der Rabe zu errichten antrat, in wilden Freudenfeuern vergehen lassen würden.

Soweit er das sagen konnte, lief der Rabe zur Höchstform auf. Es war, als spielten er und der Doktor Schach gegeneinander, mit Marvins Verstand als Spielfeld und Einsatz.

Dann ging irgendetwas schief.

»Das Problem«, beendete Dr. Jones überraschend die Partie, »ist, dass ich nicht weiß, ob du meine Hilfe anzunehmen bereit bist. Ich meine daher wirklich, du solltest eine stationäre Behandlung im Sanatorium in Betracht ziehen. Auf freiwilliger Basis. Ich habe deiner Mutter die entsprechenden Formulare schon zugestellt.«

Schweigen senkte sich auf das Büro wie ein Tupfer auf eine offene Wunde, während Marvin zu begreifen begann, was Jones da gerade gesagt hatte, und sich die berüchtigte psychiatrische Klinik vor den Toren seiner Stadt vergegenwärtigte.

»Was?«, fragte er dümmlich.

»Machen wir uns doch nichts vor«, sagte der Doktor und faltete seine Klauen zu einer menschlichen Gliedmaßen verwehrten Ruhestellung zusammen. »Wir treffen uns jetzt schon seit beinahe vier Jahren, und du hast nicht die geringsten Fortschritte erzielt. Einzig ein stationärer Aufenthalt …«

»Ist das Ihr Ernst?«

Jones nickte. Seine Fühler wippten sanft im Zug der Ventilation. »Deine Mutter sieht das übrigens genauso.«

»Geh jetzt besser«, riet ihm der Rabe und packte hastig seine sieben Sachen zusammen. »Tut mir wirklich leid, dass ich nicht mehr für dich erreicht habe. Aber er hat betrogen.«

Marvin erhob sich.

»Wohin willst du, mein Junge?«, fragte Jones, das Insekt, mit gelassener Mafiosi-Miene. *Das Labyrinth dort draußen? Das ist meine Stadt.*

»Weg«, hauchte er, »nur weg.« Er hörte noch, wie Jones zum Telefon griff und eine Nummer wählte, dann verließ er mit klopfendem Herzen den Raum.

Zerschmettre den Spiegel zu schimmernder Pracht
Verzehre sein mondenhaft Leuchten mit Nacht
Zerbrich ihn im Wissen, trotz all der Gefahren
Die lauern in sieben verwunschenen Jahren.

* * *

Und hier stand er nun, fröstelnd in der mondlosen Halloweennacht im zarten Schimmer einer mückenumschwirrten Laterne. Er kannte den Platz, fiel ihm auf. Er hatte hier früher oft mit Freunden gesessen, einige Flaschen getrunken und philosophiert. Es war ihm damals noch nicht bewusst gewesen, dass er sich nur knapp außer Reichweite seines künftigen Therapeuten befand oder dass sein einziger Gesprächspartner eines Tages ein schimpfender Rabe sein würde, der sich gerade in eine Aufzählung seiner zahlreichen Titel und Preise hineinsteigerte. Man musste ihm lassen, dass er deutlich belesener war als Marvin und seinen Worten damit ein gewisses Gewicht zufiel.

»Mann«, sagte der Fuchs. »Dich hat's ganz schön erwischt, was?«

»Er will uns einweisen!«, entrüstete sich der Rabe. »Uns! Hat man so was schon gehört?«

»Etwas Verrücktheit hat noch keinem geschadet«, erklärte der Fuchs. »Frag die Katze, die war immer schon ein bisschen irre.«

»Das merke ich mir«, drohte die Katze, doch der Fuchs wusste, dass das nur eine leere Drohung war.

»Es tut mir leid«, sagte Marvin. »Tut mir leid, dass ich euch enttäuscht habe.«

»Du bist nicht verrückt«, bekräftigte der Rabe. »Sonst wär ich's ja auch. Geh zu Cosmo – der kann es dir sagen!«

Der Vorschlag kam wenig überraschend: Der Rabe hielt große Stücke auf Cosmo (der in Wahrheit auch all die Preise gewonnen hatte). Es war sein trotziger Gegenentwurf zu Alice (dem Idealbild der Katze) und Sam (dessen geistiger Zögling der Fuchs war).

Marvin gab sich Mühe, wieder der Mensch zu werden, der einst mit Cosmo befreundet gewesen war. Cosmo, der die Antwort auf alle Fragen kannte. Der nie Sorgen gekannt hatte, mit allen Talenten und dem Reichtum eines mächtigen Vaters gesegnet; Weihnachten und Cosmos Geburtstag fielen auf denselben Tag.

»Bist du sicher, dass das eine gute Idee ist?«

»Nannte er dich nicht einen der vielversprechendsten Jungen, die ihm je unterkamen?«, brüstete sich der Rabe. »Sah er in dir nicht einen Freund?«

Cosmo war ein Genie, so viel war klar – wenige Leute hatten die Ehre, ihn überhaupt beim Vornamen nennen zu dürfen. In jungen Jahren war er der Leiter von Mt. Ages, der angesehensten Schule der Stadt gewesen (auf der Marvin durch eine Intrige seiner Mutter gelandet war) und hatte immer versucht, Marvin zu fördern – seine Bildung, sein Schachspiel ... Weshalb aber, das war Marvin selbst (und auch seiner Mutter) nie ganz geheuer gewesen. Seinen Doktor in Physik hatte Cosmo jedenfalls schon damals besessen.

Dann hatte er seine Stelle aufgegeben und sich nur noch den alten Raffinerien gewidmet, die ihm sein Vater vermacht hatte

und die Fairwater durchwucherten wie Metastasen ein Albino-
kaninchen. Das war etwa zu der Zeit gewesen, als Marvin sich
gegen ein Soziologiestudium entschied und seine Mutter ihn
stattdessen der Verwaltung unterjubelte. Die letzten zehn Jahre
dann hatte er ihn noch ab und an in seinem monumentalen Haus
besucht – niemals umgekehrt, denn Marvin hatte nie eine eigene
Wohnung besessen, schon weil Käfer Jones seiner Mutter geraten hatte, ihn besser im Auge zu behalten.

»Wenn dir jemand helfen kann, dann er«, bekräftigte der
Rabe. »Du hättest ihn lange schon wieder besuchen sollen.«

»Na gut«, sagte Marvin und setzte seinen Weg fort. In einem
hatte der Rabe recht: Er und Cosmo hatten einander aus den
Augen verloren, und Marvin bedauerte den Verlust.

Um ihn herum wuchsen die Behausungen der Reichen wie
Schatten empor. Dunkle Tannen standen in den Gärten, und
Marvin glaubte, eine Nachtigall singen zu hören. Wenn, so sang
sie sicherlich Heisenberg oder Einstein – denn andere Sinfonien
wurden in Cosmo van Bergens Welt nicht geduldet.

2. Zum letzten Tanz

Cosmo empfing seinen einstigen Schützling zurückhaltend, aber
höflich. Er hatte sich gerade einen Tee und die Abendzeitung gerichtet und zögerte den Zeitpunkt hinaus, zu dem er sich an die
Arbeit an einem wirklich schwierigen Theorem begeben würde;
es würde ihm dann wahrscheinlich bis zum Morgengrauen alles
abverlangen. Die Physik war eine anspruchsvolle Geliebte, eine
verletzliche Pflanze, die großer Zuwendung bedurfte – sonst
verdorrte sie. Die meisten Forscher seiner Zunft wagten sich daher nur an robuste Gewächse, theoretisches Unkraut von impo-
santer Gestalt, Bärenklau etwa.

Cosmo jedoch züchtete Rosen. Er tat das mit der gleichen

Hingabe, mit der Marvin seine Fantasien hegte. Diese Leidenschaft war ihm geblieben, trotz allem, was ihnen die Jahre genommen hatten, und Marvin hatte lange in dem Glauben gelebt, es gäbe etwas wie einen gemeinsamen Schmerz, der sie beide verband.

Nur manchmal befürchtete Marvin, dass die meisten dieser Entwicklungen vielleicht gar nicht mit ihm zusammenhingen und Cosmo ihn schon lange aufgegeben hatte (auch und besonders im Schach). Dabei hatten sie einander einmal sehr gemocht, und es brauchte einige für beide sehr peinliche Sekunden an der Tür, bis ihnen wieder einfiel, weshalb.

Es waren die Augen, deshalb.

Cosmo las in Marvins Augen all die Träume, denen er selbst entsagt hatte, weil er sonst nicht all das sein Eigen hätte nennen können, was jene Augen nun sahen; und sie hatten bereits Dinge geschaut, die Marvin in ernste Schwierigkeiten gebracht hätten, wenn Cosmo nicht einst diese Schwäche für ihn besessen und außerdem genau gewusst hätte, dass Sehen bei Marvin selten gleichbedeutend mit Verstehen war.

Cosmos Augen aber waren grau wie Eis und kündeten von einer inneren Stärke, die der Rabe Marvin nur zu gerne gelehrt hätte. Keine Träne würde dieses Eis je brechen. Es hätte einer polaren Verschiebung bedurft, sie zu erwärmen.

Unter dem Austausch distanzierter Freundlichkeiten bat Cosmo Marvin herein und führte ihn in sein Arbeitszimmer, das eine Hälfte des Hauses einnahm und ohne Zwischengeschoss bis unters Dach reichte. Auf Marvin wirkte es mehr wie eine Empfangshalle. Die Menagerie verteilte sich in alle Ecken und Winkel und ließ die beiden Menschen allein.

Die Halle war dunkel und so still, dass man das Efeu draußen kratzen hörte. Der Kamin war kalt; Cosmo liebte Kälte. Fast konnte man die Efeuranken an der Außenwand kratzen hören. Doch Cosmo war nur mit einem schwarzen Seidenmantel bekleidet. Das einzige Licht kam von einer niedrigen Leselampe auf einem kleinen Beistelltisch aus verlockendem Glas, wo die beiden ungleichen Männer nun Platz nahmen – der eine gut fünfzig und hager, der andere ein unsicherer Dreißigjähriger mit dem Gesicht eines Jungen. Cosmo schenkte ihnen einen dampfenden Tee ein.

»Was kann ich für dich tun, Marvin«, fragte er. In seiner Stimme schwang sein alter, unbestimmbarer Akzent mit, und er stellte die Frage in seiner typischen Art, ohne die Stimme zu heben. Es gab für Cosmo keinen Unterschied zwischen Frage und Antwort. Sein Gesicht war bleich und leblos in der kleinen Insel aus Licht, die über dem Tisch schwebte.

Marvin aber sah sich noch staunend um und versuchte, sich zu entsinnen, wie lange er schon nicht mehr hier gesessen und was er letztes Mal dabei empfunden hatte. Seine Augen glitten über Gemälde El Grecos und Goyas und Messingmodelle des Planetensystems, ein Schachbrett mit chinesischen Porzellanfiguren vor einem antiken Spiegel (etwas stimmte nicht mit dem Brett). Andachtsvoll marschierte der Rabe über die Schränke im Halbdunkel, studierte die Kunstwerke wie alte Freunde und rieb seinen Schnabel daran.

»Was ist das?«, fragte Marvin neugierig und deutete auf den Spiegel, mannsgroß und silbergerahmt; suchte nach dem Grund des glänzenden Sees mit seinen treibenden Trugbildern. Doch seine Augen kehrten immer wieder zu der Reflexion des bizarren Schachspiels zurück.

»Wonach es aussieht«, beschnitt Cosmo die Neugierde seines Besuchers. Eine Augenbraue in dem wie aus Stein gemeißelten Gesicht hob sich. »Nur eines dieser alten ... Objekte, die Stella so sehr liebte.« Aufmerksam wartete er auf eine Reaktion. Marvin wusste, dass Cosmo mit seiner List schon Nobelpreisträger zu Fall gebracht hatte, aber auch, dass dieses Wissen allein ihn nicht schützen konnte.

Denn Stella war das überzählige Puzzlestück, das sich nicht in Marvins Bild von Cosmo einfügen ließ – vielleicht galt umgekehrt dasselbe. Denn dass es sich ausgerechnet bei Cosmos leiblicher Tochter um das erste der an und für sich sehr wenigen

Mädchen gehandelt hatte, die er je zu lieben geglaubt (und nichtsdestotrotz niemals erobert) hatte, war eine Tatsache, die ihm noch immer die Schamesröte ins Gesicht trieb. Dennoch entsprach es der Wahrheit: Auch ihr hatte er einst ein paar Gedichte geschrieben, obgleich er nicht wusste, ob Cosmo es wusste.

In jedem Fall war es eine halbe Ewigkeit her – sie waren noch Kinder gewesen. Und da sah er sie – ein Bild auf dem Kaminsims, von altägyptischen Göttern flankiert (was ihn verblüffte, weil er Cosmo immer für einen Juden der alten Schule gehalten hatte); und die Zeit hielt einen Moment lang inne.

Marvin sah ein betörend schönes Mädchen von zehn Jahren, als Prinzessin verkleidet, eine Krone im blonden Haar und Glöckchen überall. Er selbst, kaum älter als sie, hatte in einem relativ albernen Clownskostüm gesteckt, über das sich jeder lustig gemacht hatte. Inmitten von Feen, Spukgestalten und Vampiren war Stella für einen Abend seine große Liebe gewesen. Aus den Abenden waren Jahre geworden, eine lange, bizarre Jugend, an die er sich kaum noch entsinnen konnte.

Mal war sie fort, dann tauchte sie blitzlichtartig wieder auf, so wie in den winzigen Kuchenstückchen von Zeit, die die anderen Bilder bereithielten, die er nun überall im Raum entdeckte: Stella mit vierzehn im Kreis ihrer Freundinnen (die Katze entdeckte Alice); Stella mit sechzehn auf einem funkelnden Fahrrad. Stella, die Erste. Sein Leben hatte lange unter ihrem Stern gestanden, bis Alice hineingetreten war und alles Stellahafte verdrängt hatte wie ein stürmischer Herbst den Sommer.

Doch erklärte das nicht, warum er sie so lange nicht mehr gesehen hatte. Sorgenvoll verfolgte er ihre Spur, um zu ergründen, wohin sie gegangen war. Dann fiel es ihm wieder ein, und er erschauerte. »Stella schläft?«, fragte er.

Cosmo nickte trübsinnig. »Stella schläft«, sagte er. »Du wirst sie nicht wecken.«

Marvin schluckte. Natürlich schlief Stella. Sie hatte sich schlafen gelegt und wurde jünger mit jedem Jahr, das sie in ihrem Bett verbrachte, ohne einen Gedanken an die Zeit zu verschwenden, die um sie herum verstrich. Er hoffte, Stella träumte nicht von ihm. Die Vorstellung, mit ihr an jenem Ort zu sein, den sie nun regierte, jagte ihm Angst ein. Ob sie im Haus war? Er wagte nicht, danach zu fragen.

Hätte Schweigen ein Gewicht besessen, Marvins Brust wäre geplatzt wie ein Wagen in der Schrottpresse.

»Du hast nach dem Spiegel gefragt«, brachte Cosmo den Dialog auf das vorige Thema zurück und erlöste Marvin von seiner Qual. Seine Stimme klang immer noch völlig desinteressiert. »Ich frage mich, weshalb.«

»Ich arbeite gerade an einem Gedicht … das ist alles.«

Cosmo hob eine Braue. »Ich erinnere mich. Du hast immer schon Gedichte geschrieben. Erfolgreich, will ich hoffen.«

»Geht so«, wich Marvin aus.

»Wenn du Erfolg haben willst, musst du am Ball bleiben«, stellte Cosmo fest und klingelte mit dem Teelöffel in seiner Tasse. »Du musst hart arbeiten.«

»Musst du denn noch arbeiten – ich meine, heute?«

»Gewiss. In meiner Position muss man das.«

»Du bist immer noch bei Lifelight?«

Cosmo tippte an seine Nase. »Mir *gehört* die Fabrik.«

Da entdeckte Marvin zum ersten Mal eine feine weiße Narbe, die sich von Cosmos Ohr bis zum Hals zog. Er musste sich eingestehen, dass es eine Menge Dinge in Cosmos Leben gab, von denen er keine Ahnung hatte. Wie war das beispielsweise gewesen, als er als Direktor zurücktrat? Vielleicht hatte höheren Stellen seine Macht über die Kinder zu missfallen begonnen. Warum war er nie Cosmos Frau, Stellas Mutter, begegnet? Man sprach von Problemen in Cosmos Familie. Von Störungen in den Fabriken und einem drohenden Prozess.

»Was genau tust du dort überhaupt?«

»Forschung. Es würde dir nicht liegen.«

Marvin gab auf. Zu Cosmos Regeln würde er dieses Spiel auf jeden Fall verlieren. Seine Gespräche hatten immer schon sei-

nem Schachspiel geglichen. Seine Springergabeln waren ge-
fürchtet …

Abermals beäugte er das Schachbrett vor dem Spiegel, fragte
sich, was ihm daran so falsch vorkam.

Er dachte an Cosmos maskenhaftes Gesicht, als er ihm vorhin
die Tür geöffnet hatte – das Gesicht, das jeder Mensch besaß und
für Fremde bereithielt. So wie alle Leute aussahen, denen Marvin auf der Straße begegnete. Es war ihm nie geheuer gewesen;
Menschen änderten sich, kaum dass man ihnen den Rücken zu-
kehrte.

»Du musst ihn daran erinnern, was ihr geteilt habt«, flüsterte
der Rabe.

»Weißt du noch«, begann er, »früher? Die Abende, an denen
wir hier saßen und uns über Naturwissenschaft unterhielten –
über Licht, die Zeit und das All? Mein Gott«, lachte er, »wir versuchten, uns eine Welt mit vier Dimensionen auszumalen – und
keine davon eine der drei, von denen Würfel einander erzählen.
Wir hatten sogar eine Geschichte erfunden … damit man es besser versteht.«

Zum ersten Mal lächelte Cosmo, als vergäße er für einen Augenblick das Paradox, das Marvin in seinem Leben darstellte.
»*Die Meere des Mondes*. Es waren leider immer nur Ideen. Du
hast sie nie aufgeschrieben.«

»Sie haben mich aber nie losgelassen … Sam auch nicht.«

»Sam«, sagte Cosmo und hob eine Augenbraue. »Du meinst
sicher Sam *Steed* … also hast du noch Kontakt zu ihm.« In seiner Stimme schwang die unverhohlene Abscheu für einen
Mann, der, obgleich dem Jenseits näher als er selbst, nach Cosmos Maßstäben im Diesseits rein gar nichts erreicht hatte.

»Selten«, sagte Marvin vorsichtig. »Habt ihr denn noch Kontakt?«

Cosmo krächzte. »Ich bitte dich.«

Marvin überlegte. »Sam sagte einmal, ihr beide wärt wie Tag
und Nacht – und sieh dich an! Er hat recht behalten. Du bist
Herr über das Licht.«

»Verschone mich mit solchen Weissagungen, Marvin. Es gab zu viele davon.«

»Sam hatte immer eine feine Nase für Menschen. Das Leben war stets ein Spiel für ihn.«

»Er war leichtfertig.«

»Er konnte einem Schuster erklären, wie man Schuhe bindet.«

»Er *war* dann irgendwann Schuster, soweit ich mich entsinne.«

»Nicht der schlechteste Beruf für einen, der weit herumkommt. Ein König der Straße.«

»Einen obdachlosen Bettler, der von der Wohlfahrt lebt.« Erneut kratzte Cosmo seine hagere Nase. Sein Vogelblick wurde immer erbarmungsloser. Eine Weile standen sie zögernd auf ihren Terrains und sahen zum jeweils anderen hinüber.

»Später hat er als Fischer gejobbt«, sagte Marvin kleinlaut. Warum nur erwartete ihn Cosmo wie der Igel den Hasen, wohin er auch rannte?

»Marvin«, sagte Cosmo. »Komm zum Punkt und sag mir, wo der Schuh wirklich drückt. Ich nehme an, du suchst meinen Rat. Oder du brauchst Geld.«

Der Rabe krächzte alarmiert und unterbrach die Bestandsaufnahme seiner Heiligtümer. Offensichtlich sehnte Cosmo sich die Einsamkeit zurück, die Marvin ihm vor einer halben Stunde genommen hatte.

»Was ist nur aus uns geworden«, flüsterte Marvin und blickte in den Spiegel. Und mit einem Mal erkannte er, was ihn an dem Schachspiel die ganze Zeit über gestört hatte: *Es bestand nur aus einer Hälfte.* Die andere Hälfte war nur Reflexion – es war ein halbes Schachspiel vor einem Spiegel.

Erlieg nicht der Lockung, die Neugier zu narren
Und Aug' in Aug' mit dir selbst zu verharren
Der Spiegel vermag nur Vergangnes zu schauen
Verblichne Idole, vergessene Grauen

Die Worte schwangen in seinem Geist fast wie Musik. Sie kamen nicht von ihm. Er spürte sie in der Kälte des Raums kristallisieren und bekam eine Gänsehaut. Und im selben Augenblick erkannte er, dass nichts furchtbarer war als die Realität eines anderen Menschen, und er wurde sich selbst fremd und verstand, dass er den Cosmo, den er suchte, nicht an diesem Abend und nicht in diesem Raum finden würde. Vielleicht nie mehr.

»Mein Junge«, sagte Cosmo mit der Stimme des Raben. »Ich will dir sagen, was aus uns geworden ist: Wir haben uns verändert. Menschen tun das, Marvin, und dabei geht es nie um die Frage, wer du bist – sondern darum, wer du sein willst. Ich habe dir alles geboten, doch du hast nie zugehört. Als die Zeiten schwierig für mich wurden und sich alle von mir abwandten – da warst du nicht, aller Beteuerungen zum Trotz. Du bist dich lieber mit Leuten wie Sam Steed betrinken gegangen. Und als ich Stella nach ihrem Unfall nach Hause nahm – da bist du irgendwelchen Flittchen nachgelaufen. Du hast es verspielt. Was dir geblieben ist, hast du dir selbst zuzuschreiben. Erbitte nicht meine Absolution.«

Aschfahl stand Marvin auf. »Ich werde wohl besser gehen«, flüsterte er. Was immer er an diesem Ort gesucht hatte, er würde es in diesem Leben nicht mehr finden.

* * *

Unbemerkt von den durch die Nacht streichenden Kobolden und Werwölfchen, die sich ihren Zehnten erpressten und deren Reigen ihm unerträglich sein eigenes Alter vor Augen führte, eilte Marvin mit wehendem Schal durch die Nacht, energische Gespräche mit sich selbst führend. Er hatte Schwierigkeiten, sich zu verstehen, denn er weinte.

»Wie konnte er nur ...«

193

»Er ist eben auch nur ein Spießer«, meinte der Fuchs.

»Aber früher … Er und Sam …«

»Schatz«, warf die Katze ein. »Sam war nie sein bester Freund. Meiner übrigens auch nicht. Es war sehr ungeschickt, auf ihm herumzureiten, und was die Sache mit Stella betrifft …«

»Humbug«, schalt der Fuchs. »Leute wie Cosmo werden dir nie eine Hilfe sein. Hast du es nicht bemerkt? Er beneidet dich um deine Freiheit, Junge!«

»Fang bitte nicht auch noch an, mich so zu nennen.«

»Wenn dich jemand so nennen darf, dann wohl ich. Was sollte das Ganze? Hast du geglaubt, Verstand wäre ansteckend? Dass Cosmo dir eben dein Leben neu ordnet?«

»Nein.«

»Also was willst du? Sei einfach du selbst!«

»Vielleicht hast du recht«, flüsterte Marvin. Der Gedanke missfiel ihm, aber er war das Tor, jenseits dessen Gelassenheit lag.

»Außerdem hast du immer noch uns, *compañero*«, erinnerte ihn der Fuchs.

»Sei einfach wie wir«, schnurrte die Katze.

Marvin wünschte, er könnte die Stimme des Raben hören.

Doch der Rabe schwieg.

* * *

Er betrat das *Einhorn* gegen halb neun, während sich dunkle Wolken am Himmel zusammenzogen, und ließ erleichtert den Blick umherschweifen. Die Kneipe war wie ein zweiter Wohnsitz für ihn, und sie war heiliger Boden, wie Mort gern betonte. Das entsprach sogar zum Teil der Wahrheit und ging auf ein Ereignis zurück, von dem der hochgewachsene Barkeeper nie müde wurde zu erzählen – schließlich war es Werbung von allerhöchster Stelle für die einzige Kneipe am Alten Kirchplatz:

Einst war es der Erzbischof von Venedig persönlich gewesen, der seine Schritte über das Kopfsteinpflaster des Kirchplatzes lenkte. Die PR-Abteilung des Vatikans, so Mort, habe ihn dazu verdonnert. »Du weißt schon, das Venedig Marylands und so – das konnte er sich einfach nicht entgehen lassen. Die Kathedrale musste damals neu geweiht werden, nachdem man diesen Werbefilm in ihr gedreht hatte. Du erinnerst dich, den mit den ganzen Aposteln und der fliegenden Untertasse. Und weil der Bischof einen guten Tag hatte, segnete er gleich den ganzen verdammten Kirchplatz. Ein Jahr später brannte alles nieder – so kann's gehen. Die Gasleitungen, weißt du? Das Einzige, was damals übrig blieb, war mein *Einhorn*. Muss einen Schutzengel gehabt haben. In den anderen Häusern sind jetzt Lebensversicherungen und Läden für Übergrößen. Alles säkularer Quatsch. Nur hier drin und in der Kirche bist du der anderen Seite noch ganz nahe. Dort findest du noch Zuflucht.« Mort grinste dann meistens und goss sich ein Rootbeer ein.

Die Rückwand des *Einhorn* dominierte ein prachtvolles Jugendstilgemälde, in dessen Wäldern und Gärten aus Türkis sich das namensgebende Fabelwesen verborgen hielt. Es sah Marvin oft an, wenn er in seiner Lieblingsnische an seinem Glas nippte; manchmal traurig, manchmal neugierig. Dachse und Hasen tummelten sich zu seinen Füßen. Sie erzählten Marvin Geschichten. An den Abenden, zu denen die Endspiele liefen, saßen die übrigen Gäste auf ihren Bänken und glotzten die Mattscheibe an; nur Marvin saß in die andere Richtung und studierte seinen Wald. Manchmal vergaß er ganz, dass er nicht allein mit ihm war.

»Hi, Mort. Einen Sungold bitte«, sagte Marvin und ließ sich auf einen Barhocker sinken. Mort hatte die Flasche schon zur Hand; der Whiskey war das Aushängeschild des *Einhorn*. Er wurde hier in der Gegend hergestellt, und nach dem Giftskandal von 86 war lange unsicher gewesen, ob die Stadt ihre beliebte Regionalmarke würde halten können. Heute war das *Einhorn* einer der wenigen Orte, wo man sie noch bekam. Gute Getränke waren rar in Fairwater.

»Eines Tages wirst du mein Tod sein«, sagte Marvin und nippte. Eine wohlige Ruhe breitete sich in ihm aus.

»Ich weiß«, sagte Mort mit kratziger Stimme. »Hast du schon in die Platte reingehört? Erstaunlich, nicht wahr? Wie ein verdammtes Kammerorchester auf Amphetaminen.«

Marvin nickte abwesend. Wenigstens Mort war so wie immer. Der erste normale Mensch, den er heute traf, und der Einzige, der war, wie er sein sollte – genau wie seine zeitlose Kneipe, die er weder mit unechten Spinnweben noch Gummigetier dekoriert hatte. Aus den Lautsprechern dröhnte *Nantucket Sleighride.*

»Du siehst nicht gut aus, Marvin.« Sanft pflückte Mort eine Fliege aus Marvins Whiskey und setzte sie auf den Tresen.

Mort, die personifizierte Vergangenheit. Ein schlaksiger Riese mit Locken, wie sie niemand mehr trug. Auch musikalisch hatte er die Siebziger nie verlassen; bis 1982 hatten sämtliche seiner Lieblingsbands ihr erstes Album des neuen Jahrzehnts produziert, und er hatte mit den Worten, das sei es dann wohl gewesen, sein Radio verschrottet. Die vergangenen acht Jahre hatte er wenig an dieser Einstellung geändert, und sein Beispiel hatte sogar Schule gemacht – neumodische Einflüsse hatten es schwer in Fairwater. Manchmal, pflegte Mort zu sagen, hatte die Rückständigkeit einer Kleinstadt eben auch ihre Vorteile.

»Es war ein schlechter Tag«, gab Marvin zu und stand langsam auf, den Whiskey in der Hand. »Ich glaube, ich muss mich ein wenig nach hinten setzen und nachdenken.« Er schaffte es, ein Lächeln der Zuversicht zu imitieren.

»Schon recht«, meinte Mort versöhnlich. »Nimm dir Zeit.«

Marvins Lieblingsplatz unter dem Einhornwald war noch frei. Hier hatte er Gedichte geschrieben und mit Menschen gesprochen, von denen er heute kaum noch wusste, ob es sie je wirklich gegeben hatte. Der Tisch war so alt wie er selbst.

Lange saß er dort und betrachtete seine gemalten Freunde,

Putz gewordene Fantasie. Wie sie unter der Glasscheibe, die sie vor dem Zugriff übermütiger Schmierfinken bewahrte, jedes Mal ein wenig anders dreinschauten. Wie er niemals sicher war, sie alle zu sehen. Es schien, als formten seine Gedanken das Gemälde immerzu aufs Neue, als griffe sein Geist in die Welt hinaus statt die Welt in sein Gehirn.

Da waren winzige Vögel zwischen den Bäumen, Blüten an den Zweigen und ein Fuchs am Ufer eines Lilienteichs mit Fröschen und Libellen unter dem Licht aller Gestirne. Eine grinsende Cheshire-Katze saß in einem Baum, und ein Eber wühlte darunter nach Trüffeln. Pilze in Formen und Farben, die den Stil des Gemäldes eher in Nähe der Sechziger als des *Fin de siècle* rückten, säumten von Beeren überbordende Sträucher und Schilf, dessen Blüten golden wie Weizen im Sommer glänzten, während der Boden rings um den Lilienteich silbern wie Mondschein glitzerte.

Wie er sich gewünscht hätte, einen Raben dort bei ihnen zu sehen. Doch der Rabe war fort; und sein Schweigen riss Löcher in die Mauern seiner Welt.

Poesie war die Fähigkeit, sich zu wundern – das hatte Sam immer gesagt. Doch es gab nichts mehr, was dieses Gefühl des Staunens in ihm auslöste. Allenfalls seine Gabe, mit so vielen Wunden zu leben.

»Dein Problem ist nicht, dass du denkst, alle hätten es leichter als du«, führte Marvin eine alte Unterhaltung fort, die er mit sich oder Mort einst gehabt hatte. »Dein Problem ist, dass du dich nie entscheiden konntest, wer von ihnen du sein willst. Alles, was ich tue, ist falsch. Alles, was ich bin, bin nicht ich.«

And will I wait for ever, klagte es still, eine alte Strophe aus einem Genesis-Song:

Beside the silent mirror
And fish for bitter minnows amongst the weeds
And slimy water.

Marvin trank einen Schluck von seinem funkelnden Whiskey, durch den betrachtet das Einhorn an der Wand die Farbe von Tränen hatte.

Und er wartete wirklich eine sehr lange Zeit.

Die Musik verwandelte sich in Jazz. Der Rhythmus des Besens strauchelte scheu wie ein junges Reh, das Klavier plätscherte wie ein kristallklarer Bach über die schweren, glatten Steine des Basses, und darüber spannte das Saxophon ihm eine ächzende Brücke. Es schien ihn zu verspotten, doch es ließ ihn nicht fallen. Jazz ließ nie jemanden fallen, wie Mort zu sagen pflegte.

Er suchte nach einem erfreulichen Gedanken in der Schwärze dieser Mittwochneumondnacht, während draußen die Kinder und Narren tanzten und die Welt sich tiefer ins Dunkel drehte; einem wunderbaren Gedanken (wie jene, die Wendy das Fliegen beibrachten, ehe sie sich gegen den Lockruf der Ferne entschied, bourgeoise Verräterin, die sie war) – und als er einen, nein, gleich zwei solcher Gedanken fand, drückte er sie fest an sich.

Die Gedanken hießen Alice und Sam.

Der Jazz steigerte sich zu einem Triumphzug, der das Wohlgefallen eines Eschers erregt hätte.

Marvin erhob sich. Fuchs und Katze erwachten ebenfalls, und die Vorfreude schluckte alle Zweifel wie ein Kind seinen Pudding.

»Ich habe leider nicht viel eingesteckt«, entschuldigte er sich beim Zahlen, doch Mort winkte ab; er ließ Marvin nicht zum ersten Mal anschreiben. Marvin dankte und erkundigte sich nach Sam.

»Ich schätze, er treibt sich irgendwo an den Flüssen rum«, sagte Mort. »Könnte kalt werden heute Nacht. Willst du ihn suchen?«

»Ja. Vielleicht gehen wir später zu Alice.«

»Richtig, Alices Party«, kam es Mort in den Sinn. »Ich hatte mich schon gefragt, weshalb heute so wenig los ist. Dachte schon, die Dämonen haben ihre Finger im Spiel – von denen kommt mir keiner in meine Kneipe.« Er grinste. »Schau Weihnachten wieder rein, vielleicht triffst du dann einen Engel.«

* * *

»Eigentlich hättest du immer schon mehr sein sollen wie wir. Vor allem wie Alice«, beschloss die Katze, während Marvin mit einem winzigen Schimmer von Mut im Herzen durch die Nacht strich. »Von offensichtlichen Unterschieden mal abgesehen – du bist jung, du bist niedlich …«

»Du bist schon ziemlich clever«, pflichtete der Fuchs ihr bei.

»Du schaffst das schon«, sagten sie unisono.

»Trotzdem werde ich es nie so weit bringen wie Cosmo.« Der Wind fuhr ihm durchs Haar wie ein Vater seinem Kind. »Ich habe es ja nicht einmal geschafft, den Job meiner Mutter zu halten.«

»Mumpitz«, eiferte sich der Fuchs. »Frag mal Sam nach seiner Meinung dazu! Ich brauche es dir wohl kaum zu sagen, aber Leute wie deine Mutter sind das Letzte, was jemand von seinem Schlag braucht.«

»Sam hat sich immer irgendwie durchgekämpft«, gab Marvin zu und fragte sich nicht zum ersten Mal, ob es etwas wie eine geheime Zauberformel für das Leben gab.

»Nicht nur er«, warf die Katze ein.

»Alice hat nie Sorgen gekannt – ihr wurde immer alles geschenkt. Ich weiß nicht, ob das wirklich so einfach ist. Das Leben rast an mir vorbei …«

»Das ist noch gar nichts, Schätzchen«, gurrte die Katze, und der Fuchs zwinkerte in seiner besten Imitation eines charmanten Clochards. »*Adieu Bourgeoisie, bonjour la vie! Pas de travail – pas de problème!*«

Marvin pfiff noch ein paar wehmütige Takte; dann ging es

hinab ans Ufer eines der dunklen Flüsse, die Fairwater durch-
kreuzten und umklammerten wie die Midgardschlange die
Welt; finstere Wolken durcheilten den Himmel und gaben zu-
weilen den Blick auf ein paar Sterne frei – aber keinen Mond.

Mit einem Mal fielen vereinzelte Schneeflocken von Himmel;
Weltenstaub, ein Vorhang eisiger Blüten wie von einem anderen
Frühling, jenseits der Grenze der Nacht.

Der Jazz verschwand in der Ferne.

Es war Winter geworden.

* * *

Er näherte sich einer Unterführung. Eine dunkle Gestalt drückte sich am Ufer unter der Brücke entlang, und Marvin wurde
der vertrauten Silhouette eines alten Anoraks und langen, zot-
teligen Haars gewahr. Als er näher kam, erkannte er auch den
Bart und die Alkoholfahne, die das Gesicht des Mannes um-
wehten.

Die Katze leckte pikiert ihre Pfote, denn natürlich war es Sam:
kratzbürstig und ausgestoßen, ein alter Kerl in Turnschuhen und
steifen Jeans, dem man auch zugetraut hätte, eine abgesägte
Schrotflinte unter dem Anorak zu verbergen, nur dass seine Finger zitterten und an den Spitzen braun von Hasch waren. So zog
sie sich zurück, um auf ihre Zeit zu warten, und Marvin war ihr
dankbar, denn es war nicht einfach, zur selben Zeit ihr und Sams
Freund zu sein. Sam war schmutzig, laut und betrunken, und
dies war wohl der Preis für seine besondere Form von Freiheit.
Der Fuchs aber verfolgte das Treffen mit strahlenden Augen von
einem Logenplatz.

»Marvin!«, rief Sam und wankte erfreut auf ihn zu. »Mein
Junge!« Seine Augen richteten sich nur flüchtig auf ihn und
hüpften dann weiter. Sam taumelte, setzte sich auf den Hosenbo-
den und nahm einen tiefen Schluck aus einer in Packpapier ge-

hüllten Flasche. »Marvin!«, rief er noch einmal, in einer Zeit-schleife gefangen.

»Sam«, sagte Marvin etwas verlegen.

Er ging in die Hocke, um sich besser mit Sam unterhalten zu können (wozu dieser momentan aufgrund eines Hustenfalls kaum in der Lage war), dann kribbelten ihm die Beine und er setzte sich neben ihn. So saßen sie unter der Brücke und schauten den Schneeflöckchen beim Rieseln zu – wie früher, überlegte Marvin. Es fehlte nur etwas Musik. Sam hatte ein-mal ein Akkordeon besessen, ein würdiges Zeichen seines Standes, und er und Marvin hatten manchmal zusammen Mu-sik gemacht.

»Haben uns ja ewig nicht mehr gesehen«, stellte Sam schließ-lich fest und gab ihm die Flasche. »*Salute!*«

Marvin nahm sie, wagte aber nur einen vorsichtigen Schluck. Leider, so musste er feststellen, hatte sich Sams Vorliebe für bil-ligen Fusel die letzten Jahre nicht geändert.

»Wo kommst du her, Junge?«

»Aus dem *Einhorn*.«

»Da waren wir ewig nicht mehr«, brummelte Sam.

»Wir?«, fragte Marvin.

»Eddy Austin und Giuseppe. Die kennst du noch, oder?« Er knuffte ihn in die Schulter.

Marvin räusperte sich. »Ich hatte nie viel mit den harten Sa-chen am Hut …«

»Willst du denn?«, fragte Sam hilfsbereit.

Immer her damit!, hörte Marvin den Fuchs. Wahrscheinlich war das die Antwort, die Sam erwartete.

»Lieber nicht«, sagte Marvin, und der Fuchs gab ihm einen saftigen Abzug auf Männlichkeit.

»Schon okay, *chico*«, brummte Sam und schien einen Moment über die Verschiedenheit der Geschmäcker zu grübeln. Er war noch älter als Cosmo; Marvins Mutter hatte sich immer darüber entsetzt, dass er mit älteren Leuten – und ganz besonders *sol-chen* – Umgang pflegte. Marvin hatte sie immer für eifersüchtig gehalten. Doch heute, stellte er seltsam berührt fest, musste er ihr recht geben: Sam war wahrhaft alt – gut und gerne doppelt so alt wie er selbst. Marvin fragte sich, ob Sam glücklich mit seinem Leben war.

»Wie geht es dir?«, fragte er.

»Moment«, meinte Sam mit erhobener Hand, als hätte er etwas gehört, und Marvin verstummte und schaute sich verwirrt um. Sam jedoch beugte sich auf die Seite und erbrach sich in eine alte Dose.

»So, besser. Was hast du gefragt?«

»Wie geht es dir?«, wiederholte Marvin wie Rotkäppchen, das sich beim Wolf nach dem Zustand der Zähne erkundigt.

»Gut, gut«, nuschelte Sam, und einen Moment blitzte dieses schelmische Funkeln in seinen Augen auf, in das der Fuchs so vernarrt war und das auch Marvin immer beeindruckt hatte – ehe er das erste Mal versucht hatte, eine Nacht auf Zeitungspapier zu verbringen, er den Gestank von Schnaps nicht mehr aus der Nase bekommen und die Realität dieses Lebens ihn angesprungen hatte wie ein schmutziger Rottweiler. Sams Kotze stank erbärmlich.

»Hast du eine Wohnung?«

»Nicht so richtig«, sagte Sam und meinte wahrscheinlich »Stadtpark« damit. »Wie sieht's bei dir aus? Noch bei Muttern?« Marvin nickte, erleichtert, dass Sam ihn nicht fragte, ob er bei ihm übernachten konnte. Stattdessen lachte er kehlig, ein Klang, bei dem Eichhörnchen auf Bäume flohen.

»Sei froh!«, feixte er. »Du hast eine billige Bleibe und jemanden, der dir den Dreck aus den Hosen wäscht – *mi casa es tu* und so weiter.« Sein Blick versank in der Vergangenheit, als gäbe es dort einen Lichtstrahl, der über ein schwarzes, weites Meer hinwegschien. »Sag mal, du hättest wohl keinen Bedarf an einer alten Les Paul, oder? Ich käme zufällig gerade an eine ran. Billig.«

»Bedaure«, meinte Marvin und zuckte entschuldigend die Schultern, wie so oft bei den Angeboten Sams. »Ich bin aus der

Übung und hab nicht viel eingesteckt.« Es war immer eine Niederlage für den Fuchs gewesen, der sich Sams Welt stets ersehnt hatte: nur sie beide, die Nacht und die Straße. Mexikanische Zuhälter in weißen Anzügen und champagnertrunkene Mädchen in erfundenen Niemandsländern, die nicht Sam, nicht Marvin je bereist hatten; Leihwagen vor den Apartments reicher Witwen, die Handschuhfächer voller Geld aus halblegalen Geschäften – Wagen, die Sam nie gefahren hatte, doch seine Fingerabdrücke waren überall, auf dem Zündschlüssel, der Gitarre auf dem Rücksitz und den Tüten mit Gras unter dem Ponchostapel, auf dem der Fuchs, Schwanz zwischen den Pfoten, selig döste.

Sam hatte ihn alles gelehrt, was er über die Welt dort draußen wusste, fern, fern des Winters von Fairwater, und Marvin war ein gelehriger Schüler gewesen, auch wenn er zum Verdruss seines Lehrers nie einen Fuß vor die Grenzen der Stadt seiner Kindheit gesetzt hatte; der Highway war eine Legende für ihn.

Besorgt sah Marvin in das faltige Gesicht mit den vertrauten Flecken und dem Höcker auf der Nase, um den Strom seiner Trauer zu verbergen, suchte nach einem Tal, einem schützenden Bett in dieser endlosen Kraterlandschaft, in das er sich schütten könnte. Doch da war nur Brachland, bewachsen von dornigem Bart. Es lechzte nach Wasser, konnte aber keines mehr aufnehmen. Es rann nur immerfort durch die Risse.

»*Vamos!*«, verkündete Sam. »Eddie wartet. Wie sieht's aus, Junge?«

»Ich gehe zu Alice«, sagte Marvin und biss sich im selben Moment auf die Lippen. Das letzte Mal, als Eddie Austin auf einer Party aufgetaucht war, hatte man ihn mit den Füßen voran wieder nach draußen getragen, den Feuerlöscher noch unterm Arm, und drei Leute hatten mit Kopfverletzungen ins Krankenhaus eingeliefert werden müssen. Doch seine Furcht war grundlos, wie sich erwies.

»Alice«, sagte Sam und wedelte mit der Hand, als röche er

etwas Schlimmeres als sich selbst. »Du immer mit deiner Alice. Was soll denn das werden? Alice ist doch auch nur ein Schneehäschen, wenn du verstehst, was ich meine. Du immer mit deinen Prinzessinnen! Wie mit Stella.«

»Du erinnerst dich an …«, staunte Marvin.

»*Bien sûr*, das ist mein Metier. Alte Geschichten und Ratschläge, ha! Du willst einen Rat? Lass die Finger davon! Ihr Vater hasst dich. Mich hat er auch immer gehasst. *Plus ça change …* Die Geschichte wiederholt sich.«

»Das glaube ich nicht …«

»Lass die Finger von Alice. Die bringt nur Probleme. Sind doch alle gleich.«

»Was hast du gegen sie?« Marvin wurde wütend. Die Katze fuhr ihre Krallen aus. »Die Drogen können's kaum sein – wahrscheinlich ist es doch Giuseppe, der ihr den Stoff verkauft, oder nicht?«

»Spar dir bitte deine schlauen Kommentare«, verwahrte sich Sam und wurde ebenfalls laut. »Wir hier in der Gosse sehen viele seltsame Dinge … aber für welche wie die ist einfach kein Platz bei uns. Das passt nicht! Danach bist du immer der Gelackmeierte, und alles, was bleibt, ist deine innere Welt, die du schützen musst. Nimm's dir zu Herzen, mein Junge!« Zufrieden gab er Marvin einen Schubs und nahm einen Schluck aus seiner gluckernden Pulle.

Es ist Neid, dachte Marvin überrascht. Der Neid eines Vagabunden. Doch nicht nur das – auf seine Art schien Sam genauso wütend auf die Kluft zwischen ihnen zu sein wie er.

»Vielleicht eines Tages«, beschwichtigte er ihn. »Irgendwie finden wir alle zusammen.«

Sam grunzte spöttisch und warf die Flasche in den Fluss. »Wenn die Sterne vom Himmel fallen, wie man so schön sagt.«

Sie schwiegen verstimmt. Marvin blickte in den Fluss. Er fühlte sich, als hätte er schon eine Schlinge samt Betonklotz um den Hals und wäre nur noch eine Zigarettenlänge vom eiskalten Wasser entfernt. Er kannte das Leben in der Gosse gerade gut genug, um sich sicher zu sein, dass er so nicht leben wollte. Doch er hatte keinen Job und keine Bleibe außer dem Zimmer im Baum seiner Mutter, die eine Eule war und mit einer Schabe paktierte, die ihn einweisen lassen wollte. Kein Mensch nahm ihn für voll, keine Frau hatte ihn je wirklich gesehen, zumindest nicht, solange er wach war. Die ganze Welt war aus den Fugen geraten, und der Fuchs gab ihm einen weiteren Abzug auf Raffinesse.

»Denkst du nicht manchmal an unsere Abende?«, fragte Marvin. Nächte in besetzten Häusern, Musik, die ihm nie wirklich gefallen hatte, die Gesellschaft so fremdartiger Leute, dass er nie ganz sicher gewesen war, für wen wessen Gegenwart wohl strapaziöser war. »Du hast mir von den Sechzigern erzählt. Die Partys im Stadtpark, die Mädchen, das Acid … Ich hätte es gerne erlebt.« Der Fuchs lächelte verzückt.

»Weiß nicht«, sagte Sam und spuckte aus, ein Veteran in Würden und Waffen, der sich von einem Greenhorn nichts weismachen ließ. »Die Zeiten ändern sich, Marvin. Das damals war doch auch alles Scheiße irgendwie.« Er sah sich suchend um und murmelte vor sich hin: »Vielleicht wär's ganz nett für dich gewesen, ja. Aber es gibt nun mal 'nen ganzen Haufen Dinge, von denen du nichts weißt, und vielleicht ist das auch besser so. Verdammt, ich brauch noch was zu trinken. Du bist noch hier? Du solltest besser gehen, Junge.«

»Warum?«, fragte Marvin und erhob sich. »Vertrag ich dir nicht genug?« Der Fuchs sah ihn traurig an.

Sam fluchte und schlug wild um sich. »Fang bloß nicht an zu flennen, hörst du? Du willst zu Alice? Na geh doch zu deiner Alice oder deiner Mutter, aber lass mich in Frieden! Hörst du schlecht? *Vete a la chingada!* Verpiss dich, hab ich gesagt!«

3. Marvin alleine

Alices Anwesen lag riesig und dunkel am Ende einer langen Auffahrt unweit der Stadtgrenze, nahe Mt. Ages, am südwestlichen
Stadtrand. Alice lebte ganz allein; ihr Vater war Richter in D.C.
und immens wohlhabend, und seit er auf den Wogen der Macht
durch die ferne, entrückte Welt dort draußen segelte, musste
Alice gleich einer wahnsinnigen Märchenfee in dem Haus residieren. Ihre Mutter war bereits tot, und eines Tages würde Alice
noch viel mehr gehören, als sie jetzt schon besaß. Aufgrund all
dieser Umstände war Alice weder den Geboten der Moral noch
denen des gesunden Menschenverstands oder gar des geschrie-
benen Wortes verpflichtet.

Mit jedem Schritt auf dem Kies der Auffahrt, mit jedem Stein
und jeder Laterne in den weitläufigen Gärten, die er durcheilte,
war eine alte Erinnerung verknüpft; und über jedem dieser Gedanken thronte Alice, unerreicht in ihrer prächtigen Villa. Die
Katze schlich aufmerksam, geheimnisvoll an seiner Seite – sie
bedurften keiner Worte in diesen Minuten. Jetzt, da die Wirklichkeit in all ihren Facetten für Marvin gestorben war, gab es
nur noch den Traum, in den er fliehen konnte, und es war ein
alter, mächtiger Traum.

Er war schon lange nicht mehr hier gewesen. Nicht mehr,
seit er sich dagegen entschieden hatte, Alice eine Liebe einzugestehen, derer er selbst nicht ganz sicher gewesen war; weshalb es auch keinen Grund mehr gegeben hatte, sie weiter zu
behelligen. Zwar war er sich ziemlich lange mehr als sicher
über seine Gefühle gewesen – er hatte sie erforscht, kartogra-
fiert, Expeditionen in sie gesandt; es gab da ein Reich voll
glücklicher, liebender Menschen, und Gesandte aus diesem fernen Land hatten ihn besucht und ihm Geschenke dargebracht.
(Es waren Werbegeschenke. Sie hofften, dass er eine Amnestie
für ihre in seinem Frühwerk verurteilten Landsleute aus-

sprach.) Er hatte Alice über sein Leben gehängt wie ein Laternenfisch seine kleine Sonne (oder, wie seine Mutter und Dr. Jones gerne bemerkten, der sprichwörtliche Esel die Karotte), hatte sein Leben aus dem alten Orbit melancholischer Behäbigkeit gestoßen und es in die verheißungsvolle Umlaufbahn der Welt namens Alice einschwenken lassen. Er hatte eine ansehnliche Sammlung nie gemachter Anträge an diese Frau kreiert, ihre Zukunft in leuchtenden Farben gezeichnet und sich dann darangemacht, ihr Leben mit kleinen Zuwendungen auszustaffieren wie einen Ballsaal mit Blumen und Tafelsilber. Er hatte Gedichte, Lieder und Herzblut auf ihren Weg gestreut, war schmückender Samt unter ihren zierlichen Füßen gewesen, und sie hatte all dies dankend genommen, was er ihr bot – und war weitergestrichen.

Mort war derjenige gewesen, der ihn dann irgendwann gefragt hatte, was er da eigentlich tat und für wen, und Marvin hatte innegehalten und die Frage erwogen. Leider hatte Alice den neuen Trabanten in ihrem System nie zur Kenntnis genommen; in Schande hatte er ihn geräumt und verkommen lassen, sich anderen Gestirnen gewidmet. Im Nachhinein hatte er nicht mehr geglaubt, sie je *wirklich* geliebt zu haben (ebenso wenig wie Stella, was das betraf). Nur alle paar Jahre schob sich dieser vergessene Himmelskörper noch vor die Sonne, um sich ins Gedächtnis zu rufen; nur die Katze kannte noch den Weg in seine dunklen Gärten.

Jetzt kam es ihm freilich so vor, als hätte sich nie etwas geändert. Ohne jedes Licht blieb ihm nur diese Nacht; er lebte im Kernschatten einer Eklipse, die Alice hieß.

Sie war immer bei ihm gewesen. Näher, als sie ahnte.

»Ich weiß«, sagte die Katze und schmiegte sich an ihn. »Ich habe es immer gespürt. Du gehörst zu mir. Ich habe jedes deiner Gedichte gelesen.«

»Verlass mich jetzt nicht«, flüsterte Marvin.

Alices Lichter schmückten Alices Gärten, und Alices Kiesel erzählten ihre Geschichte. Wohin er auch trat, herrschte Alice, lockte ihn tiefer in ihre Welt, und jeder Gedanke, den er hier dachte, gehörte ihr. Ob sie das wusste?

Staunend musterte er die vor dem Eingang geparkten Wagen, auf deren Dächern das Licht der Party schwamm und erzitterte, wenn die Schatten der Gäste an den Fenstern vorüberschwebten. Anmutiges Lachen und Gläserklirren schillerten in der Winterluft wie feine Ziselierarbeit auf schwarzen Damast; klar wie Brillant konnte er das Rauschen des Sekts und die Stimmen der Frauen hören.

Die Wagen passten nicht zueinander. Onyxfarbene Jaguars schliefen neben rostigen Chevrolets, die sich an zutraulichen Volkswagen rieben. Sie repräsentierten alle Abschnitte von Alices Leben. Sie kannte so viele Leute! Fehlte nur Morts alter schwarzer Leichenwagen, auf den er so stolz war. Marvin besaß kein Auto, hatte nie Fahren gelernt. War er also Alter? Kindheit? Illusion?

Wahrscheinlich Letzteres, denn es gab nur wenige Alte in Fairwater. Noch weniger Kinder. Dafür Künstler und Müßiggänger und etwas, das Fairwater mit dem echten Venedig gemein hatte: so viele Selbstmörder. Es gab einen regen Tourismus Lebensmüder in ihre Stadt – es schien fast wie ein Kompliment.

Zaghaft betrat er die Stufen, die zum Eingang emporführten, als die Tür sich öffnete und ein betrunkenes Pärchen herausstolperte. Die beiden trugen Masken und beachteten ihn nicht weiter.

Er rechnete kaum damit, jemanden auf dieser Party zu kennen; zu viele Freunde von früher waren fort, weggezogen. Andere waren älter geworden und führten ein anderes Leben oder saßen im Gefängnis. Geblieben waren nur die, die sich entschieden hatten, keine Entscheidungen mehr zu treffen – einer saß gegenüber eines riesigen Spiegels vor einem halben Schachspiel, der andere unter einer abgasgeschwärzten Brücke in seinem Erbrochenen.

Marvin stand am Eingang zu Alices Traumreich. Ihrem Wunderland. Wie ein willenloses Blatt in einem Gebirgsbach trieb er hinein.

Drinnen wartete Alice.

Sie war alles, was ihm noch blieb.

* * *

Gewiss würde Alice in die Annalen ihrer Freunde als die Gastgeberin der großen Maskerade von 1990 eingehen, ein venezianischer Karneval anstelle von Halloween, eine sündige Orgie in der Tradition der großen Meister von Nero bis Prospero. Vom Preis der Kleider hätte man Dörfer kaufen können, Silber und Perlmutt schmückten die Frisuren, und die Schnäbel und Brauen und glänzenden Nägel betörten und verwirrten Marvin, der sich fühlte wie ein Jünger auf einer Mitternachtsmette, zum ersten Mal von Menschen umgeben, die die Logik seiner Psychose teilten, das Gleiche sahen und glaubten wie er.

Die Eingangshalle der Villa war zum Ballsaal geworden, und Alice schwamm inmitten des arabesken Treibens, nie eines Lachens verlegen, nie müde, zu scherzen, den Kopf in den Nacken zu werfen und zu gackern wie eine tollkühne Pfauendame (die sie auch war), geblendet von der Pracht ihrer Verehrer, die sie ihm lächelnd vorstellte – »Mein Gott, *Marvin*, du hier? Mein *Gott*, ist das lange her, schaut, das ist *Marvin*, er ist *verzaubert*« –, und Marvin fühlte die alten Wogen erneut in sich aufsteigen und die Jahre, die er im Sumpfe des Müßiggangs verbracht hatte, hinwegschwemmen; kein Platz für Schmutz und für Sorgen in diesem lichten Tanz von Grazie und Wahn, dessen Takt eine Celesta und Bratschen in süßem Dreivierteltakt zeichneten; er spürte die alte Intimität, die ihm ermöglichte, jeden ihrer Fehler als liebenswert zu empfinden, jeden noch so kleinen Gedanken als wertvoll wie eine verschollene Mozartsonate, jeden Makel ihrer Maske als Beweis ihrer Echtheit.

Er war ganz die Katze, ein tolldreister Spieler; die ganze Welt war in rosagoldenes Flutlicht getaucht, in dem die Dinge anfingen, nach Frühjahrsnacht und nach Flieder zu duften, und ihm die Verse wie von allein zuflogen. Jeder Augenaufschlag und jede zaghafte Regung in seiner eng werdenden Hose waren die Poesie menschlicher Wirklichkeit, anmutige Züge im ältesten Spiel des Planeten.

Marvin begann, sich lange vergessener Qualitäten zu entsinnen: Als er an einem der Spiegel vorübertrieb, die die Westseite des Saales verkleideten, empfand er sich zum ersten Mal seit Jahren nicht als unschön; das rundliche Gesicht mit dem Jungenpony gab ihm zwar etwas Teddyhaftes, aber es war ihm das eine oder andere Mal zugetragen worden, dass manch ein Mädchen ihn als niedlich empfand, sich aber nicht traute, das große Kind darauf anzusprechen. Niemand wusste, was sich hinter diesem Gesicht verbarg – seine Maskenlosigkeit zu diesem Anlass war die größte Verkleidung von allen.

Jede Bemerkung, die er mit Alice tauschte, jeder Blick und jede kleine Aufmerksamkeit waren die Bauklötzchen eines wohlkalkulierten Gebäudes, das er errichtete; Stäbe aus dem Mikadohaufen der Uneindeutigkeit, die das strahlende Konstrukt absoluter Klarheit gebären würden, das zu enthüllen er heute endlich bereit war. Jede verstreichende Sekunde war eine Epoche staunend erwachender, grübelnd vergehender und gramvoll widerlegter Philosophen und Künstler, die eine Kultur des Glanzes in Marvins von dunklen Burgen und verlassenen Dörfern dominiertem innerem Land wiedererfanden.

Alice war Teil eines Netzwerks aus möglichen Zukünften und schwermütiger Erinnerung, noch ehe sie sich dem Lachsbuffet zuwenden konnte; Prinzessin auf tausend Hochzeiten, noch während sie sich die schlanken Finger leckte; und eine alte Frau, die glücklich auf ihre Vergangenheit zurückblickte, gerade als ihr junger Fuß sich aufreizend an ihrer bloßen Wade rieb und den Weg Richtung zweier Schenkel wies, deren Darstellung Marvin als Priester jeder erdenklichen Religion umgehend verboten hätte.

Dann wanderte sein Blick langsam um Alices nackten Bauch herum, schwelgte trunken am Saum ihres Ausschnitts wie ein Kätzchen am Rand einer Klippe, schmiegte sich an ihren Brüsten entlang hoch zum Hals, wo die feinen, von ihrer hochgesteckten Frisur entblößten Härchen des Nackens ihn um den Verstand brachten mit der Versprechung, sich ihm einst vor dem Hintergrund weißer Kissen darzubieten, und fand ihr hochwangiges Gesicht mit der charakteristischen Nase und den schwarz hervorgehobenen Kinderaugen, denen man sehr wohl ansah, dass sie genau denselben Parcours wie den eben beschriebenen selbst unzählige Male genommen hatten und ganz genau wussten, über was für einem Bild von Körper sie thronten.

»Alice«, sagte Marvin am Buffet in einem Sekundenbruchteil, der sich in nichts von Myriaden anderer Bruchteile unterschied, selbst überrascht, Zeuge zu sein, wie gerade dieses Los aus der großen Trommel aller Lose gefischt wurde.

»Ja?«, fragte Alice lieblich besäuselt und gestattete noch tiefere Einblicke in ihren Ausschnitt, während sie sich zu den Trauben vorbeugte.

»Erinnerst du dich an das Gedicht, das ich dir einmal geschenkt habe – das eine, das du so schön fandest?«

Die Katze schnurrte.

Alice hielt kurz grübelnd inne.

»Nein«, sagte sie ausgelassen. »Wieso?«

Einen kurzen Augenblick hörte jeder im Saal auf zu tanzen. Auch sie hat nichts je verstanden, dachte Marvin so laut, als hätte er es mit Blut über die Decke gepinselt. Die Katze verstummte, wie alle Katzen immer verstummen, wenn eine plötzliche Eingebung sie aus dem warmen Schoß ihrer Illusionen reißt – der Gedanke an ihren Tod, an ihr Junges, an etwas, das wichtiger ist als sie selbst und ein Leben des Schlafs.

»Ich würde es dir gerne erklären«, paddelte Marvin tapfer den Fluss weiter hinab, dem fernen Rauschen eines Falles gewahr.

»Ach, Marvin«, klagte Alice (mütterlich, schwesterlich, tantenhaft, doch ganz und gar nicht wie das Mädchen, die Frau, die er zu finden gekommen war), »verstehst du denn nicht? Du bist mir so ein lieber, *teurer* Freund, trotz der Jahre, die du dich hinter Schreibtischen und Schachbrettern oder sonst wo versteckt hast. Aber wo warst du, als es an der Zeit gewesen wäre? Als Mutter starb und ich nach Florida wollte? Als die Galerie meine Bilder ablehnte oder in dem Jahr, als ich die Tropfen entzog? Marvin, Marvin, wo bist du eigentlich im Moment?« Sie tätschelte ihm die Wange und wandte sich ab; stolperte toll kichernd in die Arme eines froschmaskigen Börsenmaklers. Die Welt stülpte sich über Marvins Kopf, schnürte ihm die Luft ab und entfaltete sich wieder wie ein großer, fauliger Pilz, in dessen schwarzem, sporenschwangerem Schatten die Karikaturen menschlichen Lebens ihrem grotesken Karneval nachhingen wie die Opfer des Roten Todes in den Stunden vor Mitternacht.

Für Sekunden vergaß er, wer er war, wo er war und weshalb ihn seine Schritte hierhergeführt hatten. Er vergaß, dass er kein Leben, keine Aufgabe und keine Zukunft hatte, keinen Menschen, der ihn erwartete. Niemand gab ihm mehr Rat und niemand würde es mehr sehen, wenn er fiel. Er war neugeboren wie ein kleines Kind, furchtsam, ahnungslos, bereit für die Ankunft des wahrhaftigen Seins.

Er besah sich Alice ein weiteres Mal. Nichts war geblieben von ihrer katzenhaften Anmut; keine Geheimnisse und kein Herz für die Ihren. Marvin sah ein Wesen ohne Namen, eine geschminkte Fremde, die sich in ihrem zerschnipselten Hochzeitskleidchen unter die bezahlten Klatscher und Komparsen ihres Lebens mischte, eine Federmaske und französische Reizwäsche als ihre Insignien.

Marvin sah Champagner und Kokain. Er sah ein rasendes, ängstliches Herz unter einem abgrundtiefen Dekolleté, das sich verzweifelt bemühte, all diesen Champagner und all dieses Kokain schnell fort ins Gehirn oder nach jenseits der Gürtellinie zu pumpen, bevor es sonst irgendwo Schaden anrichten könnte.

(Marvin sah Pete.)

Marvin sah Kristalllüster und Prunktreppen und schwindelerregenden Reichtum, den die Flut angeschwemmt haben musste, als er, von der Ebbe enttäuscht, dem Meer gerade den Rücken gekehrt hatte; er sah ein Bankett, das ein normaler Mensch sich weder zu leisten noch einzuverleiben imstande wäre, und dachte daran, dass er seit fast zwölf Stunden nichts gegessen hatte und dass jeder dieser Silberlöffel Alice wohl ähnlich viel bedeutete wie er.

(Marvin sah Pete, der einen Maulkorb und falsche Haare auf der Brust trug.)

Marvin sah all die Geschäftsleute und Hasardeure, Händler und Spieler, deren Ware, Einsatz und Investition Alice nun war. Er sah Fremde, die auf ihn herabblickten; all die, die reicher oder weiser, furchtloser oder gefährlicher waren als er. Ein paar sah er auch, die leichter zu haben waren oder die bereits jemandem gehörten. Marvin sah eine Menge Leute, die er nicht kannte und auch niemals verstehen würde; doch immer wieder und am allerdeutlichsten sah Marvin wie das Licht den heraufziehenden Schatten den lächelnden, tatschenden, listigen Pete.

Pete, den *Hund* (den sabbernden Tollpatsch). Ausgerechnet! Der windige Verräter legte einen Arm um Alices Taille, sie warf sich hinein und rieb sich an ihm – zwei Hunde, die einander begrüßten. Die Katze verging in Donner und Rauch.

Plötzlich wurde die Farbenpracht des Raums Marvin unerträglich. Die Kostüme und Kleider drehten und wandelten sich wie Kleckser in einem Kaleidoskop, ein betäubendes Blütenmeer; die Wände und die Decke des Raums wichen zurück, bis er meinte, sie müssten in der Unendlichkeit zerplatzen. Der Schweiß, das Parfum und der Alkohol, die die nackte Haut der Gäste durchdrangen wie Verwesungsgeruch einen Kühlschrank, raubten ihm den Atem, und die Bässe der Musik stampften nun unerbittlich im Rhythmus eines dahinbrausenden Zuges, zweihundert, zweihundertzwanzig Meilen pro Stunde und immer schneller werdend. Eine Weile noch umtanzten ihn die Geister der Gäste wie Schemen in der heißen, lauten, dahinrasenden Leere; dann, um Mitternacht, hielten sie an, wandten ihm die mondgleichen Gesichter zu, und Alice trat aus der Menge hervor und fragte ihn: »Marvin – ist dir *schlecht?*«, und Pete trat ebenfalls hervor und sagte: »Marvin, mein Junge! Grüß dich! Wie geht's?«

Marvin stürzte sich übergebend aus dem Saal in die trostspendende Nacht, die all das verbarg, was die Welt ihm erzählt hatte, was zu hören er aber niemals bereit gewesen war; die Nacht, die einst der Katze, dem Fuchs und dem Raben gehört hatte. Ihre Geister hoben sich hinweg, und was blieb, war eine Hülle, so leer, dass ihr Anblick jeden geschmerzt hätte, der in der Lage gewesen wäre, in sie hineinzusehen.

* * *

Er erreichte die Miltonbrücke in der Nähe des Ortsausgangs; sie lag gar nicht weit von Alices Haus, wo die unsägliche Party weiter ihren ohnmächtigen Gang ging. Sie überspannte den Mourning Creek, der von Westen von den alten Bergen herabkam, die, wie die Sage es wollte, einst Indianern gehört hatten; auf der anderen Seite der Brücke gab es nur noch einige Villen, versteckt in die entlegenen Hänge gebaut, und den Wald. Der Fluss war groß, er hatte es eilig an dieser Stelle und taumelte mehrere Schnellen hinab. Weiter stromabwärts, zur Altstadt hin, beruhigte er sich wieder ein wenig und verschwand in zahllosen Nebenarmen.

Die Miltonbrücke war eine der größten und malerischsten der hundertdreiundsechzig in den Reiseführern aufgezeigten Brücken der Stadt. Verborgen zwischen alten Weiden, ein ehrwürdiges Kunstwerk aus den alten, reichen Tagen zu Beginn des Jahrhunderts, verband sie die unscheinbare Paradise Plaza mit einer der früheren Hauptstraßen, die sich in Richtung der Berge verlor und immer wieder erzürnte Autofahrer auf der Suche nach dem Highway im Kreis fahren ließ, dessen einzige Anbindung jetzt auf der Ostseite der Stadt lag.

Die Brücke war aus weißem Stein und beschrieb einen Bogen mit einem leichten Knick im Zenit; die breiten, gepflasterten Gehwege auf jeder Seite wurden von anmutigen Engeln flankiert, die so arglos am Fuß des Geländers verharrten, als kämen sie gerade einen Regenbogen herabspaziert. Sie strahlten Ruhe und die für Engel bezeichnende Zeitlosigkeit aus; Marvin hatte es immer schon fasziniert, dass ein Großteil der Christenheit Wesen verehrte, die von ihrem vordringlichsten Problem keine Ahnung hatten.

Der Creek aber, stürmisch und schnell, hatte sein Bett so eifrig und tief in die Erde gegraben, dass ihn gut zwanzig Fuß von seinem steinernen Dach trennten. Dabei war er tückisch seicht; nichts als Felsen hatte er freigelegt, und er brandete und brauste, dass tatsächlich ein hohles Klagen die Spalten am Flussufer zu erfüllen schien, wo Hasel- und Brombeersträucher am Fuß alter Weiden wuchsen.

Der Schneefall hatte aufgehört und keine Spur hinterlassen; die dunklen Wolkenfetzen trieben dafür umso schneller dahin wie der Rauch eines riesigen Waldbrands. Am Boden war die Luft still – kein Hauch regte sich. Die Stimmung über der Plaza war unirdisch und aufgeladen wie bei einer Sonnenfinsternis; die ganze Welt schien auf etwas zu warten. Die Engel scherte es nicht. Sie wiesen den Weg.

Marvin hatte nicht vorgehabt, diesen Ort zu behelligen, und er hatte auch nicht an die Miltonbrücke gedacht, als er von der Party hinaus in die Nacht gestürmt war. Er hatte sie sich nicht ausgesucht. Er hatte nicht vorgehabt, hier nach Mitternacht aufzukreuzen, keine Melodie und kein Gedicht zu seinem Geleit und seit der Katze Weggang zum ersten Mal endgültig alleine in seinem Leben; er hatte noch nicht einmal gewusst, was er eigentlich vorhatte, bis er sich auf der Mitte der Brücke auf das Geländer gestützt wiederfand.

Auch wusste er nicht recht, was wohl geschähe, spränge er hier hinab; noch hatte er die Entscheidung gefasst, es herauszufinden. Es war nur die Lockung, die ihn gebannt hielt, die Lockung, sich fallen zu lassen durch die schützenden Äste des Weltenbaums wie ein Vogel, der sich zum ersten Mal aus dem Nest schwingt und hofft, dass es da noch eine andere Welt gibt, außerhalb der seines stickigen Kinderbetts.

Dann war da eine Stimme in seinem Verstand, undeutlich zunächst, doch bald immer lauter, und es brauchte eine ganze Weile, bis er sie besser verstand, denn er hatte sie schon lange nicht mehr gehört; die Stimme war seine eigene.

Wer bist du? Was willst du sein? Der Blechmann? Der feige Löwe? Die Vogelscheuche? So viele Möglichkeiten …! Doch nicht etwa Dorothy …?

Marvin starrte in das tosende schwarze Wasser und dachte darüber nach, was ihm dieser Mittwoch beschert hatte. Ohne den Beifall der Menagerie stand er allein auf seiner dunklen Bühne (der letzte Darsteller des Stücks droht den leeren Rängen mit Selbstmord); und der Fluss wurde zu einem Spiegel seiner Erinnerungen, aufgewühlt und verwoben. Sein Leben fügte sich zu einer Tragödie aufgeschlagener Knie, chronischer Krankheiten und verlorener Möglichkeiten zusammen, endlos wie ein Möbiusband. Er wurde zu allen Kindern, Jungen und Männern, die er je gewesen war – und doch war er niemand. Erst das Kind, in der Zukunft nichts als ein Geschenk zu erblicken imstande; dann der Junge, der sich nie hätte träumen lassen, einmal dreißig zu sein, über das Kind geklebt wie ein neues Preisschild über dieselbe Dose im Supermarkt. Dass sie so enden würden, hatte er nicht gewollt – doch der verwirrte Mann von heute schob sich über ihre erschreckten Gesichter, Planeten in einer Konjunktion; und wie er da stand auf der Brücke über dem Creek, konnte er schon den Schatten des Greises auf seiner Haut spüren, der Nächste in der langen Reihe – er trat von hinten an ihn heran, als plante er seine Vergewaltigung, ein uraltes Wesen, das mit Rosinenaugen über die Schulter blickte und die letzten Szenen ihres gemeinsamen Lebens in der Totalen dem Abspann entgegenschweben sah und vom Leben immer noch ebenso wenig verstand wie alle, die sie vor ihm hier standen und den Blick in das Dunkel wagten.

Er hätte ebenso gut niemals leben können. All seine Träume

waren nutzlos wie funkelnde Schlüssel an einem Ring, die zu keiner Pforte mehr passten. Er besah sie sich mit seinen geisterhaften Gefährten: Das Kind reichte sie dem Jungen und immer so weiter, die Juwelen, die sie über die Jahre gehortet hatten, ihren Einsatz im großen Spiel, und er kam mit sich selbst überein, dass sie nichts weiter waren als absolut wertloser Plunder. Er verscheuchte die Geister und mit ihnen die Bilder seiner Vergangenheit; all die Leben, die er nie hatte leben können, all die Menschen, die er niemals kennengelernt, und all die Lieder, die er ihnen niemals gesungen hatte. Er mochte die alten Hoffnungen nicht mehr um sich haben, sie taten zu weh, und eine nach der anderen perlte in den plätschernden Brunnen … sie erfüllte sich … sie erfüllte sich nicht … und was schließlich blieb, war nur dieses Leben, das er hasste wie die muffigen Jacken, die seine Mutter ihm anzog, ewig zu eng; eine Welt so attraktiv wie ein Stapel vom Regen aufgeweichter Herrenmagazine.

Er und die Menschen blieben einander fremd wie das Volk und die Monstrosität, die sich auf dem Jahrmarkt begafften. Und ausgerechnet jene, denen er jederzeit Nadel und Faden für ein Kreuz auf der Schulter anvertraut hätte, hatten die einzigen Wesen, die ihn nie hatten enttäuschen können (weil sie nicht echt waren), zur Strecke gebracht. Er hasste sie dafür, ihre Macht missbraucht zu haben, und schämte und hasste sich selbst, weil er diesen Menschen ihre Macht verliehen hatte.

War das böswillige Geschenk, das Menschen erst befähigte, einander zu hassen, nicht die Liebe, in deren wildem Garten kein Platz für empfindliche Eitelkeit blieb? Von den Göttern in die Kerker ihrer Individualität gesperrt, war unverstanden zu sein der einzige Triumph, der den Menschen noch blieb. Männer wie Frauen hockten auf ihren schäbigen Schätzen wie bärtige Alte auf Pfählen im indischen Meer und bewarfen einander mit Schmutz und manchmal mit Blumen, und all der trotzige Stolz, den sie auf ihre kleinen Sorgen und Nöte empfanden, während sie in sinnlosem Wettstreit dort saßen, offenbarte sich ihm als ein grausames Possenspiel.

Die wahrhaftigste Empfindung seiner tragikomischen Existenz, erkannte Marvin, nannte sich Einsamkeit – und die Abwesenheit selbst des Mondes zu dieser Stunde schmerzte ihn wie ein verlorener Ring, eine verpasste Verabredung. Obwohl er gewusst hatte, dass dieser Moment kommen würde, und er geahnt hatte, dass es schlimm werden könnte, verblüffte ihn das wahre Ausmaß seiner Hilflosigkeit, seines Unvermögens, einen anderen Pfad zu beschreiten als den, der ihn hierhergeführt hatte. Er blinzelte, doch es ging nicht vorüber. Er hatte sich nie wirklich darauf vorbereitet.

So nahm er ein letztes Mal das Aroma der Nacht in sich auf. Er hörte die Kräuter am Creek wachsen. Das raschelnde Wispern der Blätter war wie Mädchengesang; er meinte den Klang der Sterne zu vernehmen, und er sah die Bäume, wie sie sich vor all den unbekannten Wesen verneigten, die erwachten und durch ihre Wälder streiften im Schutze des Dunkels von Allerheiligen; die Werwölfe und Feen und Satyrn und Nymphen …

Die Lichter der Stadt schienen klar durch die Nacht, doch Fairwaters Schönheit verschwamm vor seinem verwunderten Auge wie eine Fata Morgana.

Er kannte sie nun schon so lange.

Lichter. Stimmen.

Lichter und Stimmen.

Die Wesen der Dunkelheit lachten und tollten umher.

»Am schönsten«, erwiderte Marvin, den Blick ins schwarze Brausen des Wassers gerichtet, »ist es – so glaube ich doch – zu Hause.«

Marvin folgte dem elegischen Ruf der Schwärze zwischen den Inseln von Licht.

Die Welt wurde eins.

Er lächelte zufrieden. Es war Neumond, und er begrüßte seine neue Welt.

* * *

Das Boot schaukelte sanft auf den Wellen des Creek. Trotz seines schmerzenden Kopfes und der Tatsache, dass er sich kaum rühren konnte, wandte er die Kraft auf, sich umzusehen. Doch da waren nur Nebel rings um ihn herum; wenn dieser Fluss ein Ufer hatte, so mochte er ebenso gut das Southend von den Villages trennen wie Gallien von Rom oder den Hades vom Reich der Lebenden.

»Wo sind wir?«, fragte Marvin die schwarzbekuttete Gestalt, die vor ihm im Boot saß und es mit gemächlichem Schlag durch die Nebel ruderte, während Marvin in eine Decke gehüllt an der Pinne hockte. Von Rudern und Pinne einmal abgesehen ähnelte das Boot verblüffend einer venezianischen Gondel – Marvin wusste, es gab unten in der Altstadt ein paar davon, aber waren sie denn in der Altstadt?

»Zwischen Leben und Tod«, antwortete die Gestalt in der Kutte mit kratziger Stimme.

»Und wohin fahren wir?«, fragte Marvin nicht ohne Furcht.

»Ich weiß nicht«, überlegte der Fährmann. »Wie viel hast du denn eingesteckt?«

»Nicht viel«, entschuldigte sich Marvin und durchkämmte seine Taschen. »Ich habe nie viel mit mir.«

»Reicht es denn für dein Leben, Junge?«, fragte der Tod.

»Werden die Leute nie aufhören, mich so zu nennen? Selbst jetzt nicht?«

»Entschuldige. Marvin. Also?«

Lange ließ er den Blick auf den Nebeln ruhen, jenseits derer er alles zu vermuten bereit war, und schwieg.

»Mir ist kalt«, sagte er dann. »Ich habe Schmerzen, sonst nichts. Nichts, das ich missen würde. Fast habe ich alles vergessen. Es macht mir nichts aus – ich bin bereit.«

»Wofür?«

»Für was da auch kommen mag.«

»Du lässt also los?«

»Was könnte ich denn verlieren?«, lachte Marvin. »Meinen Job? Meine Freunde? Mein Heim?«

»Sag du es mir«, erwiderte die Gestalt. Sie war sehr groß, ungefähr so groß wie Mort – aber von ihrem Gesicht war unter der imposanten Kapuze nicht viel zu erkennen, und ihre Hände wirkten bei all dem Nebel blass und abgemagert. Sie wäre nicht nur zu Halloween dazu geeignet, kleinere Kinder in die Flucht zu schlagen.

»Zumindest keine Illusionen mehr. Die habe ich schon alle verloren – an einem einzigen Tag. In einer einzigen Nacht.«

»Eine reife Leistung, möchte ich meinen.«

»Ach, du weißt schon. Es war einer dieser Tage … ausgerechnet der, an dem all die Phantome real werden sollten. Ein Mittwoch – und zu allem Überfluss auch noch Neumond.«

»Was hast du denn gegen Neumond? Alles erneuert sich.«

»Verschon mich. Bist du mein Tod oder ein verdammter Gärtner?«

Die Gestalt lachte. »Seit wann fluchst du, Marvin?«

»Vielleicht, seit ich aufgehört habe, das Leben unbedingt lieben zu wollen. Eine unerwiderte Liebe.«

»Du rührst mich zu Tränen.«

»Halt die Klappe.«

Marvin und der Tod schwiegen einander eine Weile grinsend an, während sie ihre Gondelfahrt fortsetzten. Geheimnisvolle Silhouetten tauchten im Nebel auf wie die Wurzeln unfasslicher Riesenbäume – die Brücken von Fairwater. Der Tod bat Marvin, etwas mitzuhelfen, und Marvin gehorchte und griff nach der Pinne.

»Das Venedig Marylands«, kommentierte der Tod und schwenkte die Hand über die schemenhafte Kulisse. »Schön, nicht wahr?«

Marvin nickte. »Ich vermisse nur das Licht, die Farben und die Geräusche – und wo kommt eigentlich dieser ganze Nebel her?«

»Das liegt daran, dass du dich immer noch nicht entschieden hast«, erklärte der Tod und tauchte die Riemen ins Wasser. »Doch dass du vermisst, ist ein gutes Zeichen.« Es platschte und hallte, während sie unter einer der Brücken hindurchfuhren. *Jester's Bridge*, glaubte Marvin.

»Entschieden«, murmelte Marvin. »Weck mich, wenn das Leben keine Entscheidungen mehr von mir verlangt.« Er ließ die Hand im eiskalten Wasser treiben, stellte sich vor, es wäre die Hand eines Schläfers – eines Toten …

Der Tod räusperte sich. Es schien, als hätte er etwas auf der Seele, sofern er eine besaß.

»Wirst du mir erzählen, was du auf der Brücke gesehen hast?«

»Nein«, sagte Marvin.

Der Tod schüttelte traurig den Kopf. »Sie erzählen mir nie, was sie sahen, ehe sie sprangen. Der Fluss muss wirklich eine Menge guter Geschichten bereithalten.«

»Bringst du denn viele Leute über diesen Fluss?«

»Mehr, als du glauben würdest.«

»Was geschieht dann mit ihnen?«

»Ich rede mit ihnen, so wie mit dir jetzt. Ist mein Job. Pass auf den Pfeiler dort auf.«

Marvin lenkte das Boot etwas zur Seite. Ein paar tote Tiere hatten sich zwischen den Pfeilern eines Holzstegs verfangen und trieben, Karikaturen gleich, mit den Bäuchen nach oben.

»Es ist ungewohnt, so ganz alleine zu sein«, sagte er schließlich. »Ohne meine … Illusionen, meine ich.«

»Sie sind alle weg?«

»Alle.«

»Und?«

»Das Leben scheint sinnlos ohne sie.«

»Das Leben ist immer sinnlos. Doch daran solltest du dich nicht aufhängen, wenn du mir das Wortspiel verzeihst.«

»Du hast gut reden.«

»Es gibt gute und wirklich miese Leben – wenn man sie schon miteinander vergleichen muss. Aber letztlich geht es doch nur um das Leben – um *deins* –, und wie und warum willst du eine Wertung über etwas abgeben, wozu du gar keine Alternative hast?«

»Das sagst *du*?«

»Ich bin doch keine Alternative«, verbat sich der Tod bescheiden. »Ich bin nur … der Ausgangspunkt. Alpha und Omega. Der Abgrund, in den du starrst. Ich bin das Nichts – du bist immerhin *etwas*.«

Marvin seufzte. »Wo hast du das aufgeschnappt? Descartes? Camus? Oder die Bhagavad Gita?«

»Berufserfahrung. Verstehst du? Du stehst endlich auf eigenen Füßen.«

Marvin lachte und hielt sich am Bootsrand fest. Eine Weile betrachtete er den Himmel, der aufklarte und ein paar Sterne durchschimmern ließ. Sie sahen aus wie die Schneeflocken am frühen Abend, und er stellte sich vor, wie es wohl wäre, wenn auch sie eines Tages herabfielen. Fern, sehr fern spürte er seinen Körper, der immer noch schmerzte, klamm war und zitterte. Es war keine gute Idee, um diese Uhrzeit gemeinsam mit dem Tod und durchgefroren bis auf die Knochen durch die Altstadt zu gondeln.

»Ich verstehe mittlerweile etwas mehr«, sagte er dann. »Aber niemand wird mich nach heute noch haben wollen. Sie werden mich alle links liegen lassen wie einen totgefahrenen Hasen. Vielleicht sogar einsperren.«

»Dann verlass die Stadt.«

»Das kann ich nicht.«

»Irgendwohin musst du gehen. In dem Punkt hast du recht – umkehren kannst du nicht mehr.«

Marvin nickte schwer. Zum ersten Mal begriff er die wahre Bedeutung dieses Satzes. Er hielt sich noch so lange an der Weggabelung auf, wie er konnte; dann machte er einen Schritt nach vorn.

»Du wirst mich bringen, wohin ich es will?«, fragte er den Tod.

Der Tod nickte. »Ich kenne alle Wege hier.«

»Dann bring mich heim«, wies Marvin ihn an, ein klein wenig stolz auf die Macht seiner Entscheidung.

»Wenn es das ist, was du willst …«

»Ja«, sagte Marvin.

Der Tod nickte abermals. Die Nebel verzogen sich, und Marvin blickte in den ruhig treibenden Fluss, in dem sich die Sterne spiegelten.

Er musste sich umziehen, kam es ihm in den Sinn. Nicht nur wegen der Kälte. Und er würde auch eine Gitarre brauchen.

»Also schön, Marvin. Das schaffen wir schon.«

Langsam verschwand das Boot außer Sicht, und sobald kein Zeichen mehr von seiner Existenz kündete, wagte es eine Nachtigall, ein Lied anzustimmen, das sie noch eine Zeit lang würde üben müssen, wollte sie den Winter nicht unerhört bleiben.

Das Silberschiff

VIERTES KAPITEL (1986–87)

In welchem wir von der Ankunft der Prinzessin berichten
und der Liebe des Mannes, dem sie zu Füßen fiel

Saw you sitting on a sunbeam
In the middle of my daydream
Oh my Lady Fantasy
I love you
– Camel, *Lady Fantasy*

1. Jasemys Festung

Verließ man die Stadt von der Paradise Plaza entlang des Mourning Creek Richtung Westen, so gelangte man nach einer Weile
an eine Abzweigung und auf eine andere, kleinere Straße ins
Vorland der Berge, wo die Natur unberührt unter der Sonne des
Frühlings lag. Die ersten Blumen reckten die Köpfe dem Himmel
entgegen, und die Krähen des Winters wichen zwitschernden
Finken und Stärlingen, die auf die Suche nach Zweigen für ihre
Nester gingen. Es tat gut, sie zu sehen – wir hatten alle eine
schwere Zeit hinter uns.

Ein frischer Wind wehte durch das offene Fenster meines
Chrysler und ließ mich wünschen, ich wäre zu Fuß gegangen.
Die Bäume trieben neue Blätter, und das letzte Laub des Vorjah-
res torkelte mir gegen die Kühlerhaube. Pfützen zwischen den
Wurzeln kündeten noch vom Schnee, der bis letzte Woche hier
gelegen hatte.

Ich kannte jede Biegung dieser Straße; sie führte zum Haus

des einzigen Menschen, der sie wohl noch etwas besser gekannt hatte als ich. Eine Weile wurde sie zu einer richtigen Allee, so schnurgerade, als wollte sie in die Zeit selbst zurückführen, dann hielt die Wildnis am Wegesrand wieder Einzug. Am Horizont schimmerten die Ausläufer der Appalachen durch die Stämme, die Gipfel in Nebel gehüllt. Später erst würde der Nebel der Sonne weichen wie Stunden zuvor der Tau in den Gärten.

Schließlich tauchte abseits der Straße ein düsteres Haus auf, das viel älter wirkte, als es tatsächlich war; ein kleines Türmchen schmiegte sich an seine Seite und überragte mit seiner Krone das steile Dach. Kleine Scharten im moosbewachsenen Mauerwerk verrieten die Wendeltreppe im Inneren.

Vor dem Haus griffen die langen Arme von Platanen in den Sonnenschein. Ich lenkte mein Auto in die kiesbestreute Einfahrt, und als ich es mit knirschenden Reifen zum Stehen brachte, mit gemischten Gefühlen ausstieg und die Tür hinter mir zuschlug, grinsten mich bereits die Kühlerhauben zweier Polizeiwagen an. Es war warm, und ich knöpfte meinen Mantel auf, während ich auf die schwere, messingbeschlagene Tür unter dem Vordach zuschritt. Vorsichtig drückte ich sie auf. So lange war ich nicht mehr hier gewesen …

Drinnen erwartete mich ein Szenario, wie ich es nur aus Kriminalfilmen kannte.

»Ah, Mr. … äh …?«

»Derselbe.«

Im Wohnzimmer fotografierte ein Polizist, wo es nichts zu fotografieren gab als den staubigen Teppich mit seinen indischen Motiven; ein anderer nahm Fingerabdrücke, ein dritter durchsuchte gelangweilt die antiken Truhen und Schränke; der vierte – der, der gerade verdrossen sein Hirn nach meinem Namen durchforstete – stand müde ein paar Schritte abseits und delegierte. Er war ein fetter, traurig wirkender Kerl, der sich an einem Becher Kaffee festhielt.

»Können wir etwas mehr Licht in dieses Verlies bringen?«,

rief er seinen Männern zu und rieb sich schläfrig die blutunterlaufenen Augen. In der Küche gurgelte die Kaffeemaschine.

»Ein Verlies, sagen Sie?« Ich baute mich vor ihm auf wie ein Hausherr vor einem unhöflichen Gast. »Wie kann ich Ihnen helfen, Lieutenant?«

»Sie könnten den Lichtschalter für uns finden, das wäre ein Anfang.«

Ohne hinzuschauen, schlug ich auf ein unscheinbares Fleckchen Wand hinter der Garderobe, wo noch einige von Jasemys Sachen hingen, und mit einem surrenden Willkommensgesang entflammten die Kerzen des elektrischen Lüsters.

»Sie kennen sich aus hier«, bemerkte der Fette. Ich lächelte säuerlich und hängte meinen Mantel an einen Haken.

»Verändern Sie bitte nichts«, klagte der Fotograf. »Wer sind Sie überhaupt?«

»Das ist Mr. … Sie wissen schon«, beruhigte ihn der Lieutenant. Der Fotograf ging in Stellung und wollte eine Aufnahme von mir machen, doch ich wandte den Blick ab. Ich konnte es nicht leiden, wenn man Fotos von mir schoss.

»Wie kamen Sie auf mich?«, fragte ich den Lieutenant.

Der nippte mit schlackernden Backen an seinem Becher. »Rufumleitung auf Ihren Anschluss. Nur eine weitere Nummer im Speicher, aber der Teilnehmer ist nicht erreichbar.«

»Phil«, sagte ich. »Glauben Sie mir, ich kenne alle Leute, mit denen Jase je zu tun hatte. Um diese Tageszeit erwischt man ihn selten.«

»Wieso die Rufumleitung?«

Einen Augenblick runzelte ich die Stirn. »Eventuell ein Versehen. In den schlimmeren Zeiten war das hin und wieder nötig.«

Ich bereute die Bemerkung sofort, denn sie hatte Hängebackes Interesse geweckt. Ich tat mein Möglichstes, ihn zu ignorieren, und ließ die Eindrücke des verlassenen Hauses auf mich einströmen. Allmählich begann ich die volle Tragweite der Situation zu erfassen. Alles, was von uns blieb, waren Nummern in einem Speicher – und wir wurden immer weniger.

Schooldays the happy days when we were going nowhere
School time the happy time when we were feeling no care
Schooldays when we three said that we'd be friends forever
How long is ever isn't it strange ...

»Was?«, fragte der Fette. Ich musste gesummt haben.

»Was ist eigentlich los?«, stellte ich mich dumm. »Sie waren nicht gerade gesprächig.«

Der Lieutenant griente wehleidig. »Die Fragen stellen wir.« Er taxierte mich mit gesträubten Brauen. Nie zuvor hatte ich einen Mann seine Brauen sträuben sehen – ich nickte sanft. Eins war gewiss, dachte ich, während ich unter Hängebackes treusorgendem Blick das Haus zu durchwandern begann wie einen aufgegebenen Besitz, ein Stück vergessener Zeit: Egal, was mit Jase geschehen war, sie töteten gerade sein Heiligstes. Es rührte mich, diesen Ort nach so langer Zeit wiederzusehen, und ich hatte Mitleid mit ihm. Polizisten in dunkler Uniform durchstöberten Jasemys Platten. Seine Bücher. Dunsany. Mac-Donald. White. Herausgerissen und fallen gelassen. Sie öffneten den alten Geschirrschrank mit den Buntglasfenstern. Einer fand eine kleine, verzierte Holzpfeife und zeigte sie einem anderen. Der nickte, und die Pfeife wurde eingetütet. Was hatten sie damit wohl vor?

Ich folgte dem Kabel des Telefons, das direkt in den Besenschrank führte, und bog in die Einsamkeit von Jasemys Ateliers. Verschlafen tapste Hängebacke von Schrank zu Schrank und warf flüchtige Blicke hinein. Langsam fühlte ich Wut in mir aufsteigen. Wie froh musste die Polizei von Fairwater über das Verschwinden eines einzelnen Mannes sein, dass sie einen Aufstand betrieb, als hätte jemand die Präsidententochter entführt!

»Müssen Sie alles auf den Kopf stellen?«, beschwerte ich mich.

»Sie benehmen sich, als wäre es Ihre Wohnung«, stellte er fest.

»Ich mag einfach nicht, wie Sie alles durcheinanderbringen, und er dort auch nicht«, meinte ich mit Blick auf den Fotografen.

Ich achtete nicht auf die auswendig zitierte Antwort, die alle Unfehlbarkeit amtlicher Routine heraufbeschwor, und ließ mich seufzend in den Sessel hinter Jasemys Schreibtisch sinken. Jase hatte immer schon einen guten Geschmack gehabt, was Sessel betraf. Eine Zeit lang vergaß ich meine Bewacher.

Ich drehte mich langsam hin und her, ließ meinen Blick im Zimmer umherschweifen. Die Jalousien vor den hohen Fenstern waren halb herabgelassen, und lange Schatten und goldene Strahlen fielen auf die dunklen Gobelins und die Gemälde mit ihren bedrohlichen, fantastischen Motiven. Die meisten davon stammten aus Jasemys Hand, und es fiel schwer, sich nicht in ihnen zu verlieren. Sie vereinten Traumbilder und Schreckgespenster von Hieronymus Bosch bis Lewis Carroll; der heilige Antonius und die Herzdame tanzten Ballett. Ein wenig gespenstisch war mir schon zumute; dennoch fühlte ich mich zu Hause. Eine Höhle verlorener Träume …

Ein gerahmtes Bild stand auf dem Tisch, und ich musste lächeln, als ich es sah. Es war einmal ein Geschenk gewesen und zeigte in krakeligen Linien die Begegnung der kleinen Alice mit der Cheshire-Katze. *Wir sind alle verrückt hier*, stand darunter, und unterschrieben war es mit: *Eve*. Ich kannte Eve. Sie war Phils Schwester – eine rothaarige, stupsnasige Schönheit und eine gute Freundin, auch wenn ihre Eltern ihren Umgang damals nicht geschätzt hatten. Wir waren bei Eltern nie sehr beliebt gewesen.

Als ich gedankenverloren mit dem Schildchen spielte, fanden meine Finger einen kleinen, silbernen Schlüssel darunter, der wie ein Kätzchen den Kopf an ihnen rieb. Ich schaute mich suchend um, dann kam mir in den Sinn, dass direkt neben mir eine Schublade in den Schreibtisch eingelassen war.

Ich schob den Schlüssel ins Schloss, und mit dem sanften Gleiten geölten Metalls auf Metall drehte er sich wie von selbst. Das Schloss sprang auf.

Ein kleines schwarzes Buch in einem Bett weißen Papiers kam zum Vorschein; es sah aus wie ein Gebetbuch, und auf einmal hatte ich das Gefühl, dieses Buch sei der Ausgangspunkt einer Suche, auf der ich mich seit langer Zeit schon, ohne es zu wissen, befunden hatte, der Beginn von etwas, das sich schon einmal über dieses Haus gesenkt hatte wie eine Regenwolke – oder wie ein Licht.

Ich öffnete das Buch und schlug die erste, in Jasemys vertrauter Handschrift beschriebene Seite auf.

22. November 1986
Mein Glück ist kaum zu beschreiben, so groß ist das Gefühl übermächtiger Freude, das mich erfüllt … mein Schicksal wird mich an einen weit entfernten Ort führen, ferner, als ich meine Gedanken zu senden wage …

Ich stockte. Schritte nahten. Schnell kämpfte ich meine Aufregung nieder, schloss das Büchlein und ließ es in die Gesäßtasche gleiten. In dem Moment, in dem ich es verstaute, schwang die Tür auf, und herein trat mein kaffeesüchtiger Freund zusammen mit dem Fotografen, der Blitzlicht wie Reiskörner auf seinen Weg streute.

Mein Herzschlag setzte einen Moment lang aus. Mit der linken Hand schloss ich die Schublade. Der Schlüssel verschwand in meinem Ärmel – ich war einst ein gewiefter Amateurzauberer gewesen. Die Polizisten blickten mich übellaunig an, bemerkten aber nichts.

»Nun zu Ihnen«, meinte Hängebacke und lächelte mich breit an. Sein Atem roch nach Kaffee und Zahnschmerzen. *McCarthy* stand auf seiner Brusttasche.

»Sie waren Mr. Leroys Freund«, stellte er fest.

»Warum dieser Aufwand? Ist jemand aus D.C. hier, der Ihnen auf die Finger schaut?«

»Ich glaube kaum, dass Sie das etwas angeht«, gähnte McCarthy. »Sie sind Mediziner. War Mr. Leroy Ihr Patient?«

»Ich glaube kaum, dass Sie das etwas angeht«, äffte ich ihn nach. »Oder muss ich darauf antworten?«

Der säuerliche Ausdruck auf seinem Gesicht zeigte mir, dass dem nicht so war.

»Hat man Ihnen schon mal gesagt, dass Sie eine Art haben wie dieser französische Schauspieler? Wie hieß er doch gleich … so kaltschnäuzig und kurz angebunden.«

»Ventura?«

»Genau. Sie sehen auch ein wenig so aus wie er.«

»Ist das ein Kompliment?«

»Ich hasse französische Filme. Die Polizisten sind alle Nieten und Bösewichte. Apropos, weshalb gibt es keine Fotos von Mr. Leroy und keinen einzigen Spiegel im Haus?«

»Er mochte sich nicht.«

»So. Mochten Sie ihn denn?«

»Wir waren einander recht … vertraut.«

»Zigarette?«

»Ja, gerne.«

Er reichte mir eine Gauloise. Ich lächelte. Meine Gedanken begannen abzuschweifen, während McCarthy mir Einzelheiten meines Verhältnisses zu Jase zu entlocken versuchte.

»Also – Mr. Leroy … hatte er Probleme? Ich meine, nicht, dass Sie mich falsch … aber … und schließlich … er lebte ziemlich zurückgezogen … abseits der Menschen … und Sie?

Wie gut kannten Sie …

Mr. Leroy …?

Mr. Leroy?«

* * *

Mein Name tut nichts zur Sache. Ich bin nur ein Niemand unter vielen, verborgen in einer unbedeutenden Stadt.

Die Geschichte aber, die ich Lieutenant McCarthy erzählte, ging wie folgt:

Jase und ich lernten einander auf der Pucstale High kennen;

Ergebnis der Tatsache, dass wir beide nicht gerade reichsten Verhältnissen entstammten. Sein voller Name schien Jason Ptolemy Leroy zu lauten; gerufen wurde er aber immer mit verschiedensten Abwandlungen dieses Namens: Jasemy, Jase, manchmal JP. Schon damals war er ein notorischer Träumer und von einem flammenden Idealismus beseelt gewesen, der bald in bissigen Sarkasmus umschlagen sollte; ich dagegen bemühte mich, die Flamme der Vernunft hochzuhalten, und hatte daher seltener Schwierigkeiten auf der Schule. Trotz unserer Unterschiede hatten wir eine großartige Zeit; zusammen mit dem stillen Phil tingelten wir von Party zu Party und saugten in uns auf, was uns an Drogen, Küssen und Geschichten nur zufiel.

Während des Studiums verloren wir einander eine Zeit lang aus den Augen. Er hatte sich für Architektur entschieden, ich mich für Psychologie. Er war ein seltsamer Kauz geworden, ein Workaholic und Einzelgänger, und hatte recht lange in der Großstadt gelebt, was die Menschen von Fairwater als sehr ungewöhnlich erachten; sie sind ein Leben ohne College, ohne Gefängnis und ohne vernünftige Verkehrsanbindung gewohnt. Sie haben ein Atomkraftwerk, eine neogotische Kathedrale und ein Sanatorium – von damals noch hundertsechzig bedeutenderen und unbedeutenderen kleinen Brücken ganz abgesehen –, und das reicht ihnen vollauf.

Was genau zu seinem selbstgewählten Exil führte, kann ich nicht sagen. Er kehrte zunächst in die Stadt séiner Geburt zurück und verrichtete sein Werk; viele Häuser in Fairwater tragen seine Handschrift. Man erkennt sie an den charmanten Anachronismen, dezenten Zitaten europäischen Jugendstils und des kolonialen Flairs unserer Gründungsväter. Mag sein, dass Jase Häuser immer mehr geliebt hat als Menschen.

Zugleich begann er, seinen eigenen Traum aus Mauern zu bauen – alles, was heute von ihm geblieben ist. Kurz nach Vollendung seines Hauses aber erlitt er einen Schlaganfall; eine bösartige Ironie des Schicksals. Seither hinkte er, und seine linke

Hand und Gesichtshälfte entzogen sich weitgehend seiner Kontrolle. Seine Verbitterung darüber war so groß, dass er allem außerhalb seiner eigenen Welt forthin abschwor und sich in seiner eben errichteten Festung einschloss.

Bald hatte er kaum noch genug Geld, um die Stromrechnung zu begleichen. Aber das merkte er nicht. Er lebte verborgen hinter schmiedeeisernen Gittern, die ihn vor der feindlichen Wirklichkeit schützten. Er hatte mit dem Leben abgeschlossen – und all das, muss man bemerken, obwohl er noch ein junger Mann war.

Nur einmal in seiner kurzen Zeit war er verliebt gewesen (abgesehen von seiner platonischen Liaison mit Eve, ehe sie wegzog); doch die bewusste Frau hatte ihn all seiner Mühen zum Trotz stehen lassen, eiskalt und im sprichwörtlichen Regen (ich pflege glücklicherweise keinen Kontakt mehr zu ihr – sie hat diese besondere Gabe).

Wann immer ich ihn auf dieses Ungleichgewicht in der gesunden Dreieinigkeit von Sex & Drugs & Rock 'n' Roll hinwies, pflegte er nur zu scherzen, dreibeinige Stühle wackelten nicht. Doch ich spürte, dass er sich von dieser Erfahrung nie ganz erholt hatte, und vielleicht war hier auch der Grund für seine Apotheose der Melancholie zu suchen.

Hin und wieder ging er aus und traf Phil. Phil war inzwischen DJ des Gardens, der einzig brauchbaren Kneipe des Ortes (wenn man nicht gerade zu der Gruppe verhinderter Mystiker gehörte, die das Sona-Nyl frequentierte, oder auf die Gesellschaft der verschworenen Stammkunden aus war, die im Einhorn am Alten Kirchplatz an ihren Luftschlössern bauten und sich wie eine Enklave missverstandener Künstler gebärdeten); und Phil war auch sein einziger engerer Freund. Ohne ihn hätte Jase wohl gar nichts außer seiner Musik und seinen Büchern besessen, einer bedrückenden Sammlung eskapistischer Werke.

Ein paarmal hatte mich Jase in meiner Praxis besucht. Er war mir dankbar für meine Ratschläge, aber ich wusste, dass er uns alle, sich selbst eingeschlossen, im tiefsten Grunde seines Herzens verachtete. Freunde waren gekommen und hatten ihn verlassen, um ein anderes Leben zu führen als das, von dem sie geredet hatten. Sie sind jetzt Manager, Immobilienberater oder Versicherungsagenten und belächeln mit schamrotem Gesicht ihre Jugendsünden. Manchmal kam es mir vor, als ob wir drei, Phil, Jase und ich, einen letzten, unwirklichen Club auf einem sinkenden Schiff unterhielten. Doch keiner von uns konnte Jase geben, wonach er sich sehnte, und oft schafften wir es nicht, seinen Ansprüchen gerecht zu werden. Allein der Versuch wurde immer peinlicher, und im Grunde war das auch gar keine Aufgabe für uns.

Das war eine Aufgabe für eine Frau.

Eine Zeit lang besorgte ich Jase noch etwas zu rauchen (es gab da einen fetten, verrückten Hebräer, der ein wahrhaft unchristliches Kraut züchtete), und wenn ich davon ausgehe, dass er nur die Mengen konsumierte, die ich ihm beschaffte, lag sein Verbrauch knapp unterhalb der Menge, die ich als Sucht bezeichnen würde. Ich hatte ihn auf diese Weise unter Kontrolle, und immerhin hatte er sich damit abgefunden, dass kein Arzt in Fairwater ihm Morphium gegen seine eingebildeten Schmerzen verschreiben würde. Zu Beginn des Jahrhunderts wäre er gewiss dem Absinth verfallen.

In letzter Zeit dann hatten sich auch unsere dahingehenden Kontakte erschöpft. Manchmal fragte ich mich, ob ich ihn wohl enttäuscht hatte, als ich Therapeut wurde. Es ist ein gedeihlicher Berufszweig in unserer Stadt, und manche finden, wir übertreiben. Gerade das Sanatorium genießt nicht gerade einen schmeichelhaften Ruf, aber ist es nicht immer noch besser, jemanden dorthin zu schicken, als ihn mit einem Stein um den Hals den Mourning Creek von unten erkunden zu lassen? Es ist meine Aufgabe, meinen Patienten das klarzumachen. Glücklicherweise war Jase für Selbstmord zu arrogant, er kokettierte nur gern damit. Vermutlich stand mit der Zeit einfach zwischen uns, dass ich den Wahnsinn ebenso zu verabscheuen begann wie er die Normalität. Er würde mit seiner Fantasie ewig im

Regen stehen; ich aber hatte mich entschlossen, meinen Mantel zu tragen.

Nicht ein Zehntel dessen berichtete ich dem Lieutenant, und er war es zufrieden.

* * *

McCarthy drückte mir noch einmal die Hand und schenkte mir einen dieser Ich-weiß-dass-Sie-was-wissen-und-jetzt-wissen-Sie-dass-ich's-weiß-Blicke. Er gab mir seine Karte.

Lange verdrängte Erinnerungen bestürmten mich – doch was immer hier geschehen war, es gehörte in längst vergessene Zeiten; Ideen, die man nie verwirklicht hatte. Ich wollte fort aus diesem Grab der verstrichenen Jahre, weil es auch meine Jahre waren, die man hier beigesetzt hatte, und ich mochte ihren Geruch nicht.

Die Tür des Hauses fiel mit einem endgültig wirkenden Klacken ins Schloss, und Siegel zierten sie. Die Schritte der Polizisten knirschten auf dem Kies der Einfahrt, und unverrichteter Dinge brachen sie auf. Ich wusste, ich würde Jasemys Festung nie wieder betreten.

Aufatmend blickte ich zum Himmel empor, trat langsam aus dem Schatten des Hauses und besah mir das Buch in meinen Händen. Ich war gespannt, ob es meinen geleisteten Einsatz wohl wert wäre; auf seltsame Art betrachtete ich es als mein rechtmäßiges Eigentum. Ich dachte, Jase hätte es wohl so gewollt.

Erst als ich das Buch wieder einstecken und losfahren wollte, merkte ich, dass etwas nicht stimmte – der Mantel, den ich trug, war nicht der meine. Ich musste ihn mit einem von Jasemys Mänteln verwechselt haben, als ich ihn von der Garderobe nahm, und es war auch kein Wunder, stellte ich fest: Er fühlte sich haargenau so an wie meiner; nur winzige Abwei-

chungen verrieten ihn. Mir war nie aufgefallen, dass Jase und
ich eine so ähnliche Statur und einen so leicht zu verwech-
selnden Kleidungsgeschmack besaßen. Seufzend dachte ich an
mein verlorenes Bekleidungsstück, das nun unerreichbar hinter Schloss und Riegel auf seinen Herrn wartete, der nie zurückkehren würde. Doch vielleicht war Jasemys Mantel nicht
schlechter als meiner.

* * *

Eine Zeit lang fuhr ich ziellos durch eine verlassene Gegend
voller Seen und aufgegebener Fabriken; im *Carpenter's* aß ich
dann zu Mittag und verwickelte mich in Gespräche mit unbekannten Menschen, die mir halfen, den Kopf wieder freizube-
kommen, während draußen ein verspielter Frühjahrsregen nie-
derging (ich kann Regen, bei all seiner Schönheit, nicht leiden).
Das *Carpenter's* war unser Fenster zur Welt; bezeichnenderwei-
se führte die Straße, an der es lag, nirgendwohin, und man hätte sich fragen können, ob die Menschen, die dort verkehrten,
überhaupt je ihre Wagen betankten und weiterfuhren oder nur
an der Theke herumhingen, Burger aßen und ihre Verschwö-
rungstheorien spannen. Ich hatte aus beruflichen Gründen ein
großes Archiv dieses Garns angelegt, und nach ein paar Stunden in diesem seltsamen Limbus wusste ich meist, dass es mir
gut ging.

FBI und Entführungsgeschichten standen an diesem Tag hoch
im Kurs. Ein Mädchen aus Fairwater erzählte, es habe in einer
Glaserei in den Hügeln einen Unfall gegeben. Ein Reisender auf
dem Weg nach Cumberland fragte, welche Stadt sie eigentlich
meine und wo sich überhaupt der Highway befände. Schneller,
als ich michs versah, wurde es wieder Abend, die Wolken am
Himmel hatten sich verzogen, und ich beschloss, die Lektüre des
Buches nicht länger hinauszuzögern.

Ich fuhr durch eine regennasse Dämmerung, voll von Amethyst und Fliedertönen. Der Himmel war metallisches Anthrazit über dunstgrauen Sträuchern, so weich wie Watteflusen.

* * *

Am Abend betrat ich mein Apartment in der Stadt, in dem ich auch meine Klienten empfange, und wie immer fiel mein Blick als Erstes auf das große Aquarium in der Ecke des Arbeitszimmers. Das Zimmer verströmte lavendelfarbene Ordnung und Einsamkeit; man musste schon mindestens zwei Semester studiert haben, um auf diese Farbe zu kommen. Das Becken war leicht verschmutzt – im Gegensatz zum Büro war es jedoch bewohnt. Ein flammender Fisch hing mit seinem langen Schleierschwanz bewegungslos im Wasser, das auf seinem prachtvollen Schuppenkleid glitzerte. Es war ein Therapeutenfisch – all meine Kunden liebten ihn.

In einem Anflug poetischer Schwermut entschloss ich mich, den Beweis meiner Schandtat dort in den Fluten zu ertränken, und warf den Cheshire-Schlüssel zu meinem teilnahmslosen Mitbewohner. Er machte sich gut, wie er da auf den Grund zwischen den Kieseln lag und im richtigen Winkel das Licht reflektierte.

Dann setzte ich mich in den gepolsterten Sessel, in dem ich den unsäglichsten Sorgen der seltsamsten Menschen gelauscht hatte, und beobachtete diesen großen goldenen Fisch, der meinen Blick stumm erwiderte, so als ob er mir auf seine fremde Art etwas mitteilen wollte, bis ich mich dann endlich entschloss, das Buch aus meiner Tasche zu nehmen und aufzuschlagen.

Ich konnte nicht festmachen, was mich so lange hatte zögern lassen, ich wusste nur, dass mein Leben von diesem Moment an nicht mehr das gleiche sein würde – und diese Macht ängstigte mich. Fast bewunderte ich die mystische Einfachheit des kleinen schwarzen Büchleins.

Teilnahmslos sah der Fisch meiner Hand zu, wie sie Lichtjahre von seiner Smaragdwelt entfernt begann, Seiten aufzuschlagen, die er nicht lesen konnte, und oftmals erstaunt innehielt. Vor mir entfalteten sich die Fantasien meines verschollenen Freundes, das schimärenhafte Gegenstück meines eigenen Lebens, ohne das es nie mehr komplett sein würde. Wie ich da saß und an ihn dachte, wurde er wie ein Bruder für mich – Licht und Schatten; wir waren uns stets ähnlicher gewesen, als wir beide je zugegeben hätten. Selbst Jasemys Handschrift hatte mich immer schon frappierend an meine eigene erinnert; sie war nur etwas fahriger und zierte sich mit unnützen Schnörkeln. Hätte er sich Mühe gegeben, hätte er meine Unterschrift wahrscheinlich jederzeit fälschen können.

Das Licht vor meiner Fensterfront wurde erst Honig, dann Ocker und verschwand schließlich ganz, und mit ihm verschwanden auch meine Zweifel. Ich vergaß zu essen. Bald würde ich alles vergessen. Ein nie gekannte Widerstreit tobte in mir … nur das Licht meiner Lampe blieb stetig in warmem, bernsteinfarbenem Gelb.

* * *

Was nun folgt, ist Jasemys Geschichte. Ich gebe sie hier wieder, sage aber nicht, dass ich auch nur die Hälfte dessen glaube, was er schrieb; kein Mensch, der Herr seiner Sinne ist, könnte das. Es mag sein, dass er im Laufe der letzten Jahre komplett den Verstand verlor, und es mag ebenso gut sein, dass wir alle einem gigantischen Bluff aufsitzen und Jasemy, der seinen eigenen Abgesang schrieb, lange den Schutz der Karibik erreicht hat. Eventuell ist es auch nur ein fantasievolles Fragment, das er in seiner Schublade vergaß; Jase besaß stets eine blühende Einbildungskraft. Vielleicht ist es nicht mehr als ein Traum.

Jedenfalls ist Jasemy nun – man kann es nicht anders aus-

drücken – verschwunden; er ist einfach weg. Und als dies bekannt wurde und die Polizei von Fairwater – übrigens aufgrund eines ungeheuerlichen Verdachts, der mit dem Unfall in der Glaserei zusammenhing, mir aber erst sehr viel später klar wurde – sein Haus durchsuchte und keine Spur von ihm fand, waren bereits vier Monate seit seinem Verschwinden verstrichen. Keine Kontobewegungen, keine Anrufe, keine Treffen in all dieser Zeit; sein Wagen stand noch in der Garage, und in den Wäldern konnte man auch nichts zutage fördern. Dieses Buch aber (das ich der Polizei niemals werde aushändigen können) berichtet von den Umständen, die zu seinem Verschwinden führten.

Es gibt vor, Jasemys Tagebuch zu sein, und schildert einige in höchstem Maße unglaubwürdige Begebenheiten, die sich im November und Dezember des vergangenen Jahres zutrugen. Die Einträge wirken über weite Teile stilisiert und sind möglicherweise nicht in chronologischer Reihenfolge geschrieben. Einige Seiten des Buches sind schwer zu entziffern, eine Seite wurde mit Vorsatz entfernt, und nach dem 29. November verzichtet Jase auf Datumsangaben. Insgesamt fällt es mir schwer zu glauben, dass all dies nicht in der Absicht geschah, einen theatralischen Effekt zu erzielen.

Doch sosehr ich mich gegen Jasemys Fantasien sperre (und Fantasien müssen es sein), so sehr vermisse ich ihn doch auch. Bald ist es schon wieder Mai; ein Jahr, das ohne Jasemy begann und in dem Kinder geboren werden, die ihn nie kennenlernen werden. Manchmal denke ich, er war einer der letzten großen Träumer dieser Welt, und sein Weggang ist ein Verlust für uns alle – auch für mich. Ließe sich bestimmen, wohin er ging, und stünde diese Tür auch mir offen, so wüsste ich nicht mit Sicherheit, was ich täte – mein Verstand freilich würde fordern, diese Pforte zu schließen für immer.

Jase hat den Mut besessen, zu gehen – mir bleibt nur der Schmerz des Zurückgebliebenen.

Tatsachen ändern sich oft auf diese grausame Weise, so wie

Jasemy zeit seines Lebens die Liebe verwehrt blieb, nach der er sich sehnte. Die Welt dreht sich weiter, aber niemand kann sagen, wie lange, und was die Menschheit erreicht haben wird, wenn sie eines Tages verschwindet und die schimmernde Milchstraße sich ohne sie weiterdreht in ihrem geisterhaft majestätischen Tanz.

Dies, Jasemy, ist der kalte Glanz aller Dinge.

2. Das Licht an der Lethe

Mein Glück ist kaum zu beschreiben, so groß ist das Gefühl übermächtiger Freude, das mich erfüllt und dem die menschliche Sprache trotz all ihrer Bilder nicht Ausdruck verleihen kann … mein Schicksal wird mich an einen weit entfernten Ort führen, ferner, als ich meine Gedanken zu senden wage, und mein Leben hat endlich einen Sinn. Etwas Unglaubliches ist geschehen – ich weiß noch nicht, wie es enden soll, aber noch weiß ich, wie es begann.

Es begann letzte Nacht; ich machte einen meiner Spaziergänge. Ich hatte geraucht, und ich lief (oder hinkte) über die friedliche Wiese, den Vollmond im Blick; er schien durch eine Reihe alter Weiden hindurch, die am Ufer der Lethe standen, wie ich das kleine, ruhige Flüsschen getauft habe, das unweit der offenen Grenzen meines Grundstücks vorbeifließt. Zusammen mit den anderen Flüssen der Unterwelt, den schwarzen Wassern des Acheron im Westen und dem lautlosen Styx zwischen mir und Lifelight im Norden, speist sie den Mourning Creek, der so – mit allen Klagen der Unterwelt gefüllt und sich seines Namens als würdig erweisend – seine Qual in die Stadt meiner Kindheit ergießt, die es nicht besser verdient hat.

Ich habe viele Nächte in sein klares Wasser geblickt; ich habe es getrunken und mich gefragt, was kommen mag ... denn der Grund des Flusses liegt tief ...

Vor mir erstreckte sich die große, wogende Wiese nach allen Seiten bis zu der eine halbe Meile entfernten einsamen Baumgruppe, die vom geisterhaften Licht alter Neonröhren erhellt wurde. Dort hinten, zwischen zwei abtrünnige Berge gezwängt, lag die alte Lifelight-Fabrik; ich habe seit Jahren keine Menschen mehr dort ein noch aus gehen gesehen, aber die Beleuchtung funktioniert immer noch und schaltet sich jede Nacht um halb neun automatisch an. Gen Westen lag mein Haus, und im Süden kreuzte eine stille Straße mein leeres Reich. Auf dieser Straße konnte man nach Fairwater gelangen oder davon weg, weiter in die Berge hinein und in die Wildnis, ganz wie man wollte. Keine Menschenseele verbrauchte diesen Ort, und deshalb liebte ich ihn. In einigen Jahren würden sicher große Gebäude dort aufragen, wo ich nun stand und zum Himmel aufsah, aber das rührte mich nicht, weil ich das nicht mehr erleben würde – dessen war ich mir immer schon sicher gewesen.

Ich sah mir die Gestirne an. Ein paar kenne ich beim Namen, und auch einige Sternbilder kann ich nennen, aber beileibe nicht alle, und ich will es auch gar nicht; ich habe mir meine eigenen Sternbilder geschaffen, die ich nicht zerstört sehen will. Sie tragen meine Namen, und sie gehören mir. Ist es eitel, Sterne besitzen zu wollen? Es gibt jedenfalls wenig, das ich mehr liebe als Sterne. Eines davon sind Sternschnuppen; und ich sah eine ganze Menge davon in dieser Nacht.

Schließlich schlenderte ich nach Hause. Ich leerte die Flasche Wein vom Vortag und ging bald darauf zu Bett. Am nächsten Abend wollte ich zu Phil ins Gardens.

In dieser Nacht aber träumte mir, ich stünde wieder auf der Wiese, doch alles war seltsam verändert – die Neonröhren waren tot, und Vögel sangen bei Nacht. Es war Neumond. Dort, wo die Stadt sein sollte, lag nur ein großer, ruhiger Friedhof, das wusste ich mit träumerischer Gewissheit.

Es war das Ende der Zeit, und Meteoriten fielen mit flammendem Schweif vom Himmel vor meine Füße, und die Gräber öffneten sich, und die Toten von Fairwater kamen hervor; ich aber sammelte die gefallenen Sterne und nahm sie mit nach Hause; schimmernd wie Mondlicht lagen sie auf meinem Tisch.

Ich suchte sie nach dem Erwachen … während ich vor dem Haus die Schritte der Wiederauferstandenen zu hören glaubte.

22. November

Ich vergaß – das Gardens hat heute geschlossen.

Fast hätte ich mich wieder hingelegt, doch es verlangte mich nach Zerstreuung; so beschloss ich, der Lethe einen weiteren Besuch abzustatten.

Als ich die Wiese erreichte und von einem der Hügel blickte, stockte mir der Atem. Die Lichter der Fabrik waren aus – Lifelight erloschen? Ich versuchte mich zu erinnern, was für ein Tag heute war. Es war alles so zeitlos hier draußen … doch selbst an einem Feiertag war die Beleuchtung der Fabrik noch niemals gelöscht gewesen.

Ich sah mich befremdet um, spielte mit einem Stein im Gras; schaute, ob er wohl im Mondlicht schimmern würde. Doch ich fand den Mond nicht – war denn nicht Vollmond?

Ich dachte an Friedhöfe: an graue Grabsteine unter Trauerweiden und verschlungene Wege, ein künstlicher Wald, in dem man Steine aufgestellt hatte, die unter ihrem Moos die Namen von Menschen trugen …

In diesem Moment begannen die Vögel zu zwitschern, und ein silberner Schweif tauchte aus dem Firmament zu mir herab, hoch im Norden, aus der Konstellation von Sternen, in der die alten Griechen den Thron der Kassiopeia erkannt hatten.

Als er erschien, glaubte ich zunächst, mir stünde ein weitere Nacht der fallenden Sterne bevor. Doch diese Sternschnuppe

242

war stetig. Sie bewegte sich auf mich zu – und sie wurde größer dabei.

Ich habe wohl in jungen Jahren die eine oder andere Halluzination gehabt (und immer war ich mir dessen bewusst und fähig gewesen, ihr den nötigen Respekt zu zollen); aber in diesem Moment wusste ich nicht, ob ich meinen Augen trauen durfte. Alles war anders heute Nacht und neu – wenn nicht älter, als Menschen zu denken imstande sind.

Ich kam zu dem Schluss, es sei einerlei; manche Märchen mögen zu schön sein, sie zu hinterfragen. Ob mir bange war in diesem Moment? Mitnichten. Was sollte schlimmer sein als die Monotonie meines Lebens? Besser ein Dämon, der vom Himmel herabfährt, als die stahlgraue Nacht: Und wo ein Dämon ist, da kann ein Einhorn nicht weit sein.

So beschloss ich, den Traum zu genießen.

Andere Sternschnuppen folgten. Ein ganzes Geschwader von ihnen heftete sich an die Fährte der ersten, doch irgendwie sahen sie anders aus als die Verfolgte, die ihnen verzweifelt zu entkommen versuchte. Da begann es zu blitzen, und Wind kam auf. Die ersten Regentropfen trafen meine Schultern.

Winzige Fäden zogen sich atemberaubend schnell zwischen den rasenden Objekten dahin, und da erst begriff ich: Das waren Schiffe da oben, keine Sternschnuppen, und sie beschossen einander. Das hieß, die nachfolgenden Schiffe beschossen das erste, das versuchte, durch flinke, aber hilflose Manöver dem brutalen Angriff seiner Verfolger zu entkommen. Ich wünschte mir nicht, an der Stelle des einsamen Piloten zu sein.

Atemlos sah ich nach oben, und als die Lichter immer näher kamen, ebenso wie das unerwartete Gewitter, erhob ich mich und suchte Schutz hinter einem der Bäume. Das ganze Spektakel spielte sich fast lautlos ab, übertönt von dem aufziehenden Sturm; da waren nur das feine Flirren leistungsstarker Maschinen und die knisternden Entladungsgeräusche, welche das grellbunte Mündungsfeuer im Kampf der Sternschnuppen begleiteten. Das beschossene Schiff glitt in demütiger Agonie über mich hinweg; es war ein schönes Schiff, silbern und stromlinienförmig, von der Größe einer kleinen Yacht, und ich bewunderte die Anmut seiner Konstruktion.

Die Verfolger aber waren hässliche Gebilde von unregelmäßiger Form, die an nichts erinnerten, wofür wir Namen haben; sie verschossen flüssiges Feuer, und die Hülle der Yacht erglühte, wo die Flammen sie umloderten. Der Regen dampfte und zischte auf dem Metall. Lange konnte die Jagd nicht mehr gehen, und ihr Ausgang schien gewiss.

Es regnete jetzt Bindfäden. Ein Licht blitzte auf, der Vorhang der Nacht teilte sich abermals, und heraus kam ein großes schwarzes Schiff, rabengleich, und senkte sich über seine zur Winzigkeit verblassende Beute, als wollte es sie packen und mit sich davontragen.

Da – das schlanke Sternenschiff scherte aus, als es von einem schweren Treffer an der Oberseite erschüttert wurde, trudelte auf den Boden zu, und selbst die Explosion, die den hinteren Teil des Schiffes in eine berstende Glutwolke verwandelte, schien anmutig – ja, selbst im Tode wirkte das auseinanderbrechende Schiff noch schön. Blitze zuckten aus dem Himmel und wurden von der quecksilbernen Hülle des Wracks reflektiert, die schimmerte und wie junge Haut den Regen abperlen ließ.

Ich verließ mein Versteck zwischen den Bäumen nicht. Die pockennarbigen Gebilde, sechs an der Zahl, kreisten noch eine Zeit lang unschlüssig über der Absturzstelle und drehten ab. Der Schatten des schwarzen Rabenschiffes meditierte über ihnen allen und tat es ihnen schließlich gleich. Sie flogen davon, und ein letztes Mal rollte der Donner über die Appalachen. Mit ihnen ging auch der Regen, wich wie die Erinnerung eines stürmischen Kusses auf meinem Gesicht.

Ich hatte die Vision noch nicht richtig verarbeitet. All das hatte vielleicht eine Minute gedauert – eine Minute zuvor noch hatte ich im Halbschlaf auf meiner Wiese geträumt, und nun stand ich mit klopfendem Herzen im Schutz einer Weide, und hundert Meter vor mir lag das Wrack eines fremden Raumschiffes im nassen Gras.

Natürlich fragte ich mich, wer mir da vor die Füße gefallen war und weshalb man ihm den Tod geschworen hatte, und so begann ich, von der Schönheit und Unschuld des beschossenen Schiffes betört, so rasch ich konnte auf die Trümmer zuzuhinken, die glitzerten wie die Kufen einer Eiskunstläuferin. Das Erste, was ich bemerkte, war, dass das Schiff wesentlich besser erhalten war, als ich von Weitem geglaubt hatte. Sein Bug ragte wie im Triumph empor; eine der Tragflächen war mitsamt des Triebwerks abgeknickt, die andere stach steil nach oben. Rauch stieg vom Schiff auf, aber bis auf ein leichtes Glimmen war kein Feuer mehr zu sehen. Vielleicht hatten automatische Notsysteme die Flammen gelöscht – der kaum einminütige Regen konnte es bei aller Heftigkeit schwerlich gewesen sein.

Ich machte mir klar, dass der Pilot den Absturz durchaus überlebt haben konnte, und Hoffnung begann in mir aufzukeimen, gemischt mit Aufregung und etwas Angst. Ich nahm das Schiff näher in Augenschein. Es sah wirklich aus wie aus purem Silber gegossen. Keine Fugen oder Schweißnähte; sein Leib war so perfekt wie der eines Delphins.

Auf seinem Rücken jedoch klaffte ein großes Loch. Ich gelangte nicht ganz heran, aber die Ahnung stiller Lichter im sanft gepolsterten Cockpit, elfenbeinfarben und schimmernd wie Perlmutt, genügte mir: Der Pilot befand sich nicht mehr im Inneren. Er hatte sich vor dem Absturz gerettet, wohl per Schleudersitz.

Doch auf seltsame Weise breitete sich in mir die Gewissheit aus, dass das Wrack nicht nur aus leblosem Metall bestand und dass dieses dämmrige Etwas, diese träumende Präsenz, die sich da verbarg, auf etwas wartete; auf etwas oder jemand, den es zurück zu den Sternen tragen könnte. Mit einer Mischung aus Ehrfurcht und Schauder wandte ich mich ab.

Die Vögel sangen immer noch. Sonst herrschte völlige Stille.
So begann ich, die nähere Umgebung des Schiffes abzusu-
chen, im hohen Gras nach Spuren außerirdischen Lebens –
oder Todes – zu forschen ...
Hallo, Reisender.
Ich fand sie am Ufer der Lethe.
Eine kleine, schlittenförmige Vorrichtung, die kurz vor der Ex-
plosion aus dem warmen Schoß des Schiffes herausgeschleu-
dert worden war. Schleifspuren zogen sich bis hinab ans Was-
ser.
Ein schwarz glänzender Baumstamm versperrte mir die Sicht
auf das, was da schwach schimmerte, erschöpftes Leben ver-
kündend; dann wich der Stamm und gab den Blick frei.
Unter einem kleinen Busch, einen Arm im fließenden Wasser
treibend ...
Sie war das Schönste, was ich in meinem ganzen Leben je
gesehen hatte. Sie lag dort wie eine Wehe frisch gefallenen
Schnees – und sie sah aus wie ...

* * *

An dieser Stelle fehlt die besagte Seite des Buches. So werde ich
wohl nie erfahren, wie Jasemys außerirdische Schönheit aussah;
ich habe nur diesen vagen Hinweis darauf.

Nicht, dass ich seinen Ausführungen überhaupt allzu viel
Glauben schenken mochte. Einige seiner Behauptungen sollte
man in seinem eigenen Interesse für die Unwahrheit halten –
wie zum Beispiel die, das Flusswasser getrunken zu haben; denn
es ist belastet in dieser Gegend, manche sagen, durch die Fabriken (eine These, die angesichts des dramatischen Vogelsterbens
in diesem Winter zusätzliches Gewicht gewinnt).

Was die UFOs betrifft, so haben wir eine interessante Geschichte solcher Sichtungen in Fairwater, und sie zogen über die

Jahre hinweg immer wieder Gläubige in unsere Stadt. Dennoch waren die Ergebnisse meist dieselben und .weithin bekannt: Sumpfgase, Wetterballons, zumeist aber Flugzeuge. Früher oder später landeten die Gläubigen dann auf meiner Couch, wo ich ihnen ihre Flusen austrieb und – behauptete Jase – durch meine eigenen ersetzte.

Jedenfalls gibt es alte Militärbasen in den Appalachen, und die Lichter unserer großen Industriegebiete, einschließlich des Atomkraftwerks, eignen sich gut als Orientierungspunkte in ihrer Abgeschiedenheit. Wahrscheinlich hatten eine Menge mehr oder minder prominenter Kampfflugzeuge ihre geheimen Jungfernflüge über Fairwater.

* * *

Ich nahm allen Mut zusammen und berührte sie; ihr Gewand war befleckt und zerrissen, aber sie schien nicht schwer verletzt. Dennoch regte sie sich nicht. Ich strich ihr das Haar aus dem Gesicht; schließlich hob ich sie auf. Sie war leicht wie eine Feder, und es bereitete mir keine Probleme, sie zu tragen. Eine zaghafte Wärme breitete sich in mir aus. Ihr Kopf ruhte an meinem Hals, und ihr Haar fiel sanft herab. Ich glaubte das Funkeln all der Sterne darin gefangen, die sie auf ihren Reisen gesehen haben musste.

Ich fühlte sie atmen. Ihre reglosen Hände und Füße zeichneten Streifen weißen Lichts in die Nacht, durch die ich sie trug. All das vollzog sich in völliger Stille, die nur ein einziges Mal unterbrochen wurde: vom letzten Gruß einer Nachtigall, die ihre Ankunft verkündete und dann wieder in ehrfürchtiges Schweigen verfiel.

Ich war in einem Traum gefangen. Ich betete für diesen Traum, von einer Mischung aus nervöser Angst vor dem Erwachen und einem trunkenen Glücksgefühl erfüllt.

Ich trug sie bis in mein Haus. Dort ließ ich sie aufs Sofa gleiten; noch einmal nahm ich sie in Augenschein, konnte aber keine Wunden entdecken. Vielleicht unterlag sie nicht den irdischen Fährnissen, unserer Form von Verletzlichkeit.

Dann saß ich eine halbe Stunde nur da, in meinem Sessel, die Arme vor der Brust, und betrachtete ihr Gesicht mit den geschlossenen Augen; ich betrachtete es von allen Seiten. Ich weiß nicht mehr, wie lange ich in dieser Pose, der Pose eines Malers, verharrte, während meine Augen da Schöneres erblickten, als eines Menschen Augen je zu schauen vergönnt gewesen wäre, hätte mir nicht dieser gewaltige Zufall meine Sternenfahrerin ins Leben gespielt. Endlich befand ich, es sei besser, irgendetwas zu tun als gar nichts, und machte mich daran, ihr mein Bett frisch zu beziehen. Ich legte sie hinein und deckte sie zu. Ich küsste sie auf die Stirn und entfernte mich.

Das alte Bettzeug warf ich auf die noch warme Couch, um mir dort ein behelfsmäßiges Lager einzurichten. Für den Moment war ich zufrieden; irgendetwas sagte mir, dass alles gut war, genau so, wie es war.

23. November

Ich habe sorgsam alle Spuren des Unglücks beseitigt: Das Raumschiff deckte ich mit alten Planen ab, und zur Straße hin ist es durch ausreichend Wiesen und Wald geschützt. Der Kampf verlief lautlos, ich glaube nicht, dass irgendjemand etwas sah oder hörte, und mich wird hier draußen niemand besuchen, es sei denn ein neugieriger Meteorologe, des einminütigen Gewitters wegen.

Doch in meinem Bett, wie die Schöne im Kerker des Biests, liegt noch immer meine gefallene Göttin, so ruhig, als beabsichtige sie nicht, ihre Existenz unter Beweis zu stellen. Oh, wenn sie nur bald erwachte – ich bete darum.

24. November

Beten ...

25. November

Viel Zeit ist inzwischen vergangen, und zumindest ein Teil meiner Gebete ist – fürs Erste – erhört worden. Niemand hat etwas bemerkt, keine Illustrierte, keine Zeitung hat über uns berichtet. Niemand hat etwas gesehen ...

Ich habe mir in einem Armeeladen Tarnnetze gekauft; das Silberschiff ist nun so gut wie unsichtbar. Niemand ahnt etwas von dem Mädchen, das in meinem Bett liegt und schläft – immer noch schläft ...

Die verstreichenden Tage werden zur Qual.

Bitte erwache ...

26. November

Kann denn jemand vier Tage ohne Nahrung, ohne Wasser überleben? Aber ich kann sie doch nicht ins Krankenhaus bringen – was soll ich nur tun? Sie verändert sich nicht, liegt einfach nur da wie verzaubert, und ich – ich weiß nicht, ob – bitte, stirb nicht ...

27. November

Auf der Schwelle des Wahnsinns treiben viele Ideen, die einen locken, sie zu drehen und zu wenden, sie zu kosten und sich in sie zu begeben ... und zum Ertrinken ist es auch nur ein kleiner Schritt.

Mein voriges Leben ist abgeschlossen, neu geboren bin ich; doch eine Geburt ist wahrhaft keine schöne Sache, zumal es zu viele Haken an den Decken gibt, die dazu einladen, sich den Schritt in diese Welt noch einmal gründlich zu überlegen; zu erwägen, vielleicht gleich etwas völlig Neues zu versuchen ...

Ich weiß nicht, wie es weitergehen soll, weiß nicht, wie ich das weiter ertragen soll. Natürlich kann ich sie nicht im Stich lassen, aber bei Gott, weshalb wacht sie nicht auf?

Ich habe dich bei alten Namen gerufen, die aufzuschreiben ich nicht wage (sie sind zu mächtig), Sonnen- und Mondlicht *habe ich zu dir getragen – ich gab dir Wasser, und es rann nur von deinen Lippen herab, und du wachst nicht auf …*

Ich habe deine silberne Kapsel durchsucht und stieß auf ruhende Geräte, keine Knöpfe, keine Tasten, nur flüsterndes Licht – steuerst du sie mit deinen Gedanken? – nicht mehr – wie kann ich nur helfen?

Du wirst nicht kälter, du wirst nicht krank. Nur noch heller bist du geworden, noch … unschärfer; und als ich dir in meiner Verzweiflung einen Spiegel vor den Mund hielt, um zu sehen, ob du noch atmest, da stellte ich fest, dass zwar ein lebendiger Hauch deinen Lippen entflieht – aber kein Licht, zumindest keines, das Glas je zurückwerfen könnte.

Am Leben wohl, doch ohne Spiegelbild …?

Ich habe oft Träume, in denen ich sterbe. Der Tod ist – so viel sollte ich sagen – wie ein kalter, einsamer Schlaf, der sich wie ein Dieb Zutritt verschafft – man fühlt, wie einem alles entgleitet, und mir, mir entgleiten meine Tage und bald auch ich selbst.

Vor meinem Haus wachsen plötzlich Blumen … weiße Blumen …

* * *

Erneut muss ich die Skepsis zu meiner Trutzburg machen. Nennen Sie mich ruhig einen Zyniker, aber ungeklärt bleibt beispielsweise die Frage, an welchem Punkt sich Jase entschloss, seine strahlende Muse zu entkleiden. Sieben Tage nach ihrer Ankunft nennt sie jedenfalls nur noch ein Bettlaken ihr Eigen. Außerdem müssen beide nach der Nacht auf der Wiese ziemlich nass gewesen sein.

Jasemys Fantasien sind ein endloser Quell allegorischer Gemeinplätze, und er beginnt, Anzeichen einer Geistesstörung zu zeigen – allerdings keineswegs so gravierend, dass er vergäße, auf seinen dramatischen Effekt hinzuzielen. Es täte also not zu erfahren, was in jenen Tagen tatsächlich geschah. Die abstrusen Begebenheiten des 28. November sind nur ein Beispiel – vielleicht begann er, sich in paranoischer Weise mit seiner Schutzbefohlenen (oder der Vorstellung derselben) gegen imaginäre Bedrohungen zu solidarisieren. Andererseits legt gerade die Absurdität der folgenden Ereignisse nahe, dass sie sich tatsächlich zutrugen. Oder Jasemy stand unter Drogen und war nicht mehr Herr seiner Sinne. Ich wüsste jedenfalls nicht, was er mit der Erfindung dieses seltsamen Gastes bezweckt haben sollte.

* * *

28. November
Ich hatte heute Besuch von einem seltsamen aufdringlichen Mann. Er schien etwas zu wissen – fast glaubte ich zu spüren, dass er dich kannte, doch ist das rundweg unmöglich.
Er stand mittags vor meiner Tür und begehrte Einlass. Hätte ich mir nur damals das Geld und die Zeit genommen, einen ordentlichen Graben mit Fallgittern zu errichten, wäre ich von solchen Leuten verschont geblieben.
Er trug eine dieser samtenen Hippiewesten in dunklen, schillernden Farben und eine enge, gestreifte Hose dazu, die ihm Storchenbeine verlieh, zwischen denen sich sein Geschlecht überdeutlich abzeichnete. Die Füße steckten in Stulpenstiefeln, und um die Schultern trug er allen Ernstes einen Umhang und einen Gitarrensack, als käme er gerade quer durchs Land getrampt und hätte sich in Jahrzehnt und Küste geirrt. Einzig sein naives Buchhalterlächeln wollte so gar nicht zu seinem extravaganten Aufzug passen.
»Hi«, sagte er unverblümt. »Ist sie hier? Ich würde sie gerne sehen.«
»Wer sind Sie?«, fragte ich barsch.

»Ein Freund«, antwortete er. »Nur ein armer, namenloser Barde und Narr. Ich habe meine Dame verloren bei einem Unfall nicht weit von hier. Eine Gruppe Hells Angels wollte wohl Spaß mit ihr haben – so nennt man das doch hierzulande? –, und dann fuhr eine schwarze Corvette sie über den Haufen; ein betrunkener Fahrer, sagt man. Schöner Mist! Ich suche sie. Sie muss hier irgendwo sein.«

Ich sah ihn erstaunt an. »Ich habe nicht die geringste Ahnung, wovon Sie da reden«, sagte ich schließlich. »Hier ist niemand außer mir, und Rocker treiben sich hier draußen nicht herum. Fahren Sie weiter zum Carpenter's, drüben an der westlichen Umgehung, wenn Sie solche Leute oder eine Mitfahrgelegenheit suchen.«

»Sie sind sicher?«, fragte er dreist und strahlte mich an. Er schlenderte zu einem meiner Fenster und schielte hinein, und einen Moment lang schien es mir so, als sollte er sich spiegeln im Glas – aber er tat es genauso wenig wie die, die er suchte. »Gehen Sie«, sagte ich und riskierte einen gewagten Bluff. »Gehen Sie, oder ich rufe die Polizei.«

»Schon gut«, gab der Streuner klein bei und entfernte sich. »Aber wenn Sie die Prinzessin sehen, grüßen Sie sie bitte von mir, okay?« Er sah mich abwägend an. »Sie werden sie gewiss erkennen. Sie hat langes blondes Haar und ist wahrscheinlich nicht ganz bei sich. Es ist wichtig, dass sie heimkommt. Andere suchen schon nach ihr, und es wäre nicht gut, wenn sie die Dame fänden. Wir verstehen uns?«

»Kein Wort verstehe ich von dem, was Sie da reden«, entgegnete ich kühl, »und jetzt verlassen Sie meinen Garten.«

Er zuckte bedauernd die Achseln und ging.

29. November
Es herrscht jetzt jede Nacht Nebel, und der Winter kündigt sich an.

Unter dem Hügel mit den Blumen werde ich sie begraben.

Ende November

Sieben Tage hat sie geschlafen, und heute ist sie endlich er-
wacht! Natürlich war ich nicht da, sondern unten am Fluss.
Ich kam mir vor wie ein Vater, der den Kreißsaal zu spät er-
reicht.

Gerade als ich zurückkam, sah ich helles Licht am Fenster; mit
pochendem Herzen blieb ich stehen. Die Gardine regte sich,
aber das Fenster war geschlossen. Ängstlich ging ich weiter
auf das Haus zu – mein Haus? – ihres?

Wir sahen einander durch die Scheibe hindurch an. Ihr Mund
formte Worte, aber ich konnte sie nicht lesen. Ich trat ein.

Sie hatte sich ins weiße Leinen des Betttuchs gehüllt, das von
innen heraus leuchtete. Wachsam blieb ich in der Tür zum
Wohnzimmer stehen. Sie warf kein Spiegelbild in den Fens-
tern. Dann trat sie auf mich zu, während ihr Haar, unablässig
in geschmeidiger Bewegung, ihr den Rücken herabfloss. Ihre
großen Augen starrten mich fragend an.

»Willkommen«, sagte ich und fügte leiser hinzu: »Diesseits
des Spiegels …«

Sie führte die Hand an die Lippen und vollzog einen flüchti-
gen Gruß, ohne mich dabei aus den Augen zu lassen. Ich ver-
suchte, die Bewegung nachzuahmen.

Da lächelte sie. Licht aus ihrer Hand fiel auf mein Gesicht,
und ich wurde mir verlegen des Dreitagebarts und anderer
Mängel meiner Erscheinung bewusst. Ich machte einen linki-
schen Schritt auf sie zu, und da sah sie mich an und nahm …
nahm etwas von meinen Gedanken. Ihre Miene verfinsterte
sich, hellte sich dann wieder auf, und sie lächelte. Gefiel ihr,
was sie fand? Es war schwer vorstellbar.

»Mein Name«, sagte ich, »ist Jason. Jason Leroy.«

Sie überlegte kurz, dann öffnete sie zaghaft den Mund, und
aus ungeahnter Höhe floss ihre Stimme honigsüß auf mich
herab. Sie nannte mir ihren Namen.

Ich versuchte, Ruhe auszustrahlen, so wie man sich einem
scheuen Tier nähert. Mit der Hand führte ich sie, ohne sie

wirklich zu berühren, zu einem Sessel, bemüht, mein Hinken unter Kontrolle zu halten. Ich bedeutete ihr, sich zu setzen, und zog mir selbst einen Stuhl heran. Sie legte die Knie aneinander und winkelte die Beine an. Sie lächelte noch einmal, dann schaute sie mich abwartend an.

»Du bist mit einem Schiff gekommen«, stellte ich fest. »Es fiel auf meine Wiese, hier ganz in der Nähe, und da waren andere Schiffe. Sie wollten dich töten.« Das letzte Wort hinterließ einen bitteren Nachgeschmack in meiner Kehle.

Sie verstand mich nicht, das sah ich. Aber sie lachte wieder, und das war mir lieber als jede Antwort. »Möchtest du ... etwas trinken?«, fragte ich und brachte ihr ein Glas Wasser. Sie nippte, dann trank sie. Ich brachte ihr Obst. Orangen. Milch. Honig und Brot. Von allem aß sie, dann dankte sie mir und reichte mir das Glas, aus dem sie getrunken hatte. Ich griff danach – die Hand mit den alten Narben am Gelenk.

Noch nie hatte mir etwas so gut geschmeckt. Ich war in einer Kaskade ungeahnter Gefühle gefangen – der verletzlichen Ewigkeit eines Traums.

Am nächsten Morgen führte ich sie draußen herum, aber sie wollte bald wieder ins Haus zurück. Ich sprach nicht mehr von ihrem Schiff und zeigte ihr auch nicht die Absturzstelle, stattdessen führte ich sie zu den Schnellen im Strom der Lethe, und gemeinsam tranken wir das frische Nass.

Sie sprach nur wenig; dafür lernte ich von ihr die Kunst, mit den Augen statt mit Worten zu reden. Am Abend zeigte ich ihr meine Bilder und spielte ihr Musik vor, und nach einer Weile schloss sie die Augen und summte mit. Ich weiß nicht, was sie von den Bildern hielt, aber sie scheint eine Schwäche für The Moody Blues zu haben.

Anfang Dezember
Was sind schon Tage? Lächerlich! Das ganze Leben ist ein einziger Tag (und manchmal auch eine Nacht), und ich denke an Phil oder Eve, die Millionen Meilen entfernt sind, und ich

denke an sie, und sie ist nie weiter weg als einen Atemzug, einen Gedanken, ein Blitzen ihrer Augen oder ein Lächeln. Sie lebt mit mir. Ich liebe sie, und sie ist glücklich wie ich. Die Welt da draußen scheint untergegangen, und wir leben in einem hohen, fliegenden Schloss in den Wolken. Nur die Blumen, die Vögel und die Sterne der Nacht sind uns geblieben – sie hat sie mir wiedergebracht. Sie gießt mir Wein ein, der süßer ist als die Wasser der Lethe, süß wie Honig und ihre Berührung. In ihren Augen schimmern Bilder, deren Widerschein ich aus meinen Träumen kenne, ihre Stimme ist der Quell aller Lieder, die ich je sang. Sie ist das Licht von der anderen Seite des Wasserfalls, der das Leben vom Traum trennt.

Nachtrag
Mit keinem Wort aber erwähnte sie je ihre Herkunft oder wer sie war, und ich wagte es nicht, sie darauf anzusprechen, wohl wissend, dass ich damit etwas zerstören würde. Eines Nachts dann – und diesmal war tatsächlich Neumond – führte ich sie schließlich zu ihrem Schiff.
Sie wartete unbehaglich und mit einem undeutbaren Ausdruck in den Augen, während ich mühsam die Netze und Planen vom silbernen Rumpf ihrer Yacht zerrte und sah, dass die Lichter immer noch strahlten, gleich einem Piratenschatz, von den Greisen gehoben, die ihn als Kinder versenkt hatten. Dann erblickte sie das Schiff, wie man einen wilden Löwen anstarrt, der sich langsam, unaufhaltsam nähert, und brach weinend zusammen.
Ich habe einen furchtbaren Fehler begangen.
Später erzählte sie mir alles, dessen sie sich jetzt erst wieder entsann …
Unsere gemeinsame Zeit wird verstreichen, denn meine Prinzessin ist tatsächlich die Tochter eines, der sich König über die Sterne nennt; auch über den, den ich als Bettler in meiner tragikomischen Existenz bewohne.

Der Gedanke daran, dass nun alles auf Messers Schneide steht, lässt mir keine Ruhe – doch was hätte ich tun sollen? Ich hätte sie schwerlich an mich binden können und auf Kosten ihrer, die sie sich vielleicht nie mehr entsonnen hätte, wer sie war, einen Traum ausleben!

Die Schiffe, die ich damals sah, sagt sie, waren Sendboten eines verfeindeten Volkes – die Regendunklen, so nennt sie sie. Einst hat man sie mit einem Fluch belegt: Der Regen folgt ihnen und tötet sie, wohin sie auch gehen, aber sie haben Möglichkeiten gefunden, sich vor ihm zu schützen. Ihre eigene Welt existiert nicht mehr, und voll Hass überzogen sie die Heimat meiner Prinzessin mit Krieg und jagten sie und ihre Angehörigen durch die Galaxis.

Auf ihrer Flucht gelangte sie schließlich bis zu unserer Erde, wo ich das Ende der Schlacht miterlebte. Der Schock des Absturzes legte sich wie ein dunkler Schatten über ihr Bewusstsein, ein Baldachin des Vergessens, den ich noch fester zog; erst der Anblick ihres Schiffes nahm ihn wieder von ihr. Es war wohl nur eine Frage der Zeit, bis etwas diesen Schleier lüftete – vielleicht besser also (und umso ironischer), dass ich es war.

Aber eines hatten wir beide nicht bedacht …

Denn das wahre Ausmaß unseres Verhängnisses wird sich erst noch offenbaren – wenn es da Piloten gibt, die kraft ihrer Gedanken fliegen. Fliegen, suchen und forschen …

* * *

Mit dem Ende der Tagebuchform endet denn wohl auch Jasemys letzter Rest an Glaubwürdigkeit. Seine Fantastereien wühlten mich zwar auf – es war ein wenig, wie Tonbändern aus der eigenen Kindheit zu lauschen. Da waren Spuren der Vertrautheit wie die Narben an seinen Handgelenken. Gleichzeitig war ich vielleicht auch ein wenig gekränkt, dass er meiner – im Gegensatz zu Phil – nie auch nur mit einem Wort gedachte.

Vielleicht hatte er zu viel von seinem Lethewasser getrunken.

3. Das Dunkel im Regen

Heute Nacht inspizierten wir ihr Schiff. Ich war nicht schlecht erstaunt, als ich feststellte, dass es völlig intakt war.

Der abgebrochene Flügel hatte sich wie von Geisterhand wieder erhoben. Die Lichter schienen heiterer. Der Rücken des Schiffes war nicht mehr geschwärzt, und die Einschüsse und Brandspuren waren wie weggewischt.

»Ich lebe, nicht wahr?«, sagte sie. »Mein Schiff, es lebt auch. Es hat sich geheilt. Steig ein.«

Wir kletterten ins Innere. Es war wie eine warme, weiße Höhle. Sie strich über die Lichter und schien zufrieden mit dem, was sie ihr sagten. In einem leisen Singsang redete sie beruhigend auf ihr Schiff ein, bis das Cockpit hell und zuversichtlich erstrahlte.

»Denke daran, dass die Luke sich schließen soll«, sagte sie.

Ich versuchte es, doch nichts geschah.

»Weiter«, sagte sie. »Versuche es weiter.«

So strengte ich mich mehr an, und mit einem leisen Geräusch schloss sich das Dach über unseren Köpfen. Fast wäre ich in Versuchung geraten, den Befehl zum Start zu erteilen. Sie öffnete die Luke wieder.

»In etwa einer Woche wird das Schiff wieder zu den Sternen fliegen können«, sagte sie. »So schnell, wie sein Pilot es will. Es mag dich.«

Ich strich ein letztes Mal über die tanzenden Instrumente, dann stiegen wir aus.

»Wirst du mich verlassen?«, fragte ich sie, und sie wandte den

Blick ab. »Willst du, dass ich ausspreche, was ich die ganze Zeit über schon denke?«

Sie schüttelte den Kopf. »Das ist nicht nötig«, flüsterte sie. »Bitte halt mich – halt mich ganz fest.«

Ich schloss sie in die Arme, dann küsste ich sie, und wie wir einander küssten, musste ich weinen und sie ebenso. Unsere Tränen vermischten sich.

»Ich möchte dich halten ... für den Rest dieses Lebens.«

Ich wünschte, sie würde aufhören, zu leuchten – aber sie konnte es nicht. Ebenso wenig, wie sie sich in der silbernen Außenhülle zu spiegeln vermochte.

* * *

In den letzten Tagen habe ich ein stetes Bild vor Augen: Ich sehe ein graues Schiff, das mit vollen Segeln in den Nebel hinausfährt, und sie steht an Bord, eine Krone im Haar, und segelt davon.

Am Ende werde ich es gewesen sein, der sie mir nahm – damals, als ich sie zum ersten Mal zum Schiff führte. Sie redet von einer neuen Welt, als glaubte sie, dass ich ihr dorthin folgen könne. Ich trinke von dem Wein, den sie mir einschenkt: dem Wein ihrer Stimme, ihres Gesichts und nicht zu vergessen dem aus dem Glas.

Ich trug mich mit vielen grotesken Gedanken: Ich wollte ein Bild von ihr malen oder sie um etwas bitten, das mich an sie erinnern würde, aber all das war Unsinn, und sie konnte meinen Wunsch nicht verstehen.

Dann wieder dachte ich daran, meine Koffer zu packen und sie zu begleiten. Ich sagte doch, ich war nicht mehr ganz Herr meiner Sinne. Es konnte nur noch eine Frage der Zeit sein, bis sie mich verließ, denn auf sie warteten ganze Sterne voller Aufgaben.

An den wenigen Tagen, an denen ich in die Stadt fuhr, um einzukaufen, erschien mir alles so unwirklich, grässlich wie ein Traum, bei dem man nicht mehr weiß, ob er einem Sehnsucht oder Angst einflößt.

Einmal konnte ich es nicht vermeiden, Phil zu treffen, und er überredete mich, ihm eine Weile Gesellschaft zu leisten. In Gedanken aber war ich nur bei ihr. Eine Stunde lang betranken wir uns im ausgestorbenen Gardens, im Hinterkopf immerzu ihr Bild; und es war das Bild dieses unbegreiflichen Schatzes, nach dem zu sehen es einen unentwegt verlangt, besessen von der Sorge, ob er auch noch dort ist, wo man ihn zurückgelassen hat, und immer noch strahlt – etwas, von dem man reden will, aber nicht darf, und mag der Alkohol noch so sehr die Zunge lösen.

Dann ertrug ich es nicht länger, floh meine bedrückende Stimmung und irrte ziellos durch die Straßen Fairwaters, die ich nicht mehr erkannte. Irgendwann ging ich im Stadtpark zu Boden.

Am nächsten Morgen erwachte ich in meinem eigenen, unangenehmen Geruch. Mein Mund war Asche und schales Bier, und der alte Pater Jack schenkte mir einen strengen Blick seiner hellblauen Augen, als er auf dem Weg zur Messe an mir vorbeischlich. »Der Himmel sieht alle Sünden, mein Sohn«, murmelte er in seinen Vollbart, »und er vergibt keine einzige.«

Ich machte mich davon. Ich hatte heftige Kopfschmerzen, und mein Blick war noch getrübt, aber meine Ängste hämmerten mir in der Stirn. Ich brauchte lange bis zum Wagen und noch länger, um ihn anzulassen.

Wütend raste ich aus der Stadt. Quälende Schuldgefühle breiteten sich in mir aus, denn ich hatte sie eine ganze Nacht ohne ein Wort allein gelassen, und langsam dämmerte eine furchtbare Ahnung in mir empor. Dann begann es zu regnen, das erste Mal seit Wochen.

Ich kam an die Abzweigung, und mit schlingernden Reifen raste ich die verbliebene Strecke bis zu meinem Haus. Inzwischen hatte das Unwetter sich verdichtet; schwarzgraue Wolkenmassen jagten ungeachtet ihrer Monstrosität behände dahin, und in der Ferne, über den Bergen, rumpelte ein Donner, der seinesgleichen suchte; grellweiße Entladungen peitschten die Gipfel.

Ich kannte dieses Unwetter.

Es entwickelte sich zu einem Wolkenbruch mit Sturmböen, und Sturzbäche überspülten die Straße. Mit hektischen Scheibenwischern kam mein Auto zum Stehen, und ich sprang heraus. Die Blumen vor meinem Haus fand ich zertrampelt und gebrochen vor.

Ich taumelte ins Haus, doch fand sie nirgends. Alles war verlassen, als hätte es sie nie gegeben.

In der Ferne hörte ich einen Knall. Ich wandte mein tropfendes Gesicht in diese Richtung, als eine weitere Explosion ertönte, und diesmal war ich mir sicher, dass es sich nicht um Donner handelte. Völlig durchnässt sprang ich wieder in den Wagen und raste, so schnell es das Gelände zuließ, querfeldein. Mein Kopf schmerzte wie wild. Ich erreichte die Lethe, die aufgequollen und schlammig dahinfloss.

Dort hingen die pockennarbigen Gebilde in der Luft und schossen auf etwas, das ich noch nicht sah. Ihre gezeichneten Hüllen knisterten im Regen; einige von ihnen waren auch gelandet. Sie lagen im Schlamm wie riesige Schneckeneier.

Dann sah ich sie, wie sie flüchtete. Ich schrie – sie drehte sich in meine Richtung, während sie die Kugeln mit Mitteln attackierte, die ich nicht verstand. Sie war schmutzig und nass, ihr Haar klebte ihr in Strähnen auf der Haut. Todesangst zeichnete ihr Gesicht.

Und da waren Schatten überall um sie herum.

Sie rief meinen Namen, kaum wahrnehmbar im Unwetter und dem Brausen der Kugeln, und ich rannte hinkend zu ihr in die Schatten, als auf einmal ein glühender Schmerz in meinem Arm mich stoppte und ich zu Boden fiel … unendlich langsam fiel …

Doch kurz bevor ich die Besinnung verlor, wurde ich für einen flüchtigen Moment eines Anblicks gewahr, der mich mit unsagbarem Schrecken erfüllte und einen Moment lang all meine Furcht um sie und unsere Liebe vergessen ließ – ich sah die Wahrheit, die sich jenseits der Fassaden unserer Welt darbot. In den undurchdringlichen Vorhängen von Regen, die sich hypnotisch bewegten und wandelten, nahm die unbestimmte Schwärze für einen kurzen Moment nur Gestalt an, schwärmte aus und hüllte mich ein; abnorme Schemen, die durch den Schlamm strichen wie eine Herde großer Tiere; träge Insekten, die Konturen glänzend, dampfend, vielgliedrig – und was mich in den Arm traf, war nicht der Hieb eines Schwertes, der Streifschuss eines Projektils oder Feuerstrahls, auch wenn es sich anfühlte wie alles zugleich, taub in der Kälte des Regens – sondern der Stich eines großen schwarzen Stachels am Ende eines langen, von Hornplatten gepanzerten Skorpionschwanzes.

* * *

Ich erwachte im Schmutz und mit Blut am Arm. Alles war friedlich. Die Wolken hatten sich verzogen, und die Sonne brach durch – doch kein Vogel sang. Nie mehr diesen Winter. Langsam erhob ich mich und verließ den schrecklich leeren Ort des Schlachtfeldes. Meine Gedanken kreisten wie dumpfe Hornissen. Mein Wagen war völlig schlammverspritzt, und nur mit viel Mühe gelang es mir, ihn aus der großen Lache zu fahren, in der er steckte.

Einige Bäume hatten das Gewitter nicht überstanden und lagen umgeknickt am Wegesrand. Von den Monstrositäten war keine Spur geblieben, Schimären meiner Einbildung. Auch von den Schiffen war nichts mehr zu sehen.

Nichts mehr von ihr.

Im Schritttempo fuhr ich nach Hause. Meine Muskeln schmerzten, als hätte man mir ein starkes, lähmendes Gift injiziert. Bald erreichte ich mein Heim, wechselte die Kleider und verband die Wunde, die mir der Regendunkle zugefügt hatte. Gut, dass ich kein Projektil entfernen musste, aber der Arm schmerzte dennoch bestialisch.

Ruhig nahm ich eine Flasche Wein aus dem Schrank, betrachtete ein angebrochenes Bild, leere Blätter Papier, einen geöffneten, halb gepackten Koffer.

Ich habe mir seitdem viele Gedanken über diese Vorfälle gemacht, und ich kam zu folgendem Schluss, der mir logisch erscheint: Nicht nur das Volk der Prinzessin verfügt über die Gabe des Sprechens kraft der Gedanken, sondern auch das ihrer Feinde, der Regendunklen – und vielleicht ist gerade dies der Grund ihrer erbitterten Feindschaft. Sie rochen, sie fraßen Gedanken. Und es scheint offensichtlich, dass sie meine Prinzessin auch genau auf diese Weise verfolgt hatten – nach dem Absturz mussten sie ob ihrer Bewusstlosigkeit an ihren Tod geglaubt haben, und auch in den ersten Tagen danach spürten sie nichts mehr von ihr, die sie unter einem schützenden Schleier der Amnesie lebte.

Doch dann gab ich ihr ihre Erinnerung zurück, ihr Denken klärte sich, und im selben Moment witterten auch die Dunklen wieder ein Echo ihrer Existenz und kamen von ihren Wartebahnen jenseits der äußeren Planeten angeschossen, um sich zu holen, was sie begehrten ...

Nie aber werde ich erfahren, was sie an jenem Tage allein dort draußen im Regen dachte, als ich nicht bei ihr war.

Jetzt, da ich hier sitze und dies schreibe, scheint es mir, als ob ich nicht falsch gehandelt hätte; aber wie durch einen fernen, unwirklichen Schleier hindurch. Mein Leben hat sich erfüllt. Wenn ich vor einem Spiegel stehe und mich und mein Konterfei verfluche, schneidet die Welt mir Grimassen.

Es kam mir wohl der Gedanke, dass sich all dies niemals zugetragen haben könnte ... Drogen und durchwachte Nächte, eine blühende Fantasie und ein krankes Gehirn; doch wenn ich mir aussuchen könnte, welche von beiden Welten ich wähle, so wäre die Entscheidung lange gefallen.

Ich führe ein absurdes Leben in einem absurden Heim, alles nur Abbilder der wahren Wunder der Ferne, gefesselt an das, was ich sein soll. Auf dem Plattenteller liegt das Letzte, was ich von ihr habe. Ihr Duft hängt noch im Raum. Alles andere scheint bedeutungslos.

Ich werde mich jetzt hinlegen. Später werde ich alle Spiegel im Haus zerbrechen, denn sie sind der letzte Beweis für die Trennung zwischen ihr und mir.

Draußen beginnt es zu schneien.

* * *

Ich habe gerade eine Seite aus dem Tagebuch gerissen. Wenn je ein Mensch dieses Buch finden und mir glauben sollte, so wird er unschwer bemerken, dass es sich um die Seite mit ihrer Beschreibung handelt. Ich lese sie jetzt jeden Morgen und jede Nacht, damit ich mich an sie erinnern kann. Wie eine Kompassnadel weist sie mir den einzigen gangbaren Weg – und der wartet dort draußen auf mich, am Ufer der Lethe, wo ich sie fand.

Ich glaube nicht, dass sie tot ist – ich denke, ihre Feinde wollen sie als Unterpfand. Die Regendunklen haben sie entführt … und sie ist irgendwo dort oben.

Ich darf den Glauben niemals verlieren.

Es ist jetzt bald Weihnachten, aber ich weiß, dass ich das Ende dieses Jahres nicht mehr erleben soll. Sie hat es mir doch gezeigt – und es ist ja so einfach …

Ich habe gestern das Schiff besucht.

Es ist unversehrt, und ich glaube, es mag mich.

Ich muss diese Welt nun verlassen – ich habe noch eine lange

Suchfahrt vor mir. Das Silberschiff wird mich tragen, so schnell, wie ich es wünsche.

Die Milchstraße ist nicht mehr fern.

Wenn du, der du diese Zeilen liest, mich suchst, dann sieh empor zu dem hellsten und schönsten Stern, den du findest! Vielleicht bin ich dort. Vielleicht ist sie dort. Das Buch, mein Bekenntnis, werde ich dir lassen. Nur diese eine Seite wird mich begleiten, damit ich auch in Jahren noch weiß, wie es am Anfang war.

Ich muss mich beeilen – es ist tief in der Nacht, und vor Morgengrauen will ich die Erde, will ich die weiten, schneebedeckten Felder Fairwaters zum letzten Mal gesehen haben. Es gibt nichts mehr, was mich hier hält.

Ich weiß nicht, was mich dort oben erwartet. Vielleicht werde ich nur ein kleiner, hilfloser Teil dieses galaktischen Krieges werden, grotesk und erbärmlich. Ich bin nicht zum Helden geboren, aber war ich je dazu geboren, eine wie sie zu lieben? Vielleicht werde ich Gefährten finden und Feinde; vielleicht bleibe ich auch allein, solange mich ihr Schiff am Leben erhält, gefangen in klaustrophobischer Einsamkeit … ich werde fliegen, schneller als das Licht der Sterne. Ich werde erfahren, was auf der anderen Seite der Nebelschleier und Leuchtfeuer liegt. Es gibt unzählige Welten dort draußen, an die ich in meinen kühnsten Träumen nicht zu denken wagte. Doch ich vertraue auf ihr Schiff, und vielleicht werde ich sie dann eines Tages, wenn alles vorbei ist, erspähen – ganz unverhofft, aus den Augenwinkeln, im Glanz einer fremden Sonne oder im Schein zweier Monde, und mit ihr gehen, um eine dieser neuen Welten unter einer dieser neuen Sonnen zu teilen.

Vielleicht werde ich auch nur sterben.

All dies ist einerlei.

Denn ich liebe sie.

* * *

Spät in der Nacht schloss ich mit zitternden Händen das Buch, nahm Jasemys Mantel vom Haken und ging hinaus aus der Stadt zu einer kleinen, namenlosen Brücke. Ich stand lange dort und sang den Sternen etwas vor – ich blieb dort viele Stunden.

Dachte an die alten Schmerzen, an das nagende Flehen und Kratzen all der Fantasien an den Pforten meines Verstands, die Klage der Träume, die ich dahinter verschlossen hielt; an Schmerzen in meinem Arm, die wieder entflammt waren, ihn so nutzlos machten wie einst; dachte an die flüchtige Handschrift eines schwachen Gemüts, fahrig auf das Papier gezaubert, von einer Hand, die aussah wie meine eigene, mit all ihren Narben; befühlte den Mantel, der, obgleich nicht mein eigener, mir doch passte wie angegossen.

Was für eine Krankheit ergreift von uns allen Besitz, die uns die Essenz unseres Seins raubt, bis wir nur noch leere Hüllen in der Wirklichkeit sind, bereit, von dunklen Mächten erfüllt zu werden? Was lässt uns diesen Wahn wie die Liebkosung von Regen ersehnen?

Am nächsten Morgen erwachte ich, fuhr in die Stadt und haschte hinkend nach den Schatten der Menschen, die an mir vorüberliefen, gewiss, dass sie, die einen Schatten besaßen, auch ein Spiegelbild ihr Eigen nennen konnten.

Zwischenspiel: Ein Leben

Formlose Farbschlieren verwaschenen Brauns und Graus verdichten sich zu den vertrauten Gespenstern verhängter Kommoden, Kanapees, unter schmutzbesprenkeltem Kunststoff verborgen; bleiche Leintücher bespannen Gemälde und Truhen, Kästen und Kisten voll aufgegebener Güter, verlassener Träume, verstaubender Schätze.

Bücher, Gedanken, Gefährten aus Wolle und Futter, Spielzeug, Geräte verlebter Zerstreuung; Grammofone, Telefone, Ordner endloser Listen verlorener Dinge, Koffer voller Kleidung und Kosmetikartikel; Socken, Brillen, Sandalen und Briefbeschwerer, Krawattennadeln, Hosenträger und Büstenhalter, eine Schaufensterpuppe und über den Boden zerplatze Fahrradteile. Werkzeug, Schreibzeug, Haushaltsgifte und Gedichte an haltlose Liebschaften uralter Zeiten.

Staub senkte sich über diese Welten und Wunder, machte sie gleich, wob eine Decke für ihre fröstelnde Einsamkeit. Linderte die Schmerzen. Nahm den Verlust. Der Staub erhaschte all die Zeit und auch das Alter, ja selbst den Tod. Der Staub machte alles alt, und es blieb so.

In diesem Reich verblassender Farben und stechender Gerüche nach Öl, Lack und steinaltem Menschenduft, nach Stoffen, Schuhen und Span ist das Licht ewig weich, und die Geräusche sind gedämpft. Der Geschmack des Holzes und des wogenden Staubes ist wie Mehl und Kalk im Winter, Kreide, im Gang der Gezeiten gelöst, und warm liegt der Boden unter den Füßen im Sommer. Man hinterlässt keinen Laut auf ihm und fast keine Spur; Spuren wie Schneeflocken im Wasser. Als Meer feiner Federn legt sich der Staub stets zurecht, füllt gleich einer Flut meine Fußstapfen, kitzelt in der Nase. In meinem Reich vergeht keine Zeit. Ich habe es weder erschaffen noch jemals gepflegt, ich habe es nicht einmal entdeckt. Es waren andere vor mir hier, und manchmal, des Tags, *sind* andere hier, Menschen, meist sie, die eine, *die* Frau, oder der Mann, mit dem sie schläft und der wie keiner und tausend riecht.

Von uns kommt niemand mehr her außer mir. Zurzeit bin ich allein. Selten, einst, sehr fern scheint es schon, da gab es wohl einen, der außer mir hier war und dessen Duft lange im Staub haftete wie eine fremde, störende Farbe. Ich weiß nicht, ob er die gleichen Dinge liebte wie ich, die gleichen Bilder besah, auf den gleichen Türmen sein Lager fand, vier Kisten hoch, drei Decken weich. Wir trafen uns nie. Dann, eines Tages, ging er davon oder starb einen lautlosen Tod, ich erspürte es nie, ich fand ihn nur nicht mehr vor, den seltsamen, fremden Duft.

Dies ist mein Land. Es ist niemand da, es anzuerkennen, und ich habe niemals darum gekämpft. Doch steht es für mich außer Frage, dass noch eine Menge Menschen diesen Ort brauchen, ihre Dinge zu begraben, ohne sie zu töten; sie zu lagern und liegen zu lassen. Solange bin ich es, der sie bewacht und behütet, sich an ihnen erfreut, auch wenn ich sie niemals gewählt, nicht sortiert, nicht genutzt habe, diese Artefakte der Alten. Doch ich deute und erinnere sie. Ich beschreibe und erschaffe sie neu. Ich setze sie in Beziehung. Ich erkenne ihre Natur; wenn es in der ganzen wunderlichen Ferne der Welt einen Experten für diesen wärmenden Ort unter dem First meines Hauses geben sollte, so bin ich das. Denn ich lebe hier.

Ich gehe nicht hinaus in die Welt. Meine Tugend ist die Bescheidenheit, und mir reicht dieser winzige Ort hier zum Leben, abgeschieden, ruhig und frei von Gefahr. Mein Fenster hinaus in die Welt ist diese Dachluke, durch die ich alles beobachten kann – meine Sinne sind immer noch scharf, auch im Alter. Von dem hohen Stapel von Kisten aus, dort auf meinen Decken, sehe ich *alles.* Die Frau sorgt dafür, dass mir dieser Ausblick bleibt – sie weiß, ich brauche ihn. Damit ich *sehen* kann und *hören.*

Wie damals, als der Geigenmann spielte, verborgen in Schatten. Ah, der Silberweg! Die wundervolle Musik! Sie machte mich von alten Geschichten träumen, die nur unsereiner erinnert. Seine Weisen flogen durch die Nacht und öffneten alle

Wege für ihn. Wir kennen den Silberweg, wir kennen ihn wohl, doch benutzen ihn nur selten. Ich hatte nie geglaubt, dass es Menschen gab, die ihn bereisten – nur diesem einen da, dem traute ich es zu.

Es ist so lange her, dass ich die Welt da draußen geschmeckt habe, ich weiß gar nicht mehr, wie lange schon. Ich muss gerade erst gelernt haben, auf eigenen Beinen zu stehen. Vergessen habe ich, wo ich herkomme. Ich kann mich nicht erinnern. Ich bin alt. Verzeihen Sie mir ... all dies ist vorbei.

* * *

Die Geschichte, die ich erzähle, sollte eigentlich nicht von mir, sondern von *ihr* handeln. Aber ich kenne sie kaum, kenne nur mich. Deshalb ist dies wohl die Geschichte eines Trugbildes – die Geschichte eines Traums.

Ich sah sie das erste Mal, als ich noch sehr jung war. Schon damals wusste ich, dass ich nicht mehr nach draußen gehen würde. Halten Sie mich nicht für feige – wir müssen alle unsere Grenzen setzen. Wir müssen alle Abstriche machen. Meine Grenzen erscheinen Ihnen vielleicht sehr eng, aber vielleicht ist es auch nur, dass ich die Dinge gerne unter Kontrolle habe – so wie das Mobiliar meines Dachbodens, mit dem ich Sie vorhin vertraut gemacht habe. Je kleiner der Raum, auf dem man lebt, desto mehr Erinnerungen und Wunschträume knüpfen sich wie Düfte an alle Dinge. Die Welt wird intensiver und bunter dadurch. Man ist sicher. Man ist nicht mehr fremd, man ist niemals einsam, und es wird auch nicht langweilig. Unser Gedächtnis ist ohnehin nicht sehr gut – das Wissen unserer Ahnen besitzen wir wohl, da wir es schließlich zum Überleben brauchen, und ein Kurzzeitgedächtnis will ich auch gar nicht leugnen, schwerlich vermöchte ich sonst, einen Gedanken an den anderen zu reihen und diese Geschichte zu erzählen.

Doch dazwischen treiben Fragmente, Träume wie Treibgut, die wir nie sortieren können, und niemals ziehen wir sie ganz aus ihrem Meer und betrachten sie uns von allen Seiten. Orte und Zeiten verschwimmen. Freud und Leid werden eins. Die Gesamtheit aller je erfahrenen Impressionen verschmilzt zu einem diffusen Wissen und Nichtwissen, das uns manchmal sogar darüber hinwegtäuscht, wer wir selbst eigentlich sind. Wir wachen jeden Tag auf und sind wieder die Person, die wir vor drei Jahren für eine flüchtige Sommernacht waren, und dann wieder verfallen wir in dieselbe alte vertraute Stimmung, die uns schon mehrere Winter lang tapfer begleitete. Vielleicht reden uns diese Stimmungen auch nur ein, dass wir sie bereits kennen, damit wir uns nicht vor ihnen fürchten; nicht in den Konflikt geraten, gleichzeitig wir selbst und jemand Neues zu sein.

Tage und Nächte jagten einander und holten nur immer sich selbst ein. Alle Tage und alle Nächte sind eins. Alle Frühjahrsdüfte entströmen derselben zeitlosen Quelle, als gäbe es jemanden, der jedes Jahr dieselbe Dose wieder öffnet, in der alle Düfte während des Winters gefangen sind. Desgleichen verhält es sich mit den Farben des Herbstes. Die Zeit ist ein einziger großer Zyklus, ein Rad, das durch uns hindurchrollt, nur überleben wir es nicht auf Dauer. Ich habe mich oft gefragt, ob es nicht besser wäre, dieses Rad einfach an einem bestimmten Moment, der unser Wohlgefallen erregt, anzuhalten und nicht mehr zu leiden, sich nicht mehr zu ändern, das Schauspiel nicht mehr verfolgen zu müssen.

Dies wäre das Ende allen Konflikts.

Ich sah sie also eines Morgens, als ich unversehens, außerplanmäßig, wenn Sie so wollen, auf meinen Kissen lag, und es geschah dennoch in genau derselben Art und Weise wie an allen anderen unversehenen, außerplanmäßigen Morgen meines an Erfahrungen noch nicht sehr reichen, aber auch nicht entbehrenden Lebens. Heute wünschte ich häufig, ich hätte jemanden, dem ich all das, was ich mittlerweile gelernt habe, anvertrauen könnte, insbesondere all die praktischen Kleinigkeiten, mit denen ich Sie jetzt nicht aufhalten möchte.

Ich erspähte sie durch die kleine Dachluke, die in einem perfekten Arrangement äußerer und innerer Welt vor mir lag, Betrachtetes und Betrachter, wann immer ich mich auf meinen Polstern in meinem Duft niederließ und den Blick nach draußen richtete. Das Sichtfeld war groß genug für einen ausreichenden Eindruck der Gärten vor unserem Haus und eine Ahnung des Stadtparks dahinter – ich befand mich am höchstgelegenen Punkt der mir bekannten Stadt und der sichtbaren Welt, von den sie begrenzenden Bergen, die ich manchmal am äußersten Rand des Fensters erahne, einmal abgesehen. Ich genoss diese Stunden der Beobachtung, von kurzen Perioden des Schlafes unterbrochen, denn sie waren mein einziger direkter Bezug zu den Dingen, die sich dort draußen zutrugen.

Sie betrat mein Sichtfeld an jenem Morgen, und mit ihrem Erscheinen wurde alles anders.

* * *

Ich habe gesagt, dieser Morgen hätte sich in nichts von vielen anderen unterschieden, und ich habe auch gesagt, wir würden uns bei was immer wir tun stets vertraut und an uns selbst erinnert fühlen, sodass sich die unwirkliche Vorstellung auftut, nichts geschähe wirklich zum ersten Mal. Beides trat in diesen Sekunden außer Kraft. Die Welt blinzelte, und als sie die Augen wieder aufschlug, war sie eine andere. Die Macht, mit der das geschah, überrascht mich noch heute. Es ist eine fortdauernde Genesis, die sich in Momenten wie diesem seit den ersten Tagen wiederholt.

Ich will Sie gar nicht mit Beschreibungen ihres Äußeren langweilen. Ich weiß, daran sind Sie nicht interessiert. Ich will auch nicht lügen und behaupten, ihre Schönheit rücke sie außerhalb des Beschreibungsvermögens eines Dichters. So war es nicht. Sie war nicht wie die Sonne, wie einer Ihrer Poeten einmal treffend sagte. Sie war nur *meine* Sonne. Für mich ging sie mit ihr auf und unter.

Da ich aber, wie bereits eingestanden, über ihr Wesen und ihr Naturell nichts zu berichten weiß, muss ich wohl auf meine Fantasie ausweichen, um Ihnen einen zufriedenstellenden Eindruck ihrer Person zu vermitteln.

Da war erst einmal die Tatsache, dass sie im Gegensatz zu mir die Welt draußen bereiste. Dies deutete entweder auf einen gestärkten Charakter oder eine extreme Unvernunft hin. Zu ihrer Verteidigung sollte man sagen, dass sie keinen verwahrlosten Eindruck machte. Dennoch wurde ich den Gedanken nicht los, sie sei keines der verhätschelten Mädchen, die ein sorgloses Leben führten und des Vormittags in die Gärten entlassen wurden, um arglosen Männern den Kopf zu verdrehen. (Das Liebesspiel, so viel weiß ich, auch ohne auf nennenswerte Erfahrungen zurückzublicken oder ein gesteigertes Verlangen mein Eigen zu nennen, ist eine ernste und schwerwiegende Angelegenheit für unsereiner. Solche Mädchen wie die, von denen ich da gerade sprach, nehmen das viel zu leichtfertig.)

Ich fragte mich also, woher sie kam, wenn man sie nicht an diesen Ort gebracht hatte. Ich war sicher, sie nie zuvor gesehen zu haben, und bemerkt hätte ich sie, hätte sie schon häufiger Fuß in meine Gärten gesetzt. Es legte den Schluss nahe, dass man sie entweder verjagt hatte – eine nomadisierende Herumtreiberin auf der Durchreise – oder aber sie im Begriff war, ihr Gebiet auszudehnen, was einer Akquirierung der Gärten bis an die Grenzen des Parks gleichgekommen wäre – ein beachtlicher strategischer Vorteil.

Ihr Benehmen war sicher und selbstbewusst. Sie wusste, worauf sie zu achten hatte, wenn sie sich bewegte; sie war weder ängstlich noch launenhaft (wir alle *wissen*, worauf es ankommt, auch wenn wir das Wissen nicht anwenden – schimpfen Sie mich ruhig einen Theoretiker). Sie war nicht auf Jagd aus, auch nicht auf Spiel. Sie streifte nur durch die Wiesen und erfreute sich an den Farben des Frühlings, dem warmen Gras und dem Duft der in Blüte stehenden Sträucher. Dann verschwand sie nach einer langen, segensreichen Viertelstunde außer Sicht.

Sie ging mir nicht aus dem Sinn. Woher kam sie? Was hatte sie vor? Hatte sie viele Freunde? Viele Widersacher? Viele Bewunderer? Wusste sie, auf wessen Gebiet sie sich befand? War sie eine Entwurzelte auf der Suche nach einer neuen Heimat? Würde ich sie wiedersehen? Ich schlief die nächsten Tage und Nächte nur noch unregelmäßig und ertappte mich dabei, wie ich meine Körperpflege auf ein absurdes Maß an Gründlichkeit ausdehnte, mir wünschte, ich könnte die leckersten Bissen meiner Speisen mit ihr teilen, und so viel Zeit auf dem Dachboden verbrachte, dass es selbst der Frau auffiel. Dabei wusste ich damals schon ganz genau, dass weder meine Angebetete noch ich jemals die Schwelle der Tür übertreten würden, die uns trennte.

Es dauerte fast eine ganze Woche, bis ich sie das nächste Mal sah. Es war um die Mittagszeit, einige Stunden später als beim ersten Mal (was meine These bestätigte, dass sie nach eigenem Ermessen kam und ging und ihre Freiheit nicht vom Gutdünken eines anderen abhing). Diesmal war mir ihr Anblick länger vergönnt. Sie spielte auf beeindruckende Weise mit ihrem Geschick, was die allgemeine Aufmerksamkeit der verschiedensten Anrainer meines Gebiets auf sich zog: Menschen, Hunde, Vögel, sie war eine richtige kleine Angeberin an diesem Tag, und ich liebte das geschmeidige Spiel ihrer Muskeln und die Anmut ihrer Haltung. Sie machte in diesen zwei Stunden allein durch ihre Gegenwart klar, dass sie diesen Garten nun auch als ihren betrachtete – weitergehende Maßnahmen schien sie nicht nötig zu haben. Dann wandte sie den Blick nach oben und sah mich direkt an.

Unsere Augen sind seit jeher unser größtes Geschenk. Es war nicht von Bedeutung, dass die Entfernung zwischen uns so groß war, dass ein einziges ungünstig platziertes Blatt in der Dachrinne mir den Blick auf sie hätte versperren können; ich sah ihr direkt in die Augen und sie in die meinen. Ich kann Ihnen nicht beschreiben, was während dieser Vereinigung in uns vor sich ging, denn bei aller Poesie, mit der Sie und Ihre Art unsere Augen bedenken, halten Sie sie doch für ausdruckslos und kalt; doch das entspricht nicht der Wahrheit, sondern liegt in Ihrer Vergangenheit und uralten Ängsten begründet.

Dann endete der Moment, sie sah weg und verließ mich aufs Neue. Ich wusste, ich hatte ihr Interesse erregt.

* * *

Wochen vergingen. Sicher hatte sie viel zu tun; Grenzen zu verteidigen, Wege zu erkunden, Mysterien zu ergründen. Ich malte mir ihr gefahrvolles Leben in den prächtigsten Farben aus und dachte nun jeden Tag und jede Minute an sie. Allmählich begann ich mir Sorgen zu machen, doch zu Unrecht. Am Ende der dritten Woche kam sie zurück.

Diesmal war schon eine gewisse Vertrautheit zwischen uns; sie entsann sich meiner und positionierte sich in einer Art und Weise auf dem Zaun, dass ich sie gut sehen konnte. Sie machte einen etwas gerupften Eindruck – sie hatte gekämpft! Wellen der Hochachtung strömten durch mein pochendes Herz. Sicher hatte sie gewonnen! Eine Zeit lang saß sie nur da, und eine Menge Dinge, die wir ebenso wenig aussprechen wie Sie, wurden in diesen Minuten gesagt. Reglos verharrte ich auf meinen Kissen und sah auf sie hinab. Die Existenz der Tür vier Stockwerke tiefer schmerzte wie ein Dorn in meiner Seite.

* * *

Sie kam nun regelmäßig, und wir hatten unsere persönlichen Spielchen. Manchmal präsentierte sie einen Leckerbissen, um mich zu necken; sie ging auf die Pirsch, wohl wissend, dass ich sie sehen konnte, ihr Opfer aber nicht; und einmal lockte sie einen anderen unter Vorspiegelung falscher Tatsachen in unseren Garten und gab ihm vor meinen Augen den Laufpass.

Sie fragen sich sicher, weshalb ich nichts unternahm, warum ich nur weiter wie eine Statue auf meinem Kissen unter dem Dach saß und herabblickte, als ginge mich all dies nichts an. Sie verstehen mich nicht.

Sie verstehen einfach nicht.

Es geht nicht darum, was man sich wünscht, über was für Befähigungen man verfügt oder was man sich zutraut, und es ging nie um technische Voraussetzungen oder Gegebenheiten.

Es geht einfach nur darum zu wissen, *wo man seinen Platz hat.* Es geht darum … wo man sich selbst sieht, und ich sah mich mit ihr, natürlich, in jeder Sekunde, die wir zusammen waren. Aber sobald sie meinem Anblick entzogen war, blieben nur mein Staub, meine Träume, mein Reich voller Gerümpel. Ich ahnte, dass dies auch das Letzte war, was ich einst sehen würde, wenn alles andere fort war. Es war nie wirklich eine Wahl.

Ich sah sie an, teilte ihr das mit, und ich denke, sie verstand auch. Sie lächelte, zuckte die Achseln und zog von dannen.

* * *

Mit ihrem Weggang aber hielt die Einsamkeit Einzug, und mit ihr kamen die Zweifel. Nicht an der Wahrheit meiner eigenen Welt, sondern daran, ob es nicht doch eine zweite Welt, eine andere Wahrheit für mich geben könnte – und sei es auch nur für ein Jahr, einen einzigen Sommer. In den Nächten erwachte ich in Klage um sie und um mich und entsann mich seltsamer Träume, die eine Sehnsucht in Bilder fassten, die ich niemals in mir vermutet hätte.

Ich stand in diesen Träumen vor der unteren Tür des Treppenhauses. Die Tür stand weit offen. Ich sah das smaragdgrüne Gras in der Nachtluft wogen – sah die schimmernden Tautropfen in den Spinnweben, die glänzenden Kiesel im Blumenbeet, das nach Humus und Stiefmütterchen duftete, nach Mausenestern und Tod, sah Insekten und Blätter, über die alabasterfarbene Schnecken krochen, und im Traum machte ich einen Schritt über die Schwelle, in einer Sekunde, die in nichts je irgendeiner anderen Sekunde meines Lebens ähneln würde.

Gefangen stand ich in diesem sinnbetörenden Kosmos eines Vorgartens wenige Meter vor meiner Haustür im Mondschein, mit rasendem Herzen spürte ich die sanfte Brise auf meinem Körper, und jede meiner Sehnen spannte sich in huldvoller Erwartung eines Kampfes, einer Flucht oder einer Vereinigung mit meiner Sirene. Die Größe der Welt um mich herum ängstigte mich zu Tode, und doch sah ich den Tod als geringen Preis für die schreckliche Schönheit der Fata Morgana, die mich umschlang – und ich erwachte in Tränen.

Da der Traum nicht mehr von mir ließ und ich ihm tagein, tagaus nachhing, beschloss ich eines Mittags, als ich spät auf dem Dachboden erwachte und niemand zu Hause war, dass ich seiner nur Herr werden könnte, würde ich ihn Dame Wirklichkeit vorstellen, auf dass er ihre Bekanntschaft machte und einen Tanz mit ihr wagte – und ohne wirklich erwacht oder meiner gewahr zu sein, trabte ich die Treppe hinab, und mit jedem meiner Schritte war die Tür am Ende der Reise geschlossen – oder offen – oder geschlossen – und ich beschloss, nicht zu denken, bis ich die letzte Biegung erreicht und die Welt mir offenbart hatte, ob die Vereinigung meines Traums mit der Wirklichkeit fruchtbar sein oder in Gram enden würde. Dieses Mal, dieses eine Mal wäre ich zu allem bereit.

Ich erreichte die letzte Biegung. Die Tür stand weit offen.

Ehrfurchtsvoll schritt ich auf die golden das Treppenhaus illuminierende Pforte zu. Der Flur roch in der Sonne nach Zeitungen und Sägespänen. Dort draußen lag friedlich und lockend die grüne äußere Welt – nicht halb so gefährlich, so funkelnd, so magisch wie in meinem Traum, nur wärmer und weiter, als ich jemals vermutet hätte.

Es würde keine andere Gelegenheit geben. Ich stand, ließ die Sonne mein Fell streicheln und witterte mit bebender Nase. Ein Schaudern überlief meinen Rücken. Ich machte einen zaghaften Schritt.

Ich war schon fast in der Tür, als der Mann sich dem Eingang näherte, schnellen Schritts auf mich zu, kein Auge gen Boden gerichtet, und uralte Reflexe forderten, dass ich zur Seite sprang, und wohin nur hätte ich springen können angesichts des fremdartigen Aussehens des Erdbodens vor mir, der unbekannten Formen der Büsche, der spottenden Augen in den Bäumen rings um mich herum, wohin anders als geradewegs zurück meine Treppe hinauf?

Ich würde diese Welt nicht in Demut und Schrecken betreten. Eher würde ich sie auf immer in meinen Träumen verschließen.

Der Mann schlug die Eingangstür hinter sich zu und eilte nach oben.

Ich hatte es redlich versucht.

Sie würde mir nie einen Vorwurf machen können.

* * *

So gingen die Jahreszeiten vorüber. Sie war weiter Herrin der Gärten von meiner Gnade, und häufig blickte sie zu mir herauf, und wir setzten unsere stumme Zwiesprache fort. Ich erzählte ihr von meinen Träumen und wusste, es könnte nach wie vor alles anders werden, wenn ich nur mein Reich verließe und ihres betrat. Aber die Träume wurden seltener, und bald waren sie ganz vorbei; das Geheimnis meiner Niederlage barg ich in meinem Herzen, und der Staub auf dem Boden tröstete mich jeden weiteren Abend und ließ mich nicht wieder zweifeln seitdem. Ich blieb, wohin ich gehörte.

Ebenso wenig betrat sie meine Welt. Es gab immer wieder Tage, besonders im Sommer, in denen die Tür unten offen stand. Wenn sie es gewagt hätte (und sie konnte schwerlich Angst vor etwas so Banalem wie diesem Treppenhaus haben!), hätte sie jederzeit zu mir gelangen können. Eine Zeit lang fantasierte ich von solchen Optionen, aber mit den Jahren erkannte ich, dass es dazu ebenso wenig kommen würde wie zu meiner Bezwingung des Tages, an der ich einst scheiterte, vermessen und eitel.

Wir wurden die besten Freunde. Ich stand morgens auf, trabte nach oben und sah ihr bei ihren Ausflügen zu. Dann hielt ich ein Mittagsschläfchen, und des Abends oder des Nachts gab sie ihre Galavorstellungen. Ich stellte mir dann vor, dort draußen bei ihr zu sein und die Schatten und scharfen Gerüche der Gärten mit ihr zu teilen.

So vergingen Tage und Nächte. Ich dachte nicht mehr ohne Unterlass an sie – aber sie blieb ein zentraler Teil meiner Welt, einer der Sterne, den sie umkreiste. Die große Liebe meines Lebens.

Dann kam der schreckliche Tag eines Herbsts, als sie erst lange gar nicht erschien und sich dann meinem entsetzten Auge aufs Schwerste verwundet und fürchterlich blutend darbot. Sie musste eine schwere Schlacht geschlagen haben, und meine Muskeln spannten sich angsterfüllt an, ich erhob mich von meinem Kissen – ja, ich sprang auf und rannte los; und wieder zurück; und verfolgte in Schrecken, was als Nächstes geschehen würde. Sie leiden zu sehen war grauenhafter als alles, was mir je widerfahren war.

Man fand sie und brachte sie fort. Eine Woche schrecklicher Ungewissheit, dann trug man mir zu, sie lebe noch. Alle Vögel und Hasen in den Gärten beendeten ihr garstiges Zwischenspiel und nahmen die Rückkehr ihrer Herrin zur Kenntnis. Tags darauf sah ich sie. Sie blickte einmal empor – ein einziges Mal –, dann niemals wieder.

Im Sommer darauf hatte sie eine Familie, und was soll ich sagen? Bezaubernd war der Anblick ihrer Kleinen, ich liebte sie, als wären es meine eigenen. Der Vater im Übrigen, lachen Sie ruhig, war der unglückselige Tollpatsch, den sie einst mir zuliebe verjagt hatte.

Ich verfolgte ihre Tage von meinem Fenster aus. Ich sah ihr und den Kleinen beim Wachsen zu, sah, wie sie älter wurde, ihr Geschick sie verließ und im selben Maße das ihrer Kleinen zunahm. Der Bursche hatte sie wieder verlassen, und ich vermutete, sie würde keinen anderen mehr haben. Das Leben dort draußen, das kann ich Ihnen sagen, fordert seinen Preis, und es schmerzte mich sehr, meine alte Freundin dahinwelken zu sehen. Mit mir meinte die Zeit es besser; heute bin ich einer der Ältesten unserer Art.

Doch fragte ich mich allein ihretwegen häufig, ob ich nicht einen Fehler gemacht hatte, als ich nicht zu ihr ging; denn ich habe nie erfahren, wie es gewesen wäre. Aber ich habe meinen Entschluss nie bereut, auch nicht, als die dunklen Jahre dann anbrachen und ich alles verlor – den Platz, den Dachboden, alles. Schließlich ist mir doch der Wert des Lebens geblieben, das ich sehr schätze. Doch lassen Sie mich zum Ende kommen, es ist nur noch ein kleiner Topf voller Sätze.

* * *

Die Jahre vergingen, Frühling um Frühling und Herbst um Herbst. In den Wintern kam sie immer seltener, und dann, eines Tages, kam sie überhaupt nicht mehr, und ich wusste, dass etwas geschehen war. Ihre Kinder kamen mich auch nicht besuchen, und ich verließ meinen Platz auf den Kissen und sah nicht wieder hinaus, denn ich hatte alles gelernt, was die Welt draußen zu lehren hatte.

Herr Andersens wundersame Gabe

FÜNFTES KAPITEL (1937–69)

In welchem man sich einer Reise mit diesem fabelhaften Herrn entsinnt – und der wahren Weite des Meeres gewahr wird

> *How many times has he waited there*
> *Beneath the boughs of angel hair*
> *Woolen coat pulled tight against the wind*
> *That whipped and chafed his face*
> – Pavlov's Dog, *Did You See Him Cry*

1. Eines Menschen Zeit, 1969

Sooft sie in den Park kam, sah sie den alten Mann auf seiner Bank sitzen. Ungepflegt, wenn auch nicht abstoßend, ein wenig abgezehrt, doch keineswegs krank saß er meist mit dem Gesicht eines an Insomnie gewöhnten Großvaters den gesamten Vormittag dort, als wüsste er mit diesen Stunden nicht recht etwas anzufangen.

Das Mädchen wusste freilich weder, was Insomnie bedeutete (später einmal hätte es eine gewisse Vorstellung davon), noch hatte es sich je mit einem Menschen dieses Alters über seine Gebrechen unterhalten – und sie glaubte auch nicht, dass dieser Mann Kinder hatte; Väter saßen nicht auf Parkbänken herum. Sie mochte ihn einfach, er war der Mann auf der Parkbank, und sie bemerkte, dass es ihm an diesem Tag nicht besonders gut zu gehen schien; nervös und erschöpft wirkte er, ein unstetes Zittern der Glieder verriet seine Schwäche, und mit einem Lächeln, wie es nur achtjährige Mädchen produzieren können, ließ die Kleine sich neben ihm nieder.

Ah, ein glücklicher Großvater mit seiner Enkeltochter, dachte eine Handvoll Passanten, die auf dem Weg von der Westmoore Lane zur Southern Main oder umgekehrt vorübereilten. Dabei taten sie ihm ebenso unrecht wie das kleine Mädchen, denn in Wahrheit war er noch mitten in dem Lebensabschnitt, den man als die besten Jahre bezeichnete, nur verbarg er sie schon jetzt unter einem Bart und einem alten Anorak, und mit der Zeit würde es ihm immer besser gelingen. Neben ihm lag ein Seesack, einen unförmigen Koffer hatte er auch häufig mit sich (darinnen befand sich ein Akkordeon), und außerdem *hatte* er einen Sohn, aber das wusste nun wirklich niemand außer einigen sehr speziellen Personen.

Das Mädchen stupste ihn sanft, und er schenkte ihr ein Lächeln, überrascht und dankbar ob ihrer Unvorsichtigkeit. Man schrieb das Jahr 1969, und die Stimmung gegenüber seinesgleichen war nicht die allerbeste. Besser man hielt ihn für einen Großvater als für einen Dealer oder Päderasten. *Muchas gracias, ihr Lackaffen.*

»Wie geht es dir?«, fragte sie mit einem Glöckchenklang, der jede Äußerung von Missmut wie den kindischen Akt eines Spielverderbers hätte erscheinen lassen. Er blinzelte hilfesuchend in die Elfuhrsonne, die ihn nicht wärmte, und entsann sich seines besten Umgangstons. Ein paar Vögel zwitscherten in den Bäumen.

»*Ça va,* wie die Franzosen sagen«, brummte er schließlich, und sie lächelte ihn begeistert an. »Du kommst hier ziemlich häufig vorbei … Mt. Ages, was? Dein Schulweg?«

»Wir haben gerade aus«, strahlte sie. »Du sitzt jeden Morgen hier und auch mittags, wenn ich heimgehe. Aber nie abends?«

»Ich bin nicht gerne abends im Park«, sagte er, »und du solltest da auch nicht sein. Das ist wie sterben, und das ist nichts für dich. Abends gehe ich lieber zum Hafen hinunter. Hänge ein wenig am Pier herum. *Tutte le strade portano a Roma …* du weißt schon.«

»Was heißt das?«

»Das ist Italienisch und heißt: Alle Straßen führen nach Rom.«

»Hast du kein Zuhause?«

»Doch. Aber ich bin tagsüber nicht gerne dort … da ist es noch viel schlimmer.«

»Was könnte schlimmer sein als sterben?«, fragte sie unschuldig.

»Lebendig begraben sein?«, mutmaßte er. »Oder nicht mehr gebraucht zu werden vielleicht.«

Sie erwog den Gedanken.

»Hast du denn niemanden? Der dich braucht?«

»Doch, eine«, seufzte er grantig. »Sie gibt es nur nicht gerne zu.«

»Warum bist du nicht bei ihr?«

»Sind deine Eltern denn immer zusammen?«

»Ich habe nur meinen Dad …«

»Oh, okay. *Perdoa-me.* Dann verbringt ihr wohl sehr viel Zeit miteinander?«

»Geht so. Eigentlich nicht. Ich habe eine Nanny, aber sie macht mir Angst … Sie denkt sich immer so komische Geschichten für mich aus. Sie spricht Italienisch, so wie du.«

»Wünschst du dir, mehr Zeit mit deinem Dad zu verbringen?«, hakte er nach.

Sie überlegte. Runzelte die Stirn, worin sie noch recht wenig Übung hatte.

»Manchmal schon. Dann wieder nicht. Ich hätte viel lieber ein Brüderchen.«

»Da siehst du.« Er blickte friedlich zum Himmel empor.

»Ihr habt euch also nichts mehr zu sagen, deine Frau und du?«, lenkte sie das Thema auf ihn zurück.

»Du bist sehr neugierig.«

»Ja und?«, fragte sie.

Er seufzte. »Sie ist nicht meine Frau.«

»Sondern?«

»Sie ist meine … Schwester. *C'est-à-dire*, meine Schwester, ja.«

»Aber ihr redet nicht mehr miteinander.«

»Doch, das tun wir. Aber es sind immerfort die alten Themen … immer das Gleiche. Es steht immerzu zwischen uns, *por los siglos de los siglos,* Amen … alles Kacke ist das, entschuldige bitte.« Er hatte Schwierigkeiten, nicht aggressiv zu werden, das sah sie. Daher schwieg sie, nickte und versuchte, verständig zu sein – doch sie kapierte es nicht.

»Ist es denn so wichtig, oder warum redet ihr nur darüber?« Er sah sie konsterniert an. »Natürlich«, sagte er.

»Weshalb? Wenn ihr doch nie eine Antwort findet?«

»Du bist ein verflixt kluges Mädchen«, stellte er fest und griff nach einer in Packpapier gehüllten Flasche, die er nicht länger zu verbergen versuchte. Das Mädchen sah ihm aufmerksam zu.

»Trinkst du?«, fragte es vorsichtig.

»*Mais non, ma princesse*«, nuschelte er trinkend mit einem Grinsen.

»Du lügst …«

»*Mais oui.*« Beide lachten. Sein Lachen war kehlig und schroff wie Muscheln an einem Schiffsrumpf. Ihres war Perlen.

»Warum?«

»Was wirst du als Nächstes fragen? Wohin das Licht im Kühlschrank geht? Warum Menschen Atombomben bauen? Wohin der Highway führt?«

»Du nimmst deine Trinkerei ganz schön wichtig«, stellte sie mit aller ihr möglichen Überlegenheit fest – Jungen in ihrer Klasse waren den Tränen nahe, wenn sie so sprach.

»*Naturellement* tue ich das. Jeder ernstzunehmende Trinker nimmt seine Trinkerei wichtig.«

»Was hast du früher getan?«, fragte sie. »Bevor du dich auf diese Bank gesetzt hast? Aufgehört hast zu reden und trankst?«

»Du bist erbarmungslos, weißt du das?«, fragte er. »Gehst du mit Leuten immer so um? Ganz schön unverfroren.«

»Willst du nicht darüber reden?«

»Pass auf, dass ich dich nicht totquatsche, Kleines« drohte er ihr verschwörerisch. »Es ist gefährlich, einen wie mich nach seiner Lebensgeschichte zu fragen, und man kriegt ja auch allerhand mit auf der Straße.«

»Wirst du sie mir erzählen? Deine Geschichte?«

»Dir, *principessa*, würde ich sie sogar singen – wenn ich doch bloß …« Er warf einen verwirrten Blick neben sich. »Tatsächlich bin ich zumeist in Begleitung eines Instruments, aber ich muss es heute vergessen haben. *Merde.* Bedaure, Prinzessin, ich wünschte wirklich …«

»Du würdest mir die Sterne herabholen?«, sonnte sie sich in seiner Schmeichelei und steckte sich ihr Haar hoch, drehte sich geziert im Licht. Er sah sie ausdruckslos an.

»Nein«, sagte er dann, und sie ließ ihr Spiel bleiben bei seinem Tonfall. »*Mierda.* Das würde ich sicherlich nicht tun.«

»Dann erzähl«, forderte sie ihn abermals auf und probierte, es sich neben ihm gemütlich zu machen. Sie ließ die Beine baumeln und sah ihn erwartungsvoll an; er aber starrte vor sich auf die Erde, wo Blätter und Kaugummipapier im plattgetretenen Gras lagen, während um sie herum Vögel sangen, ein Hund bellte und ein Bus mit Touristen am Russell Hotel hielt.

Dann nahm er einen tiefen Schluck aus der Flasche.

»Nein«, sagte er ein weiteres Mal.

»Du hast es versprochen«, beschwerte sie sich, »und wieder gelogen.«

»*Carajo!*« Er trank noch einen Schluck. »Ich kann nicht.«

»Warum nicht?«

»Du würdest mir ja doch nicht glauben.«

»Ich werde dir glauben«, versprach sie, verzweifelt vor kindlicher Neugierde und Ohnmacht.

»Umso schlimmer.«

»Was soll so schlimm daran sein?«

»Wenn du es glaubst, wird es dein Leben verändern. Das steht mir nicht zu, *capisci?* Du würdest vor Sehnsucht vergehen oder schreiend davonlaufen, kommt ganz darauf an, aus was für einem Holz du bist. So oder so, alles, was ich erreicht hätte, wäre, dich zu verpfuschen.«

»Ich könnte dir helfen«, bot sie an.

»Trinkern kann man nicht helfen. Schon der Versuch zerstört alles, woran sie glauben.«

»Es soll aber gut sein, über Dinge zu reden, die einem weh-tun …«

»Pah! Hast du's schon mal probiert?«

»Ja.«

»Na und?«

»Es tat immer noch weh – aber es war nicht mehr so schlimm.«

Er seufzte. »Ich will nicht, dass meine Geschichte realer wird, als sie schon ist. *Comprendes?* Manche Ideen sind wie schlecht gelüftete Zimmer in einem … *puta madre* … also ein wirklich schlecht gelüftetes Zimmer. Man öffnet ein Fenster, der ganze Mief macht sich davon. Andere Ideen dagegen sind wie Zimmer ohne das kleinste bisschen Luft darin; öffne die Tür, und sie sau-gen alles ein, was draußen ist. Meine fixe Idee ist eine von der zweiten Art. Ich will nicht, dass sie noch mehr verschlingt.«

Sie sah ihn großäugig an. »Du machst mir Angst. Wie meine Nanny.«

»*Bene!* Frag also nicht weiter.«

»Ich wollte dir helfen«, schmollte sie.

»Tut mir leid. Ich freue mich ja, dass du mit mir redest, Klei-nes – aber das Thema ist schlecht. Ehrlich.«

Betroffen sah sie auf ihre Füße. »Über dich zu reden ist schlecht?«

»Ja.«

»Bist du denn schlecht?«

»Wirst du wohl lockerlassen?«

Sie grinste verstohlen. »Ich lasse nie locker. Du wirst mir dei-ne Geschichte erzählen. Ich will wissen, was du erlebt hast, und du willst darüber reden. Ich habe einen Freund, der ein großer Schwindler ist und ein Feigling, und er kommt jeden Morgen zu mir und sieht mich ganz genauso an wie du jetzt gerade. Weil er mir etwas erzählen, es aber nicht zugeben mag und weil wir bei-de wissen, dass er erfindet, was er erzählt.«

Er schüttelte den Kopf, lachte, rieb sich die Augen. »Armer Kerl!«, rief er aus, nahm einen weiteren Schluck aus der Flasche und nestelte an seinen verdreckten Handschuhen herum.

»Komm morgen wieder, Prinzessin«, gab er dann auf und scheuchte sie davon wie ein hungriges Entlein, das sich ein ganzes Baguette zum Frühstück vorgenommen hat. »Ich werde dir meine Geschichte erzählen – wahrscheinlich ist das mein Job. Aber morgen. Also mach dich vom Acker. Salut!«

* * *

Der Herbst 1937 war ein sehr kalter Herbst in Fairwater, aber das schreckte die Betreiber des Jahrmarkts nicht ab, der damals regelmäßig durch unsere Stadt zog. Sie kamen von Osten, von den großen Städten, und wanderten nach fünf Tagen, in denen ihnen der ganze verdammte Park gehörte, weiter nach Westen in die Wälder. Manchmal kamen sie etwas zu früh und lagerten dann bei der alten Carson-Farm (die heute nicht mehr steht, man erzählt sich, dort spukt es, und mit gutem Grund), denn Bürgermeister Goodwin und der Stadtrat wollten sie nicht länger als nötig in der Stadt haben: all die Ausländer, Rumtreiber, das fahrende Volk … solche Leute raubten Goodwin den Schlaf.

Die Kinder aber liebten den Jahrmarkt, er war die letzte Attraktion des Jahres, bevor man sich in die Häuser verkroch und nur noch auf Thanksgiving, Weihnachten und die Gnade des nächsten Frühjahrs hoffte. (Und darauf, sich während des Winters in einer Stadt, die so verflucht feucht war, dass sie im Januar häufig komplett zufror, kein Bein zu brechen. Lifelight sorgt ja heute dafür, dass das seltener vorkommt.)

Meine Schwester und ich, wir waren Kinder zu dieser Zeit.

Du musst dir die Gegend hier um den Park etwas anders vorstellen. Das Hotel stand damals noch nicht. Die Concordant Bridge war gerade erst für den Verkehr freigegeben – Nummer

120, wenn ich mich recht entsinne –, und das ganze Viertel war nicht viel mehr als ein einziges großes Feld. Im Süden sah's nicht viel besser aus – man nannte die Villages damals noch Villages, weil die Reichen dort unter sich waren, abgetrennt von den Arbeitervierteln, den Fabriken und der Altstadt im Osten. Hier, wo wir jetzt sitzen, und runter bis zur Southern Main gab es nur Rübenäcker und Maulwurfshügel.

Goodwin und seine Leute hatten das ganze »Stadtpark« getauft, nachdem der alte Park im Osten immer unerträglicher zu stinken begonnen hatte – trotz der Kanäle. Er war nie mehr als ein ansehnlicher Sumpf gewesen. Also lieber hier oben, wo es nur ein paar Gemischtwarenhändler und Arbeiterwohnungen gab, dafür aber trockenes Land, das sie auch hurtig zubauten, ehe die Herren von Lifelight es sich einverleiben konnten. Guido van Bergen führte damals die Dynastie – du wirst nicht von ihm gehört haben, nehme ich an, und es mag besser für deine Nachtruhe sein … es heißt, er habe Kinder gehasst (seine eigenen eingeschlossen); nur der Gedanke, den Familienbesitz und all seinen Reichtum an Goodwin und dessen Bürokraten zu verlieren, war noch unerträglicher für ihn. Also heiratete er eine stumme Arbeiterin …

Wie? Du kennst die Geschichte?

Na, so was!

Aber wo war ich? Meine Schwester und ich lebten in der Winter Avenue, einer der ältesten Straßen im Nordteil der Stadt. Wir sind nicht in Fairwater geboren, aber das Dorf, aus dem wir stammen, gibt es nicht mehr. Wir hatten dort eine große Näherei, die dann niederbrannte, und eine Menge arbeitsloser Näherinnen, die nach dem Brand die Trümmer ihres Lebens zusammenkehrten und hierher fuhren, wo sie Dosen beklebten und Grubenlampen zusammenschraubten.

Und da waren wir nun. Ich war damals so alt wie du heute, meine Schwester zwei Jahre älter als ich.

Wir waren unzertrennlich. Sie war ein Goldstück.

Der Jahrmarkt kam 1937 besonders früh, weil man ihn im letzten Ort aus Gründen, die uns Kindern niemand erzählte, davongejagt hatte. Fairwater war der letzte große Halt der Saison, und die Schausteller brannten darauf, ihre Vorstellung zu geben. Ebenso eilig hatten es wir Kinder. Jeden Tag rannten wir zu Carson-Farm, um einen Blick auf die Wagen und ihre Bewohner zu erhaschen, die Goodwin aus kleinlichen Gründen nicht vor der vertraglich vereinbarten Zeit auf seinen schäbigen Acker lassen wollte. Wir sahen den Jongleuren beim Üben zu, manchmal verteilten sie ein paar Stelzen und Reifen unter uns, und hin und wieder hörte man ein bösartiges Grollen aus einem der Tierkäfige; dann kam Gianni und scheuchte uns wieder davon. Gianni war so was wie der Boss, musst du wissen – was wahrscheinlich nicht stimmte, den wirklichen Boss bekam keiner je zu sehen, und die Schausteller scherzten häufig, er sei der Leibhaftige persönlich –, aber ein wichtiger Kerl war er schon, unser Gianni, mit seinem dicken Bauch, gestreifter Hose und dem schwarzen Jackett, wenn er in der Manege die Attraktionen ansagte. Er trug einen Zylinder mit einer Blume und hatte das Gesicht weiß geschminkt, wann immer er es für möglich hielt, ohne lachhaft zu wirken – was eigentlich niemals der Fall war, aber das juckte ihn nicht.

Der Rest der Bande war ein nicht minder skurriler Haufen; manche kamen und gingen von Jahr zu Jahr, so wie die angeblichen siamesischen Zwillinge, die 1935 dabei waren und dann niemals wieder; oder der bärtige Messerwerfer, der irgendwann in einem Knast in Frederick endete, weil er im Suff bei der falschen Person nicht danebengetroffen hatte. Als er wieder rauskam, hatte er sich so an das Leben im Bau gewöhnt, dass er den erstbesten Kerl niederstach, der ihm über den Weg lief, und so lochte man ihn wieder ein. Womit er nicht gerechnet hatte, war, dass sie ihn dafür auf den Stuhl setzten – so kann's einem gehen, wenn man sein Leben verschläft, Kleines …

Der Geigenmann war schon immer dabei gewesen.

Er hatte seinen eigenen Wagen, den kleinsten von allen, und der stand immer zwischen dem Wagen der alten rumänischen Hexe und dem der – laut Gianni – verfluchten Familie von

Freaks; das waren zwei zwergenhafte Greise mit ihrem riesen-
wüchsigen Sohn und einer idiotischen, aber sehr ansehnlichen
Tochter, die Handstände auf einem Pferderücken machte. Der
Geigenmann war Däne oder Deutscher oder vielleicht auch aus
dem Baltikum – man bekam es nicht so recht aus ihm raus. Sein
Haar war dunkel, sein Gesicht war schon als Junge faltenge-
zeichnet, und seine Augen waren so winzig, dass sie selten zu
sehen waren. Seine Hände waren lang und koboldgleich, die Finger knotig wie vertrocknete Zweige; doch wenn er sie bewegte
und über seine Geige streichen ließ, dann waren sie so zärtlich
wie die Finger eines verliebten Mädchens. Er dürfte Mitte zwanzig gewesen sein, als wir ihn das erste Mal trafen, doch er hatte
damals schon alle Würde und Seltsamkeit eines echten Profis.
Dabei verkaufte er sich noch unter Wert. Ich glaube nicht, dass er
je mehr als eine Handvoll Cent erhielt für das, was er tat, und
was er tat, war ganz außergewöhnlich.

Wir nannten ihn immer nur den Geigenmann. Er hatte einen
Namen; sein Name war Andersen. Andersen II., denn es hatte
bereits einen Andersen I. gegeben, an den sich einige der Älteren
noch erinnerten. Es hieß, er hätte Geschäfte mit seltsamen Leuten gemacht, und dann hätte er sich erhängt, vor vielen Jahren,
hier in unserer Stadt, und der kleine Johann – Johann Peregrin
Andersen II., so lautete sein voller wunderlicher Titel – wuchs
ohne Vater und Mutter auf, nur mit seiner verwunschenen Geige, einem antiken, wertvollen Stück, das der alte Andersen aus
Europa mitgebracht hatte. Die Leute vom Jahrmarkt hatten sich
um ihn gekümmert, sie waren seine Familie.

Er kam nicht gerne nach Fairwater – kein Wunder, wenn du
mich fragst –, aber seine Kollegen schworen Stein und Bein, dass
er nirgendwo so gut spielte wie hier, und natürlich erzählte man
sich, die Geige sei vom Geist seines Vaters besessen. Er war ein
stummes, grimmiges Bürschchen, und wenn man ihn im Winter
in einen Forst kahler Bäume gestellt hätte, so hätte man ihn
leicht mit einem davon verwechseln können. Aber wenn er spielte, hielten alle die Klappe, und genau das war seine Nummer.

Recht habt ihr gehört – seht nur eure Münder klaffen, seht alles Leben in Respekt verstummen! Zu sonderbar seine Weisen, zu unirdisch das Timbre seiner teuflischen Fidel! Hört die uralten Weisen der Geige – hört seine Magie, die euch die Stimmen raubt – hört den Klang, der die Luft zum Erschaudern bringt! Meine Damen und Herren, Andersen II.!

Das oder so was Ähnliches riefen Gianni und seine Schergen vor Andersens Auftritten, und verdammt noch eins, es war wirklich so gut wie unmöglich, etwas zu sagen, wenn der Geigenmann spielte. Fein, man hätte es vielleicht gekonnt – ein paarmal ist es sicher auch passiert –, aber man *wollte* es nicht. Es war wahrhaft nicht schön – weiß Gott, ich bekam jedes Mal eine Gänsehaut, wenn er es tat –, aber so fremdartig, so magisch, dass es jeden Gedanken verdrängte. Man vergaß oben und unten, und gelegentlich wer man selbst eigentlich war.

Den Tieren in ihren Käfigen ging es nicht viel besser: Wenn Andersens Geige ihren Sirenengesang anhob, verstummten die Pumas und Grizzlys und der alte halbblinde Panther, den sie seinerzeit hatten. Das war einer seiner besten Tricks, und Andersen hielt sich vorsichtshalber immer in der Nähe, wenn Carlos, der Dompteur, seine Auftritte hatte; bei denen war Carlos nämlich häufig betrunken, und das respektieren die Tiere nicht. Andersen achteten sie, wenn auch nicht freiwillig. Sie konnten ihn nicht leiden, die Tiere, und Carlos ihn ebenso wenig – wahrscheinlich konnte niemand ihn richtig leiden, er selbst eingeschlossen; aber gegen seine Geige waren sie alle machtlos. Für Andersen selbst galt erstaunlicherweise das Gleiche, und je besser wir ihn kennenlernten, desto bewusster wurde uns, dass er nicht gerne Geige spielte, was die ganze Sache nur noch rätselhafter für uns machte.

Wahrscheinlich war Andersen der Letzte, der bemerkte, dass er eine enorme Wirkung auf uns Kinder ausübte, so als wäre er der furchtbare Rattenfänger, der im Märchen die Kinder einer ganzen Stadt unter die Erde führt. Jedoch war Andersen weder bunt gewandet noch ausnehmend furchtbar, wenn man ihn näher kannte. Er war ein einfacher Junggeselle, der gebrochen Englisch sprach, nie eine Schule besucht hatte und die meiste Zeit überlegte, wie er ohne seine Violine, seine besondere Begabung und den Jahrmarkt wohl überleben könnte. Er schrieb pro Woche mindestens zwei Abschiedsbriefe, einen an Gianni und einen an seine Geige, und trug sie dann zu Clara, der rumänischen Wahrsagerin, die seine Rechtschreibung nach Gutdünken korrigierte. Darüber betranken sie sich meist bis tief in die Nacht, und gegen ein Uhr riet Claras Kristallkugel Johann, sich schlafen zu legen und sich die Sache noch einmal zu überlegen.

Woher wir das alles wussten? Wie gesagt, er hatte diese Wirkung auf uns … Pah, was erzähle ich, wir waren *besessen* von ihm! Wir kamen zu ihm, seit ich mich entsinnen kann, und trafen ihn auch in den Jahren danach noch, selbst nach dem, was 1937 geschah. Wir hingen auf der Carson-Farm herum und stellten ihm nach, einmal schliefen wir auf dem Heuboden und bekamen furchtbaren Ärger deswegen, und der Jahrmarkt war ein ständiges Druckmittel unserer Eltern gegen uns.

Eines Nachts, wir ließen uns von Carlos mit gefährlichen Geschichten und großen Mengen Zuckerwatte aushalten, trafen wir ihn, und er nahm uns zum ersten Mal wirklich wahr. Die Sonne war gerade untergegangen, und gleich würde Gianni von seinem Rundgang kommen und uns nach Hause schicken. Schließlich war der Markt nicht geöffnet, die Laune war schlecht, und niemand bezahlte für die Getränke und Süßigkeiten, die wir verputzten. Wahrscheinlich war es nur seine Angst, von Bürgermeister Goodwin endgültig des Stadtgebiets verwiesen zu werden, die ihn davon abhielt, uns kräftig in die Hintern zu treten.

Andersen eilte zwischen den Wagen umher, scheinbar kam er gerade von Clara; er trug einen Frack, der vor zwanzig Jahren einem Konzertmusiker gehört haben mochte, seinen verschrammten Geigenkoffer mit der Teufelin darin unterm Arm und wirkte wie ein ausgemergeltes Eichhorn, das sich zerstreut eines geheimen Horts zu erinnern versucht. Urplötzlich blieb er stehen und starrte uns an.

Wir?, fragte er peinlich berührt. Seine kleinen Knopfaugen flackerten. Was wir hier täten?

Ich stieß meine Schwester in die Seite. Ich wusste, sie war besser darin, Erwachsene weich zu kochen als ich.

Ob der Geigenmann für uns spielen würde?, flötete sie und hängte einen ihrer herzzerreißenden, flehenden Blicke hintendran. Genau wie du gestern, Kleines. Man könnte meinen, du hast das von ihr …

Andersen starrte uns irritiert an, als hätten wir um einen Schlangeneintopf gebeten. Carlos und er tauschten abschätzige Blicke.

Niemand möge, was er spielt, knurrte er wie ein Hund, der weiß, dass er nicht beißen wird, wenn das Knurren versagt. Es sei schauderhaft.

Fast hätte ich ihm zugestimmt. Dennoch wollte ich es hören – es war wie der Wunsch, ein Karussell zu besteigen, obwohl einem schon vom Zusehen ganz schwindlig ist.

Er stieß einen verdrießlichen Laut aus und wollte sich abwenden. Doch meine Schwester strahlte ihn wieder an wie – ach, was erzähle ich, du tust's ja auch schon wieder die ganze Zeit.

Also gab er klein bei, nahm die Geige aus ihrem Kasten und warf sich dramatisch in Pose. Er sah aus wie eine Vogelscheuche, als er die Arme hob, nur schwarze Stecken im halbgefrorenen, zerfurchten Ackerland. Irgendwo kochte jemand Wein. Ein Rabe krächzte. Ich erinnere mich noch ganz deutlich: Dann strich er die Saiten an, und mich überkam dieses ungeheure, schaurige Wohlgefühl. Der Klang der Geige prickelte auf meiner Haut, fuhr direkt durch mich hindurch. Andersen spielte einen Lauf, penetrant außerhalb jedes bekannten Takts, der erst zum Himmel aufstieg, piepste wie ein hässlicher Vogel nach einer feuchtfröhlichen Nacht, und schließlich in eine tiefe Grube stürzte, wo spitze Pfähle den armen Vogel rupften, bis nichts von ihm übrig blieb. Ich war wie gelähmt. Irgendwann merkte ich, dass ich die Augen geschlossen hielt, stoßweise durch den Mund atmete und Carlos' Kiste, auf der ich saß, so fest umklammert hielt, dass mir die Hände schmerzten.

Andersen hörte auf zu spielen und sah uns griesgrämig an. Meine Schwester machte ein Gesicht halb zwischen Ekel und Entzücken, wie ich es später nur noch einmal auf einem Frauengesicht gesehen habe, und ich werde dir nicht sagen, bei welcher Gelegenheit.

Es sei genug, meinte Carlos übellaunig und steckte sich eine Zigarre an. Er müsse dieses Katzengejammer ständig ertragen. Eines Tages würde Bagheera ihm eins *seiner* Lieder schnurren … und dann solle der Geigenmann besser ganz genau lauschen. (Bagheera war natürlich der schwarze Panther. Carlos war nicht sehr kreativ.)

Bevor Andersen noch etwas erwidern konnte, kam Gianni um die Ecke gestolpert. Hastig packte er sein Instrument wieder ein.

Was hier los sei, herrschte der Italiener Andersen an und posierte mit seinem kugelrunden Bäuchlein wichtigtuerisch vor ihm im Matsch.

Der Geigenmann habe ein Liedchen gespielt, erklärte meine Schwester stolz und handelte sich mehrere strafende Blicke damit ein.

Wenn wir mehr hören wollten, sollten wir in die Vorstellung kommen, am Montag, raunte Andersen. Und wir sollten ihn nicht so nennen, meinte er noch.

Wie wir ihn denn nennen sollten?, fragte meine Schwester. Gianni schubste uns von der Kiste und brabbelte fremdländische Verwünschungen.

Er habe einen Namen, sagte Andersen und wandte sich im Gehen noch einmal um. Und bei diesem sollten wir ihn auch nennen.

* * *

Endlich hatte das Warten ein Ende – der Jahrmarkt hatte im Stadtpark Einzug gehalten. Seine Wimpel flatterten verheißungsvoll im kalten Novemberwind, die Lichter des Karussells und die tausend Glühlampen des Zirkuszelts schwebten wie Irrlichter unter dem meergrauen Himmel. Ein Dschungel aus Düften nach gebrannten Maronen, Lakritz und Lebkuchen, vermengt mit dem scharfen Odor der Tiere und dem Ölgeruch ungezählter Laternen, legte sich über den Park und zog uns hinein. Es war ein endloses Uhrwerk, das da ablief, und der Mann auf dem Einrad, der fahnenschwingende Stelzengänger, das debile Mädchen auf seinem Pferd und seine Gnomeneltern, die sich auf den Schultern des Riesen herumtragen ließen, sie alle waren die Zahnräder, die das Publikum lockten. Sie absolvierten ihre Stundenschichten und verschwanden dann in den Verstecken und Gassen zwischen den Zelten, um sich mit Glühwein zu wärmen, sich zu erleichtern oder einen Mord zu begehen – wer konnte das schon wissen. Die Fassade dieses Ortes waren die Wärme gelber Lichter und schwerer, roter Damast, auch wenn dessen Zipfel im Schlamm hingen, und die Verheißung tausend kleiner Freuden, die Menschen schon seit Jahrhunderten in ihren Bann schlugen. Die Wahrheit hinter der Fassade aber blieb rätselhaft. Da staunst du, was?

Wir betraten diese Zauberwelt jedes Mal wie durch einen unsichtbaren Vorhang, der sich teilte und dabei unsere Herzen streifte; zurück blieb die wirkliche Welt, drinnen herrschten die verbotenen Künste der Nacht. Madame Clara legte die Karten und las aus der Hand, der Große Camillo verwandelte Menschen in Schweine und Schweine in Luftballons, ließ Brieftaschen verschwinden (und widerwillig wieder erscheinen), und manchmal sperrte er Nicki (so hieß das zurückgebliebene Mädchen) in einen Kasten und durchbohrte ihn kreuz und quer mit Säbeln.

Uns fiel damals schon auf, dass es zwei Männer gab, die das gar nicht gerne sahen.

Es gab einen alternden Clown mit viel zu großen Schuhen, der durch die Pfützen von Pferdemist und verschüttetem Bier patschte, einen langen Mann mit Totengräbergesicht, der sich aus jeder Fessel befreien konnte, und zwei chinesische Messerwerfer, die als Ersatz für den Bärtigen dazugestoßen waren. Ein paar junge Schwarze stellten unglaubliche Dinge mit Tellern und Stäben an, und eine fette Frau besiegte der Reihe nach alle Männer der Stadt im Armdrücken. Dazu kamen der taube Mexikaner und seine Frau, die das Spiegelkabinett in Schuss hielten (und niemals, niemals kamen, wenn sich jemand verirrte); und zu guter Letzt Ivan, der Gewichtheber, und Toby, ein frustrierter Artist, der sich nichts sehnlicher wünschte, als eine vernünftige Trapeznummer auf die Beine zu stellen – allein, er hatte keine Partner dafür. Nicki hätte das Talent wahrscheinlich besessen, aber sie traute sich auf nichts, was höher als ein Pferderücken oder die Schultern ihres Riesenbruders war, und alle wussten, wie unglücklich sie das machte.

Toby war übrigens einer der beiden Männer, die es nicht gerne sahen, wenn der Große Camillo Nicki mit seinen Säbeln durchbohrte.

Nun, unnötig zu sagen, dass wir unser ganzes Taschengeld auf dem Markt durchbrachten. Den Tag über tauschten wir Kinder schon konspirative Blicke, die Schulzeit über zappelten wir unruhig in unseren Bänken, und kaum war die Schule aus, das Mittagessen verdrückt, entflohen wir nach draußen in die Kälte, um die erste Fahrt im Karussell, die erste Vorstellung im Zirkuszelt, den ersten von Andersens Auftritten zu erleben. Und Andersen hielt sein Wort und spielte für uns und all die anderen, und die Leute seufzten und schluckten, einige weinten, und ein paar sprangen auf und eilten blass aus dem Zelt.

Bis Mitte der Woche passierte nichts, was nicht Teil des Programms gewesen wäre.

Dann geschah die Sache mit Nicki.

Alles fing damit an, dass Carlos einen Streit mit Toby vom Zaun brach – worüber, das wussten nur die beiden allein. Es gibt eine Menge sinnloser, endloser Feindschaften unter Zirkusvolk, kann ich dir sagen. Carlos war jedenfalls wieder betrunken und schlug Toby mehrere Male mit dem Kopf gegen die Eisenstäbe von Bagheeras Käfig – vielleicht war die Tür von da an schon locker, wer weiß, alt war das rostige Schloss allemal. Nicki kam dazu und schrie so laut, dass es die Zuschauer noch in der Vorstellung hörten, und vermasselte damit den Auftritt der chinesischen Messerwerfer, die sich beinahe verletzt hätten.

Dies war aber erst der Beginn des Unheils.

Gianni trennte Carlos und Toby, konnte Nicki aber nicht davon abhalten, sich um den verletzten Artisten zu kümmern. Also wurde ihre Pferdenummer verschoben, und Carlos scheuchte in der Zwischenzeit seine rheumakranken Bestien durch die Manege. Als man schließlich Nicki so weit hatte, doch noch aufzutreten, kam niemand auf die Idee, das Streu in der Manege zu wechseln. Das Streu aber roch noch nach Puma und Schlimmerem, und Nickis tapferes Pferdchen bekam beinahe einen Herzanfall, als es zwischen Pantherpisse und Bärenschweiß immerzu im Kreis laufen musste. Es bockte. Nicki stürzte, das Pferd sprang wild umher, und seine Angst und der Aufschrei der Menge mussten Bagheeras Neugier geweckt haben. Der Käfig stand in jedem Fall sperrangelweit offen, Carlos lag betrunken zwischen Seilrollen im Stroh, und der altersschwache Panther pirschte mit dem greisen Grinsen eines lüsternen Drachen mir nichts, dir nichts in die Manege, zielstrebig auf sein ganz in Weiß gekleidetes Opfer zu.

Jetzt brach endgültig Panik aus. Menschen rannten schreiend davon, Eltern packten ihre Kinder und drückten sie an ihre Brust, Gianni eilte los, um Carlos zu suchen – behauptete er später zumindest –, und nur Nickis Bruder, der schüchterne Riese, stand noch zwischen Bagheera und seiner halb bewusstlosen Schwester im Manegenrund.

Nicki war ein hübsches Mädchen, so viel muss man schon sagen. Sie war klein und geschickt und betonte ihre zierliche Figur noch durch enge Trikots. Ihr blondes, widerspenstiges Haar flog ihr beim Reiten wie Pappelpollen ums Gesicht. Ihr einziger Makel war, dass sie schielte (und wenn sie lachte, sah man einen schiefen Zahn); doch obgleich sie eine herzensgute Seele war, konnte sie nicht siebzehn und vier zusammenzählen, wie Madame Clara zu sagen pflegte.

Meine Schwester und ich klebten gebannt auf unseren Sitzen und starrten hinab. Bilder des Grauens drängten sich unseren kindlichen Gemütern auf, aber ehrlich gesagt hatten wir keine Angst um Nicki, denn wir wussten, was als Nächstes geschehen würde: Ein schnarrender Klang, herrisch in seiner Klage, wuchs aus dem Dunkel hinter den Vorhängen – Bagheera brüllte und versetzte dem Riesen einen Schlag mit der Pranke –, die Geige spielte ein scharfes Stakkato, und Bagheera brüllte ein zweites Mal und zog sich fauchend zurück. Der Riese sackte blutend zusammen und hielt sich die Seite. Andersen betrat die Arena. Viele der Flüchtenden blieben stehen und starrten den kleinen, dürren Mann in seinem schäbigen Mäntelchen verblüfft an.

Andersen fixierte den Panther und seinen milchigen Blick; er spielte eine Weise, die wie ein Rätsel ohne Antwort war, und Bagheeras Pranken zuckten, wie um sie zu verscheuchen. Doch die Töne senkten sich immer wieder auf die Katze herab, bis sie schließlich geduckt am Boden kauerte, als könnte sie sich unter ihrer eigenen Angst verstecken. Andersen spielte wie ein Hexer auf sie ein. Ivan und die beiden Chinesen warfen Netze über Bagheera und banden ihn mit Seilen, und von einem höllischen Marsch aus Andersens hölzerner Waffe begleitet zerrten sie den Panther in seinen Käfig zurück und wechselten das Schloss aus. Dann machten sie sich daran, Carlos zu wecken, und der staunte nicht schlecht, kann ich dir sagen.

Kaum war der Panther gefangen, rannte Andersen zu der immer noch am Boden liegenden Nicki, die totenbleich den Blick schweifen ließ: von den leeren Rängen über ihren blutenden Bruder, dem schon geholfen wurde, bis zu uns. Sie wusste offensichtlich nicht, wie ihr geschah.

Der Bann fiel von uns ab. Wie üblich bei Andersens Melodien hatten wir sie augenblicklich vergessen, kaum dass sie verhallt war. Verdutzt rieben wir uns die Augen und fragten uns, was gerade passiert war. Die Vorstellung, so viel war klar, war beendet, und unverrichteter Dinge gingen wir nach Hause.

Ja, ich sehe schon. Was wurde aus Nicki und ihrem Bruder und überhaupt, was hatte dieser Abend mit Andersen und uns, mit mir und meiner Schwester zu tun? Du bist zu ungeduldig. Viel zu ungeduldig.

Aber schön.

Nickis Bruder war schwer verletzt, doch er wurde wieder gesund. Im nächsten Jahr trug er seine Eltern auf den Schultern, und seine Schwester machte ihre Handstände auf seinem Kopf, als wäre gar nichts geschehen.

Nicki war Andersen natürlich sehr dankbar, genau wie ihre armen Eltern. Sogar Gianni gab widerwillig zu, dass sein Geiger etwas gut bei ihm hatte. Die Geschichte sprach sich herum, und die Leute strömten herbei, um den geheimnisvollen Mann in der zerschlissenen Kleidung zu sehen, der allein durch die Kraft seiner Musik ein weißgekleidetes Mädchen vor dem grauenvollen Tod durch die Fänge eines blutrünstigen Pantherdrachen bewahrt hatte.

Carlos wurde ein paarmal verprügelt und musste dem Alkohol abschwören, wollte er nicht seinen Job verlieren. Er tat es unter Protest. Bagheera erlebte bald darauf seine letzte Vorstellung.

Toby erholte sich von seiner Kopfverletzung, und Jahre später heiratete er Nicki und brachte ihr bei, ihre Angst zu bezwingen und sich ihm am Trapez anzuvertrauen.

So, jetzt weißt du alles.

Wirst du jetzt endlich lockerlassen?

Ach ja, Andersen und wir.

Zwei Abende nach dem Unglück, es war Freitag und Vollmond, trafen wir Andersen spät nach der letzten Vorstellung – wir hätten längst schon im Bett sein sollen. Wir waren traurig, ihn ein weiteres Jahr nicht zu sehen, und die Dinge, die ich dir gerade erzählt habe, lagen noch in der Zukunft. Wir machten uns Sorgen um Toby und Nicki und ihren Bruder.

Andersen kam gerade von ihrem Wagen, und – das war ungewöhnlich – strich nicht wie sonst wie ein närrischer Schatten um die Zelte, sondern stakste gelassen, fast selbstzufrieden durch

den Schlamm und hatte eine Flasche in der Hand. Wahrscheinlich war an beidem Nicki schuld. Den Geigenkoffer trug er in der
anderen Hand – man sah ihn nie ohne. Dann blieb er stehen und
grinste. Könnte ein Wiesel grinsen, würde es wahrscheinlich so
aussehen. Wir sagten ihm, wie großartig er gewesen sei, als er
Bagheera besiegt hatte, denn wir hatten bis jetzt noch keine Gelegenheit dazu gehabt.

Kinder, ächzte er nur, setzte sich neben uns und nahm einen
tiefen Schluck.

Wie es ihm gehe, wollte meine Schwester wissen. Und Nicki.

Gut, meinte Andersen und hustete. Er wünsche nur, er könnte
sie vor mehr retten als vor alten Panthern. Sie habe viel mehr
verdient als all das hier.

Wie das?

Trapez, sagte er. Wenn sie wirklich etwas erreichen wolle im
Zirkus, müsse sie ans Trapez. Aber sie habe Angst. Vor der Höhe.
Die Höhe mache ihr Angst.

Ob er nicht etwas gegen ihre Angst spielen könne? Er könne
doch sonst so viel?

Etwas, vor dem sie noch mehr Angst hätte vielleicht? Er lachte, trank und musste abermals husten.

Es sei doch nicht nur Angst, die er rufe mit seinem Spiel, besänftigte ihn meine Schwester. Es sei doch auch Schönheit, und
da sei noch viel mehr. Sie schaute sehnsüchtig, als sie das sagte,
wie beim Gedanken an Süßigkeiten.

Sicher, erwiderte Andersen. Es gebe immer mehr, als man sehen könne – oder hören, was das angehe.

Ob er nicht noch etwas für uns spielen könne, der Herr Andersen? Nur ein ganz kleines Stück?

Er schaute meine Schwester an, als wollte er sichergehen, dass
es ihr ernst war. Dann nickte er mit einem Seufzen.

Es gebe da eine Melodie, die er schon lange einmal habe aus-
probieren wollen. Sein Vater habe sie ihm einst geschenkt, und
er würde sie gerne weiterverschenken, aber für Nicki sei sie ganz
sicher nichts. Vielleicht sei sie ja das Richtige für meine Schwes-

ter? Er hoffe nur, wir hätten nicht ebenfalls Angst vor der Höhe …

Da hätten wir wahrscheinlich stutzig werden sollen, aber wir Kinder dachten damals nicht weiter, als unsere Nasenspitzen ragten.

Ob er in Nicki verliebt sei, fragte ich vorlaut, und meine Schwester knuffte mich in die Seite. Wahrscheinlich hatte sie Angst, Andersen würde seinen Vorsatz noch ändern. Doch er schnaubte nur und rappelte sich auf. Beinahe verlor er einen Schuh dabei, denn der Schlamm wollte ihn gar nicht mehr loslassen.

Meine Schwester und ich schauten ihn an mit leuchtenden Augen.

Ihm folgen sollten wir, sagte Andersen und wankte im Mondlicht davon.

* * *

»Was dann?«, fragte das kleine Mädchen und trommelte ungeduldig auf den alten Mann ein, der sich lachend auf seiner Parkbank krümmte und die schmerzende Seite hielt. Er hatte lange nicht mehr gelacht.

»Nicht doch«, japste er. »Nicht!«

»Was dann, was dann? Ich will wissen, wie es weitergeht!«

»Ich habe doch schon alles gesagt – und die, die nicht gestorben sind …«

»Du lügst!«

»Wieso so skeptisch, Prinzessin?«

»Was hat der Geigenmann für euch gespielt?«

»Ein sehr besonderes Stück … eine sehr besondere Weise.« Die Augen des Mannes richteten sich in weite Ferne, als zögen Zeichen am Himmel auf, die nur er sehen konnte. »Manchmal höre ich sie noch nach dem Erwachen. Vielleicht … habe ich sie sogar behalten. Meine Schwester sagte immer, man könne diese Melodie nicht behalten, aber vielleicht … Manchmal übe ich, still, nur die Griffe, und vielleicht …«

Das Mädchen bemerkte, dass der Alte zu zittern begann.

»Geht es dir gut? Was hast du?«

Eine Träne rann über seine Wange, dann wischte er sich den Bart und nahm einen Schluck aus der Flasche.

»Was ist passiert? Nun erzähl schon!«

Der Mann sah sie ernst an. »Du bist ihr sehr ähnlich, weißt du? Besonders, wenn du etwas willst, das du nicht kriegen kannst. Ich wünschte, ich könnte dir alles geben.«

»Was ist geschehen?«

»Einen Moment noch, meine Schöne. Einen kurzen Moment.«

2. Das Schweigen der Geige, 1957–69

Etwa auf Höhe des alten Bootshauses hörte sie die Musik. Sie kam gerade die Cusack Bridge herab (Nummer 152), eine breite, für den Verkehr gesperrte Brücke, die die Verwaltungsgebäude im Hexenkessel des Elder Creek und seiner Seitenarme mit dem Yachthafen verband, von wo ein neuformierter Mourning Creek sich anschickte, seine Irrungen leugnend und umringt vom Geleit seiner abtrünnigen Kinder die Reise ins ferne, mystische Meer anzutreten und Lügen zu verbreiten über seine Herkunft.

Es war früher Morgen und die letzte Nacht war wieder eine schlechte gewesen. Der Mond raubte ihr den Schlaf, wenn er durch das Fenster ihrer winzigen Kammer in den Hügeln schien, die sie die letzten Jahre bewohnt hatte, und mürrisch und verzweifelt war sie um halb sieben im Schatten der moosbewachsenen Kirche aufgebrochen, um eine Menge Dinge zu kaufen, die sie nicht brauchte, einen neuen Topf, ein paar Socken vielleicht und Fisch für die Katze.

Menschen mit ausdruckslosen Gesichtern eilten vorbei und ignorierten ihre gebeugte Erscheinung. Hetzten von den Ramsch- und Imbissbuden des Hafens zu den Kaufhäusern am Stadthaus und den Touristenläden der Altstadt. Sie ließ sich viel Zeit auf ihrem Weg, denn sie wollte so spät wie irgend möglich nach Hause zurückkehren.

Dann blieb sie stehen – drehte den Kopf, als wäre die Musik ein Geruch, der ihr entgegenwehte; hielt zitternd inne, klammerte sich an den Stock, den sie ebenso wenig brauchte wie ihre Einkäufe, und brach in Tränen aus, als sie die Weise erkannte.

Es war *die Melodie.*

Einige Passanten hielten verwundert inne und schüttelten den Kopf über die verhärmte Frau in Schwesterntracht, die ohne ersichtlichen Grund stehen blieb, mitten auf der Straße, und zu weinen begann; die mit dem ehernen Grundsatz der Gesellschaft brach, niemals einzugestehen, dass irgendetwas, was sich zutrug, es wert sein könnte, auch nur den Hauch einer Regung zuzulassen – von der vermeintlichen Würde ihres Standes ganz abgesehen.

Wie konnte das sein? Schluchzend hielt sie sich an einer Wand fest und senkte den Blick, damit niemand sah, wie hilflos sie war. Sie bekam keine Luft mehr. Wie konnte es sein, dass er die Melodie weitergegeben hatte? Jemand anders die Weise überhaupt zu behalten imstande war? Wer sonst außer dem Geigenmann könnte ... es sei denn ...

Das war es – *er* musste es sein! Wie konnte er es wagen, sein Schlupfloch zu verlassen und ihr hier aufzulauern – die gestohlene Weise zu trällern, mit falschen Noten durchsetzt, in die Fesseln eines natürlichen Taktes gelegt, nutzlos auf seinem ältlichen Schifferklavier; tat er es, um sie zu quälen, wohl wissend, dass sie in der Nähe war? Würde er nie damit aufhören? Hatte sie es ihm denn nicht deutlich erklärt?

Es war seine kindische Rache an ihr dafür, dass sie so lange fort gewesen war und ihn dann zurückgewiesen hatte, seine Eifersucht auf ihren Gönner, auf die Hand, die ihr half, und den

Schutz ihres Ordens – Eifersucht und die Pein des Zurückgewie-
senen, die ihn dazu bewog, ihr wehtun zu wollen, koste es, was
es wolle; koste es Nächte unter ihrem Fenster, Briefe unter ihrer
Tür; koste es eine unmögliche Frau mit dem Blick einer Eule, die
aufquoll und ihm ein schuldloses Kind gebar, das er hilflos in
ihren Fängen zurückließ, als ihn das Fernweh übermannte und
er sein Heil in der Gosse suchte; denn weiter hatte ihn die Ferne
niemals geführt und würde sie ihn auch niemals führen.

Sie hatten immer Kinder gewollt, und beide hatten sie eines
erhalten – doch nicht voneinander, sondern den unwahrschein-
lichsten Fügungen ihres Lebens geschuldet; beide hatten sie ihre
Kinder verloren, den Sohn wie die Tochter, im reißenden Strom
einer zynischen, grausamen Zeit. Die Welt, die zu lieben sie auf-
wuchsen, hatte sie betrogen, doch es gab keinen Weg, ihren Einsatz zurückzuverlangen.

Lange hatte er damals an seinem Steg hier am Hafen gesessen
und nach Nirgendwo geschaut – um nicht zu vergessen, hatte er
ihr eines Tages gesagt. Die Leute hatten schon mit dem Finger auf
ihn gezeigt. Dann war er im Stadtpark verschwunden – um nicht
an sie denken zu müssen und um seine innere Welt vor ihr zu
schützen. Das hatte er an einem anderen Tag gesagt. So oder so,
ein Jahr war kaum genug – nicht genug, um zu vergessen, zu wenig, sich zu entsinnen. Das hatte er irgendwann zwischendurch
gesagt. Jahre und Jahre waren vergangen, und er hatte weiter seinen Unsinn gequasselt, bis er alles in Unsinn ertränkt hatte.

Sie hatten immer alles falsch gemacht, in jeder gemeinsam
verbrachten Sekunde. Hatten einander verloren. Sprachen nicht
mehr, wenn sie sich sahen. Sie hasste ihn für seine närrischen
Versuche, ihr Leid zuzufügen, und für all die unausgesprochenen Vorwürfe. Sie hasste die Liebe, die sie einst verbunden hatte,
und seine Ungeduld, und sie hasste es, so tun zu müssen, als
wären sie Geschwister; sie wusste nicht mehr, wessen Idee es ur-
sprünglich gewesen war, aber es war eine mehr als lächerliche,
Orden hin oder her – wenn sie jemals *nicht* jemandes Schwester
gewesen war, dann sicher seine.

Sie hasste es auch, so zu tun, als bildete sie sich all das nur ein. Dabei war *sie* einst die Ungläubige gewesen. Mittlerweile aber gehörte er zu *ihnen*. Er ließ seine Wohnung verkommen, ging nicht mehr arbeiten, wusch sich nicht mehr, als ob alles, was sich in der Wirklichkeit zutrug, ohne Belang für ihn wäre. Wahrscheinlich trank er oder nahm wieder Drogen. Sie zogen ihn nach unten, trugen ihn mit sich wie die Delfine …

Sie konnte ihm nicht mehr trauen – ihm und seinesgleichen. Die Bettler der Stadt hatten sich gegen sie verschworen, tauschten ihre geheimen Lieder und Pläne und harrten ihrer an finsteren Orten, um auch sie zu einer der *ihren* zu machen. Sie gaben ihre Geheimnisse weiter von Generation zu Generation, redeten in den Zungen ihrer eingewanderten Vorväter, Franzosen, Spanier, Italiener und warteten auf ihre Zeit. Grenzgänger, streunende Katzen. Argwöhnisch beäugten sie jeden, der sich ihrer Sache nicht anschloss, sie mieden die Sesshaften und bewachten sie zugleich.

Warum nur hatte ausgerechnet sie dieses Stigma zu tragen? Hatte sie nicht immer versucht, ihnen Gutes zu tun? In der Hafenmission (es gab keinen Bahnhof), auf der Straße, ja selbst im Sanatorium, nachdem man sie entlassen hatte? Für kurze Zeit war sie beinahe eine von ihnen gewesen. Warum nur behandelte man sie wie die letzte Gesunde auf einem Eiland voll Aussätziger, wenn sie sich doch selbst wie die Überträgerin einer namenlosen Seuche vorkam? Was wollte nur alle Welt in ihr sehen?

»Geht es Ihnen gut?«, fragte ein Junge und führte sie zu einem Ort, wo sie sitzen konnte.

Nein, dachte sie, *nichts ist gut, es geht mir nicht gut – seit zwölf Jahren nicht mehr. Seit zwölf Jahren ist alles aus. So lange sitze ich schon in einem Haus aus Stoff und Papier, von Kinderhänden gefaltet, und die Nacht ist voller Kreaturen, die die Fassade meiner Welt zu zerreißen versuchen. Vor zwölf Jahren habe ich meine Seele verloren. Ich spüre die Leere jeden Tag und jede Nacht. Kein Glaube kann mich retten.*

»Danke, junger Mann, danke«, sagte sie und ließ sich nieder. Der Junge lächelte sie freundlich an. Er trug eine Jeansjacke über einem T-Shirt der Grateful Dead und hatte eine Dauerwelle. Wahrscheinlich war er auf dem Weg zu seinen Freunden, zu einem Mädchen oder einer Demonstration für oder gegen irgendwas, was ihm wichtig erschien.

Sie hörte die Melodie langsam verklingen und dachte an die späten Fünfzigerjahre – diese verrückte Zeit, als die einzigen Bedrohungen der westlichen Welt die unsittlichen Balladen eines hüftschwingenden Sängers in weißen Klamotten und eine tote russische Hündin gewesen waren, die die Erde dort draußen, wohin niemand gehen mochte, umkreiste; in der Schwärze jenseits des schützenden Lagerfeuers.

Schwach kramte sie in ihrer abgewetzten Tasche. Es war an der Zeit. Sie konnte nicht mehr.

Sie gab auf.

»Rufen Sie bitte diese Nummer an«, sagte sie zu dem Jungen, der sie aufmerksam studierte, und drückte ihm den Zettel in die Hand.

Ein paar Schritte weiter stand ein Fernsprecher, und der Junge tat, wie ihm geheißen, und kehrte dann zu ihr zurück.

»Würden Sie mir etwas Gesellschaft leisten?«, bat sie. »Ich bin sehr müde.«

Widerspruchslos ließ sich der Junge neben ihr nieder. Schlaksig, wie er war, stellte er sich etwas ungeschickt an, dennoch strahlte er auf wunderbare Weise Ruhe aus. Vielleicht hatte er den flehentlichen Unterton in ihrer Stimme bemerkt. Sie brauchte ihn in diesem Moment.

»Wussten Sie, dass ganz hier in der Nähe früher der alte Stadtpark lag? Sie haben ihn zubetoniert, schon vor den Dreißigern … meine Eltern haben es mir erzählt. Sie sind lange tot, aber ich habe noch bis vor einigen Jahren da drüben gewohnt, in den Blöcken. Dann wurde ich krank, und man hat meine Wohnung verkauft. Ich belästige Sie doch nicht?«

Der Junge schüttelte den Kopf.

»Ich bin übrigens Mary.«

»Mort«, sagte er. »Fahren Sie fort.«

»1957 war das. Zwanzig Jahre danach. Nach dem ersten Mal ...«

* * *

Andersen in der Stadt! Andersen in ihrer Stadt!

Jedes Jahr dasselbe. Teilnahmslos sah sie auf das Kalenderblatt an ihrer cremefarbenen Wand. Es war irgendein Jahr in den Fünfzigern, und es regnete schon seit einer Woche.

Natürlich war Andersen in der Stadt. Das erste Wochenende im November – der Jahrmarkt war wieder da.

Ob sie sich denn gar nicht freue? Betreten schloss er die Tür hinter sich und nahm an ihrem Tisch Platz. Sie spürte, er würde gleich ihre Hand ergreifen, und zog sie schnell weg. Auch das Gespräch blieb mehr oder minder das gleiche.

Freuen? Worüber?

Er seufzte, nahm sich ein Bier. Sie würde nie ihren Frieden damit machen, oder?

Sie blickte zur Spüle, als gäbe es dort etwas außer den schmutzigen Tellern und Töpfen und dem Spiegel darüber zu sehen, der nur noch tiefere Einblicke in den obszönen, besudelten Stapel gewährte.

Und es dabei bewenden lassen? Wie er?

Ob sie denn ewig so tun wolle, als ob nichts gewesen wäre?

Dann würde sie wohl nicht hier sitzen und grübeln.

Aber wieso? Was gewann sie dadurch?

Je mehr Jahre vergingen, entgegnete sie trotzig und steckte sich eine Zigarette an, desto besser könne sie sich einreden, dass da nie etwas geschehen sei. Es sei nur eine Frage der Zeit.

Warum nur wollte sie es vergessen? Sein penetranter Blick ließ sie nicht mehr los. Er sprach davon, was geschehen war: Es sei ihr persönliches Wunder gewesen, und nun sei es vorbei, und war das nicht gut so? In seinen Augen lag ein zitternder Schimmer, so als wären sie Eltern und hätten soeben beschlossen, ihrem Kind den Glauben an den Weihnachtsmann zu nehmen. Er wirkte sehr jung, wenn er so dreinblickte. Er benutzte damals auch noch kein Französisch oder Spanisch oder seine anderen zusammengeklaubten Wortfetzen, um gefährlicher oder weltläufiger zu wirken.

Sie sah ihn verärgert an, blies ihm Rauch ins Gesicht. Ein Stich hier, ein anderer dort … sie fühlte sich umso älter dabei.

Wie solle sie denn seiner Meinung nach damit umgehen?

Sie solle sich ein Beispiel an ihm nehmen. Er lächelte. Zog eine Grimasse und zuckte die Achseln.

Natürlich! Ein Narr, verliebt in die Träume der Kindheit, ohne den geringsten Beweis …

Warum sie nur immer alles beweisen wolle?

Vielleicht, weil sie verlernt habe, zu glauben. Und schließlich brauche sie Gewissheit darüber, in welcher Welt sie eigentlich lebe – wenn es wahr wäre, was er sagte, dann bräuchte sie diese Gewissheit.

Ob sie ihm denn nicht einfach glauben könne? Wenn er es ihr doch sage?

Es gebe keinen Beweis, keinen Beweis …

Es habe sehr wohl einen Beweis gegeben – die Kette.

Die Kette, die dann verloren ging.

Wie praktisch, nicht wahr?

Was das nun wieder heiße?

Sie würde es doch selbst dann nicht glauben, wenn es einen Beweis gäbe. Dabei könne sie doch einfach zu Andersen gehen und ihn fragen – er kam immer noch her, jeden Herbst. Brachte die Leute zum Staunen, besänftigte Tiere, und die Kinder liebten ihn. Er wurde besser von Jahr zu Jahr.

Andersen würde die Melodie kein zweites Mal spielen – das ging auch gar nicht. Andersen selbst habe das einst gesagt – die mächtigen Melodien nur ein einziges Mal. Ob er überhaupt noch eine besaß?

Noch eine Ausrede, fluchte er. Selbst wenn sie die verdammte Melodie auf Band hätte, würde sie weiter zaudern. Die Frau, die sie heute sei, würde es nicht einmal wagen, auf den Wiedergabeknopf zu drücken. Sie würde das Band wegwerfen und zetern: *Kein Beweis, kein Beweis.*

Ob er das wirklich glaube? Tränen stiegen ihr in die Augen, und sie erhielt nie eine Antwort darauf.

Doch die Zweifel nagten immerfort, mit jedem Jahr, das verging; mit jedem Mal, das er kam und wieder verschwand und sie allein in ihrer trostlos vernünftigen Welt zurückließ, in der sie nicht glücklicher wurde, da diese Welt kein Versprechen, das sie ihr jemals gegeben hatte, einzuhalten gedachte, außer sie eines Tages mit ihrem erdigen Leib zu begraben.

Mit jedem dieser Jahre wurde sie älter, aber nicht weiser, und die Zweifel ließen ihr keine Ruhe mehr, ebenso wenig wie er – so als könnte es keine Liebe für sie beide geben, solange die Vergangenheit zwischen ihnen stand und mit Lianen nach ihnen griff; und jeder warf dem anderen vor, sie dorthin gepflanzt und gegossen zu haben, und sie wuchs und spann ihren seidenen Schatten über sie, während sie stritten.

Er kam wieder, immer wieder und brachte sein Anliegen vor, seine Argumente. Irgendwann wussten sie beide nicht mehr, weshalb sie dieses Spiel eigentlich spielten. Wen kümmerte schon, was fast zwanzig Jahre zuvor wirklich geschehen war? Konnte eine Erinnerung denn wirklich bedrohlich sein? Und wenn sie wirklich erst ruhen konnte, wenn sie diesen unglaublichen Tag wiederholt hatte, sollte sie dann nicht endlich alles daransetzen, es hinter sich zu bringen?

Irgendwann, sie wusste nicht, wieso, sagte sie daher Ja.

Sie würde es tun.

* * *

Sie bestehe darauf, dass sie eintrat, sagte die rauchige Stimme. Es solle nicht zu ihrem Schaden sein.

Ängstlich sah die junge Frau sich um. Sie trug nur einen leichten Mantel, zu dünn für die Jahreszeit. Ihr Haar war nass vom Nieselregen. Niemand sonst war zu sehen in diesem Durchgang zwischen den Wagen, aber die Luft war voller Kinderlachen, dem Lärm alter Motoren und Raubtiergebrüll.

Madame Claras Stimme war freundlich, duldete aber keinen Widerspruch.

Den Mantel eng um sich geschlungen, trat die junge Frau ein.

Lächelnd schloss die Wahrsagerin die Tür hinter ihr, fragte, ob sich das Kind nicht setzen möge. Sie nannte sie immer noch Kind, egal wie alt sie war. Weshalb sie sich fürchte? Sie nahmen Platz. Es war eng in dem kleinen Wagen, nicht viel Raum um den runden Tisch mit den astrologischen Zeichen und dem weiten Kreis von Buchstaben und Zahlen – ein Tisch für Séancen. Eine prächtige Kristallkugel thronte auf ihrem unsichtbaren, von einem schwarzen Tuch verhangenen Sockel.

Daneben stand ein winziges Bettchen an der Längsseite, auf ihm räkelte sich eine scheckige Katze, und wieder daneben hockte ein kleiner feuriger Ofen, über dem ein verbeulter Topf heiter köchelte. Es roch nach Echsenzungen und Krötenschleim. Regale voller Konservendosen, Einmachgläser und uralter Bücher und Nippes flankierten die übrigen Wände bis an die Fenster und Tür.

Sie fürchte sich nicht – ihr sei nur kalt.

Ob sie wohl eine heiße Suppe wolle?

Sie lächelte vorsichtig, als die alte Frau ihr eine Schüssel hinstellte – deren Inhalt sah auch so aus, wie es roch. Ein Teil des Programms?

An Tagen wie heute, ja. Sie kannten einander, nicht wahr?

Sie blickte unsicher von ihrer dampfenden Schüssel auf.

Sie seien früher häufig gekommen, sie und der Junge. Sie hätten immer zu Peregrin gewollt.

Der hilflose Blick der Frau verriet, wie gerne sie leugnen würde, wenn sie nur könnte.

Wie es ihm ginge?

Gut. Ob sie nach ihm schicken solle?

Sie verneinte schnell und hob die Hand – bitte nicht, es wäre ihr unangenehm.

Dabei hätte er sich sicher gefreut, nach so langer Zeit … wie lange war es nun her? Zwanzig Jahre fast?

Ein Wunder, dass sie sie noch erkannt hatte …

Sie habe ein Gespür für Menschen – und schließlich habe man sich noch einige Male gesehen über die Jahre … dann immer seltener.

Herr Andersen spiele noch, die Lieder würden ihm nicht weniger?

Sie wisse davon? Er schriebe fortwährend neue, habe großes Talent.

Sie kostete vorsichtig. Es schmeckte nicht, wie es aussah, und nach und nach leerte sie ihre Schale. Clara lächelte melancholisch und sah zur Decke empor, schwärmte von Andersen. Umgeben von Stümpern und Banausen, aber die Leute kämen zum Jahrmarkt, um ihn zu hören. Die Zeit sei noch nicht reif für seine Musik – die Leute wollten ihn nicht. Seiner Begabung wegen – er zeige den Leuten, was sie nicht hören wollten. Er gehorche nicht den gleichen Regeln wie sie, und er könne bis heute keine vernünftige Tonleiter spielen.

Woher er stamme? Sie zuckte die Achseln. Er gebrauche nie seine Muttersprache. Ungarn, vermutlich – nicht aber Rumänien, den Dialekt erkenne sie immer. Eine verlorene Tarot-Karte sei der Geigenmann. Nicht Magier, nicht Narr, nicht Gehenkter, nicht König. Ein seltsamer Mann, ganz, wie sie sie möge – voller Geheimnisse.

Die junge Frau wollte gehen. Doch Clara ließ es nicht zu. Wollte ihren Namen wissen, den Tag ihrer Geburt. Ob sie sich nicht die Zukunft weissagen lassen wolle?

An jedem anderen Tag hätte die Frau sicherlich Nein gesagt … nicht aber an diesem.

Mary, sagte sie. Was sie sehe, wollte sie wissen, als sie der Alten die Hand hinhielt: faltige Finger, die über ihre Lebenslinie krochen, Zweige über den Baumringen der Haut.

Diese Hand, sagte Clara nachdenklich, habe gestohlen.

Wie verbrannt zuckte die Hand zurück – und für einen kurzen Moment sah man sie aufblitzen, die Spieldose, silbern in Claras Kristallkugel so, wie sie sie einst gefunden hatte: auf einem Regal, zwischen einer zerlesenen Bibel und einem Becher mit Würfeln, achtlos, schuldlos, bis der suchende Blick auf sie fiel ... dann war es vorbei.

Woher sie ...

Es sei nur geraten gewesen, lächelte Clara. Doch weshalb sie es getan habe?

Um Gewissheit zu haben vielleicht ...? Man glaube nur, was man sieht. Dann schließt man die Augen, träumt sehr lange, und nach dem Erwachen fragt man sich: Nanu? War das nicht nur ein Traum? Sie müsse wissen, ob es mehr als ein Traum gewesen war ... sie müsse es einfach.

Es sei sehr gefährlich, einen Traum zum zweiten Mal zu träumen. Das Spiel noch einmal zu spielen. Beim zweiten Mal sei es kein Spiel mehr ... es wird Wirklichkeit.

Wie könne etwas Wirklichkeit sein, das die Wirklichkeit aufhob?

Ob sich Lots Weib nicht dasselbe gefragt habe, als sie zurück ins Licht blickte? Sie zeigte auf die Spieldose unter dem nassen Mantel der Jüngeren.

Armer alter Andersen. Bestohlen! Ob man den Kindern heute denn nicht mehr von den Ereignissen von 1910 erzähle? Die Spieldose sei ein Teil dieser Geschichte. Nur wer das Ganze verstehe, könne die Teile begreifen. Sie flehe sie an, die Uhr hierzulassen! Um ihrer selbst willen.

Das könne sie nicht, weinte Mary. Das könne sie nicht ...

* * *

»Was geschah damals wirklich, Schwester?«, fragte ein Mann aus dem Kreise der Zuhörer, der sich mittlerweile um sie geschart hatte. Er war schwarz und ungefähr so alt wie sie; und seine Tasche, auf der er saß, platzte fast aus allen Nähten vor Büchern, die ausnahmslos den Aufkleber der Stadtbibliothek trugen.

»Nennen Sie mich nicht so!«, rief sie und riss sich die Haube ab. Der Klang ihrer eigenen Stimme erschreckte sie. Der lockige Junge in dem Grateful-Dead-Shirt griff beruhigend nach ihrem Arm.

»Das brauche ich nicht mehr«, flüsterte sie und ließ Haube und Kruzifix achtlos in die Gosse gleiten.

Aus der Ferne näherte sich die Sirene eines Krankenwagens.

* * *

Jahre zuvor

Sehr großzügig, was Mr. Flood für ihn tat, wiederholte der Geigenmann für sich selbst, um daran glauben zu können. *Sehr gnädig, wie mich alle behandeln.* Er sagte das Gianni und dass er ihm danke, und Gianni ließ ihn allein in dem Dachgeschoss in den Hügeln, wo das Wasser von der Decke troff und der kalte Regen auf die lecken Ziegel draußen prasselte. Es waren viele Männer in Regenmänteln unterwegs zu diesen Stunden; Andersen aber trug seinen Frack mit dem Schwalbenschwanz. Der alte Juwelier ließ die Edelsteine in seiner Tasche verschwinden, hob den Elsterkäfig an und verließ lächelnd den Raum. *Sehr großmütig, was Floods Männer für mich tun.*

Dann war er allein, und das Trommeln des Regens und das enervierende Ticken einer großen Standuhr in der Ecke waren die einzigen Geräusche bei ihm.

Mit zitternden Händen hob Andersen die Schatulle. Sie war aus angelaufenem Silber, mit drei Scheiben schillerndem Horn

in der Mitte des Deckels, die die Mondphasen darstellten. Auf
ihrer Unterseite war eine vierte Scheibe, ganz aus Onyx. Er fragte sich, ob sein Vater die Schatulle selbst hatte anfertigen lassen
oder ob die Sekte sie ihm gegeben hatte … nachdenklich blickte
er zu dem Haken an der Decke. Ein Wassertropfen rann an ihm
entlang; der Haken war rostig. Wahrscheinlich würde er heute
keinen Menschen mehr tragen.

Das also war alles, was von seinem Vater geblieben war.

Andersen legte die Hände auf die Schatulle, strich über ihre
ins Fleisch beißende Kälte. Er hatte seinen Vater nie kennengelernt; er war nur ein schwarzer Schatten, der sich über ihn beugte und ihn anlächelte. Er erfuhr nie, weshalb dieser Mund lächelte und was diese Augen alles geschaut hatten. Wie hatte er einst
alle Kinder gehasst, die einen Vater und eine Mutter besaßen!

Die Schatulle ließ sich nicht öffnen.

Nachdenklich hielt er inne, dann nahm er die Geige zur Hand.
Er hatte sich nie gefragt, ob er oder die Geige tat, was sie taten –
sie gehörten einfach zusammen. Es war der Wunsch seines Vaters gewesen, dass er dieses Handwerk erlernte, und Andersen
hielt es für wichtig, diesem Wunsch zu entsprechen.

Heute hatte er niemanden. Er hatte kein Leben. Er war durch
und durch bedeutungslos, und außer zu einigen raren Minuten
des Tages fühlte er gar nichts. Manchmal, wenn er Nicki ansah
oder Clara oder die Kinder, spürte er etwas wie Liebe; an manchen Tagen im April oder Oktober, wenn die Welt starb oder zu
neuem Leben erwachte, wurde er traurig, und Carlos gegenüber
empfand er wegen der Art, wie er ihn oder Nicki behandelte, oft
Hass und Verachtung. Manchmal dachte er auch ans Sterben.
Ansonsten aber hatte er nur seine Geige, und die Musik machte
ihn vergessen, dass da sonst gar nichts mehr war. Andersens
wahre Begabung war Gleichmut.

Er strich einen Dreiklang, den man als gestürzt hätte bezeichnen können, hätte er je einen Grundton besessen, und als ver-
mindert vielleicht, hätte man sich vorstellen können, wie er in
Moll klang. Der Dreiklang ließ dem Schloss keine andere Wahl,

als sich zu öffnen; er schwoll langsam an und sprengte es schließlich, zerschnitt es in einer unmöglichen Resonanz.

Unvermittelt ertönte ein Schnurren, das den Geiger herabblicken und einer dicken, regennassen Perserkatze gewahr werden ließ, die sich lautlos herangepirscht hatte und nun wohlig an seinem Hosenbein rieb – offenbar mochte sie den heimatlosen Klang und verlangte nach mehr. Andersen aber schüttelte nur den Kopf über die seltsame Welt, in der er da lebte, und legte die Geige beiseite. Enttäuscht tapste der Perser davon.

Er besah sich sein Erbe: In der Schatulle lagen Briefe, Zeitungsausschnitte und Notizen, zwei kleine silberne Schlüssel und eine Spieldose, die er verwundert betrachtete. Sein Vater hätte nie ein Spielzeug wie dieses verwahrt, wenn es nicht von außerordentlicher Wichtigkeit wäre.

Die Schlüssel indessen hätte Andersen zu jeder Zeit erkannt. Es waren Schlüssel zu einem Geigenkoffer, was ihn verblüffte – schließlich besaß er seines Vaters Geige längst und hatte seinen eigenen Kasten, der seine eigene lange Geschichte besaß, und er mochte den alten Samt in seinem Inneren sehr. Ein weiterer Kasten? Suchend blickte er um sich.

Die Uhr schlug die Stunde, und überall im Haus erwiderten andere Uhren ihren Ruf. Sobald der Lärm wieder verhallt war, hörte er Schritte die Treppe hinaufkommen.

Peregrin?, fragte eine Stimme.

Pauline?

Sie stand in der Tür, den dicken Perser auf dem Arm.

Er erinnere sich noch an sie?

Nein. Nur eine Stimme und ein Name – Pauline.

Sie kam auf ihn zu. Strich ihm übers Haar. Wie groß er geworden sei und wie hübsch!

Bitte, Pauline …

Sie beugte sich vor und küsste ihn auf die Wange. Der Perser sprang neidisch von ihrem Arm und rannte davon; dann sah sie die Schlüssel und warf einen ängstlichen Blick zum Eingang und der Treppe.

Keine Angst, beruhigte er sie. Die Männer würden sie nicht mehr behelligen … Ob sie wisse, zu welchem Kasten diese Schlüssel passten?

Sie nickte. Der Kasten sei sicher verwahrt.

Er ließ die Schlüssel in ihre Hand gleiten.

Ein Geschenk? Sie lächelte schüchtern und umschloss die Schlüssel mit den Fingern.

Er fragte nicht, was in dem Geigenkoffer war; dieses Geheimnis war für Pauline.

Andächtig nahm er die Schatulle mit den Briefen, den Schnipseln und der zierlichen Spieldose an sich. Dies war für ihn.

Sie sollten jetzt besser gehen – alle beide. Dieses Haus sei nicht gut, und sie habe es bereits verkauft. Sie habe jetzt ein neues Haus, am Alten Kirchplatz, für sich und ihre Katzen und die Uhren …

Er drückte Pauline zum Abschied noch einmal ganz fest.

* * *

Sie war diesen Weg seit ihrer Kindheit nicht mehr gegangen – es war ihr Schulweg. Pucstale: Ein Internat und eine Armenschule. Sie hatte sie verlassen, sobald sie ihre erste Stelle bekam – später hatte sie sich oft dafür verflucht. Der Weg führte sie durch den Park, wo die Schüler von Mt. Ages, der Schule der Reichen, sie oft abgepasst, ihr Streiche gespielt, sie geschlagen hatten. Dann weiter nach Nordwesten, aus der Stadt hinaus, in eine Richtung, die von allen Zielen verlassen war. Es gab keinen Grund, dorthin zu gehen, außer einer armseligen Holzbrücke und einem meist geschlossenen Supermarkt mit schmutzigen Regalen. Der Laden gehörte einem sauertöpfischen Mann und einem bösartigen Hund, die sie durch die verdreckten Scheiben anstarrten, als wüssten sie etwas – *du hast gestohlen, Flittchen, wir wissen, dass du die Spieldose gestohlen hast …* Sie eilte weiter. Wolken am

Himmel, weißer als alles zu dieser Stunde, huschten dahin, als wollten sie eingefangen werden, und dann kamen die Bäume in Sicht, engelsgleich; die Bäume waren wie Wächter. Sie wiesen den Weg. Ihre Wipfel wogten im Wind; sie waren größer geworden, während alles sonst – der Weg hinunter zum Creek, das unbebaute Feld daneben, die verwilderten Parzellen – kleiner geworden schien. Die Bäume aber waren noch genauso ehrfurchtgebietend wie damals.

Ein Schauder überlief sie, als sie die Brücke erreichte. Nichts hatte so viel Macht über einen Menschen wie seine Vergangenheit, dachte sie zitternd. Sie packte die Spieldose unter ihrem Mantel, die so lange auf diesen Tag hatte warten müssen, einen Winter und ein Frühjahr in ihrem staubigen Küchenschrank, bis sie sie herausnahm, voller Angst wie eine sorgsam verwahrte Waffe am Tag ihrer Bestimmung. Sie stellte sich Andersen vor, wie er die Spieldose einst aufzog, Drehung für Drehung, um ihre Melodie zu erlernen, und sie ihre Wunderweise spielen ließ, Note für Note, bis der letzte Glöckchenschlag verklungen und die Dose geleert war von allen Geistern bis auf den einen, der Hoffnung hieß.

Sie hatte die Anhöhe auf der anderen Seite erklommen. Kein Mensch kam an einem solchen Tag, zu einer solchen Zeit hierher. Um sie herum war nur das Rauschen der Blätter im Wind. Hier würde es gehen; sie zwang sich, nicht daran zu denken, was sie im Begriff war zu tun, als sie den Schlüssel der Spieldose mit zitternder Hand drehte. Ihr Herz raste in ihrer Brust, als die ersten Töne sie trafen wie Schneeflocken und sie die Melodie wiedererkannte, die ihr so lange Zeit keine Ruhe gelassen hatte. Damals war es die Geige gewesen, die diese Weise spielte …

Nun war es zu spät. Es würde geschehen. Die schiere Andersartigkeit dieses Moments erschreckte sie – kein Triumph, keine Erlösung, nur die Lähmung eines Kindes am Strand angesichts einer Welle, die sich über den ganzen Himmel erstreckt – es würde geschehen! Schon fühlte sie, dass die Welt nicht mehr heil war – der Riss war hier, ging mitten durch sie hindurch; hilflos wich sie zurück, sah um sich mit schreckgeweiteten Augen –

sie spürte, wie der Wind kälter zu werden begann, Kellerluft auf ihrer Haut, als er durch den Spalt in der Welt blies – er wollte sie mitreißen, schon hatte sie fast keine Substanz mehr, fühlte sich wie betäubt, der Boden schien fern und gleichgültig wie der Boden des Ozeans. Die Töne prasselten widerstandslos durch sie hindurch; so musste es sich anfühlen, Tabletten zu schlucken, eine nach der anderen, eine jede gerade ein bisschen tödlicher und unumkehrbarer als die letzte, was machte es schon, noch eine zu nehmen? Nur ein Takt noch ... dann wären alle Töne gespielt. Sie drehte sich verzaubert im Kreis wie der Schlüssel der Spieldose, die erbarmungslos ablief.

Sie spürte die Einsamkeit auf ihrer Wiese, und während sie noch mit klopfendem Herzen, als gälte es, jede letzte Sekunde mit aller Gewalt zu erleben, ihrer Ausweglosigkeit gänzlich gewahr, den Blick schweifen ließ, erkannte sie, dass sie nicht nur auf dem Hügel allein war – kein Vogel, kein Wiesel, kein Eichhorn zu ihrer Gesellschaft –, sie war allein in dieser *Stadt*, nein, die Stadt war verschwunden und mit ihr die Welt in diesem gefrierenden Augenblick. Sie war allein auf dem Weltenrund ... die Welt lag tot danieder. Keine Seele war geblieben, ihre Stimme zu erheben, nur der ewige Wind wehte im Gras und in den Büschen, und der irisierende Vorhang der Blätter verbarg den Ausblick auf den unfasslichen Wahn, der sich dahinter verbarg; der Wind legte sich kalt um ihren Hals und raubte ihr die Luft zum Atmen – fast so wie damals.

Es wurde dunkler. Alle Farben zerrannen, als hätte man einen Stöpsel aus einer Wanne gezogen. Sie sank davon. Der Himmel färbte sich schwarz ... der Wind verpuffte in einer letzten Brise in die Leere. Die Dose spielte ihren letzten Ton; ihr Echo verlor sich im Unendlichen. Der Boden zu ihren Füßen zerfiel zu Kreidestaub, Stille senkte sich herab, und alle Zeit endete in der bewegungslosen Kälte der Ewigkeit. Der letzte Moment dauerte an – und die Spieldose stand still.

Sie wollte um sich schlagen und schrie, doch ihre Arme waren wie Stein, und kein Laut drang ihr mehr über die Lippen, pur-

purn wie Rosenblätter im Schnee; Kälte kroch durch ihre Augen und ihren Hals hinab in ihr pochendes Herz, Eis durchzog ihre Adern, bis deren Geflecht zu einem unschätzbaren Kunstwerk aus Kristall gefror. Sie hielt ganz still – und Tränen von rubinfarbenem Blut verließen ihren leblosen Körper und flogen perlengleich in die Nacht. Sie sah all das, aber sie konnte sich nicht befreien, gebunden im Nichts; ihre Füße versanken im Staub, der ihre Fesseln umspülte wie die gierige Flut, ihre Arme begannen zu schweben ... sie war ganz leicht, und bald flog sie wie der Drachen eines Kindes, gehalten von gütiger Hand. Müdigkeit lullte sie ein, als ihre Gedanken endlich zur Ruhe kamen, gleich dem Spielwerk der Dose; sie war heimgekehrt, und sie hatte *recht* behalten.

Mare Tranquillitatis!

Zwanzig Jahre nachdem sie Andersen gefolgt war, hatte sie zum zweiten Mal das Meer der Ruhe betreten.

3. Wohin Wege nicht führen, 1937–69

Nachts lag der Geigenmann lange wach und starrte in die Welt hinaus, die er nie kennengelernt hatte, sandte seine Träume auf Reisen, dachte darüber nach, was ihn bewogen hatte, so lange hier zu verharren, in diesem seltsamen Mikrokosmos, der ihn gefangen hielt und voller fremder Leute war, die er ebenso wenig verstand wie sie ihn. Sein einziger Trost über die Jahre war seine Musik gewesen – der Trost einer vertrauten Krankheit, eines freundlichen Schattens auf seiner Seele. Jahre des Wartens, um ein einziges Lied zu vollbringen. Einen einzigen Zauber zu wirken. Die Zauberei war eine große Enttäuschung – immerzu sehnte man sich nach ihr, doch sie war wie altes Opium, von dem man nicht loskam und das streng und übelkeiterregend roch, wenn man es zwischen den Fingern zerrieb. Inzwischen sehnte er sich mehr nach einem Kuss oder etwas Frischem zu trinken … und sei es nur ein Glas Wasser. Er war alt geworden, und der Gedanke ließ ihn nicht los.

In den Morgenstunden stand er auf und ging die paar Schritte zu Claras Wagen hinüber. Die alte Rumänin schlummerte selig, eine halbleere Wodkaflasche in der Armbeuge. Die Tür war nicht abgeschlossen.

»Du willst wirklich gehen?«, fragte sie, als er sie geweckt hatte und sie einander an dem runden Tisch mit den okkulten Symbolen gegenübersaßen – Symbole, wie sie das Leben seines Vaters gezeichnet hatten, bevor er es zu Ende brachte. Die letzte Transmutation. Leben zu Tod. Andersen nickte.

»Ich habe genug … ich kann das nicht mehr. Die Tiere hassen mich. Kein Mensch mag mich leiden, und meine Melodien beginnen, mich zu verspotten … ich fürchte, sie gehen mir aus – ich kann ja keine jemals ein zweites Mal spielen, weißt du?«

Clara nickte ernst. »Du hast sie damals gespielt, nicht wahr?«, fragte sie. »Du hast die Melodie gespielt, deretwegen dein Vater sich damals … erhängte?«

Ich öffne dir die Tür zu den Sternen.

Andersen wies auf die Kristallkugel.

»Ja«, sagte er. »Konntest du es denn sehen?«

»Peregrin.« Clara ergriff seine knochige Hand. »Ich verfüge doch über gar keine Magie. Wirst du es mir denn niemals glauben?«

Geliebter Sohn … ich erwarte nicht, dass du verstehst, was ich im Begriff bin zu tun – noch kann ich verlangen, dass du gutheißt, was unsere Führer befahlen.

Er zuckte die Achseln. Rutschte unbequem auf dem winzigen Hocker herum, als wäre er ein kleiner Bub, kein altes Männlein mit Händen wie Vogelklauen.

Clara lächelte ihn mütterlich an.

Kannst du erfassen, was es heißt, Teil dieser Geschichte zu sein? Teil der Gemeinde? Wir rührten an den tiefsten Wurzeln der Welt, doch der Preis war sehr hoch …

»Ich möchte mich nur nicht so allein fühlen müssen«, klagte er. »Nicht so einsam … wie er.«

Heute bin ich einer der Letzten.

»Waren sie denn dort?«, fragte Clara. Ungewissheit und Angst schwammen in ihrem Blick. Es war eine Frage, die sie noch nie zu stellen gewagt hatte und die sie nie wieder würde stellen können, wenn nicht jetzt. »Die Hallen des Schicksals?«

Höre nun mein Vermächtnis.

»Gibt es sie tatsächlich? Hast du meine Figur gesehen?«

Ich habe den Ort hinter der Wirklichkeit geschaut, der über uns wacht.

Andersen atmete scharf aus; es klang wie das Fauchen einer Schlange.

Wo die Sphären der Welt und des Mondes einander berühren …

Er schaute sie an.

Die Hallen von Navylyn.

Blickte in ihre Augen.

So nennen wir sie.

»Sie sind dort«, sagte er. »Sie sind … wunderschön … und verlassen.«

Ich habe unser aller Schicksal gesehen.

»Kein einziges Staubkorn – rein wie am ersten Tag – doch niemand ist da.«

Die Ordnung der Welt, gefasst in Figuren aus Porzellan …

»Wenn du nach Gott suchst, Clara, dort ist er nicht.«

Sie hörte ihm ganz genau zu. Es war das Wichtigste, was man ihr je gesagt hatte, und sie sah, dass es ihm wehtat. Er hatte sich nie gewünscht, wichtig zu sein, dieses Wissen zu haben oder zu teilen.

Ich hinterlasse dir diese Spieldose, dir den Weg zur Erkenntnis zu weisen. Möge die Melodie dich leiten.

»Niemand spielt in den Hallen des Schicksals.«

Die Dose war einst Teil eines gewaltigen Schatzes, der sich zwischen den Welten verstreute.

»Unsere Figuren stehen still wie am Tag unserer Geburt.«

Solche Dinge sind eigen in der Wahl ihrer Herren.

»Kein Leben dort oben.«

Ich habe sie für dich verwahrt.

»Niemand ist dort … in Navylyn.«

Sie begann zu weinen und strich mit den Fingern über das Tarot, ihre Kristallkugel, die Hühnerknochen und all die anderen kleinen Dinge, die ihr einst versprochen hatten, ihr das Leben zu erklären.

Gebrauche sie gut, denn du hast die Gabe dazu.

»Du hast es gesehen, und dort ist nichts?«, fragte sie noch einmal.

Ich verlasse dich nun.

Er schüttelte traurig den Kopf.

Vergiss nie, dass ich dich liebe.

»Da ist gar nichts, Clara.«

Leb wohl.

Sie schwiegen eine ganz Weile. Wie sie einander so ansahen, kamen sie zu dem Schluss, dass es die Zeit nicht gut mit ihnen gemeint hatte.

»Ich schätze, das zu erfahren war die Sache wohl wert, oder?«

Er zupfte sich unbehaglich die Ärmel zurecht und sagte nichts weiter. Sie aber nickte beinahe zuversichtlich. Dann goss sie ihnen beiden einen kräftigen Wodka ein.

Draußen ging die Sonne auf. Sie stießen an wie die zwei uralten Freunde, die sie auch waren, und leerten die Gläser.

»Wirst du dich um Nicki kümmern?«, fragte Andersen und sah Clara ernst an. Sie drückte fest seine Hand.

»Ich verspreche es.«

»Sie werden alle sehr glücklich sein, wenn ich ihnen nicht mehr zur Last falle.«

»Sag so etwas nicht.«

»Toby ist ein guter Junge. Er wird ihr beibringen, das Trapez zu beherrschen.«

»Da bin ich ganz sicher.«

»Sie sollte keine Angst vor der Höhe haben, weißt du?«

»Ich werde acht auf sie haben.«

Er nickte, drückte kurz ihre Schulter mit seinen alten, knotigen Fingern, die wie Zweiglein und raschelndes Eichenlaub waren, und stand langsam auf. Als er die Tür öffnete, fiel Licht herein.

»Wenn die Kinder eines Tages nach mir fragen, sagst du ihnen, es täte mir leid?«, fragte er noch im Gehen. »Es wird kein nächstes Mal geben.«

»Das Mädchen«, sagte Clara.

»Was ist mit ihr?«

»Sie hat die Spieldose gestohlen. Wusstest du das? Die Spieldose mit der Melodie. Ich wollte es dir schon lange sagen.«

Andersen erstarrte, drehte sich um. »Ich hatte es befürchtet! Oh, es tut mir so leid … ich hätte sie wegwerfen sollen.«

»Hättest du nicht etwas tun können? Auf sie achtgeben? Woher wusste sie überhaupt von der Dose?«

»Ich war fahrlässig. So töricht! Doch ich dachte mir nichts dabei – die Dose war leer. Nachdem ich die Melodie damals gelernt hatte, als sie einmal gespielt war, da war es vorbei.«

»Bist du dir sicher?«

»Die mächtigen Melodien nur ein einziges Mal, sagte ich das nicht? Doch der Schaden war wohl schon angerichtet. Diese dumme alte Sehnsucht …« Er schüttelte ratlos den Kopf. »Es war doch vorbei, Clara.«

Dann trat er gebrochen nach draußen.

Als er eine knappe Viertelstunde später all seine Habe gepackt hatte und in einem abgewetzten schwarzen Koffer trug, seinen Geigenkoffer in der anderen Hand, traf er Gianni.

»Du willst gehen?«, entrüstete sich dieser.

»Es wird Zeit«, sagte Andersen ruhig. »Lass mich vorbei.«

»Das wird Mr. Flood aber gar nicht gefallen«, drohte Gianni.

»Sag Flood und seinen Leuten, ich habe lange genug für sie gearbeitet … was ich hier tue, ist ohne Bedeutung.«

»Wie kannst du nur! Die Bühne ist der Spiegel der Welt – alles, was hier geschieht, ist von Bedeutung, Geigenmann!«

»Es ist nur ein Zirkus«, widersprach Andersen sanft und

schritt bitter lächelnd davon, ein knorriger Mann, ein Niemand in all seiner Fremdartigkeit, auf der Suche nach einem Ort, der ihm sagen konnte, was seine Aufgabe im Leben war.

* * *

Das, sagte der junge Andersen nicht ohne Stolz, ist es, Kinder – das wahre Vergnügen. Der wahre Jahrmarkt! Hinter Tausenden Spiegeln und unzähligen Masken, die täuschen und euch in die Irre leiten, hinter dem letzten Vorhang verborgen – Mare Tranquillitatis. Genießt euren Aufenthalt! Es wird kein zweites Mal geben.

Mit leisem Lächeln spielte er weiter, und zum ersten Mal klang seine Musik nicht mehr fehl am Platz. Zum ersten Mal hatte sie einen Ort gefunden, an den sie gehörte. Scharf zeichneten sich seine Beinkleider vor dem weißen Staub ab, und seine Hände, die aus den Ärmeln seines Fracks lugten wie Frettchen aus ihrem Bau, schwebten vor der sternenübersäten Pracht der Unendlichkeit.

Erst ängstlich, bald ausgelassen tollten die Kinder umher – ihre vor Staunen geweiteten Augen wollten nicht fassen, was sich ihnen darbot. Die nichtirdische Schönheit der Alabasterhügel im Saphirlicht ihrer Heimat, die schneeweißen Kuppen, die samtweichen Kurven wie Skulpturen menschlicher Körper, selbst die zerbrochenen Felsenfelder … Könnte es einen geheimnisvolleren und lockenderen Ort geben als diesen tiefsten Grund des Sternenmeers, das endlos und pechschwarz auf ihnen lastete, ohne auch nur den geringsten Druck auszuüben? Die Milchstraße glomm gleich einem leuchtenden Planktonfeld in der Ferne, und in den Schatten zwischen den Sternen schwang die Klage der Ewigkeit wie schwermütiger Walgesang.

Sie erklommen die Berge dieses Orts, der nicht die Erde war, weiter von ihr entrückt, als je ein Mensch zuvor gereist war; sie sprangen und lachten und tanzten, ohne einen anderen Laut zu vernehmen als das Spiel von Andersens Geige und die Resonan-

zen, die diese zärtlich den Saiten des Alls entlockte; der Klang allein verlieh Leben. Sie gaukelten von Grat zu Grat wie Schmetterlinge über eine nächtliche Frühlingswiese, und der frische Kuss der jungfräulichen Leere schmeckte köstlicher als alles, was sie je gekostet hatten. Die uralte Stille umschmeichelte sie wie Nacht einen Müden, die Ruhe einen Geplagten. Die Harmonie des vollkommenen Nichts war perfekt – sie war Frieden.

So wanderten sie durch ihr unter Geigenklang erwachendes Königreich, und Andersen folgte ihnen, froh, endlich zu wissen, was ihm so lange verwehrt gewesen; die letzte Karte gespielt, ein Geiger auf einem Hochzeitsmarsch. Sein Spiel spann einen silbernen Weg durch die Nacht wie einen Regenbogen.

Am anderen Ende dieses Bogens lag ein schimmerndes Becken aus Staub, das an einen gefrorenen Waldsee gemahnte, umgeben von fantastischen Formen, die schon nicht mehr an Felsen, sondern eher schon an eine Allee ehrwürdiger Bäume erinnerten; kristallene Säulen einer Akropolis von altersloser Schönheit. Da erkannten sie, dass sie den Nabel der ihnen zugewiesenen Welt erreicht hatten, das Allerheiligste menschlichen Sehnens und Strebens. Denn hier, in einer Sinfonie aus Weiß und Ultraviolett, offenbarte sich ihnen der Tempel, den die Alten Navylyn nannten und die Hallen des Schicksals; die Kammern aus Porzellan, in denen die Götter vor dem Beginn aller Zeit eine Figur hinterließen für jeden Menschen, der jemals war oder sein würde; und alles, was den Menschen je geschähe, ließe sich aus ihnen ablesen.

Die beiden Kinder verneigten sich in Staunen vor diesem Ort, spielten unschuldig vor seinen Pforten. Und Andersen lächelte.

Schau, sagte das Mädchen. Was ich gefunden habe …

* * *

»Wir flogen«, sagte der alte Mann, als er an einem der folgenden Tage endlich zum Ende seiner Geschichte kam. »Andersen spielte auf seiner Geige, und soweit ich mich nach zweiunddreißig Jahren noch entsinnen kann, flogen wir durch die Nacht, geradewegs zum Mond und wieder zurück, ganz wie im Märchen. *C'est ça*, meine Prinzessin.«

Die Augen der Kleinen wurden groß wie Schneebälle. Hätte sie Fühler gehabt, sie wären ihr aus dem Gesicht gewachsen und hätten den Alten abgetastet, um zu ergründen, ob er sie gerade zum Narren hielt oder vollends verrückt geworden war.

»Du lügst doch! Du willst mir Lügengeschichten erzählen wie meine Nanny – Märchen von Leuten, die in den Schatten leben und nach uns greifen, von Brückentrollen und Wäschefressern und …«

»Wenn ich's doch sage.«

»Niemand fliegt zum Mond, außer Astronauten!«

»Damals gab es noch keine Astronauten. Auch keine Kosmonauten – nicht einmal Laika. Nur uns.«

»Ich glaube dir nicht.«

Der alte Mann seufzte tief und spielte mit dem Schraubverschluss seines Fusels.

»Sagte ich's doch … ich sagte, du würdest mir nicht glauben, und es ist mir auch lieber so.«

Die Kleine dachte lange nach, und der Mann sah Andersen in ihren Augen.

»Warum nur sollte er so etwas tun?«, fragte sie schließlich.

Der Alte lächelte und stellte den Fusel weg.

»Gute Frage. Ich denke, er konnte es einfach, und an diesem Abend war er betrunken oder verrückt genug, es endlich auszuprobieren – und vergiss Nicki nicht … vielleicht bekam er für die Sache mit dem Panther einen Kuss, und dann tun Männer so was schon mal.«

Er packte sein Akkordeon aus, das er an diesem Tag dabeihatte, und schnallte es sich umständlich um.

»Und schließlich hatten wir ihn ja darum gebeten. Was möchtest du hören? Stehst du mehr auf Ludwig van oder auf Debussy?«

»Wie war es da? Auf dem Mond?«

»Du hast doch im Sommer die Bilder gesehen. Nicht wie hier. Eisig. Alles war weiß, und das Atmen fiel schwer.«

»Niemand kann auf dem Mond atmen.«

»Nun, wir konnten es.«

»Ich glaube dir nicht.«

Der Alte seufzte. »Ganz meine Schwester. Erst wollt ihr die Wahrheit, dann seid ihr enttäuscht, weil ihr euch etwas anderes vorgestellt habt ... pah!«

»He, das ist nicht ...«

»Beleidigt, weil andere auch ihre Träume haben?«

»Wahrscheinlich *war* es ein Traum. Du sagst doch selbst, es ist lange her.«

»Ich wünschte, es wäre nur ein Traum gewesen. Meinst du, es gefällt mir, wenn mich jeder, dem ich's erzähle, für irre hält? Weil ich weiß, wie es sich anfühlt, zu *fliegen*? Es ist nicht wie im Traum. Im Traum fühlt sich Luft immer wie Wasser an, nur zu dünn geraten, und man rudert herum und tut alberne Sachen mit den Armen. In Wirklichkeit ist es ganz anders. Frag Armstrong und Aldrin – man wiegt einfach nichts. Als könnte ein Windhauch einen davontragen – wenn es Wind gäbe, natürlich. Die Welt öffnet sich und reißt einen davon. Danach fragst du Armstrong aber besser nicht, er versteht sicher nichts davon.«

Ein sehnsüchtiger Ausdruck trat auf sein Gesicht und mischte sich dort mit seinem Gram wie ein Tropfen hellen Blaus, den man in einen Topf Dunkelgrau fallen lässt. Seine Finger verhaspelten sich in einem Lauf und wichen in einen obskuren Brei von Akkorden aus.

»Ich weiß selbst sehr gut, dass man auf dem Mond nicht atmen kann, Kleines, und man stirbt in weniger als einer Minute. Dein Blut fängt im luftleeren Raum an zu kochen, deine Lunge zerreißt, ein echter Scheißtod, wenn du mich fragst. Doch wir haben *gelebt*. Wir haben es *erlebt*.« Er fand Zuflucht in einem alten Jazzstandard.

Das Kind schwieg eine Weile und hörte ihm zu, wie er sich

irgendwo zwischen *Let's face the Music* und *Papermoon* verlief. Dann sagte sie: »Deshalb also reden deine Schwester und du nicht mehr miteinander.«

Er hielt inne und kratzte sich am Hintern, was mit dem Akkordeon um den Hals gar nicht so einfach war. Dann stellte er es mit einem Schnauben wieder neben sich.

»Wir sind die ewige Erinnerung füreinander, dass nichts so ist, wie es scheint«, brummte er und klopfte auf die Bank, wie um ihre Existenz zu beweisen. »Klar? Alles, was man dir je erzählt hat, ist Nonsens, und *sie* weiß das ganz genau. *Ich* weiß das auch. Wie würdest du mit so jemandem umgehen? Hättest du nicht auch Angst vor ihm?«

»Ich denke, ich wäre froh, dass es wenigstens einen gibt, der mir glaubt«, sagte das Kind. »Doch was ist mit dem Geigenmann? Du sagtest, ihr habt ihn noch mehrmals gesehen?«

»Andersen war nicht versessen darauf, über die Sache zu reden, das kannst du mir glauben. Über die Jahre wurde er immer einsilbiger. Bald ging das Gerücht, er sei stumm und wolle die Menschen aus reiner Bosheit zum Schweigen bringen. Alles Schwachsinn. Er machte seine Nummern, trank hin und wieder einen über den Durst, kümmerte sich um Nicki und schüttete Madame Clara sein Herz aus. Heute kommt er nicht mehr in unsere Stadt. Es heißt, er sei fortgegangen. Wenn er noch lebt, muss er heute sehr alt sein. Viel älter als ich.«

»Du solltest dich mit deiner Schwester aussöhnen.«

»Vielleicht. Aber das ist nicht so einfach.«

»Ich verstehe nicht, was so schwer daran sein soll.«

»Du bist jung. Für dich gibt es da draußen noch Dinge, die dir das Herz vor Freude zerspringen lassen, wenn du sie das erste Mal siehst. Wenn du älter bist, wirst du feststellen, dass das Einzige, worauf du dich verlassen kannst, hier oben drin ist.« Er tippte ihr mit einem schwieligen Finger an die junge Stirn.

»Dort oben ist eine kleine Leinwand, auf der du alle Bilder malst, die dir je kommen. Doch mit der Zeit wird sie immer chaotischer. Du kannst kaum noch erkennen, was du vor Jahren darauf gepinselt hast, und irgendwann bist du so in deine eigenen Klecksereien verliebt, dass du sie kaum noch anrühren magst, aus Furcht, sie könnten immer schlimmer verschmieren. Irgendwann stirbst du.«

Er atmete tief durch und trank einen Schluck.

»Jeder gute Künstler weiß, wann es Zeit ist, damit aufzuhören – und Leben ist Kunst, okay? Mit der Zeit läuft dein Hirn wie ein Uhrwerk, das du nicht mehr aufziehen magst; die Federn könnten ja bersten. Alles, was einem bliebe, wäre, von vorn anzufangen, aber wer will das schon? Das ist doch auch alles Mist.« Er sah sie durchdringend an.

»Das Wertvollste, Prinzessin, was du mit dir herumträgst, das ist das hier. *Das muss*t du beschützen.« Noch einmal stupste er sie nachdrücklich gegen die gerunzelte Stirn.

Sie grübelte eine Weile.

»Deine Schwester hat Angst?«, fragte sie dann.

Der alte Mann nickte. »Sie hat in ihrem Oberstübchen schon seit Jahren keinen Pinsel mehr angerührt. Ihre Uhr steht still. Sie war zu gierig und hat ihre Seele verloren. Und sie wird alt. Das fällt ihr sehr schwer.«

»Dir denn nicht?«

»Hin und wieder«, lächelte er, »wenn keiner hinsieht – da gehe ich noch nach oben und male ein paar Striche … lausche dem Takt meiner Uhr … und ich finde es eigentlich ganz in Ordnung, wenn sie etwas aus der Reihe tanzt. Ein Gemälde verschiedener Zeiten.«

Die Kleine sah ihn aufmerksam an. »Ich glaube dir«, sagte sie. »Aber ich glaube nicht, dass das alles war.«

»Ganz, wie du meinst, Prinzessin. Doch Debussy? Ich muss üben. Sehr viel sogar. Bald werde ich vielleicht gebraucht.«

* * *

Die Nacht war ruhig, als sie zurückkehrten. Einige Lichter flackerten im Tal, und von fern konnte man noch den Trubel des
Jahrmarkts hören – es schien nicht viel Zeit vergangen. Sie standen auf einem Hügel am Rande der Stadt, nicht allzu fern ihrer
Schule, von der sie sich dennoch nie weiter entfernt gefühlt hatten. Eine lange Reihe alter Bäume säumte einen Graben, in dem
ein namenloser Bach dahinplätscherte. Ein Igel kroch auf der
Suche nach Zweigen für sein winterliches Nest durchs Unterholz, und eine Kröte ließ sich von einem Stein in ihren Tümpel
gleiten. Es war eine laue Nacht für November.

Der Junge hielt das Mädchen bei der Hand, suchte ihre Nähe.
Sie war etwas größer als er und seine einzige Freundin, der einzige Mensch auf der Welt, der zählte. Andersen, der kein Mensch
war, sondern ein fantastisches Fabeltier, stand abseits und wob
Geigenklänge wie die Fäden eines Teppichs, ohne dass sie je ein
Bild ergäben. Dann entfernte er sich lächelnd, schweigend und
verschwand in Richtung der Stadt. Ein Abschied war nicht von-
nöten, und seine Geige gebot den Kindern, nicht über das zu
reden, was sie gesehen hatten.

Seltsam, sagten die Kinder, sobald er gegangen war. Haben
wir die Stadt je aus diesem Winkel gesehen? War dieser Pfad
immer schon hier, und hast du jemals diesen Wegweiser bemerkt?

Der Wegweiser war alt und morsch und zeigte wie ein vom
Sturm gezeichneter Baum in alle Richtungen. Die Schrift auf
ihm war kaum zu entziffern, und andächtig lasen die Kinder
von all den unfasslichen Orten, die zu sehen und zu bereisen er
ihnen anbot und von denen Fairwater nur einer unter unzähligen war, so wie Lifelight, die Sternwarte und Navylyn, von wo
sie jetzt kamen. All diese Wege konnten sie gehen. Der Mond
stieg am Himmel empor, und zitternd drängten sie sich aneinander. Jede Umarmung in den Jahren darauf würde nur eine
Wiederholung dieser einen Umarmung sein. Ihr Leben war gelebt in diesem Moment.

Möge diese Nacht niemals zu Ende gehen!

Dann schritten sie hinab zu der Brücke, die sie zurück zur anderen Seite bringen würde, und das Mädchen legte sich stolz die schwere Kette um den Hals, die sie als Andenken vom Mond mit zur Erde gebracht hatte. Sie sah nun aus wie eine Prinzessin, und der Kontrast zwischen dem toten, zeitlosen Silber und ihrem jungen, atmenden Körper brachte den Jungen fast um den Verstand, ohne dass er hätte erklären können, was ihm in diesem Moment bewusst geworden war – sie war wie blühendes Moos auf einem Grabstein, eine beruhigende Stimme im Sturm, dem Rauschen des Meers.

Später, wenn er dieses Gefühl nur noch auf dem Boden einer Whiskeyflasche vermutete, sollte er oft sagen, Poesie sei die Fähigkeit, sich über die einfachen Dinge des Lebens zu wundern, aber niemand außer seinem Jungen, der diese Gabe von ihm geerbt hatte, würde es jemals verstehen.

Schließlich erreichten sie den Jahrmarkt, doch fühlten sich nach wie vor wie Besucher in dieser Welt; Ehrengäste in diesem unbegreiflichen Treiben grotesk gekleideter Menschen. Sie stolzierten zwischen den Beinen der Erwachsenen, als wären diese ihr Hofstaat.

Weißt du noch, wie es sich anfühlte, zu schweben? Versprichst du mir, es niemals zu vergessen, damit du mich in den Jahren, die kommen, daran erinnern kannst?

Ich werde es niemals vergessen. Doch ist es wirklich geschehen? Die Kette, die Kette. Dies ist die Kette, die ich vom Mond mitnahm ... der Beweis.

Denkst du daran, wie es aussah, als die Sphären einander dort in der Ferne berührten? Weißt du noch, wie das Sternenlicht aussah? Kalt, wie die Kette kalt ist? Oh, wir dürfen es niemals vergessen ...

Hast du den Eingang gesehen? Die Pforte, die einen Spalt weit offen stand? Die große Halle und die schönen Figuren darin, weiß wie Schnee ...

Und hast du die Spuren im Mondstaub gesehen – als ob jemand hinkte?

*Sie fassten einander bei den Händen und tuschelten, Mond-
licht in ihren Augen, die Zaubermusik noch im Ohr, und sie
strich ihm durchs Haar, als wäre er ihr kleiner Bruder, und er
küsste sie auf die Wange und roch den Duft ihres Haars.*

Der Moment dauerte an.

*Dann sprang mit einem Mal ein Kerl aus der Menge – er war
realer als der Rest der verrückten Menagerie und beinahe schön
in seiner Hässlichkeit –, hellblaue Augen in einem von Kälte
und Ausschlag gefärbten Gesicht, die Stirn von einer Narbe ent-
stellt; all dies, sein rotbrauner Vollbart und sein verfilztes Haar,
würde sich ihnen unauslöschlich einprägen. Er sprang sie an,
beinahe wirkte es, als würde er gesprungen, als geschähe all dies
gegen seinen Willen; seine Augen wirkten entsetzt, als seine
Hand nach der Kette um des Mädchens Hals grapschte, sie zu
fassen bekam und daran riss; dann verschwand er mitsamt seines Diebesguts in der Menge. Es dauerte eine Ewigkeit, bis das
Mädchen begriff, was da gerade geschehen war, an sich herabblickte und fragend ihren Hals betastete, als hätte sie dort eine
Kugel durchschlagen; dann weinte sie die erste Träne eines langen Stroms von Tränen, die dereinst ihr eigenes Meer füllen
würden.*

* * *

»Ich soll Ihnen das geben, Doktor«, sagte die Krankenschwester
vorwurfsvoll und reichte dem Mann in dem Regenmantel die
Krankenakte, noch ehe er den Fahrstuhl betreten konnte. Der
nahm sie missmutig entgegen, setzte eine Brille auf und studierte sie.

»Wann wurde die Patientin eingeliefert?«

»Vor etwa einer Stunde.«

»Wie ist ihr Zustand?«

»Sie atmet, aber kaum noch Hirnaktivität.«

»Hm.« Der Arzt blickte kopfwackelnd ins Leere, als spräche er stumm mit einer unsichtbaren Person. Der Krankenschwester war etwas bange bei dem Anblick. Sie arbeitete noch nicht lange in der Anstalt.

»Rufen Sie diesen Mann an und informieren Sie ihn über ihre Verfassung. Sagen Sie ihm, wir können nichts mehr für sie tun.«

Die Schwester nahm ungläubig die Visitenkarte entgegen, die er ihr reichte, und wollte protestieren.

»Fragen Sie nicht – das sind Regierungsgeschäfte. Wir haben eine Abmachung.«

Ein halbe Stunde später fuhr eine rabenschwarze Corvette Stingray auf dem Hof vor. In späteren Jahren würde man die Liebe ihres Eigentümers zu ihr als exzentrisch betrachten, aber damals, 1969, war sie der letzte Schrei.

Die Prinzessin von Shedir

SECHSTES KAPITEL (1996)

In welchem Marvin zurückkehrt, sich das Schicksal der Prinzessin und ihres Gefolges erfüllt und ein neuer Stern am Himmel erscheint

By the time I get to Phoenix she'll be rising
She'll find the note I left hangin' on her door
She'll laugh when she reads the part that says I'm leavin'
'Cause I've left that girl so many times before
– Jimmy Webb, By The Time I Get To Phoenix

1. Das Einhorn

Das Einhorn war verborgen, ja beinahe unsichtbar in seinem Wald aus Türkis und Elfenbein. Eingebettet in die sinnbetörenden Schnörkel des Jugendstilgemäldes, das die hintere Wand der Kneipe überwucherte, umringt von arabeskem Astwerk und Blumen, die sich lasziv in die Komposition des vergessenen Künstlers fügten, residierte es über die übrigen verborgenen Tiere im nordwestlichen Sektor des Bildes und war nur für das geübte Auge eines Stammkunden zu jeder Zeit, aus jedem Winkel auszumachen.

Die Frau in Bluejeans und dem verwaschenen grauen Pullover hatte das Einhorn noch nicht gefunden, als der Mann sich mit einem beiläufigen Blick auf die hintere Wand zu ihr setzte, hier, in der fernsten Nische der Kneipe.

»Hi«, sagte er. »Erinnerst du dich an mich?«

»Ich bin mir nicht sicher«, entgegnete sie. »Sollte ich denn?«

Ihr Tonfall war gelassen, bedachte man die doch sehr direkte Eröffnung.

Der Mann rutschte fahrig hin und her und wagte einen schüchternen Seitenblick in die lauthals lachende Menge, deren Stimmen mit dem Jazz, den warmen Bässen eines ehrwürdigen Boxensystems verschmolzen. Der Gedanke einer längeren Unterhaltung bereitete ihm sichtlich Unbehagen.

Ihr Ausdruck wechselte von der ersten instinktiven Ablehnung zu schuldbewusstem Misstrauen. War es möglich, dass sie einen lange verlorenen Freund nicht mehr wiedererkannte?, fragte dieser Ausdruck. Eine flüchtige Bekanntschaft, Ausgeburt einer verklungenen Nacht; einer anderen Kneipe, einer Party bei Freunden?

Doch welche Party? Welche Freunde? Welche Nacht?

Der Fremde schien ihr gänzlich unbekannt – vierzig Jahre, Mitte dreißig vielleicht und nicht geneigt, diesen Umstand zu verbergen; stumpfes Haar über unstet flackernden Augen.

»Marvin«, brachte er endlich hervor, schaffte es, einen Moment lang stillzuhalten, und sah sie forschend an; ein Botaniker, der eine seltene Blüte studiert. Er war nicht groß, kleiner als sie, und sein Gesicht war kindlich und rund. Ein nettes Gesicht, aber kein sehr anziehendes. Nicht, dass es hässlich gewesen wäre. Zu abwesend vielleicht? Augen, die zu lange in sich selbst geblickt hatten. Wie ihre.

»Es tut mir leid«, wand sie sich. »Ich habe wirklich keine Ahnung ...«

»Schon gut«, unterbrach er. »Ist meine Schuld. Etwas unüberlegt. Lassen wir uns ...« Sein Blick suchte den Barmann. »Du trinkst doch etwas mit mir?«

»Ich weiß wirklich nicht ...«

Er winkte dem Barmann. Der nickte über die Köpfe der tuschelnden, brausenden Menge hinweg, die den Raum in ihrer vorweihnachtlichen Vergnügungssucht mit den Gerüchen und Schatten von Mänteln und Pfeifenrauch füllte.

»Es braucht seine Zeit«, murmelte Marvin.

»Wie bitte?«

»Zeit«, sagte er aufblickend. »Wir brauchen wohl noch etwas davon.«

»Wofür?«

Er lächelte. »Damit dir hoffentlich wieder einfällt, wer ich bin. Und wer du …« Der Barmann kam. »Hallo, Mort.« Die Männer kannten einander. Marvin bestellte für sie beide, Mort nickte ihr kurz zu und verschwand ohne ein Wort wieder hinter der Theke.

»Hören Sie …«, begann sie vorsichtig und ein wenig verärgert wie jemand, der sich selbst beim immergleichen Fehler ertappt, den Finger in eine Strähne ihres strohblonden Haares verheddert. *Nein,* sagte ihr ganzes Gesicht.

»Nein«, beschwichtigte Marvin, ein hilfloser Kammerdiener, der über Fettnäpfchen balanciert; beinahe musste sie lachen. »Ich meine, vielleicht sollte ich – diese ganze Situation …«

»Nur zu.« Sie verschränkte die Arme, sammelte sich; wurde schöner dabei. »Ich höre.«

»Es klingt erfahrungsgemäß etwas seltsam; diese Dinge …«

»Erfahrungsgemäß?«

»Hm, ja. Es ist nicht das erste Mal, dass wir uns unterhalten – tatsächlich sind unsere Unterhaltungen meistens recht ähnlich.«

»Es ist dabei wohl kaum von Relevanz, dass ich mich an keine einzige dieser Begebenheiten erinnern kann«, riet sie etwas schnippisch und gleichzeitig enttäuscht, dieses beklagenswerte Niemandsland zwischen Sachlichkeit und Sarkasmus betreten zu müssen.

»Leider nein«, gab er zurück. »Das liegt in der Natur unserer Unterhaltungen …« Sie lehnte sich zurück, als Mort an den Tisch trat und zwei Gläser vor sie stellte. Ohne zu zögern, griff sie sich ihres und begann, damit herumzuspielen, als wäre es von vornherein ihre Idee gewesen.

»Und auch in der deinen«, fügte Marvin hinzu, sorgsam darauf bedacht, dass Mort sich wieder außer Hörweite begab, die Wand mit dem Einhorn schützend im Rücken.

Die Frau hatte es gerade gefunden.

»Du kannst dich nicht an mich erinnern, bevor es nicht an der Zeit ist. Sobald du wieder weißt, wer ich bin, bist du … nicht mehr du.«

»Ein Rätsel«, stellte sie fest.

»In gewisser Hinsicht.« Er nickte geduldig.

»Aber Sie wissen, wer ich bin. Besser als ich und die ganze Zeit über.«

»In gewisser Hinsicht«, wiederholte er, seine Miene jetzt eine schwer zu deutende Maske, »ist dies mein Job. Ein anderer Name, eine andere Zeit.«

»Das ist verrückt«, stellte sie fest. »Und obendrein auch nicht sehr …«

»… schicklich, vielleicht«, beendete er lächelnd den Satz. »Glaub mir, ich weiß das.«

Sie schauderte, flüsterte: »Ich nicht mehr ich …! Wen von uns beiden willst du denn sprechen?« Ein verlegenes Lachen brach sich Bahn aus ihrer bebenden Kehle. Marvin mochte auf den ersten Blick ja ein netter Kerl sein – jetzt wieder ganz Hundeblick, geschickte Hände, die nervös an einer Serviette nestelten –, aber die wirklich bösen Buben sahen nie aus wie die wirklich bösen Buben. Meistens sahen sie aus wie Marvin.

Vielleicht wünschte sie sich, sie hätte Besseres zu tun, als sich dem wirren Gerede dieses Fremden auszusetzen, dessen disharmonische Stimmungsverläufe einem leicht unheimlich werden konnten. Doch ihr Gesicht war nicht lesbar, wie in einer fremden Sprache geschrieben; um die Wahrheit zu schützen, vielleicht.

»Es tut mir leid«, lachte er lächelnd, doch unfähig, sie in Frieden zu lassen. »Das Problem ist, es ist jetzt schon beinahe so weit – es hat etwas länger gedauert als sonst. All die anderen sind schon fast fertig, und wenn du nicht bald …«

»Die anderen?«

»Egal, vergiss die anderen für einen Moment. Nur du zählst jetzt. Sobald du dich an mich erinnerst, fallen dir auch die anderen schon wieder ein. Sam. Lucia. Mandelblum.« Er grübelte gedankenschwer. »Und du selbst«, sagte er dann. »Endlich wieder.

Dies könnte das letzte Mal sein! Lass die anderen nur warten, sie sind es gewöhnt. Nur du zählst jetzt, glaub bitte daran.«

»Und was, wenn ich mich nicht erinnern möchte?«, fragte sie und nahm einen tiefen Schluck aus ihrem Glas. Verächtlich? Geschmeichelt, vielleicht.

»Dann haben wir ein Problem …«

»Da ist es wieder. Dieses ›wir‹.« Sie trank, und erst jetzt bemerkte Marvin das leichte Zittern und den von vielen durchwachten Nächten trüben Blick ihrer Augen. Augen, die im Schlaf panisch von links nach rechts und wieder zurück geflohen waren wie ein Panther im Käfig.

»Genau genommen … hättest in erster Linie *du* ein Problem … geht es dir auch gut?«, vergewisserte er sich.

»Aha, eine Drohung«, wich sie aus. »Oder ein Spiel?«

»Keine Drohung und sicher kein Spiel. Du siehst erschöpft aus – ich will dir helfen, kann aber nicht, solange du nicht bereit dazu bist. Du bist in großer Gefahr«, fügte er hinzu. Sein bekümmerter Blick war der eines ungelernten Schlangenbeschwörers. »Wenn wir am Freitag ohne dich gingen – und niemand will das! –, wärst du in *sehr* großer Gefahr.«

»Wie das?«

»*Sie* … würden dich holen.«

»Die anderen«, wiederholte sie, nur um ganz sicherzugehen.

»Nein.« Er war jetzt sehr ernst. Fast verhärmt.

»Sondern?«

»Es sollte nicht so weit kommen«, bat er sie.

»Vielleicht hast du recht.« Sie erhob sich müde, gereizt, wollte dem Gespräch nun entkommen.

»Bitte nicht …« Marvin stand auf, die Arme flehentlich ausgestreckt. Eine weitere gespenstische Veränderung vollzog sich mit ihm; er schien nun wie ein kleines Kind, und sie drohte ihm.

Entwaffnet sank er zurück. »Sei bitte vorsichtig«, wisperte er.

»Das bin ich.« Sie wandte sich zum Gehen; er sah ihr sorgenvoll nach, griff aber nicht ein, versank im Zwielicht der hinteren

Nische, in dem von Rauch überzogenen Zauberwald. Ein ganz besonderes Bild, mit ganz besonderen Farben gemalt.

Sie drängte sich zur Tür; all die murmelnden, plappernden Stimmen erwachten mit einem Mal zu physischen Hindernissen.

»Oh, das tut mir leid«, sagte da eine Stimme. »Er hat dich doch nicht belästigt?« Die Stimme war kühl, hatte eine Neigung zu kippen wie das Wetter in den letzten Oktoberwochen und gehörte zu einer zierlichen Frau mit schwarzgefärbtem Haar in der Nähe der Tür; sie bemerkte sie erst, als sie beinahe in sie hineinlief, noch in einen ernstlichen Kampf mit ihrem Strickschal verwickelt.

»Ist schon gut«, dankte sie ihr, ohne überhaupt richtig hinzuhören. Es war eng hier im vorderen Teil der Kneipe. Whiskeywerbung säumte die Wände.

»Ich bin's, ich meine – ich bin … Alice. Entschuldige, wenn Marvin in dir sein neues Opfer gefunden hat. Manchmal kann er so *aufdringlich* sein.«

Schwer zu sagen, ob Alice sie die ganze Zeit über beobachtet hatte; schließlich hatte sie mit dem Rücken zur Tür gesessen, den Blick auf das Bild mit dem Einhorn gerichtet, blau, silbrig und golden im schummrigen Licht der tief hängenden Lampen. Wenn, dann musste Marvin sie gesehen haben.

»Armer Kerl. Völlig irre! Kennen Sie ihn?« Sie wollte weitergehen.

Alice zuckte die Achseln. »Lange ist's her«, meinte sie mit vielsagendem Lächeln und zupfte an ihrer von Klämmerchen zusammengehaltenen Frisur. »Wir waren mal ein Paar.« Alice war ein hübsches Mädchen, aber nicht mehr die Jüngste. Zu viele Partys. Zu viel Make-up und eine gerötete Nase.

»Dann sprang er von dieser Brücke. Eines Nachts – bei Neumond. Hatte kurz zuvor mit ihm Schluss gemacht. Nicht mehr derselbe seither.« Sie erzählte es in beiläufigem Plauderton, schniefend.

»Das tut mir leid.«

»Das muss es nicht.« Alice lächelte. »Sag einfach Bescheid,

wenn er dich wieder belästigt. Ist wirklich alles okay? Ich könnte dir ein Taxi rufen. Wo wohnst du denn mittlerweile?«

»Danke, das wird nicht nötig sein. Danke, dass Sie sich um mich sorgen.«

»Schon gut. Keine Panik!« Sie zuckte wieder die Achseln. »Er lebt einfach völlig in seiner Welt.«

Mit Nachdruck zog sie die Tür auf und zwängte sich an Alice vorbei nach draußen. Alice mochte noch etwas erwidern, doch sie hörte es schon nicht mehr.

Die kalte Nachtluft verschlug ihr einen Moment lang den kondensierenden Atem. Sie stand am Alten Kirchplatz, im Schatten der Kathedrale, um die sich noch gestern Buden und Stände gedrängt hatten wie Bettler an die Mauern einer wohlhabenden Stadt. Nun waren sie fort, nur ein paar Bogen Geschenkpapier und verstreute Tannennadeln kündeten noch von ihnen. Es waren die längsten Nächte des Jahres – es war die Ruhe vor dem Sturm.

Sie schlang fröstelnd die Arme um sich, blickte zweifelnd die Straße in beide Richtungen hinab und entschied sich dann für eine davon.

Es war noch sehr früh. Die Nacht war klar und bot eine berauschende Aussicht auf den Kometen, der aus der Kassiopeia herabfuhr, still, gefesselt, in weißen, eiskalten Feuern verbrennend. Ein spezielles Weihnachtsgeschenk für die Welt. *Von Shedir*, dachte sie da. *Alles Gute zum Geburtstag, Daddy.* Sie fühlte sich sehr einsam.

Ein schlechter Abend vielleicht …

* * *

In ihrem Traum lief sie über einen funkelnden Weihnachtsmarkt, ganz Düfte des brodelnden Weins, hüpfende Lichter von Bienenwachskerzen, Elmsfeuer surrender Elektrizität; Glüh-

birnen in sattem Gelb, aneinandergereiht wie Mirabellen im Herbst. Ihr Atem mischte sich mit den Dämpfen von Nelken und Zimt und den Stimmen der tausend Fremden, die dahinzogen wie rastlose Wanderer, Kälte, die ihren Körper umwehte, und Dezemberfrost in ihrem Hals, wo er Eisblumen in sie zeichnete, schneidend scharf in ihrem Innersten.

Sie eilte, ohne zu wissen, wohin, nur vom Wunsch beseelt, diesem Ort und sich selbst zu entkommen; war sie nicht hier, weil sie nach etwas suchte und nicht eher gehen konnte, als bis sie es fand? Die störrische Menge versperrte ihr den Weg, neckte sie, tanzte mit ihr; sie war eine betrogene Frau auf einem Ball, ein Störenfried auf der Hochzeit einer anderen. Was wollten die Leute in ihrem Traum nur von ihr?

Die Buden schmiegten sich aneinander, eine Pfefferkuchenhäuschenpromenade; hinterlistig wie die Hexen bot Händler auf Händler seine Waren feil: Bratäpfel, Kernseife, Patschuli, Pfannkuchen mit Apfelmus, Benzoe und Marzipan, Anisplätzchen, Bambussprossen, Kartoffeln mit Majoran, Schokolade und Weihrauch, Würstchen und Sandelholz. In ihren Händen schwammen Glasperlen an Lederbändchen, Jadeketten und Seidentücher, Hämatitringe und Amethystdrusen; Windspiele, Traumfänger und Glöckchengehänge tanzten um ihre schattenhaften Gesichter, und um ihre Füße scharten sich Kinder, Hunde und kleine Wägelchen voll bunter Geschenke, die die flüchtende Frau zu Fall bringen wollten. Die Lichter und Düfte und Menschen waren überall, und es waren so viele, dass ihr schlecht wurde davon.

Nur sie selbst war niemand und nichts.

Wer war sie, die sie durch diesen weihnachtlichen Albtraum floh? Diese Sickergrube aus Zuckerduft und ranzigem Fett, elegischem Engelsklang und saisonale Scheußlichkeiten plärrenden Radios?

Sie war nur die Frau aus ihrem Traum – wenn sie wieder erwachte, blieb ihr kein Sein, keine Vergangenheit und keine Zukunft. Sie hatte nur den Fluss ihrer Gedanken (die nicht ihre eigenen waren), aufdringliche Gesellschafter, lästiger noch als die hässlichen Menschen mit ihren höhnischen Mündern und ihren fetten Wänsten unter den Häuten geschlachteter Tiere – die Gedanken strömten in sie, sahen tiefer noch als die bleichen Molchaugen der halbblinden Männer und ihrer runzligen Frauen. Plätschernd schlugen sie vor, zu den ihren zu werden …

Die Menge hatte sich ihr zugewandt, während sie über den Markt floh; sie bildete ein Halbrund. Sie kannte die Gesichter, argwöhnisch und hämisch. Sie hatte Todesangst vor diesen Menschen, weil sie alle nicht echt waren. Da hoben sie die Hände und zeigten auf sie, griffen nach ihr. Die Gedanken waren nun so laut, dass sie zu ihr sprachen – sie waren lauter als die Stimmen um sie herum.

Rosenrot Glocken läuten
Fackelwärme und Edelsteinpracht
Dies war die Zeit vor dem Ende des Glücks
Sie scheint klar wie ein Traum in der Nacht

Ein anderer Mann trat vor. Er war älter als die anderen, und fast wusste sie seinen Namen. In seiner Hand (blutverkrustet, ein dreckiger Handschuh) ließ er eine silbrige Kette baumeln, bot sie ihr mit dem listigen Lächeln der Schlange dar wie eine weitere Leckerei. Über seinem Kopf brannte der Komet eine gleißende Naht in die Schwärze über den Türmen der Kathedrale.

Sie schrie, schlug die Hände vor dem Gesicht zusammen, doch der funkensprühende Streif durchdrang ihre Lider und wurde schließlich zum Licht des erwachenden Morgens, Farbkleckse auf ihren tränenbenetzten Augen (die manch einer einst geliebt hatte); als sie mit kalter, trockener Kehle wie Lazarus in ihren Laken erwachte und immer noch weinte, weil sie nicht die geringste Ahnung hatte, wer sie war und wie ihr geschah.

2. Stella

Stella war sich nicht im mindesten sicher, ob sie wusste, was sie tat, als sie ihren Mantel nahm. Zwar wiederholte sie die Fakten immerfort im Geiste – allerdings nicht sehr überzeugt.

Wie auch?, fragte sie sich zitternd am Rande des kleinen Beistelltischchens, die Hände verkrampft, Zettel mit Telefonnummern in einem wilden Tohuwabohu, entfernte Verwandte, Ärzte und Polizei. Freunde, die ihr nicht helfen konnten, Fremde, die sich schwer abweisen ließen. Die Zettel klebten an den Wänden und wucherten über den blinkenden Anrufbeantworter, wuchsen zu einem raschelnden Bett für die Kette heran, die zufrieden darin ruhte. Sie hatte die Kette noch nie gesehen.

Allerorten der Puder der Spurensicherung, hartnäckiger Polizistenstaub, kaum abzuschütteln. Er sicherte Spuren auf dem Boden, der Tapete, ihren Fingern und kroch gegenwärtig ihre Ärmel hinauf. Allgegenwärtig auch die Bilder, die sie bedrängten, die auf sie einsprachen. Obdachlose, dachte sie.

Bettler.

Stella löste sich, warf den Mantel zu Boden und taumelte zurück ins Wohnzimmer. Beruhigungsmittel und Cognac, von beidem zu viel, eine fatale Kombination. Der Tonarm löste sich von einer vergessenen Schallplatte und zog sich auf seine sichere Gabel zurück, hinterließ einen kratzigen Gedanken an *Clair de Lune*.

Sie griff nach dem offenen Buch neben dem Plattenspieler. Ein altes Tagebuch (es fühlte sich nicht an wie ihres), ein rohes Gedicht in ihrer eigenen Handschrift. Sie konnte sich nicht entsinnen, es geschrieben zu haben.

Könnt ich nur verharren
Unsterblich und jung
Im Strom der verstreichenden Welt

Der erstarrenden Zeit
Der Grube, die mich beschützt

Ich wandelte auf schwindelerregenden Brücken
Über grünenden Tälern (im Sonnenschein duftend)
Und verzauberten Wäldern (im Mondlicht erzitternd)

Stürzte auf den Boden einer mühsamen Burg
Blicke endlose steinerne Stufen empor
Es war
Bloß einen Gedanken entfernt

Sie sank auf die Couch. Ideen kreisen ungebändigt hinter ihrer Stirn. Träume, die sich weigerten, von ihr zu lassen, angespornt von einer Herrschaft, die bis in die späten Nachmittagsstunden gedauert hatte. Ein bitterer Nachgeschmack in ihrer Kehle, der mit dem sanften Gefühl antiseptischer Watte in ihrem Hirn korrespondierte. Sie konnte ihre Gedanken ebenso wenig ordnen, wie ein Kind perfekt all die Sprünge ausführen konnte, die es siegreich über die Kreidekästchen auf der Straße befördern würden.

Jedes dieser Kästchen war eine eigene Welt, ein eigenes Reich voller Konzepte, die für sich genommen schlüssig erschienen. Eines gehörte einer einsamen Kindheit, einer Familie, reich und von Stand. Es gehörte dem warmen Licht ihrer Leselampe neben der Couch, prächtigen Teppichen und gewaschenen Socken. Gesammelten Büchern, zu wertvoll, sie je zu lesen. Es gab in dieser Welt keinen Platz für Polizistenstaub, fremde Gedichte und zettelbeschwerende Ketten. Nicht für Briefe voll dunklen Wahns. Nur für die lieb gewonnenen, vergebenen Chancen und versäumten Versprechen eines müßigen Alltags. Boden einer mühsamen Burg ... wer immer darin lebte.

In einem anderen Kästchen kreisen die Gesichter von Fremden, auf erschreckende Weise vertrauter, je länger sie sich darin aufhielt. Seltsame Wesen, die von älteren Gelübden träumten. Freundlich vielleicht. Stella grinste gequält – was sah sie? Einen

Aufbruch voll Freude, Erregung, die Versammlung der Letzten. Erwartung eines verheißungsvollen Augenblicks wie Kinder unter dem Weihnachtsbaum: Augen wie Lametta. Eine Nacht wie ein Einhornwald.

Das Mädchen sprang durch die Kreidekästen. Glöckchengeklingel. Jedes der Kästchen, das ihre Füße berührten, wurde für einen fragilen Sekundenbruchteil real, und die darin gefangenen Gedanken fuhren ihre Beine empor und setzten sich mit der Macht eines elektrischen Schlags in ihr fest. Sie wollten sie an etwas erinnern. Sie selbst hatte sich einst mit ihren eigenen, traumtrunkenen Worten an etwas zu erinnern versucht.

Auf der anderen Seite eines doppelten Kästchens – (das Mädchen landete auf beiden Beinen, erlebte staunend den Augenblick der Ambiguität) – lagen die verzerrten Idole eines ohrenbetäubenden Albtraums, der dem Verstande nicht minder entrückt war als Tabletten in einem Pint goldenen Weinbrands.

Die heiß zischelnden Laute einer kaum menschlich zu nennenden Meute, die gleichen höhnischen Gesichter am Ende einer hoffnungslos zirkulären Flucht. Yin/Yang, Himmel und Hölle, eine schutzlose Erfahrung von Körperlichkeit öffnete den Weg für die schmerzende Wiederkehr des lange besiegt geglaubten Feindes … spöttisch trat die Menge zurück, ihre Reihen zu öffnen für das, was dahinter lag: drohend, unbegreiflich, unter dem unmöglichen Himmel einer verlassenen Welt.

Die *Anderen*, flackernd und unstet; die Fänger. Die Regendunklen.

Schreckgespenster, erdacht für ungehorsame Mädchen. Jeder Soldat wusste wenigstens einen grausamen Scherz über sie zu berichten.

Stella wischte sich erschöpft über die Stirn und griff nach einer Flasche abgestandenem Mineralwasser.

Die Kette fiel ihr aus der Hand und schlug gegen das Glas. Sie musste sie mitgenommen haben; argwöhnisch beäugte sie den massiven Silberanhänger in seiner heute namenlosen Form. Sie beugte sich vor und tastete nach dem Wasser.

Wieder begann sie zu fantasieren – zu fürchten – zu mutma-
ßen. Zu viele Leute hatten versucht, ihr zu erklären, wer sie war.
Sie fühlte sich in einer Grube ihrer kreisenden Gedanken gefangen (die mich beschützt), jenseits derer schwach leuchtend die
wirkliche Welt lag. Sie hatte dieses Gefühl schon einmal erlebt –
schon zu oft. Es war immer dasselbe, wenn es zurückkehrte, so
als wäre die Zeit dazwischen niemals vergangen; so viele Jahre ... zu viele Leben ... im Strom der verstreichenden Welt – der
erstarrenden Zeit.

Sie trank von dem Wasser. Das Mädchen sprang nach Hause
und hob das Steinchen auf.

Eingelullt von der warmen Stille ihrer Wohnung, erschöpft
von heftigen Krämpfen und Tränenströmen am ersten dieser
zeitlosen Abende, die jeder vernünftige Mensch nur mithilfe einer Familie oder eines Fernsehers bestritt, saß Stella auf ihrer
Couch, die Beine aus keinem bestimmten Grund schützend an
sich gepresst, und sah teilnahmslos ihren immer trägeren Gedanken zu, wie sie von den Rändern der Realität perlten und
langsam wie Honig zu ihr herabbrannten. Sie war eine Kannen-
pflanze, ein weiblicher Kronos, der seine Kinder verschlang.

Ich bin das Kind, dachte sie. *Daddy ist fort – das Spiegelvolk
ist gekommen und hat ihn geholt, ganz wie Nanny gesagt hat.
Oder nicht? Ich darf das nicht denken ... dabei hätte er heute
Geburtstag gehabt.*

Glöckchen klingelten die Straße entlang.

Sie musste hinausgehen. Weg von der Trauer, weg von der
Schuld. Sie hatte keine Chance, die Zeit durchzustehen, die die
neuerlich gerissenen Wunden zum Heilen bräuchten; nicht hier
in ihrem geschändeten Domizil, wo sie sich den Kopf über die
Warnungen oder Beteuerungen von Fremden oder die obskure
Vertrautheit von Versen zerbrach. Die uralte Sucht, sich benötigt zu fühlen ... *Sie brauchen nur mich*, dachte Stella. Sie musste dort hinaus und es ertragen. Sie selbst werden. Stärker, vielleicht.

Wenn sie nur von den Winden der Welt getragen über einen

sich ewig wandelnden, stetig wechselnden Ozean triebe, würde ihr dann eine Welle vertrauter erscheinen als eine andere? Würde sie in jeder von Wellenschlag und Windhauch gestörten Sekunde ihr Spiegelbild in den dunklen Wogen erkennen?

Könnte das Kind Stella die Frau wiedersehen?

Vertrautheit in einem Traume entstehen?

Die Bettler, dachte sie. *Die Bettler von Shedir wissen von mir. Sie kennen mich ...*

Sie nahm den Brief wieder zur Hand, die letzten Zeilen unter den unsäglichen Sorgen und Nöten eines Unbekannten.

Du weißt, wo du uns finden wirst – unten am Alten Zoo wie die anderen Male (ich bedaure das kleine Missgeschick vor drei Jahren übrigens sehr!). Wir alle sind sehr besorgt um dich – es ist Zeit. Dies könnte das letzte Mal sein.

Da es mir aus verständlichen Gründen schwerfällt, unter den gegebenen Umständen deine Wohnung zu betreten, kann ich dich nur bitten, die Angelegenheit sehr, sehr ernst zu nehmen; ich hoffe, du hast das mittlerweile erkannt, und meine Worte sind daher überflüssig. Du kannst uns jederzeit im Einhorn besuchen – dort sind wir noch sicher. Heiliger Boden, Lady Lifelight!

Doch nimm dich in Acht, wir sind nicht mehr allein. Sie haben ihre Leute hier, und sie suchen nach uns. Wir fürchten, es gibt einen Verräter oder eine Verräterin ... es wird knapp werden diesmal, okay?

Freitagabend, denk daran, und tausend Grüße von deiner L., sie kann es kaum erwarten, dich wiederzusehen. Wir denken an dich ...

– M.

* * *

In ihrem Traum irrte Stella auf der Suche nach einem strahlenden Schloss voller freundlicher Seelen umher, wo sie von ihren
Liebsten und den tröstlichen Düften von Met und von Zucker-
werk umringt wäre – dann verblasste das Feenbild, Frau und
Kind wurden zweierlei, und sie trat in die Nacht dieser Welt hinaus, zurück in die rabenschwarzen Winkel am Fuße der Kathedrale, wo sie sich hilflos und alt und verloren vorkam, und sie
erkannte, dass diese Welt ihr mehr Angst einjagte als alle Träume. In diesem Moment war sie bereit zu gehen.

Um sie herum waren die Buden der Bettler, und dazwischen
wuchs eine dunkle Tanne empor, die bonbonblaue Kugeln wie
giftige Früchte gebar. Der weiß brennende Schweifstern spiegel-
te sich in jeder Kugel, und wenn der Wind durch den Baum blies,
fielen die immergrünen Nadeln auf das nasse Kopfsteinpflaster
herab, das die Farbe von Pech hatte. Bald würde es wieder schnei-
en, und nur Blut könnte die Farben dieses neuen Bildes vervoll-
ständigen.

Sternweiß Blüten strahlen
Schneegefieder im Glanze der Nacht
Das Zwielicht verblasst, die Glocken verhallen
Ach hätt ich nie wieder an dich gedacht

Stella weinte, denn sie wünschte sich zurück an den Ort, den sie
einst verlor, doch sie war sich nicht sicher, wo er sich befand; es
gab dort ein Zimmer glückseliger Tage zwischen Büchern, Spiel-
sachen und selbstgemalten Bildern an der Wand, doch ein Bett,
dessen Liebkosung sie ängstigte eingedenk einer Nacht, die
fünfzehn Jahre lang dauerte, Jahre in Regen und Mondlicht; es
gab einen Spiegel in ihrem Kleiderschrank, in dem der Tod lebte
in prachtvollem Gewand, eine steinerne Treppe, die in einen Abgrund hinabführte, tiefer als jede Nacht, denn die Nacht kannte
den Tag.

Oh, sie ersehnte jenen Thronsaal auf einer fernen Welt ihrer
Fantasie, ehe alle Fantasien in Sternenfeuer vergingen, und die

Sterne gemahnten sie an die endlose Leere, die sie einst durchquert hatte. All dies war vorbei, und doch ängstigte sie die Kälte nach wie vor, mehr als alles andere. Die Kälte der Nacht – die Kälte des Regens – die Kälte des Mondlichts – die Kälte einer verlassenen Halle – die Kälte von Glas – die Kälte im Herzen eines Mannes, der vor seinem Schachspiel vor dem Spiegel saß.

Sie sah all die Gesichter der arglosen Menschen, die niemals begreifen würden, was in ihr vorging: einen machtlosen Jungen, unverständige Freunde, gefühllose Ärzte und eine wahnsinnige Nanny – und sie hatte furchtbare Angst vor ihnen allen, aus dem einfachen Grund, weil sie echt waren. Sie wollte sie nicht – wollte nicht, dass das ihr Leben war. Sie sehnte sich nach der Wärme, die sie niemals erfahren hatte – der Wärme anderer Menschen. Die die Last von ihr nahmen. Die Last ihres Seins.

Sie würde all dies nun hinter sich lassen.

Die Bettler kamen auf sie zu, einen zaghaften Schritt vor den anderen. Ein Heer von Wegelagerern – sie trugen nur Fetzen am Leibe. Rissige, bandagierte Hände reckten sich ihr entgegen; stockfleckige Mützen saßen auf schiefen Ohren, aus denen Büschel sprossen. Rotz troff auf Fellkrägen, die nie gelebt hatten. Einen Moment nur wich Stella furchtsam zurück.

Wer bist du?, rief der Erste. Wo warst du?, rief eine Zweite. Was willst du, und was kannst du tun?

Wohin wirst du gehen, und wer wird dir helfen?

Was hast du gesehen, dort, wo du herkommst … ist die Straße bereit?

Der Weg wieder sicher?

Wirst du uns helfen … zu gehen? Werden wir gehen?

Müssen wir niemals wieder alleine sein?

Nie wieder, antwortete Stella, und alle Angst fiel von ihr ab, als sie nur noch Mitleid verspürte mit diesem geschundenen Haufen. Ihre eigenen Ängste schienen bedeutungslos verglichen mit ihren; und niemand zu sein war ohne Bedeutung, wo sie doch alles war, was diese da hatten – alles, was ihnen prophezeit

worden war. Der Weg war bereitet, und sie sah sich selbst in ei-
nem weißen Gewand auf dem Weg zu ihrer seltsamen Himmel-
fahrt – sie war das Opfer, und sie war die Priesterin … und sie
wäre niemals wieder allein.

3. Der Alte Zoo

Erst wenn es gelingen würde, die Schatten der äußeren und der
inneren Welt zur Deckung zu bringen, könnte ich endlich aufbli-
cken und etwas erkennen, das die Bezeichnung Wahrheit verdient hätte. Wenn meine Angst sich jemals in einem sichtbaren
Feind manifestieren würde oder die kristalline Schönheit der
gefrorenen Welt mir Befriedigung und Genuss sein könnte, hätte ich keine Sorgen mehr.

Doch die Grazie der Welt enthüllt sich stets zu den Zeiten, da
die Seele am verzweifeltsten ist, so wie die inneren Momente des
Glücks wie Meerschaum gegen die mitleidlose Fassade des Äußeren anbranden. Vergebens zumeist.

Durch die palastartigen Weiten einer in Schneeschein und Eis
erstarrten Allee alter Weiden, die verlassenen Straßen einer
sternklaren Dezembernacht, von milchig weißen Feuern erfüllt,
gelange ich hinter vielen Wegen schließlich an einen der dunkel
dahinplätschernden Flüsse von Fairwater, der mich nun so viel
besser zu verstehen scheint; so wie er damals vielleicht auch
Marvin verstand, der einsam, mit ausgebreiteten Armen, den
letzten Schritt wagte; vergebens.

Dort in der Nähe finde ich auch den Ersten der Bettler. Sam, so
hieß er doch, Sam, so viel älter geworden, zerzaustes Haar und
fleckiges Gesicht, kaum sichtbar unter dem grauen Bart und dem
schmutzigen Schal, der sich wie der Fangarm eines trunkenen
Seewesens aus seinem feuchten, erdigen Anorak erhebt und seinen Hals, seine Backen, seine Ohren umschlingt.

Armer Mann, schon immer ein Held, auf unglaubliche Weise den polaren Winter einer ihm feindlich gesinnten Zeit überdauernd, versteckt hinter einem Schifferklavier unter seiner eigenen Brücke, seiner eigenen Nacht. Wir alle haben unsere Brücken, so scheint es – *grünende Täler (im Sonnenschein duftend); verzauberte Wälder (im Mondlicht erzitternd)* – meine führt mich über die Abgründe ungedachter Ideen und furchtbarer Gefahren aus den Tiefen meiner selbst zu einem strahlenden Morgen, von dem mir Leute berichtet haben, deren Existenz ich mir freilich noch nicht völlig habe beweisen können.

Sam, ergraut, voll Gram und verstoßen, spricht Warnungen in drei verschiedenen Sprachen aus, wie ich es von ihm, einem Weisen, einem Vagabunden und Fuchs, nicht anders erwartet hätte. Allein, gegen wen sie sich richten, bleibt unklar. Er trinkt aus einer alten gelblichen Flasche. Bietet sie an, und ich trinke; die Sterne fallen vom Himmel, lacht er und scheucht mich davon, will keine Hilfe. Wir werden uns wiedersehen.

So oder so.

Ich irre weiter durch die verborgene Welt all der Abkürzungen, die nur einer Eingeweihten bekannt sind, durch die kleinen schmutzigen Höfe und Gassen, die einem nie mehr als zehn Meter Sicht und den Komfort des inneren Kompasses lassen, vorbei an gefrorenen Brunnen und Eisengattern, erfolglos begrünten Verkehrsinseln und entwurzelten Pfeilern. Ich scheine ein paarmal im Kreis zu laufen, nie ganz die richtige Abzweigung zu erhaschen.

Der Alte Zoo liegt auf der andere Seite der Unterführung. So lange bin ich nicht mehr dort gewesen: uralte Formen, unter der Knechtschaft anderer Leben vergeudet, gewachsen wie eine Nichte, die man nur alle Weihnachten sieht. Auch die Gerüche scheinen zu stimmen, aber auch sie sind erwachsen geworden. Der Platz geht langsam vor die Hunde, Sam würde es wohl dokumentieren können.

Der Urin in den Büschen riecht stechender heute. Zerbrochene Flaschen, aus denen langsam gefrierendes Bier über den Asphalt rinnt, scheinen häufiger unter den Schritten zu knirschen, und doch ist es die gleiche von den fernen Gerüchen des Flusses getränkte Winterluft, klar und klamm wie zu keiner anderen Jahreszeit, in keiner anderen Stadt. Die Gerüche steigen als Nebel auf, durch den von weit her die Geräusche einer Fabrik dringen, unnachgiebig ihren eigenen, endlosen Pulsschlag diktierend. Eine schlafende, bedrohliche Majestät.

Über alldem ruht der Odem des Alten Zoos, das Aroma der unruhigen Träume gefangener Wesen aus den tiefsten Winkeln der fremden, fantastischen Welt: indische Pfauen, arabische Pferde, atlantische Tümmler und brasilianische Basilisken. Laute dringen von jenseits der unüberwindlichen Barriere tiefschwarzer Hecken an mein Ohr, durch die Flussnebel, die Ferne, durch Lifelights hallendes Schlagen und Pochen; dunkel und einsam und unfassbar traurig. Fast wird es mir wehtun zu gehen.

Die gleichen, gebeugten Bäume sind da, die wilden Wacholder- und Haselnusssträucher, darunter die gleichen Haufen von Zeitungspapier. Die gleichen Schlagzeilen, so scheint es. Die gleichen Personen. Die gleichen Bänke und Sandkästen, die keine Kinder mehr benutzen, nur noch streunende Katzen. Ich sehe die Schatten von Leuten.

Die Gesichter sind fahl im Schein des Kometen, doch erkenne ich viele alte Vertraute wieder. Wie tapfer sie sind – und wie alt sie erscheinen! Der Mann, der sich vor Jahr und Tag Mandelblum nannte – oder das, was er jetzt ist? Lucia, meine feurige Sängerin, die sich fast in den silbernen Seen des Spiegels ertränkte; wie fürchterlich mussten seine Antworten auf ihre Fragen gewesen sein – hätte man sie doch nur gewarnt! Dort der Mann, der aussieht wie ein französischer Schauspieler; ich konnte mir nie seinen Namen merken. Unser ewiger Schatten. Der Maler vom Eldritch Way und selbst der uralte Andersen mit der Geige seines Vaters – alle Geister sind hier. So wie auch Marvin, der ewig träumende, unersetzliche Marvin, mein Leitstern und treuer Trabant. Marvin inmitten einer Schar von Bettlern. Marvin, der einst ein gefeierter Harfner war.

Die Leute tragen einfache Kleidung; einst trugen sie Silber und Gold. Selbst Lucia sieht aus wie eine Bittstellerin. Die Gesichter tun das ihre, begehrend, erduldend, dem Schnauben der Fabrik, dem unruhigen Flüstern des Flusses lauschend. Ein Wehklagen erhebt sich von jenseits der schwarzen Hecken, wo verborgen der Zoo liegt und wartet. Andersen streicht sanft seine Geige. Doch heute hat er keine Macht über die Kreaturen.

Ich trage die Kette. Die Form ergibt jetzt Sinn. Das Mädchen hüpft durch die Kästchen, und ich höre Glöckchengeklingel.

Nur du zählst jetzt. Da sind sie, kommen näher und heißen mich willkommen; sie lachen und strecken die schmutzigen Hände nach mir aus, die Gesichter voll Freude; ich lasse mich treiben, davontragen, könnte ewig so träumen, ewig verharren, unsterblich und jung, in einen Mantel leuchtender Farben bin ich gehüllt, und doch ist es kalt, so kalt. Ich schüttle die Hände, trockne die Tränen, und dann stehe ich vor Marvin, Marvin, der mich anschaut und fragt, erkennst du mich jetzt, und ich sage Ja, ich erkenne dich, und er lächelt und fasst meine Hand. Was ist mit Sam?, fragt er, und ich sage, er werde noch kommen. Was ist mit Alice?, frage ich ihn, und da sagt er: Alice ist tot.

Die *Anderen*, frage ich, und er nickt ernst. Die Fänger. Sie nahmen sie mit sich wie so viele von uns …

Wir stehen in der flammenden Nacht des Kometen, unter dem kalten Leuchtfeuer der Sterne, nur zu bereit, dem Ruf der Ferne zu folgen; ich selbst sei die Ferne, erklärte mir Marvin einst lächelnd, Prinzessin von Shedir, und wenn es je wieder ein Sein inmitten der lichtlosen Weiten Shedirs geben sollte, obliege es mir, den Weg zu bereiten. Ich muss vorangehen. Ich fasse nach der Zuversicht spendenden Kette um meinen Hals; sie ist mir Trost in diesen schweren Minuten.

Das Mädchen hüpft durch die Kästchen, und ein Ruck fährt durch die Welt. Sie haben ja keine Ahnung …

Es ist jetzt beinahe so weit. Dies wird das letzte Mal sein. Mir ist so kalt …

Wir alle stehen am selben Ort, doch zu verschiedenen Zeiten, wie durch zwei Spiegel mannigfaltig in uns selbst reflektiert, verlieren uns rückwärts im Strudel der vergangenen Tage. Leute kommen und gehen. Wir bleiben. Wir sitzen in einem schützenden Zimmer in einer taukalten Novembernacht, und Marvin spinnt seine Magie über uns, sagt ein Gedicht für uns auf. Wir stehen im Mondlicht auf den spiegelnden Fluren eines fernen Palasts, ein schnatternder Hofstaat umringt seine Herrscherin, keine Qualen kennt er, die sie nicht zu heilen imstande wäre. Vertrieben, verfolgt, gejagt ziehen wir durch die eiskalten Weiten. Suchen nach einer neuen Heimat. Einer nach dem anderen stranden wir hier.

Wir stehen in der Sternenpracht unseres letzten Dezembers, unserer letzten Nacht auf dieser Welt, und lassen die Flaschen kreisen, billige Schnäpse und süßen Wein. So wird es wohl kein Zurück für uns geben. Die Leute reden darüber, dass es das letzte Mal sein wird, aufgeregt, staunend wie Kinder, selbst Marvin, der schon einmal voranging, und warten, warten auf die Letzten.

Sam wird nicht kommen, wird uns klar. Er hat seine eigene Brücke gefunden, sage ich. Mein Atem schmeckt bitter. Das Mädchen hebt den Stein auf.

Der Alabasterschweif des Kometen weht in den Stürmen der unfasslichen Leere, die den Himmel über Fairwater überzieht, weist den Weg jenseits der samtenen Schwärze, der Nebel; nach Hause, nach Shedir.

Lysander

SIEBENTES UND LETZTES KAPITEL (1957–96)

In welchem wir das Rätsel des Labyrinths entschlüsseln, den Mörder des Königs enttarnen und nicht zuletzt die Geschichte der erstaunlichen Liebe erzählen, welche die Herzen Lysander Rilkists und Aynas, der Regenfee, verband

If you've settled down on this world
It's a good place to be
Men have made their homes on the land
While the fishes all live in the sea
– National Health, *Tenemos Roads*

1. Aynas Geburtstag, 1978

Lysander lernte Ayna 1978 auf der Feier ihres sechzehnten Geburtstags kennen, zu einer Zeit, als das Tragen schwarzer Mäntel noch nicht zur gängigen Waffe im Kampf gegen das eigene Alter geworden war und die Welt noch mehr aus Sommern als aus Wintern zu bestehen schien. In den Tag hinein zu leben war ein Luxus, der damals noch bezahlbar erschien, und die Gegenwart war ein weites, üppiges Reich. Die Welt war noch jung und geheimnisvoll und vor allem – was eine oft unter den Teppich gekehrte Tatsache ist – tatsächlich schöner als heute, wenn auch oft nur für einen Sommer, eine einzige Nacht.

Es war der Abend, an dem alles begann. Die Tür in Lysanders Verstand war noch geschlossen; jeder war, wer er sein sollte. Lifelight lag verborgen und unerforscht.

Es war eine gewisse wagemutige Unbedarftheit, die Lysander

bewog, seinen damaligen Freunden (wollte man sie so nennen) auf diese Party zu folgen; schließlich kannte er Ayna fast gar nicht, und es hätte ihn sehr gewundert, wenn sie jemals von ihm gehört hätte. (Die wenigsten hatten dies zu dieser Zeit; er war einfach zu unauffällig, ein anämisches Kerlchen in billiger Kleidung.) Mit ihrer zierlichen Figur, dem hüftlangen blonden Haar wie gesponnenem Elfenbein und ihrem leisen, wärmenden Lachen hatte sie auch sicher keine Probleme, einer ganzen Kavalkade attraktiverer Verehrer den Vorzug zu geben; dabei war sie eines der Mädchen, bei denen Lysander ernstliche Schwierigkeiten hatte zu akzeptieren, dass es ein gesteigertes Interesse an der Paarung mit etwas so Einfältigem wie einem Manne kultivieren könnte (dies war das eigentliche weibliche Mysterium).

Sie fuhren des Nachts mit ihren Rädern aus dem Labyrinth von Fairwater hinaus – es gab kaum verwirrendere Wege, die Stadt zu erkunden, denn mit einem Fahrrad, weswegen es die meisten auch aufgaben, sobald sie sich ihren ersten Gebrauchtwagen leisten konnten. Dann ging es eine Weile die Landstraße am Rande des Mourning Creek entlang Richtung der Berge. Es gab dort einen kleinen See, an dem die Party stattfinden sollte, und Lysander beobachtete schon während des Hinweges sorgenvoll die sich zusammenziehenden schweren Regenwolken am Firmament.

Sie schoben die Räder das letzte Stück querfeldein (Lysander staunte wieder einmal über die vielen unbekannten Orte, die die älteren Jugendlichen ihr Eigen nannten, und die geheimen Wege dorthin) und sahen schließlich eine große, im Kreis um ein Feuer am Boden sitzende Gruppe; etwa zwanzig Jungen und Mädchen waren es, die sich da lachend unterhielten und deren Gesichter wie die Flammen selbst in der Dunkelheit tanzten.

Als sie näher kamen, erblickte er in manchen dieser Gesichter ihm von seinen ersten Expeditionen in die Nächte der Jugend vertraute Züge: Viele der Älteren waren da, wie Lars Mandelblum mit seiner italienischen Muse und ein paar der ganz Alten, wie Sam Steed und einige seiner Freunde, allesamt be-

rühmte Vertreter alkoholgeschwängerter Thesen von zweifel-
hafter Weisheit. Viele ihm unbekannte und von der Schönheit
geküsste Mädchen saßen um sie herum, zweifelsfrei Aynas
Freundinnen (ihre Namen, wie er später erfuhr, waren Alice,
Stella und Eve – Blüten der reicheren Viertel, Prinzessinnen
von Mt. Ages, der vornehmsten Schule der Stadt, die er nie von
innen gesehen hatte). Im äußersten Kreis saßen die Bewunderer, der ein oder andere Langweiler und einige Pärchen. Ein
Kassettenrekorder spielte drogenverhangene Musik von Alex
Harvey und den Doors, eine Gitarre und mehrere Trommeln
lagen achtlos unter dem Vordach einer ungenutzten Grillhütte.
Weinflaschen kreisten – die Jungen tranken ihn, um zu de-
monstrieren, dass es über Bier für sie nichts mehr zu lernen
gab, und die Mädchen tranken ihn als Zeichen ihres überlege-
nen Geschmacks und ihres Wagemuts.

Zwei junge Männer standen geduckt, vorsichtig, russischen
Agenten gleich, etwas abseits und erfuhren die Mächte des LSD,
das sie genommen hatten; aber das wusste Lysander nicht.

Der Nachtwind rauschte geheimnisvoll im Schilf (womit er
unweigerlich die Aufmerksamkeit besagter junger Männer auf
sich zog, welche sich anschickten, seine Rätsel zu erkunden), und
hin und wieder gab es ein leises Geräusch, wenn ein geschnipp-
ter Kiesel, ein Fröschlein oder ein erster Regentropfen die träge
schwarze Oberfläche des Sees durchbrach und sich dem Versprechen der Tiefe auslieferte (sonst lieferte sich ihr niemand aus,
was angesichts des einladenden, aber eiskalten Wassers, der
Mengen an konsumiertem Alkohol und der gerade heraufziehenden Schlechtwetterfront einem Wunder gleichkam). Es war
Sommer, und wie in Fairwater üblich ein sehr unbeständiger.
Nur im Winter war sich das Wetter der Stadt zumeist einig, was
es sein wollte.

Lysander saß inmitten seiner jungen Freunde (Wohnheimge-
fährten, wenn man es genau nahm) und der unbekannten Fremden, die er nur zu gerne seine Freunde genannt hätte, während
Joints wie Zugvögel an ihm vorbeiwanderten, Sommer, Winter

und wieder Sommer, bis sich der Regen kaum noch ignorieren ließ. Er aber hatte nur Augen für Ayna.

Sie saß da, lachte über Witze, die er von seiner Seite des Feuers aus nicht vernehmen konnte, und ihre Augen glänzten im Licht eines Gedankens, der ihm ebenso fern war. Dann wandte sie den Kopf zum Himmel, verblüfft wie ein junges Kitz, und bemerkte erst enttäuscht, dann unsagbar traurig die fallenden Tropfen. Es war ihr Geburtstag, und es war eine Tragödie. Ihr Anblick zerriss dem leicht berauschten Lysander das Herz. Hätte er eine Waffe gegen den Regen besessen, er wäre Herakles gleich mit erhobenem Bogen zu Felde gezogen.

Doch wie die Dinge lagen, zogen die Jungen und Mädchen nur unter das Dach der Grillhütte und lieferten ihre Hinterlassenschaften einem regnerischen Schicksal aus, wie es die grausame Art der Jugend war. Die beiden Psychonauten sah man an diesem Abend nicht wieder.

Frierend und nass aneinandergedrängt, denn der Wind peitschte den Regen unter das Dach, sah man dem letzten Aufflackern des Feuers zu und vernahm die letzten abgefeuerten Witze, die das Schicksal der Nacht zu beschönigen suchten.

»Es ist immer das Gleiche«, bemerkte einer der namenlosen Verehrer; es schien, als spräche er aus Erfahrung. »Du bist eine Regenfee, Ayna. Du ziehst schlechtes Wetter geradezu magisch an.« Einstimmiges Gemurmel und Gekicher waren die Antwort. Aynas Erwiderung verstand Lysander nicht. *Eine Fee, wahrhaftig,* dachte er und erlaubte (entgegen seiner Gewohnheiten) seinem disziplinierten Verstand, nur ein wenig um die Häuser verrückter und verbotener Ideen zu streifen.

* * *

Um bei der Wahrheit zu bleiben und auch ihr Gelegenheit zu geben, ihre Sicht der Dinge darzulegen, sollte betont werden, dass Ayna selbst diese Party meist als ihre misslungenste bezeichnen würde, sei es, um Lysander damit zu necken, oder um die Bahnen, die ihr Leben in den darauffolgenden Jahren aufgrund dieses Abends einschlug, als böswillige Verschwörung des Kismets gegen ihre unschuldige Existenz darzustellen.

Ayna mochte Wasser. Sie *liebte* Seen, sie liebte die Flüsse ihrer Stadt, die sie niemals verlassen würde, sie liebte den Tau auf den Wiesen bei Dämmerung, und natürlich wusch sie sich täglich und trank die von Ärzten empfohlene Menge von Flüssigkeit. Selbst Regen war etwas, das sie als gottgegebene Notwendigkeit für den natürlichen Kreislauf zu akzeptieren bereit war.

Allerdings war sie durchaus auch den anderen Elementen zugetan. Sie war im Wesentlichen der Ansicht, es müsse für jedes Element wie für jeden Gegenstand, Gedanken oder Menschen seinen Platz im Gefüge der Dinge geben. Luft hatte klar und meist trocken zu sein, Feuer heiß, hungrig und gleißend, und Erde hatte die ihr typischen Eigenheiten aufzuweisen. Die übermäßige Bevorzugung eines der Elemente schien ihr ebenso unangebracht wie der infantile Versuch eines Gedankens oder eines Menschen, Herrschaft über andere auszuüben.

Leider war sie zeit ihres Lebens Zeugin gewesen, wie genau das geschah. Es war ihre Bürde und ihre Tragik: nicht *dass* es passierte, sondern dass es *ständig* passierte, und vor allem dass sie die Einzige war, der es aufzufallen schien, wenn ihre Mitmenschen sich die Pforten der Wahrnehmung nicht gerade durch chemische Mittel aufhebelten, sodass sie sperrangelweit offen standen für alles Gesindel, das da des Weges kam. (Eine Praxis, für die sie selbst erstens keinen Bedarf hatte und deren bleibende Spuren an besagter Pforte, für jeden geschulten Psychologen wie das Zeugnis eines gewaltsamen Einbruchs ersichtlich, ihr zweitens als loser Bekannten einer Menge ebensolcher Menschen – Psychologen wie Psychopathen – nur allzu vertraut waren. Einzig dem Haschisch war sie schon immer sehr zugetan, aus Gründen, von denen noch zu reden sein wird.)

Mit der Zeit begann sie sich selbst dann für etwas einer Meerjungfrau oder Sirene Vergleichbares zu halten; wenn auch nicht im strengen biologischen Sinne, so hielten die Weltanschauungen der amerikanischen Ureinwohner oder nötigenfalls des ferneren Orients doch genügend Hintertürchen bereit, eine Seelenverwandtschaft mit einem mythologischen Wesen zu diagnostizieren und auch zu rechtfertigen. Es war in jedem Falle besser, als sich selbst für eines halten oder sein Leben als Komplott eines schelmischen Gedankenkonstrukts begreifen zu müssen (was den Vorschlägen keltischer Kultisten oder der Schulmedizin entsprochen hätte). Der Verstand eines jungen Mädchens ist jedenfalls weitaus flexibler, als viele glauben (oder typische Artefakte equinaler Improvisationskunst vermuten ließen); und Ayna war hart im Nehmen.

Dennoch hasste sie die Scherze ihren Spitznamen und ihre mutmaßliche Natur betreffend, und es dauerte in den Jahren nach 1978 eine ganze Weile, bis sie die Demütigung überwunden hatte, einen Jungen zu lieben, der, noch tiefer in seinen eigenen Kosmos verstrickt als sie selbst, solchen Hirngespinsten nicht nur bereitwillig mit Schmetterlingsnetzen aus schönen Worten und überbordenden Tagträumen nacheilte, sondern noch dazu auf den Namen Lysander hörte.

Sie hörte nie auf, ihn zu lieben, auch nicht, als er anfing, seinen eher düsteren Neigungen nachzugeben, die unausweichlich Anfälle von Boshaftigkeit, Verzweiflung und paranoischer Distanz zu ihr mit sich brachten. Zu diesem Zeitpunkt waren sie beide längst davon überzeugt, den anderen besser zu kennen als dieser sich selbst, nur dass Ayna wusste, dass es weder dunkle Geheimnisse in ihrer Vergangenheit zu ergründen noch jemals hilfreiche Antidote dafür – in der Zukunft – zu erhoffen gab. So wurde ihre Beziehung zu einer etwas unausgewogenen Angelegenheit, in deren ruhendem Fokus sich zyklonengleich abermals Lysanders Gegenwart wiederfand.

Aber Ayna erkannte, dass es ihr guttat, sich um jemanden zu sorgen, auch wenn er diese Sorge an manchen Tagen nicht verdiente, und eine stürmische Konstante in ihrem Leben zu besitzen, das ansonsten nur von ihrem verzweifelt um Abgrenzung bemühten Kater in dezenter Unordnung gehalten wurde. Es wäre übertrieben zu behaupten, Ayna hätte sonst keine Alltagssorgen gekannt; natürlich ärgerte sie sich über überpünktliche Rechnungen, verspätete Gäste, leere Kühlschränke und überquellende Mülleimer wie jeder andere Mensch (oder jede andere Fee) auch, aber alles in allem war sie recht ausgeglichen und genügte sich die meiste Zeit in ihren kleinen Freuden und Ärgernissen.

Selbst als sie immer seltener lachte und schließlich auch zu reden aufhörte, war sie nicht unglücklich zu nennen, zumindest nicht die volle Anzahl von Stunden am Tag, und hoffte, dass dereinst sonnigere (und hoffentlich auch trockenere) Tage anbrechen würden. So führte sie ihre Existenz in Fairwater weitgehend leise und unbeachtet und, um den Punkt noch einmal zur Sprache zu bringen, konsumierte gewohnheitsmäßig Haschisch, um wenigstens ein paar interessante und seltener auch amüsante Gedanken zu ihrer Gesellschaft zu kultivieren, mit denen sie innere Zwiesprache halten konnte, wofür sie sonst nur Lysander verfügbar hätte.

Doch wenn sie sich manchmal – in düsteren Stunden, in denen die Zeit an ihrem sorgsam aufgeräumten Küchentisch nicht verstreichen mochte, oder Lysander wieder nichts als selbstmitleidigen Unsinn proklamierte – doch dabei ertappte, dass sie mit dem Schicksal haderte und das Bedürfnis verspürte, einem Menschen oder Umstand, der sich gerade nicht wehren konnte, die Schuld daran zuzuweisen, so kehrten ihre Gedanken meist an den Abend ihres sechzehnten Geburtstags zurück; und zu dem, was sich danach auf dem Gelände der der Stadt vorgelagerten Lifelight-Fabrik zugetragen hatte. Für Lysander kam dieser Abend einer dunklen Offenbarung, einem dämonischen Gottesbeweis gleich. Für sie war es nur die Nacht, die ihr in schamloser Offenheit demonstriert hatte, dass sie nichts weiter war als ein verletzliches Blatt inmitten eines nicht enden wollenden Regengusses, das eine alte Straße voll fauliger Abflüsse hinabtrieb, immer in

Sichtweite der Gefahr, durch eine der stinkenden Ritzen gesogen zu werden, an einen Ort, den das Licht nicht kannte und an dem die Sorgen eines älter gewordenen Mädchens, seiner imaginären Pferde und wohlmeinenden Psychologen zu schreiend trauriger Bedeutungslosigkeit verblassten.

* * *

Er harrte aus Solidarität bis in die tieferen Stunden der Nacht mit den Mädchen aus und amüsierte sie mit einfachen Zaubertricks, die sich um kleine verschwindende Tücher und Münzen drehten (und erreichte es immerhin, dass die meisten von ihnen sich nun seinen Namen merken konnten); seine Freunde/ Mitbewohner hatten bereits das Weite gesucht, und es begannen die ersten zaghaften Aufräumarbeiten. Das Unwetter hatte sich grollend und tobend nach Westen in die Appalachen zurückgezogen wie eine Muräne in ihre Höhle, und nur mehr einzelne Tropfen trafen die Häupter der Jugendlichen, die allmählich zu ernüchtern und zu schmerzen begannen. Eine Runde Aspirin und viele aufmunternde Worte später kam man überein, der Platz sei sauber genug und die Party nicht wirklich ein Reinfall gewesen; die Decken und Schüsseln und alles Weitere würde Aynas Vater am folgenden Tag mit dem Van abholen. Das letzte Auto, beladen mit Instrumenten und Schlafsäcken, fuhr gerade ab.

Die Arbeit war getan, die Party vorbei, und es war gerade mal zwei Uhr. Lysander schob angewidert den nassen Nudelsalat unter eine Plane, die aufzuspannen während des Unwetters offenbar niemand für nötig befunden hatte, und wandte sich den anderen zu, die gerade auf ihre Räder stiegen.

»Nicht einschlafen«, rief Alice, ein junges Ding mit schwarzgefärbtem, glattem Haar und einer schönen Nase, durch die sie unangenehmerweise auch zu sprechen tendierte. »Du kannst bei mir hinten aufsteigen«, bot Lars einem namenlosen verkaterten Kerl von der schwindelerregenden Höhe seines gestohlenen Geländerads an.

Dann war da noch eine Figur, die ein wenig wie Jean-Paul Belmondo aussah und selbst für Lysanders Geschmack zu spießig gekleidet war, doch stand der Mann offenbar gut zur Gastgeberin und war gereizt, weil er, wie er sagte, den Beginn einer leichten Erkältung zu verspüren glaubte (und außerdem nicht dahintergekommen war, wie Lysander sein letztes Taschentuch beiseitegeschafft hatte). Sein wahrer Name entglitt Lysander stets wie ein Stück nasser Seife.

»Wie lange brauchen wir denn?«, fragte Ayna und gaukelte auf ihrem neuen Rad herum, das ebenfalls nur bedingt ihr gehörte. Lars hatte es ihr besorgt.

»Etwa anderthalb Stunden«, teilte Lysander seine Erfahrungswerte mit, froh, etwas sagen zu können. »Um halb vier sind wir daheim.«

»So lange hast du gebraucht?«, stutzte Alice und sah ihn absonderlich an. Die Frage hatte etwas Taktloses.

»Dann bist du ziemliche Umwege gefahren«, stellte Lars fest. »Wahrscheinlich hast du die Landstraße genommen. Lucia sagte, sie hätte euch gesehen.«

»Wo ist sie eigentlich?«, fragte der Verkaterte schwach. »Hab sie vermisst irgendwann.«

»Vorhin gefahren«, nörgelte Lars. »Sie muss tanzen morgen, unsere Ballerina. Und meine Isaac-Hayes-Platten hat sie auch noch!«

»Welchen Weg nehmen wir denn jetzt?«, erkundigte sich Lysander.

»Es gibt da einen Feldweg«, raunte Alice geheimnisvoll. »Am alten Bunker entlang.«

»Das war früher ein FBI-Ausweichstützpunkt«, korrigierte Lars sie väterlich.

»Blödsinn«, konterte Alice. »Das war mal die Post, nichts weiter.«

»Sie wollen's nicht glauben«, keckerte Lars.

»Niemand glaubt ihm«, lachte Ayna. »Können wir los? Mir ist kalt.«

2. Die Lifelight-Werke, 1957–78

Ruhig fuhr die Gruppe mit ihren Rädern durch die Nacht. Fünf Räder waren es, angeführt von den beiden Mädchen und Jean-Paul Belmondo (von dem Lysander in Folge nur noch als JP dachte) auf seinem Rennrad, gefolgt von Lars und seinem komatösen Sozius. Die Nachhut bildete Lysander, der alle Gespräche aufmerksam verfolgte, aber nichts Rechtes beizusteuern wusste, da er ihre Welten und Sorgen noch weniger verstand als seine eigenen; er war ein Chamäleon auf der Suche nach einem verlockenden Untergrund. Doch die Scherze wurden schnell seltener, die Nacht wurde kälter, und schließlich waren es nur noch der Wind und eine freundliche Stille, die die sechs jungen Menschen begleitete und verband.

Gegen zwanzig nach zwei bogen sie von dem breiteren Weg, den sie bis dahin genommen hatten, in ein Maisfeld ab, in dem man undeutlich die schweigenden Schatten gedrungener Gebäude liegen sah.

»FBI«, insistierte Mandelblum.

Dann mündete der Feldweg in eine andere kleine Straße, die Lysander völlig unbekannt war. Schlecht gepflastert und holprig war sie und schmiegte sich ans Ufer des Mourning Creek, der sich wenige Meilen vor der Stadt in die vielen gierigen Arme aufteilte, die Fairwater in seiner Schlangengrube gefangen hielten. Lysander stellte überrascht fest, dass er diesen Abschnitt des Flusses nicht kannte. Dann erblickte er das diabolische Leuchten roter Positionslichter, die eine Dornenkrone dunkler Türme und Kuppeln überragte: das Kraftwerk auf der anderen Seite des Flusses. Hatten sie eine Brücke überquert, ohne dass er es bemerkt hatte? Langsam glitt die Fabrik weiter in ihr Sichtfeld.

»Das alles gehört Lifelight«, erläuterte Mandelblum, als sie einen Moment innehielten und er Lysanders überraschtes Gesicht bemerkte. »Sie wollen die Meiler schon seit Jahren stilllegen. Keiner weiß, ob je was draus wird. In der Stadt kümmert es ohnehin keinen mehr.«

»Ich wusste nicht, dass es so groß ist«, staunte Lysander.

»Die ganze Stadt ist von Lifelight verseucht. Wahrscheinlich haben sie längst alles aufgekauft. Du kennst die Anlagen am Alten Zoo? Das sind bloß die Fabriken, die um die Jahrhundertwende entstanden, als die van Bergens aus Annapolis in die Stadt zogen. Das Herz zwar, aber auch eine Tarnung für die einfachen Angestellten. Hier draußen liegen die wirklich spannenden Dinge: Atomstrom. Chemische Industrie.«

»Du weißt eine ganze Menge.«

»Klar. Schließlich verkaufe ich Dope an das Mädchen, dem all das hier eines Tages gehören wird – und sie wird einen Ehemann brauchen.«

Alice warf ihm einen angewiderten Blick zu.

»Sie hasst mich, weil sie mich nie haben wird«, erklärte Lars flüsternd, »und Stellas Vater hasst mich, weil ich am Sabbat Rauschgift verkaufe, und Stella hasst ihren Vater, weil er all ihre Freunde hasst – oder noch lieber für sich hätte.«

Ein Schauer lief Lysander über den Rücken, doch es war nur die Ahnung eines Bezuges zur Realität, der Lars Mandelblums Worten entsprang wie ein schelmischer Quell einer leckgeschlagenen Leitung; tatsächlich hatte Lysander weit weniger Zeit gebraucht, Lars als leckgeschlagen zu klassifizieren als viele andere seines Alters. Dennoch faszinierten ihn seine Weissagungen – anfänglich zumindest.

Sie standen auf einer gepflasterten Landzunge, die zu einer kleinen Anlegestelle am Fluss hinabführte. Lysanders Blick ruhte auf den rot glühenden Lichtern und den Schatten der Kühltürme auf der anderen Flussseite. Hellblau gleißende Halogenstrahler umstanden die Leviathane, sodass man die Zäune, die Metall-leitern, das Netzwerk aus elektrischen Leitungen, Kränen und Baugerüsten in immenser Schärfe und täuschend nah zu sehen glaubte. Lysander fand, die Türme und Hallen sahen unfasslich böse aus, wie nicht von dieser Welt, und er dachte an das un-schuldig wirkende Mädchen, das heute Abend noch mit ihnen getrunken hatte und deren Vorväter diesen Albtraum erbaut hatten.

»Wie ein gelandetes Raumschiff, nicht wahr«, riet Mandel-blum grinsend, und Lysander erschrak darüber, dass seine Ge-danken so lesbar gewesen waren. »Man könnte eine Endzeitpar-ty hier feiern. Aber ich glaube, die Mädchen würden es nicht mögen.«

Lysander sah zu den beiden verbliebenen Prinzessinnen hinü-ber. Ayna und Alice, die einander von fern etwas ähnelten auf ihren Rädern, von gleicher Höhe und ähnlicher Statur, die eine freilich so blond wie der Schnee und die andere so dunkel wie Ebenholz; sie standen abseits und tuschelten leise. Einen Mo-ment blieb sein Herz stehen, und er erlebte eine beängstigende Dreieinigkeit zwischen sich, Ayna und der Fabrik, deren Licht, nur eine Raum und Zeit vereinende Variable in der Architektur eines unbegreiflichen Kosmos, Aynas Gesicht für ihn erhellte und schön erscheinen ließ.

»Fahren wir weiter?«, maulte Mandelblums unwilliger Passa-gier. Was immer dazu geführt hatte, dass er zu dieser Stunde, an diesem Ort auf dem Gepäckträger eines von Lars gesteuerten Rades saß, er hasste und er verfluchte es.

»Ich wusste nicht, dass es so groß ist«, wiederholte Lysander flüsternd. Etwas an diesem Ort berührte ihn. Er war sich nicht sicher, ob er ihn mochte oder fürchtete. Zeit und Raum kehrten nur zögernd zu ihm zurück. Da waren nur er, der Fluss, die Lich-ter und das ferne Flüstern von Mädchenstimmen im Dunkel.

»Ich könnte dir zeigen, wie groß Lifelight tatsächlich ist«, prahlte Mandelblum. »Wollen wir, Phillie?«, fragte er seinen Mitfahrer, der keine Antwort mehr gab. Später stellte sich heraus, dass es sich um den Bruder einer der anderen Schönheiten der Party handelte, die ihm zuvor aufgefallen waren. »Pass auf, jetzt zeig ich dir einen Trick, Kleiner. Nehmen wir den Weg über die Halbinsel?«, rief er den Mädchen zu, die ihn nicht beachteten und sich ihm nur lachend anschlossen, als er die Führung übernahm.

»Kommen wir da vorne denn weiter?«, sorgte sich JP, während sie den Weg am Fluss entlangratterten, der bald durch dichtes Unterholz zu führen begann.

»Ich habe keine Ahnung«, bekannte Lysander, nicht mehr Herr seiner fremdartigen Anspannung. »Ich hoffe, Lars weiß es.«

»Ach, Lars«, rief Alice unzufrieden, als sie mitbekam, worum es ging. »Muss das denn sein?«

»Es ist der kürzeste Weg«, meinte er knapp.

»Sofern die Brücke unten ist«, gab Ayna zu bedenken.

»Welche Brücke?«, fragte Lysander und fuhr neben die ihm noch indifferent gesonnene Gastgeberin, um sich von sich selbst abzulenken.

»Er will durch die Westanlage der Raffinerie, die auf dieser Seite des Flusses liegt«, erklärte sie müde. »Sie nimmt die gesamte Halbinsel ein. Um diese Jahreszeit ist sie außer Betrieb, weil die Flussarme nicht genug Wasser führen. Man kommt an einer bestimmten Stelle mit den Rädern durch den Zaun, und auf der anderen Seite gibt es eine alte, rostige Stahlbrücke, die manchmal hinuntergeklappt ist und dann wieder ans Ufer führt. Bist du dir ganz sicher, Lars?«, fragte sie.

»Letzten Monat war sie noch unten«, gab Lars zurück. Er schien fest entschlossen, sie der Ersparnis einer Viertelstunde wegen durch dieses Abenteuer zu führen. »Wenn wir jetzt weiter am Ufer entlangfahren, hätten wir auch gleich die Landstraße nehmen können. Die Raffinerie ist cool, Ayna. Wirst schon sehen.«

»Stella wird dich umbringen, wenn sie davon erfährt«, warnte ihn Alice. »Du weißt noch, was los war, als uns der Werkschutz letztes Jahr an Halloween erwischte? Sie hatte zwei Wochen lang Hausarrest.«

Mandelblum schnaufte nur verächtlich über die Sorgen der Uneingeweihten und radelte weiter. »Hausarrest«, nuschelte er.

»Du warst noch nicht dort drinnen?«, fragte Lysander.

»Nein«, sagte Ayna. »Noch nie.«

* * *

Dieser Ort, den Ayna bislang nicht betreten hatte (bald würde sie sich wünschen, sie hätte es auch nie getan – zwar wäre dann alles ganz anders gekommen, aber sie mochte nie ausschließen, dass es dann vielleicht einen ebenso guten oder gar besseren Verlauf mit ihrem Leben genommen hätte, eine Wankelmütigkeit, die Lysander in späteren Jahren in den Wahnsinn trieb und die meistens hervorbrach, wenn er sich gerade ein wenig Ruhe und Stabilität vor eben seinem Wahn ersehnte), dieser Ort also, den unsere fünf Helden des Jahres 1978 (es gab später oft Unstimmigkeiten betreffs ihrer genauen Anzahl) sich zu betreten anschickten, und zwar für alle zum letzten Mal (darüber war man sich hinterher einig), war ein in jeder Hinsicht bemerkenswerter Ort, und das nicht erst seit jener Nacht, in der – zeitgleich – Stella van Bergen, verstört von einer seltsamen Eingebung, auf ihrem verfrühten Nachhauseweg einem tragischen Unfall zum Opfer fiel. Seine Geschichte und seine Existenz verdankte dieser Ort einer Reihe von Geschehnissen, die sich lange Zeit zuvor zugetragen hatten – vier Jahre vor Stellas Geburt, um präzise zu sein, im Jahre 1957.

Das Licht schien an jenem Tag mit winterlicher Blässe und zaghaft wie eine verlöschende Taschenlampe in einen Raum im höchsten Stock des Bürogebäudes, das sich hinter den Kühltürmen auf der anderen Seite des Flusses verbarg. Ein ängstlicher Wachmann betrat diesen Raum gerade seinerseits zum ersten und (ungeachtet seiner langen Dienstzeit) gleichfalls letzten Mal in seinem Leben und staunte darüber, wie weit man von dort über das Land blicken konnte.

Stotternd erstattete er dem Herrn dieses Raums Bericht, aber dieser blickte nur unbeteiligt, die gepflegten Hände hinter dem Rücken, auf die Felder und Seen und Berge hinaus, als gälte es, eine neue Finte in einem uralten Feldzug vorzubereiten. Er schien unaufmerksamer, als er war, und weniger verärgert.

»Sie glauben also, dieser Mann sollte mich interessieren.«

Seine Stimme war eisig klar und so trügerisch frei von jedem Impuls wie die angeblich beruhigenden Edelstahlkugeln an ihren Fäden, die seinen Schreibtisch zierten. Der Wachmann kannte diese Accessoires; seiner Meinung nach wirkte ihr uhrwerkhaftes Spiel in etwa so entspannend wie der neurotische Dauerklang eines Spechts in den kargen Weiten der sibirischen Tundra.

»Er besteht darauf, Sie zu sehen, Sir.«

»Ein Gammler, sagen Sie.«

»Nun, er sieht ganz danach aus.«

»Und er hat nicht gesagt, was er will.« Er formulierte es wie eine Feststellung.

»Nein, Sir. Er sagte nur, es sei von äußerster Wichtigkeit für Sie und die Zukunft der Firma …«

»Sie meinen aber, man will uns drohen.«

»Diesen Kommunisten ist eine Menge zuzutrauen – vielleicht gibt es Pläne für einen Anschlag. Es ist bedenklich genug, dass sie überhaupt von unserem Versuchsmeiler wissen. Die kommerzielle Nutzung …«

»Danke, dass Sie mich daran erinnern.«

Der Wachmann trat nervös von einem Bein auf das andere, während der Sohn des Direktors sich ihm zuwandte und gelassen den Raum durchquerte. Es fiel nicht leicht, im gleichen Raum wie diese zynische, gelangweilt wirkende Person zu sein, die nach allem, was man sah oder hörte, bereits einflussreicher, besser informiert und vermögender war, als er selbst jemals sein würde, und dabei erst seit Kurzem alt genug, um ungestraft

Schnaps trinken zu können (nicht, dass irgendjemand außer vielleicht seinem eigenen Vater den jungen Thronprinzen für solcherlei Lappalien zur Rechenschaft zöge, und wäre es das Blut von Jungfrauen, das er nach Feierabend genoss). Seine Züge waren kantig wie mit einem Messer geschnitten – und nach allem, was man über seinen *Vater* hörte, mochte das durchaus der Wahrheit entsprechen. Sein Vater war Herrscher über Leben und Tod in diesem Land.

»Das haben wir bei ihm gefunden«, sagte die Wache und präsentierte beflissen ein schäbiges Portemonnaie und einen Ausweis.

»Jack Parson«, murmelte der junge Despot und besah sich das Foto. »Nicht sehr überzeugend. Hässlich.«

»Da wäre noch etwas, Sir.«

»Ja.« Der Junge sah so teilnahmslos drein, als hätte es nie eine Frage gegeben, auf deren Antwort er jetzt wartete. Sein Gesicht war leblos wie Stein.

»Er weiß von der Frau … der Frau im Reaktor, Sir.«

Das Gesicht wurde vollends Basalt.

»Sagen Sie das doch gleich. Bringen Sie mich zu ihm«, befahl er. Der Wachmann nickte, begierig, sein Heil in der Flucht zu suchen, und schritt voran, von seinem Meister gefolgt, hinab in die chthonischen Hallen des Kraftwerks.

Voller Ehrfurcht traten die Arbeiter beiseite, verblüfft, den Sohn ihres Herrschers sich unter sein Volk mischen zu sehen. Schnell durchquerten sie die Kontrollen und Schleusen, bis sie das Innere des Hochsicherheitstraktes erreichten. Männer in weißen Kitteln legten ihnen Dosimeter an, wie es vorgeschrieben war (einzig der alte Direktor verweigerte sich ihnen stets mit der Begründung, er könne es in seinen Zähnen spüren, wenn es zu viel wurde).

Im Allerheiligsten des Reaktors war es wie immer heiß, stickig und laut.

Sie betraten den Aufenthaltsraum der Bereitschaft, in dem der Eindringling gefangen gehalten wurde. Nach allen Maßstäben der Menschen, die ihn in Augenschein nahmen, mochte er sich kaum noch als einer der ihren qualifizieren – er war ungewaschen, bierbäuchig und hatte einen glasigen Blick. Eine Narbe verunzierte seine fleckige Stirn; sein rotbrauner Vollbart roch nach Alkohol, und er trug eine speckige Fliegerjacke, abgeschnittene Handschuhe, staubige Bikerboots und zerrissene Bluejeans. Auf seinem verwaschenen, ärmellosen Shirt war undeutlich ein geflügelter Totenkopf zu erkennen. Ein Kleckser Kotze (oder Bolognese-Soße) troff aus dessen Augenhöhle, als weinte er öliges Blut.

Der Sohn des Direktors baute sich mit gleißendem Blick vor ihm auf.

»Wer sind Sie und was wollen Sie hier?«

Der Mann riss die hellblauen Augen weit auf, als er seines Gegenübers gewahr wurde, und ein freudiges Lächeln überzog sein verkratztes, unreines Gesicht.

»Cosmo van Bergen«, raunte er andächtig wie Sir Henry Stanley in seinen Träumen von den Quellen des Nils. »Alleine«, verlangte er begierig.

»Kommt nicht infrage.«

Der Mann rappelte sich auf.

»Fürchte dich nicht!« Er strahlte ihn an, doch sein Kopf zuckte, als zwänge man ihn, diese Worte zu sagen. Schwankend wie eine Marionette nahm er Haltung an und hob einen zitternden Finger. »Denn siehe – ich verkündige dir große Freude, die deinem Volke widerfahren wird …«

»Wachmann«, presste Cosmo van Bergen zwischen schmalen Lippen hervor, als bereitete es ihm Schmerzen, sie weiter zu öffnen. »Befreien Sie mich von diesem Verrückten.«

Der Verrückte aber japste nach Luft, leckte seine rissigen Lippen und rief: »Halte ein! Willst du denn gar nicht wissen, was es mit der Frau auf sich hat …? Der Frau, die man im Reaktorbecken fand?«

Lautlos schwebend im tscherenkow-blauen Licht, dem Schatten der Brennstäbe … zuerst nur ein Fleck auf den Bildern der

Kameras. Sie hing völlig reglos, als schliefe sie ruhig, eine Astronautin in ihrem Tank.

Dann erwachte sie zum Entsetzen all derer diesseits des Bildschirms.

Schnappte nach Luft und schlug um sich, kämpfte sich aus dem Becken.

Entstieg dem brennenden Tod, dem leuchtenden See ewiger Hitze.

Brach am Rande des Beckens zusammen, alleine, nackt und völlig erschöpft.

Spie giftiges Wasser.

Fror noch bei fast vierzig Grad.

Lag schlaff auf den Fliesen, die ihren Körper aller Würde beraubten; eine angeschwemmte Leiche, eine göttliche Totgeburt.

Wusste nicht, wer sie war.

Sprach kein Wort, sondern weinte wie ein verängstigtes Kind.

Summte eine unverständliche Melodie.

Zeigte keinerlei Schäden durch Strahlung.

Cosmo hielt griesgrämig inne.

Sein Mundwinkel zuckte.

Einen winzigen Moment lang verriet sein Gesicht eine Regung, die er gerne verborgen gehalten hätte – Neugierde. Dann griff er nach der Waffe des Wachmanns, entsicherte sie und richtete sie auf sein Gegenüber in den zerrissenen Kleidern. Er sagte zu seinen Angestellten: »In Ordnung. Entschuldigen Sie uns bitte einen Moment.«

Widerstrebend, doch ohne zu murren verließen die Angestellten den Raum.

Cosmo und seine Erscheinung waren alleine im Herzen des AKW.

»Jetzt rede.«

Der Verrückte lächelte vielsagend.

»Die Frau …«

»Die offensichtlich verwirrte Frau, die sich momentan in der Anstalt befindet.«

»Ebendiese. Sie wird dir dereinst eine Tochter gebären.«

Cosmo hob spöttisch eine Braue.

»Eine unwahrscheinliche Option. *Sie* sitzt im Keller des Sanatoriums – *ich* bin Erbe dieser Stadt.

Sie ist verrückt – *ich* nicht.

Sie sind verrückt.«

»Höre, Cosmo van Bergen«, wisperte der Mann, und vielleicht war es das Timbre seiner Stimme über dem Summen der Ventilation, vielleicht ein Lufthauch, der unbemerkt durch den Raum strich; aber zum ersten Mal in seinem Leben, in dem er eine Menge Dinge gesehen und gehört hatte, bekam Cosmo van Bergen eine Gänsehaut. Diese Frau, Lifelight, das Irrenhaus, seine Familie, diese Stadt – all das war ein großes Rätsel, eine einzige Sekunde im Traume der Sphinx, und wenn es etwas gab, was er schon in jungen Jahren zu hassen gelernt hatte, dann war das die Anwesenheit von Rätseln in seinem Leben.

Eine Frau, dachte er, doch seine Züge verrieten ihn kein weiteres Mal.

Eine Tochter.

»Wir wissen, was dein Vater im Schilde führt, wir wissen, was zu Beginn des Jahrhunderts in dieser Stadt geschah, und wir wissen, wie du deines Glückes eigener Schmied werden kannst. Meister des Lebens! Träger des Lichts! König des Reiches der Luft!«

»Weiter.«

Die Augen des Landstreichers wechselten mit jedem Umschalten der Monitore die Farbe. Auf manchen konnten sie sich selbst sehen wie in einem elektronischen Spiegelkabinett. Als aber Cosmo van Bergen die Überwachungssysteme der Reihe nach abschaltete, wurde es dunkel im Raum. Da war nur noch der Schemen des Mannes, auf den er nach wie vor seine Waffe richtete und dessen Augen nach wie vor leuchteten.

»Nimm dich der Frau an – der Frau ohne Seele. Sie wird dir den Weg weisen zu den Mächten, die du brauchst. Erwähle sie zu deiner Gemahlin, und sie wird dir ein Kind gebären, das dereinst, wenn sein Stern am Himmel erstrahlt, die Mächte des Dunkels von ihrem Thron stoßen wird – und du wirst der Herr über ganze Welten sein, Cosmo van Bergen. Herrscher aller umherirrenden Geister und streunenden Seelen. König der Ewigen Stadt. Doch bedenke, dass man euch jagen wird, deine Tochter und dich, und die Häscher sind überall. In ihrem siebzehnten Sommer wird man einen Fluch über das Kind sprechen, wenn du es nicht zu dir holst. Ein Knabe wird kommen, ein Mann mit tausend Gesichtern, der euch täuschen und betrügen wird. Er will sie verderben mit süßen Worten – meide ihn und sei auf der Hut, denn du hast keine Macht über ihn.«

Die Augen blitzten verschlagen.

»Mein Gott«, flüsterte Cosmo van Bergen.

»Welcher Gott?«, lachte der Mann in der Dunkelheit. »Müsste ich nicht von ihm wissen? Nein, frag nicht – nur ein Bote. Ein Sendbote, Cosmo van Bergen. Du glaubst mir nicht? Oh, ich sehe, es gibt nur eine Möglichkeit, dich zu gewinnen …«

Das Glimmen in seinen Augen erlosch, und mit einem plötzlichen Aufschrei warf sich der Gammler auf Cosmo, der fassungslos zusah, wie sein Finger sich krümmte, sah, wie er abdrückte – den Mann erschoss und seinen blutenden, stinkenden Leichnam noch in den Armen hielt, als die Reaktorsicherheit in den Raum stürmte und das Licht flackernd wieder zum Leben erwachte. Sofort eilte man ihm zu Hilfe, und ebenso schnell hatte er sich auch wieder im Griff.

»Verbinden Sie mich mit dem Sanatorium«, wies er eine junge Mitarbeiterin an, kaum dass man ihn von seiner Last befreit hatte.

* * *

Skeletten aus Quecksilber und Mondstein gleich wuchsen die Tanks und die Rohre um sie empor, ein abstrakter, metallischer Organismus aus pumpenden Herzen, surrenden Adern und

Brustkörben aus Sicherheitszaun. Die Nacht war taghell in der Anlage. Alles war ins eisig kalte Licht der Scheinwerfer gebadet, die wie Kometen auf turmhohen Masten prangten. Es war eine Technologie, die Lysander niemals gesehen hatte, und er fragte sich, wer diese Lampen herstellte; welche Firmen an den kopfgroßen Nieten verdienten, die die Rohre mit der Erde verbanden; welches Gehirn die Gestaltung der Leitern und Verteilerkästen ersonnen hatte.

Dadurch, dass die Fabrik verlassen war, wirkte sie nur noch gefährlicher. Dadurch, dass von Zeit zu Zeit ein einsamer Vogel in den Wäldern rief, wurde die Stille noch drückender. Außer der unterschwelligen Drohung der tiefen Maschinen waren da nur das lautlose Licht und das Klappern ihrer Räder, die sie nun schoben. So groß waren die Kuppeln und Türme der Anlage, dass sie sich verloren und winzig fühlten, Ameisen in einer arkanen Sandburg.

Ein betretenes Schweigen hatte eingesetzt, als sie den Zaun erreichten, ein altes Tor aus rostigem Maschendraht, an dem ein korrodiertes Schild hing, dessen Farbe wie Herbstlaub zu Boden perlte. Die Aufschrift des Schildes, sah Lysander, lautete:

MARIA LVNAE WERKE
Lifelight Inc.

Darunter befanden sich Gefahrenhinweise in unzähligen Sprachen, viele davon in Alphabeten verfasst, deren Namen Lysander nur raten konnte: Eines war griechisch, ein anderes kyrillisch, eine Zeile erinnerte an Arabisch und einige weitere benutzten Zeichen, die wie nichts aussahen, das Lysander jemals gesehen hatte oder sehen würde, nicht einmal zu den Zeiten, als er mit dem Klingonischen oder den Tengwar in Kontakt kam.

»Siehst du?«, fragte Mandelblum und deutete auf eine der unteren, kaum noch lesbaren Reihen.

»Sanskrit, wenn du mich fragst, und hier – Ideogramme in einer Kartusche.«

Sie überwanden den Zaun, der nur spärlich gesichert war; kein Schloss, das Lars Mandelblum nicht längst schon geknackt hätte. Dann führte er seine Jünger tiefer in die Raffinerie hinein. Sie betraten eine Welt, die nur von den toten Augen schlafender Kameras überschaut wurde.

Keines Menschen oder Gottes Blick ruht auf diesem Ort, dachte Lysander, und dann zeigte ihm Lars stolz einen kleinen Spielzeugkompass, wohl aus einer Cornflakes-Packung, den er an sein gestohlenes Fahrrad geklemmt hatte und dessen Nadel trunken kreiselte und sehnsüchtig erst nach Norden, dann nach Westen und Osten strebte – verrückt wie ein kleiner geiler Terrier unter läufigen Hundedamen, wie Lars lüstern bemerkte; nur nach Süden, von wo aus sie die Anlage betreten hatten, zeigte er nicht.

Erstaunlich, nicht wahr?, fragte Mandelblums hochgezogene Braue, und er kam Lysander wie ein komplett irrsinniger Bösewicht vor, der dem Agenten der Krone selbstzufrieden seinen atomaren Gehirnzellenzertrümmerer präsentiert, mit dessen Hilfe er die Herrschaft erst über England und dann die restliche freie Welt anzustreben gedenkt.

Lysander sah, dass die Mädchen sich ängstigten, besonders Ayna, und ohne einen Hintergedanken oder falschen männlichen Mut – denn er hatte selbst große Angst – trat er näher an sie heran und las in ihren Augen, sah aber nichts als den Wunsch darin, diesen Ort schnellstmöglich zu verlassen.

»Seht ihr den Nebel?«, fragte Lars. »Sie lagern irgendetwas in diesen Tanks, und es ist so kalt, dass sich Nebel außenrum bildet.«

Phil, die betrunkene Partyleiche auf seinem Gepäckträger, war abgestiegen und hielt sich den schmerzenden Kopf. »Was soll das, Lars?«, fragte er. »Geh weiter. Mach keine Führung hier.«

Doch eine Führung schien genau das, was Lars im Sinn hatte. Er geleitete sie um die Kolosse herum, und das eine oder andere Mal sah Lysander den Mond zwischen ihnen hindurchblinken, der voll und rund und selbst wie eine Fabriklampe war. Tausend Monde schienen über Lifelight.

»Hört ihr das?«, freute sich Lars. »Es laufen hier über die Sommermonate also doch noch ein paar Maschinen. Hört ihr die Pumpen? Unten, im Boden?«

Doch niemand wollte es hören, und man drängte Lars, nicht zu trödeln. Der aber bestand darauf, Lysander noch etwas zu zeigen. Eine Kleinigkeit, wie er sagte.

Er führte ihn an der Außenwand eines der weißen dunstigen Tanks, der wie eine schimmlige Lychee riesig auf seinem Tablett saß, eine kurze Treppe hinauf bis zu einer Plattform, wo er lächelnd stehen blieb und auf eine Stelle deutete, an der etwas geschrieben stand.

Der feine Nebel strich über die Hülle des Tanks wie ein alter Wels über die algige Scheibe seines Aquariums, und wo sein eisiger Kuss Lysander berührte, brachen die Härchen auf seiner Haut wie dürre Zweige.

Zögernd beugte sich Lysander vor, um die Schriftzeichen zu lesen. Die Buchstaben waren rostrot wie altes, geronnenes Blut und nur noch undeutlich sichtbar. Sie schienen ein großes Quadrat zu bilden; für einen Augenblick nur wallte der Nebel zurück, eine Welle am Strand, die Schaum und Gischt zu sich ins Meer zieht, und gab den Blick auf die linke obere Ecke des Quadrats frei:

L V C I S
V I A E
C A D
I E
S

»Machen wir, dass wir hier wegkommen«, sagte Lysander entschieden, und vielleicht war es die Überraschung, aus dem Mund dieses schmächtigen, düsteren Jungen eine Anweisung zu hören, die Mandelblum und die anderen gehorchen ließ.

Sie segelten auf ihren Rädern über Wege, die für Menschen

oder Maschinen geschaffen waren, die Lysander niemals zu sehen wünschte; und wie um aufzuholen, was sie an Zeit bislang verschwendet hatten (oder eingedenk der Erkenntnis, dass das maximale Maß an Bewunderung, das sich in den Gemütern der Mädchen evozieren ließ, längst ausgeschöpft war), flog Mandelblum schneller und schneller dahin, bis Phil ängstlich aufschrie und sich mit beiden Armen an ihm festklammerte. JP und Alice stiegen fluchend in die Pedale und nahmen die Verfolgung auf.

Lysander aber übersah nur einen winzigen Pfosten, der den Scheitelpunkt einer Kurve markierte, und das Letzte, was er sah, waren die Lichter von Lifelight, die sich überschlugen und tanzten und auf ihn herabblickten wie die ernsten Gesichter von Lampen in einem Operationssaal; und davor Aynas erschrockene Augen, als sie sich umwandte und ihn stürzen sah; und dann nichts mehr, als er aufschlug und das Bewusstsein verlor.

* * *

Die Welt wartete geduldig, bis die ihr anvertrauten Figuren wieder bereit waren, Leben zu spielen. Die Finger taten einen Zug …

* * *

Ayna war noch bei ihm, als er irgendwann später erwachte und sich umsah. Sein Kopf und seine Zähne schmerzten, und auch in seinen Schläfen war ein Pochen und Stechen, wenn er die Augäpfel bewegte. Er roch sein Erbrochenes und fühlte klebriges Blut in seinen Haaren gerinnen, und es spannte und zwickte und fühlte sich über alle Maßen beängstigend an, wenn er die offene Stelle berührte. Kein Kopf sollte jemals offen sein – es war ganz wie mit Safes.

Er wusste nicht, wie viele Minuten vergangen waren. Mal saß Ayna an seiner Seite und blickte mit verheultem Gesicht, aus dem die letzten Reste des Alkohols und des Haschs von der Panik vertrieben waren, auf ihn herab wie eine Mutter oder eine Schwester, dann lief sie hilflos und ohne Ziel am Rand seines nach oben gerichteten Gesichtsfeldes herum und rief Namen, die ihm vage vertraut schienen. Wenn er es hätte beurteilen müssen, hätte er geschätzt, dass er einige Stunden einfach nur reglos dalag. Bisweilen dachte er darüber nach, wann die Nacht wohl vorüberging und ob schon ein Krankenwagen gerufen war.

Dann half sie ihm, sich aufzurichten, und er verlor erneut das Bewusstsein und übergab sich vor ihren Augen.

In der nächsten Szene saßen sie dann, sie strich ihm Blut und Erbrochenes aus dem Gesicht und redete auf ihn ein; ob zu ihrer eigenen oder zu seiner Beruhigung, war schwer zu sagen. Der Nebel um sie herum hatte sich ausgebreitet. Es war nass und erbärmlich kalt.

»Wie geht es dir?«, fragte sie schließlich in einer für ihn verständlicher werdenden Sprache. Er hielt es jedoch für unnötig, darauf zu antworten, und fragte stattdessen nach den anderen.

»Weg«, sagte sie. »Wir sind allein.«

Wie das, fragte er.

»Sie haben dich nicht stürzen sehen, du warst zu weit hinten. Sie fuhren Lars hinterher, und ich schätze, sie haben uns nicht mehr gefunden. Man sieht kaum was in diesem Dunst. Er schluckt alle Geräusche.«

Auch Lysander schluckte schwer bei diesen Worten, aber den Kloß im Halse bekam er nicht los.

Was war das?, fragte er, als ein dumpfes Pochen durch die Anlage hallte wie der Schlag eines Baumes auf einen Schiffsrumpf.

»Ich weiß es nicht. Es ist aber nicht das erste Mal.«

Du hörst es also auch.

»Ich höre es.«

Wir müssen hier raus.

»Aber wie? Ich weiß nicht einmal, wie tief in der Anlage wir sind, Lysander, ich war noch nie hier. Alle, die uns helfen könnten, sind fort!«

Verfluchter Angeber. Lars. Ganz verfluchter Angeber.

»Ja.«

Hilf mir bitte hoch, Ayna.

Schwankend richtete er sich auf. Dass er eine Gehirnerschütterung hatte, konnte er sich zusammenreimen, aber alles Wissen nutzte nichts, wenn sie nicht schnellstens die Stadt erreichten – irgendwie rechnete er nicht damit, dass irgendein Mensch außer ihnen selbst in den nächsten Jahrzehnten diese Straßen betreten würde.

Der vordere Reifen seines Rades war verkrümmt wie eine hungrige Schlange.

»Kannst du sitzen?«, fragte Ayna und bot ihm ihren Gepäckträger an. Dankbar ließ er sich darauf nieder, und sobald sie ihr Rad bestiegen hatte, umschlang er ohne große Worte ihre Taille. Sie duftete süß, dachte er, trotz ihrer beider Angst; süßer zumindest als der bittere, schale Brodem: Der Nebel roch nach alten Zitronen und Nüssen und etwas, was die Natur nicht bereithielt. Könnte Zimt verderben, vielleicht röche er so.

Im ersten Gang schnurrten sie langsam durch die Gassen Lifelights, und Lysanders schmerzende Augen spielten ihm einen Streich nach dem anderen. Da waren Wege zwischen den Armen einer Kreuzung, die nicht hätten da sein dürfen, denn alle standen sie im rechten Winkel zueinander; da waren Hallen, die ineinander verschachtelt waren wie russische Matrjoschkas, und Schemen von Dingen im Nebel, die gleichzeitig existierten und auch wieder nicht, denn sie nahmen zur selben Zeit denselben Platz im selben Raum für sich in Anspruch, und alles war geisterhaft bleich im Licht des ewigen Neons und der nach Blausäure duftenden Gärten aus Halogen, deren Alleen in einer Unendlichkeit verschmolzen, die Lysander weder hätte sehen dürfen noch zu schauen gewünscht hätte, wenn die Ewigkeit ihn um Erlaubnis gebeten hätte, sich ihm zu enthüllen.

Alles wirkte alt wie eine Stadt, die es nie gegeben hatte oder die schon lange wieder vergessen war; die zu jeder Zeit existierte außer im Jetzt, das sie scheute wie das Dunkel das Licht. Dieser Ort schien verlassen und unentrinnbar wie ein Gefängnis auf dem Grund eines stellaren Ozeans, die schwärende Grube eines zerfallenen Sterns, dessen lautlos wirbelndem Schlund der Junge und das Mädchen verzweifelt zu entkommen suchten.

Die Straßen waren voller Staub, und das Licht hätte Spinnweben sein können, auf denen Flecken aus vielarmiger Dunkelheit tanzten. Einmal glaubte er, einsame Fußspuren im Staub zu sehen von jemandem, der den linken Fuß leicht nachzog, und ein andermal zwei kleine Gesichtchen, furchtsam hinter den Tanks versteckt; und er vernahm das ferne Streichen von Geigenklang.

Wo sind wir, Ayna?, fragte er, doch sie gab keine Antwort, obwohl er wusste, dass sie ihn gehört hatte. Er fragte sich, wie viel von dem, was er sah, roch und hörte auch ihre Sinne wahrnahmen. Er roch die Nässe, die sich in ihrer Kleidung festsetzte; kalte Nebel und noch kälterer Schweiß, während sie schwer in die Pedale trat und keuchte wie ein verletztes Fohlen. Ayna musste verbrennen und gleichzeitig zerbrechen vor Kälte.

Wo wir sind?, gab sie zurück, und mit einem Mal konnte er sie klarer verstehen. *Ich weiß es nicht. Warum hören wir nichts? Ich kann nichts mehr hören. Warum sprichst du in meinem Kopf zu mir? Warum ist da gar nichts außer uns – und das Atmen, es fällt so schwer, Lysander.*

Was ist das dort oben?, fragte er sie. Denn zwischen den Stapeln steriler Container und Bauelementen, die sich wie die Kulissen eines schneeweißen Raumhafens ausnahmen, zeichnete sich das bläuliche Licht einer Scheibe ab, die wie das Auge des Mondes auf sie herabblickte und Lysander mit Angst und Schrecken erfüllte.

Das ist der Mond, sagte sie.

Nein, sagte er. *Der Mond … das ist all dies hier.*

Das dort *ist die Erde, Ayna.*

Gnadenvoll verhüllten Schleier den grässlichen Anblick am

Himmel, und im Miasma der Nebel erblickte Lysander nun die Vision einer elfenbeinernen Stadt, deren hohe Türme wie eine Fata Morgana durch den Dunst strahlten und leuchteten. Das Halogen ließ sie funkeln wie ein Juwel aus Tausendundeiner Nacht.

Das ist sie, dachte Lysander, *die Ewige Stadt*, und ein Name drängte sich ihm auf, so wie er früher die Namen der Akteure seiner nächtlichen Träume erahnt zu haben glaubte oder später die schimmernden Zusammenhänge, die sich einem auf dem Boden einer Flasche Scotch enthüllten.

Ishit Tirianis – das Schloss, das alles verband – jenseits der Trümmer einer Realität, die heute Nacht für ihn zerbrochen war. Das Zentrum des Labyrinths, das in Wahrheit ein Puzzle war.

Lass es regnen, Ayna, dachte er. *Lache und öffne die Pforten der Himmel, auf dass sie unsere Angst hinwegspülen. Ihre Tränen werden uns den Weg zum Fluss weisen. Es wird funktionieren. Vertrau mir. Du hast die Gabe dazu.*

Ein liebliches Lachen hallte durch seinen Verstand, und tausend Stimmen antworteten ihm; die Tür in ihm öffnete sich hinein in die Ferne, und er verlor erneut die Besinnung.

Und niemand war jemals wieder, wer er sein sollte.

3. Gedichte und Spiegel, 1987

Ich gehe heute Ayna besuchen. Quer durch den Stadtpark, an einem goldenen, regnerischen Abend, an dem die Vögel und Katzen einander verspotten, und die Winter Avenue und die Westmoore Lane mit ihren alten dreistöckigen Gebäuden hinauf; der Kragen meines Mantels mit den Silberknöpfen ist steil aufgerichtet gegen die reinigende Nässe des Frühjahrs, und ich eile mich, bis ich vor ihrem Haus stehe, klingle und eintrete. Es hat schon seinen Grund, weshalb wir nicht zusammenwohnen – einer der Gründe ist, dass mir dieses summende Geräusch deutlich macht, dass ich willkommen bin. Das Treppenhaus riecht nach Holz und nach alten Zeitungen, und die Dielen klagen bei jedem Schritt wie ein Masochist, der jeden Dienstag zu seiner *belle de jour* zurückkriecht. Alles, wie es sein sollte – ein gutes Gefühl, wenn man erst vor Kurzem von einer langen Reise zurückgekehrt ist.

Ayna wohnt im obersten Stock – wohnen alle Freunde immer in obersten Stockwerken oder sind wir uns nur zu fein, die Existenz eines Bodens zur Kenntnis zu nehmen? –, wo eine halb offene Tür zum Dachboden hinaufführt, auf dem ihr scheuer alter Kater wohnt. Ich mag Aynas Haus – sie hat diese Bleibe von einem Architekten erhalten, einem Freund von JP, glaube ich. Er war einst verliebt in sie, doch Ayna gab ihm den Laufpass. Meine kleine Regenfee. Um den Mann ist es sehr ruhig geworden seither. Der Kater wohnte streng genommen schon vorher hier.

Ich klopfe viermal, und sie öffnet. Aynas Wohnung riecht nach Rosen und Hasch, ein märchenhaftes Zuhause voller Windspiele, Stofftiere und Kleider, und sie scheint gerade zu backen – die ihr eigene Version chinesischer Glückskekse. Hinter ihr, im Wohnzimmer, gibt Neil Young seine *Harvest*-Balladen zum Besten; wahrscheinlich wäre das Album eines der zehn Dinge, die Ayna auf eine einsame Insel mitnehmen würde. Sie ist noch immer ein liebevolles und sehnsüchtiges Mädchen, aber zu lachen hätte sie ohne ihre Plätzchen und ihre Musik nicht mehr viel – sie hat ihr Lachen einst verkauft, obgleich sie es liebte, und sie hat mir auch nie erzählt, was sie dafür bekam, auch wenn ich einen Verdacht hege. Bald wird sie nicht mehr viel zu verkaufen haben.

Ich lege meinen schwarzen Mantel in eine Ecke, und bald liegt ihr Kater darauf, ein Walrücken neuen Geruchs im Meer ihres Duftes, das er bewohnt. Wir essen zu Abend und sitzen im Wohnzimmer vor dem Fernseher, erdulden alte Errol-Flynn-Filme, während sie von ihren Keksen nascht und immer noch dieselben hilflos roten Augen davon bekommt wie früher, und sie lacht Tränen, als ich den alten Trick mit dem Tuch und dem falschen Daumen mache. Es geht mir gut, heißt das. Draußen beginnt es zu regnen. Es fängt noch immer verlässlich an zu regnen, wenn sich Aynas Gedanken erhellen und der Anflug eines Lächelns über ihre Lippen huscht. Einst hat sie uns mit dieser Gabe das Leben gerettet.

* * *

Wir reden nicht oft über das, was geschah, als wir uns in den westlichen Werken verliefen – eine Andeutung, allein der Name reicht meist, die Stimmung eines ganzen Tages zu ruinieren; ein böser Zauber, ein rhetorischer Präventivschlag.

Lifelight. Fairwaters Area 51. Das ehrgeizige Lebenswerk eines geisteskranken Magnaten, des Vaters unserer armen Stella. Neun lange Jahre ist es jetzt her – ein halbes Leben für Aynas Kater.

Stella liegt seit jenem Abend im Koma. Siebzehn Jahre war sie damals alt, heute ist sie sechsundzwanzig. Was sie wohl davon hielte? Sie wurde auf dem Rückweg von Aynas Party, von der sie allein und früher als die meisten wegfuhr, von einem Wagen angefahren. Ayna behauptet immer, sie habe einen sehr verstörten Eindruck gemacht und jemand habe kurz vor ihrem Aufbruch mit ihr geredet, Alice vielleicht (ich persönlich hatte sie zuletzt mit JP gesehen, aber sie sieht mich immer seltsam an, wenn ich ihn erwähne).

Das Auto, das Stella anfuhr, wurde nie gefunden – nur Spuren schwarzen Lacks an ihrem Lenker und einige Bremsspuren (aber nicht von den Reifen des Wagens, der offenbar niemals bremste). Zeugen aus dem *Carpenter's*, unserer einzigen (und ziemlich versteckt gelegenen) Fernfahrerkneipe, gaben zu Protokoll, in dieser Nacht wären eine Menge Motorräder mit finsteren Gestalten unterwegs gewesen. Schon bald kursierten Gerüchte über Banden, die sich in der Gegend herumtrieben. Sonst aber will niemand etwas gesehen oder gehört haben.

Stella hatte gerade eine Einmündung auf der Landstraße passiert, als es geschah, und sie hatte auch Vorfahrt. (Falls dies irgendjemanden interessiert – die Leute fragen immer, ob Stella denn Vorfahrt gehabt habe, und schütteln dann bekümmert den Kopf, dass ein unschuldiges Mädchen, das selbst die Verkehrsregeln einer nächtlichen Landstraße befolgt, einem so furchtbaren Unfall zum Opfer fällt. Nein, es gibt keine Gerechtigkeit auf der Welt, Ehrlichkeit wird bestraft, und Verkehrsrowdys, die mit ihren schwarzen Wagen nachts siebzehnjährige Millionärstöchter anfahren, kommen ungeschoren davon und gründen ein Casino in Vegas.) Die Frage bleibt, ob es Zufall war, dass sie auf jener Straße zu jener Stunde ihrem Schicksal begegnete.

Lifelight, hatte Lars einmal sardonisch zwischen einem Teller Broccoli und einem Humpen belgischen Biers festgestellt, war nun wirklich zum Licht des Lebens geworden – kauft Lifelight, was immer sie eigentlich herstellen, ein Cent jedes Produkts geht an die Ärzte und die Apparate, die Cosmo van Bergens Tochter am Leben erhalten, bis sie dereinst eines natürlichen Todes sterben wird. Nun, Ayna und ich hatten nicht mehr viel übrig für Lars und seinen zynischen Humor, und die letzten fünf oder sechs Geburtstage haben wir ihm nicht mehr gratuliert. Er wird zusehends fetter und von Jahr zu Jahr verrückter. In letzterer Hinsicht geht es ihm nicht anders als uns allen – Stella vielleicht ausgenommen, weil sie ja schläft.

Phil, der damals besoffen auf Lars' Gepäckträger saß, konnte sich am nächsten Tag an nichts mehr erinnern. Er fand Gefallen an diesem Zustand und übernahm Anteile an einen Musik-Club im Westen der Stadt – dem *Gardens* –, in dem er heute noch arbeitet und die immergleichen Scheiben spielt, dass selbst die geduldigsten Gäste Reißaus nehmen. Seine Schwester Eve war schlauer als er und verließ unsere Stadt.

Alice hat das Kokain für sich entdeckt, ist heute noch schnippischer als früher und gibt sich nur noch mit Leuten ab, die ihr unterlegen sind. Eine Menge davon findet sie im *Sona-Nyl,* jenem Gruftschuppen voller schwarz gekleideter junger Menschen, die des Lebens überdrüssig, aber zu unentschlossen sind, es zu beenden – also verleugnen sie es. Immergleiche Abende inmitten im Kreis stehender/redender/denkender Dämonenliebchen und Spiritisten, die in fragwürdiger Syntax über transsilvanisches Tarot und Aleister Crowleys sexuelle Präferenzen philosophieren, und wir brechen den Kontakt zu ihr ab.

Lucia, die Stella die ersten Jahre nach dem Unfall pflegte, hatte Erfolg und zog fort nach Baltimore, um dort Musicals zu spielen. Sie kommt meist zu Weihnachten. Sie war Ayna eine gute Freundin, eine Art große Schwester, aber sie wird etwas selbstverliebt – arme alte Lucia, die das Verstreichen ihrer Zeit beklagt. Wenn es so weitergeht, wird sie bald nur noch mit ihrem Spiegelbild reden. (Ich hatte einmal ein Foto für sie aufgenommen – ich fotografiere gerne, besonders Frauen. Ich glaube, ich habe eine Obsession, was ihre Körperlichkeit anbelangt – und ich meine nicht das Offensichtliche. Ich meine Lucias Fluch, der auf uns allen lastet, oder die Tatsache, dass ich eine einzige Träne Aynas stundenlang betrachten kann, bis sie verdunstet und von mir und den Pflanzen im Raum geatmet ist und mich frage, wie es sein kann, dass ein Gefühl zu salzigem Wasser gerinnt und durch jene meerblaue Pforte, durch die unsere Träume die Welt wahrnehmen, in diese hinaustritt. Besonders fasziniert mich die Verbindung von Frauengesichtern und Licht – nie wieder verspürte ich so starke Emotionen wie damals, als ich Ayna im unirdischen Licht des Atomkraftwerks erblickte und mich verliebte.)

Sam Steed lebt unter Brücken und trinkt. JP ist spurlos aus unserem Leben verschwunden, genau wie die Bekannten aus dem Internat, die mich seinerzeit auf die Party begleiteten. Sie sind Bänker und Juristen geworden und nach Annapolis, Baltimore und D.C. abgewandert. Die meisten, die ich nach ihnen frage, leugnen ihre Existenz. So sind meine Ayna und ich ziemlich alleine mit uns und den Dingen, über die auch wir nicht zu sprechen wagen.

Über das, was ich damals sah – oder zu sehen glaubte. Ayna streitet vieles davon ab. Sie streitet auch nach wie vor gerne ab, dass sie durch ihr Lachen den Regen rief (und es immer noch tut) und wir ihm folgten, Straße um Straße, Abfluss für Abfluss, bis er uns aus dem Labyrinth der Fabrik herausführte, hinunter zum Fluss, wo wir die rostige alte Brücke fanden, nach der wir gesucht hatten und die auch tatsächlich herabgelassen war; wir überquerten sie, erreichten die andere Seite und kamen bald darauf in Fairwater an, völlig durchnässt, ich mit blutigem Schädel; wir fantasierten und landeten beide im Krankenhaus.

Dort schliefen wir und redeten stumm miteinander, nur in Gedanken, wie es noch heute unsere Art ist, und als man uns entließ, waren ganze drei Monate vergangen, und wir waren ein Paar. Doch sollte es nicht drei Monate, sondern drei Jahre dauern, bis wir endlich in Freiheit vereint waren – dafür trugen *sie*, unsere Feinde, schon Sorge.

Wir wissen bis heute nicht, wo wir dieses erste Vierteljahr steckten – die Rechnung, die wir vom Krankenhaus erhielten, erstreckt sich nur über zwei Wochen, und selbst Lars, der einem sonst jede unerfreuliche Nachricht unter der Nase zerreibt, erzählte uns nie, wie lange wir wirklich in den Irrgärten Lifelights verschollen waren. Er erzählte auch nie, was für Teufel ihn geritten hatten, als er damals mit einem Mal die Flucht ergriff, und er entschuldigte sich auch nie bei uns dafür.

Zwei lange Jahre saß ich in der Anstalt wie auf meiner privaten St. Helena und rechtfertigte mich für meine Fantasien. Ich führte die Ärzte in den Tiefen meines Verstands in die Irre, lockte sie in die Kerker, die sie zu finden hofften. Dort ließ ich sie dann besagte zwei Jahre die Wände streichen, während ich meine geheimen Galerien und Salons in den obersten Stockwerken bewohnte, an deren Wänden Bilder von Ayna, inmitten kristallklaren Regens, hingen; von Lifelight und dem furchtbaren Mann, dem es gehörte, und meiner Vision der Ewigen Stadt. Zwei Jahre später hatte ich die Ärzte dann überzeugt, dass ich weder Gedanken lesen noch durch Raum und Zeit reisen oder jemand anderes als Lysander Rilkist sein konnte. Psychiater sind ein schwer zu überzeugendes, misstrauisches Völkchen. Man sollte sie allesamt therapieren.

Bis zu meiner Volljährigkeit folgte noch ein weiteres Jahr lästiger Termine, aber wenigstens gestattete man mir nebenher nun etwas wie ein Leben. Mein Ziehvater starb der Einfachheit halber in der Zwischenzeit. 1981 war ich endlich erlöst.

Wenn ich ehrlich bin, würde ich sagen, ich bin froh über das, was geschah. Es bereitete nicht nur meine Zukunft mit einer herrlichen, erstaunlichen Frau, es gewährte mir auch Einblick in Wahrheiten, die mir sonst verborgen geblieben wären. Es ist, wie das erste Mal in einen Spiegel zu schauen – das ultimative Symbol aller Wahrheit und Lüge, zu dem ich immer wieder zurückkehre – und die Welt darin zu verstehen. Ich gestehe, ich verspüre eine starke Neigung zu Spiegeln, und in letzter Zeit schreibe ich fast nur noch Gedichte über sie. Ich verbreite sie auf Flugblättern, in Zeitschriften und sende sie im Traum in die Welt hinaus, und schon bald wird es ein einziges großes Gedicht geben, das die Sammlung vereint.

Vom Schreiben zu leben ist nicht ganz einfach, besonders bei der wenigen Zeit, die mir noch bleibt, den vielen Medikamenten, die ich nehmen muss und den immergleichen Themen, die meinen Verstand umtreiben. Ich habe zwar einen belesenen Freund – eine Art älteren Gönner –, der mich unterstützt, aber etwas rät mir, vorsichtig mit dem zu sein, was ich ihm von mir und meiner Arbeit anvertraue – die Zeit ist noch nicht reif. Bald aber, sehr bald … ich sehe die Zeit kommen wie ein Gestirn, dem sich die Erde entgegendreht, und mich selbst im Zentrum all der rotierenden Globen – und nein, ich nehme keine Drogen, schon lange nicht mehr.

Ayna ist Verkäuferin in einem Blumengeschäft beim *Heaviside Layer*, Blumen, die Fremde für Fremde kaufen, und manchmal jobbt sie für einen seltsamen Mann, der ein Antiquitätengeschäft in den Hügeln besitzt und wohl einen Narren an ihr gefressen hat. Ich bin nicht eifersüchtig auf ihn. Er ist ein schräger alter Kauz und scheint harmlos zu sein; und dieses Arrangement ist allemal besser als die Zeit, als sie sich allein in Kinos und Kneipen herumtrieb, sich nicht helfen ließ und krampfhaft versuchte, unglücklich zu sein.

Ayna ist bedauerlicherweise nicht sehr angetan von ihrer Gabe. Sie hat Angst davor, und ich denke, ich weiß auch, warum – und was sie sich am allermeisten wünscht, wenn sie nachts am Fenster steht und zum Himmel blickt.

* * *

Was ist mit dir?, fragt sie und reibt ihre Nase an meiner. Ich werde ihr das nie abgewöhnen können; sie muss als Kind zu viele Eskimogeschichten gelesen haben. Tatsächlich stammt ein Zweig ihrer Familie aus Island oder Grönland oder sonst irgendwoher, wo Menschen unter erbärmlichen Bedingungen im Schnee leben.

Ich denke nur nach, sage ich, *über die alten Zeiten.*

Sie blickt mich undeutbar an, dreht den Ton leiser.

Bleibst du über Nacht? Ich muss morgen früh raus und kam nicht zum Einkaufen.

Ich kann das morgen machen, dann schreibe ich noch ein wenig, bis du nach Hause kommst. Ich schreibe gern in deiner Wohnung.

Willst du mir nicht von dem Stück erzählen, an dem du arbeitest?

Es heißt Mallorys Wahn. *Oder auch* Mallorys Krankheit.

Komischer Titel.

Ich bin noch nicht sicher. Ich werde noch eine ganze Weile daran sitzen.

Vielleicht hättest du bei Gedichten bleiben sollen.

(Ich schreibe Theaterstücke, weil meine Gedichte niemandem

zusagen, außer gelegentlich ihr, und sie ist unqualifiziert – Feen haben keine Ahnung von Lyrik.)

Es geht um einen jungen Mann und seine Freunde – einen Schachspieler, einen Säufer und ein Flittchen –, und er macht sich lange abhängig von ihnen und ihrem Urteil, bis sie ihn verstoßen und er erkennt, dass er die Dinge selbst in die Hand nehmen muss.

Sie runzelt die Stirn. Sie sieht reizend aus, wenn sie grübelt.

Was tut er dann?

Er springt von einer Brücke.

Ich mag diese Geschichte nicht.

Na ja, vielleicht ändere ich den Titel ja noch.

Sie sieht mich an wie eine Mutter ihr Kind, das ihr strahlend erklärt, weshalb die zerschossene Scheibe nicht weiter schmerzlich ist, und blättert sich trotzig in einen ihrer Liebesromane, zu denen sie immer Zuflucht nimmt, wenn sie beweisen will, dass Intellekt allein auch nicht verhindert, dass Menschen die meiste Zeit ihres Lebens mit Unsinn verbringen.

* * *

Ich nehme den Veranstaltungskalender des Stadthauses zur Hand, in dem sich auch das kleine Theater befindet, das ich im Blick habe, und lasse die Finger über die Seiten gleiten. Der Fernseher plappert leise vor sich hin.

Er macht es richtig.

Wer?

Dein Kater. Ich deute auf ein Büschel Schwanz und Ohren über glimmenden Opalen, die mich von unterm Teppich aus anstarren, wo er gerade Urlaub vom Rest des Zimmers nimmt. Vielleicht hat ihn der Haschgeruch aus der Küche vertrieben.

Findest du?

Er weiß, wo sein Platz ist.

Das ist wohl richtig.

Er war niemals draußen, oder?

Sie schüttelt den Kopf. *Nicht dass ich wüsste.*

Ich blicke in das Feuer seiner Augen und sehe nichts dahinter, das es wert wäre, davon beschützt zu werden. Befremdlich.

Bei näherer Überlegung bin ich froh, keine Katze zu sein.

Du hättest es gut als meine Katze.

Bin ich denn etwas anderes?

Ich sehe Gärten bei Nacht und weiße Tücher, die Garderoben und Schränke bedecken wie Schnee im Winter die Bäume. Ich höre den Wind durch die Ritzen pfeifen und rieche Klarlack und Tannenholz.

Hast du schon deine Medikamente genommen?

Ich glaube, er hypnotisiert mich. Vielleicht weiß er mehr als wir ... was tut er allein dort oben auf seinem Dachboden? Was hat er ...

Hallo? Lysander?

Ich schüttle den Kopf und schaue auf den Spielplan in meiner Hand. Ein Artefakt, das Außerirdische erfunden haben, vielleicht zur Schönheitspflege oder als Raumschmuck, wer weiß das schon? Ich sehe zu Ayna. Sie sitzt auf der Couch, die Knie angezogen, ist nicht minder fremdartig und liest. Wer hat sie geschaffen und wozu? Ich beobachte, wie eine Hand sich auf ihre Fessel legt. Ihre Socken sind weiß wie ihr Haar. Die andere Hand hält das Buch in ihrem Schoß. Die Seiten sind auch weiß. Ich sehe nach meinem Spielplan. Kneife die Augen zusammen.

Langsam komme ich wieder zu Sinnen. Es dauert immer nur ein paar Sekunden.

Meinst du, mein Stück passt besser zur Vortragsreihe über Abduktionsphänomene oder zum Kongress der anonymen gescheiterten Selbstmörder?

Treib es nicht zu weit, Lysander, warnt sie, ohne aufzusehen.

Du hast recht. Gescheiterte Selbstmörder! Ich schreibe doch nicht für Dilettanten ... zeig mir ein paar erfolgreiche Selbstmörder ...

Sie wirft mit dem Kissen nach mir. Ich bin wieder bei mir. Lysander Rilkist, schreibender Hausmann. Spötter im Ehrenamt.

Es ist nicht nett, zurzeit Scherze über Mörder oder Selbstmörder zu treiben. Hörst du? Lysander?

* * *

Sie hat ja recht – es werden immer mehr; würden Notizen über Fairwater nicht sofort in irgendwelchen Papierkörben verschwinden, kaum dass sie die County-Grenze überqueren, so würde man wahrscheinlich feststellen, dass wir die höchste Rate unnatürlicher Todesfälle im ganzen Staat haben. (Was immer »natürlich« in diesem Kontext zu bedeuten hat.)

Mein alter Freund …

Der in der Bibliothek?

Er spielt gern den Sensationsreporter. Er behauptet, es gäbe eine Art Vampir, der in der Stadt sein Unwesen treibt. Die zwei Mitarbeiter von Lifelight, die man ermordete …? Jemand schien angetan von ihrer Blutgruppe …

Wie widerlich.

Zwar entbehrt die Vorstellung nicht eines gewissen Reizes, aber letztlich … Ich spiele mit meinen Daumen.

Ayna wird blass und gebietet mir Einhalt bei was auch immer ich ihrer Meinung nach gerade tue. Ihr Buch fällt achtlos herab und trifft die Wölbung unter dem Teppich, ihr Kater unternimmt einen weiteren Exodus. Ich schaue auf.

Was hast du?

Sie deutet stumm auf den Fernseher und macht zaghaft den Ton lauter – ein Kind, das den Streit seiner Eltern durch die Schlafzimmertür belauscht.

»Du hast mal wieder zu laut gedacht«, flüstert sie.

Wieso, wer hat es gehört?

»Deine Vergangenheit«, haucht sie fassungslos.

Unsere, korrigiere ich automatisch; sie gibt es nur ungern zu. Aber ich achte schon gar nicht mehr auf ihre Erwiderung.

* * *

Wir werden Zeuge, wie ein blasses Mädchen, das wir außer in unseren Träumen seit beinahe neun Jahren nicht mehr gesehen haben, mit zitternden blauen Lippen unfassliche Worte für Gedanken zu formen versucht, die niemand außer ihr wird verstehen können, unterbrochen von altklugen, belehrenden Nachrichtensprechern. Sie liegt auf einer Trage. Schnitt auf ein Krankenhaus. Sie sitzt in einem Foto auf einem Fahrrad. Dann sieht man den Dunklen Mann, dann Lifelight und dann wieder sie, in verschiedensten Kleidern, zu verschiedensten Zeiten, die ein Leben andeuten sollen, das sie nie hatte.

Gerührt denke ich an das lächelnde Mädchen, das 1978 auf der anderen Seite eines nächtlichen Feuers saß, und mit Eiseskälte im Magen und Winterhauch auf der Haut sehe ich zu, wie mehrere Helfer einen riesigen, geborstenen Spiegel aufrichten – sein Zentrum ist verheert, als hätte eine wahnsinnige Spinne in ihm gewütet, und rotes Blut und gespiegeltes Blut rinnen an ihm herab. Die Männer richten Wasserschläuche auf den Spiegel.

Ayna schluckt schwer. Keine Kekse mehr heute. Der Beitrag dauert nur wenige Minuten, wir aber sehen Menschen entstehen und Zeitalter vergehen.

Die Nachrichtensprecher und verschiedene Interviewschnipsel mit van Bergen und einem fetten Polizisten klären uns darüber auf, dass es vor einem halben Jahr einen tätlichen Angriff auf den Direktor gegeben hat (kurz bevor die Morde begannen, und man hält Angreifer und Mörder für dieselbe Person); doch der Attentäter wurde auf frischer Tat ertappt – und zwar *von der Tochter des Opfers*, die der Todeskampf des eigenen Vaters aus ihrem endlosen Schlaf weckte. Aus Panik oder im Zorn entführte er sie. Sie war lange verschwunden, und nichts davon war bislang nach außen gelangt. Einige ziemlich haltlose Spekulationen drehen sich nun um ein westlich der Stadt gelegenes Landhaus, dessen Eigentümer unlängst verschwand; man spricht von in den Creeks treibenden Fragmenten eines Tagebuches, die aufzeigen, dass er in den ersten der fraglichen Wochen ein Mädchen bei sich festhielt, das schließlich nach einem verzweifelten Kampf kurz vor Weihnachten entkam.

Ich denke an meine Träume zu dieser Zeit und weiß, dass es sich anders zutrug.

Ihr Geist ging nur, wohin das Fleisch ihr nicht folgen konnte.

* * *

Ayna sieht mich an, als würde ich gleich mit dem Messer auf einen von uns beiden losgehen.

Was ist?

Hast du den Mann im weißen Anzug gesehen?, forscht sie.

Ja, weshalb?

Er kam dir nicht irgendwie ... komisch vor?

War das nicht dein Boss aus den Hügeln? Mr. Bartholomew?

Vielleicht habe ich mich getäuscht, sagt sie. *Ich fragte mich nur ... ob du ihn kennst.*

Du *kennst ihn. Meinst du, er weiß was?*

Van Bergen, lenkte sie ab. *Ich glaube*, er *weiß was.*

Ich staune. Sie spricht den Namen selten aus freien Stücken aus. Jetzt redet sie sich regelrecht in Rage.

Hast du sein Gesicht gesehen? Eine Gargylenfratze, ganz aus Granit gemeißelt. Und sein Wagen, die schwarze Corvette? Wen oder was hat Stella auf meiner verdammten Party ... was ist los mit dir?

Was soll sein?

Du kennst ihn doch. Und er kennt dich. Er hat dich damals beseitigt, alle Aufzeichnungen hat er vernichtet, um irgendetwas zu vertuschen ... also was hast du gewusst? Was wusste sie? Du hast mir nie alles erzählt.

Ich habe keine Ahnung, wovon du redest, lüge ich etwas arroganter als unbedingt notwendig, aber sie überschreitet gerade eine Grenze, vielleicht wegen der Kekse. Ob sie mich auch belügt?

Man sollte gegen ihn vorgehen.

Gut gebrüllt, Löwin. Leider ist er unangreifbar. Er ist viel zu mächtig. Das weißt du doch.

Du verteidigst ihn?, fragt sie entsetzt. *Du? Nach all den Verhören und nachdem er dich in die Anstalt gebracht hat? Nach welcher skandinavischen Stadt willst du die Logik benennen?*

Ich verteidige ihn keineswegs, mache ich meinen Standpunkt klar; die Unterstellung schmerzt mehr, als sie ahnt. Ich denke also kurz nach und erkläre dann feierlich: *Früher oder später werde ich ihn vernichten.*

Einen Moment lang verschlägt es ihr die Sprache.

Wie meinst du das?

Wie ich es sagte.

Also weißt du doch mehr!

Ich weiß überhaupt nichts. Nur dass es geschehen wird. Geschehen muss.

Und wie?

Ich habe keine Ahnung. Noch nicht.

Eben sagtest du noch, er sei viel zu mächtig.

Für gewöhnliche Mittel, ja.

Was heißt gewöhnlich?

Ich zucke die Achseln. *Na ja, Polizei, Anwälte, Schnüffler, so was eben.*

Dann lass uns das FBI auf ihn hetzen. Schließlich hat er nicht nur in Fairwater krumme Geschäfte gedreht, sondern auch in D.C. ... oder gleich die CIA. Irgendjemanden! Ein Grund findet sich sicher – er ist eine Person des öffentlichen

Interesses und hat bestimmt auch Feinde im Senat, im Ausland und sonst wo.

Du träumst.

Vielleicht … ich habe meine Träume.

Pass besser auf – die ziehen dich noch mit rein. Hörst du?

Sie sieht mich konsterniert an. Ich höre, wie das Eis unter meinen Füßen dünner wird.

Wer »die«?

Sie. *Die CIA, deine Träume, einfach alle. Ich glaube, ich gehe jetzt besser.*

Tatsächlich drängt mich etwas zu gehen wie ein Magnet, der mich von ihr fortschiebt. Ein weiterer Grund, weshalb wir nicht zusammenwohnen: Man kann in solchen Momenten gehen.

Sie funkelt mich gefährlich an.

»Oh nein, das wirst du nicht!« Sie ruft die Worte laut. »Wir werden dieses unselige Thema ein für alle Mal aus der Welt schaffen. Sieh mich an!«

Du übertreibst. Sieh es ein, wir werden diesen Schatten niemals loswerden. Nicht, solange van Bergen lebt.

»Wovon redest du? Lysander!«

Ich habe mir meinen Mantel geschnappt. Vorwurfsvoll springt ihr Kater beiseite – sie haben ein Talent dafür, am falschen Platz zu sein. Anscheinend weiß er doch nicht, wohin er gehört.

Alles geht vorbei, sage ich ihm und öffne die Tür. Noch vorwurfsvoller wird sein Blick, als Ayna sich ihres eigenen schwarzen Mantels bemächtigt (der, auf dem ihr Haar aussieht wie Perlmutt und Seide) und mir nacheilt, die Treppe hinab.

Schnell ausschreitend versuche ich Distanz zwischen uns zu bringen, sie nicht sehen und hören zu müssen, weil ich sonst verlieren werde. Zornig darüber, dass sie rennen muss, um mit mir Schritt zu halten, schreit sie, ich solle stehen bleiben. Ich tue es, als wir schon im Stadtpark sind und ich befürchte, dass sie sonst weint. Ich drehe mich um, es ist noch kalt nachts, ich sehe ihren Atem im Mondlicht und muss einen kurzen Anfall von

Ehrfurcht niederkämpfen. Genauso atmet sie, wenn wir miteinander schlafen.

»Bleib stehen!«, keucht sie noch einmal, also stehen wir jetzt, hier im Park, in unseren Mänteln, und sehen einander an.

Sie ist etwas überdreht, hin- und hergerissen zwischen Wut und Sorge um mich. Der Himmel weiß nicht recht, was er davon halten soll, ich bekomme ein paar Tropfen ab, aber nach Lachen ist ihr sicherlich nicht zumute, auch wenn sie schon wieder Zuversicht schöpft, als sie mich gehorchen sieht.

Du willst hier und jetzt darüber reden?, hake ich nach. Als ich am frühen Abend hier vorbeikam, hätte ich nicht damit gerechnet, vier Stunden später an gleicher Stelle unsere Dämonen zu diskutieren.

»Hier und jetzt«, flüstert sie und sieht sich argwöhnisch um.

Die Welt bereitet schon ihren nächsten Coup gegen uns vor.

* * *

Was ist das?, fragt sie und bückt sich. Ich warte geduldig wie ein Liebhaber, der ein Gedicht auswendig gelernt hat und darauf wartet, dass er es endlich aufsagen darf. Ich spüre, dass irgendetwas aus dem Ruder läuft.

Was hast du gefunden?

Eine Halskette. Schau nur! Mit dem Gesichtsausdruck eines Laiendarstellers in einem Horrorfilm, der seine eigenen Gedärme der Kamera präsentiert, hält sie mir eine silberne Kette entgegen. Die Kette wirkt so alt, dass Ayna im Vergleich wie ein kleines Mädchen aussieht.

Wo hast du denn den Trick gelernt? Nicht von mir.

Ich habe sie gefunden, ehrlich! Schau, sie ist ganz schmutzig …

Hier im Park finden sich gewöhnlich nur Spritzen und Gummis. Die Königin von England kam nie hier vorbei … es wird doch nicht etwa der Bürgermeister …?

Da nun dieser bizarre Deus ex machina meine Hinrichtung verschoben zu haben scheint und die ganze Aufmerksamkeit meiner geliebten Fee fesselt, trete ich einen Schritt näher und sehe mir das Prachtstück genauer an. Die Kette hat einen Anhänger aus massivem Silber, dessen Form zumindest im dreidimensionalen Raum wenig Sinn ergibt, und sieht sündhaft teuer aus. Man könnte Leute damit erschlagen.

Während wir sie noch staunend betasten wie Kinder ein weggeworfenes Pornoheft oder eine verlorene Waffe, kommen uns kaum hörbar Schritte entgegen. Ertappt blicken wir auf, als sehnten wir uns ein Feigenblatt herbei, und sehen einen Mann in einem langen Trenchcoat. Er trägt einen Hut, der sein Gesicht verfinstert, und nicht nur seine Kleidung erweckt den Eindruck, als wäre er gerade aus einem Schwarz-Weiß-Film getreten.

Er streckt fordernd die Hand aus, und da erkenne ich, dass ich nach wie vor in einem Netz aus Mächten gefangen bin, die ich seit Jahr und Tag überwunden zu haben glaubte. Was immer diesen Gang von Ereignissen losgetreten hat – meine großspurige Ankündigung, den Dunklen zu töten, Aynas schicksalhafte Entdeckung oder ein kosmischer Zeiger, der gerade auf die Zwölf sprang –, ich muss jetzt handeln. Es gelingt mir besser, als ich gedacht hätte.

Ayna tritt schutzsuchend hinter mich, die Kette schlangengleich um die Hand geschlungen. Kluger Schritt – sie weiß in Wahrheit viel mehr als ich und glaubt, ich merke es nicht.

»Vertrau mir«, flüstere ich. Dann erhebe ich meine Stimme und reime flink einen großen Unsinn zusammen, der in den ersten Strophen eines Liedes kulminiert, das Ayna sehr mag, obgleich es kein lustiges Ende nimmt.

Tief in der Nacht kam der Hofnarr zum Zauberer
War dieser Narr doch auch nächtens kein Zauderer
»Höre mal, Zauberer«, raunte der Narr
»Der König ist nicht mehr, was er einmal war!«

Während ich der Gestalt entgegenschmettere, was ich ebenso gut Ayna als Antwort auf ihre Frage nach meinen Plänen für Cosmo van Bergen hätte präsentieren können, und mich der Fremde aus der grauen Dunkelheit seines Gesichts boshaft anschaut, höre ich hinter mir bereits Aynas Kichern losbrechen.

Lache, lache, bete ich still. Die Gestalt macht einen weiteren Schritt auf uns zu, und in eiligem Singsang verspotte ich sie mit den Versen meines höfischen Ränkespiels.

»Wir braun einen Trank, dass er blass wird und krank
Und heute noch auf sein Sterbebett wankt!
Und die Schuld daran geben wir dem Alchemist,
Der für dich ohnehin nur ein Hindernis ist!«

So sprach der Hofnarr, es lachte der Zauberer
»Du bist ein lustiger Kerl und ich schaue dir an
Dass du klug bist, und bei seiner Leich' –
Du wirst nicht nur Graf, nein, du wirst auch sehr reich!«

Endlich beginnt Ayna zu lachen mit einem bedrohlichen, höhnischen Unterton. Die Gestalt hält inne, als die ersten Regentropfen fallen. Ihr schmerzverzerrtes Gesicht aber spornt ihre Peinigerin nur weiter an.

Aynas Lachen erfüllt die Nacht, während der Hofnarr den Zauberer beim König verpetzt und dem Grafen Hoffnung auf die Königswürde macht. Die Bindfäden treffen die Gestalt zischend wie Säure. Winselnd fällt sie auf die Knie, und halb erwarte ich, Zeuge einer monströsen Verwandlung zu werden, noch ehe der Hauptmann der Wache dem Kämmerer auf die Pelle rückt und der Koch bei Hochwürden in Ungnade fällt – doch die Kreatur weicht nur fauchend vor uns zurück, keines Menschen Fauchen, und ich packe Ayna bei der Schulter und wir laufen davon, als die schaurige Mär ihrem Höhepunkt zustrebt, die Kette in Aynas Besitz.

In blutigen Gängen klagen die Sänger
Der Koch wählt den Freitod, der Hauptmann den Kämmerer
Wände und Flure färben sich rot ...

Das war knapp, bemerkt sie später versöhnt. *Zum ersten Mal war ich dankbar für meine ... Gabe, wie du es nennst.*

Dann kann ich ja endlich aufhören, diesen depressiven Mist zu schreiben, schlage ich vor. *Was meinst du eigentlich, weshalb ich es tue? Ich will doch nur, dass es dir gut geht ...*

Sie streicht mir lächelnd durchs Haar und fragt mich nicht mehr nach van Bergen – uns ist beiden klar, dass der echte König nicht so leicht fallen wird wie der im Gedicht.

Ich meinerseits frage sie nicht nach der Kette, die sie seitdem verborgen hält, als wartete sie auf ihre Zeit; und auch den Regendunklen begegnen wir für viele Jahre nicht wieder, obgleich wir wissen, dass sie unter uns sind, im wahrsten Sinne undercover.

Die Vergangenheit ruht und wartet darauf, vergessen zu werden, damit sie zur Zukunft werden kann.

Bald darauf stellt Ayna den Spiegel auf dem Dachboden auf.

4. Das Sanatorium, 1957–81

Die Mauern des Sanatoriums recken sich wie die Bögen der Kathedrale über seinen Kopf, die Kronen eines finsteren Waldes, der nur von Krähen und Spinnweben erfüllt ist; Gewitter und Nacht spannen einen tosenden Baldachin über das Dach, und das Pochen und Prasseln des Regens paart sich mit dem Klopfen der Insassen und dem Rascheln der Ratten in den uralten Wänden.

Man schleppt den schreienden Lysander in seine Zelle, eine Tür fällt ins Schloss, und für viele Monde sind da nur der Widerhall der Wände, von denen der Putz bröckelt wie die Gedanken aus seinem Verstand, und die Kälte des steinernen Bodens, wenn seine nackten Zehen im Schmutz und den Pfützen scharren.

Er hat beunruhigende Träume in dieser Zeit, in denen er eine Frau ist, die er nicht kennt. Die Frau fühlt sich schlecht. Lysander schläft ein, sie erwacht:

Als sie zu sich kommt, erkennt sie sofort, dass etwas nicht stimmt. Der Eindruck ist stärker als alle Angst und als die Schmerzen. Sie weiß kaum noch, wer sie ist, geschweige denn, was sich zugetragen und wohin man sie dann gebracht hat, sie weiß nur, dass etwas Entscheidendes falsch ist.

Irgendetwas fehlt.

Sie tastet nach ihren Beinen.

Sie sind noch da.

Ihr Herz schlägt.

Ihre Augen sind offen, und doch sieht sie nichts – ist es das? Ist sie blind?

Sie ist sich nicht sicher.

»Wo bin ich?«, fragt sie ins Dunkel. Sie hört fernes Lachen. Das Lachen einer älteren Frau.

Der Boden unter ihrem Po ist feucht und kalt und fühlt sich an wie Beton. Zögernd rappelt sie sich auf und geht ein paar Schritte; mehrfach stößt sie sich die bloßen Füße auf dem harten Boden. Sie bricht sich ein paar Zehennägel ab. Wie lange ist sie schon hier? Sie fühlt sich durchgefroren und schwach – und irgendetwas ist *falsch* …

Ihre Finger finden eine Eisentür, die ihren Kubus mit seiner Kantenlänge von drei Metern verschließt. In der Ferne hört sie abermals ein Lachen.

»Wer ist da?«, ruft sie. »Hallo?«

Doch die Alte brabbelt nur absurdes Zeug.

Schritte nähern sich über den Flur. Ein schwerer Schlüsselbund rasselt. Mehrere Schlösser im Gang schnappen auf. Eine Tür nach der anderen öffnet sich, eine näher als die andere. Furchtsam weicht sie an die rückwärtige Wand zurück. Nun macht man sich an den Riegeln ihrer Zelle zu schaffen. Nacheinander werden sie zurückgeschoben. Einer. Zwei. Drei. Vier.

Die Tür öffnet sich. Licht fällt herein. Vage wird sie ihres eigenen Aussehens gewahr; schmutzverkrustetes Haar hängt ihr wirr auf die Schultern. Sie trägt eine Art Nachthemd, einst mag es weiß gewesen sein, nun ist es über und über besudelt. Ihre Arme sind dünn, ihre Füße bluten. Das Licht gleißt und schmerzt in ihren Augen.

Zwei hünenhafte Wächter in antiseptischem Weiß flankieren eine schmale, hochgewachsene Gestalt in einem maßgeschneiderten schwarzen Anzug. Die hageren Züge eines rabenhaften Gesichts stechen im Gegenlicht scharf hervor, als er den Kopf zu den Wächtern wendet. Sie nicken.

Der Mann im schwarzen Anzug tritt einen Schritt vor und streckt helfend die Hand aus. »Hallo, Mary«, sagt der Dunkle Mann, und die ferne Frauenstimme hebt einen schrillen Jubelgesang an.

»*Ave, o Maria, il Signore è con te!*«, jauchzt sie wie von Sinnen mehrere Male, und das Geschrei hallt in den Gängen nach, als Mary dem Dunklen Mann hinaus ins Licht folgt: »*Tu sei benedetta e benedetto è il frutto del tuo seno!*

Ave!

Ave!«

»Du bist real?«, fragt Lysander überrascht, als er wieder in seiner Zelle steht. »Ich dachte, du gehörst zu meinem Traum.«

Die Frau in der Nachbarzelle zischelt verschwörerisch.

(Nicht so laut!)

Vorsichtig und ohne einen Laut bemüht sich Lysander zu antworten.

(Entschuldigung. Ich dachte, du gehörst zu meinem Traum.)

Die Frau kichert in seinem Verstand.

(Schon besser. *Bene!* So reden wir alle hier … was hast du geträumt?)

(Ich war eine Frau, die irgendetwas verloren hat. Der Dunkle Mann kam und holte sie.)

(Weh! Ihr Geist kam über dich. Er wandert ruhelos umher, seit er von ihrem Körper getrennt wurde. Manchmal kommt er auch zu mir.)

(Du kennst sie? Dann kennst du auch den Dunklen Mann?)

(*Certo*, aber sicher doch. Ich diene ihm seit langen Jahren – sieh, wie er es mir dankt.)

(Er hat dich eingesperrt?)

(Er fürchtet unser Wissen! Weil wir ihm dienen und seine Geheimnisse wahren. Vielleicht haben sie mich auch verraten.)

(Sie …?)

(Die Engel, die es mir zeigten – was im Keller war …)

(Was war denn im Keller?)

Die Frau zischt wieder, diesmal wie ein wildes Tier, das um sein Leben kämpft.

(Die Wesen. *Santo cielo*, da waren die Wesen. Überall! Sie waren ganz trocken … ausgedörrt. Manche tot.)

(Ratten?)

(Keine Ratten. Nicht mehr! Vielleicht einmal …? Er hat sie verwandelt. Aufgesaugt!)

(Er …?)

(Sie lagen auf dem Boden des Kellers. Quollen aus den Wänden. Krochen nachts aus den Winkeln des Hauses. Vor allem in der Nähe des …)

(Ja?)

(In der Nähe des Sarkophages im Keller.)

Lysander tastet sich an der steinernen Wand entlang und versucht, die Richtung zu bestimmen, aus der die verrückte alte Frau zu ihm spricht.

(Ein Sarkophag? Wer liegt darin?)

(*Madonna mia!* Die Frau ohne Seele. Seine Ehefrau! Die Gemahlin, die du träumtest zu sein. Die einst zum Mond reiste und wieder zurück.)

(Wovon um alles in der Welt redest du?)

(Oh, sie vertraut ihm – sie wartet – *aspetta, spera*. Ich habe es mit eigenen Augen gesehen! Überall um die Grabkammer herum, das Hinken und Pochen der kleinen Wesen. Dann waren sie tot. Er hat sie benutzt, um sie zu ernähren ... Leben für seine Frau. *Vita per la Signora Mary.*)

Lysander ist entsetzt. Beginnt zu zittern.

(Wir kennen uns doch.)

Kichern.

(Wir kennen uns, alte Frau – nicht wahr? Ist es nicht so?)

Zaghaft beginnt sein Geist, sich zu erinnern, woran er sich nicht erinnern will. Dann bricht es über ihn herein.

(Es ist doch so, oder? Rede mit mir!)

Schritte nähern sich. Das Lachen der alten Frau wird leiser mit jedem Knacken der Schlüssel im Schloss, und als die Tür dann aufgeht, rechnet Lysander damit, vor sich die Männer aus seinem Traum zu sehen.

(Sie kommen mich holen!)

(*Ave!* Verloren war er und wiedergefunden! *Ave!*)

Lysander geht mit ihnen ...

* * *

Wahr sei:

Lysander sitzt am Ufer des Meeres, jenseits dessen die Ewige Stadt erbaut ist, und genießt einen perfekten Moment, gerade so lang wie ein Herzschlag oder ein Frühlingstag. Der perfekte Moment dauert an und speist das Meer und den Felsen am Ufer und Lysander, der auf ihm sitzt, und die Ewige Stadt, auf der sein blinzelndes Auge ruht; und er wird niemals vorübergehen.

Das Meer liegt täuschend ruhig, gleich einem Gletscher im Sonnenschein, bereit, einen sofort zu verschlingen, störte man seine Ruhe. Es wirft keine Brandung ans Ufer, fast regt es sich gar nicht. Behaglich wie der Schwanz einer Katze im Schlaf schlägt das Meer gegen die Kiesel; bedroht nur die winzigen

Krebse, die sich dahinter verstecken, Steinchen kleiner als Pfirsichkerne. Ein einsamer Fisch ist manchmal zu sehen, der gerade einen Meter vom Land entfernt den Boden abgründelt wie ein Pferd seine Koppel. Eine Eiderente paddelt mit ihrem einzigen Küken vorüber.

Sonst ist da gar nichts. Die Welt ist öde und leer. Die Wolken am Himmel sind statisch – sind Ausdruck seines Seins. Lysander greift sich einen flachen Stein vom Boden und bewundert die Feinheit des Schliffs, das Ebenmaß unter den Fingern und die Macht seines eigenen Willens, diesen Stein dem Meer zu überantworten – oder nicht … er wirft den Stein nicht – und dann wirft er ihn.

Der Stein fliegt unaufhaltsam durch die Luft. Lysander ist gefesselt vom Gang der Ereignisse, die er ausgelöst hat und die niemand und nichts auf der Welt mehr wird aufhalten können. Der Stein berührt die spiegelglatte Fläche des Wassers. Lysander kann nicht wissen, ob das Meer sein Geschenk annehmen wird oder ob es den Stein diesmal noch verschmäht; eine verwöhnte alte Löwin ist das Meer, die den Stein zu einem weiteren Flug in die Luft zurückschleudert, ein ewiges Spiel. Stein und Wasser sind eins, der Stein hebt sich wieder empor, und dort, wo er gerade noch das Meer berührte, entsteht eine Blume konzentrischer Kreise, die dem Auge Lysanders alles darüber erzählt, wie das Universum erbaut ist und wie seine Kräfte und seine Geometrie funktionieren.

Der Stein senkt sich, ein anmutiger Flug. Der Stein trifft das Meer – ein weiteres Mal wird es ihn nicht wieder hergeben.

Der Stein verschwindet, und eine zweite Blume erblüht, jünger als die erste, die bereits zu verwelken beginnt. Ein zittriges Interferenzmuster ziert die Unendlichkeit des reglosen Ozeans; ein kurzlebiges Netzwerk, eine flüchtige Gänsehaut, die auf einem Frauenarm spielt.

Dann ist es vorbei. Der Stein ist versunken. Unbeteiligt schaukelt die Ente mit ihrem Jungen durch die Reste des unfasslichen Kunstwerks, das zu zaubern Lysander sich entschieden hatte.

Am Horizont, wo Himmel und See einander auf ewig die Lüge erzählen, sie könnten und wollten je eins sein, erhebt sich Ishit Tirianis aus den Fluten und zu den Sonnen empor, ihre Türme glänzen im Licht des perfekten Moments ihrer Ewigkeit. Kein Laut dringt herüber, und nichts sonst ist von Bedeutung. Lysander und die Stadt sehen sich an und wissen voneinander.

Alles ist eins.

* * *

Wahr sei auch dies:

Lysander sitzt auf einem Stuhl, und sie stellen ihm Fragen, er sitzt in seiner Zelle, und die alte Frau huldigt ihm, aber es ist nicht länger Lysander, der dort sitzt. Da sind die Stimmen in seinem Kopf, und sie begehren Einlass – oder Auslass? Er versteht nicht, was sie von ihm wollen, und kann keine Auskunft über sie geben. Er schwebt davon in die kühle, beruhigende Weite eines Ortes, der über diesen Abgründen aus Schmerz und Wahnsinn thront wie der vergoldete Fels von Kyaikto über den Klippen; und er lässt die anderen mit seinem Körper tun, was sie wollen – wie er es immer tat.

(Wie kommt es, dass du so viel über Dinge zu wissen scheinst, die du nicht wissen solltest, und so wenig über das, was du wissen solltest?)

(Fragen Sie mich das?)

(Nein. Den anderen.)

(Antworte ihm nicht!)

(Sag mir, wie du heißt und woher du stammst.)

(Wo warst du die ganze Zeit?)

(Eben?)

(Davor. Danach. Eben gerade.)

(Ich war fort …)

(Sag, wie kommt es, dass es keine Figur von dir gibt …)

(Ich glaube nicht, dass wir mehr darüber herausfinden, solange wir nicht *in ihm* nachschauen.)

(Interessanter Gedanke, Doktor – bravo!)

(Ich fürchte, wir haben ihn eben verloren.)

(Wenn du nicht gehorchst, muss ich dich vernichten.)

(Ich – habe Angst. Ich habe Angst vor ihm – wenn er …)

(Ich glaube nicht, dass du Angst haben musst …)

(Aber er … er …!)

(Ich kann doch nicht – es … ich verstehe das nicht – es tut mir so leid …)

(Du weißt, dass ich dich vernichten muss. Versteck dich ruhig. Du kannst nicht ewig entkommen.)

(Mistress Mary, quite contrary, how does your garden grow? With silver bells, and cockle shells, and so my garden grows.)

(Siehst du das – das ist der Schlüssel zu allem. Der Spiegel. Das Meer. Und jetzt sag mir, wie du hierher gefunden hast.)

(Was glaubst du, wer ich bin, Schwester? Hast du mich so schnell vergessen?)

(Du? Bist du das wirklich?)

(Du wolltest nie glauben, dass ich real bin. Bin ich auch nicht – nicht mehr.)

(Was ist passiert?)

(Gute Frage. Was glaubst du? Ich könnte dir manches erzählen, worüber du einmal nachdenken solltest.)

(Sag es mir. Ich will wissen, ob dir das gefällt.)

(Habt ihr das gesehen? Seht doch!)

Eine andere Stimme flüstert, eine, die er noch nie gehört hat. Ein klagender, raunender Chor erwacht.

(Unfassbar. Was für ein Wunder. Seht!)

(Rette uns! Oh bitte, rette uns!)

Das sagen die Stimmen zu Lysander. Er schüttelt den Kopf und hört genauer hin. Die Wellen seiner und der fremden Gedanken breiten sich aus und umtanzen einander in der Unendlichkeit. Interferieren. Sie sind einsame Wanderer, Sternbilder entfernt – doch nur Lysander besitzt diesen Ort.

(Ich muss mein Werk schützen.)

Alles, alles ist eins.

* * *

(Sag mir, ob dir das gefällt.)

(Du machst mir Angst …)

(Du willst doch nicht fliehen.)

(Was war das denn gerade?)

(Haltet euch fern von seiner Vergangenheit, oder ich werde …!)

(Interessant. Schreiben Sie's auf. Wieder einer mehr.)

(Ihr habt gar keine Ahnung, was ihr da losgetreten habt, ihr Narren … und nehmt eure grässlichen Finger von mir!)

(Befrei uns. Gib uns Körper zum Leben, um deine Welt zu erfahren … Körper, die uns beschützen – Körper, die uns verstecken. Wir wollen lieben und hassen und alt werden wie du, denn zu einsam ist unser Dasein in der Leere, Bettler seit so langer Zeit.)

(Warum ich? Ich bin selbst einsam und kenne kein Leben, wie andere es kennen.)

(Schauen Sie sich mal diese Gehirnwellen an. Faszinierend, nicht wahr? Heißt das, er ist tot?)

(Eine bedeutsame Frage, Doktor. Wie lange ist das schon so?)

(Unser Weg hat uns zu dir geführt. Nur du kannst uns helfen.)

(Also ich glaube ja, dass er tot ist.)

(Ihr irrt. Man hält mich gefangen, ich kann nicht einmal mir selbst helfen.)

(*Wir* können dir helfen, wenn du uns einlässt. Willst du unser Freund sein?)

(Was soll ich tun?)

(Lass uns ein, und wir werden dir helfen.)

(Wie erklären Sie sich dann, dass sein Herz noch schlägt, wo er doch hirntot ist?)

(Das hätte ich glatt übersehen. Das gute alte Herz, tatsächlich.)

(Wir hatten viel Zeit, um zu lernen. Wir gebieten über die Welten der Sinne … haben Macht über euren Verstand … Raum und Zeit sind nicht von Belang für uns. Vertrieben sind wir … wir brauchen nur ein Tor. Willst du unser Tor sein?)

(Euer Vorschlag klingt verlockend.)

(Was unterstehen Sie sich, so mit mir zu reden, junger Mann?)

(Dann sind wir uns einig?)

(Wieder ein neuer?)

(Wieder ein neuer.)

(Das sind wir.)

(Und was für einer, herrje.)

* * *

Ein Jahr lang sitzt Lysander auf einem Felsen am Rande des Meeres, in Sichtweite der Stadt, und wartet darauf, ob der Moment je vorbeigehen wird. Weit unter ihm, seinen Sinnen verborgen, bevölkern merkwürdige Seelen seinen gefangenen Körper; er vermutet, dass manche dieser Stimmen aus ihm selbst stammen, Stimmen der Menschen, die er einmal war, aber nicht mehr sein konnte oder durfte.

Er weiß, dass andere von einem fernen Ort stammen, der eine Brücke zu ihm zu schlagen begann, lange bevor an seine Eltern, die niemand, auch er selbst nicht, je kennenlernte, oder seine Großeltern oder deren Urgroßeltern auch nur ansatzweise gedacht war.

Er weiß, dass all dies mit Ereignissen zusammenhängt, die ein dänischer Astronom vor vierhundert Jahren beobachtete, während andernorts ein spanischer Gouverneur gerade mit seinem Schiff in die unberührte Chesapeake Bay vordrang und sein Na-

vigator staunend den neuen Stern am Himmel über dem uner-
forschten Land bemerkte; mit den Geschehnissen, die zum Untergang jener anderen Welt führten, und dem Schicksal der Bewohner einer weiteren, die nur durch einen geometrischen
Zufall auf fast derselben Linie wie Lysanders eigene liegt – einer
Linie, die auf Fairwater hindeutet wie ein göttlicher Finger.

Er begreift, dass die ebenmäßige Schönheit des Kosmos sich
vollends in Zahlen und Linien beschreiben lässt, ein Spinnen-
netz voll wunderbarer Tautropfen, in dem Begriffe wie Zeit nur
ein Schimmern von Regenbögen sind; und im Zentrum des Net-
zes steht die Ewige Stadt, ein lebendes Wesen aus Diamant, das
niemals einen Gedanken erheben wird, um in das Gleichgewicht
der taumelnden Tropfen einzugreifen; zu gefesselt ist es vom be-
törenden Zittern der Fäden ringsum.

Es bewundert diesen Augenblick ebenso, wie Lysander es tut –
sie bewundern einander.

(Das)

(sind)

(wir)

wiederholen die Stimmen.

Und ein weiteres Jahr ist vorüber.

* * *

»Wie geht es uns heute?«

»Ich weiß nicht, wie es Ihnen geht. Wollen Sie wissen, wie es
uns geht?«

Lysander saß in einem Therapiezimmer im Sanatorium. Er
wusste nicht, ob es die Zeit gut mit ihm gemeint oder etwas oder
er selbst sich geändert hatte, aber die Umgebung schien weniger
furchtbar als früher.

»Du benutzt den Plural?«

»*Sie* haben ihn gerade benutzt.«

»Also, wie geht es dir heute?«

»Wie soll es mir gehen? Kann ich denn gehen?«

»Das kommt darauf an.«

»Worauf?«

»Wie es dir geht.«

»Das kommt darauf an.«

»Worauf?«

»Ob ich heute gehen kann.«

»Du kannst jederzeit gehen.«

»Ich meine ein für alle Mal. Ohne jede Woche zurückkommen und diese Kinderkacke mitmachen zu müssen.«

»Du hältst das, was wir hier tun, für Kinderkacke?«

»Genau wie Sie alles, was ich tue, für geisteskrank halten.«

»Triffst du dich denn noch mit diesen Leuten?«

»Die würden mich das Gleiche fragen wie Sie, glaube ich.«

»Was würdest du ihnen sagen?«

»Dass es keinen von euch etwas angeht, was ich tue, und es mir völlig gleich ist, für wie gefährlich ihr einander haltet. Verbietet euch doch gegenseitig den Umgang, aber lasst mich und mein Leben da raus.«

»Sie sind also noch Teil deines Lebens.«

»Ebenso wie Sie.«

»Aber mit denen triffst du dich freiwillig.«

»Sind Sie etwa eifersüchtig, Doktor?«

»Auf wen oder was sollte ich wohl eifersüchtig sein?«

»Auf den Wahnsinn natürlich. Sie sind wie ein Priester. Zum Teufel laufen auch immer mehr Schäfchen als in die Messe.«

»Was ist mit dir? Wohin läufst du?«

»Ich glaube nicht an Gott und den Teufel, und ich glaube nicht an gesund oder an krank.«

»Woran glaubst du dann?«

»Daran, dass Sie das, woran ich glaube, nicht verstehen würden, selbst wenn ich es Ihnen in primärfarbenen Holzklötzchen auf dem verdammten Tisch buchstabierte.«

»Oh, wir sind wieder leicht gekränkt heute.«

»Sie sind derjenige, der sich anstellt wie eine Nonne beim Gynäkologen, Doktor.«

»Ich glaube nicht, dass Nonnen zu Gynäkologen gehen.«

»Das beweist Ihren Mangel an Fantasie.«

»Hast du öfter solche Fantasien?«

»Ach hören Sie doch auf.«

Lysander ließ müde den Blick umherschweifen. Ein abstoßendes Plakat, das sich nicht recht entscheiden konnte, ob es ein Hinweis auf die Ausstellung ägyptischer Mumien im Stadthaus sein wollte oder sich selbst lieber die nächsten Jahrtausende im Erdreich verbarg, verbreitete Unwohlsein von der rückwärtigen Wand her. Die Finger der alten Ulme vor dem Fenster schlugen arhythmisch und greisenhaft gegen die Gitter, und man wartete die ganze Zeit darauf, dass sie lebendig wurden, die Scheibe zertrümmerten, ins Innere griffen. Das Sanatorium war wahrhaft ein Hort der Gesundheit, so viel stand fest.

»Es gibt aber zwei Fraktionen, nicht wahr? Du sagst, du glaubst nicht an Gut oder Böse, Schwarz oder Weiß. Vielleicht hast du recht. Dennoch gibt es zwei Seiten, wie in einem Spiel. Einem Schachspiel.«

»Woher wollen Sie das denn wissen?«

»Du hast es mir selbst erzählt. Erinnerst du dich nicht mehr?«

»Da muss ich nicht ganz bei mir gewesen sein.«

»Kannst du mir nicht mehr darüber erzählen?«

»Bedaure, das passt nicht länger in meine Welt. Das ist mir alles ein wenig zu … paranoid.«

»Nun, ich bin froh, das zu hören. Aber überlass die Fachausdrücke doch bitte mir.«

»Was werden Sie also in Ihren Bericht schreiben?«

»Nicht so schnell. Erst musst du mich überzeugen.«

Lysander dachte daran, was er diesem Mann nach zwei Jahren, in denen er und seine Kollegen sein Gehirn vergewaltigt hatten, und einem weiteren, in dem sie dann mit ihm darüber hatten reden wollen, noch erzählen (oder besser nicht mehr erzählen) sollte, damit dieser Heuchler endlich seinen Willen und er selbst die Verantwortung für sein Leben bekam. Sie hatten ihn in den letzten Jahre so häufig zerbrochen und wieder geklebt, dass er selbst nicht mehr wusste, wer er eigentlich war oder was der Begriff »jemand« überhaupt bedeutete.

Seine Beziehung zum Wahnsinn war in dieser Zeit eine sehr innige gewesen. Es war wie nach einer langjährigen und schließlich geplatzten Liaison mit einer aufregenden Frau zurück zum Puzzle seines Leben zu kehren und sich zu fragen, wo genau man eigentlich damit aufgehört hatte.

Dennoch fühlte er sich dieser Tage relativ wohl. Er hatte zwar das unbestimmte Gefühl, in seinem Bewusstsein fehlte etwas – etwas Zeit, ein paar Erinnerungen, einige vage Zusammenhänge. Man hatte sie ihm genommen; die Ärzte, er selbst, er wusste nicht, wer. Aber was ihm geblieben war, war gar nicht so schlecht. Es war vergleichsweise harmonisch und hatte einen Unterbau, den er verstand.

Schluss mit all den wilden Synkopen, fort mit den penetranten Dissonanzen in seinem Leben.

Deshalb fand er auch, dass er sich sehr wohl ein paar provokante Passionen verdient hatte. Es war ja nicht so, dass er Drogen nahm, schwarze Messen zelebrierte oder die Realität offen verachtete.

Er traf sich bloß mit ein paar Leuten, die ständig das Abenteuer des Rauschs suchten, die Realität inbrünstig mit Füßen traten und gelegentlich Dinge taten, die man als Uneingeweihter durchaus mit einer schwarzen Messe verwechseln könnte.

Einen schönen Umgang pflegst du da, schmunzelte Ayna meist, wenn er ihr damit wieder in den Ohren oder vielmehr im Verstand lag.

Was denn, erwiderte er, *schließlich sind es zu einem Großteil* deine *ehemaligen Freunde, und es ist* deine *Entscheidung, die Wohnung zu hüten. Wir schaffen es nie, Lust auf denselben Zeitvertreib zu haben, ist dir das schon mal aufgefallen?*

Ich mag meine Zeit, besonders die mit dir. Ich will sie gar nicht vertreiben.

Du tust ja so, als wollte ich dir aus dem Weg gehen.

*Ich sehe nur nicht, wo der Reiz liegt. Ein Haufen groß gerate-
ner Jungs und Mädchen, die Vater-Mutter-Kind spielen – und
wage es nicht, mir zu unterstellen, ich sei eine Langweilerin!*

Vielleicht, grinste er.

Vielleicht was?

*Vielleicht sind wir nur ein Haufen alt gewordener Kinder.
Meine Kindheit fiel leider aus, ich habe Nachholbedarf, sonst
erhänge ich mich in zwanzig Jahren an einem perfekt ge-
knüpften Krawattenknoten oder steche mir eine vergoldete
Nadel ins Hirn – und vielleicht kannst du wirklich nicht verstehen, worin der Reiz liegt. Du könntest natürlich ein ganz
gewöhnliches Mädchen spielen – eine einmalige Gelegenheit,
wenn du mich fragst –, aber das tust du ja ohnehin schon die
ganze Zeit.*

* * *

Ich sehe sie vor mir, wie sie mit sich hadert, zögert, wie tief sie
dringen darf, wir betatschen einander zitternd wie die Teenager,
ich rühr deins nicht an, du rührst meins nicht an. Vielleicht war
es das, was ich an diesen Treffen anfangs genoss, im Sona-Nyl, in
der Altstadt und in den Wäldern außerhalb.

Was meinst du?

*Diese Leute kennen von mir nur das, was ich ihnen enthülle,
und sie sind gezwungen, mir darin zu glauben. Einmal die Woche, manchmal häufiger finden wir uns zusammen, eine konspirative Schar schwarz gekleideter junger Menschen, mit Talis-
manen und Schmuckstücken behängt, Kruzifixe, Keltenkreuze,
Ankhs; barocke Roben, schwere Umhänge, Gestapomäntel, wir
schrecken vor nichts zurück, jagen einander über und unter
den Brücken, halten den Verkehr auf, durchzwicken Zäune,
klettern in Reifröcken über das Tor von St. Gaiman, stolpern*

durchs Unterholz des Stadtparks, setzen mit Bengalfeuern beinahe den halben Wald in Brand und bevölkern alle Orte der Stadt mit einer merkwürdigen Fantasiewelt, einem Potpourri aus dem großen Scrabblesack dunkler, wunderbarer Gedanken. Die Bibliothek, in der ich tagsüber aushelfe, ist nachts ein geheimer Feenhort (wir haben das Biotop daneben geweiht), Dante- und Miltonbrücke sind uns verboten (sie führen direkt in die Anderswelt), die Kathedrale am Alten Kirchplatz ist der Unterschlupf eines mächtigen Vampirs. Die Sternwarte gehört einem Magus, und die Behörden und die Polizei sind Handlanger einer fremden Macht, deren Ziele rätselhaft bleiben. Wer beherrscht diese Stadt? Wir kennen keinen Ausweg aus ihr.

Ganz wie im wirklichen Leben.

Wir selbst sind Phantasmagorien, zunächst nicht mehr als flüchtige Schimmer in unseren Köpfen, als die ersten Schnitzeljagden ihre Kontrahenten durch die Stadt sandten – bis man sich dann irgendwann dabei ertappte, wie man zunehmend euphorischer über sie redete, so als wären sie Geliebte. Und als die Erste von ihnen in der ausgebrannten Carson-Farm einem Lykanthropen anheimfiel, wurde deutlich, dass da etwas Großes und Wichtiges entstanden war.

Ich weiß. Ich war damals dort – ich habe sie schließlich verraten.

Die Leute waren wie besessen.

Wir lächeln in süßer Erinnerung.

Lars machte sich flugs zum Oberguru dieser eskapistischen Sekte, und er hätte wohl Lucia, auf die er immer schon scharf war, zur Königin unseres pittoresken Hofstaates erklärt, wäre diese nicht einer anderen Welt verpflichtet gewesen, für die sie andere Rollen zu spielen hatte: die Christine, Magenta, Jemima, was immer man von ihr verlangte.

So wurde Alice eine Weile die Prinzessin, was ihr ausgesprochen zusagte. Sie ließ sie alle vor sich im Staub kriechen, und wenn sie mit den Fingern schnippte, brachte man ihr den Kopf desjenigen, der ihr Missfallen erregt hatte, auf einem Silbertablett. Es wäre unfair zu behaupten, die Leute hätten ihretwegen mit dem Spiel aufgehört. Sie hat ihre Sache sehr gut gemacht. Wahrscheinlich war es eher die Geldnot derer, die es mit der Sucht übertrieben, oder die Zeitnot derer, die versuchten, zugleich ein normales Leben zu führen. Dazu kamen die Drogen, der Sex, die Schicksalsschläge, die Verrückten, die damit begannen, echte Magie zu praktizieren, und die vielen kleinen Feindschaften, die all diesen Irrungen entsprangen.

Heute existiert unser Hofstaat nicht mehr oder ist in den Händen von Kindern, die nicht verstehen, worum es uns damals ging. Die nicht mehr spüren können, dass sich da einst, jenseits der Grenzen der Regeln, die unsere Realität definierten, etwas zu regen begann; etwas, das die Schlichtheit der Welt transzendierte und sich anschickte, wirklich zu werden. Ein paar der Feindschaften, die in unseren Kreisen kursierten, hatten damit zu tun. Es gab Loyalitäten und unüberwindbare Abgründe, die nichts mit dem Spiel harmloser Sterblicher zu tun hatten … und mein Arzt ahnte dies damals.

Es gab immer zwei Seiten, und es gibt sie auch heute noch. Wir waren weit mehr als nur Bauern … es gab die Läufer … die Springer … einen König … und eine Dame.

Alice war nie die echte Prinzessin.

* * *

»Wir werden dich gehen lassen, Lysander. Du bist volljährig, und zurzeit gibt es keine klaren Anzeichen, dass etwas mit dir nicht stimmt. Zwar hätte ich dich gerne noch zur Beobachtung hierbehalten, aber …«

»Ich zeige kein anerkanntes Krankheitsbild.«

»Leider nein, bedaure.«

»Solange Sie nicht wissen, ob die verschiedenen Teilaspekte einer multiplen Persönlichkeit in der Lage sind, ihre privaten

Psychosen auszubilden, sie einander beizubringen und einen Kuhhandel damit zu betreiben, müssen Sie mich für einen Außerirdischen oder einen kompletten Betrüger halten.«

Der Arzt trommelt gereizt mit einem Kugelschreiber der städtischen Müllabfuhr gegen eine unbeteiligte Topfpflanze.

»Ich muss in erster Linie beurteilen, ob du eine Gefahr für deine Umwelt oder dich selbst darstellst oder ob du auf eigenen Beinen stehen kannst.«

»Schwer zu sagen, nicht wahr? Wer bin ich? Wo komme ich her? Ich war ganz plötzlich da, in einem Waisenhaus, und überlebte alle, die mein Leben beeinflussen wollten. War ich immer schon geisteskrank? Oder erst seit meinem sechsten Lebensjahr, jenem Zeitpunkt, für den sich alle so zu interessieren scheinen, was immer damals geschah?

Oder doch erst seit 1978 – was immer *damals* geschah – in der Nacht, als ich stürzte? Oder vielleicht, seit Sie mir Prozac und Stromstöße ins Hirn jagten? An – aus, an – aus, Lysander, der lebende Lichtschalter. Eben war er noch hier, und nun – wo ist er hin?« Ich blase spielerisch über meine Handfläche, verstreue meinen rhetorischen Löwenzahn.

»Grins mich nur weiter so blöde an. Weißt du was? Ich habe dich satt. Ich habe Monate harter Arbeit an dich verschwendet, meine Reputation als Arzt für dich aufs Spiel gesetzt. Wahrscheinlich bist du im Moment nicht einmal die gleiche Person wie die, mit der ich dieses Gespräch begann. Verschwinde! Ich will dich nie wiedersehen.«

»Danke, Doktor«, lächle ich süffisant. »Sie waren mir eine sehr große Hilfe.«

5. Gedichte und Spiegel, 1994

Der frühabendliche Himmel, die heraufziehende Kälte unter den verlaufenen Farben, vor denen graue Herbstwolken treiben, und die Ahnung von eisigem Wasser und Laub in der Luft sind nach der unbarmherzigen Hitze des Sommers mit seinen kurzen, schlaflosen Nächten wie das Altern der Zeit selbst.

Lange vergessen geglaubte Erinnerungen steigen in meiner Ayna empor, als sie dort am Zaun des Friedhofs steht, die blassen Hände in den Taschen ihres schwarzen Mantels vergraben. Der Wandel der Jahreszeiten diktiert unseren inneren Kosmos. Unser Planet steht schief, und uns fallen in schöner Regelmäßigkeit all die vielen nutzlosen Kleinigkeiten wieder ein, die untrennbar mit einem Duft, einer bestimmten Neigung des Lichts, einer bestimmten Kühle des Windes verknüpft sind, weil wir zu unserem Bedauern nicht in der Lage sind, diesen Ballast als reine, autarke Information in unserem Gepäck zu führen – oder über Bord zu werfen. Die Erinnerungen sammeln sich wie Sternenstaub auf der Hülle eines Raumschiffes, eines Generationenschiffes, untrennbar mit uns und unseren Sinnen verbunden; undurchsichtiger, je älter wir werden, Spinnweben unseres Seins.

Spürst du es?, fragt sie mich in meinem Geist, als ich heranschlendere und sie umarme.

Ja. Der Sommer ist vorbei. Man hätte es uns Menschen kaum direkter mitteilen können.

Sie lächelt. *Wie schön, dass wir für einen Moment nur einfache Menschen sein können.*

Sie küsst mich. Eine Zeit lang stehen wir am Zaun und schauen den Passanten beim Vorbeigehen zu; ein paar kennen wir vom Sehen. Sie zündet sich eine Zigarette an, wie sie es seit ein paar Monaten ab und an tut, seit sie allem anderen abgeschworen hat. Sie kommt oft hierher in letzter Zeit. Nicht, dass sie jemanden kennen würde, der auf diesem Friedhof begraben liegt. Wahrscheinlich empfindet sie seine Nähe gerade deshalb als trostreich. Sie wirkt älter, als sie ist.

Etwas ist geschehen, sage ich, als ein paar junge Menschen vorübertollen, in dem Alter, in dem es keine vernünftige Bezeichnung gibt für das, was sie sind, irgendwo zwischen dreizehn und dreiundzwanzig gestrandet.

Sie nickt traurig.

Wir sind jetzt die, die an Friedhofszäune gelehnt stehen und sich mit der Kleidung von Sechzigjährigen weismachen wollen, sie wären noch jung. Früher waren wir noch die, die in Pailletten und Pannesamt durch den Schmutz stolperten.

Ich lache. *Mein Gott, du solltest dich hören! Wir können den Schmutz und die zerfetzten Jeans immer noch auftreiben, wenn du möchtest. Du bist depressiv, das ist alles. Ganz normal, wenn man nach sechzehn Jahren die Finger vom Hasch lässt.*

Das ist es nicht. Es ist das, was aus uns geworden ist.

Du denkst an deine Freunde?

Sie nickt. *Ja, und an dich.*

Du brauchst dir keine Sorgen zu machen.

Nicht? Sie schluckt schwer, reicht mir ein Blatt Papier, das sie aus dem Papierkorb gefischt haben muss. *Ich dachte, du könntest kein Latein?*

Ich runzle die Stirn, ärgerlich über alle Beteiligten – den, der es schrieb, den, der es wegwarf, und sie, die es fand und mir nun mit aller Grausamkeit einer langjährigen Liebe präsentieren muss. Es war einer meiner Versuche, mir zu erklären, was mit mir geschehen war, und nie für die Augen anderer bestimmt.

Du solltest geschmeichelt sein. Ich zerknülle das Blatt, bevor sie seiner wieder habhaft werden kann. Sie ist eine gierige kleine Diebin.

Du inszenierst nach wie vor deine eigene Wirklichkeit. Sie seufzt und nimmt einen tiefen Zug von der Zigarette. *Was tust du nur mit uns?*

Sie hat Schwierigkeiten, die Fassung zu wahren, und es geschieht ihr ganz recht. Nach wie vor leugnet sie, was um uns herum geschieht, was *unseretwegen* geschieht, treibt mich in den Wahnsinn mit ihrer Vernunft, erklärt mir heute das eine und morgen das Gegenteil, und da steht sie nun, zitternd, hilflos, wie so oft bei ihren Spaziergängen, wenn die Verzweiflung sie treibt, und hofft nichts mehr, als dass der Albtraum eines Tages enden möge.

Die Welt macht es uns beiden nicht leicht. Noch redet man über die Morde, und erst vor ein paar Tagen rief man uns an und erzählte uns von Lucia. Es belastet Ayna, häufig streiten wir uns; sie beobachtet mich argwöhnisch, allmählich wird sie selbst paranoid, und dann, wenn sie weinend davonläuft, erkennen wir beide voll Schrecken, dass wir die Einzigen sind, die uns geblieben sind. Wenn wir einander verlören, hätten wir gar nichts mehr.

Unser Hauptproblem wird immer sein, dass wir keinen gemeinsamen Nenner finden, in welcher Realität wir gerade residieren. Manchmal wissen wir selbst nicht mehr, was Erinnerung ist und was nur Fiktion – die korrespondierenden Hirnregionen sollen ja verblüffend eng beieinanderliegen, kein Wunder also, dass man sich so viel weismachen kann. Nur – was ist Wunder, was ist Welt?

Wenn mein Gekritzel oder ich ihr also Angst einjagen (das Quadrat, das magische Quadrat ist schuld), so kann ich das durchaus verstehen, denn es weckt Erinnerungen an die Nacht vor sechzehn Jahren, und natürlich wirft es kein gutes Licht auf mich.

Schnüffle nicht in meinen Gedanken, wenn dir nicht gefällt, was du dort findest.

Ich sehe, dass sie kurz davor ist, in Tränen auszubrechen, und bin gespannt, ob sie etwas sagen wird, laut aussprechen, aber das darf sie ja nicht.

Gefällt es dir, so gemein zu sein? Bist du gerne der Bösewicht?

Ich suche nach einer Antwort, die diesen Streit beenden wird, und entscheide mich, besser nichts mehr zu sagen. Sie aber sieht mich so lange an, bis ich etwas sagen muss.

Ayna. (Ein schwacher Versuch.) *Ich liebe dich.*

Glaubst du, das wüsste ich nicht? schnappt sie, als hätte sie nur darauf gewartet. *Glaubst du, das macht irgendetwas einfacher? Du bist völlig wahnsinnig und gleichzeitig der einzige Mensch, in dessen Gegenwart ich mich nicht einsam fühle.*

Das kann ich mir vorstellen, spotte ich, bevor ich es mir verkneifen kann. *Mir ist selbst selten langweilig hier drin.*

Arschloch, denkt sie und läuft ein paar Schritte am Zaun entlang.

Ich denke mit eiserner Beherrschung an gar nichts.

Dann bleibt sie stehen.

Wie geht es dem Jungen, fragt sie, ohne mich anzusehen. *Ich habe ihn lange nicht mehr gesprochen.*

Du liest ja, was er schreibt. Du bist eine Göttin für ihn.

Was ist mit dem anderen?

Wem? Dem Alten? Das müsstest du besser wissen als ich. Er weigert sich, mich zu sehen, seit ich die Anzüge fortwarf, die zu tragen er mich immer zwang ... all die falschen Schnurrbärte in seinen Taschen – widerlich.

Nein. Nicht Bartholomew ... sondern ... du weißt schon.

Ich zucke die Achseln.

Keine Ahnung. Venedig? Er wollte immer dahin zurück.

Dann ist es wirklich vorbei?

Seine Aufgabe ist erfüllt. Vermisst du ihn etwa?

Wohl kaum.

Er ist besser im Bett als ich, nicht wahr?, frage ich. *Beißt er?*

Sie sieht mich mit einem dieser wirklich gefährlichen Blicke an, und ich tue so, als hätte ich nur Spaß gemacht.

Gut, vergessen wir's. Die Show ist vorüber. Was für eine Sauerei ... lass uns aufräumen.

Wo sollte man denn deiner Meinung nach damit anfangen?

Ich denke angestrengt nach.

Eine schwierige Frage. Hilfst du mir dabei?

Sie lässt mich näher an sich heran, und endlich gehen wir Arm in Arm die Straße hinab Richtung Stadtpark. Sie wohnt immer noch in der Westmoore Lane, auch wenn sich so viel geändert hat.

Wir müssen von vorn anfangen, sage ich. *Mit der Zeit werde ich die Situation in den Griff kriegen. Man wird uns vergessen. Auch du musst vergessen, Ayna.*

Vergessen. So wie die anderen? Und einfach älter werden?

Ganz genau. Aber ohne dabei den Verstand zu verlieren.

Wenigstens verstehst du, was ich meine, seufzt sie.

Natürlich verstehe ich dich.

Ich dachte, du glaubst nicht daran. Dass Menschen einander verstehen können, meine ich.

Ich streiche ihr übers Haar. *Im Rahmen meiner bescheidenen Möglichkeiten,* relativiere ich. *Wir wissen beide sehr gut, was den anderen glücklich und unglücklich macht ... für eine induktive Herangehensweise an das Problem ist das eine sehr gute Ausgangsbasis.*

Sie tritt mich. Wirft den Kopf in den Nacken, die Ahnung nur eines Lachens, und schüttelt ihr Haar.

Vor ein paar Wochen habe ich ihn noch getroffen, sagt sie dann.

Wen denn?

Lars. Er kam gerade vom Supermarkt, und wir redeten ein paar Takte.

Ich werde nie verstehen, was sie an dem Burschen findet.

Worüber denn?

Ach, über alles Mögliche ... er aß Joghurt mit dem Fingernagel. Kannst du dir das vorstellen?

Ich grinse und sage nichts. Feen ...

Zu seiner Zeit war er einmalig. Niemand kennt ihn mehr! All die Teenager ...

Sie haben ihre eigenen Stellas und Mandelblums. Meinst du nicht? Ihre eigenen Helden, Narren und Sündenböcke. Wir streiten es ab, aber wir sind alle nur Menschen, einmalig und austauschbar zugleich. Niemand wird uns nachtrauern, wenn wir tot sind. Es bleibt alles beim Alten. Eines Tages wird all dies verschwunden sein, und es macht überhaupt keinen Unterschied.

Wie beruhigend. Sie schmiegt sich an mich, und ich fühle mich sehr weise und zufrieden. *So wie dieser Mann ... wie nanntest du ihn noch gleich?*

JP. Der Franzose, der manchmal humpelt.

Der nie existiert hat, willst du wohl sagen.

Das behauptest du. *Ich habe ihn ein paarmal gesehen.*

Das beweist gar nichts, weißt du?

Wir gehen schweigend weiter. Ich trete nach dem burgunderfarbenen Laub zu meinen Füßen und trauere über die Grazie der Risse im grauen Asphalt. Die alte Sehnsucht steigt in mir empor ...

Ich blicke sie an. Da die Wogen geglättet sind, könnte ich ja vielleicht ...

Ich pirsche mich an ein Anliegen heran, das ich ehrlich gesagt bereits den ganzen Tag mit mir herumschleppe. Eigentlich seit Jahren – zeit meines Lebens, wie ein Junkie seinen verdammten Affen. Vorsicht, nur vorsichtig ...

Doch sie durchschaut mich, noch bevor ich damit anfangen kann. Wahrscheinlich habe ich wieder diesen glasigen Blick.

Du möchtest an den Spiegel! Sie schnappt nach Luft. *Einen schönen Neuanfang hast du im Sinn! Aber von mir aus – du willst aufräumen? Prima! Du wirst ihn sehen, und du wirst ihn ausmisten, und zwar jetzt gleich!*

Ich schaue betreten drein, erkenne, dass dieser Punkt kaum verhandelbar sein wird.

Keine Gedichte mehr? Und ich fühle, was sie meinte, als sie von Verlust sprach.

Nicht diese *Gedichte.*

Warum gerade heute? Ayna ...?

Sie sagt nichts mehr.

Wir erreichen ihr Haus, ihre Wohnung, sie entriegelt unbeholfen die Tür, als könnte sie sich immer noch nicht merken, wie man sie öffnet, und die Macht der Vergangenheit lastet auf ihr.

Wir legen unsere Mäntel in ihrer Küche ab, und sie führt mich wieder hinaus; ruhig jetzt, nicht mit der geduckten Vorsicht, mit der sie sich einst bewegte, wie sich nur Menschen unter Drogeneinfluss bewegen, und bringt mich über den Flur auf den Dachboden – zum letzten Mal vor sein Gesicht.

Ihr Katerchen, das bis auf Weiteres noch auf unrühmliche Namen wie »Kleiner« zu hören hat, ist nirgends zu sehen in all dem Plunder. Es sind böse Zeiten für seine Art – seit der Apokalypse am Alten Kirchplatz wagen sich nicht mehr viele hinaus. Sie verstecken sich in ihren Häusern, leben in warmen, behaglichen Stuben, sehen einander nur von fern oder treten über die geheimen Wege, die sie nutzen, in Kontakt. Den Dachboden aber meidet er in der Regel, so wie sein Vorgänger; er kam nicht mehr hier hoch, seit Ayna den – da steht er … mannsgroß, unter Tüchern verborgen, geduldig, ruhig, wissend – und wartet …

Es ist wirklich eine Schande.

* * *

Nur wenige Monate zuvor … Ayna dreht eine Lampe hoch – es gibt keinen Strom auf dem Dachboden, der nur von ihr noch genutzt wird –, und ich staune über den feinen Puder, der sich schon wieder auf den weißen Laken gesammelt hat und jetzt wie Tinkerbells Feenstaub durch das messingfarbene Licht der Öllampe schwebt.

Wir stehen wie eh und je vor dem Spiegel und schauen uns in ihm an. Ayna wird langweilig, sie ist ungeduldig, drängt sich an mich und streicht mir über den kalten Rücken. Noch sind die Nächte kühl, und sie selbst ist, höflich gesagt, so zu wie ein Schließfach. Ich stehe wie festgefroren. Wird es geschehen? Jetzt? Worte aus einem alten Lied von Pink Floyd drängen in meinen Verstand:

Will the misty master break me
Will the key unlock my mind

Aber die Tür in meinem Verstand bleibt geschlossen, und da sind nur Ayna und ich und der emsig jede Nuance unserer Wirklichkeit imitierende Spiegel, darauf lauernd, wer den ersten Fehler macht, ganz Fonda und Bronson. Was beweist, dass es andere Formeln braucht als ein paar Songtexte – beruhigend, denn manchmal fühle ich mich von ihren Prophetien verfolgt. Manche Alben aus Aynas Sammlung habe ich seit Jahren nicht mehr angerührt, aus Ehrfurcht, aus Angst.

Manchmal fühle ich mich wirklich wie ein süchtiger Dieb, und Ayna ist meine Hehlerin, sie bewahrt diesen Spiegel hier für mich auf, und ich muss kommen, um ihn zu sehen, sonst kann ich nicht schreiben, nicht denken, verliere meine Magie. Ich weiß nicht mehr, wer von uns dreien die anderen in seiner Gewalt hat.

Da! Mein Tor, mein Auge. Die Droge, die mir hilft, nicht mehr ich sein zu müssen. All die Gesichter und Stimmen regen sich wieder. Was für ein Augenblick, der da durch meine Adern strömt.

Schau es dir an, sage ich und richte Aynas Gesicht auf ihr Spiegelbild. Ich weide mich an ihrer Schönheit, sehe ihre spitzen Brüste unter dem T-Shirt und sehe auch, worauf *sie* schaut.

Was denkst du?, fragt sie mich und will mir einen Kuss geben.

Einen Moment muss ich zögern. Der Moment ist wie Eis. Nur eine Spinne bewegt eins ihrer Beine in einem Winkel des Dachbodens. Ich bekomme eine Gänsehaut. Ich werde zu dem Mann, der die Worte schreibt, düstere Verse; ein trauerndes Traumgespinst, ein hassender Mahr. Ich beginne zu flüstern:

Im Antlitz des Wahnsinns, vom Hauch des Verderbens
Gleich einem kühlenden Wind meine Schultern umschmeichelt
Alleine in meinem Elfenbeinturm.
Meinem Blick zu begegnen ist zu schlau die Gestalt

Wer ist sie, die da Vertrautheit heuchelt?
Ein gefangener Geist in einem Körper, so kalt
Wie das Glas – so glatt, das mein Finger streichelt …

Kenne ich schon, lächelt sie und schafft es, ihren Kuss zu landen. *Die Lobrede auf die Unsterblichkeit. In Stagnation verhaftete Misanthropen, die sich nach Transzendenz oder Aufmerksamkeit sehnen, wie du es einmal genannt hast.*

Sie meint es als Scherz, doch mir ist es sehr ernst.

Es ist, wie sich das Universum uns darstellt, rechtfertige ich mich. Oder ihn? *Wir sind alle immer allein, und es spielt nur mit uns.*

Du bist nicht *allein, Trottel.*

Natürlich bin ich allein, widerspreche ich. *Ich war allein, als ich geboren wurde, und werde es sein, wenn es zu Ende geht. Alles in der Zwischenzeit ist Illusion. Das sichere Verlöschen meiner Existenz verneint ihre Beschreibbarkeit.*

Sie schüttelt den Kopf. *Du bist* jetzt *hier. Bei mir. Das kann ich dir gerne auch schriftlich geben.*

Mit deinem Blut?, frage ich lächelnd. *Würdest du es mit Blut unterschreiben?*

Sehr komisch. Ich liebe dich, falls du dich noch erinnerst … das würde ich vielleicht sogar unterschreiben, denn für meine Gefühle bin ich Expertin. Im Gegensatz zu Fragen deiner geistigen Anwesenheit.

Siehst du? Es geht immer nur um uns selbst.

Was passt dir daran denn wieder nicht?

Wir geben nie, ohne etwas zu erwarten. Lieben das Verliebtsein. Lieben es, wenn man uns liebt – darum tun wir es schließlich. Selbst Trauer und Anteilnahme entspringen der Angst, selbst einmal verlassen zu sein und keine Hilfe zu kriegen, wenn wir sie brauchen. Jeder Akt der Freundschaft ist auch ein Zeichen unserer Unselbstständigkeit, denn letztlich ist uns völlig egal, was mit den anderen geschieht, da wir nicht sie sind. Wir fühlen nicht einmal, was sie fühlen. Wir reden es uns nur ein.

Es soll Menschen geben, die bereit sind, ihr Leben für andere zu geben, Lysander.

Selbst das mag letztlich keine uneigennützige Tat sein.

Wenn du all das wirklich glaubst, fragt sie mich wütend, *warum lebst du dann nicht alleine? Stirb doch in deinem Turm!*

Wie könnte ich. Ich bin auch nicht selbstständiger als wir alle.

Du gibst es also wenigstens zu. Wie schmeichelhaft, dass du mich brauchst.

Ich brauche dich, Ayna.

Sie schweigt.

Ich habe ein Neues, sage ich schließlich.

Du oder er?

Er, gebe ich zu. *Willst du es hören? Es ist immerhin für dich und etwas länger. Vielleicht gefällt es dir ja?*

Also schön. Bitte. Dank ihm von mir.

Unter eisig grauem Firmament
Kein Abend, kein Morgen
Nicht Ebbe, nicht Flut
Straucheln im Halblicht die Kinder der Nacht
Wo sie den größten der Schätze geborgen:
Der Fluch, den Evas Engel bewacht.
Was mehr als ein Hohn, vom Schöpfer des Tages
Verstoßen, allein und ein Bettler zu sein?
Und zu träumen nur vom duftend' Genuss
Des Gartens des Lichts süßer Rosen …

Sie bewacht mich sorgsam. Noch traut sie dem Braten nicht. Zufrieden setze ich nach:

Mit Freuden gehasst will ich sein
Von einer Welt ohne Morgen
In einer Welt ohne Flut
Wache ich blind wie der Ewigkeit Wurm
Beherrsche nur mich

Und ist eitel nicht, was sich selbst nur genügt?
Die Flut furchtvoll meiden? 's kann schwerlich ehrenvoll sein
Und so nehm ich mir jedes Recht von der Zeit
Doch nimmt von mir Liliths Einsamkeit
Und ihren kühlen Fingern umschmeichelt erliegt
Ihr Geliebter, der sich verzehrt nach Licht
In der Motte Verlangen nach Kerzenschein.

Sie lächelt. Beginnt, ihn zu zitieren:

Versäumt hab ich zu leben, bin nicht fähig zu sterben
Kann so oder so nie bedeutend sein
Denn was bin ich mehr als ein Tropfen im Sturm
Und ein endloses Treiben, ein tosendes Nichts
Was kümmert dies Dunkel den Sonnenschein?
Was ewiglich währt, ändert nicht
Was immer schon war, 's kann niemals sein.

Ein Anflug von Optimismus, neckt sie mich. *Doch sollte man glauben, du – er – ihr hättet allmählich alle Türme, Meere und Schimären im Kerzenschein abgehakt, findest du nicht? Es ist eine öde Mischung. Seit acht Jahren produziert ihr zwei diesen … Mist, verzeih mir. Schönen Mist, aber Mist.*

Ich habe dir doch erklärt …

Ich weiß, du willst mir die Stimmung vermiesen, damit ich nicht lachen muss und es mir besser geht. Aber das Thema, Lysander … das Thema …!

Er ist nun mal ein Vampir … und ziemlich eingenommen davon.

Das Gesellenstück eines Küchenjungen, Liebster. Eine Pampe aus Poes schwarzen Gedanken, mit einem silbernen Löffel verrührt. Du hast dich durch das komplette Gewürzregal der Stadtbibliothek gewühlt, und wir wissen beide, wo du den Löffel stibitzt hast.

Das wird ihn verletzen, wenn er es hört.

Aber ist es nicht so?

Was den Löffel betrifft, so hast du sicherlich recht. Jemand muss wohl an deinen Büchern gewesen sein.

So muss es wohl sein.

Ich lächle, sie singt, Glöckchenklang aus einer ihrer heiligen Schriften:

I am a king's daughter
And I grow old within
The prison of my person
The shackles of my skin.

Und ich antworte ihr:

And I would run away
And beg from door to door
Just to see your shadow
Once, and never more.

Es erfüllt seinen Sinn, wir küssen einander. Ich höre den Klang des Liedes von Beagles Prinzessin in ihrem Verstand, ich sehe ihre Augen feucht werden, und für einen Augenblick macht uns unsere Sterblichkeit schön.

Habe ich dich wieder, Lysander? Schluss mit den Vampiren und der Qual ihrer Nacht? Kein Wunder, dass dich niemand verlegt, es wurde bereits alles darüber gesagt … ich dachte, die Belegschaft des Sona-Nyl *hängt dir zum Hals heraus?*

Ich deute auf eine Falte in ihrem Gesicht und in meinem, in der geduldig unsere kindliche Menschlichkeit erduldenden Weite des Spiegels. Unsere Gesichter schweben, golden auf Schwarz, und die Öllampe wirkt wie ein Leuchtturm in der Ferne.

Glaubst du denn, dass wir die Ewigkeit besitzen, Ayna? Denkst du nie daran, dass es zu Ende geht?

Sie windet sich unruhig in meinen Armen. Diese Anflüge kommen ihr immer sehr ungelegen, und wer mag es schon, wenn andere ihre Dämonen auf einen selbst projizieren?

Warum beschäftigt dich das nur so?, flüstert sie. *Zeit? Ist es das?*

Nicht nur. Einsamkeit ... Ich atme tief durch. *Bei dem Gedanken ...*

Ja? Sie sieht beunruhigt zu mir auf.

Bei dem Gedanken ... dass wir nicht mehr sind ... als Fleisch und Knochen; nur blutige Innereien aneinandergeschmiegt wie Schlachtabfälle in einer Schüssel ... möchte ich weinen.

Glaubst du das wirklich?, fragt sie kleinlaut. Ich spüre ihr winziges Herz schlagen.

Da habe ich sie!

Glaubst du denn, was du mit eigenen Augen siehst?

Sie zuckt die Achseln, will es lieber nicht wissen. Sanft, aber bestimmt drehe ich ihr Gesicht zu der Dachluke hinüber, von der aus man die Gärten bis hin zum Park überblickt. Die Nacht liegt funkelnd über den Bäumen.

Schau dir den Himmel an. Sind wir nicht in der Lage, zwei Millionen Jahre tief in den Raum und in die Zeit zu schauen, mit denselben Augen, mit denen wir jetzt einander betrachten? Die Antwort auf all unsere Fragen ... sie mag immer schon über uns gewesen sein, dort, in der Schwärze, die alles erklärt – das Einzige, was einer Verehrung wirklich würdig wäre, könnte das Universum selbst sein. Doch der Stolz darauf wäre der eines Blutkörperchens auf den Körper – eines Neurons auf sein Gehirn.

Wir alle sind eins ... wie wir beide. Meinst du das?

Wir sind Teil einer Evolution. Seit Äonen schon! Gerade erst klug genug, dies zu erkennen. Warum wohl sollten wir all das begreifen? Die Zeit und die darin gefangene Welt – uns selbst – die Liebe – die Mathematik – muss eine Ameise denn begreifen?

Es ist schön ... wir sind Teil eines Seins – es erwacht.

Doch was wird es tun, wenn es wach ist?

Die Frage muss lauten, was willst du tun, solange es schläft?

Die Zeit nutzen, erwidere ich.

Wofür?

Meine eigenen Antworten zu finden. Wir waren der Lösung so nahe! Seit dem Abend, als wir die Ewigkeit schauten. Unten in den Maria-Lunae-Werken. In Lifelight.

Wir haben nur eine Sekunde davon gesehen, und diese Sekunde war kalt, gleißend und furchtbar. Wenn das das Licht deiner Ewigkeit ist, dann kann ich darauf verzichten.

Du verzichtest auf die Ewigkeit?, frage ich fassungslos.

Sie lächelt bitter. In diesem Moment erkenne ich, wie viel Traurigkeit tatsächlich in ihr lebt und wie viel mutiger sie ist als ich, dass sie sich ihr stellt.

Sie schaut mich an, flüstert:

Breathe, breathe in the air
Don't be afraid to care

Es muss ihre Rache sein für vorhin. Kannst du das denn?, will ich weinen, doch ich kann es nicht. Sie sieht mich abwartend an. Nur darum geht es, sagt ihr Blick.

Nichts hat sich geändert, die Worte machen mir Angst. Doch bleibt mir nichts anderes übrig, als es für sie fortzuführen:

And all you touch and all you see
Is all your life will ever be.

Zufrieden wie eine Mutter nickt sie mir zu.

Kannst du wirklich so leben?, frage ich sie fassungslos. *Du weißt, wie es endet …*

Kannst du denn herumsitzen, die Zeit leugnen und jede Gelegenheit zu gehen verschenken?

Willst du denn fort?

Wann immer ich es wünsche.

Dann geh … aber verlass mich nicht.

Das werde ich nicht. Doch was ist mit dir? Du bist oft so weit weg. Obwohl du nur dasitzt, im Zentrum deiner winzigen Welt.

Ich habe den Sinn *hinter all dem gesehen, Ayna,* versuche ich, sie zu überzeugen. *Ich habe die* Stadt *gesehen und den Mann, der sie zu beherrschen sucht. Ich habe die Fremden gesehen. Die Leute, die hinter der Wirklichkeit leben. Die uns steuern und uns unsere Träume einflößen. Die Fairwater erbaut haben, uns ein Kerker zu sein. Die hinter dem Glas auf uns lauern und unter den Brücken. Die alles und jeden in dieser Stadt beseelen. Die Architekten der Nacht.*

Du machst mir Angst, wenn du so redest, und du weißt das, und es macht dir auch noch Spaß. Wirst du dich jetzt wieder verändern? Vergiss nicht, ich weiß mehr über dich und die anderen als du selbst. Du solltest mir keine Angst machen. *Ich beschütze dich, wenn du nicht da bist.*

Es tut mir leid, kleine Fee.

Ich bin keine Fee! Ich bin nur ein großes Kind und du ein dummer Junge, der sich den Kopf beim Sturz von seinem Fahrrad aufschlug, als er ungefragt auf meinen Geburtstag spazierte und mir mit seinen großen traurigen Augen und seinen Tricks imponierte. Fang mir also nicht wieder damit an.

Wenn du keine Fee bist, so weiß ich nicht, wo ich überhaupt noch Magie finden soll. Wie viele Sonnentage hast du gesehen in deinem Leben? Ich meine, solange du glücklich warst? Wie lange willst du *noch leugnen?*

Sie schweigt traurig.

Bald lächelst du gar nicht mehr, und du verbringst zu viel Zeit bei diesem Mann; wie war sein Name doch gleich?

Sein Name ist immer noch Bartholomew, wie du sehr genau weißt, und dieser verdammte Spiegel war ein Geschenk von ihm. Solange er dich inspiriert, solltest du ihm besser dankbar sein.

Du hast es ihm verkauft, nicht wahr?, frage ich. *Dein Lachen?* Sie schweigt.

Was hast du dafür gekriegt?

Dich, sagt Ayna.

Warum?, will ich fragen, doch da …

Zerbrich den Spiegel

… öffnet sich das Tor …
Schnell stoße ich sie von mir.
»Lass mich allein!«, ruft Lysander.
Die letzten Worte fallen an ihren Platz.

Zerbrich den Spiegel zu glitzerndem Staub!
Und magst du erblinden – zuvor warst du taub
Und die Freud ob des Klingen des Glases hallt nach
Währt tausend Jahr wohl der Ungemach!

* * *

Nach allem, was der Junge erzählte, traf auch er sie auf einem ihrer Spaziergänge in der Nähe des Friedhofs, eine blasse Erscheinung, die umso durchscheinender wurde, je näher der Winter rückte. Sie stand da wie ein Schwarz-Weiß-Foto, hatte keine Farbe, die tödlichen Spitzen des Zauns ebenso wenig, und der Himmel über ihr im Westen tränkte sich langsam mit Schwärze wie die Haut einer Toten.

Keiner weiß, was sie die ganze Zeit über treibt. Ob sie sich mit jemandem trifft? Ob wir ihr misstrauen sollten, ihrem Haar in der Farbe der Unschuld, dem Schmerz, hinter dem sie sich versteckt? Doch keine Eifersucht wohnt in des Jungen Herz, als er auf sie zueilt, nur Freude, und er singt:

Die Straße des Lichts ist der Weg allen Lebens
Merkurs Thron, des dreifachen Königs
König des Himmels und König der Luft
Eingang und Ausgang sind eins
Weh! Das Ende des Königs bringt das Ende des Lichts
Ein Dolch sei das Königs Geschick!

Hallo, Lysander, sagt sie. *Ist das ein neues Gedicht? Schön, dass du noch schreibst.*

Ja, sagt er. *Endlich … ich habe es endlich zusammen.*

6. Die Prinzessin jenseits des Glases, 1986–93

Leland, Leland, so wirst du nie ein braver Junge. Wenn du nicht aufhörst, das mit den Spiegeln zu machen, die der Alte vertreibt – pah, was für ein Scharlatan! – und das Blut deiner Opfer zu trinken, wird man dir über kurz oder lang auf die Schliche kommen. Dein Stil ist graziös, deine Wege brillant, doch die Taten sind wahrlich extrem – und unverwechselbar deine Handschrift!

Noch schöpft das Mädchen keinen Verdacht. Sah dich und den Alten zwar nie am selben Fleck zur selben Zeit – möglich wäre es mittlerweile ja –, aber auf die Idee muss man auch erst einmal kommen. Waren selbst ziemlich erstaunt, als er uns verließ und mit einem Mal anfing, in seiner neuen Gestalt und seinen albernen Anzügen dort draußen herumzuspazieren, nicht wahr? Bezog ein Domizil in den Hügeln. Machte in Antiquitäten, und erst als wir die Spiegel sahen, wurde uns klar, was er vorhatte. Er wollte nur wieder den Ton angeben, das war alles.

Leland, Leland, böser Leland le Fay. Macht wahr, worüber der Junge nur schreibt, um seiner Kleinen Angst einzujagen und nach Hilfe zu schreien. Schrieb selbst eine Menge für sie, sie mögen das … Menschen, Mädchen, Feen … schöner Leland, schalkhafter Leland. Ist, was sie bestreitet zu sein. Füllt die Archive der Tageszeitungen und die Schränke der Polizei. Gibt armen Reporterinnen Rätsel auf. Täuscht sich zeitweise selbst! Entführt schlafende Königstöchter in sein Märchenreich. Schneidet alten bösen Männern die Hälse durch!

Wir machen es, weil niemand sonst es tut, und weil es sein

muss – der Junge hätte es allein niemals geschafft, er ist viel zu schwach dafür. Einmal, zweimal hat er die Ewige Stadt geschaut, und einmal hat er diese Welt verlassen. Es hätte ihm fast den Verstand geraubt, und natürlich blieb es nicht unbemerkt, und der Dunkle König trachtete danach, ihn zu entführen in seine Feste wie damals schon, Jahre zuvor – sein erbarmungsloses hageres Gesicht über ihm, schwebend in einer Unendlichkeit, die den Jungen zerrissen hätte, hätte er sich ihr geöffnet; um herauszufinden, wer dieser ist, den er sich selbst da in sein Reich geholt – denn, so sagt der Dunkle, *es gibt keine Figur für ihn, es gibt keine Figur in den Hallen von Navylyn*, die des Jungen Platz einnähme … und er ist verbittert über des kleinen Sonderlings Schweigen, sein Schweigen aus purer Angst, und er droht ihm mit Strafe, mit Haft an fürchterlichen Orten, doch der Junge, er kann nur immer hilflos den Kopf schütteln.

Nie wieder hilflos! Unsere Seele wird zu Stein, unsere Hände werden zu schneidender Klinge, wenn es nur hilft, diese Welt zu ertragen, und bald finden wir Spaß an der Arbeit; es ist so leicht, einen Menschen zu töten, wenn man nur selbst keiner ist. Immer und immer wieder kommen und holen wir sie …

Doch niemals, oh, kein weiteres Mal wird es so sein wie damals, sieben Jahre sind es nun, als des Königs altes schwarzes Blut über den Steinboden rann, als es beinahe gelang; als sein Blut die Figuren fortschwemmte, die Bauern und Springer und Damen mit ihm zu Boden fielen und er uns entsetzt das Gesicht zuwandte. Einen jungen Mann sah, den er nicht kannte – einen seiner Schüler vielleicht? So dumm war er nicht, und doch durchschaute er's nicht – viel zu unauffällig das Gesicht im verdunkelten Raum, so sanft seine Züge –, dann aber begriff er, erkannte den Knaben von einst, der ihm sein Geheimnis zu entreißen gedroht hatte, doch sein eigenes niemals preisgab, der das Labyrinth Lifelights betrat und wieder verließ, Eingang/Ausgang, in der Nacht, als die schwarze Rabenkutsche die Prinzessin niederfuhr, umgeben von finsterer Engelschar. Oh süße Erinnerung! Was wäre unsere Rache nur ohne dich?

Tritt hervor, Leland – ach, wenn der König, wenn nur irgendjemand uns so sehen könnte, wie wir selbst uns sehen, kurz vor dem Moment, da wir die Grenze durchschreiten, die Grenze des ersten geraubten Spiegels; unser Hass und Neid gebühren dem Alten, dem Dieb, der sein eigenes Gesicht erhielt. Uns sah niemand je außer einer wahnsinnigen alten Frau – niemals so, wie wir wirklich sind! Ein stattlicher Mann von schlanker Gestalt in bunter Hose und samtenem Wams, schwarzes Haar, das ein vornehm blasses Gesicht umrahmt, ein geflochtener Zopf. Ein echter Recke, ein lächelnder Mörder mit blitzenden Messern aus Glas in der Hand! Ein Poet, ein Verführer, ein Inkubus!

Tritt heraus!

So rasch ist es getan, oh, viel zu schnell – schon fast ausgehaucht des schwarzen Magiers Leben. Despotenblut strömt wie aus einer umgestoßenen Vase auf den Boden des eisigen Zimmers; wir kosten es und spüren die Macht, die es trägt, süß und entsetzlich wie vergifteter Wein. Er liegt sterbend zu unseren Füßen. Leland Königsmörder! Drachentöter le Fay! Unser die Rache, und die Hallen von Navylyn schweigen; niemand nimmt den Tod des einsamen Spielers zur Kenntnis. Wir fegen die Figuren vom Tisch, dem falschen, dem halben, und sie fallen klirrend zu Boden; Echos in den Hallen des Schicksals … unseres Schicksals, das uns an diesen Ort band wie ein kalter Anker ein der Ferne zustrebendes Schiff, das die Einsamkeit flieht … oh meine Freunde! Mit diesem Zug hätte er niemals gerechnet – Deus ex speculo!

Wir machen uns daran, es zu beenden …

Doch halt – was ist das?

Gleich einer Erscheinung steht sie auf der Treppe, eine Schicksalsgöttin in weißem Gewand – soeben erwacht aus acht Jahren Traum, erstanden wie der Nazarener aus seinem Grabe, und Grabeswind scheint ihr Haar noch zu bauschen; sie reckt den Finger und deutet auf uns, gebietet uns Einhalt! Ihre Augen brennen wie die Feuer des Äthers, ihr Mund formt Worte, die unsere Macht übersteigen, und wir müssen uns vor ihr in den Staub werfen – armer Leland! Tu uns nichts, Gebieterin!

Sie kommt langsam die Treppe herab, zeigt auf den Spiegel, weist uns an: Geh, und beinahe gehen wir …

Doch dann fällt unser Blick auf den König, der verblutet wie ein geschächtetes Schwein, und wir sehen, dass er noch zuckt, ein dürres Geäst, das nicht lassen will vom Wasser des Lebens …

Nein, sagen wir da. Verzeih unsere Impertinenz, Herrin – Schwester! –, aber zu lange schon warst du seine Geisel und wirst es wieder sein, wenn er's überlebt; und leben wird er, wenn du uns das Werk nicht vollenden lässt. Siehst du nicht, dass seine Macht enden muss? Dass er dich bindet mit dem Versprechen, dich zu beschützen? Dich nicht gehen lässt, damit du nicht fällst? Was für ein Leben! Die Prinzessin gefangen! Daher wird es wohl nötig sein, dich zu befreien von diesem Manne … so sträube dich nicht!

Wir treten rasch auf sie zu, ehe sie Widerworte geben kann, und obschon wir voll Angst sind eingedenk ihres Zorns, sind wir gewillt, ihn zu erdulden, denn wir sind überzeugt, dass wir recht tun. Sie muss sich der Wahrheit nun stellen.

Wir packen sie und reißen sie an uns, und sie ist fast so kalt wie wir selbst, fast kein lebendes Wesen zu nennen, schlägt auf uns ein und droht uns, fürchterlich ihre Stimme, aber wir lassen nicht ab. Wir halten sie fest und tragen sie mit uns aus der Welt, hinaus in die Ferne.

Sie wird es uns niemals danken.

Immerfort wird sie unseren Motiven misstrauen, uns einen Verräter und Vatermörder schimpfen, drüben, auf der anderen Seite des Glases, und sie benutzt ihre Macht, ihren Traum in die Welt zu senden wie ein Leuchtfeuer sein Licht; Feinde horchen auf, und Recken eilen zu ihrer Rettung herbei, doch sind es nur wieder Schatten unser selbst: Die Welt verkommt zu einem Spielplatz unseres Ringens, eine thaumaturgische Travestie, und schließlich, schweren Gemüts, lassen wir sie ziehen. Verlassen den Spiegel.

Wer sind wir, einer Prinzessin zu gebieten? Ihr Narr sind wir sicherlich nicht!

Die Prinzessin fällt wieder in Schlaf, sieben weitere Jahre fast.

Der Alte maßregelt uns für unsere Entgleisung. Viel zu lang hätten wir geherrscht, viel zu lang wären wir fort in unserer Welt jenseits des Glases gewesen. Man war sehr besorgt, sagt er. Man beobachte uns nun und habe die Feste vor den Toren der Stadt gestürmt. Die alte Zofe weiß schon zu viel, was nicht gut ist für Zofen, und plaudert, und der König hat überlebt und will den Spiegel vernichten, den er so lange behütet hat. Zur Strafe will der Alte uns verbannen; wir kämpfen um unsere Freiheit, kämpfen gegen die Schergen, töten noch einen, töten zwei, doch gelangen wir nicht mehr bis zum König, der sich hinter immer mehr Glaswerk verbirgt. Zu guter Letzt holt der Alte uns ein.

Er muss ganz von vorne anfangen, beschwert er sich nun, Spiegel über Spiegel muss er beschaffen, verhexen, verknüpfen, bis dereinst wieder ein Weg in des Königs Palast führen wird. Nie wieder wird es so leicht wie beim ersten Mal sein, und er bindet und verbannt uns, bis der Tag naht, da man uns abermals braucht. Seine Magie ist zu stark für uns. Hass allen Zauberern!

Aber dann ist er auf einmal fort, weg, in die Freiheit entwischt – und wir herrschen erneut. Diesmal kann uns niemand mehr halten.

* * *

Wir stehen im grauen Zwielicht des Niemandslands. Lange irren wir durch die verwinkelte Leere, sehen viele Leben, viele Häuser, viele Paläste. Dann finden wir den richtigen Weg. Der König sitzt da und blickt geradewegs durch uns hindurch – blickt wie damals in seinen Spiegel, der Quell seiner Macht und sein Schicksal ist, er kann sich nicht von ihm lösen. Er kann uns nicht sehen. Er hält Zwiesprache, und fasziniert und ohne Atem, der uns verriete, blicken wir in sein Gesicht, so dicht vor dem unsrigen.

Tief sind die Tränensäcke unter den Augen und fahl die hohlen Wangen. Müßig schiebt er eine Figur mit seinem zitternden Finger; der Geruch von Bergamotte erfüllt den Thronsaal und durchdringt selbst die spiegelnde Schranke, die zwischen uns liegt. Er muss lange nicht mehr geschlafen haben, und seine blutleeren Lippen formen lautlose Worte. Wir können die Antwort auf diese Worte nicht hören, aber sie jagt ihm wohl Angst ein – vielleicht ist es die Stille, die ihm Ängste bereitet?

Große Befriedigung macht sich in uns breit. Er ist ein Greis geworden, ein einsamer Feind, der mit einem halben Schachbrett vor einem Spiegel sitzt, und er trägt nur ein leichtes schwarzes Gewand über der Brust.

Wir warten, verfolgen sein grausames Spiel, jeder Zug von ihm webt Fäden voll düsterer Macht durch die Welten, doch jeder seiner Knoten wird wieder gelöst, jedes Bild, das er knüpft, sogleich wieder zerstört. Neben ihm sieht man ein Buch, das er so beiläufig berührt, als wäre es nur seine Uhr auf einem Turnier; doch seine Finger gleiten über Chiffren und Zeichen, die der ägyptische Wind selbst erfand, als er über die Mauern Sakkaras wehte, Jahrtausende vor unserer Zeit; voll Staunen begreifen wir, was da geschieht: Der König spielt um sein Seelenheil! Vorbei die Zeiten des Traums von Herrschaft über die Sterne und verborgenem Wissen. Nun geht es nur noch um sie, um die Frau, die er liebte und die er verlor – die Frau, die seinem Land seinen Namen gab. Er spielt um ihrer beider Eingang ins Totenreich, wie es die Alten getan haben.

Mary, so scheint er zu sagen, und noch einmal: Mary. Sie verlor ihre Seele in den Meeren des Mondes und gebar ihm eine Tochter, nachdem er sie aus der Anstalt befreit hatte. Doch sie lebte nie wieder ganz in dieser Welt seither, ein Teil von ihr blieb stets verloren, und schweren Herzens ließ er sie ziehen, bewacht von den Männern in Regenmänteln, die nicht wissen, wer oder was sie tatsächlich ist. Dann, eines Tages, als sie nicht mehr kann, holt er sie heim, und doch bleibt sie fern. Er kann sie nicht finden; erfleht ihre Nähe wie Orpheus Eurydike. Ihm bleibt nichts, als sie zu rufen – oder zu ihr zu gelangen, wo immer ihr Geist heute auch weilt. Dieses Haus ist ein Ort des Todes und des Wahnsinns – besonders für Frauen, so scheint es. Doch keine Tragödie kann unser Herz mehr erweichen.

Seine Stimme schwebt durch die Räume des Schlosses, und er sollte sich glücklich schätzen, denn heute werden seine Gebete erhört werden – nicht aber von ihr, deren Flüstern seinen Verstand plagt. Er fleht nach dem Tod? Diesen Wunsch kann Leland erfüllen! Das Flüstern weist uns den Weg.

Im Keller stehen sieben mannsgroße Spiegel in einem magischen Kreis um den offenen Sarkophag. Alles, die Spiegel, der Boden, der Sarkophag, ist über und über mit Gravuren und Schriftzeichen bedeckt. Lange hat diesen Ort kein lebender Mensch mehr betreten, und eine neue Zofe täte not. Die alte, ha, was musste sie sehen! Ratten und Spinnen türmen sich, ihres Lebens entleert, auf den rissigen Fliesen des Heptagons – wir kennen das wohl und wissen, dass es nichts nutzt. Es ist nie genug … Seiner Gemahlin Körper liegt reglos und bleich vor Alter und Irrsinn in seinem Gefängnis, während das silberne Mondlicht, das die Spiegel auf ihr Gesicht werfen, wie der göttliche Funke über sie flackert, vergeblich bemüht, ihr den Odem des Lebens einzuhauchen. Wir könnten durch diese Spiegel geradewegs diese Welt verlassen, wichen wir nun von der uns vom Schicksal gewiesenen Straße und flögen hinauf durch den blendenden Schacht, der sich über uns auftut!

Aber wir kennen den Ruf der Sterne, den Zauber des Mondes. Wir wissen um die Schatten und Trugbilder, die durch die Meere der Ruhe und Heiterkeit irren auf der Suche nach Träumen, die lange schon nicht mehr dort sind. Wir haben all dies erlebt.

So lassen wir unsere Hand zärtlich über die starren Züge streichen – armes Geschöpf! Was haben dich alle betrogen, die du einst liebtest; und wir entführten selbst die gesegnete Frucht deines Leibes und ziehen nun aus, deinen Gatten zu morden. Mögest du ewige Ruhe finden, wenn sein Bann von dir fällt!

Wir schreiten aus dem Kreis der Spiegel, huschen die Treppe

empor und verharren. Geduldig warten wir, bis er den Platz vor dem Spiegel verlässt und sich mit der ausdruckslosen Miene eines KZ-Arztes an seinen Schreibtisch zurückzieht. Dann treten wir heraus, heraus aus dem Schatten, sodass er uns sehen kann. Diesmal erkennt er uns gleich und zeigt keine Furcht.

Sieben Jahre musste Leland auf diesen Moment warten, und kaum ist es möglich, so viele Jahre des Wartens mit einem einzigen Augenblick der Erfüllung aufzuwiegen. Wir denken nicht an den Klang der Wälder hinter den Mauern des Sanatoriums, nicht an das Erdlicht über den Weiten Lifelights und nicht an die Schmerzen des Fleisches, die uns alle verbanden, als wir das Pech hatten, uns in seiner Gewalt wiederzufinden. Wir kennen keine Reue und keinen Triumph, und die Leere, die wir empfinden, ließ uns zwar einen Menschen nach dem anderen fällen, ein Fleisch um das andere schneiden, doch nie etwas finden, das uns zu Linderung verhülfe.

Jetzt erwartet er uns. Steht ganz still.

So stirbt der König durch die Hand des einzigen Menschen, den er nie hat beherrschen können, weil es ihn nie wirklich gab, und seine brechenden Augen suchen in den unseren nach dem Wissen um unsere Ähnlichkeit. Der Verwandtschaft im Geiste. Dann schneiden wir tiefer. Wollen ganz sichergehen. Wir suchen die Seele, doch wir finden nur Fleisch.

Am Ende hasten wir die Treppe zum Westflügel hinauf, erstöbern die Tür mit dem Mädchen; sie ist verschlossen. Doch ist da ein weiterer Spiegel, im Flur neben der Tür, flugs also hinein und gesucht in der schummrigen Weite – wir sind geschickter geworden, so viel mehr Wege für uns –, und siehe da, es findet sich der Pfad in ihr Zimmer, geradewegs in den alten, staubigen Schrank hinein, in dem die Kleider ihrer Jugend sich selbst nur betrachten.

Heraus aus dem Schrank stehen wir vor ihr und betrachten ihre schlafende Schönheit; lange stand niemand sonst hier als ihr Vater. Doch weh, wie ist sie gealtert! Hätte sie nur auf uns gehört, als es noch Zeit war!

Sorgsam lecken wir des Vaters Blut von der Scherbe in unserer Hand und weiden unsere Augen am Körper der Tochter. Zur selben Zeit spüren wir, wie unten, im Keller, alles Leben die Mutter verlässt … das letzte Kapitel der Tragödie mag beginnen: Die Tochter muss wiederauferstehen, ihren Platz einzunehmen. Sie musste vergessen, um sich entsinnen zu können – nun muss sie sich an das erinnern, was sie vergaß. Noch schläft sie still – doch bald wird sie erwachen. Da – eine Wimper zuckt, und da! Eine Regung des Fingers … ihr Hals milchig und bloß auf den Kissen im Mondlicht …

Halt, Leland, halt …! Du bist hier, um zu retten! Die Tat ist vollbracht – was soll werden aus Leland, vergäße er einst, wer Freund und wer Feind ist? Nicht auszudenken die Unordnung, die anzurichten er fraglos imstande wäre …

Entrückt stehen wir da, in ihren Anblick versunken. Begehren sie. Wünschen uns einen Körper. Einen Körper ganz für uns allein.

Der Tag ist gekommen – das Werk ist getan.

Doch was nun?

Was, Leland?

Zurück an die Feder, ein neues Gedicht?

Schmeicheleien für Feenherzen?

Zu sinnlos scheint diese Existenz, zu vergeudet unsere feurige Größe.

Die Befriedigung, die dieser Tag uns nicht brachte – wir müssen sie andernorts finden. Die Welt ist voller Drachen, die unsere heimliche Herrin gefährden, und sie horten ein Wissen, das dereinst einen neuen König gebären mag …

Nein, es ist nicht zu Ende.

Das Werk ist niemals vollbracht!

7. »Shedar ... Shedar ...«, 1978–96

Silbern tingeln die Worte durch Lysanders Verstand, und ich lächle. Dann sind sie fort, über die Berge, davon. Ich widme mich wieder meinem Laden.

Manch einer glaubt, ich trüge weiße Anzüge, weil ich viel zu verbergen hätte – und vielleicht hat er recht? Mein Broterwerb ist nicht leicht. Ich trage große Verantwortung, und ich habe eine Mission zu erfüllen. Weiß reflektiert schön, und ein feiner Anzug, Hut und Stock, das schindet Eindruck.

Wenn die letzten Kunden gegangen sind und ich es mir erlauben kann, eine Havanna zu entzünden, wenn ich allein bin mit meinen Mobiles, Hamsterrädern und präkopernikanischen Hinterlassenschaften, bin ich recht zufrieden mit dem, was wir erreicht haben – was *ich* erreicht habe trotz allem.

Was würden Sie an meiner statt mit einem Burschen anstellen, der kaum etwas von den Kräften ahnt, die in ihm schlummern, der dichtet und klagt, bestenfalls von sich glaubt, er sei ein einfacher Illusionist?

Ein dunkler Illusionist, fürwahr! Ein Mann mit tausend Gesichtern, unser kleiner Lysander, mit seinen falschen Schnurrbärten und Daumen und Identitäten. Wie wären all seine Stammväter vor ihm erzittert! Die ganze Stadt denkt, was er denkt, träumt, was er fühlt; wir verdanken ihm viel, denn er rief uns zu sich, doch er braucht Führung, denn er ist noch ein Kind, wenn auch ein zynisches.

Oder was hielten Sie von einem sich vor Herzschmerz verzehrenden Blutsauger, der sich ein altvenezianischer Adliger dünkt – vollends übergeschnappt, als er seine Macht zu *reisen* erkannte? Ein Mörder und Schwerenöter; er tötet die Männer und liebt ihre Frauen, achtet sie beide auf seine eigene Weise, aber leider, leider ist er verrückt – das macht seinen Charme aus –, und so zerreißt er seine Opfer, und er und die Frauen zerreißen einander auf der Suche nach den Perlen in ihrem Innersten, Produkte ihrer flammenden Fantasie.

Manchmal ist Leland le Fay eine Plage, nicht wahr, so wie vor drei Jahren, als ich die Kontrolle über ihn verlor (ich hatte mich gerade erst befreit und war sehr mit mir selbst beschäftigt) und er blindlings begann, sich mordend einen Weg zurück zu unserem Erzfeind zu bahnen. Oder beim ersten Mal, Ende der Achtziger, als er es vermasselte und beinahe alles noch schlimmer gemacht hätte – wochenlang trieb er sich mit seinem Dornröschen auf der anderen Seite herum, bis er sie endlich wieder gehen ließ. Ich will gar nicht wissen, was sie einander alles gesagt haben. Ihr Anblick, als sie zurückkehrte, sprach jedenfalls Bände, und danach tickte er endgültig aus.

Von den anderen will ich besser gar nicht erst anfangen. Eine Kavalkade kleiner Lysanders, jung, alt, gebrochen, noch heil, ein jeder stolz einen Splitter des Spiegels in seiner Hand wie Kai das Geschenk der Schneekönigin im Herzen. Kriechen auf dem Boden herum im Versuch, das Wort »Ewigkeit« zu buchstabieren – reizend, nicht wahr?

Es ist unsere Aufgabe, Ordnung ins Chaos zu bringen; Licht ins Dunkel.

Das, glauben Sie's oder nicht, war immer schon unsere Bürde.

* * *

Aus den geheimen Tagebüchern Lysander Rilkists
Anlässlich des sechzehnten Jahrestags seines Exils und seiner
vielleicht baldigen Heilung
Im fünfundzwanzigsten Jahre des Spiegels, der barst

Die Welt um mich herum versinkt in Trümmern und Leid. Was immer ich einst besessen zu haben glaubte – Gefährten, Ziele, den Schatz meiner Illusionen –, sinkt wie eine verwunschene

Insel ins Chaos zurück, das sie gebar. Was bleibt, ist eben die Wirklichkeit, vor der ich doch warnen wollte … sie ist die wahre Bedrohung – unser furchtbarster Gegner, unser erbittertster Feind.

Ich weiß jetzt von den anderen – denen, die Macht über mich hatten und haben –, ich weiß von dem Blut an unseren Händen und von dem Konflikt und dass in zwei Jahren alles vorüber sein wird, wenn der Komet die Erde erreicht. Sie haben es mir gesagt. Der alte Mann und die anderen, mit denen die Reporterin sprach – es ist ein wenig, wie zur selben Zeit von einem Hirntumor und einer Schwangerschaft zu erfahren – zu sehen, wer von beiden das Rennen gewinnen wird, meine ich. Die Zeiten allein in der Leere werden unerträglich – oh, wie wir alle den Alten um die Freiheit beneiden, die er erlangt hat!

So geht es also zu Ende – der Mörder wird niemals gefasst werden –, und mit der Zeit, so versichert man mir, wird niemand mehr nach ihm fragen. Vielleicht wird mir das Frieden bringen – ein Leben vollendet, ein andres verloren –, die Meere des Mondes schweigen und wogen nicht mehr. Endlich habe ich das Rätsel entschlüsselt.

```
L  V  C  I  S  V  I  T  A  E
V  I  A  E  I  T  E  R  E  X
C  A  D  V  C  I  F  E  R  I
I  E  V     V  D  E  X  I  T
S  I  C  V  L  A  X  I  S  V
V  T  I  D  A  D  I  T  V  S
I  E  F  E  X  I  T  V  S  I
T  R  E  X  I  T  V  S  T  G
A  E  R  I  S  V  S  T  S  E
E  X  I  T  V  S  I  G  E  R
```

Meine Ängste sind ein Feld voller Tauben, in das ich Steine werfe; sie heben sich empor, flattern wie irr durcheinander und lassen sich immerzu wieder auf den uralten Straßen meiner selbst nieder, nur an anderer Stelle, und diese Straßen, auf denen ich meinen sinnlosen Kampf führe, sie sind groß wie die Roms – der ersten aller Ewigen Städte. Mein Tanelorn.

Wir haben unseren Träumen abgeschworen – manchen zu spät – und zerfleischen uns selbst. Lucia fand man mit einer Überdosis Morphin in den Adern. Alice ist auf dem besten Wege dorthin. Lars scheint einen unvorteilhaften Pakt mit den Geistern von drüben geschlossen zu haben – niemand darf ihn mehr sehen, und Stella wird man zwar aus dem Sanatorium entlassen, doch sie erinnert sich weder an uns noch an sich – sie tut mir so leid, ich weiß genau, was sie durchmachen muss. Jeder nimmt Rücksicht auf sie, behandelt sie wie das Kind, das sie einst war, ganz wie einst mich. So ist sie glücklicher, sagt man – wie ich sie hasse, diese Schergen ihrer selbsternannten Realität! Brechen den Verstand ihrer Opfer, saugen uns alles aus, was wir sind, und ersetzen uns durch das, was sie sehen wollen – doch sie können uns nicht finden, wenn wir uns selbst nicht mehr kennen.

Wir bedienen uns nun schon seit Jahren dieses Tricks – keiner bemerkt uns, solange auch wir uns nicht sehen. Meidet die Spiegel! Wir verstecken uns und sprechen mit niemandem. Unsere kleinen Spiele mussten enden, sie wurden viel zu riskant. Was also bleibt?

Ohne Ayna würde ich diese Zeit nicht überstehen. Es ist gut, eine wie sie zu haben, die selbst nach so vielen Jahren, nach denen der Dreck langer Märsche durch Lappalien und Nöte an einem haftet, noch alles, was sie berührt, in Gold zu verwandeln scheint; die alle eigenen Sorgen und Ängste bedeutungslos werden lässt. Sie versetzt mich nach wie vor in Erstaunen, und ohne sie hätte ich längst meine Poesie eingebüßt – die Fähigkeit, mich zu wundern; Ayna lässt mich die Welt mit den Augen eines Kindes sehen, das alles zum ersten Mal erblickt, all die Facetten und Schatten und kristallinen Zusammenhänge, und mein Staunen über die Schönheit der Dinge ist ohne Grenzen.

Liebe, so viel ist gewiss, ist die einzige Entschädigung, die wir für unsere Sterblichkeit je erhielten.

* * *

Ich bin der Sterndeuter, der seine Schäfchen durch die Stromschnellen des Schicksals in den Hafen ihrer Bestimmung steuert – Herr des namenlosen Landes um den Ozean, an dessen Ufer Lysander sich damit begnügt, zu den Türmen der Stadt hinüberzublicken, in der tausend Geister leben; das Dämmerland alles Wirklichen, die Schwärze der Creeks und die lichten Hügel des Mondes, die Hallen von Navylyn und der Hofstaat Shedars, die perfekte Sekunde der Ewigkeit – eine große Konjunktion aus Traum und Realität. Alles direkt hier, in meinem Laden, sorgsam gepflegt und poliert, leider ohne Versicherungsschutz.

Ich beliefere die ganze Stadt. Die Behausungen der Armen und der Reichen. Jeder von ihnen braucht Spiegel, und all diese Spiegel sind meine Augen und Ohren, mein Sprachrohr und meine Hände. Diese Spiegel sahen Cosmo van Bergen und waren das Letzte, das er jemals sah. Sie zeigten die andere Seite des Spiels, dem er verfiel, und ließen ihn einen Ort schauen, den er für die Hallen des Schicksals hielt, wo er den Geist seiner verlorenen Frau wähnte; und von genau dort habe ich die Dinger ja auch, nennen Sie mich also ruhig einen Dieb, es ist mir ganz gleich, wir alle stehlen nun mal, so sind wir, jawohl.

* * *

Alles in allem war Cosmo van Bergen recht froh, dass ihn sein unerwarteter Gast wieder verließ, und es wäre ihm auch gleichgültig gewesen, hätte er von einem unsichtbaren Raben gewusst, der diese Stunde zum Anlass nahm, aus dem Leben zu scheiden; denn in der Welt, in der er lebte und die entgegen den Vermutungen seines einstmaligen Schützlings schon lange nicht mehr von der Jagd nach Nobelpreisen bestimmt wurde, spielten tote Vögel spätestens seit dem Winter 1986 nur mehr eine untergeordnete Rolle.

Er setzte sich auf die schwarze Seite des Schachbretts und wartete lange Zeit auf den nächsten Zug. Doch die Hallen schwiegen an diesem Tag; man sprach nicht zu ihm, erwartete nur, dass er seine Arbeit tat, seinen Teil der Abmachung erfüllte. Möglicherweise würde diese Nacht ergiebiger werden, dachte Cosmo; was würde er geben für eine Nacht ohne die toten Stimmen seiner Tochter und Marys in seinem Verstand.

Zurück zum Theorem …

Baue die Fabrik, Cosmo van Bergen! Schaffe das Licht! Vollende das Werk! Bald, Cosmo van Bergen, ist die Zeit für deine Linie gekommen, ihren rechtmäßigen Thron zu besteigen – die Aufgabe verlangt nach Erfüllung, und sie fordert große Entbehrung und Mühsal von all denen, die sich ihr verschreiben. Beschreite den Weg, der dir gewiesen – der Weg des Lichts ist der Weg allen Lebens –, befiehl dem Licht und herrsche über die Meere des Mondes, Gebieter des Lebens, König der Luft!

Cosmo beginnt zu rechnen …

Höre, der du offenen Ohres bist! Die Zahl des nächsten Wortes lautet fünftausendeinhunderteins, und es soll die Zahl des Namens deiner Feinde sein. Sie werden sich als Freunde verkleiden und dir Treue schwören, doch in Wahrheit wollen sie deinen Tod, und sie wollen das Kind stehlen, das deine Frau dir gebar. Um deine Tochter zu schützen, wird es nötig sein, sie dieser Welt zu entreißen … besteige den schwarzen Wagen, rufe die Sendboten herbei und führe deine Tochter davon auf den Schwingen der Nacht. Das Nichts allein kann sie schützen, bis ihre Zeit kommt.

Die Zahl des nächsten Wortes lautet fünftausendeinhundert-

undsechsundfünfzig, und es soll die Zahl des Namens deiner letzten Verbündeten sein. Bringe sie an diesen Ort; sie wird dir dienen wie ihre Mütter zuvor. Dann baue die Fabrik nach den Plänen, die du geschaut, auf dass man dich sieht und vernimmt und die Tore zur Nacht weit offen stehen. Höre gut zu, Cosmo! Meide den Mann mit den tausend Gesichtern. Meide ihn, dessen Figur sich nicht findet in Navylyn, den Kammern aus Porzellan! Er wird dich zu Fall bringen, was nicht geschehen darf, ehe dein Werk nicht vollendet ist. Meide ihn, denn du wirst ihn nicht sehen und kannst ihm niemals befehlen.

Höre, Cosmo van Bergen. Die nächste Zahl lautet …

* * *

Meine Spiegel erhellen die Clubs und die Diskotheken bei Nacht, und bei Tag hindern sie das Licht der Sonne daran, in den Büros der Verwaltung zu schnüffeln. Ich verkaufe Standspiegel und Taschenspiegel, Spekula und Zahnarztspiegel, Spiegel für den Straßenverkehr und die Sternwarte. Meine Spiegel reflektierten das Licht des Kometen, als man ihn zum ersten Mal sah, hoch über den Dächern der Stadt. Meine Spiegel erhaschten den letzten Blick in die Nase der armen Alice, als sie sich einen brennenden Schweif des Pulvers durchs Hirn schoss, das ihr die Herren in den Regenmänteln verkauft hatten – ein Händchen am Röhrchen, eins unter dem Röckchen.

Die meisten ihrer Freunde fanden, sie habe dieses Ende nicht verdient. Aber die meisten ihrer Freunde sind jetzt fort, und *ich* allein weiß, was die Frauen von Fairwater ihren Spiegeln anvertrauen, wenn sie alleine sind.

* * *

In den unheiligen Hallen des Sanatoriums sitzt die alte Frau bibbernd in ihrer Ecke, wo die Stacheln der Ärzte sie nicht erreichen können.

»Sie träumt!«, geifert sie. »Hinter dem Spiegel, hinter den er sie schleppte – der Mann aus dem Spiegelvolk – ihr Burschen kennt doch deren Geschichte, nicht wahr?«

»Sie werden uns gewiss alles darüber erzählen«, sagt das Wesen im Trenchcoat diplomatisch und macht sich mit seiner menschlichen Hand Notizen. Die andere schabt unruhig an der Hosennaht. »Aber nicht wieder diese Lügenmärchen, wenn ich bitten darf.«

»Es sind versprengte Seelen. *Di morti o di incubi.* Von Toten oder von Leuten, die mehr als eine besitzen, und sie sehnen sich nach einem Körper, genau wie wir nach einem Schatten, einem Abbild, das unsere Echtheit beweist. Manche bewohnen die verrücktesten Dinge – ein paar haben das Glück, einen Menschen zu kriegen, wenn er gerade nicht aufpasst … *se non sta attento, capisce?*«

»Was ist mit ihr? Der Prinzessin? Wer ist sie?«

»Ah, Lilith ist ihr Name! Ihre Träume nehmen Gestalt an in unserer Welt und locken die Männer zu ihr – Stiefmutter des Menschengeschlechts, *la matrigna,* allein zwischen den Sternen der Nacht – Lilith, die sich nicht unterwerfen ließ – gebt mir Papier, so gebt mir, von ihr zu berichten – weh all den armen Seelen – den schönen Männern – erbarmungslos ist ihre Gunst, die sie erzogen wurde, eine Prinzessin zu sein, Herrin der Dunkelheit – oh, ihr Vater verdarb sie in seinem Wahn – und ist ihr Vater nicht Gott, dann ist Gott also verrückt? Oh, *solo un pazzo,* nur ein Narr könnte eine wie sie lieben!«

»Das ist alles sehr interessant«, antwortet das Ungeheuer und verschlingt gelangweilt beträchtliche Teile seines Bleistifts. »Sie sind eine sehr kluge Frau. Können Sie nicht mehr darüber erzählen? Ist es van Bergens Tochter? Ist es Stella? Lebt sie? Ist sie tot? Betrügt uns ihr Vater oder wird er sie ausliefern, wie er versprach, wenn die Zeit gekommen ist? Was ist mit den Engeln? Wer befiehlt ihnen?«

»*Io so, so tutto* – ich weiß alles, Herr Doktor! Oh, ich muss schreiben, und meine Enkelin – warnt sie – warnt die Erleuchtete vor dem Dunkel! Warnt die Zofe vor diesem Kind … so lasst mich doch schreiben! Nur ein Blatt Papier – *uno solo!* – der Marquis, er schrieb die *120 Tage* auf einer einzigen Rolle, allen Schmutz dieser Welt auf einem einzigen Blatt so wie dem, mit dem ich mir den Hintern abwische – ein Wörtchen Wahnsinn für jeden Stuhlgang, mehr brauche ich nicht! Ich werde auch nicht wieder von den Geräuschen schreiben – und nicht von den Männern – *o, mai più* – nicht von Leuten hinter den Spiegeln – und den garstigen Wesen im Keller – die all die Nächte lang tuscheln und trappeln, tot sind und doch umhertollen – die mir den Schlaf rauben – die in den Wänden gehen – nicht wieder – oh bitte, nur eins? *Vi prego!*

Ein Blatt?

Ein einziges Blatt nur, den Kindern zuliebe …?

So warnt meine Enkelin! Warnt sie vor mir!«

* * *

Ich stoße die Tür zum Hinterzimmer auf, um einen letzten Blick auf meine Lieblinge zu werfen, bevor ich nach Hause gehe, und sie blicken mich mit ihren leeren, sengenden Gesichtern an wie Soldaten, ein jeder hält in seinem Goldrahmen den Stern meiner Öllampe gefangen, MacDonald und Carroll, Dichtung und Wahrheit, eine Geschichte in jedem spiegelnden Glas.

Ich bin der Herr der Spiegel. *Ich* bin derjenige, der dem Gefängnis entkam – ich gab mein Auge dafür, darin habe ich Übung. Ich *weiß* nämlich, wie man die Mächte anwenden muss, nicht so wie diese Bekloppten, damals, 1910: Ein Auge braucht es, eine Feenstimme und eine Menge wirklich schwer erhältlicher Zutaten mehr – *ich* bin derjenige, der die Portale in Fairwater verkaufte, bis des Kleinen alberne Zauberformeln sie öffneten und die Zeit der Vereinigung kam, der Kampf um das Schicksal aller Shedari entbrannte und ihre Feinde sich ihrer Bestimmung entsannen, sich anschickten, Rache zu nehmen für den Fluch, den man einst auf sie lud; Regen, welcher das Dunkel vertreibt.

Den Spiegel zerbrechen! Lächerlich! Das Einzige, was immer mehr vor die Hunde ging, war er selbst. Armer Lysander.

Jeder in dieser Stadt meint, vor mir, vor der Realität oder dem Wahnsinn warnen zu müssen. Doch man bannt nicht, indem man heraufbeschwört – entweder man ist geisteskrank oder man ist es nicht. Ist es nicht so? Man kann nicht erklären, was Worte erst gebären, will man es nicht nachher im Raum stehen haben – und warum sollte der Unaussprechliche denn so schwer prononcierbar sein? Luzifer, Luzifer, Luzifer! Sprach's dreimal, und schon stand Besuch ins Haus. Hat mich etwa jemand gerufen?

Es ist ihr verdammtes Glück, dass ich nicht der Leibhaftige bin, auch wenn ich mich seit drei vergnügten Jahren dieses prachtvollen Leibes erfreue – ich hätte so leichtes Spiel mit ihnen. Doch meine Bürde ist wie gesagt eine andere.

Bettler des Universums! Eines haben sie begriffen: Man kennt nicht, was man nicht sieht, was keinen Namen trägt und kein Gesicht. Ich möchte dies als meine Maxime verstanden wissen:

Wir geben uns niemandem in die Hand. Haben keine Figur. Kein Gott spielt mit uns.

* * *

Eilig durchsuchen die Herren in den Regenmänteln Stella van Bergens Apartment. »Schau«, sagt der eine und reicht dem anderen ein Gedicht. Stammt das von ihr?

»Möglicherweise«, sagt der andere. »Vielleicht auch von … von …«

»*Dem* …«, sagt der eine. »*Dem* …«, sagt auch der andere, doch sie können das Konzept seiner Person nicht erfassen und schütteln die Köpfe wie Springteufel, klackern wie Käfer.

»Sie weiß nicht, wer sie ist«, sagt der eine.

»Nein«, sagt der andere, »denn sie hat alles vergessen.«

»Ich spüre sie nicht – auch nicht die anderen.«

»Bald wird sie uns spüren.«

»Gib mir ihre Leber …«

»Lass mir ihr Herz …«

»Wie können sie nur vergessen? Wir können nur wissen, was sie wissen.«

»Wenn sie wüsste, was wir ..?«

»Ich *will*, dass sie weiß … weshalb wir sie wollen!«

Trotziges Schweigen herrscht zwischen den Männern.

»Wenn sie die Kette erst hat«, schlägt der eine dann vor.

»Fürwahr«, sagt der andere. »Die Kette ist der Schlüssel zu ihr. In ihr schläft ein uralter Geist …«

»Doch wer hat sie?«

»Die Kette ist verschwunden. Seit langer Zeit schon.«

»Man stahl sie aus den Meeren des Mondes.«

»Es heißt, ein Engel habe sie genommen.«

»Und nun?«

Keiner der beiden weiß eine Antwort darauf.

»Warten«, säuselt der eine.

»Warten«, säuselt der andere.

»Leber«, säuselt der eine …

»Nur ihr Herz«, träumt der andere …

* * *

Im letzten Spiegel, einem traurigen, geborstenen Spiegel, der alt ist und viele abscheuliche Dinge mit ansah, treibt eine letzte Szene wie ein verlorenes Bild aus dem Portemonnaie eines Toten;

Teiche und Seen, Flüsse wie Tränen und Blut, diese ganze Stadt ist nun mein Auge, im Sommer voll von hitzigen Gedanken gleich verdorbenem Obst und kunstvoll gefroren in den einsamen Stunden des Winters. Manche dieser Stunden sind so weit entfernt, dass man sie nur zu gerne vergisst, und es gibt viele Erklärungen, die man sich zurechtlegt, um ihren Verlust zu überdecken wie eine Leiche im Schnee. Doch all diese Bilder sind mein zu erinnern, in jeder bebenden Sekunde, mit jedem Blinzeln, das die Ewigkeit tut. Dies ist der älteste aller Spiegel, und er wird nie wieder heil sein.

* * *

Das Mädchen war verborgen, ja beinahe unsichtbar, umgeben von leise rauschendem Schilf am Rande des Sees, in dem Lilien und Algen wie Reisschalen zwischen Gemüse trieben, Kirschblüten dahingestreut auf die glänzende Schwärze; und ihre Kelche spiegelten sich darin, wie sie dort schwammen unter des Mädchens Hand. Sie saß dort wie eine junge Priesterin, die sehnsüchtig wartet, dass die Herrin des Sees ihr ein Boot senden möge, sie davonzutragen in die Freiheit der Ferne, die Arme Avalons.

Die Welt war seltsam und klein in diesen Minuten, Regentropfen fielen wie in Zeitlupe, und um bei der Wahrheit zu bleiben und auch ihm seine Sicht der Dinge zuzugestehen, sollte betont sein, dass es nicht derselbe Lysander wie der war, der zu späterer Stunde Mädchen mit einfältigen Zaubereien betörte, sondern ein verwundert und nur unter Widerwillen erstandener Junge, der heimlich die funkelnde, lachende, vielarmige Party verließ, um nach *ihr* zu suchen; geboren für einen einzigen Abend nur und dann niemals wieder.

Er traf JP auf seinem Weg durch das Schilf.

»Lifelight verseucht einfach alles«, beschwerte er sich. »Der Regen brennt und juckt mir auf der Haut – es ist fürchterlich.«

Lysander gab keine Antwort. Er mochte den Regen, und bislang war es kaum mehr als ein Tröpfeln.

Er sah auch Lars Mandelblum, der im Schmutz wühlte, als suchte er etwas, und eine kichernde, halbnackte Alice, die völlig high in einem Baum saß.

Er beachtete sie nicht weiter; denn er hatte das Mädchen gerade gefunden.

JP, Mandelblum und die grinsende Alice versanken im Hintergrund.

Lysander ließ sich vor dem Mädchen nieder und fasste sie an. Ängstlich blickte sie auf. Sie weinte. Regentropfen fielen in den dunklen See, dessen schaukelnde Lilien sich mit Wasser füllten und von ihren Bewohnern, Fliegen und Libellen mit irisierenden Flügeln, seufzend evakuiert wurden. Ein paar Frösche verfolgten den Aufbruch mit leuchtenden Augen.

Wait, there still is time for washing in the pool,
Wash away the past
Moon, my long-lost friend is smiling from above,
Smiling at my tears.

Auf der anderen Seite des Sees saß der alte Steed und spielte Gitarre. Wahrscheinlich war er betrunken. Einer der Männer, die sich schon länger hier im Ried herumtrieben, setzte sich auf einen Hocker und stellte eine Staffelei auf. Er begann, die Szene zu malen.

»Du bist es, nicht wahr?«, fragte sie ihn und strich ihm über das Gesicht. »Warum nur bist du gekommen? Warum?«

Er küsste ihre Hand. »Endlich habe ich dich wieder ... warum warst du nicht da, als ich dich brauchte?«

Sie schluchzte.

»Als er mich zerstörte ... und all meine Träume zu Asche zerfielen. Als die Schatten dann fielen. Er den Spiegel zerschlug.«

»Du musst mich verabscheuen. Du musst mich verachten wie keinen anderen Menschen.«

»Nein.« Er sah sie an und staunte selbst darüber, wie wenig Macht er über seine Gefühle hatte. »Ich habe dich immer geliebt. Mehr als irgendjemanden sonst … er darf niemals wissen, dass wir miteinander geredet haben! Versprich mir das. Er würde dich töten für das, was ich dir sage.«

»Ich werde dich nicht verraten.«

Blinzelnd blickte Lysander sich um, und der Boden ringsum unter den von Beeren schweren Sträuchern und in den Kreisen kunterbunter Pilze funkelte wie von Silberlingen, die darauf warteten, gefunden und aufgehoben zu werden.

»Sag mir, was geschehen ist. Sag mir, was geschehen muss.«

Er fasste sie bei den Händen und schaute sie an: ihr Hals, ihr Saphirblick; dann schloss sie die Augen und senkte langsam den Kopf, bis ihre Stirn an seiner ruhte. Seine Hand wanderte ihren Rücken hinauf und verlor sich in ihrem Haar.

»Stella«, sagte Lysander und streichelte sie sanft. »Geliebte Schwester … ich lade dir nun all meine Geister auf.«

Und Steed spielte.

Come, we'll walk the path to take us to my home,
Keep outside the night.
The ice-cold knife has come to decorate the dead,
Somehow …

* * *

Nun, wo die Arbeit getan ist, will ich sehen, ob ich nicht einen Handel mit Spieluhren aufmache oder mit Schachspielen. Wer weiß? Was bleibt, bin ich, und ich bin nur ein alter Ramschhändler; wenn der Zauber verfliegt, bleibt nie etwas übrig denn Plunder. Ein Glasauge, Geigen und Silberglöckchen – Zauber und Ramsch halten uns in der Realität.

In trübsinnigen Momenten wie diesen erliegt man oft der

Versuchung, ein Buch darüber zu schreiben. Es gibt keine Garantie, dass es einem danach besser geht, aber Bücher sind das geeignetste Medium. Im Gegensatz zu Spiegeln geben sie einem die Möglichkeit, noch einen Gedanken anzuhängen, ein paar Jahre weiterzublättern, um zu sehen, was aus diesem oder jener noch wurde. Bücher sind eine herrliche Sache.

Oder doch gleich Theater? Der Spiegel der Welt?

Lysanders Fragment nehme ich über die freien Tage besser mit; so lange schon liegt es achtlos in dieser Schublade. *Die Szene: Eine steinerne Brücke über einem dunklen Fluss. Marvin, allein*, titelt die oberste Seite.

Ich lächle. Marvin, der wandernde Narr; das fehlende Bindeglied zwischen uns und allen Wirklichkeiten, die je hätten sein können. Steeds nichtsahnender Sohn. Van Bergens argloser Protegé. Sein Schicksal ist es, die Erwartungen der Welt zu erfüllen und an ihr zu scheitern. Der einzige Schritt, zu dem er sich aus freien Stücken entschloss, war der Sprung von seiner Brücke. Wer kann ihn erlösen?

Marvin, Meister der Zweitklassigkeit; was würde er finden am Ende seiner nächtlichen Irrfahrt, wenn er wieder das Ufer erreicht?

* * *

Der Narr schleicht auf der Suche nach seiner Angebeteten um die Paläste der Villages. Er trägt nun Beinlinge und einen Umhang, wirkt wie ein Joker des französischen Blattes, über der Schulter seine Gitarre. Der Mond scheint hell, es ist ein Mond für Verliebte und Narren, und alle sind sie ihm dankbar dafür. Dunkel verbergen die hohen Bäume die Festungen, Wildnis, die ihre Bezwinger vor ihrer eigenen Schöpfung bewahrt; eine Kolonie hasserfüllter Eremiten, die sich argwöhnisch beäugen.

Der Narr ist ein Außenseiter und wünscht sich nichts sehnlicher als ein Zuhause, das diesen Namen auch verdient hätte; doch ist dieses viel zu weit entfernt, seit Zeitaltern verloren. Er ersehnt sich die Einzige, die ihn seine Einsamkeit vergessen machen kann; ein Landstreicher, der seine Liebe und seinen Gram auf die Züge aufspringen lässt, die vor seinen Augen davonfahren, in die unerreichbare Ferne, im Unwissen, welches der beiden Pferde als Erstes die Ziellinie erreicht.

Einem vergessenen, lachhaften Romeo gleich (»Julia wohnt hier nicht mehr, wir haben die Neunziger!«) erreicht er die Pforte seiner Vergangenheit und schickt sein Flehen empor in die duftende Nacht, zitternde Töne aus vergoldetem Nylon, eine Stimme, die bebt, als hätte sie den Schock des Bruchs nie überwunden; er hofft darauf, dass sich da eine Wahrheit regt unter diesem alten Stein, ein Funkeln in der Erde, in der er mit seinen Wünschen und Ängsten stochert. Hätte man diesen Schatzsucher beobachtet, hätte man wohl zu dem Schluss kommen müssen, dass entweder er oder die Welt verrückt geworden waren, als einer von beiden gerade nicht hinsah.

So posiert er erbärmlich und stolz unter dem hohen Fenster unter den Tannen, singt zum Mond und den Sternen, schwört den Irrlehren ab, die das Leben ihm beibrachte, und bekennt sich zu seiner Wahrheit jungfräulicher Galaxien, in denen Akt und Gedanke, Ursache und Wirkung, Morgen und Gestern einander umkreisen können, ohne sich einer der beiden Majestäten je unterwerfen zu müssen, Yin oder Yang, ganz so, wie es ist, wenn man gar nichts versteht, und ganz so, wie es wäre, verstünde man alles.

Die Nachtigallen transponieren hastig ihre Sinfonie, als sie all seine Hoffnung vorbeiflattern sehen, und verstummen in der Ehrfurcht des Lebens vor dem Tode, als die Frau den Balkon betritt.

Sie ist weiß wie eine Seerose, und all die, die nicht da sind, könnten den Marmor der Fassade durch ihr Haar und ihr Gewand schimmern sehen wie Äderungen in Glas, nur der Narr sieht es nicht; er sieht das Bild, nicht die Leinwand, hört nicht die Noten, nur die Musik.

Sie lauscht seiner Musik mit geneigtem Kopf, ihre Bewegungen sind so rar, dass sie die Aufmerksamkeit des Mondlichts auf sich ziehen, das auf ihrer Haut und in ihren sorgenvollen Augen tanzt, und mit jedem Schimmer rührt sich eine neue Melodie im Herzen des Narren, sucht nach einem Weg aus seiner Hand in die Saiten.

Sie selbst steht völlig lautlos.

»Was tust du noch hier, Prinzessin?«, fragt er sie, die offene Frage eines Kindes, nachdem er all seinen Zauber gewirkt hat und sie reglos verharrt wie zuvor, weder realer noch ferner geworden trotz allem, was er hat tun können. »Willst du nicht zu uns zurückkehren? Ich habe noch ein Gedicht für dich.«

Sie sieht traurig zu ihm herab.

Nur kurz lässt er den Kopf hängen.

Dann blickt er sie an.

»Es ist noch nicht an der Zeit«, erklärt der Narr so tapfer, wie nur Liebende sein können. »Sorge dich nicht, ich kehre zurück. In jedem Jahr, das kommen mag, bis dein Stern wieder strahlt!«

* * *

Ich schließe die Tür zum Raum mit den Spiegeln, und Ayna tritt neben mich.

Die Kleine ist ein Goldstück. Ein Schatz unserer Stadt. Wie viele Städte können schon eine echte Fee ihr Eigen nennen? Ich nehme sie in den Arm und drücke sie kurz. Das Kleinod Fairwaters! Sie lächelt nur still. Manchmal vergesse ich selbst, dass sie nicht sprechen kann. Ich habe ihre Stimme noch irgendwo in einer Schachtel zwischen den Glockenspielen und Schneekugeln versteckt, wo sie nicht hinkommt, als Zinsen für das Lachen, das sie mir schuldet. Sie hat es mir vor Jahren freigiebig verkauft, aber doch immer wieder stibitzt; mit Hasch, Charlie Chaplin oder Lysanders bescheuerten Zauberkunststückchen, irgendwie hat sie es immer geschafft, noch einen Zipfel ihres Lachens zu ergaunern. Also die Stimme, schnipp-schnapp, brauchte sie ohnehin, und es blieb ja in der Familie.

»Machen wir Feierabend?«, frage ich, und sie nickt mit sorgsam geschlossenen Lippen, aber erwartungsvoll. Wenn ich es nicht besser wüsste, ich könnte schwören, sie wolle schon wieder losprusten. Sie muss etwas an mir belustigend finden.

»Es wird dich vielleicht freuen zu hören, Ayna«, sage ich, während ich den Schlüssel an seiner Kette aus der Weste zaubere, die Lichter lösche und mich zum Gehen wende, »dass wir mit unserer Arbeit nun fertig sind. Keine Spiegel mehr die nächste Zeit; und ehe es weitergeht, werden wir Urlaub machen. Den vorerst letzten Spiegel habe ich erst diese Woche verkauft – und weißt du, wohin?«

Sie schüttelt den Kopf, und wir verlassen meinen Laden und treten hinaus in die Nacht Fairwaters, die sanft auf den Hügeln schläft, unschuldig wie die Jungfrau Maria. Ich schließe den Laden ab, verstaue den Schlüssel und knöpfe meinen Mantel zu. Ayna reicht mir Stock und Hut und reibt sich frierend die Handschuhe.

»Nach Island, Ayna. Nach Island. Möchtest du es versuchen?«

Ich reiche ihr eine kleine Messingdose, mit Perlmutt besetzt; sie reißt die Augen weit auf und streckt flehentlich die Hände danach aus. Ich trieze sie kurz, so als wäre sie meine Tochter, lasse die Dose gerade außerhalb ihrer Reichweite um ihren Kopf kreisen, dann drücke ich sie ihr in die Hand.

Sie öffnet die Dose, und ihr Lachen saust heraus wie eine kleine goldene Wolke und setzt sich auf ihren Hals, um darin zu verschwinden.

»Deine Stimme werde ich noch eine Weile behalten«, erkläre ich. »Sie muss mir noch ein paar Glückwunschkarten besingen. Aber dein Lachen kannst du nun wiederhaben – du hast es dir redlich verdient, und ich habe es gut behandelt auch gesundgepflegt – nun mach schon, versuch es!«

Ayna lacht aus voller Kehle, zum ersten Mal seit so vielen

Jahren: ob über ihr unglaubliches Pech, in all dies verwickelt worden oder darüber, immer noch hier zu sein, 1997, ob für Lysander, dessen Leben die nächsten Jahre weitaus ruhiger verlaufen dürfte, oder sich selbst, die sie endlich einen uralten Wunsch wird in Erfüllung gehen sehen – Ayna wusste immer schon sehr genau, was sie wollte, das war es, was mir so gut an ihr gefiel –, und wir blicken in stummer Zwiesprache dem Kometen nach, der sich stetig von uns entfernt.

Sie lacht wie Glöckchen und Silberstaub, und vom Neujahrshimmel und seinem Sternenzelt, dieser zauberischen Sphäre von der Farbe staubigen Obsidians, fallen die ersten satten Schneeflocken einer langen und wundervollen Nacht auf uns herab.

Epilog:
Der Mann auf dem Hügel

And if the dam breaks open many years too soon
And if there is no room upon the hill
And if your head explodes with dark forebodings too
I'll see you on the dark side of the moon
– Pink Floyd, *Brain Damage*

Wie ein glänzendes Schmuckkästchen lag Fairwater nach dem Regenguss nackt und schuldlos in seinem Tal; die Flüsschen und Straßen, reingewaschen wie Kinder nach dem Bade, glitzerten, und gutmütig wie Eltern schauten das Sanatorium und die Sternwarte von ihren Hügeln zu beiden Seiten der Stadt auf sie hinab, Minas Tirith und Minas Morgul.

Leland war der Reporterin bis hierher gefolgt und hatte mit sich gerungen wie selten zuvor in seinem Leben, das, wie er sagte, schon Jahrhunderte währte. Seine zarten Hände, die Hände eines Mörders, umklammerten einander wie die fahrigen Pfoten eines Waschbären, während sie den unlösbaren Knoten befühlten, der einerseits von ihm verlangte, ein Retter der Wehrlosen und derer, die reinen Herzens sind, zu sein und andererseits sein eigenes Überleben und das des Jungen zu sichern. Die Frau wusste zu viel. Es mochte nötig werden, ein weiteres Mal eine Ausnahme zu machen – eine drastischere als das letzte Mal vielleicht.

Sie bemerkte ihn nicht, als sie betäubt von der Hitze und dem Albtraum, der sie die letzten Tage in der Stadt gefangen gehalten hatte, durch die leeren Straßen des dunkel drohenden Sonnenaufgangs taumelte. Er huschte von Schatten zu Schatten, wie er es als Sterblicher einst getan hatte, zu seinen Zeiten im alten Venedig, im Reiche der Brücken und der Palazzi, in denen er trunken vor Liebe dem Leben nachjagte, bevor ihn das Schicksal als letzten in einer langen Reihe grausamer Scherze einem kleinen Jungen und seinen düsteren Fantasien zur Seite gestellt hatte, als einzigen Wall gegen den Wahnsinn der Welt.

Zu spät erkannte er, dass sie auf dem Weg zur Sternwarte war. Gedankenverloren hatte er sich von ihr aus der Stadt locken lassen, unfähig, eine Entscheidung herbeizuführen, und machtlos und verspottet stand er nun im Regen, während der närrische Gerümpelhändler sie auf dem Gipfel des Berges empfing. Le Fay hasste Bartholomew, diesen Popanz in weißer Mafiosi-Tracht, denn Bartholomew nahm ihn nicht für voll. Es hatte immer Streit zwischen ihnen gegeben, als Bartholomew noch zur Familie gehört hatte, und sie beide, die stärksten von allen, gemeinsam entscheiden mussten, was zu tun war.

Bartholomew hatte sie immer alle manipuliert, den Jungen, Leland und all die anderen, die über die Jahre aktiv gewesen und dann wieder im Meer des Vergessens versunken waren, und dabei die ganze Zeit über den Plan verfolgt, sie zu verlassen und sich seinen eigenen Zielen zu widmen. Als hätte sich Leland das nicht auch gewünscht, bei allen Mächten! Doch wo er gebunden war an ältere Schwüre und Pflichten, war Bartholomew ein windiger Heuchler, ein Dieb und ein Feigling und nur an sich selbst interessiert. In aller Heimlichkeit hatte er sich Wissen um die nötigen Formeln verschafft und seinen eigenen Kampf gegen den Dunklen König begonnen – behauptete er jedenfalls. Leland fand, er verschwende bloß seine Zeit – er gönnte sich sogar den Luxus, sich Spiegelbilder zu erschaffen, was ein schlechter Scherz war, da er wie alle Geister von Natur keines besaß – und versteckte sich hinter seinem gläsernen Trödelkabinett.

Er aber, Leland, trat durch sie *hindurch*. Er war die Hand. Der Angriff.

Nun enthüllte der Zauberer der Frau von außerhalb den letzten Triumph seiner Anmaßung, seiner Brillanz; sein magisches Meisterstück, zuversichtlich, dass sie das Wissen nie gegen ihn würde verwenden können, genauso selbstverliebt wie alle verrückten Genies, die ihre Pläne kundtun. Er verließ die Sternwarte zum Höhepunkt des Gewitters. Sah kurz zu Leland hinüber, tippte sich an den Hut und marschierte pudelnass die Straße hinab; ein lächerlicher, dicker Mann, den Kopf voll aufgeblasener Ideen.

Leland wartete. Er würde Bartholomews technisches Märchenreich nicht betreten.

Gloria kam mit den ersten Sonnenstrahlen. Der Regen hatte sich zurückgezogen, und Leland musste sich zusammenreißen, nicht vor der Sonne zu fliehen. Zischend vor Schmerz zog er sich in die Schatten zurück. Doch er musste noch mit ihr reden … musste erfahren, was sie wusste und dachte und ob sie vielleicht eine Botschaft hatte, und je nachdem, wie das Gespräch ausfiel, würde er über ihren Tod oder ihr Leben entscheiden. Dabei hatte er noch nie in Betracht gezogen, eine Frau zu ermorden, Vampir hin oder her – der Gedanke jagte ihm fast so viel Angst ein wie die Reporterin selbst, als sie mit einem seltsam siegesgewissen Lächeln auf ihn zuspaziert kam. Sie trug eine Lederjacke, abgewetzt vom geschmeidigen Spiel ihres Körpers; jede ihrer Bewegungen und jeder Blick ihrer Augen, jedes Kleidungsstück, das sie trug, verlangte danach, eine Geschichte zu erzählen. Trotzdem wirkte sie einfach, fand Leland. Ein gewöhnliches Mädchen. Entbehrlich. Er hatte eine Menge von ihnen gekannt – und gekostet – damals, in Venedig.

Mit der Erinnerung, den Zweifeln und dem Aufgang der Sonne erwachte langsam der Junge in ihm. Leland konnte es nicht spüren – der Junge aber sah und verstand alles ganz genau, und er konnte sogar Lelands Gedanken lesen. Er war nicht mehr oder minder real als der Venezianer und kannte auch nur ein Puzzlestück der großen Wahrheit – er kannte aber die Reporterin, er hatte nämlich im Zoo mit ihr gesprochen. »Es ist vorbei«, sagte sie in diesem Moment, so oder so ähnlich. Der Junge spürte, dass das, was sich da anbahnte, bedeutend werden könnte, und fand, es gehe sie alle an – daher begann er, die anderen zu wecken, allen voran den Mann, der in der Gondel bei ihr gewesen war.

Er oder einer der anderen dachte:

Leland ist abgelenkt, er fühlt sich hilflos ohne seine Prinzipien (eine Gespielin, ein Opfer, nur ein weiteres Mädchen?), und er findet es furchtbar hell und die Sonne schleicht sich schon an wie ein großer, gleißender Tiger.

»Du musst aufhören mit dem, was du tust«, sagt Gloria tapfer.

»Wie kannst du es wagen«, faucht Leland, »wer ist es, der dir befiehlt, uns aufzuhalten?«

»Du selbst«, erwidert sie lächelnd, und die ungeheuerliche Arroganz dieser Behauptung lässt le Fay nach Luft schnappen.

»Du atmest ja«, triumphiert sie. »Tritt heraus ins Licht, es kann dir nichts anhaben – du bist nicht wirklich, Leland le Fay! Lysander ist wirklich.«

»Welcher Lysander?«, lästert le Fay mit gebleckten Fängen. »Lysander weiß gar nichts! Er war nur ein Opfer des Königs, ebenso machtlos, wie seine Schwester es ist! Selbst heute noch!«

Wir gedenken des Mädchens, das damals unsere Wunden pflegt, ohne uns anzusehen. Das sein neues Brüderchen liebt wie eine Puppe, doch nicht mit ihm reden darf. Niemals Widerworte gibt. Das nicht in den Keller geht, Nanny achtet darauf. Daddy wird böse, wenn sie in den Keller geht. Daddy ist Gott und hat Weihnachten Geburtstag, und Menschen fliegen zum Mond und wieder zurück. Daddy baut Schlösser aus Beton und Stahl, und alle Glühbirnen der Stadt verströmen sein Licht in der Nacht. Eines Tages wird Daddy ihr sagen, sie müsse nun schlafen gehen.

»Es geht ihr gut«, besänftigt Gloria ihn fast ohne Furcht, und sie verdient sich große Hochachtung in unseren Reihen damit. Die meisten von uns können nur schwer mit der Wirklichkeit umgehen, in der wir da leben, aber le Fays Züchtigung ist ein denkwürdiger Moment für die Familie. Alle Geister sind wach.

»Ich habe mit ihr gesprochen, und sie wünscht sich nichts mehr als ein Ende deiner Verbrechen, ein Ende der Furcht. Sie bittet dich um Vergebung und sagt, dass sie dich liebt. Sie hat dich immer geliebt, und sie macht sich deinetwegen Vorwürfe. Das soll ich dir sagen … und jetzt muss es enden.«

Das ist zu viel für le Fay – durch Meere von Blut wird er waten, ohne zu murren, aber in der Tiefe seines verkrüppelten Herzens ist er verwundbar wie ein Knabe. Leland kann die Schmerzen noch spüren. Die Schmerzen, die wir anderen vergaßen.

»Lass ab«, sagt Gloria.

Er fällt. Seine Agonie ist schrecklich zu erleben – zaghaft lösen wir seinen Griff um unseren Leib, den er umklammert wie eine Mutter ihr todkrankes Kind, und drängen ihn zurück ins Dunkel.

»Du tust ihr weh.«

Er liegt am Boden; er liegt weinend im Gras; und nach und nach lässt er los und versinkt, fällt in unsere Arme wie in die Netze von Fischern, die in der Tiefe gespannt sind.

Der Junge tritt vor und erhebt sich.

»Gut gemacht«, lobt er sie.

»Wird es aufhören?«, fragt sie unsicher und blickt auf die Stadt hinab. »War es genug? Habe ich alles richtig gemacht?«

»Ja«, bestätigt der Junge. »Wir sind sehr dankbar für Ihre Hilfe. Sehen Sie nur.« Er weist hinunter ins Tal, über das sich die Sonne zu ergießen beginnt wie ein Topf geschmolzenen Goldes, und verliebt in den Anblick sinkt auch er davon, und der Nächste von uns fährt fort zu sprechen, ohne dass sie es bemerkt.

»Die ganze Stadt wird es dir danken im Traum. Männer und Frauen können des Nachts wieder ruhig schlafen, und die Kinder müssen keine Angst mehr haben, außer vor den Gespenstern, die sie sich selbst erschaffen.

Ich liebe diese Stadt da unten, weißt du, und alle Männer, Frauen und Kinder in ihr.

Ich liebe das Plätschern der Flüsse unter den Brücken und das Wispern der Weiden im Wind.

Ich liebe den geheimnisvollen Geschmack des Wassers – manchmal ist es Milch und manchmal bittere Medizin.

Ich liebe die Farbe des Mondlichts auf den Zauberkreisen Lifelights.

Ich liebe die Muster, die die Fabriken und Flüsse und Gärten und Wege, die Straßen und die verwirrenden Gassen dazwischen ins Land und in die Zeit zeichnen, und all die wunderbaren Gedanken und Träume von Trauer, die sich daran knüpfen. Die meine Zukunft und meine Vergangenheit verbinden wie Quecksilber und Kupfer im Kessel eines Alchemisten, sie eins werden lassen und mein Fluch und meine Zufluchtsstätte sind. Dies ist meine Heimat.

Mein Hagsgate. Mein Kadath und mein Gondolin.

Ich möchte dir das hier schenken.«

Gloria nimmt zögernd das gefaltete Blatt entgegen, das wir ihr reichen; ein letztes Gedicht, eines nur noch, zum Abschied. Dann geht sie davon, besteigt den Wagen, der sie von uns forttragen wird, und wir singen und stellen uns vor, wie sie den Zettel liest, bevor sie zurück in ihr Leben kehrt und uns und bald schon all das hier vergisst.

Beyond the range
Under far skies
Fairwater lies
Amidst thousand streams
Golden and strange
Fairwater dreams
And Fairwater dies.

For her who won't fade
For him who believes
Time forgives
Fairwater casts
A sheltering shade
Fairwater lasts
And Fairwater lives.

Fairwater: Versuch einer Chronik
AUS DEN ARCHIVEN SOLOMON CARTERS

1572

Der dänische Alchemist Tycho Brahe beobachtet eine Supernova im Sternbild der Kassiopeia. Er bezeichnet sie als »Stella Nova«. In der Chesapeake Bay kommt es zeitgleich zu blutigen Kämpfen zwischen Indianern und Jesuiten.

1634

Die *Ark* und die *Dove* landen mit der ersten Welle britischer Katholiken und gründen St. Mary's City.

Bald darauf

Gründung Fairwaters.

1910

Der Halleysche Komet passiert die Erde. Eine Sekte bereitet die Ankunft von Außerirdischen vor. Infolge der Unruhen kauft Guido van Bergen große Flächen Land für seine Lifelight-Werke. Es kommt zu einer Mondfinsternis.

1917

Andersen I., ein bekannter Geigenspieler und einer der letzten Überlebenden der Kometensekte, erhängt sich. Seine Habe bleibt in der Obhut seiner Jugendliebe.

1937

Der Sohn des Geigers macht im Zirkus von sich reden, als er einen außer Kontrolle geratenen Panther besänftigt.

1940

Geburt Cosmo van Bergens.

1957

Gerüchteweise kommt es zu einem Zwischenfall im Versuchsreaktor. Bald darauf verlobt sich Cosmo van Bergen mit einer Frau aus einfachen Verhältnissen.

1960

Geburt Marvins.

1961

Geburt Stellas. Bald darauf verlässt Mary van Bergen ihren Mann und tritt einem Orden bei. Cosmo widmet sich in den Jahren darauf seinen Studien, promoviert in Physik und wird Direktor von Mt. Ages.

1969

Mary van Bergen berichtet, wie sie und ein bekannter Stadtstreicher als Kinder mit Andersen II. zum Mond reisten. Nach einem Nervenzusammenbruch pflegt Cosmo sie mithilfe von Lucias Großmutter, die in den Fünfziger- und Siebzigerjahren selbst mehrfach Patientin im Sanatorium ist. Die Jugendliebe des Geigers entdeckt einen Mondstein in seinem Koffer. Ein Störfall in den Fabriken lässt unbekannte Chemikalien ins Grundwasser entweichen.

1969–71

Lysander, eine Waise, lebt als Ziehkind bei den van Bergens.

1972

Lysander lebt wieder im Heim. Gloria zieht zum ersten Mal aus Fairwater weg.

1975–77

Marvin erregt im Schachclub der Schule van Bergens Aufmerksamkeit und freundet sich mit Stella an. Lysander lebt mittlerweile bei einer anderen Ziehfamilie.

1978

Auf dem Rückweg von der Party einer Freundin wird Stella von einem schwarzen Wagen niedergefahren. Zeugen im *Carpenter's* sehen Rocker in der Gegend. In Lifelight kommt es zu einem Unfall. Im selben Jahr beendet Marvin die Schule, und van Bergen tritt von seiner Stelle als Schuldirektor zurück.

1978–80

Lysander nach einem Unfall im Sanatorium. Lucia nimmt den Platz ihrer Großmutter ein, die gerade wieder in stationärer Behandlung ist, und hilft van Bergen, die schlafende Stella zu pflegen.

1980–81

Lysander in Nachbehandlung. Lucia zieht nach Baltimore um. Gloria kehrt für ein Jahr nach Fairwater zurück. Sie verliebt sich in Marvin, dieser in den Jahren darauf in Alice.

November 1986

Mr. Bartholomew gründet *Clear Blue Sky*. Cosmo van Bergen wird schwer verletzt und Stella entführt. Ein Störfall in den Lifelight-Werken führt zu einem Vogelsterben in der Stadt.

Frühjahr 1987

Stella wird inmitten eines Spiegels in den Hügeln gefunden. McCarthy durchsucht ein Anwesen vor der Stadt. Nach einem Brand in seiner Glaserei verlegt sich Bartholomew auf den Antiquitätenhandel. Die ersten Gedichte tauchen in der Stadt auf. Morde an Kinderman und Faraway.

Halloween 1990

Marvin springt von der Miltonbrücke.

Winter 1993–94

Der Mörder wird wieder aktiv. Tod Cosmo van Bergens. Stella erwacht und lebt für einige Zeit im Sanatorium. Der Haushalt wird aufgelöst. Beginn der Treffen am Alten Zoo. Die Mordserie dauert an.

September 1994

Marvin wird für tot erklärt. Gloria kehrt als Reporterin zurück. Gleichzeitig ermitteln angebliche Regierungsvertreter. Einbruch in die Sternwarte. Die Mordserie scheint beendet.

Herbst 1994

Es kommt zu verschiedenen Zwischenfällen mit Kunden Bartholomews, die Hinterlassenschaften der van Bergens erwarben. Stella wird aus dem Sanatorium entlassen.

Weihnachten 1996

Der vor zwei Jahren entdeckte Komet erreicht den erdnächsten Punkt seiner Umlaufbahn.

Neujahr 1997

Der Komet entfernt sich. Bartholomew schließt bis auf Weiteres sein Geschäft.

Ehre, wem Ehre gebührt

(QUELLENNACHWEISE VERWENDETER ZITATE, WO NICHT AUFGEFÜHRT)

S. 57 – »They've got no horns …«: Genesis, *A Trick Of The Tail*

S. 132 – »I've got the world on a string …«: Harold Arlen/ Ted Koehler, *I've Got The World On A String*

S. 134 – »Truth is like a crystal …«: Jody Grind, *We've Had It*

S. 197 – »And will I wait forever …« & S. 457 – »Wait, there still is time …« & S. 458 – »Come, we'll walk the path …«: Genesis, *Stagnation*

S. 228 – »Schooldays were happy days …«: Gentle Giant, *Schooldays*

S. 427 – »Will the misty master break me …«: Pink Floyd, *Julia Dream*

S. 431 – »I am a king's daughter …« & »And I would run away …«: Peter S. Beagle, *The Last Unicorn*

S. 433 – »Breathe, breathe in the air …« & »And all you touch and all you see …«: Pink Floyd, *Breathe*

*Eine berührende, eindringliche Geschichte von
Meisterregisseur Guillermo del Toro*

Guillermo del Toro · Daniel Kraus

THE SHAPE OF WATER

USA, 1963: Die stumme Elisa verdient sich ihren Lebensunterhalt als Reinigungskraft eines geheimen Militärlabors. Dort wird eine Kreatur aus dem Amazonas gefangen gehalten, deren Erforschung einen Durchbruch im Wettrüsten des Kalten Krieges liefern soll.

Als Elisa eines Nachts im streng gesicherten Labortrakt F-1 das Wesen entdeckt, das halb Mann und halb Amphibie ist, tut die junge Frau etwas, woran noch kein Wissenschaftler gedacht hat: Sie bringt dem Wasserwesen die Gebärdensprache bei. Als sie erfährt, dass das »Projekt« schon bald auf dem Seziertisch enden soll, muss Elisa alles riskieren, um ihren Freund zu retten.

»*The Shape of Water* ist ein wütendes, romantisches, trauriges und zugleich ungemein berührendes Werk.« *The Guardian*

Glimmende Augen, ein Rascheln im Dunkeln – moderner Horror trifft auf eine der unheimlichsten deutschen Sagen

Thomas Finn

LOST SOULS

Die Archäologin Jessika Raapke ist eben erst mit ihrer Adoptivtochter Leonie nach Hameln gezogen, als man sie bittet, einen unheimlichen Vorfall in der alten Kirche zu untersuchen: Bei Bauarbeiten wurde ein verborgener Sarkophag beschädigt, kurz darauf tötet ein riesiger Rattenschwarm einen der Arbeiter. Jessika findet an dem Sarkophag, der vollkommen leer ist, eine halb zerstörte lateinische Bannschrift mit einem Hinweis auf den sagenumwobenen Rattenfänger. Während Jessika den historischen Hintergründen der Sage nachgeht, ereignen sich überall in Hameln unheimliche Rattenübergriffe. Dann ist Leonie plötzlich verschwunden …